21世纪高等学校计算机系列规划教材

数据库技术与应用(SQL Server)

顾　兵　主编

清华大学出版社
北　京

内容简介

本书以 SQL Server 2005 为平台，介绍了数据库基本原理、开发方法与应用技术。

全书共 10 章，包括数据库系统概论、SQL Server 2005 安装与常用工具、SQL 语言基础、创建与管理数据库、创建与管理表、创建与管理其他数据库对象、SQL Server 数据查询、数据库保护、数据库设计、数据库应用与开发技术等内容。每章后面均附有思考练习题，以帮助读者理解与掌握相关内容。本书结构清晰，示例较多，应用性强，既可作为普通高校计算机类专业及其他相关专业本科生学习的教材，也可作为从事数据库系统建设、使用与维护的应用工作人员的参考书。

图书在版编目(CIP)数据

数据库技术与应用(SQL Server)/顾兵主编. —北京：清华大学出版社，2010.2

(21 世纪高等学校计算机系列规划教材)

ISBN 978-7-302-21363-5

Ⅰ. ①数…　Ⅱ. ①顾…　Ⅲ. ①关系数据库—数据库管理系统，SQL Server—高等学校—教材　Ⅳ. ①TP311.138

中国版本图书馆 CIP 数据核字(2009)第 195549 号

责任编辑：魏江江　顾　冰
责任校对：白　蕾
责任印制：何　芊
出版发行：清华大学出版社　　**地　　址**：北京清华大学学研大厦 A 座
http://www.tup.com.cn　　**邮　　编**：100084
社　总　机：010-62770175　　**邮　　购**：010-62786544
投稿与读者服务：010-62776969，c-service@tup.tsinghua.edu.cn
质量反馈：010-62772015，zhiliang@tup.tsinghua.edu.cn
印　装　者：北京鑫海金澳胶印有限公司
经　　销：全国新华书店
开　　本：185×260　**印　张**：25.25　**字　数**：606 千字
版　　次：2010 年 2 月第 1 版　　**印　次**：2010 年 2 月第 1 次印刷
印　　数：1～3000
定　　价：35.00 元

本书如存在文字不清、漏印、缺页、倒页、脱页等印装质量问题，请与清华大学出版社出版部联系调换。联系电话：(010)62770177 转 3103　　产品编号：027656-01

编审委员会成员

（按地区排序）

浙江大学	吴朝晖　教授
	李善平　教授
扬州大学	李　云　教授
南京大学	骆　斌　教授
	黄　强　副教授
南京航空航天大学	黄志球　教授
	秦小麟　教授
南京理工大学	张功萱　教授
南京邮电学院	朱秀昌　教授
苏州大学	王宜怀　教授
	陈建明　副教授
江苏大学	鲍可进　教授
武汉大学	何炎祥　教授
华中科技大学	刘乐善　教授
中南财经政法大学	刘腾红　教授
华中师范大学	叶俊民　教授
	郑世珏　教授
	陈　利　教授
江汉大学	颜　彬　教授
国防科技大学	赵克佳　教授
中南大学	刘卫国　教授
湖南大学	林亚平　教授
	邹北骥　教授
西安交通大学	沈钧毅　教授
	齐　勇　教授
长安大学	巨永峰　教授
哈尔滨工业大学	郭茂祖　教授
吉林大学	徐一平　教授
	毕　强　教授
山东大学	孟祥旭　教授
	郝兴伟　教授
中山大学	潘小轰　教授
厦门大学	冯少荣　教授
仰恩大学	张思民　教授
云南大学	刘惟一　教授
电子科技大学	刘乃琦　教授
	罗　蕾　教授
成都理工大学	蔡　淮　教授
	于　春　讲师
西南交通大学	曾华燊　教授

出版说明

随着我国改革开放的进一步深化，高等教育也得到了快速发展，各地高校紧密结合地方经济建设发展需要，科学运用市场调节机制，加大了使用信息科学等现代科学技术提升、改造传统学科专业的投入力度，通过教育改革合理调整和配置了教育资源，优化了传统学科专业，积极为地方经济建设输送人才，为我国经济社会的快速、健康和可持续发展以及高等教育自身的改革发展做出了巨大贡献。但是，高等教育质量还需要进一步提高以适应经济社会发展的需要，不少高校的专业设置和结构不尽合理，教师队伍整体素质亟待提高，人才培养模式、教学内容和方法需要进一步转变，学生的实践能力和创新精神亟待加强。

教育部一直十分重视高等教育质量工作。2007 年 1 月，教育部下发了《关于实施高等学校本科教学质量与教学改革工程的意见》，计划实施"高等学校本科教学质量与教学改革工程（简称'质量工程'）"，通过专业结构调整、课程教材建设、实践教学改革、教学团队建设等多项内容，进一步深化高等学校教学改革，提高人才培养的能力和水平，更好地满足经济社会发展对高素质人才的需要。在贯彻和落实教育部"质量工程"的过程中，各地高校发挥师资力量强、办学经验丰富、教学资源充裕等优势，对其特色专业及特色课程（群）加以规划、整理和总结，更新教学内容、改革课程体系，建设了一大批内容新、体系新、方法新、手段新的特色课程。在此基础上，经教育部相关教学指导委员会专家的指导和建议，清华大学出版社在多个领域精选各高校的特色课程，分别规划出版系列教材，以配合"质量工程"的实施，满足各高校教学质量和教学改革的需要。

本系列教材立足于计算机公共课程领域，以公共基础课为主、专业基础课为辅，横向满足高校多层次教学的需要。在规划过程中体现了如下一些基本原则和特点。

(1) 面向多层次、多学科专业，强调计算机在各专业中的应用。教材内容坚持基本理论适度，反映各层次对基本理论和原理的需求，同时加强实践和应用环节。

(2) 反映教学需要，促进教学发展。教材要适应多样化的教学需要，正确把握教学内容和课程体系的改革方向，在选择教材内容和编写体系时注意体现素质教育、创新能力与实践能力的培养，为学生的知识、能力、素质协调发展创造条件。

(3) 实施精品战略，突出重点，保证质量。规划教材把重点放在公共基础课和专业基础课的教材建设上；特别注意选择并安排一部分原来基础比较好的优秀教材或讲义修订再版，逐步形成精品教材；提倡并鼓励编写体现教学质量和教学改革成果的教材。

(4) 主张一纲多本，合理配套。基础课和专业基础课教材配套，同一门课程可以有针对不同层次、面向不同专业的多本具有各自内容特点的教材。处理好教材统一性与多样化，基本教材与辅助教材、教学参考书，文字教材与软件教材的关系，实现教材系列资源配套。

(5) 依靠专家，择优选用。在制定教材规划时依靠各课程专家在调查研究本课程教材建设现状的基础上提出规划选题。在落实主编人选时，要引入竞争机制，通过申报、评审确定主题。书稿完成后要认真实行审稿程序，确保出书质量。

繁荣教材出版事业，提高教材质量的关键是教师。建立一支高水平教材编写梯队才能保证教材的编写质量和建设力度，希望有志于教材建设的教师能够加入到我们的编写队伍中来。

21世纪高等学校计算机系列规划教材

联系人：魏江江 weijj@tup.tsinghua.edu.cn

前言

FOREWORD

数据库技术起源于20世纪60年代末，经过40余年的迅速发展，已经建立起一套较完整的理论体系，形成了一大批商用软件产品，培育起一个软件产业。随着数据库技术的推广使用，计算机应用已深入到国民经济和社会生活的各个领域，这些应用都以数据库技术及其应用为基础和核心。因此，数据库技术与操作系统一起构成信息处理的平台已成为业界的一种共识。

由于数据库技术在计算机软件领域占有重要的地位，长期以来一直是计算机类专业的主要课程。由于其教学一直处于以理论知识的学习为主的状态，致使教学双方都感到这门课程抽象而枯燥。其原因主要有两个方面：一方面，某些数据库原理类的教科书，主要介绍理论知识，而不能将其依托于一个商品化的、流行的、具体的平台来讲述；另一方面，市场上大部分介绍某种数据库技术的图书，主要以介绍该平台下技术工具的功能与使用为主，让读者知其然而不知其所以然，不适合于从基础起步的学习。而那种理论与实践能很好地结合，基本原理与具体平台技术能相辅相成的适于教学的图书并不多见。作者在长期教学实践中体会到，只有将数据库基本理论、原理与实际应用开发有机地结合起来，以基本理论为基础，以商品化的流行数据库产品为平台，以数据库设计、应用开发为目标，才能使教学内容丰富而具体，才能有效地增强实践训练和动手能力的培养，才能真正学以致用。这也正是本书编写的宗旨。

数据库基本理论特别是关系数据库理论结构严谨、体系完整，而数据库商品化的软件在多年的发展过程中层出不穷，其技术方法与开发管理工具种类繁多，数据库技术应用遍地开花。如何进行相关内容的选取和裁减才能符合本书编撰的宗旨？经过听取业界专家的意见，总结多年数据库技术教学以及信息系统项目建设的经验，确立了本书编写的原则：

(1) 基础理论少而精。以较少的篇幅，择其精要进行介绍，以使读者较快地具备对于数据库技术探本求源、进行理论研究、跟踪技术发展的必要知识和能力。

(2) 突出实用性。数据库技术是一门实用性很强的技术，只有理论依托于具体的、标准的、商品化程度非常高而用户数量众多的软件，才能使基础理论、基本知识与具体软件的基本功能、基本操作以及常用工具的运用联系起来，在学习数据库理论知识的同时，掌握流行软件平台的实际使用方法。

(3) 循序渐进。按照基本概念与基础知识—一般操作—管理维护—应用开发的模式组织资料的顺序，步步深入，以适应于教学。

本书根据教育部计算机科学与技术专业教学指导委员会公布的《计算机科学与技术本科专业规范》核心内容要求，按照上述编撰宗旨与原则，在作者近年来多次讲授数据库原理、SQL Server数据库技术课程讲义、教材的基础上，参考数据库界资深专家和学者们的意见编写而成。

本书从数据库基础、基本原理和技术、数据库产品及应用三个层次上，以业界装机量较大而用户众多、功能强大而全面、易学易用而性价比较高的 SQL Server 2005 商用数据库软件为平台，由浅入深地、较为详细地介绍了数据库的基本概念、原理、方法和应用技术。全书分为 10 章。

第 1 章介绍数据库系统的基本概念，关系运算理论基础、关系数据库产品及其特性。

第 2 章介绍关系数据库系统商品化软件 SQL Server 2005 的安装、系统数据库及常用管理工具。

第 3 章介绍关系数据库标准语言(SQL)。

第 4 章介绍关系数据库主要对象数据库的创建与管理。

第 5 章介绍关系数据库中用于数据存储与管理的另一个重要对象表的创建与管理。

第 6 章介绍其他重要的数据库对象概念、作用、创建、管理与使用。

第 7 章专门介绍数据查询操作。

第 8 章介绍数据库系统的实现技术，包括数据库安全管理、完整性、事务与并发控制、数据备份与恢复等内容。

第 9 章介绍关系数据库的规范化理论基础以及数据库设计主要内容和过程。

第 10 章介绍数据库访问的接口技术，应用程序访问数据库中数据的方法，网络数据库的基本概念及其实现技术。

本书在每一章的编排上也颇具特点：每章开始部分均对本章内容进行了概述，使读者能一目了然，可根据自身需求来取舍，或着重学习相关内容。每章最后均有本章小结，对本章所介绍的主要内容、技术及其使用进行总结，有助于读者对所学资料进行归纳。每章都附有思考练习题，以帮助读者复习理解本章所学习的主要概念、原理，通过练习帮助读者训练并掌握相关的操作技能、编程设计与开发技术。而且，每章中都有一定数量的示例以助于读者对相关内容的深入理解。

本书适用于普通高校计算机类专业高年级学生，也适合于从事信息系统开发、管理与维护工作的人员参考之用。

在本书形成过程中，有许多观点和思路得益于华中科技大学冯玉才教授的指导，在本书的编写和教学实践中，华中科技大学金先级教授，刘本喜教授，湖北工业大学胡恬教授，湖北省经济管理干部学院郭熙丽教授，中南财经政法大学曾庆伟教授均给予了大力支持、鼓励和帮助，并提出许多宝贵的意见，在此深表谢意。

限于作者的学识与水平，书中难免有不够严谨和欠妥之处，恳请读者批评指正。

作　者
2009 年 10 月于武昌

CONTENTS 目录

第1章

数据库系统概论

当前,人类的脚步已迈进了信息化时代,在这个时代中,信息作为一种战略资源,其占有和利用水平成为衡量一个国家、地区、组织或企业综合实力的一项重要标志。而在信息化社会中,人类的知识也以惊人的速度增长,如何有效地组织和利用这样庞大的知识?以及如何收集、存储、加工和管理维护这个信息化社会海量的信息?答案是数据库技术。从 20 世纪 60 年代中期开始,计算机的应用由科学研究逐渐扩展到企业、行政组织等社会各领域,经过 40 多年的发展,已形成较为完整的理论体系和实用技术。本章先回顾数据库技术的发展过程,然后介绍与之相关的基本概念和数据库系统知识,最后介绍 SQL Server 2005 这一关系数据库产品的基本结构、主要功能与新特性。

1.1 引言

从 20 世纪 60 年代开始,计算机应用进入到企业管理领域,计算机信息管理系统便应运而生。计算机信息管理系统是由人、计算机及管理规则组成的能对管理信息进行收集、传送、存储、加工、维护和使用的系统。由此可见,这个系统需要对各种形式的数据进行收集、存储、加工,这些工作被称为数据处理。这里涉及的一些基本概念需要一一说明。

1.1.1 数据与信息

要描述或表达客观事物,必须借助于符号。数据就是描述客观事物的一组文字、数字或符号,它是客观事物的反映和记录。数据的种类很多,如数字、文字、声音、图像等都是数据,它们经过数字化后存入计算机中。

对现实世界各种事物的存在特征、运动形态以及不同事物的相互联系等诸要素的描述,是通过这些要素(或称为属性)的值得到的,这些属性值就是数据。一个特定的事物,通过这些反映其在存在、运动形态、与其他事物的相互联系等方面特征的数据描述,在人脑抽象形成概念。这些概念能被认识、理解、表达、加工、推理和传送,以达到认识世界的目的。这些概念则称为信息。

例如,一部形状为矩形,尺寸是长 8cm、宽 5cm、厚 1cm 的银灰色滑盖形手机就是关于某一款手机的信息,它是手机存在状态的反映。

从上面的叙述中,可以看到,数据与信息既有区别又有联系。上述例子中,关于手机的信息就是使用一组数据(矩形,8cm,5cm,1cm,银灰色)来表示的。就是说,表达信息的符号记录就是数据。所以说,数据是信息符号表示或称为载体,而信息是数据的内涵,是对数据的语义解释,是潜在于数据中的意义,它反映了客观存在的各种事物的状态与特征。

关于信息,其来源于物质和能量,它可以被感知、加工、传递以及可再生,这反映了信息的自然属性。而在现代的信息化社会中,信息被认为与能源、材料一起构成现代化社会的三大支柱,这反映了信息的社会属性。

需要强调的是,虽然数据和信息是两个完全不同的概念,但通常在使用上并不严格去区分它们。出于叙述的习惯和方便,更多情况下采用信息这个词。

从数据库技术的角度看,数据是数据库系统研究和处理的对象。

1.1.2 数据处理和数据管理

当使用数据来表述客观事物时,数据便被赋予了特定的含义,从而可以让人们不必直接观察和度量事物就可以获得有关信息。数据处理即是指从某些已知的数据出发,推导加工出一些新的数据的过程,在这个过程中,新的数据又表示了新的信息。因此,数据处理又称为信息处理。在对数据处理的具体操作中,其涉及数据收集、管理、加工利用乃至信息输出的演变与推导全过程。

数据处理的特点是,通常其计算比较简单,但数据的管理比较复杂。数据管理指的是数据的收集、整理、组织、存储、维护、检索、传送等操作,这些操作是数据处理业务的基本环节,是任何数据处理业务中必不可少的部分。对数据管理的内容,可以开发研制出通用、高效而且使用方便的管理软件,用于数据的管理,以最大限度地减轻程序开发人员的负担;而对于处理业务中的加工计算,则因不同业务各不相同,需要程序开发人员根据业务情况编写应用程序加以解决。所以,数据处理是与数据管理密切相联的,数据管理技术的优劣,将直接影响数据处理的效率。数据库技术正是在数据处理具体业务的开展过程中对数据管理的需要而不断发展并不断完善起来的专门技术。从 20 世纪 60 年代起,由研究数据存储问题到研究如何高效地进行数据管理,经历了这么多年的发展,到如今,数据库技术已成为计算机技术的一个重要分支,而数据库应用也成为计算机应用的一个重要方面。可以说,数据库技术起源于数据处理的自动化,随着计算机技术与应用的发展,大量数据的有效地安全地存储与对这些数据高效地自动地管理,推动了数据库技术的发展。

1.1.3 数据库技术基本概念

就人们生产、生活的许多方面应用来说,数据是一种极为重要的资源。例如,在医院中对病人就诊、药物的使用、住院情况的管理;在铁路或公路交通运输中车次的调度;在旅客入住酒店房间的预订以及旅行机票的预订系统;在工厂中生产计划与销售管理、会计账目及财务报表和人事档案的管理;在学校教务管理系统中对学生学籍、课程、教师、教室、排课计划、考试成绩的管理等,无不需要组织、管理大量的数据资源。因此,有效地对数据进行合理的组织,并进行科学的管理,成为人们关注的问题。数据库系统就是针对这类数据存储与管理问题所努力达到的某种解决方案。在数据库应用中,常常会用到一些基本概念和术语,在此一一介绍。

1. 数据库

数据库(DataBase,DB)是指长期存储在计算机内、有组织的、统一管理的相关数据的集合。DB能为各种用户共享,具有较小冗余度、数据间联系紧密而又有较高的数据独立性等特点,是数据库系统的核心和管理对象。

换句话说,数据库即是一个组织、一个部门或一个企业在计算机存储设备上存放的相互关联的数据集合,这些数据集合具有以下特点:

- 数据尽可能不重复,即没有不必要的冗余。
- 以最优的方式服务于一个或多个应用程序,数据充分共享。
- 数据的存放尽可能地独立于使用它的应用程序,保持数据的逻辑独立性和物理独立性。
- 使用一个软件化控制统一地和集中地控制、管理与维护这些数据,例如对这些数据的维护、增加、变更和检索。

2. 数据库管理系统

数据库管理系统(DataBase Management System,DBMS)是指位于用户与操作系统(OS)之间的一层数据管理软件,它为用户或应用程序提供访问数据库的方法,包括数据库的建立、查询、更新及各种数据控制。换言之,数据库管理系统就是建立、管理和维护数据库的一个(大型)软件系统,它是对数据进行管理的软件系统,用于对数据库进行有效的管理,是数据库系统的核心软件。对数据库的一切操作,包括数据定义、查询、更新以及各种控制都通过DBMS进行。多个应用程序和用户可以用不同的方法在同时或不同时刻通过DBMS建立、更新和询问数据库。

DBMS具有维护数据库中数据的能力,这包括预防和避免错误出现的措施,删除错误和更正错误的能力。

DBMS还具有对数据库完整性、安全性、并发性的控制功能。

DBMS总是基于某种数据模型,如层次模型、网状模型、关系模型等。

因此,数据库管理系统主要应具备的功能如下:

(1) 存储管理:数据库管理系统实现了整体数据的结构化,并且具有灵活的数据存取方式,这样,通过数据库管理系统实现了对数据有组织的和高效的存储管理。实际上,在文件系统中,相互独立的文件的记录内部是有结构的,但记录之间没有联系,而数据库管理系统不仅要描述数据本身,还要描述数据之间的联系。除了对数据的组织是结构化的之外,数据库管理系统还可以存取数据库中的某一个数据项、一组数据项、一个记录或一组记录。而在文件系统中,数据的最小存取单位是记录,粒度不能细到数据项。

(2) 任务管理:是指科学地组织与存储相关的数据到数据库中,并对数据库的建立、运行与维护进行统一管理,统一控制。如上所述,数据库管理系统就是位于用户和操作系统之间的一层管理软件,用户通过这一管理软件,能方便地定义数据和操纵数据,并能保证数据的安全性、完整性、多用户对数据的并发操作及发生故障后的系统恢复。

(3) 安全性管理:主要是指保护数据,防止不合法使用数据造成数据的泄密和破坏。这是通过数据库管理系统对数据的安全、保密及合法性进行检查,使每个用户只能按规定对某些数据以某种方式进行访问和处理。

(4) 完整性管理:通过数据库管理系统,将数据控制在有效范围内,或要求数据之间满足一定的关系。

(5) 并发控制：所谓并发控制是指当多个用户的并发进程同时存取、修改数据库时，可能会发生相互干扰而得到错误的结果，并使数据库的完整性遭受到破坏。通过数据库管理系统来负责多个用户程序同时存取数据库中数据时，维护数据库的完整性和一致性。

3. 数据库系统

数据库系统(DataBase System，DBS)是指实现有组织地、动态地存储大量关联数据、方便多用户访问的计算机硬件、软件和数据资源组成的系统，即它是采用数据库技术的，以某一应用领域为应用背景的计算机应用系统。例如，学校的教学管理信息系统、超市商品销售信息管理系统等都是数据库系统。

一个 DBS 通常由以下几部分组成。

(1) 数据库：通过一定的存储策略保存到磁盘上的数据。

(2) 数据库管理系统(及其开发工具)：用于管理存储在数据库中的数据。

(3) 应用系统程序：为满足用户对数据库某方面的需求而设计的软件(通常是调用数据库设计公司提供的编程环境和组件进行相应的数据库应用程序的开发)，应用系统程序或称应用系统软件是不属于 DBMS 的。DBMS 只向用户提供最基本的数据存取功能，如果用户需要找出满足某种条件的所有记录，只有借助高级语言的编程来达到目的。另外有一些查询，如求平均值、最大值、最小值、总和等，可能也需由用户借助于主语言或数据操纵语言来完成。而更为重要的是，用户的具体业务管理程序，如航空公司预订机票的服务程序、银行自动储蓄业务程序或自助取款业务程序、图书借阅登记以及还书处理程序等只能由用户借助于主语言和操作语言来完成，因为这一部分工作，数据库管理系统是无法完成的。

(4) 数据库管理员和用户：应当指出的是，数据库的建立、使用和维护等工作只靠一个 DBMS 还不够，还需要有专门的人员来完成，这样的人员称为数据库管理员(DBA)。

DBA 是管理公用数据库资源的人员，其职责包括：

① 负责描述存放数据库中的信息及其关系，包括定义模式，子模式，修改模式，决定存储结构和存取策略，描述物理模式。

② 调解数据库管理系统的用户之间的冲突。

③ 监督数据库的使用。

④ 负责说明和变更待定的存储结构。

另外，还要有称为用户的最终使用数据的人员(单位)。当然，在不引起混淆的情况下，人们常将数据库系统简称为数据库。数据库系统结构如图 1-1 所示。

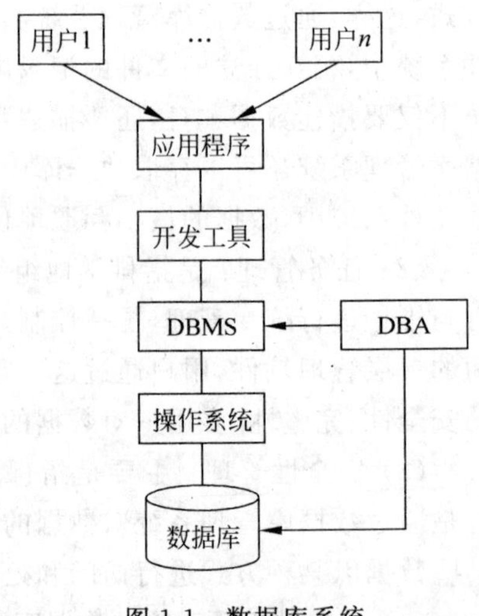

图 1-1 数据库系统

4. 数据库技术

数据库技术是因数据管理任务的需要而产生，主要研究数据库的结构、存储、设计、管理和使用的一门软件学科课程。数据库技术是在操作系统的文件系统基础上发展起来的，而且 DBMS 本身要在操作系统支持下才能工作。数据库与数据结构之间关系比较密切，数据库技术不仅要用到数据结构中的链表、树、图等知识，而且还丰富了数据结构的内容。应用程序是使用数据库系统最基本的方式，在系统中大量的应用程序都是用高级语言(例如 COBOL、C 等)加上数据库的操纵语言联合编制的。集合论、数理逻辑是关系数据库的理论基础，很多概念、术语、思想都直接用到关系数据库中。因此，数据库技术是一门综合性较强的课程。

1.2 数据库技术的发展

计算机最初的应用是科学计算，而后逐步进入企业生产与管理领域，生产实践应用的推动产生了数据处理的需求。在使用计算机以后，数据处理的速度和规模无论相对于手工方式还是机械方式都是无可比拟的，随着数据处理量的增长，又产生了数据管理技术。数据管理技术的发展，与计算机硬件(主要是外部存储器)、系统软件及计算机应用的范围有着密切的联系。

总之，在数据管理应用需求的推动下，在计算机硬件技术、软件技术快速发展的基础上，数据管理技术的发展经历了人工管理、文件系统、数据库系统 3 个阶段。

1.2.1 人工管理阶段

在人工管理阶段(20 世纪 50 年代中期以前)，计算机主要用于科学计算。当时的硬件状况是，外部存储器只有磁带、卡片和纸带等，还没有磁盘等直接存取存储设备。软件的状况是只有汇编语言，尚无操作系统及数据管理方面的专门软件。数据处理的方式基本上是批处理。这一阶段数据管理的特点是：

- 数据不保存在计算机内。
- 没有专用的软件对数据进行管理。
- 数据的组织方式须由程序员自行设计与安排。
- 数据不共享，也不具有独立性，也就是说数据面向程序。即一组数据对应一个程序，数据是程序的组成部分，因此，一旦数据的逻辑结构或物理结构发生变化，必须对应用程序做相应的修改。

1.2.2 文件系统阶段

20 世纪 50 年代后期至 60 年代中期，计算机不仅用于科学计算，还用于信息管理。随着数据量的增加，数据的存储、检索和维护问题成为紧迫的需要，数据结构和数据管理技术迅速发展起来。此时的外部存储器已有磁盘、磁鼓等直接存取存储设备。软件领域出现了高级语言和操作系统。操作系统中的文件系统是专门管理外存的数据管理软件。数据处理的方式有批处理，也有联机实时处理。在文件系统中，数据按照一定的规则组织成为一个文件，应用程序则通过文件系统，对文件中的数据进行存取加工。文件系统阶段的数据管理特点是：

- 数据以文件形式长期保存在外部存储器的磁盘上。
- 数据的逻辑结构与物理结构有了区别，但比较简单。
- 文件组织已多样化。有索引文件、链接文件和直接存取文件等。
- 数据不再属于某个特定的程序，可以重复使用，即数据面向应用。
- 对数据的操作以记录为单位。

随着数据管理规模的扩大，数据量急剧增加，文件系统显露出了下列不足之处。

- 数据冗余(redundancy)：文件和程序是在很长一段时间内由不同的程序员创建，因此，不同的文件可能采用不同的格式，不同的程序也可能采用不同的语言写成。而且，相同的信息可能在几个地方(文件)重复存储。例如，一个客户的地址和电话号码既可能在产品订货单组成的文件中出现，也可能在客户服务记录组成的文件中出现，这种冗余导致存储和访问的开销增大。
- 数据不一致(inconsistency)：在文件管理阶段，数据结构和文件的建立各自服务于其特定的应用程序。因此，从全局角度来说，数据很难被不同的应用程序共享，这就造成大量的数据重复，既浪费了大量存储资源，也使得数据修改十分不便，由于数据的冗余，很容易导致数据的不一致性，即同一数据的不同副本不一致，从而大大降低数据的正确性。
- 数据联系弱(poor data relationship)：传统的文件处理不支持以一种方便而有效的方式去获取所需的数据，由于数据分散在不同的文件中，又可能具有不同的格式，所以要想编写一个检索适当数据的新应用程序是比较困难。而且缺乏对数据的定义、建立、检索和修改等操作实行统一部署和对数据的安全性、完整性、保密性等实行统一的控制手段。

由于文件系统不能满足企业或组织对数据管理的要求，随着计算机数据管理从文件系统发展到数据库技术，现在愈来愈多的企业采用数据库来进行业务数据的管理。

1.2.3 数据库阶段

数据管理技术进入数据库阶段的标志是20世纪60年代末的3件大事：

- 1968年美国IBM公司推出层次模型的IMS系统。
- 1969年美国CODASYL组织发布了DBTG报告，总结了当时各式各样的数据库，提出了网状模型。
- 1970年美国IBM公司的E.F.Codd连续发表论文，提出关系模型，奠定了关系数据库的理论基础。

数据库系统和文件系统都是以文件的形式来组织数据，但二者有着根本的不同。数据结构化，就是数据库系统与文件系统的根本区别。其实在文件系统中，文件内部的记录也是有结构的，最典型最简单的文件形式是等长格式记录集合。但这样的数据文件就必须以最多的记录的长度来设计，因此会浪费大量存储空间。当然，可以采用变长记录的形式或主辅记录结合的形式来建立数据文件，但其应用就会受到限制，即如上建立的文件可节约许多存储空间并能提高其灵活性，但它只对应一个应用。而对于一个企业或组织来讲，许多的应用都会涉及同一个结构化的数据文件。例如，一个产品数据文件，对于一个企业而言，销售管理方面的应用需要它，而生产组织也需要它，工艺设计及劳动定额管理也同样需要。在这种情况下，文件系统已无能为力。而数据库系统不仅要考虑某个应用的数据结构，而且要考虑整个企业的数据结构。这样组织起来的数据可以为各个应用提供必要的数据记录，使得数据结构化。这里所讲的结构化，不仅是描述数据本身，还要描述数据之间的联系，即所谓整体数据的结构化。这是数据库系统的主要特征。

数据库系统另一个特征是数据的独立性高。这是说数据库系统提供了两个方面的映像功能，使数据既具有物理独立性，又有逻辑独立性。总之，数据库管理阶段具有如下特点：

- 数据结构化，即采用数据模型以表示复杂的数据结构。
- 有较高的数据独立性。
- 数据的共享性高、冗余度低、易扩充。
- 数据由 DBMS 统一管理和控制。
- 方便用户的接口。

数据库技术是计算机科学技术中发展最快的重要分支，在过去近 50 年里，经历了三次转变：第一代层次、网状数据库系统，第二代关系数据库系统，现在进行的第三代数据库研究，主要包括面向对象的关系数据库系统、分布式数据库、并行数据库、多媒体数据库。

数据库技术的出现加速了计算机在工农业生产、商业、行政、科学研究、工程技术和国防军事和各个领域的广泛而深入的应用。随着互联网的发展，基于数据库技术的应用已成为计算机应用的主要领域。

1.3 数据模型

模型(model)是对现实世界某些对象特征的模拟与抽象。在数据库技术中，人们用模型的概念描述数据库的结构与语义，以对实际应用问题进行抽象。

数据模型(data model)则是对现实世界数据特征的抽象。数据库系统均基于某种数据模型，所以，数据模型是数据库系统的核心与基础。

数据模型应满足三个方面的要求：一是可以较为真实地描述现实世界，二是容易被人们所理解，三是便于在计算机上实现。

数据模型的种类很多，目前被广泛使用的可分为两种类型：

(1) 独立于计算机系统的数据模型。它完全不涉及信息在计算机中的表示，只是用来描述某个特定组织所关心的信息结构，这类模型称为“概念数据模型”。概念模型是按用户的观点对数据建模，强调其语义表达能力，概念应该简单、清晰、易于用户理解，它是对现实世界的第一层抽象，是用户和数据库设计人员之间进行交流的工具。这一类模型中最著名的是“实体联系模型”。

(2) 直接面向数据库逻辑结构的数据模型。它是对现实世界的第二层抽象。这类模型直接与 DBMS 有关，称为“逻辑数据模型”，也称为“结构数据模型”。例如层次、网状、关系、面向对象等模型。这类模型有严格的形式化定义，以便于在计算机系统中实现。它通常有一组严格定义了的无二义性语法和语义的数据库语言，人们可以用这种语言来定义、操纵数据库中的数据。

逻辑数据模型有严格的定义，它包含数据结构、数据操作和数据完整性约束 3 个部分：

- 数据结构是指对实体类型和实体间联系的表达和实现。
- 数据操作是指对数据库的检索和更新(包括插入、删除和修改)两类操作。
- 数据完整性约束给出数据及其联系应具有的制约和依赖规则。

两类数据模型及其作用与关系如图 1-2 所示。

以下介绍几种主要数据模型的数据结构特性。

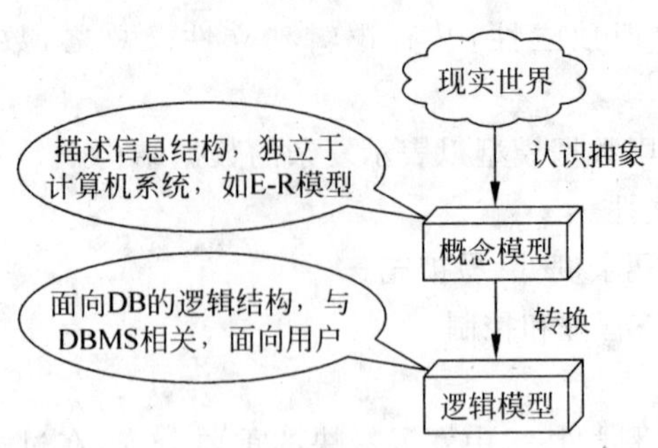

图 1-2 两种数据模型及其作用与联系示意图

1.3.1 实体联系模型

实体联系模型(Entity Relationship Model,E-R 模型)是 P. P. Chcn 于 1976 年提出的。这个模型直接从现实世界中抽象出实体类型及实体间联系,然后用实体联系图(E-R 图)表示数据模型。设计 E-R 图的方法称为 E-R 方法。E-R 图是直接表示概念模型的有力工具。

E-R 图有 3 个基本成分:

- 矩形框:用于表示实体类型(所考虑问题的对象)。
- 菱形框:用于表示联系类型(实体之间的联系)。
- 椭圆形框:用于表示实体类型和联系类型的属性。

在 E-R 图中,实体指客观存在并可相互区别的事物或物体。而实体所具有的某一特性则称为属性。在现实世界中,事物内部以及事物之间都是有联系的,这些联系反映在信息世界中即为实体间的联系。两个实体之间的联系类型有 3 种。

(1) 一对一联系(1∶1):指两个实体集之间至多有一对相互联系。

(2) 一对多联系(1∶N):指一个实体集中的一个实体和另一个实体集中的 $n(n\geqslant 0)$个实体相联系。

(3) 多对多联系(M∶N):指一个实体集中的每一个实体和另一个实体集中的 $n(n\geqslant 0)$个实体相联系,反之亦然。

在 E-R 图的绘制中,将相应的命名均记入各种框中。能唯一地标示出实体的属性称为实体标识符,对于实体标识符的属性,在属性名下画一条横线表示。实体与属性之间,联系与属性之间用直线连接;联系类型与其涉及的实体类型之间也以直线相连,用来表示它们之间的联系,并在直线端部标注联系的类型(1∶1、1∶N 或 M∶N)。

下面通过例子说明设计 E-R 图的过程。

示例 为仓库管理设计一个 E-R 模型。仓库主要管理零件的采购和供应等事项。仓库根据需要向外面供应商订购零件,而许多工程项目需要仓库提供零件。

E-R 图的建立过程如下:

(1) 首先确定实体类型。本问题涉及的三个实体类型:零件 PART、工程项目 PROJECT、零件供应商 SUPPLIER。

(2) 确定联系类型。项目、零件和供应商之间具有多对多的联系:即 PROJECT 和

PART之间是$M:N$联系，PART和SUPPLIER之间是$M:N$联系，每个项目可以使用多种零件，每种零件可以由不同的供应商提供，而一个供应商也可以供给若干项目多种零件，所以，上述两两实体间的联系可分别命名为P_P和P_S。实体联系图如图1-3所示。

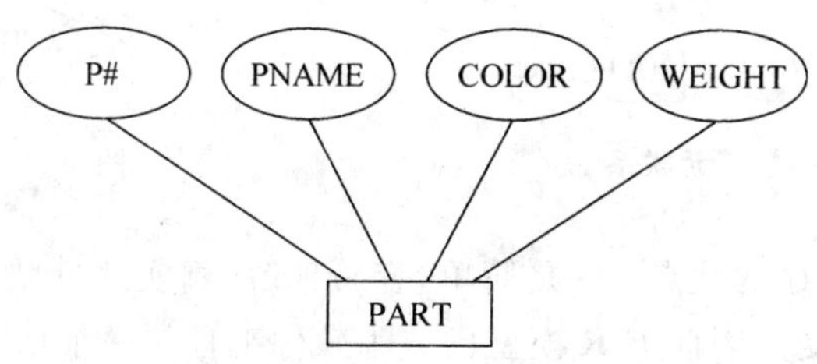

图1-3　零件及其属性图

(3) 把实体类型和联系类型组合成E-R图。

(4) 确定实体类型和联系类型的属性。实体类型PART的属性有零件编号P＃、零件名称PNAME、颜色COLOR、重量WEIGHT，实体类型PROJECT的属性有项目编号J＃、项目名称JNAME、项目开工日期DATE。实体类型SUPPLIER的属性有供应商编号S＃，供应商名称SNAME、地址SADDR。

联系类型P_P的属性是某项目需要某种零件的数量TOTAL。联系类型P_S的属性是某供应商供应某种零件的数量QUANTITY。联系类型的数据在数据库技术中称为“相交数据”。联系类型中的属性是实体发生联系时产生的属性，而不应该包括实体的属性或标识符。

(5) 确定实体类型的键，在E-R图中属于键的属性名下画一条横线。具体的E-R图如图1-4所示。

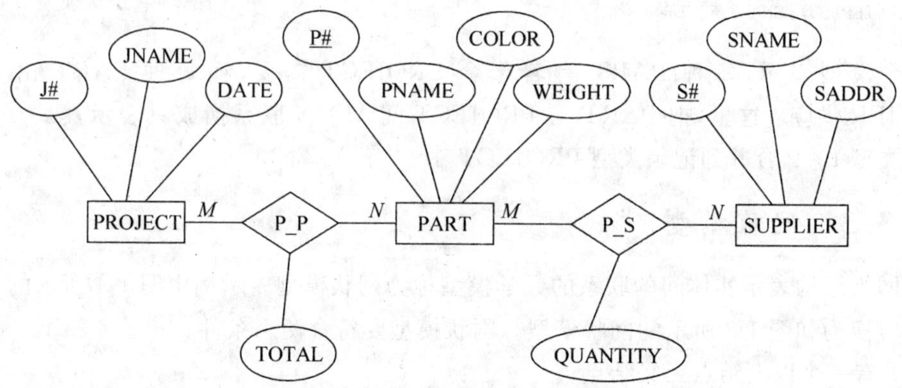

图1-4　项目、零件与供应商实体联系的E-R图

示例中联系类型也可以发生在3个实体类型之间，也就是三元联系。示例中，如果规定某个工程项目指定需要某个供应商的零件，那么E-R图就是图1-5所示的那样了。

同一个实体类型的实体之间也可以发生联系，这种联系是一元联系，有时亦称为递归联系。例如零件之间有组合关系，一种零件可以是其他部件的子零件，也可以由其他零件组合而成。这种联系可以用图1-6表示。

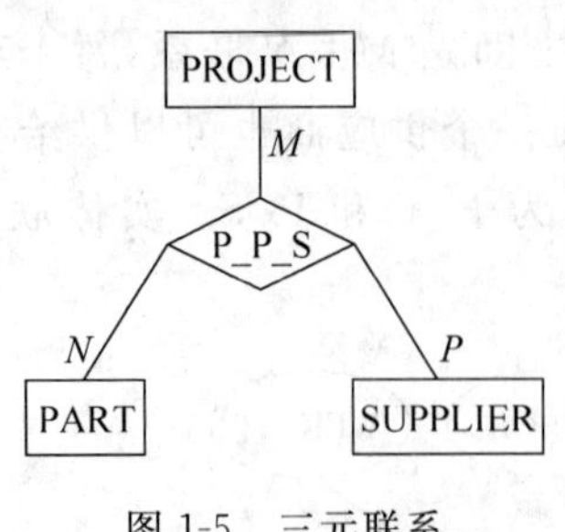

图 1-5　三元联系

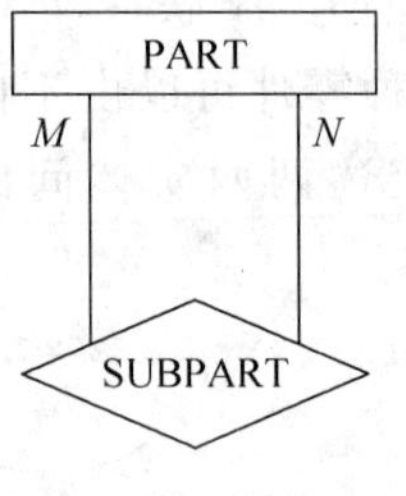

图 1-6　一元联系

E-R 模型有两个明显的优点：一是简单，容易理解，真实地反映用户的需求；二是与计算机无关，用户容易接受。因此 E-R 模型已成为软件工程的一个重要的概念模型。但是 E-R 模型只能说明实体间语义的联系，还不能进一步说明详细的数据结构。在数据库设计时，遇到实际问题总是先设计一个 E-R 模型，然后再把 E-R 模型转换成计算机能实现的数据模型，例如关系模型。

1.3.2　层次模型

用树型(层次)结构表示实体类型及实体间联系的数据模型称为层次模型(hierarchical model)。树的结点是记录类型，每个非根结点有且只有一个父结点。上一层记录类型和下一层记录类型之间的联系是 1：N 联系。

图 1-4 的 E-R 图可以转换成图 1-7 的层次模型。

```
PART(P#,PNAME,COLOR,WEIGHT)
PROJECT(J#,JNAME,DATE,P#,TOTAL)
P_S(P#,S#,QUANTITY)
SUPPLIER(S#,SNAME,SADDR)
```

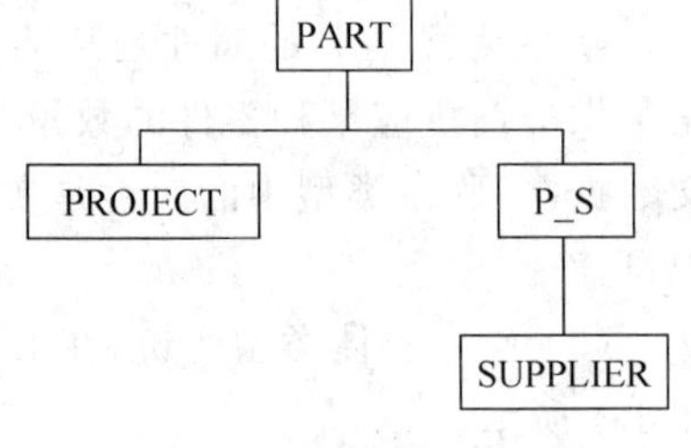

图 1-7　层次模型

这个模型表示，每种 PART 有若干个 PROJECT 需要，而每种 PART 由若干个 SUPPLIER 供应。这里，把 PART 与 PROJECT 间 M：N 联系换成只表示其1：N 联系，而联系类型 P_ P 合并到记录类型 PROJECT 中。

1.3.3　网状模型

用网络结构表示实体间的联系的数学模型称为网状模型。示例中图 1-4 所示的 E-R 模型也可转换为如图 1-8 所示的网状模型。网状模型要符合两个条件：

(1) 有一个以上结点无父结点。

(2) 至少有一个结点有多于一个的父结点。

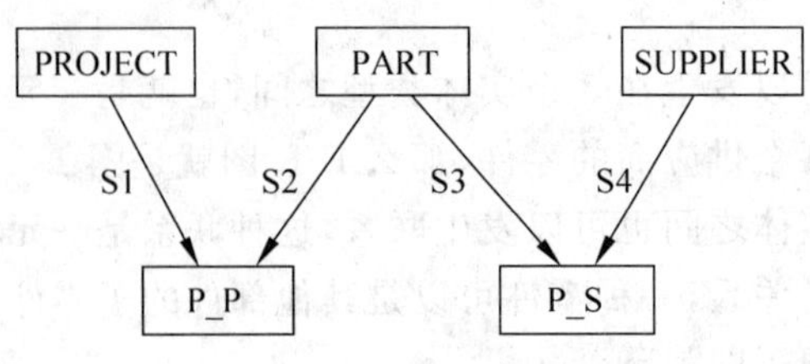

图 1-8　网状模型

这张图中有五个结点和四条有向边。E-R 图中的实体类型和联系类型都转换成记录类型。每个 $M:N$ 联系用两个 $1:N$ 联系实现。例如 PROJECT 和 PART 间的 $M:N$ 联系用两个联系 S1 和 S2 实现，即 PROJECT 和 P_P 间的 $1:N$ 联系，PART 和 P_P 间的 $1:N$ 联系。

网状模型的特点是记录之间联系通过指针实现，$M:N$ 联系也容易实现（一个 $M:N$ 联系可拆成两个 $1:N$ 联系），查询效率较高。

网状模型的缺点是数据结构复杂和编程复杂。

网状模型有许多成功的 DBMS 产品，其典型的代表是 GBTG 系统。DBTG（Database Task Group，数据库任务组）是美国 CODASYL（Conference On Data System Language，数据系统语言协会）下属的组织，主要研究数据库语言，1969 年 DBTG 任务组提出著名的 DBTG 报告，1971 年报告被正式通过。20 世纪 70 年代的 DBMS 产品大部分是网状系统，而所采用的即是 DBTG 提出的方案。如 Honeywell 公司的 IDS/Ⅱ、HP 公司的 IMAGE/3000、Univac 公司的 DMS1100、Cullinet 公司的 IDMS、CINCOM 公司的 TOTAL 等。

由于层次系统和网状系统的天生缺点，因此从 20 世纪 80 年代中期起其市场已被关系系统产品所取代。

1.3.4　关系模型

关系模型（relational model）的主要特征是用二维表格表示实体集。与前两种模型相比，关系模型数据结构简单，容易为初学者理解。关系模型是由若干个关系模式组成的集合。关系模式相当于前面提到的记录类型，它的实例称为关系。概略地说，每个关系实际上是一张二维的表格，它由行和列组成。如图 1-9 所示的学生学籍管理中的记录就是一个关系模型。

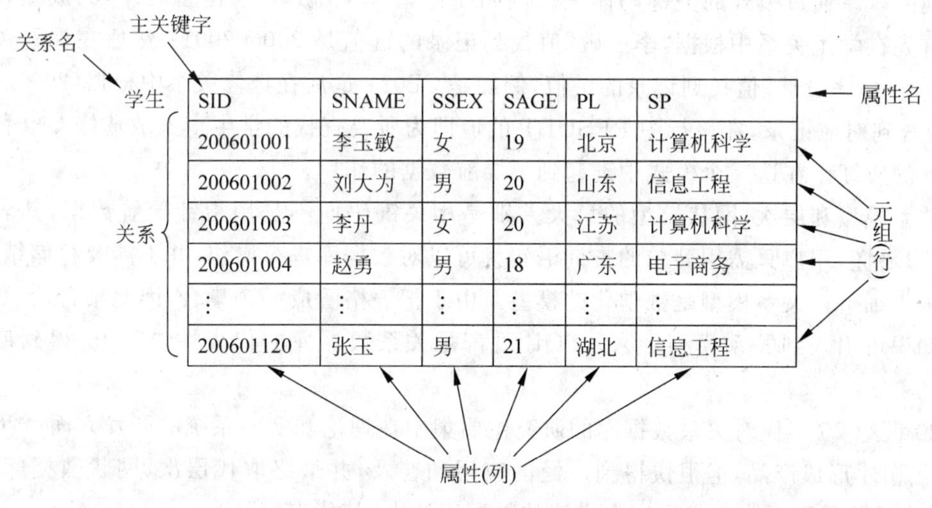

SID	SNAME	SSEX	SAGE	PL	SP
200601001	李玉敏	女	19	北京	计算机科学
200601002	刘大为	男	20	山东	信息工程
200601003	李丹	女	20	江苏	计算机科学
200601004	赵勇	男	18	广东	电子商务
⋮	⋮	⋮	⋮	⋮	⋮
200601120	张玉	男	21	湖北	信息工程

图 1-9　关系模型的结构

常用的关系模型的术语：

- 关系：对应图 1-9 所示的二维表格。
- 元组：表中的任一行即为一个元组。

- 属性：表中的任一列即为一个属性。
- 主关键字：表中某个最小的属性组，它可以唯一确定一个元组。如本例学籍管理关系中的属性学号 SID 是主关键字，但姓名 SNAME 不是，因为姓名列可能存在同名同姓的两个不同学生。
- 关系模式：由属性名组成，是属性名的有限集合。
- 联系：关系模型中，实体与实体之间的联系用关系表示。

例如，定义了学生与课程的关系模型：

```
STUDENT(SID,SNAME,SSEX,SAGE,PL,SP)
```

其中：SID 表示学生学号，SNAME 表示学生姓名，SSEX 表示学生性别，SAGE 表示学生年龄，PL 表示学生籍贯，SP 则表示学生所学专业。

```
COURSE(CID,CNAME,CRED)
```

其中：CID 表示课程编号，CNAME 表示课程名称，CRED 表示课程的学分。

此后，学生与课程二者之间的联系，反映每一名学生与选修课程之间的联系，它是 $M:N$ 的联系，按照上述定义为如下关系：

```
SC(SID,CID,RESULT)
```

其中：SID、CID 含义同上，RESULT 为该生所选课程的成绩。

关系数据模型的操作主要包括插入、删除、更新和查询，这些操作必须满足关系的完整性和用户定义的完整性，其具体意义将在后面相关章节中介绍。

在层次和网状模型中联系是用指针实现的，而在关系模型中基本的数据结构是表格，记录之间的联系通过模式的关键码体现。例如要检索(李玉敏，C++程序设计)的成绩，那么，系统首先在学生关系中根据"李玉敏"值找到记录的键值是 200602001；然后在课程关系中根据"C++程序设计"值找到记录的键值，例如是 CB02；最后在选修关系中根据(200601001，CB02)查到对应记录，在该行中 RESULT 的值即为所要查找的学生李玉敏选修 C++程序设计课程的成绩。在这三个模式中键起到了导航数据的作用。

关系模型和层次、网状模型的最大差别是用关键码而不是用指针导航数据，其表格简单，用户易懂，用户只需用简单的查询语句就可以对数据库进行操作，并不涉及存储结构、访问技术等细节。关系模型是数学化的模型。由于把表格看成一个集合，因此集合论、数理逻辑等知识可引入到关系模型中来。SQL 语言是关系数据库的代表性语言，已得到广泛的应用。

20 世纪 70 年代对关系数据库的研究主要集中在理论和实验系统的开发方面。20 世纪 80 年代初才形成产品，但很快得到广泛的应用和普及，并最终取代层次、网状数据库产品。现在，关系数据库系统已成为当今主流的数据库技术，其代表产品有：

- Oracle——Oracle(甲骨文)公司的产品，主要用于大型机和大型网络；
- Sybase——Sybase 公司的产品，主要用于 UNIX 系统；
- DB2——IBM 公司的产品，运行于各种 IBM 和非 IBM 操作系统上；
- SQL Server——Microsoft 公司的主导产品，用于 Windows NT 系统。

1.4 关系模型与关系数据库

采用关系模型作为数据的组织方式的数据库系统称为关系数据库，关系数据库目前仍是数据库应用中的主流技术。20 世纪 80 年代以来，计算机厂商推出的数据库管理系统几乎都支持关系模型，即使是非关系的产品，也大都增加了关系接口。从那时起近 30 年来，关系数据库在商用产品中一枝独秀，之所以能得到如此广泛的应用，是因为它概念清晰、简单，能够用统一的结构来表示实体集和它们之间的联系。这得益于关系数据库与其他数据库系统不同，它建立在严格的数学理论基础上。从这个意义上说，关系数据库的出现标志着数据库技术走向成熟。

1.4.1 关系的数学定义

在关系模型中，现实世界的实体以及实体之间的联系都是用关系来表示的。从形式上看，关系模型中数据的逻辑结构是一张二维表(table)，也称为关系(relation)。换言之，在关系数据库中，每个关系是一张命名的二维表，表中每一行称为一个元组，表中的每一列则称为一个属性。

以上表述说明，一张二维表可以表示一个关系。下面从关系的数学定义来理解关系与二维表之间是如何对应的。

关系模型是建立在集合论的基础上的，因此从集合论的角度给出关系数据结构的形式化定义。

1. 域(domain)

定义 1：域是值的集合。

例如，自然数、整数、实数、大于等于 0 且小于 1000 的正整数等，都可以是域。

2. 笛卡儿积(Cartesian product)

定义 2：设 $D_1, D_2, \cdots, D_n$ 为一组域，在 $D_1, D_2, \cdots, D_n$ 上的笛卡儿积定义为：

$$D_1 \times D_2 \times \cdots \times D_n = \{(d_1, d_2, \cdots, d_n) \mid d_i \in D_i, i=1,2,\cdots,n\}$$

其中每一个元素 $(d_1, d_2, \cdots, d_n)$ 叫做一个 n 元组(n-tuple)，或简称为元组(tuple)。

元素中的每一个值 d_i 叫做一个分量(component)，它来自对应的域。

笛卡儿积可表示为一张二维表，表中的每行对应一个元组，表中的每一列的值来自同一个域。例如给出 3 个域：

D_1 = 课程集合　　COURSE = 高等数学，计算机导论
D_2 = 学生集合　　STUDENT = 赵勇，刘大为，李玉敏
D_3 = 班级集合　　CLASS = 计科 01，信息 02

则 D_1、D_2、D_3 的笛卡儿积为：

$D_1 \times D_2 \times D_3$ = {(高等数学，赵勇，计科 01)，(高等数学，赵勇，信息 02)，
(高等数学，刘大为，计科 01)，(高等数学，刘大为，信息 02)，
(高等数学，李玉敏，计科 01)，(高等数学，李玉敏，信息 02)，
(计算机导论，赵勇，计科 01)，(计算机导论，赵勇，信息 02)，
(计算机导论，刘大为，计科 01)，(计算机导论，刘大为，信息 02)，
(计算机导论，李玉敏，计科 01)，(计算机导论，李玉敏，信息 02)}

其中：(高等数学，赵勇，计科01)、(计算机导论，李玉敏，信息02)等都是元组，而计算机导论、李玉敏、信息02等则是分量。

如果$D_i(i=1,2,\cdots,n)$为有限集，其基数为$m_i(i=1,2,\cdots,n)$，则$D_1\times D_2\times\cdots\times D_n$的基数$M$为：

$$M=\prod_{i=1}^{n}m_i$$

上例中的笛卡儿积的基数为$2\times2\times3=12$，即该笛卡儿积共有12个元组，这12个元组可列成如表1-1所示的一张二维表。

表 1-1 $D_1\times D_2\times D_3$ 的笛卡儿积

COURSE	STUDENT	CLASS
高等数学	赵勇	计科01
高等数学	赵勇	信息02
高等数学	刘大为	计科01
高等数学	刘大为	信息02
高等数学	李玉敏	计科01
高等数学	李玉敏	信息02
计算机导论	赵勇	计科01
计算机导论	赵勇	信息02
计算机导论	刘大为	计科01
计算机导论	刘大为	信息02
计算机导论	李玉敏	计科01
计算机导论	李玉敏	信息02

3. 关系(relation)

定义3：$D_1\times D_2\times\cdots\times D_n$的子集叫做在域$D_1,D_2,\cdots,D_n$上的关系，表示为：

$$R(D_1,D_2,\cdots,D_n)。$$

其中R是关系名。

关系是笛卡儿积的有限子集，因为笛卡儿积可表示为一张二维表，因此关系也是一张二维表。关系的实际含义是指人们通常所关心的笛卡儿积中的一部分元组，因为这一部分元组是有意义的。例如在上述例子中的学生集合，其实际有意义的元组是指一名学生不可能同时属于两个班级。例如，赵勇、刘大为是计科01班学生，李玉敏是信息02班学生，则一个反映学生选课信息的关系$R(D_1,D_2,D_3)$如表1-2所示。

表 1-2 $D_1\times D_2\times D_3$ 的笛卡儿积

COURSE	STUDENT	CLASS
高等数学	赵勇	计科01
高等数学	刘大为	计科01
高等数学	李玉敏	信息02
计算机导论	赵勇	计科01
计算机导论	刘大为	计科01
计算机导论	李玉敏	信息02

关系用二维表来表示，使人们对于关系的理解更为直观，也更加容易理解数据库的逻辑结构。关系与二维表之间的对应关系可由表1-3表示。

表1-3　关系与二维表的对应关系

关系(集合)	二维表
元组：集合中的一个元素	记录：表中的一行
属性：每一个域的具体含义	字段：表中的一列
域：属性的取值范围	列的数据类型
分量：元组中的一个属性值	某一行中某列的值
主码：某个属性组，其值能唯一标识关系中的一个元组，也称关键字	码：能唯一标识表中一行

4. 关系模式

对于一个关系的描述称为"关系模式"，关系模式包含关系名、属性名、属性向域的映像以及属性之间数据的依赖关系。

1.4.2　关系代数基础

关系数据模型的创始人E. F. Codd将集合代数运用于关系，称作关系代数。

关系代数是以集合代数为基础而发展起来的，它是以关系为运算对象的一组高级运算的集合。任何一种运算都是将一定的运算符作用于一定的运算对象上，以得到预期的运算结果。因此，运算对象、运算符、运算结果是运算的三大要素。对于关系代数而言，其运算对象是关系，运算结果仍然是关系，而所用到的运算符如表1-4所示。关系运算符有四类：集合运算符、专门的关系运算符、算术比较运算符和逻辑运算符。

表1-4　关系代数运算符

运算符		含义	运算符		含义
集合运算符	$\cup$	并	比较运算符	$>$	大于
	$-$	差		$<$	小于
	$\cap$	交		$\geqslant$	大于等于
	$\times$	笛卡儿积		$\leqslant$	小于等于
				$=$	等于
				$\neq$	不等于
专门的关系运算符	σ	选择	逻辑运算符	$\neg$	非
	π	投影		$\wedge$	与
	$\bowtie$	连接		$\vee$	或
	$\div$	除			

关系代数的运算按运算符的不同可分为传统的集合运算和专门的关系运算两类。传统的集合运算把关系看成元组的集合，集合里的运算(并、差、交、笛卡儿积等)可以引入到关系的运算中来。其运算是从关系的"水平"方向即行的角度来进行。而另外一类运算是针对关系数据库专门设计的，其运算包括对关系进行垂直分解(投影)、水平分解(选择)和关系的结合(连接)等操作。

比较运算符是用于辅助专门关系运算符进行操作的。

在介绍关系代数之前,先介绍一个概念——并相容。

如果有两个 n 元关系 R 和 S,其对应的属性值取值于同一个域,则称关系 R 和 S 是并相容。

例如,以下两个关系即符合并相容:

$$R(A_1: D_1, A_2: D_2, \cdots, A_n: D_n)$$
$$S(B_1: D_1, B_2: D_2, \cdots, B_n: D_n)$$

1. 传统的集合运算

1) 并(union)

设关系 R 和 S 是并相容,其并运算表示为 $R \cup S$,运算结果生成一个新关系,其元组由属于 R 的元组和属于 S 的元组共同组成,可表示成:

$$R \cup S = \{t \mid t \in R \vee t \in S\}$$

其中符号 $\in$ 表示属于,$\vee$ 表示或操作。

2) 差(except)

设关系 R 和 S 是并相容,其差运算表示为 $R-S$,运算结果生成一个新关系,其元组由属于 R 但不属于 S 的元组组成,可表示成:

$$R - S = \{t \mid t \in R \wedge t \notin S\}$$

其中符号 $\notin$ 表示不属于,$\wedge$ 表示与操作。

3) 交(intersection)

设关系 R 和 S 是并相容,可求其交集,运算结果是一新关系,其元组由既属于 R 又属于 S 的元组组成,可表示为:

$$R \cap S = \{t \mid t \in R \wedge t \in S\}$$

其中符号 $\wedge$ 表示与操作。

两个关系的交集可以通过差运算导出:

$$R \cap S = R - (R - S)$$

4) 笛卡儿积(cartesian product)

这里的笛卡儿积严格地讲是广义笛卡儿积(Extended Cartesian Product),也称叉积。因为笛卡儿积的元素是元组。

设 R 和 S 分别是 r 元和 s 元关系,定义 R 和 S 的叉积是一个 $(r+s)$ 元元组的集合,每一个元组的前 r 个分量来自 R 的一个元组,后 s 个分量来自 S 的一个元组。叉积可记为 $R \times S$,形式定义如下:

$$R \times S = \{t \mid t = < t_r, t_s > \wedge t_r \in R \wedge t_s \in S\}$$

若 R 有 m 个元组,S 有 n 个元组,则 $R \times S$ 就有 $m \times n$ 个元组。

示例 设 r 和 s 是关系模式 $R(ABC)$ 上的两个关系:

r(A	B	C)
a_1	b_1	c_1
a_1	b_2	c_1
a_2	b_1	c_2

s(A	B	C)
a_1	b_2	c_1
a_2	b_2	c_1
a_2	b_2	c_2

则

$r\cup s$(A	B	C)
a_1	b_1	c_1
a_1	b_2	c_1
a_2	b_1	c_2
a_2	b_2	c_2

$r\cap s$(A	B	C)
a_1	b_2	c_1
a_2	b_2	c_2

$r-s$(A	B	C)
a_1	b_1	c_1
a_2	b_1	c_2

$r\times s$(A	B	C	A	B	C)
a_1	b_1	c_1	a_1	b_2	c_1
a_1	b_1	c_1	a_2	b_2	c_1
a_1	b_1	c_1	a_2	b_2	c_2
a_1	b_2	c_1	a_1	b_2	c_1
a_1	b_2	c_1	a_2	b_2	c_1
a_1	b_2	c_1	a_2	b_2	c_2
a_2	b_1	c_2	a_1	b_2	c_1
a_2	b_1	c_2	a_2	b_2	c_1
a_2	b_1	c_2	a_2	b_2	c_2

2. 专门的关系运算

1）选择(selection)

该运算是对关系作水平分解，即从关系 R 中选择部分满足条件的元组。选择运算用下列式子表示：

$$\sigma_F(R)=\{t \mid t\in R \wedge F(t)=\text{TRUE}\}$$

其中：R 是关系名；F 表示条件，为一逻辑表达式，运算符可包括 $\wedge$、$\vee$、$-$、$=$、$\neq$、$>$、$>=$、$<$、$<=$ 及算术运算符等，运算对象可以是属性名、常量等，表达式中还可调用一些函数。

2）投影(projection)

投影是对关系作垂直分解，即从关系 R 的属性集中选择属性子集，由所选出的关系的部分列组成一个新关系。投影运算表示为：

$$\pi_{(a_i,\cdots,a_j)}R$$

投影操作的结果生成一个新关系，其属性集为$(A_i:D_i,\cdots,A_j:D_j)$，其元组为$(A_i:a_i,\cdots,A_j:a_j)$。

3）连接(join)

前述笛卡儿积操作将结果关系扩展得很多，如果笛卡儿积的两关系元组数分别为 m 和 n，那么结果关系的元组数为 $m\times n$，但在处理中往往只是需要其中部分元组。连接操作就是从叉积中选择满足条件的元组，连接运算表示为：

$$R\underset{A\theta B}{\bowtie}S=\{t_r,t_s \mid t_r\in R \wedge t_s\in S \wedge t_r[A]\theta t_s[B]\}$$

其中 θ 为比较运算符，该连接操作的含义是从两个关系 R 和 S 的笛卡儿积中选择出 R

关系中在 A 属性组上的值与 S 关系中在 B 属性组上的值满足 θ 比较关系的元组。因此，该连接运算也称为 θ 连接。

当比较操作(θ)为相等(=)比较时，在结果关系中存在着完全相等的两列，可将重复从结果中去掉，这样的操作称为自然连接。

自然连接表示为：

$$R \bowtie S = \{t_r, t_s \mid t_r \in R \wedge t_s \in S \wedge t_r[A] = t_s[B]\}$$

自然连接是连接操作中用得最多的一种，它实际上是将不同关系中相关元组连在一起。利用上述的关系操作，可完成对关系数据库中关系的操作。下面通过教务管理模式实例说明关系操作。

设关系模式为：

STUDENT 学生(SID 学号,SNAME 姓名,SSEX 性别,BIRTHDAY 出生年月,DNO 系号)
DEP 系(DNO 系号,DNAME 系名,TEL 电话)
COURSE 课程(CID 课程号,CNAME 课程名,CRED 学分,TIME 上课时间,QUOTA 名额)
SC 选修课程(SID 学号,CID 课程号,RESULT 成绩)

其中：BIRTHDAY 描述学生出生年月，DNO 描述学校系部编号，TIME 描述上课时间，QUOTA 指明选修该课程的名额限制。

下面是对上述关系操作的几个例子：

示例 查询 85 年以后出生的女同学名单（只列出姓名），其查询表达式为：

$$\pi_{SNAME}(\sigma_{SSEX='女'\ AND\ BIRTHDAY>'31-DEC-85'}(STUDENT))$$

示例 查找选修了“数据库原理”课程且成绩在 85 分以上的学生姓名，其查询表达式为：

$$'\pi_{SNAME}(STUDENT \times \pi_{SID}(\sigma_{RESULT>85}(SC \times \pi_{CID}(\sigma_{CNAME='数据库原理'}(COURSE)))))$$

示例 查询同时选修了课程号为 C01 和 C02 两门课程的学生学号。

这个题看起来很容易，但很容易犯逻辑性错误，分析下列查询表达式是否正确？

$$\pi_{SID}(\sigma_{CID='C01'\ AND\ CID='C02'}(SC))$$

其错误在什么地方？

正确表示应为：

$$\pi_{SID}(\sigma_{CID='C01'}(SC)) \cap \pi_{SID}(\sigma_{CID='C02'}(SC))$$

示例 查询计算机系学生选修的全部课程号。

$$\pi_{CID}(SC \times \pi_{SID}(STUDENT \times \pi_{DNO}(\sigma_{DNAME='计算机系'}(DEP))))$$

4）除运算(division)

关系 R 与 S 的除运算得到一个新关系 $P(X)$，P 是 R 中满足下列条件的元组在 X 属性列上的投影：

$$R \div S = \{ t_r[X] \mid t_r \in R \wedge \pi_Y(S) \subseteq Y_x \}$$

其中：给定关系 $R(X,Y)$ 和 $S(Y,Z)$，X、Y、Z 为属性组。R 中的 Y 与 S 中的 Y 可以有不同的属性名，但须出自相同的域集。

Y_x 称为 x 在 R 中的象集，$x=t_r[X]$。

示例 给定关系 R、S 如下，求 $R\div S$。

$R(A\ B\ C)$		
a_1	b_1	c_2
a_2	b_3	c_7
a_3	b_4	c_6
a_1	b_2	c_3
a_4	b_6	c_6
a_2	b_2	c_3
a_1	b_2	c_1

$S(B\ C\ D)$		
b_1	c_2	d_1
b_2	c_1	d_1
b_2	c_3	d_2

在上述关系 R 中，A 可取 4 个值 $\{a_1,a_2,a_3,a_4\}$

a_1 对应的属性集合 $\{(b_1,c_2),(b_2,c_3),(b_2,c_1)\}$

a_2 对应的属性集合 $\{(b_3,c_7),(b_2,c_3)\}$

a_3 对应的属性集合 $\{(b_4,c_6)\}$

a_4 对应的属性集合 $\{(b_6,c_6)\}$

仅 a_1 对应的属性集合 (B,C) 全在 S 中，换言之，a_1 与 S 在 (B,C) 属性集合的组合全部在 R 中。即，$\{(b_1,c_2),(b_2,c_3),(b_2,c_1)\}$ 是 a_1 在 R 中的象集，因此，$R\div S=\{a_1\}$。

如上所述，a_1 与 S 在 (B,C) 属性集合的组合全部都在 R 中，也就是说，a_1 与 S 的笛卡儿积是 R，而 a_1 是 R 与 S 的除运算之结果，这说明，除运算是笛卡儿积的逆运算。

示例 表示学生、课程以及选修的关系模式如前述，求选修全部课程的学生的学号和姓名。

$$\pi_{\mathrm{SID,CID}}(\mathrm{SC})\div\pi_{\mathrm{CID}}(\mathrm{COURSES})\bowtie\pi_{\mathrm{SID,SNAME}}(\mathrm{STUDENTS})$$

在关系运算中，常常把由并、差、笛卡儿积、选择、投影 5 个关系运算称为基本关系运算。所谓基本关系运算，其实质是指经过以上 5 种关系运算的有限次复合的表达式，可用来表示各种数据查询操作。或说：其他的关系操作都可以表示为上述 5 种运算组成的操作序列。

关系操作可以由两种方式表示：代数方式和逻辑方式，前者是由对关系的特殊操作所表示，后者是由逻辑公式表示，这两种方式在功能上是等价的。后面章节介绍的 SQL 语言所支持的关系操作介于上述两种方式之间。

关系代数是关系理论及 SQL 语言的基础。

1.5 数据库体系结构

从数据库管理系统的角度来看，数据库的体系结构分成三级：外部级(External)、概念级(Conceptual)和内部级(Internal)，如图 1-10 所示。这个结构称为“数据库的体系结构”，有时亦称为“三级模式结构”，或“数据抽象的三个级别”。数据库体系结构早在 1971 年通过的 DBTG 报告中提出，后来收入 1975 年的 ANSI/X3/SPARC(美国国家标准化组织/授权的标准委员会/系统规划与需求委员会)报告中。虽然现在 DBMS 的产品多种多样，在不同的操作系统支持下工作,但是大多数系统在总的体系结构上都具有三级结构的特征。

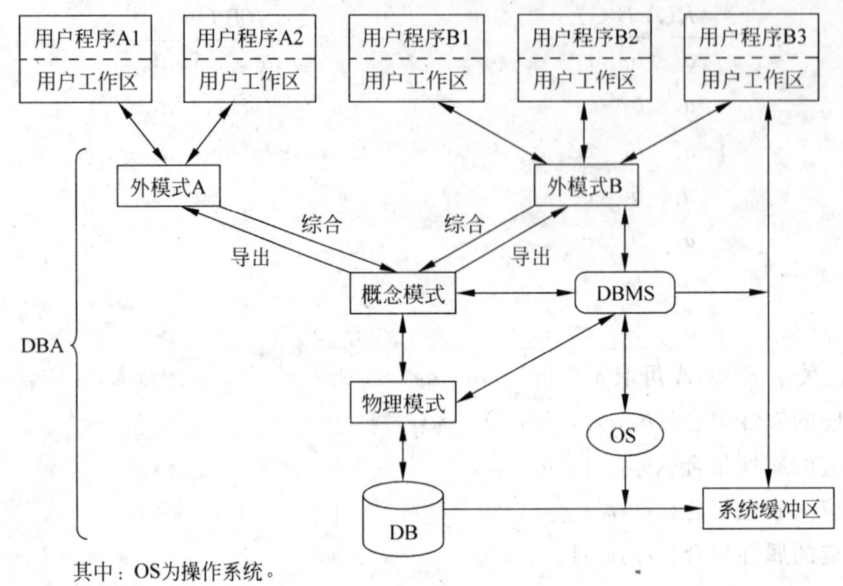

图 1-10　数据库系统的三级模式结构

从某个角度看到的数据特性,称为数据视图(data view),其外部级最接近用户,是单个用户所能看到的数据特性。单个用户使用的数据视图的描述称为"外模式"。概念级涉及所有用户的数据定义,也就是全局性的数据视图。全局数据视图的描述称为"概念模式"。内部级最接近于物理存储设备,涉及物理数据存储的结构。物理存储数据视图的描述称为"内模式"。

数据库的三级模式在DBTG报告中分别称为子模式、模式和物理模式。数据的三级抽象术语如表1-5所示。

表 1-5　数据抽象的术语

分级	数据模型	数据定义语言中的称呼	DBTG 报告中的称呼
外部级	外模型	外模式	子模式
概念级	概念模型	概念模式	模式
内部级	内模型	内模式	物理模式

数据库的三级模式结构是对数据的3个抽象级别,它把数据的具体组织留给DBMS去做,用户只要抽象地处理数据,而不必关心数据在计算机中的表示和存储,这样就减轻了用户使用系统的负担。

三级结构之间往往差别很大,为了实现这3个抽象级别的联系和转换,DBMS在三级结构之间提供两级映像(Mapping):外模式/模式映像、模式/内模式映像。

1.5.1　体系结构中的要素

1. 概念模式

概念模式(schema):也称逻辑模式,是数据库中全部数据的整体逻辑结构和特征的描述。它由若干个概念记录类型组成，还包含记录间联系、数据的完整性、安全性等要求。概念模式是所有用户的公共数据视图。描述概念模式的数据定义语言称为模式 DDL(Schema Data Definition Language)。在大多数情况中，概念模式简称为模式。

模式是数据库数据在逻辑级上的视图。它是数据库系统模式结构的中间层，因此，它既不涉及存储结构等硬件环境，也不涉及具体应用程序等访问技术的细节。这样，概念模式达到了所谓的"物理数据独立性"。

数据按外模式的描述提供给用户，按内模式的描述存储在磁盘中，而概念模式提供了连接这两级的相对稳定的中间观点，并使得两级中任何一级的改变都不受另一级的牵制。

2. 外模式

外模式(external schema)：也称子模式或用户模式，是用户与数据库系统的接口，是用户用到的那部分数据的描述。外模式由若干个外部记录类型组成，它是与某一应用有关的数据的逻辑表示。

DBMS 提供外模式描述语言(外模式 DDL)来严格定义外模式，用户则使用数据操纵语言(DML)语句对数据库进行操作。有了外模式，程序员不必关心概念模式，只与外模式发生联系，按照外模式的结构存储和操纵数据。实际上，外模式是概念模式的逻辑子集。一个数据库可以有多个外模式，同一个外模式可以为某个用户的多个应用系统所使用，但一个应用程序只能使用一个外模式。

外模式也是保证数据库安全性的一个简单而有力的措施。每个用户只能看到和访问其所对应的外模式中的数据，数据库中其余数据对该用户而言是不可见的。

3. 内模式

内模式(internal schema)：也称物理模式或存储模式，它是数据物理结构和存储方式的描述，是数据在数据库内部的表示方式。它定义所有的内部记录类型、索引和文件的组织方式，以及数据控制方面的细节。

内部记录并不涉及物理设备的约束。比内模式更接近物理存储和访问的那些软件机制是操作系统的一部分(即文件系统)，例如从磁盘读数据或写数据到磁盘上的操作等。

描述内模式的数据定义语言称为内模式 DDL。

4. 模式/内模式映像

模式/内模式映像存在于概念级和内部级之间，用于定义概念模式和内模式之间的对应性。数据库中只有一个模式，也只有一个内模式，所以，模式/内模式映像是唯一的，其定义了数据全局结构与存储结构之间的对应关系。

由于这两级的数据结构可能不一致，即记录类型、字段类型的命名和组成可能不一样，因此，需要这个映像说明概念记录和内部记录之间的对应性。模式/内模式映像一般是放在内模式中描述的。

5. 外模式/模式映像

外模式/模式映像存在于外部级和概念级之间，用于定义外模式和概念模式之间的对应性。因为这两级的数据结构可能不一致，即记录类型、字段类型的命名和组成可能不一样，所以需要这级映像以说明外部记录和概念记录之间的对应性。对应于同一个模式，数据库可以有多个外模式，而对于每一个外模式，数据库系统都有一个外模式/模式映像，其定义了该外模式与模式之间的对应关系。这些映像的定义一般放在各自的外模式中描述。

1.5.2 数据的独立性

由于数据库系统采用三级模式结构，因此系统具有数据独立性的特点。

数据独立性(data independence)是指应用程序和数据库的数据结构之间相互独立，不受影响。数据独立性分成物理数据独立性和逻辑数据独立性两个级别。

1. 物理数据独立性

当数据库的内模式要修改，即数据库的物理结构有所变化(例如选用了另一种存储结构)，只要由数据库管理员对模式/内模式映像作相应的改变，可以使概念模式保持不变。从而应用程序也不必改变。也就是对内模式的修改尽量不影响概念模式，当然对于外模式和应用程序的影响更小，这样，我们称数据库达到了物理数据独立性(简称物理独立性)。

2. 逻辑数据独立性

当数据库的概念模式要修改(例如要增加新的关系、新的属性、改变属性的数据类型等)，只要由数据库管理员对外模式/模式映像作相应的修改，可以使外模式和应用程序尽可能保持不变。这样，我们称数据库达到了逻辑数据独立性(简称逻辑独立性)。

数据与程序之间的独立性，使得数据的定义和描述与应用程序相分离，而且，由于数据的存取是由 DBMS 管理，用户不需要去考虑存取路径等细节，从而简化了应用程序的编制，大大减少了应用程序的维护与修改。

1.5.3 数据库系统工作流程

在数据库系统中，当一个应用程序或用户需要存取数据库中的数据时，应用程序、DBMS、操作系统、硬件几个方面必须协同工作，以共同完成用户的请求。这是一个较为复杂的过程，其中 DBMS 起着关键作用。如图 1-11 所示，通过一个用户对数据库的访问过程来理解数据库系统的工作流程以及各组成部分之间的相互关系。

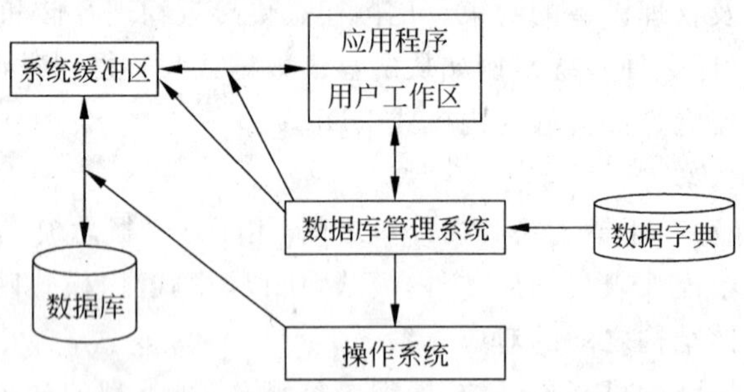

图 1-11 用户访问数据库的工作流程

当应用程序从数据库中读取一个数据时，需要经过下列步骤：

① 应用程序向 DBMS 发出一条数据操纵语句或查询命令，以从数据库中读取一条数据记录。

② DBMS 要对该命令进行语法以及语义的检查，而后从数据字典中找到数据定义及数据授权的相关信息，进行权限检查，如发现为不合法的操作，则拒绝提供数据服务并向用户发出相应的错误信息。

③ 如果操作命令允许，DBMS 从数据字典中调进相应的模式定义，并检查外模式/模式

映像，从而确定应该读入模式中哪些记录。

④ DBMS继续查看物理模式定义，依据模式/物理模式映像，以确定应存取的物理记录及其存取方式。

⑤ DBMS根据上述物理记录及其具体的地址信息，向操作系统发出读取所需物理记录的命令。

⑥ 操作系统执行I/O命令，将数据从数据库存储区读入系统缓冲区，并将执行结果通知DBMS。

⑦ DBMS依据查询命令以及数据字典中模式/子模式定义信息，将系统缓冲区中内容转换成应用程序所需的记录格式。

⑧ DBMS将数据记录从系统缓冲区传递至用户工作区。

⑨ DBMS向应用程序返回命令执行情况的状态信息。

以上的工作流程说明，在数据库系统中，DBMS处于中心地位，其工作随时要参照数据字典中的定义信息。而且，DBMS并不直接读取数据库中的数据，而是通过操作系统访问数据库，因此说，数据库系统是基于操作系统的。

1.6 SQL Server 2005 数据库系统概述

SQL Server是近年来Microsoft公司卖得最好、成长最快的数据库产品。在2000年，Microsoft公司推出了SQL Server 2000版本，它标志着Microsoft公司进入大型数据库管理系统及高端数据库服务市场并占有一席之地。此后，Microsoft公司经过超过千人的开发团队历时5年的开发与改版，于2005年底推出SQL Server 2005。

1.6.1 SQL Server 2005 数据库的发展

SQL Server最早是由关系数据库Sybase演变过来的，Microsoft公司在1988年与Sybase公司合作推出了第一个OS/2版本。1992年，SQL Server被移植到Windows NT上，Microsoft成了这个项目的主导者。1994年以后，Microsoft公司与Sybase公司的合作结束，Microsoft专注于开发、推广SQL Server的Windows NT版本，并于1995年发行了SQL Server 6.0版本，到了1996年，Microsoft公司推出了SQL Server 6.5的商用版本。

1998年，在美国拉斯维加斯开幕的COMDEX/FALL′98展会上，Microsoft公司发布了当年下半年最重要的产品——SQL Server 7.0。为了向高端扩张，Microsoft“重打炉灶另开张”，从底层开始重编写SQL，这在Microsoft产品史上还是第一次，而SQL Server 7.0测试版在支持一个数据量高达数TB的全球卫星照片Web站点时的表现令与会者满意，因此在推出了SQL Server 7.0版本的90天内，全球已有300家独立软件商、20家主要设备制造厂商宣布支持SQL Server 7.0。SQL Server 7.0最大的特点是扩展性、可靠性和易用性。它是一个完整的软件包，可以满足任何规模的关键商业应用需求。当年已有20多个行业开始采用SQL Server 7.0。应当说，在SQL Server的发展过程中，SQL Server 7.0是一个里程碑式的版本，它使用了许多新技术，具有许多新特性，如安全策略、多处理器支持、索引服务器及事件探查器等，另外加强了数据复制和转换功能。

2000年，Microsoft公司推出了SQL Server 2000版本。这是SQL Server又一个里程

碑式的版本，它的出现标志着 Microsoft 公司在大型数据库管理系统及高端数据库服务市场占有一席之地。SQL Server 2000 能够满足大型 Web 站点和企业数据处理对数据存储、管理和分析的需求，它是一套组件集合，由许多组件共同完成强大的功能。

2003 年 4 月，Microsoft 公司宣布 SQL Server 2000 企业版(64 位)上市。该产品的设计面向在 Windows Server 2003 的 64 位版本上运行的高性能应用软件。

从 2000 年起，Microsoft 公司集聚了近千名开发团队历时 5 年，于 2005 年底推出了新一代企业级数据库产品，这是一个全面的、集成的、端到端的数据解决方案，它为企业用户提供了一个更为安全、可靠和高效的平台以开展企业数据管理以及商业智能应用。

1.6.2 SQL Server 2005 体系结构

从用户的观点看，SQL Server 2005 是基于客户机/服务器(Client/Server，C/S)体系结构的关系数据库管理系统。

从数据库管理系统内部看，SQL Server 2005 有四大组件：协议(Protocol)、关系引擎(Relational Engine)(又称查询处理器(Query Processor))、存储引擎(Storage Engine)和 SQLOS。任何客户端应用程序提交给 SQL Server 执行的每一个批处理(Batch)都必须与这四个组件进行交互。

协议组件：负责接收请求并把它们转换成关系引擎能够识别的形式。它还能够获取任意查询、状态信息、错误信息的最终结果，然后把这些结果转换成客户端能够理解的形式，最后再把它们返回到客户端。

关系引擎组件：负责接收 SQL 批处理然后决定如何处理它们。对 T-SQL 查询和编程结构，关系引擎层可以解析、编译和优化请求并检查批处理的执行过程。如果批处理被执行时需要数据，它会发送一个数据请求到存储引擎。

存储引擎组件：负责管理所有的数据访问，包括基于事务的命令(transaction-based command)和大批量操作(bulk operation)。这些操作包括备份、批量插入和某些数据库一致性检查(Database Consistency Checker，DBCC)命令。

SQLOS 组件：负责处理一些通常被认为是操作系统职责的活动，例如线程管理(调度)、同步单元(synchronization primitive)、死锁检测和包括缓冲池(Buffer Pool)的内存管理。

从功能上看，SQL Server 2005 主要包含了企业数据管理、开发效率提升以及商业智能应用的增强等方面。其主要组件包括：

1. 核心组件

1) 数据库引擎

数据库引擎(Database Engine)是 SQL Server 2005 中用于数据存储和处理的核心组件，它实施数据完整性和事务处理以保证所存储数据的一致性和可恢复性。数据库引擎进行数据同步以确保在多用户和应用中所观察到的数据相同，此外，数据引擎提供安全模型以保证授权用户能够观察和操纵所存储的数据。

2) 分析服务

分析服务(Analysis Services)指通过创建数据仓库、在数据仓库中进行多维分析，以及从数据仓库中挖掘有用的商业模式等应用技术对所存储和管理的数据进行深入的数据分析。这是商业智能的基础和主要工具。

SQL Server 2005 使用数据库引擎所存储的数据或数据源以构建联机分析处理(OLAP)以及数据挖掘平台，通过这一新的开发、管理环境，来设计、创建、部署和管理商业智能应用。其中的数据挖掘组件有助于在解决业务问题时提供所需的决策支持数据。

3）报表服务

SQL Server 2005 提供一组工具和服务的内置组件以使用基于数据库引擎、分析服务或其他数据源的数据创建、出版和管理的报表。所谓报表，指用于签发或传递的 CVS、PDF 等格式报表或在 Web 浏览器上浏览的报表。报表服务(Reporting Services)是一个基于 Web 的企业级的报表服务，如前所述，其可从多种数据源获取数据并生产报表，构成一个完整全面的报表应用平台。

4）数据集成服务

数据集成服务(Integration Services，也称 SSIS)是 SQL Server 2005 中的面向大型数据管理的一个平台，其用于在数据源之间创建数据抽取、转换和加载(ETL)的集成解决方案。

2. 后台服务组件

1）Service Broker

这是 SQL Server 2005 中内置的基于消息的分布式通信平台，它是 SQL Server 2005 中的新技术，用于帮助开发人员或用户构建安全、可靠且可伸缩的应用程序。其对使用单个 SQL Server 实例的应用程序和在多个实例间分配工作的应用程序都适用。在单个 SQL Server 实例中，Service Broker 提供了可靠的异步编程模型。Service Broker 还在 SQL Server 实例之间提供可靠的消息传递服务。它使用 TCP/IP 在实例之间交换消息。

SQL Server 2005 本身在许多机制上都使用 Service Broker，以让原先版本中在前台同步的运作改为后台异步运作。同样，用户编写的应用程序也可以通过 Service Broker 将同步运行改成异步运行。例如，以前在 SQL Server 2000 中通过触发器立即处理数据操作后应该完成的业务逻辑，现在可以通过 Service Broker 在系统不忙的时间再来完成。这样，可以更好地利用 CPU 和服务器资源。

2）复制服务

复制服务(Replication Services)主要实现数据库的同步。在 SQL Server 2005 中，复制是通过数据库同步保持数据一致性的技术，其用于在数据库间对数据和数据库对象进行复制和分发，使用复制，可以在局域网和广域网、拨号连接、无线连接和 Internet 上将数据分发到不同位置以及分发给远程或移动用户的便携设备上。复制服务支持多种数据源和设备。

3）通知服务

通知服务(Notification Service)是一个用于开发部署具备消息通知发送功能的应用程序平台，它在 SQL Server 2000 中是可选组件，而在 SQL Server 2005 中是一个组成部分。该应用程序可以生成通知并将通知发送给订阅方。通知可以向多种设备传递消息，并可及时发送个性化消息，这反映了订阅方的兴趣所在。

4）全文搜索

全文搜索的作用是为存储在数据库中的文本数据创建基于关键字的查询索引。SQL Server 2005 的全文搜索，不是基于列的查找，而是基于关键词的查找。它将文本信息进行全文过滤后生产一个 catalog，以方便查询。

1.6.3 SQL Server 2005 的新特性

SQL Server 2005 被认为是新一代的数据管理与分析软件。当今企业或组织机构都面临着多项前所未有的数据技术的挑战：比如说需要在整个企业范围内实现数据与系统的高度分布，需要为内部员工、目标客户与合作伙伴提供针对相关数据的持续访问或调用能力，以切实有效的信息资料帮助管理者进行科学决策，以及在提高应用程序可用性、安全性或可靠性的前提下控制信息系统运行维护成本费用水平。

SQL Server 2005 在简化企业数据与分析应用的创建、部署和管理，以及在解决方案伸缩性、可用性和安全性方面较之以前的版本有着重大改进。

对于数据库管理系统而言，数据管理及 SQL 语言是基础。数据和管理数据的系统必须始终为用户可用并且能够确保安全。SQL Server 2005 主要功能的增强如下所列：

1. 企业数据管理

SQL Server 2005 作为一个企业数据管理平台，它提供单一管理控制台，使数据管理员能够在任何地方监视、管理和调整企业中所有的数据库和相关的服务使部署、管理和优化企业数据以及分析应用程序变得更加简单和更为容易。

SQL Server 2005 在高可用性上通过创新的数据库镜像、故障转移群集、数据库快照等技术和增强的联机操作(这有助于最小化停机时间)，确保可以访问关键的企业系统。另外，额外的备份和恢复功能，以及复制的增强都使得企业能够构建和部署高可用性的应用程序。

SQL Server 2005 在数据库平台的安全模型上显著增强了，提供了更为精确和灵活的控制，数据安全更为严格。这为企业或组织的数据提供更高级别的安全性。

2. Transact-SQL 语言增强

SQL 语言是一种介于关系代数与关系演算之间的语言，它是功能极强的关系数据库标准语言。Transact-SQL 是 Microsoft 公司拥有的应用于 SQL Server 数据库系统的原生语言，其包含有全部标准的 SQL，并且对该标准进行了扩展。长期以来已成为所有 SQL Server 可编程性的基础。SQL Server 2005 在此基础上又提供了许多新的语言功能，以用于开发可伸缩的数据库应用程序。这些增强包括错误处理、新的递归查询功能和对新 SQL Server 数据库引擎功能的支持。SQL Server 2005 中对 Transact-SQL 的增强，提高了程序开发人员或用户在查询编写上的表达能力，从而提高了代码性能和扩展了错误管理能力。从对增强 Transact-SQL 所投入的不断努力来看，体现出该语言在 SQL Server 中的重要作用。

3. 开发效率提高

SQL Server 2005 中包含许多可以显著提高开发人员生产效率的新技术。从对 .NET Framework 的支持到与 Visual Studio 的紧密集成，这些性能的改善与提升使开发人员能够以较低的成本更轻松地创建安全、强大的数据库应用程序。SQL Server 2005 使开发人员可以利用现有的跨多种开发语言的技巧并且为数据库提供端对端开发环境。

在集成应用程序开发上，SQL Server 2005 最引人注目的地方是将.NET CLR (Common Language Runtime)直接集成到 SQL Server 2005 的数据库引擎中，这可以让程序开发人员通过自己所熟悉的.NET 语言，如 Visual Basic.NET 中的 C# 等来开发 SQL Server 内的对象，并且直接与 SQL Server 数据库引擎执行在同一个程序中，以提升运行效率。换言之，以前需要通过 C++编写扩展存储过程才能扩展 SQL Server 功能，现在可以通过.NET 语言很容易地完成。

在集成的数据管理方面，SQL Server 2005 将以前的 SQL Server 2000 版本中使用已久的 SQL Server Enterprise Manager 与 Visual Studio 2005 集成，命名为 SQL Server Management Studio，并同时将原先的 SQL Query Analyzer、SQL Server Profiler、MDX Sample Application 等工具一起集成到 Visual Studio 2005 之中，这样，程序设计开发人员以及数据库管理员只需要熟悉一个界面，就可以管理并测试所有相关的功能。该统一界面还提供项目管理的能力，这使得用户用 T-SQL、MDX、DMX、XML/A 等语言编写的各类脚本文件可以通过项目，为相关的语句提供一致的编写、访问、执行、测试与有效的管理。同时，由于开发与管理工具都集成在 Visual Studio 2005 中，因此，当需要以.NET 编写诸如存储过程、用户自定义函数等 SQL Server 2005 内置对象时，可以通过 Visual Studio 2005 提供的项目模板进行开发，开发完成的组件，通过 Visual Studio 2005 发布到 SQL Server 内完成安装设置，并在该集成环境内进行调试。

除此以外，上述所提及的数据集成服务(SSIS)、报表服务(RS)中的报表设计、分析服务(AS)中的相关设计与测试等都可以在 Visual Studio 2005 中完成。简而言之，数据库系统的分析、设计、开发、测试、维护等软件各生命期内的活动均可在 Visual Studio 2005 这个统一的集成环境中完成。该集成环境如图 1-12 所示。

图 1-12 Visual Studio 2005 集成环境

4. XML 支持

现在,应用程序在交换数据或存储设置时,大多采用 XML 格式。所谓 XML(extensible Markup Language,可扩展标记语言)是业界广泛且深入应用的网络数据交换技术。此前,人们可将 XML 数据以文件方式存储在硬盘目录中,而后将该文件相关的管理信息放入关系数据库内。需要操作 XML 数据时,一方面通过 SQL 查询语句在数据库内找到相关的 XML 文件,另一方面应用程序通过 XML 接口来访问 XML。因此,要编写这类程序时,开发人员需要同时学习和掌握 T-SQL 以及 XML 相关的语言与接口技术,这使得应用变得复杂,而且安全控制也更为复杂。

SQL Server 2005 依据 ANSI SQL 新标准,将关系数据库存放数据的模型扩展到 XML 数据格式,即 SQL Server 2005 作为 XML 的数据存储区,如此一来,可以让两种类型的数据有统一的管理机制,此举简化了系统的架构设计,从而使应用程序的开发技术单一并且完整。

5. 完备的商业智能平台

SQL Server 2005 是一个完整的商业智能(BI)平台,它提供了可用于创建典型和创新分析应用程序所需的特性、工具和功能。

Business Intelligence Development Studio 是专门为 BI 开发人员设计的集成开发环境。而 SQL Server Integration Services (SSIS) 已被重新编写,用以对超大数据量高速执行复杂的数据集成、转换和合成。SQL Server 2005 数据挖掘则是一种 BI 技术,它可帮助人们创建复杂的分析模型,并将它们与企业或组织的业务操作相集成。作为分析工具的数据挖掘,随着其他重要新算法(包括关联规则、时间序列、回归树、顺序分析和聚类分析、神经网络和 Naive Bayes)的增加,其功能更加完美。

SQL Server 2005 为端到端商业智能平台赋予了包括联机分析处理(OLAP),数据挖掘,提取、转换与加载(ETL)工具,数据仓库和报告功能等在内的集成化分析处理特性。这种高度综合与集成的技术手段有助于组织机构在控制成本费用水平的同时,完成强大商务智能应用的无缝化创建与部署。

6. 其他改进

作为新一代企业级数据库产品,SQL Server 2005 还在以下方面进行了改进:

(1) 增添了 Service Broker 服务,以提供强大的可伸缩的异步消息队列。

(2) 新增镜像(Mirror)功能,将记录档案传送性能进行延伸,使用镜像可以在故障发生的几秒钟内完成负载的切换,以增强 SQL 服务器系统的可用性。

(3) ADO. NET 2.0: SQL Server 2005 对前端应用程序设计提供了新功能,这些新功能需要利用新的 ADO. NET 2.0 才可以访问,同样,在 SQL Server 2005 中新的数据类型、新快照事务,以及镜像功能等,也都需要通过 ADO. NET 2.0 访问和使用。

(4) 通知服务、报表服务的集成与增强。

(5) 数据仓库及数据挖掘的改进:在 SQL Server 2005 中提供 9 种新的数据挖掘模型,集成了丰富的查看和测试数据挖掘模型的工具,这使得数据挖掘技术的应用,对于任何规模的企业,都变得简单起来。

总而言之,对 SQL Server 2005 来说,作为一个关系数据库商业化的重要产品,其理论精深,而功能浩繁。本节仅能就其结构、功能、特点作一个概略的介绍,其中基础性的结构、功能和特性将在后续章节中一一详述。

本章小结

本章概述了数据库的基本概念，数据库技术产生和发展的背景，以及数据库系统的优点。数据模型作为数据库系统的核心和基础，本章详细介绍了其组成三要素，概念模型和关系数据模型。关系代数作为数据库技术的理论基础，在本章中也着重介绍了其数学定义和基本运算规则。并通过若干示例帮助读者理解与掌握。

数据库体系结构是对数据的3个抽象级别，也是数据库理论与技术的重要内容。本章较详细地介绍了这三层结构，由于三层结构的差别较大，通过两级映像进行联系与转换，同时以保证数据的独立性。本章对数据独立性进行了详细阐述，实际上，数据独立性是指在某个层次上修改模式而不至影响较高一层模式的能力。

数据库管理系统DBMS是位于用户和操作系统之间的一层数据管理软件，其与操作系统一起，现今也被称为平台软件。可见其在计算机应用中的基础性和关键性作用。这样的软件目前较多，本章以现今较为流行的、性价比较高、装机量较大的SQL Server 2005关系数据库管理系统商品软件为例，对其体系结构、功能和特点进行了较为详细的介绍。

思考练习题

1. 简述数据、数据库、数据库管理系统、数据库系统的概念。
2. 简述文件系统与数据库系统的区别与联系。
3. 试述数据库管理系统的主要功能。
4. 试述数据模型的概念、作用及三要素。
5. 定义并解释以下术语：
   模式、外模式、内模式、数据独立性
6. 给出以下名词的定义：
   关系模式、关系实例、域、元组
7. 设有关系 R 和 S 如下所示，计算 $R \bowtie S$、$R \underset{B<C}{\bowtie} S$、$\sigma_{A=C}(R \times S)$。

R：

A	B
a	b
c	b
d	e

S：

B	C
b	c
e	a
b	d

8. 设教学管理数据库有3个关系 S(SID，SANAME，AGE，SEX)、SC(SID，CID，CNAME)、C(CID，CCANE，TEACHER)，试用关系代数表达式表示下列查询：

(1) 所有女同学选修课程的课程名称和任课教师名；

(2) 检索LIU同学未选修的课程的课程编号；

(3) 检索至少选修两门课的学生学号；

(4) 检索全部学生都选修的课程的课程编号与课程名称。

9. 简述SQL Server 2005核心组件及其功能。
10. 试述SQL Server 2005的新特性。

第2章 SQL Server 2005安装与常用工具

SQL Server 2005 作为新一代企业级数据库产品，其系统的集成性以及功能强大、使用方便的工具，可以为不同规模的企业提供一套完整的数据解决方案。SQL Server 2005 产品分为 5 个版本，各个版本适用于应用需求不同以及规模不同的企业或组织，而且，每个版本所要求的软硬件环境也有差异。本章首先介绍 SQL Server 2005 数据库系统的安装，然后介绍 SQL Server 2005 系统数据库及系统表，最后介绍该系统中常用的管理工具。

2.1 SQL Server 2005 的安装

前面已经提及，SQL Server 2005 有 5 个版本，不同的版本对所支持的操作系统有不同要求，另外，与 SQL Server 2000 等以前版本不同的是 SQL Server 2005 需要有.NET Framework 的支持，但就该软件的安装而言，与 Microsoft 公司的其他产品安装过程基本类似。

2.1.1 SQL Server 2005 安装环境的配置

在安装 SQL Server 2005 之前，需要做好以下两项准备工作：

- 保证计算机的硬软件环境能满足 SQL Server 2005 的需要。
- 依据所需的用途和计算机的软硬件环境选择合适的版本和部件。

1. SQL Server 2005 的版本

安装 SQL Server 2005 之前必须对其版本有一定的了解，才能正确地选用与安装。SQL Server 2005 为了满足不同规模企业或组织的需要，提供了 5 个不同的版本：企业版、标准版、工作组版、开发版、精简版。不同的版本，根据应用程序的需要，安装要求可能有很大不同。下面先对不同版本作一个简要介绍。

1）企业版

企业版(SQL Server 2005 Enterprise Edition)实际上分为支持 32 位和支持 64 位两个版本。企业版达到了支持超大型企业进行联机事务处理（OLTP）、高度复杂的数据分析、数据仓库系统和网站所需的性能水平。其全面商业智能和分析能力，以及高可用性功能(如故障转移群集)，使它可以处理大多数关键业务的企业工作负荷。企业版是最全面的 SQL Server 版本，适用于超大型企业，能够满足最复杂的要求。

2）标准版

标准版(SQL Server 2005 Standard Edition)也有32位和64位两个版本。这是适用于中小型企业的数据管理和分析平台。其包括电子商务、数据仓库和业务流解决方案所需的基本功能。标准版的集成商业智能和高可用性功能可以为企业提供支持其运营所需要的基本功能。该版本功能虽没有企业版那样齐全,但它所具有的功能已经能够满足企业的一般要求,是需要全面的数据管理和分析平台的中小型企业的理想选择。

3）工作组版

工作组版(SQL Server 2005 Workgroup Edition)仅适用于32位机。它适用于那些需要在大小和用户数量上没有限制的数据库的小型企业,能为这些企业提供理想的数据管理解决方案。该版本包括SQL Server产品的核心数据库功能,并且可以容易地升级到标准版或企业版。工作组版本是理想的入门级数据库,具有可靠、功能强大且易于管理的特点,可以用作前端Web服务器,也可以用于部门或分支机构的运营。

4）开发版

开发版(SQL Server 2005 Developer Edition)也有32位和64位两个版本。该版本主要适用于应用程序开发人员在SQL Server 2005上开发用做数据存储的任何类型的应用程序。开发版包括企业版的所有功能,具有特殊的最终用户许可协议,因此只能将开发版作为开发和测试系统使用,不能作为生产服务器使用。开发版适用于独立软件供应商(ISV)、咨询人员、系统集成商、解决方案供应商以及创建和测试应用程序的企业开发人员,也可以根据生产需要升级至SQL Server 2005企业版。

5）精简版

精简版(SQL Server 2005 Express Edition)仅用于32位机。该版本是一个免费、易于使用且便于管理的数据库。SQL Server Express与Microsoft Visual Studio 2005集成在一起,可以轻松开发功能丰富、存储安全、可快速部署的数据驱动应用程序。SQL Server Express是免费且可以再分发的商业化产品,可以起到客户端数据库以及基本服务器数据库的作用。SQL Server 2005精简版本适用于低端独立软件供应商、低端服务器用户、创建Web应用程序的非专业开发人员以及创建客户端应用程序的用户。

6）企业评估版

除上面所列5个版本之外,SQL Server 2005企业版还推出了可以用于32位或64位平台的企业评估版(Evaluation Edition),可从Web上免费下载功能完整的版本,该版本仅用于评估SQL Server功能,下载120天后该版本停止运行。

2. SQL Server 2005的硬件环境设置

要安装SQL Server 2005,还需要了解SQL Server 2005对硬件的安装要求。以下以32位平台上安装SQL Server 2005为例,列出安装SQL Server 2005不同版本所必需的最低硬件需求,如表2-1所示。

安装SQL Server 2005,除了表2-1所列对于处理机的最低要求之外,对其他硬件方面的要求如下：

硬盘空间：SQL Server 2005各个版本功能不同,所需组件数目也不相同,因此实际硬盘空间要求取决于系统配置和选择安装的应用程序和功能。概略地说,SQL Server 2005完整的组件安装需要600MB硬盘空间。

表 2-1 32 位平台上安装和运行 SQL Server 2005 的硬件要求

SQL Server 2005(32 位)	处理器类型	处理器速度	内存(RAM)
SQL Server 2005 企业版 SQL Server 2005 开发版 SQL Server 2005 标准版	Pentium Ⅲ 兼容处理器 及以上处理器	600MHz 以上	最小：512MB 建议：1GB
SQL Server 2005 工作组版	Pentium Ⅲ 及以上处理器	600MHz 以上	最小：512MB 建议：1GB
SQL Server 2005 精简版	Pentium Ⅲ 及以上处理器	600MHz 以上	最小：192MB 建议：512MB

注：(1) 若硬件环境不满足处理器类型要求，系统配置检查器 (SCC) 将阻止安装程序运行。

(2) 若硬件环境不满足最低处理器速度要求或是不能满足最低或建议的 RAM 要求，SCC 将发出警告，但不会阻止安装程序运行。

监视器：SQL Server 2005 图形工具需要 VGA 或更高分辨率：分辨率至少为 1024×768 像素。

其他设备：需要 Microsoft 鼠标以及 CD 或 DVD 驱动器。

3. SQL Server 2005 的软件环境设置

安装 SQL Server 2005 的软件要求主要是指操作系统方面的要求。不同版本的 SQL Server 2005 对操作系统的要求不尽相同。此外，还需要必备的网络软件及其他 Internet 软件，如表 2-2 所示。

表 2-2 32 位平台的各种操作系统对 SQL Server 2005 不同版本的支持

软件	SQL Server 2005					
Windows 平台	企业版	标准版	开发版	工作组版	精简版	评估版
Windows XP SP2	×	√	√	√	√	√
Windows 2000 Server SP4	√	√	√	√	√	√
Windows 2003 Server SP1	√	√	√	√	√	√
Windows Small Business Server 2003 SP1	√	√	√	√	√	√
IE 6.0 SP1 或更高版本	各个版本均需要					
.NET Framework 2.0	各个版本均需要					

注：(1) SQL Server 2005 标准版、工作组版和评估版不能安装和运行在 Windows XP Home Edition SP2 操作系统之上。

(2) 除 SQL Server 2005 精简版以外，其他各版本不能安装和运行在 Windows 2003 Web Edition SP1 之上。

2.1.2 SQL Server 2005 安装过程

同 Microsoft 其他软件一样，SQL Server 2005 采用图形用户界面(GUI)作为该软件的安装界面，因此在安装过程中，用户只要按照安装提示进行相应的选择，即可正确完成这个数据库管理系统的安装工作，其关键之处在于要理解安装过程中出现的界面参数的含义。

下面以开发版为例，介绍其安装步骤：

① 插入安装光盘到光盘驱动器，系统自动进入安装界面。在自动运行的对话框中，单击“运行 SQL Server 安装向导”。打开“最终用户许可协议”对话框，阅读许可协议后，再选

中相应的复选框以接受许可条款和条件。接受许可协议后即可激活"下一步"按钮。若要继续，单击"下一步"按钮。进入到"SQL Server 组件更新"界面后，安装程序将安装 SQL Server 2005 的必备软件。如要了解有关组件要求的详细信息，可单击该页底部的"帮助"按钮。若要开始执行组件更新，单击"安装"按钮。更新完成之后若要继续，单击"完成"按钮。其安装必备组件的界面如图 2-1 所示。

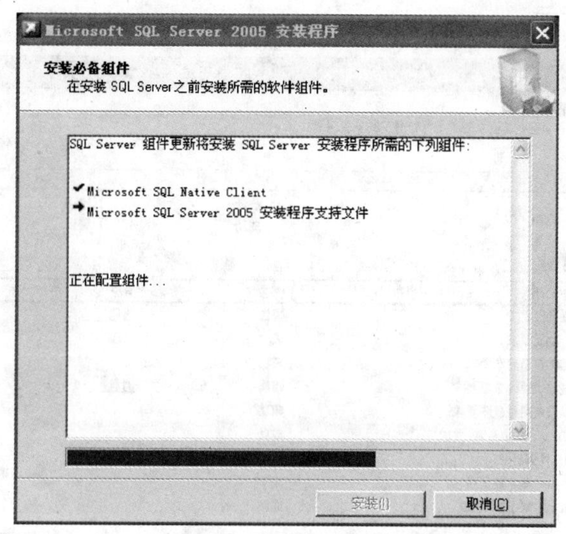

图 2-1　安装必备组件界面

② 此时出现如图 2-2 所示的 SQL Server 安装向导的"欢迎"界面，单击该界面上的"下一步"按钮，继续安装。

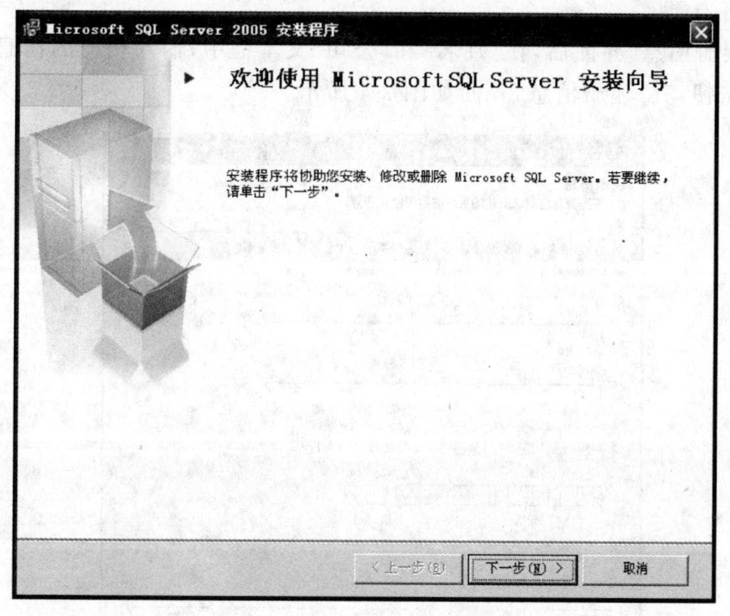

图 2-2　进入安装向导界面

③ 此后进入系统配置检查器(SCC)界面,其作为 SQL Server 2005 安装程序的一部分,将会扫描将安装 Microsoft SQL Server 2005 的计算机。SCC 将会检查使安装 SQL Server 无法成功的情况。在安装程序启动 SQL Server 2005 安装向导之前,SCC 检索每个检查项的状态,将结果与所要求的条件进行比较,并提供解决问题的相关指导。完成 SCC 扫描之后,若要继续执行安装程序,单击"继续"按钮以继续安装过程。系统配置检查器扫描计算机界面如图 2-3 所示。

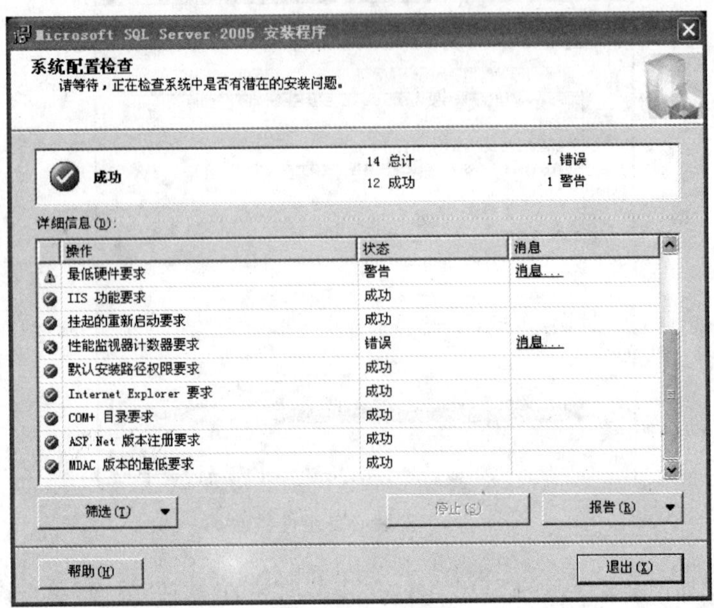

图 2-3 系统配置检查器扫描计算机

④ 进入"注册信息"界面后,在"姓名"和"公司"文本框中,输入相应的信息。若要继续,单击"下一步"按钮,其"注册信息"界面如图 2-4 所示。

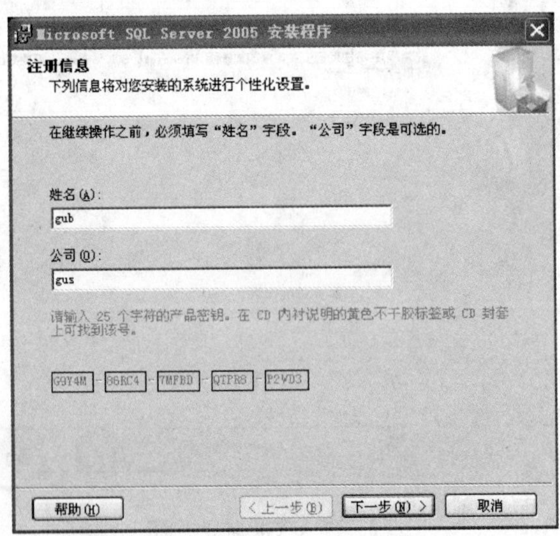

图 2-4 安装程序的"注册信息"界面

⑤ 完成注册信息输入后，进入“要安装的组件”界面以选择要安装的组件。选择各个组件时，“要安装的组件”界面中会显示相应的说明。用户可以选中任意一些复选框。当选择SQL Server Database Services 或 Analysis Services 时，如果安装程序检测到用户正将组件安装到虚拟服务器，则将启用“作为虚拟服务器进行安装”复选框。必须选择此选项才可以安装故障转移群集。该安装组件界面如图 2-5 所示。

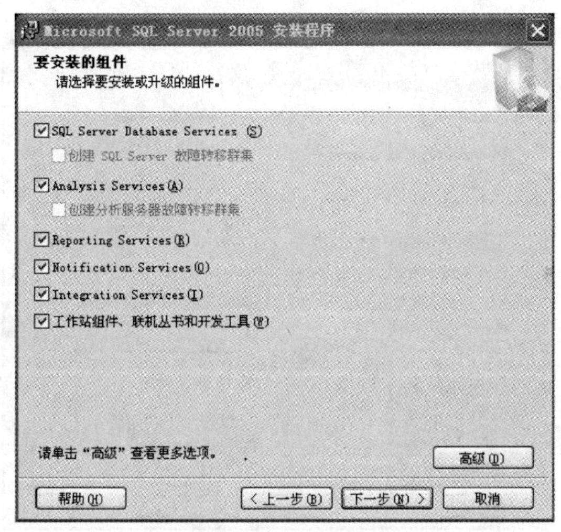

图 2-5　“要安装的组件”界面

⑥ 如果安装单个组件，则单击“高级”按钮。否则，单击“下一步”按钮继续安装过程，则进入“实例名”界面。在该界面中为安装的软件选择默认实例或已命名的实例。也可以安装新的默认实例。如果安装新的命名实例，单击“命名实例”，随后在空白处输入一个唯一的实例名，如果选择已经安装了的默认实例或已命名实例，则安装程序将升级所选的实例并提供安装其他组件的选项。若要安装新的默认实例，则需计算机上没有该默认实例。选择实例名的界面如图 2-6 所示。

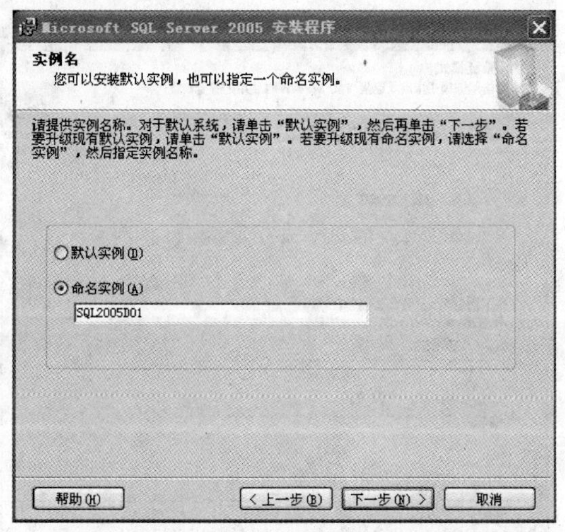

图 2-6　在实例名界面选择默认实例或指定实例名称

⑦ 在“服务账户”界面,用于为 SQL Server 服务账户指定用户名、密码和域名。数据库管理员或用户可以对所有服务使用一个账户。也可以根据需要,为各个服务指定单独的账户。如果要为各个服务指定单独的账户,则应选中“为每个服务账户进行自定义”复选框,并从下拉框中选择服务名称,然后为该服务提供登录凭据。然后单击“下一步”按钮,继续安装。本安装示例如图 2-7 所示,对所有服务使用一个账户。

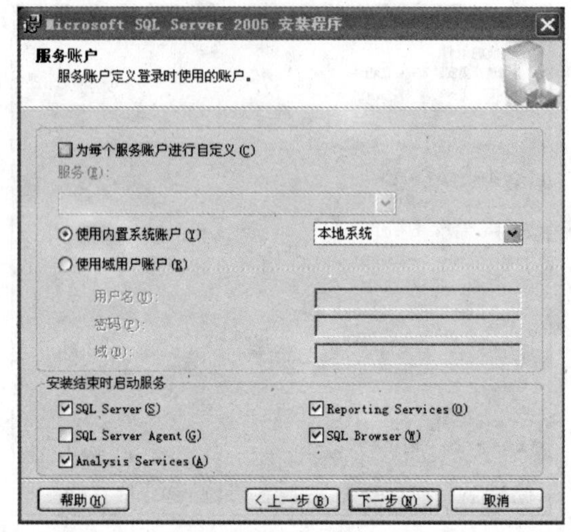

图 2-7 指定服务账户

⑧ 在“身份验证模式”界面上,选择要用于 SQL Server 安装的身份验证模式。SQL Server 2005 有两种验证模式供选择:操作系统验证模式,此模式只要能正确登录到操作系统的用户,就可访问 SQL Server,这实际上是一种信任认证的模式;混合模式,表示除 Windows 系统验证之外,还需要 SQL Server 2005 服务器验证,还必须输入并确认用于 sa 登录的强密码。一般情况下,请使用 Windows 操作系统的身份验证。“身份验证模式”界面如图 2-8 所示。若要继续安装,单击“下一步”按钮。

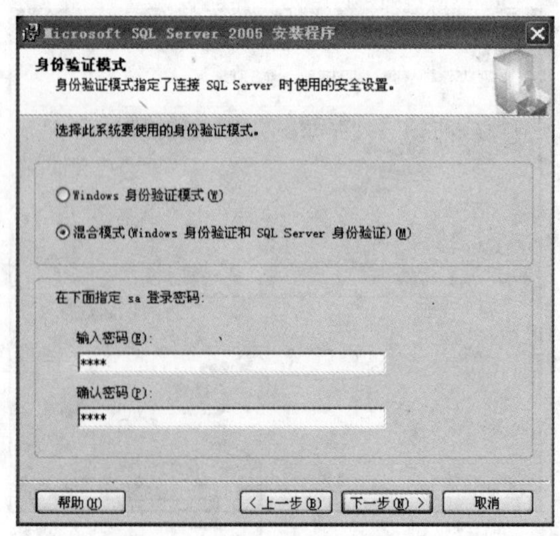

图 2-8 “身份验证模式”界面

⑨ 进入安装过程的下一个界面是“排序规则设置”页面。在该页面中指定 SQL Server 实例的排序规则。可以选择不同的规则和次序，SQL Server 根据所选择的排序信息来分类、排序和显示字符数据。在这个设置对话页面中，可以把一个账户用于 SQL Server 和 Analysis Services 等所有要安装的组件，也可以为各个组件分别指定排序规则。如果要为 SQL Server 和 Analysis Services 设置单独的排序规则，则选中“为每个服务账户进行自定义”复选框。然后在出现的下拉选择框中选择一个服务，然后分配其排序规则。对每个服务重复刚才的操作。其设置界面如图 2-9 所示。设置完成后，单击“下一步”按钮继续安装。

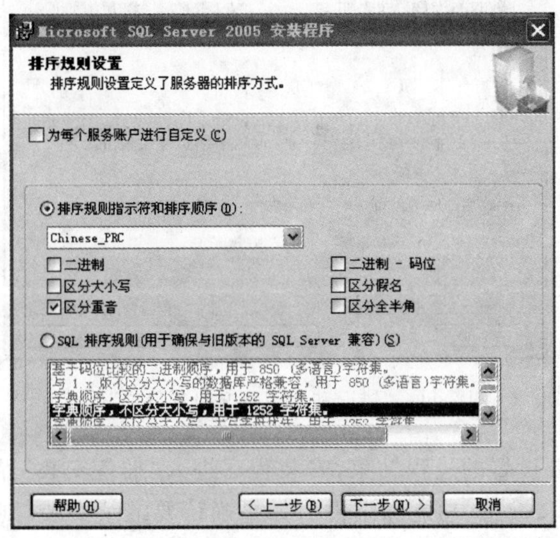

图 2-9 “排序规则设置”界面

⑩ 如果选择报表服务器作为要安装的功能，将显示“报表服务器安装选项”界面。选择默认选项或单击“详细信息”按钮，对报表服务器数据库、报表服务器传递设置后，单击“下一步”按钮，继续安装过程，如图 2-10 所示。

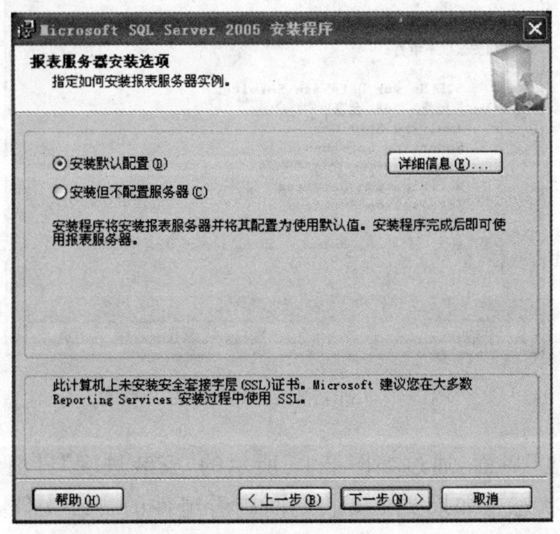

图 2-10 安装报表服务器

⑪ 安装过程进入“错误和使用情况报告设置”界面，在此界面可清除复选框以禁用错误报告。有关错误报告功能的详细信息，可单击该页底部的“帮助”查看。单击“下一步”按钮继续安装。该设置界面如图 2-11 所示。

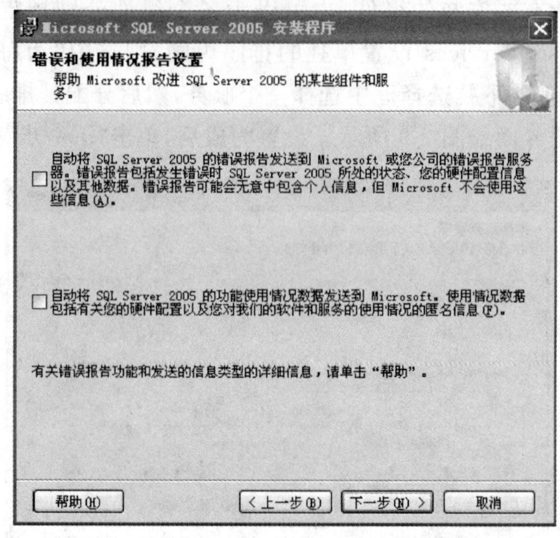

图 2-11 “错误和使用情况报告设置”界面

⑫ 至此，所有需要设置的过程结束，安装程序进入“准备安装”界面。通过该界面的摘要查看要安装的 SQL Server 功能和组件。如果确认要继续安装，则单击“安装”按钮。其界面如图 2-12 所示。

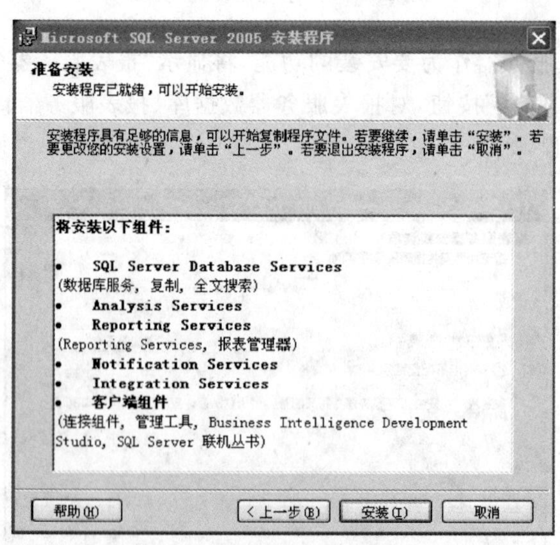

图 2-12 准备安装系统的提示界面

⑬ 进入“安装进度”界面，通过如图 2-13 所示的“安装进度”界面，可以在安装过程中监视复制文件的进度及状态。如果要在安装期间查看组件的日志文件，单击“安装进度”界面上的产品或状态名称即可。

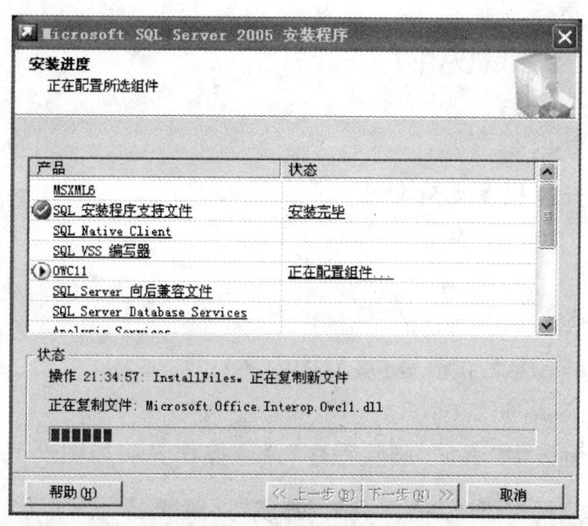

图 2-13 “安装进度”界面

⑭ 系统安装完成后，会出现“完成 Microsoft SQL Server 2005 安装”界面，如图 2-14 所示。通过单击此界面上提供的链接查看安装摘要日志。如果确认并要退出 SQL Server 安装向导，单击“完成”按钮。

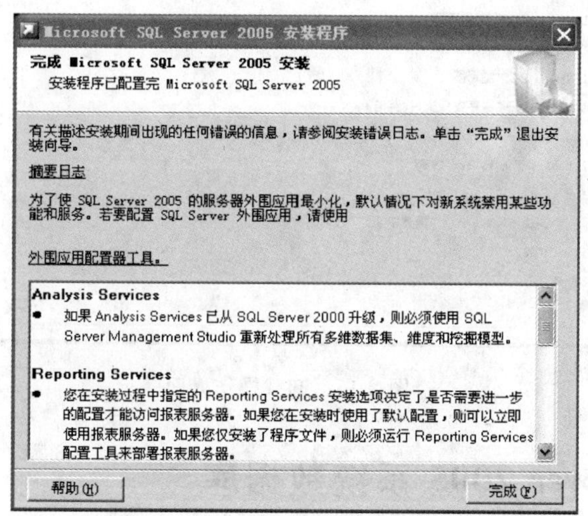

图 2-14 SQL Server 安装完成

⑮ 至此，安装过程完成，屏幕会出现重新启动计算机的指示，可以立即进行此操作。如果未能重新启动计算机，可能会导致以后运行安装程序时失败。

2.1.3 SQL Server 2005 卸载

作为数据管理中常用的操作任务，有时需要卸载 SQL Server 2005。该项操作可以通过 Windows 系统控制面板中的“添加/删除程序”命令来进行。卸载的顺序和安装的顺序相反，即先删除 SQL Server 2005 工具、服务程序，再删除 SQL Server 安装程序支持文件以及.NET Framework。其依序卸载的 SQL Server 2005 组件和程序如下：

(1) SQL Server 2005;

(2) SQL Server 2005 联机丛书;

(3) SQL Native Client;

(4) SQL Server VSS 编写器;

(5) SQL Server 安装程序支持文件;

(6) Visual Studio 2005 产品;

(7) SQL XML4;

(8) MSXML6.0;

(9) .NET Framework 2.0 语言包(简体中文);

(10) .NET Framework 2.0。

执行卸载的控制面板中“添加/删除程序”命令操作界面如图 2-15 所示。

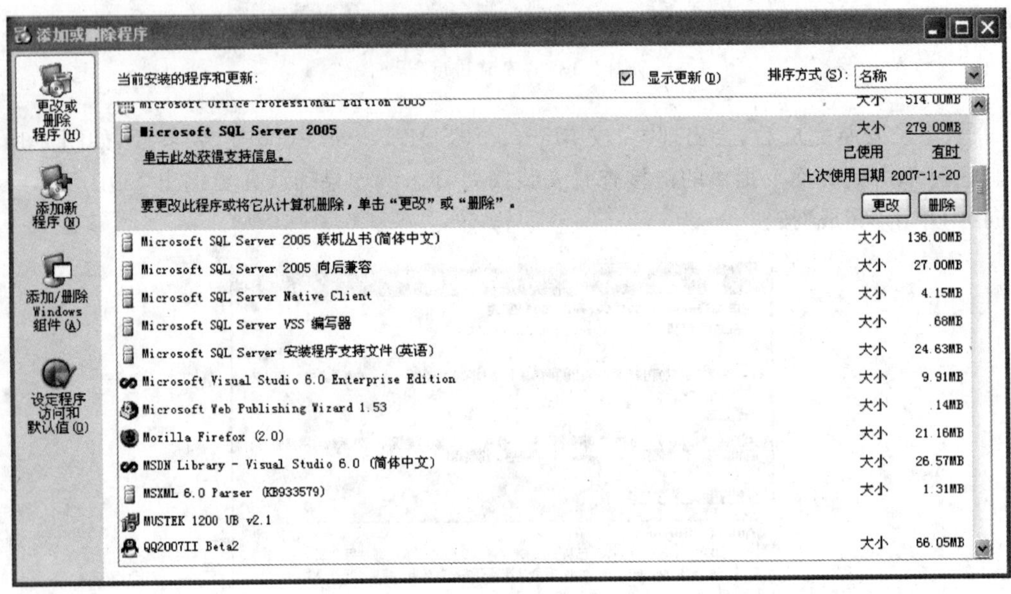

图 2-15 卸载操作界面

2.2 SQL Server 2005 系统数据库

SQL Server 2005 中的数据库由表的集合组成，这些表用于存储一组特定的结构化数据。表中包含行(也称为记录或元组)和列(也称为属性)的集合。当 SQL Server 2005 成功安装后，系统会自动创建 5 个系统数据库，如图 2-16 所示。

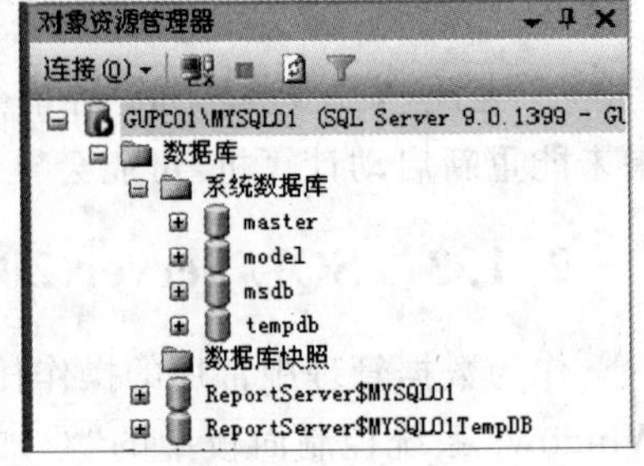

图 2-16 系统数据库

实际上，SQL Server 的数据库可分为“用户数据库”与“系统数据库”两类，用户数据库是指用户自行创建的数据库，而系统数据库则是 SQL Server 内置的，它主要是基于管理上的需求而存在。

2.2.1　系统数据库

SQL Server 数据库是由各自的数据文件和日志文件所组成，系统数据库也如此。系统数据库文件在默认安装下存储在目录 C:\Program Files\Microsoft SQL Server\MSSQL.1\MSSQL\Data 中，其中，数据库文件的扩展名为.mdf，数据库日志文件的扩展名为.ldf。一个典型的 SQL Server 2005 系统数据库文件名称特性如表 2-3 所示。

表 2-3　系统数据库文件

系统数据库名	文件类型	逻辑文件名	物理文件名	默认大小(MB)
master	主要数据文件	master	master.mdf	4
	日志文件	mastlog	mastlog.ldf	2
model	主要数据文件	modeldev	model.mdf	3
	日志文件	modellog	modellog.ldf	1
msdb	主要数据文件	msdbdata	msdbdata.mdf	6
	日志文件	msdblog	msdblog.ldf	2
tempdb	主要数据文件	tempdev	tempdb.mdf	8
	日志文件	templog	templog.ldf	1
资源	主要数据文件		mssqlsystemresource.mdf	
	日志文件		mssqlsystemresource.ldf	

注：SQL Server 2005 各个版本的系统数据库文件大小及文件增长大小有所不同。

另外，系统数据库文件大小不能超出 SQL Server 2005 系统的限制。以数据文件而言，最大只能到 16 TB，而日志文件最大只能到 2 TB。

1. master 数据库

系统数据库 master 内含有许多系统表(SystemTables)，用来追踪与记录 SQL Server 系统的所有系统级别信息。这些系统信息包括所有的登录账户信息、端点、链接服务器和系统配置设置信息、SQL Server 的初始化信息和其他系统数据库及用户数据库是否存在以及这些数据库文件的位置等相关信息。

每当用户创建一个数据库，此数据库的相关信息(例如主要数据文件的位置)便会记录在 master 中，也就是说，master 会记录系统拥有哪些数据库。如果进行的是分布式操作，master 还会记录有哪些其他的 SQL Server。由此可见，master 数据库是重要的系统数据库，如果该数据库不可用，则 SQL Server 无法启动。

因此，最好随时保留一份 master 的最新备份。所以特此建议读者，在创建了一个数据库、更改系统的配置设置或添加了一个登录账户，以及执行任何会更改系统数据库 master 的操作之后，立即备份系统数据库 master。

2. model 数据库

该数据库是所有用户数据库和 tempdb 数据库的模板数据库。既然 model 是一个模板数据库，则当用户每创建一个数据库时，这个新的数据库就会自动完成某些设定或包含某些数据库对象。实际上，当创建数据库时，系统首先通过复制 model 数据库中的内容来创建数据库的第一部分，然后用空页填充新数据库的剩余部分。

系统数据库 model 是所有新建数据库的模板，也就是说，可以直接针对 model 做改动。

这样，每当创建一个新的数据库，SQL Server 便会复制 model 数据库的所有内容，以此作为新数据库的基础。

按照上述方法修改了 model 数据库，在此之后所创建的数据库都将继承这些修改。例如，可以设置权限或数据库选项或者添加对象，诸如表、函数或存储过程。如此一来，新创建的数据库将会继承系统数据库 model 的一切，而不需要每次再设定。这样做对简化数据库的创建和配置操作将有很大的帮助。

3. msdb 数据库

系统数据库 msdb 主要提供 SQL Server 代理程序调度警报和作业。它用于提供 SQL Server、SQL Server Agent、Database Mail 以及 Service Broker 等服务程序存储诸如日程安排、邮件副本等数据，如果要让警报、备份、复制等各项操作能够自动定期执行，就需要启动 SQL Server Agent 服务。

当需要进行数据备份和还原操作时，SQL Server 会将备份和还原的信息记录到 msdb 中，这些信息包括执行备份的个体名称、备份时间，以及存储备份的文件名称。

4. tempdb 数据库

简言之，tempdb 数据库是一个工作空间，用于保存所有的临时对象或中间结果集。该数据库由整个系统的所有数据库使用。即 tempdb 系统数据库是连接到 SQL Server 实例的所有用户都可用的全局资源。SQL Server 每次启动时，tempdb 数据库被重新建立，因此，不需担心 tempdb 会因为存放过多的数据而占用太多磁盘空间，因为每当用户断开与 SQL Server 的联机，该用户在联机期间所生成的临时表与存储过程会自动从 tempdb 中删除。事实上，当 SQL Server 停止运行时，tempdb 中的所有临时数据会自动删除。因此每次重新联机后，该数据库总是空的。

用户使用 tempdb 数据库，主要保存以下内容：

- 显式创建的临时对象，例如表、存储过程、表变量或游标。
- 所有版本的更新记录（如果启用了快照隔离）。
- SQL Server Database Engine 在执行查询、排序、创建 cursor 等处理时所创建的内部工作表。
- 创建或重新生成索引时，临时排序的结果。

5. 资源系统数据库

资源系统数据库 mssqlsystemresource 用来存储 SQL Server 中诸如名称以 sp_开头的存储过程等系统对象。因为系统对象很重要，所以这个名为“资源”的系统数据库设定成只读数据库。

该系统数据库是 SQL Server 2005 新增加的，在 SQL Server 2000 及以前版本中没有这个数据库。因为资源系统数据库是一个只读数据库，所以它不出现在 SQL Server Management Studio 的“对象资源管理器”窗口中，如图 2-16 所示。

同样道理，作为十分重要的系统数据库，用户不能删除或重命名资源系统数据库文件，否则无法启动 SQL Server。

2.2.2 SQL Server 2005 系统表

SQL Server 将定义服务器配置及其所有表的数据存储在一组特殊的表中，这组表称为系统表。系统表用于记录所有服务器活动的信息。系统表中的信息组成了 SQL Server 系统的数据字典。与以前版本的重要不同之处是，在 SQL Server 2005 版本中用户无法直接查询或更新系统表。SQL Server 2005 中的系统表已作为只读视图实现，目的是保证 SQL Server 2005 系统的安全性和向后兼容性。用户只能通过使用目录视图访问 SQL Server 元数据。

1. 重要的系统表

1）objects 系统表

这是 SQL Server 的主系统表，出现在每个数据库中。在数据库中创建的每个用户定义的架构范围内的对象在本表中都有相对应的一行记录。其实是将 SQL Server 2005 中 master 数据库内的系统表映射到它们在 SQL Server 2005 中对应的一个或多个系统视图。

2）columns 表

该表出现在 master 数据库和每个用户创建的数据库中，它记录数据库中所有包含属性列的对象（如表或视图）的相关信息，即该表对于数据库中表或者视图的每个列都要使用一行来记录。

3）indexes 表

出现在每个数据库中，它对每个表对象（表、视图、表值函数）的索引，或没有索引而称为堆的表对象使用一行记录。

4）users 表

出现在每个数据库中，该表对数据库中的每个 Windows NT 用户、Windows NT 用户组、SQL Server 用户或者 SQL Server 角色等主体使用一行记录。

5）files 表

该表存在于每个数据库中，是一个基于每个数据库的视图。其对于每个存储在数据库本身中的数据库文件在该表中占用一行。

6）servers 表

该表只出现在 master 数据库中。在此表中，已注册的每个链接服务器或远程服务器都对应有一行，表中字段 server_id 值为 0 的一行记录与本地服务器对应。

7）databases 表

该表对 SQL Server 系统上的每个系统数据库和用户自定义的数据库含有一行记录，它只出现在 master 数据库中。

2. 使用系统表

系统数据库以及系统表都是 SQL Server 2005 中最重要的内置的数据库和表，任何用户都不应直接更改系统表。但用户在使用 SQL Server 2005 进行数据管理时，可能需要系统数据库中表的数目和名称、系统表中的列数以及每一列的名称、数据类型、小数位数和精度，也可能需要了解为该表定义的约束、定义的索引和键等信息。也就是说，需要检索存储在系统表中的信息。

SQL Server 2005 系统目录可以为 SQL Server 数据库提供此信息。SQL Server 2005 系统目录的核心是一个视图集，这些视图显示了描述 SQL Server 实例中的对象的元数据。所谓视图，其实是与表有类似结构的由行与列组成的数据集合。而元数据是描述系统中对象属性的数据。用户或基于 SQL Server 的应用程序可以使用目录视图方式访问系统目录中的信息。SQL Server 2005 引入了目录视图,将其作为系统目录元数据的常规界面,通过这些视图可访问服务器上各数据库中存储的元数据。这也是获取、转换以及表示此自定义形式的元数据的最直接的方式。

因为目录视图与表的结构相似,因此可以使用 SQL 语句在 SQL Server 2005 的查询分析器中完成检索系统表信息的工作。例如,在 SQL Server Management Studio 中运行以下 SQL 语句:

```
select * from sys.objects
```

将显示所有在数据库中的对象及其描述内容,如图 2-17 所示。

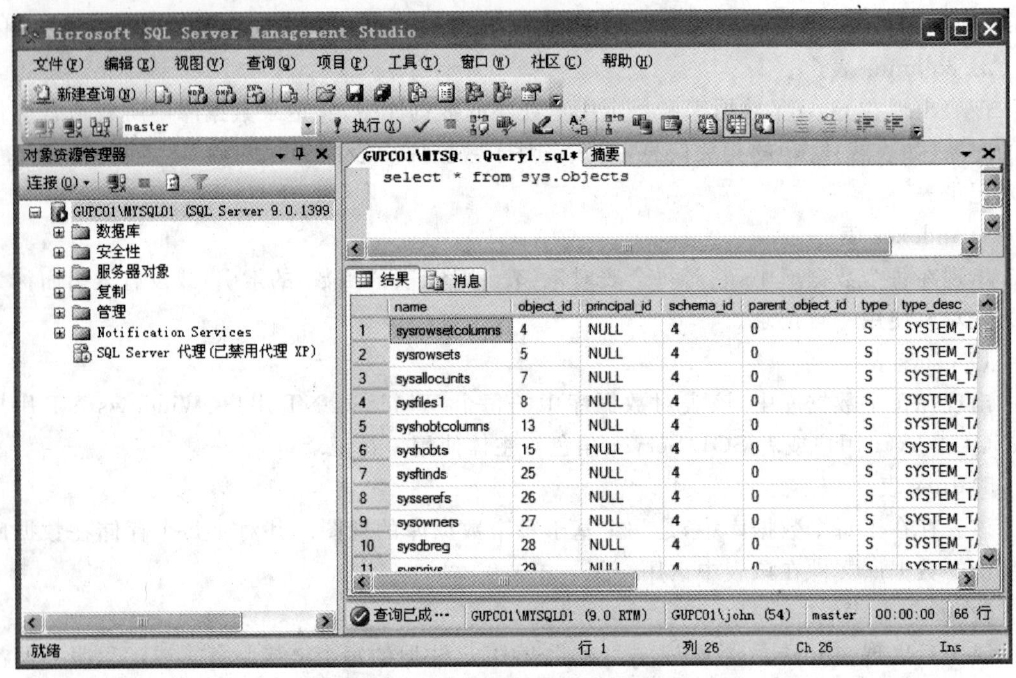

图 2-17 通过目录视图显示系统表内容

2.2.3 SQL Server 2005 系统存储过程

以上关于对系统表的检索操作,还可以通过 SQL Server 所提供的大量系统存储过程来进行。系统存储过程是预先经过编译的 SQL 语句集合。SQL Server 2005 中许多管理活动都是通过系统存储过程完成的。系统存储过程是 SQL Server 2005 系统自动创建的存储过程,SQL Server 的系统存储过程都记录在 master 数据库中,归系统管理员(SA)所有,系统存储过程均以 sp_或 xp_开头。使用系统存储过程可以方便地实现系统数据查询功能,前面已提及,对于系统表中的内容,直接使用 DML 语句操作很危险,而使用系统存储过程则能保证系统操作的完整性和安全性。

例如,通过系统存储过程 sp_databases 查询 databases 系统表中内容,则在 SQL Server Management Studio 的查询分析器中执行下列语句:

```
EXEC sp_databases
```

该系统存储过程运行结果如图 2-18 所示。

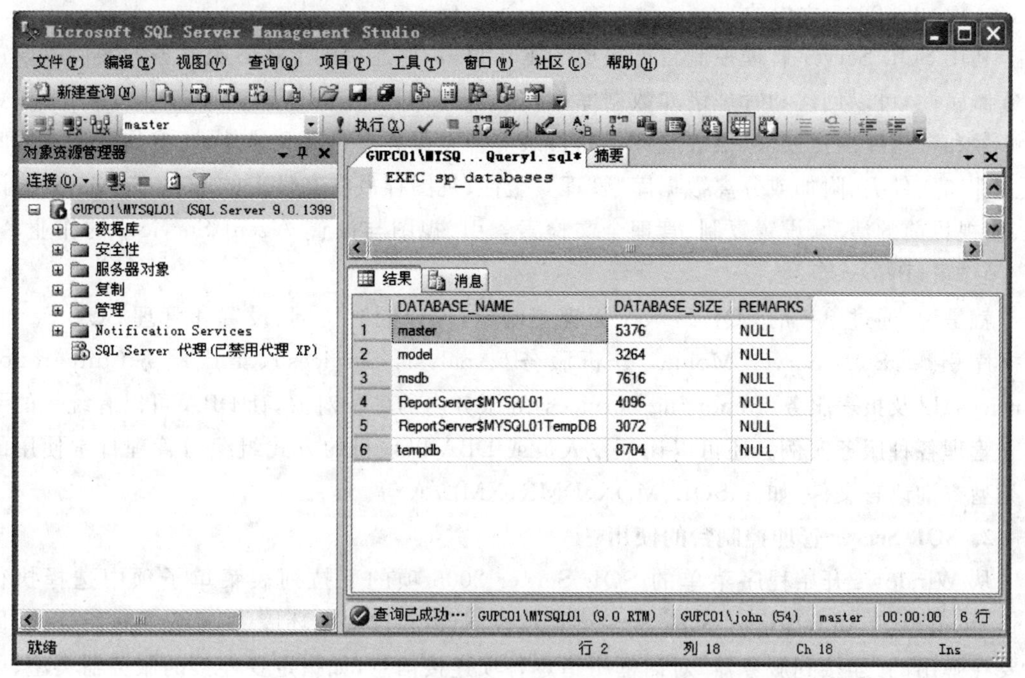

图 2-18 执行系统存储过程查询系统表内容

2.3 SQL Server 2005 常用工具

为了管理服务器和客户机以及开发数据库和应用程序,SQL Server 2005 将以往的工具大幅集成,称为 SQL Server 管理控制台(SQL Server Management Studio)。为了设计开发 Analysis Services 数据库、Integration Services 的包、Reporting Services 的报表和数据模型,又提供了一个集成的开发环境: SQL Server 商业智能平台(SQL Server Business Intelligence Development Studio)。这两个工具都集成在 Visual Studio 2005 内。另外,以 SQL Server 配置管理器(SQL Server Configuration Manager)替换原先在 SQL Server 2000 版本中的"服务器网络实用工具"、"客户端网络实用工具"、"服务管理器实用工具"3 个工具程序。在本章中,针对大部分的工具程序进行统一的介绍,在之后的章节中,如有相关工具的使用与操作也会在相应章节中进一步说明。

2.3.1 管理控制台

SQL Server 2005 中使用最多的管理工具就是 SQL Server 管理控制台(SQL Server Management Studio)。这个集成的管理工具用于管理和监视 SQL Server 关系数据库、集成服务、分析服务、报表服务、通知服务以及分布式服务器和数据库上的 SQL Server Mobile,从而大大简化了管理的复杂程度。

1. SQL Server 管理控制台的作用

按照默认安装,SQL Server 2005 控制台的相关的文件放在 C:\Program Files\

Microsoft SQL Server\90\Tools\Binn\VSShell\Common7\IDE\SqlWb. exe。它是集成在Visual Studio 2005之内的。

利用SQL Server管理控制台可完成的工作很多，如连接到上述各类服务的实例以设置服务器属性，可以创建和管理诸如数据库、数据表、存储过程、方体(Cube)、维度、程序集、登录账号和数据库用户权限、报表服务器的目录等各类服务器对象。另外，还有如管理数据库的文件和文件夹、附加或分离数据库、管理安全性、视图存放在文件上的SQL Server系统记录、监视目前的活动、设置复制、管理全文检索索引、视图与设置Agent Services的作业、警报、操作员、Proxy等。

就是说，通过单一的SQL Server管理控制台，可以同时访问、设置和管理SQL Server数据库引擎、SQL Server Mobile、分析服务（Analysis Services）、集成服务（Integration Services）以及报表服务(Reporting Services)等服务内的各种对象，让DBA可以有统一的平台来管理各种服务实例。还可以让开发人员或DBA以项目的方式组织与管理日常使用的各类型查询语言文件，如T-SQL、MDX、DMX、XML/A等。

2. SQL Server管理控制台的使用

从Windows开始程序菜单的SQL Server 2005项的下拉列表菜单子项中选择执行Management Studio，即进入SQL Server管理控制台，在该集成环境中，首先要进行连接，即需要在弹出的“连接到服务器”对话框中指定各项连接信息，如指定要连接的服务器类型、所要连接的服务器名称以及指定用于登录的身份认证方式，若采用“SQL Server验证”方式，则需要输入用户名称和密码。该对话框会保留上次使用的设置，当需要创建新的连接时，例如打开新的T-SQL、MDX等语法编辑环境时，会使用这些设置。连接对话框的操作界面如图2-19所示。

图2-19 进入SQL Server管理控制台时的连接操作界面

单击图2-19中的“选项”按钮，打开如图2-20所示的连接属性设置对话框，在此对话框的“连接属性”选项卡中可以进一步进行各项细节设置，以将Management Studio连接到不同服务实例。在图2-20中，“连接到数据库”的连接属性是要求从其右侧的下拉列表中选择该服务器中可用的数据库，在列表中只会出现有权查看的数据库。而“网络协议”选项则提供“共用存储器”、TCP/IP、“命名管道”三种连接方式的选择。“网络数据包大小”以字节为单位，默认值为4096字节。“连接超时值”是指等候与服务器建立连接的秒数，默认值为15秒。“执行超时值”是指输入在服务器上执行的任务完成之前，所要等候的时间，默认值为0表示前端会一直等待服务器的执行。而“加密连接”则设置通过网络传递的内容要强制加密。

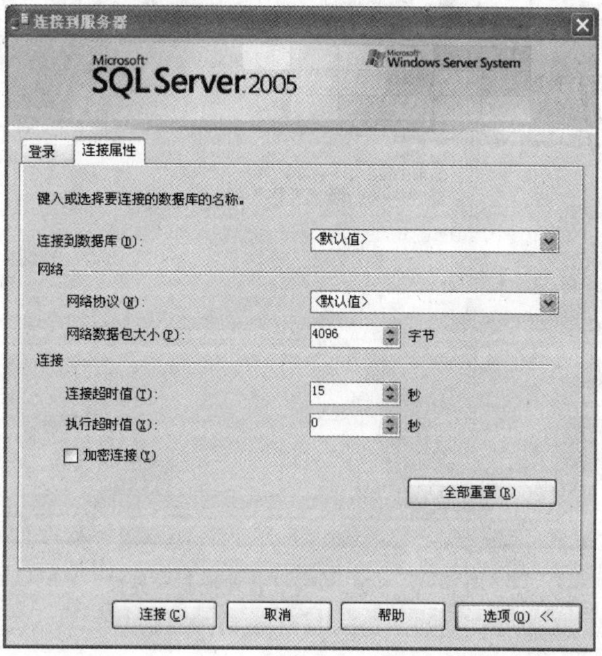

图 2-20 连接属性设置对话框

当对服务器类型、服务器名称以及登录认证进行了相应的选择，并单击“连接”按钮后，即进入SQL Server管理控制台。其管理界面如图2-21所示。

如需要注册某个服务实例时，通过“对象资源管理器”窗口左上方的“连接”下拉菜单，选择要加入的服务实例。可注册的服务实例并不仅仅是SQL Server 2005数据库引擎，也可以注册其他类型的服务实例，如Analysis Services、Integration Services等。关于服务类型的选择，在图2-19中，单击服务器类型的下拉列表，可进行相同的选择服务类型的操作。若在Management Studio环境内没有看到“对象资源管理器”，可以通过选择“视图”→“对象资源管理器”选项打开该窗口。

图2-21所示的SQL Server管理控制台界面，分为菜单、工具栏、对象资源管理器以及摘要等几个主要的工作区。

1）菜单

管理控制台的菜单由文件菜单、编辑菜单、视图菜单、工具菜单、窗口菜单以及帮助菜单等组成。各个菜单又分别由其下级子菜单组成，用以完成诸如连接或断开对象资源管理器、新建项目、各类查询、打开或保存文件、编辑各类查询、打开或隐藏各类资源管理器、选择或定义工具、窗口排列以及联机帮助等各项数据存储与管理操作。在菜单中的一些常用操作命令也以工具的形式出现在工具栏中，以方便管理和使用。

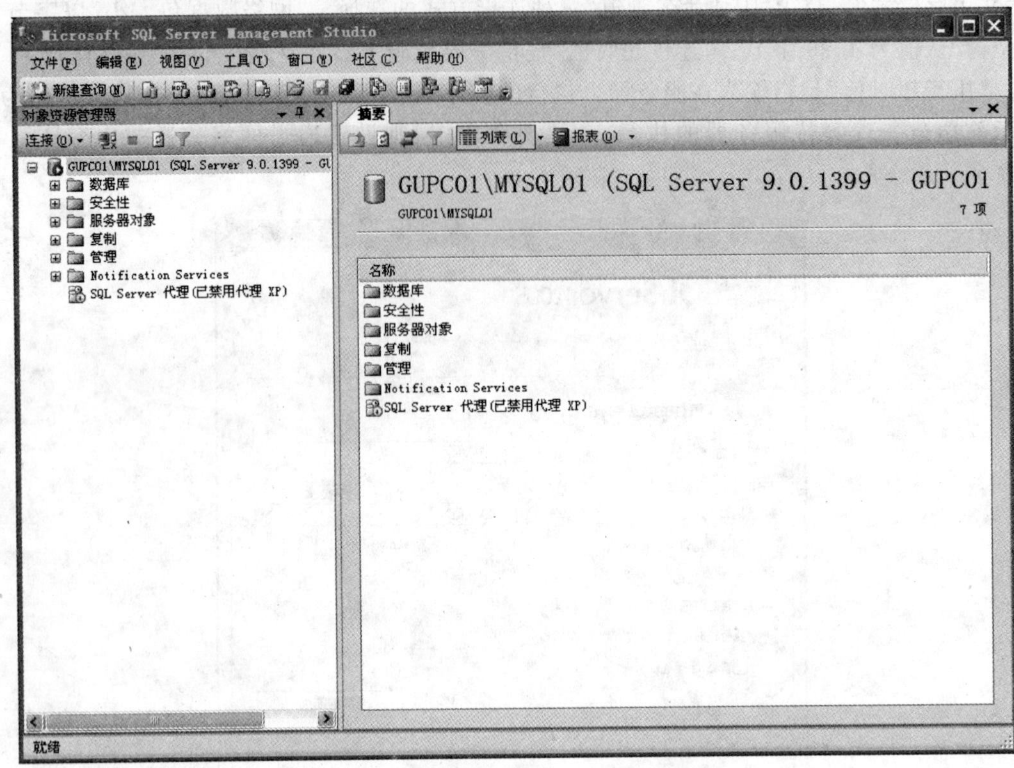

图 2-21　SQL Server 管理控制台界面

2）工具栏

在 SQL Server Management Studio 界面上方第二排就是管理操作所用的主要工具栏，其如图 2-22 所示。

图 2-22　SQL Server 管理控制台工具栏

在该工具栏中，第一组工具从左至右依次是：

- 新建 T-SQL 查询工具；
- 数据库引擎查询工具；
- 分析服务 MDX 查询工具；
- 分析服务 DMX 查询工具；
- 分析服务 XMLA 查询工具；
- SQL Server Mobile 查询工具。

以上工具用于数据管理中主要的数据查询，如在用户数据库或数据仓库中检索。上述工具提供了查询检索的编辑环境和工具。

紧接其后的一组工具主要用于对文件、解决方案或项目的操作，依次是：

- 打开文件工具；
- 保存文件或解决方案工具；

■ 全部保存工具。

最后一组工具依次为：

■ 已注册服务器工具；

■ 摘要工具；

■ 对象资源管理器工具；

■ 模板资源管理器工具；

■ 属性窗口工具。

这一组工具主要是用于对应窗口的打开和隐藏。例如，单击已注册服务器工具，则会在“对象资源管理器”上方新打开一个窗口，用于显示已注册的服务器相关信息。同理，当前SQL Server管理控制台若没有“对象资源管理器”窗口，则其处于隐藏状态，单击“对象资源管理器”工具，即可重新在SQL Server管理控制台左下方显示对象资源管理器窗口。其作用与通过选择“视图”→“对象资源管理器”选项打开该窗口的操作相同，但更为简便。

3）对象资源管理器窗口

顾名思义，对象资源管理器窗口当然是SQL Server 2005用于管理当前服务实例中众多的对象，SQL Server 2005所管理的对象比以前版本更多。一旦注册了某个服务的实例后，在对象资源管理器窗口就能够以树状结构的方式浏览该服务的各对象，如图2-23所示。而Management Studio所体现的其实就是SMO(SQL Server Management Object)对象提供的各种数据对象，应用程序开发人员也可以通过.NET程序语言编写相同的功能。

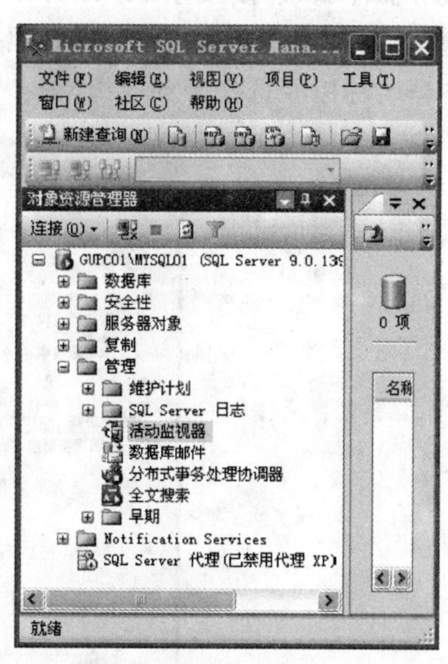

图2-23 对象资源管理器窗口

通过图2-23对象资源管理器连接到某个服务实例后，右击树状结构下的各结点，通过快捷菜单的选项来管理各对象。在对象资源管理器中体现了数据库引擎管理部分，但与以前版本相比，其分类各数据库对象的方式有些变化，例如“连接的服务器”现在是“服务器对象”的选项，而不像之前版本放在“安全性”之下。

总之，由于SQL Server 2005的数据库对象较以前版本更多，因此需要更为详细的分类，如特别将系统数据库存放于单一的文件夹内，便于管理员查看并避免误用系统数据库内的相关数据。

4）摘要窗口

摘要窗口其实就是SQL Server管理控制台界面右下方最大的区域。当单击对象资源管理器窗口内的某一对象时，其细节描述将会在摘要窗口出现。该窗口是一个多文档界面，例如，单击工具栏中新建SQL查询时，即会打开一个SQL编辑器窗口。可以通过窗口菜单选择当前窗口或直接单击选项卡选择。

SQL Server Management Studio是用于完成数据管理的日常业务与操作。前面已提到，这个使用最多的管理工具是在SQL Server 2000及以前版本中许多单独的管理工具的集成,其中,主要的工具就是企业管理器和查询分析器。

3. 企业管理器(Enterprise Manager)

SQL Server 有许多组件,最常用的组件就是企业管理器,在 SQL Server 2005 中,通过企业管理器集成各种管理工具,使用户或数据库管理员可以方便地完成诸如管理服务器、创建与管理数据库以及数据库对象、用户登录和许可、数据复制、安全性、调度任务、生成 SQL 脚本以及其他事务。

SQL Server Management Studio 作为企业管理器的操作界面,其使用方法类似于在 Windows 操作系统中资源管理器使用的方法。在 SQL Server 管理控制台的对象资源管理器窗口中可依次展开树型结构某一对象,则会显示其所包含的下一层所有对象。右击该对象,在弹出的快捷菜单中选择要执行的子项,即可执行所需的数据管理及操作。其主要功能如下:

1) 注册、连接或断开连接、启动与停止 SQL Server 服务器等操作

在企业管理器中,选择服务器并右击,则会出现下拉菜单,通过该菜单子项,可以完成对服务器注册、连接服务器或断开服务器、启动或停止服务器服务等各种针对服务器的操作。这里,服务器注册其实质是指必须是合法的用户才能登录该服务器,因此其操作包括输入服务器名称以及选择服务器组,图 2-24 表示的就是注册服务器对话框。

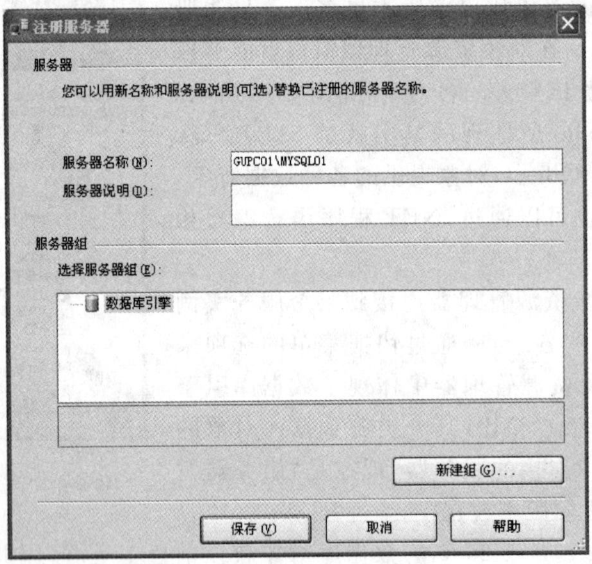

图 2-24 "注册服务器"对话框

注册服务器后,要进行数据管理,则还需要连接及启动服务器,才能通过数据库引擎进行数据管理等项操作。

2) 配置服务器

许多最常用的服务器配置选项都是通过企业管理器提供,其可以对诸如内存、处理器、连接选项、默认数据库设置、安全选项、权限等选项进行设置。要进行服务器配置,右击企业管理器中的服务器并选择属性栏(properties)。要注意的是:改变服务器设置将影响到服务器上所有数据库,并可能对性能产生影响。因此在改变配置选项时,要考虑这项改变的影

响，认真记录所做的改变，以便在必要时取消先前对该项所作的改变。图 2-25 表示服务器配置中的内存设置界面。有经验的用户可以根据服务器的内存使用情况进行设置，以改善 SQL Server 性能。

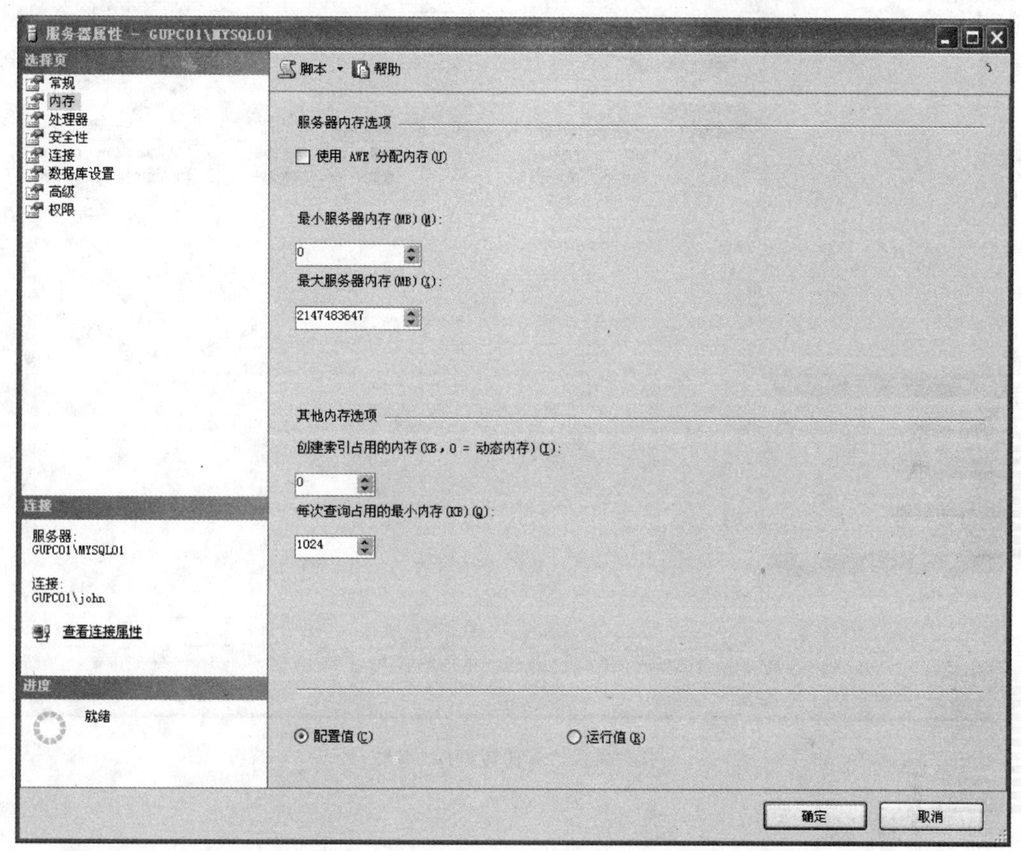

图 2-25　在服务器属性对话框中进行相关设置

3）管理数据库

企业管理器常用的基本操作是创建与管理数据库。在企业管理器中创建数据库，首先在对象资源管理器窗口展开并选择要创建数据库所在的服务器，再右击"数据库"文件夹，选择"新建数据库"选项，即打开了"新建数据库"窗口，如图 2-26 所示。在此窗口的编辑框内可以分别输入数据库名称、数据库拥有者、数据及日志文件名称、文件大小、位置和自动增长参数等。有关这些内容以及数据库操作中其他选项都留待第 4 章相关章节详细叙述。

4）创建与管理表、视图等数据库对象

企业管理器另一项常用的操作即是创建与管理表、视图、存储过程、触发器、角色、规则、默认值、用户自定义数据类型等数据库对象。该项操作也是通过在对象资源管理器窗口中单击"数据库"文件夹，展开下一级子菜单进行操作的。具体内容与操作在第 5 章的相关章节中再作详细介绍。

5）安全管理

在企业管理器的安全性(Security)文件夹中的对象可用于对 SQL Server 的登录与角色等的管理，具体管理内容与操作在第 8 章相关章节中再详细介绍。

图 2-26 “新建数据库”窗口

6）服务器对象

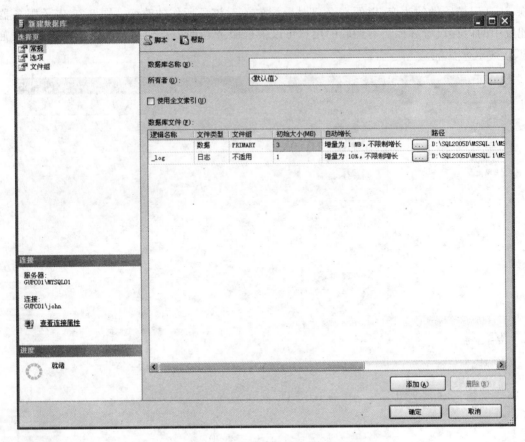

这是 SQL Server 2005 新增的对象结点，该“服务器对象”主要管理服务器等级的对象，如端点、触发器，Agent Services 相关的对象结点，数据备份操作也划分到该项管理中。

7）复制

用于在 SQL Server 2000 中组织数据复制任务，主要为数据发布及订阅。

8）管理

企业管理器的管理对象（Management）包含数据库维护计划、日志的子对象文件、活动监视器、数据库邮件、分布式事务处理协调器、全文搜索等，如图 2-27 所示。

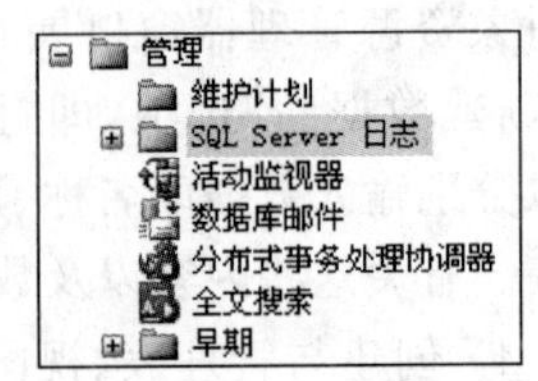

图 2-27 管理对象文件夹内容

“维护计划”（Database Maintenance Plans）子项用于创建或借助于向导对一个或所有的数据库生成复杂的数据库维护计划。

“活动监视器”（Activity Monitor）实际上是以前版本中企业管理器之管理对象下层的“目前活动”子项，在 SQL Server 2005 中变为“活动监视器”对象。其作用是查看当前实例的状况，该对象会取得数据库引擎用户的连接信息，以及各连接所持有的锁定信息。与 Enterprise Manager 功能相似的是，“活动监视器”也有 3 个选项：“进程信息”选项包含各连接的信息；“按进程分类的锁”界面会依各连接体现该连接拥有的锁定，通过界面上方“所选进程”下拉菜单来切换不同的进程；而“按对象分类的锁”界面会依对象名称排序被锁定的资源。其操作界面如图 2-28 所示。

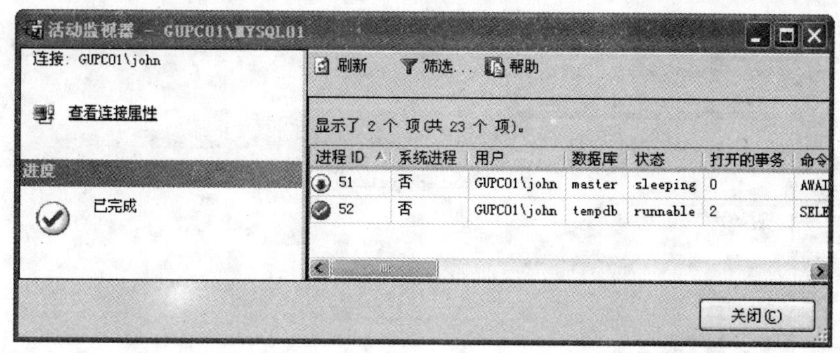

图 2-28　在活动监视器中查看进程信息

“数据库邮件”用于发送与接收 E-mail 消息，为此需要在服务器上设置邮件配置文件，并可发送、测试或查看邮件或某个日志。

“分布式事务处理协调器”(Distributed Transaction Coordinator，DTC)用于在多服务器环境中保证服务器之间事务的完整性。

“全文搜索”(Full-Text Search)是指 SQL Server 2005 可对 SQL Server 表中基于纯字符的数据执行全文查询。全文查询可以包括词和短语，或者词或短语的多种形式。

“早期”文件夹主要是指以前版本中的重要功能，其中最主要的是数据转移 DTS(Data Transformation Services)，它通过使用企业管理器中强大的数据转移服务，可完成复杂的数据传输与操纵任务。

4. 查询分析器

查询分析器(SQL Query Analyzer)是一个图形化的管理工具，主要用于编写、测试 Transact-SQL 语句、批处理。系统管理员和应用程序开发人员或数据库管理员都可通过 SQL Query Analyzer 且能够同时执行多个查询、查看查询结果、分析查询计划，从而了解如何提高查询执行的性能。可以说，SQL Query Analyzer 是运行的调试 SQL 脚本的最佳工具。Transact-SQL 语句的创建、编辑、测试、执行都在此环境中进行和完成。

同样，在 SQL Server 2005 中，将以前版本的这个重要工具集成到 SQL Server Management Studio 中，因此，在新版本中的使用方法也与前面的企业管理器的使用方法相同，对于所有集成到 SQL Server Management Studio 中的工具而言，使用的是统一的界面，即 Visual Studio 2005 界面。其目的也就是让程序设计与数据库管理员只需要熟悉一个界面，就可以管理并测试所有相关的功能。而不必像在 SQL Server 2000 等以前版本中那样，每使用一种工具，就需要熟悉一种环境及其操作界面。

1）查询分析器操作界面

在 SQL Server 2005 的管理控制台中，通过选择菜单中的“新建查询”选项，或直接在工具栏中单击“新建查询”工具，即可自动启动查询分析器，如图 2-29 所示。管理控制台中右下方最大区域，即前面所述的企业管理器中摘要窗口现在改换为查询分析器的 SQL 语句编辑窗口。实际上,该工具可以让程序设计人员或数据库管理员用 T-SQL、MDX、DMX、XML/A 等语言来编写各种脚本文件,换言之,这个新工具为相关语句提供一致的编写、访问、执行、测试与有效管理。这应当是其最大的改进和方便之处。

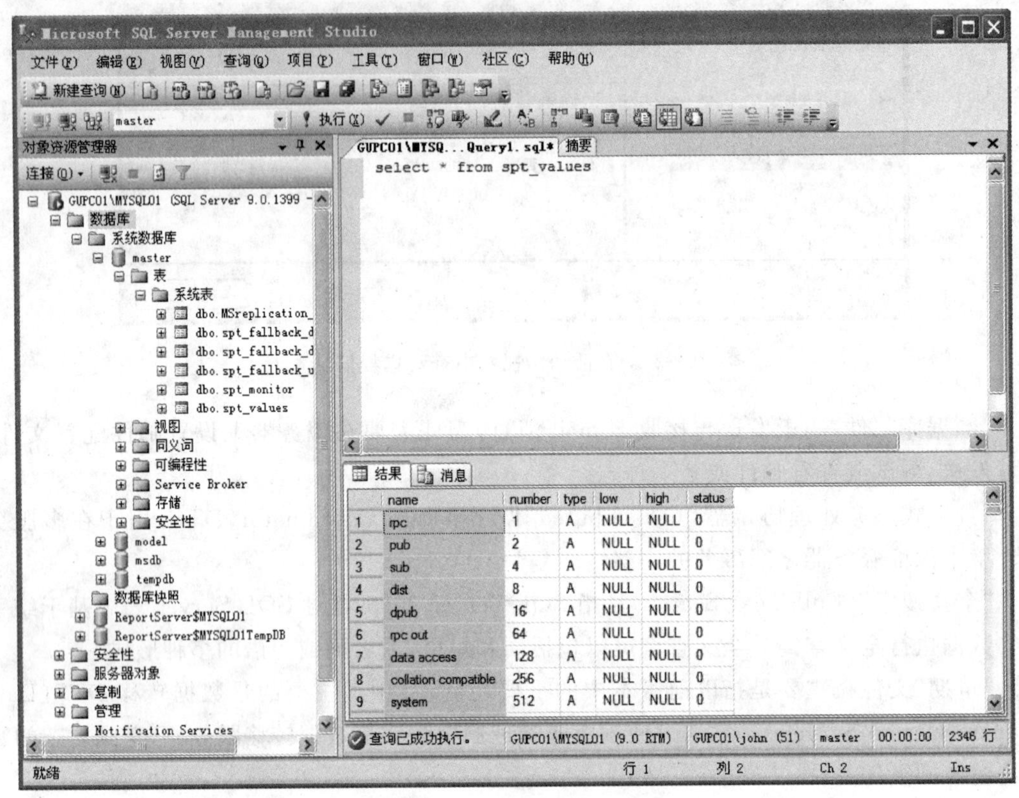

图 2-29 进入查询分析器

另外,在集成各种数据语言的编写环境中,管理控制台与以前版本中 Query Analyzer 不同的是允许离线编写和编辑查询语法。这是另一个比较方便之处,否则当用户不小心切换登录服务器时,整个编辑窗口就被关闭,而且占据一条连接慢慢地编辑语句也比较浪费。如果查询的结果有 XML 类型的数据时,点击该 XML 数据,会以专门查看 XML 结果的窗口显示。

在语句编辑窗口中,不同的关键字会以不同的颜色显示,以增强各种语法的可读性,而且具备众多的文字编辑功能,例如:支持查询和替换、自定义字体和颜色、仅执行选取的语法、以不同的颜色体现该行的程序代码是否更改与存储,以及显示行号部分,编辑器类型包含大纲和自动完成之类的其他功能。其编辑窗口如图 2-30 所示。同时提供图形化界面的查询设计,以及可以利用拖放的方式来建立查询等。整个语句编辑窗口引用 Visual Studio 以标记切换多窗口的方式。可以让应用程序设计人员或数据库管理员同时在多个窗口进行编辑,即便是显示执行“结果”、返回的“信息”、“执行计划”、执行语法相关的“客户端统计数据”等窗口,都可以通过标记切换。

作为支持 XML 技术的具体体现,当以图形化显示 T-SQL 语法执行计划时,可将 SQL Server 2005 实例所建立的执行计划以 XML 格式保存。该项操作只是当用户在显示执行计

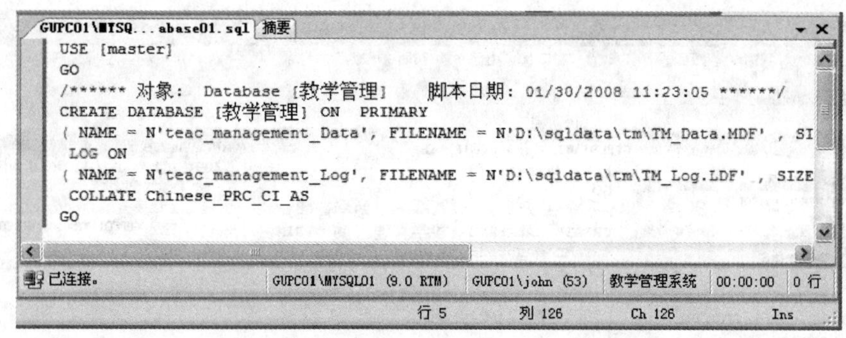

GUPC01\MYSQ...abase01.sql 摘要
USE [master]
GO
/****** 对象: Database [教学管理] 脚本日期: 01/30/2008 11:23:05 ******/
CREATE DATABASE [教学管理] ON PRIMARY
(NAME = N'teac_management_Data', FILENAME = N'D:\sqldata\tm\TM_Data.MDF' , SI
LOG ON
(NAME = N'teac_management_Log', FILENAME = N'D:\sqldata\tm\TM_Log.LDF' , SIZE
COLLATE Chinese_PRC_CI_AS
GO
已连接。 GUPC01\MYSQL01 (9.0 RTM) GUPC01\john (53) 教学管理系统 00:00:00 0 行
行 5 列 126 Ch 126 Ins

图 2-30 查询分析器编辑窗口

划的窗口用右键选择快捷菜单的“另存执行计划为”选项，或从主菜单的“文件”下选择相同的子选项即可，而后这个文件仍然可用 Management Studio 重新打开。这样便于用户和其他人交换这些执行计划文件。

通过“解决方案资源管理器(Solution Explorer)”窗口，可以管理与开发项目相关的多种语法文件。各种日常管理服务器的语法操作也能以项目的方式存储。通常会将常用的 T-SQL 语法以文件的方式存储在各目录下，而在 SQL Server 2005 中，可以通过项目的方式分门别类地管理这些 T-SQL 语法。

通过选择 Management Studio 主菜单的“文件”→“新建”→“项目”选项，在如图 2-31 所示的“新建项目”对话框中可选择相关服务的项目属性。

图 2-31 “新建项目”对话框

在图 2-31 所示的对话框内设置好项目名称以及路径后，即可在“解决方案资源管理器”窗口内设置相关数据库连接以及编写相关语句。当保存时，项目文件的后缀名为 ssmssqlproj，如上例中新建项目名称为“教学管理脚本. ssmssqlproj”。其他的数据库语言则各有不同的后缀名，以代表语言的特征。解决方案资源管理器的界面如图 2-32 所示。

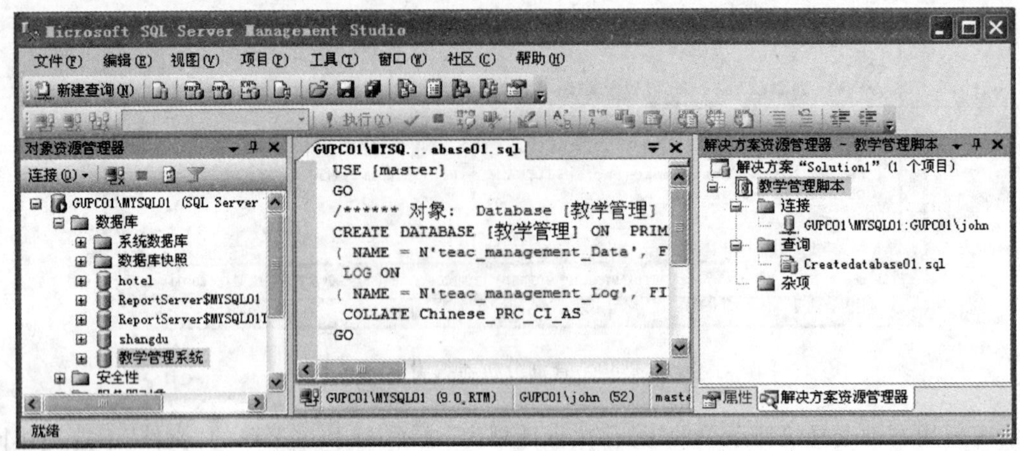

图 2-32　解决方案资源管理器界面

2）查询分析器中主要工具

进入查询分析器后，在管理控制台中的系统主菜单也发生改变，以适应查询分析的需要。其主菜单如图 2-33 所示。

图 2-33　查询分析器主菜单

其中最主要的是增加了查询主菜单，在该菜单中包含了编辑、执行查询的若干项子命令。其实，该主菜单中的命令也以工具的形式直接排列在查询分析器编辑窗上方，如图 2-34 所示。

图 2-34　查询分析器主要工具

无论是从查询主菜单选择子命令，还是从工具栏中单击相应的工具，都会完成所选定的查询编辑、执行等任务。在工具栏中，前三项是最为常用的工具：

（1）第一个"可用数据库"列表项用于选择当前可用数据库，因为，用户的查询等项操作必须要明确是在哪个数据库中来完成。单击该工具右侧下拉列表即可从其中选出所要进行操作的当前数据库。

（2）第二个标有"执行"字样的工具是执行 T-SQL 等语句命令工具，当用户在查询分析编辑窗内完成语句的编辑并确认无误后，单击该工具即可执行所选定的语句以完成相应功能。

（3）第三个工具是一个语法分析工具，应用程序开发人员或数据库管理员在查询分析器编辑窗内使用相关语法完成语句的编辑后，单击该工具可以让系统自动进行所编辑语句的语法分析，检查结果显示在编辑窗口下方出现的输出窗内，如图 2-35 所示。

如果语法上无错误，则输出内容如图 2-35 中所圈部分所示，输出结果为"命令已成功完成"。否则，在输出窗口会输出发生的行、错误代码等信息。应用程序开发人员或数据库管理员可根据这些信息检查所在行的语法，以修订错误，完成相关应用语句的编辑。

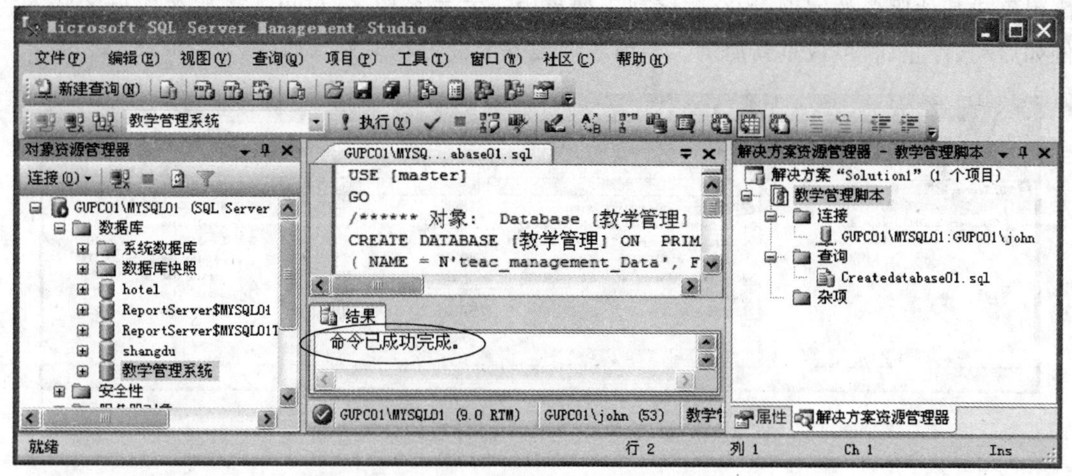

图 2-35 对编辑窗内指定语句的语法分析

2.3.2 配置工具

从开始程序进入 SQL Server 2005 配置工具栏，它包括若干工具，或说是以前版本中许多配置工具的集成。

1. SQL Server 配置管理器

在 SQL Server 2000 及以前版本中，SQL Server 提供了“SQL Server 服务管理器(SQL Server Service Manager)”、“服务器网络实用工具(SQL Server Network Utility)”、“客户端网络实用工具(SQL Server Client Network Utility)”3 个工具程序，用于数据库管理员做服务启动/停止与监控、服务器端支持的网络协议，用户访问 SQL Server 的网络相关设置等工作。而在 SQL Server 2005 中，以上 3 个工具所提供的功能集成为一个工具，界面也因此统一为一个界面，数据库管理员通过如图 2-36 所示的 SQL Server Configuration Manager 界面可以统一管理 SQL Server 所提供的服务、服务器与客户端通信协议以及客户端其他的基本配置。

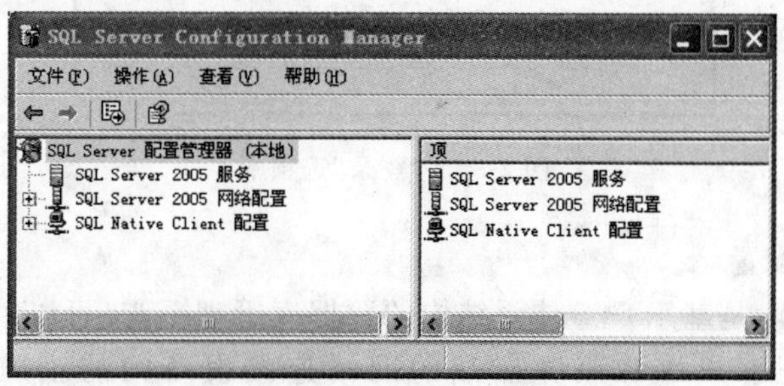

图 2-36 SQL Server Configuration Manager 界面

1) SQL Server 2005 服务设置

进入 SQL Server Configuration Manager 后，单击主控台窗口的“SQL Server 2005 服务”结点，右侧详细数据窗口立即会列出目前提供的各项服务：若该服务器安装了多个数据库引擎或其他服务的实例,均会顺序列于列表中。右击各服务,可更改该服务实例的状态,例如启动、停止、暂停或重新启动。当前各项服务的设置状态显示如图 2-37 所示。

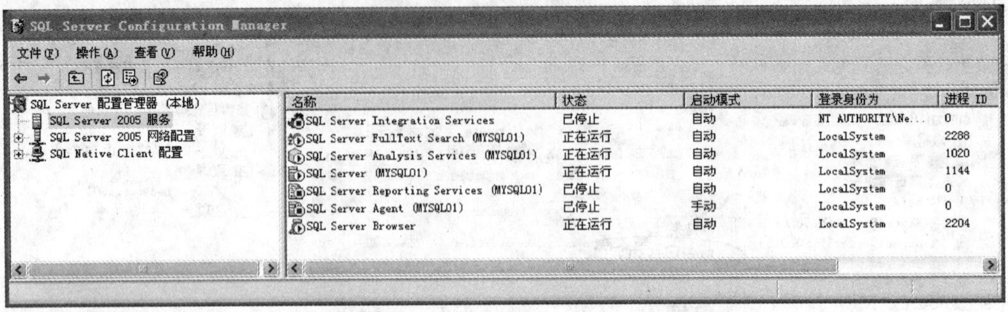

图 2-37　展开 SQL Server 服务后的设置界面

在图 2-37 右侧详细设置窗内右击所选的 SQL Server 服务项目,在弹出的快捷菜单内的"属性"子菜单中可设置、查看该服务具体内容。例如在图 2-38 中,数据库管理员即可在"登录"选项卡中查看或修改 SQL Server 服务所使用的系统登录账号。在"服务"选项卡中也可设置服务的自动模式为自动、已禁用或手动,并可查看相关属性。

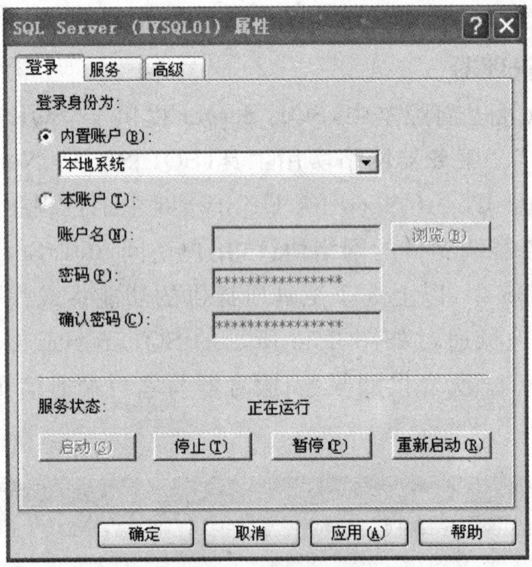

图 2-38　"登录"选项卡

2) 服务器网络配置

SQL Server 2005 是基于 C/S 体系结构的数据库管理系统,可以管理网络上分布的资源。因此,需要保证客户端和服务器端的网络连接设备间的正确配置。SQL Server Configuration Manager 提供服务器与客户端网络连接配置选项,如图 2-39 所示。

通过该服务器网络实用工具,可以配置共享内存(Shared Memory)、命名管道(Named Pipes)、TCP/IP 协议和 VIA 协议。配置内容包括协议是否采用强制加密(ForceEncryption)以及是否隐藏实例(HideInstance)、协议状态(启用/禁用)的设置以及连接协议的相关参数设置等。例如,若要设置 SQL Server 数据库引擎的服务器通信协议,可在左方窗口展开的

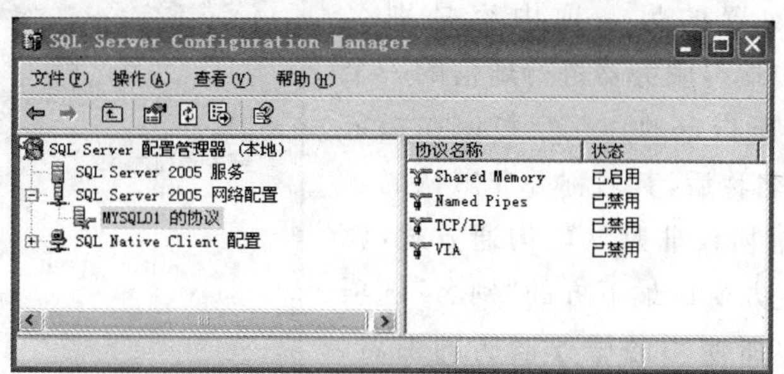

图 2-39　服务器网络配置界面

“SQL Server 2005 网络配置”结点下选中数据库引擎服务器实例，右击图 2-39 中的“MYSQL01 的协议”，在弹出的快捷菜单中选中“属性”子项，则可在随后出现的“协议”对话框内设置相关选项，如图 2-40所示。

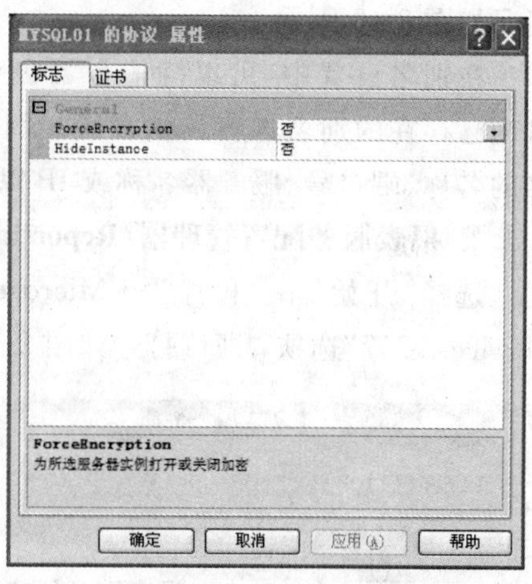

图 2-40　SQL Server 2005 服务端网络通信协议设置

在“标志”选项卡中可设置是否使用“强制加密”以及“隐藏实例”。使用强制通信协议加密可将传输处理中的封包加密，确保数据安全。但加密会将数据变成无法读取的形式，确保信息传递的机密安全，由此带来的问题是可能会影响系统性能。当 ForceEncryption 设置为“是”时，所有客户端与服务器之间的通信内容都会被加密。

在右侧窗口列出 4 种服务器端通信协议，可右击其中某种通信协议后，在快捷菜单内选择是否启动或禁用以进行相关设置。

3）客户端配置

客户端配置是指在前端应用程序所在的机器上设置如何连接到远端的 SQL Server 服务实例，与服务器端网络配置相同，也有同样四项通信协议设置，当在主控台窗口内选取“SQL Native Client 配置”下的“客户端协议”后，其界面如图 2-41 所示。右击右侧详细数据窗口中的某项通信协议，便可在快捷菜单内设置服务是否支持该协议，以及支持的先后顺序。

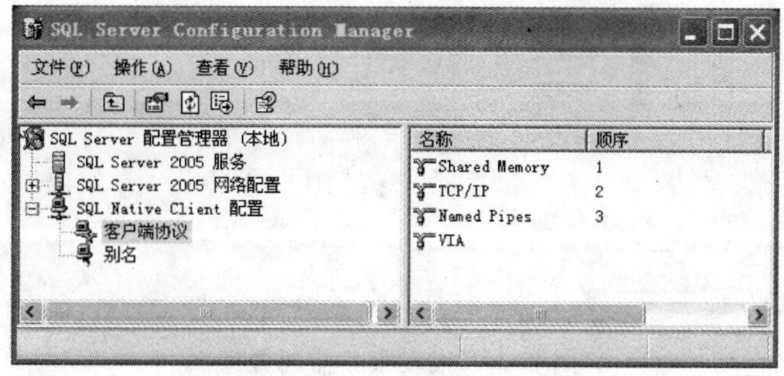

图 2-41　客户端网络通信协议设置

客户端网络配置的另一项内容是别名(Aliases),它是客户端与服务器进行通信的一个通道。若应用程序所指定的连接字符串在指定某个服务器实例的名称后,其名称并非默认的名称,或是使用的通信协议非默认的沟通方式,就可以通过图 2-41 左方窗口最下方的"别名"选项来新建连接字符串所使用的服务器实例别名。因此,别名可以屏蔽计算机之间通信的内部信息,以维护应用程序的一致性和灵活性。其设置情况如图 2-42 所示。

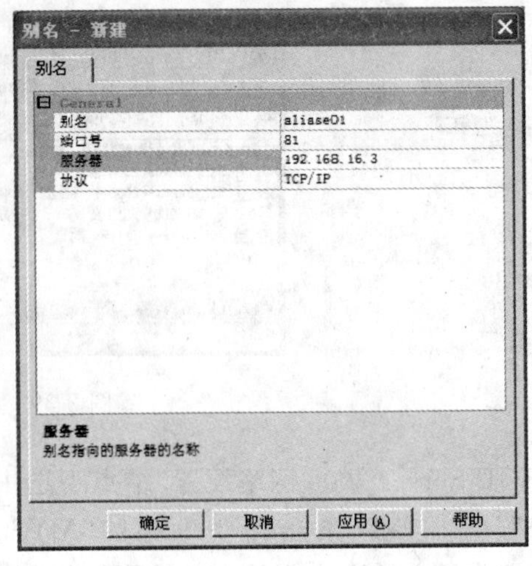

图 2-42　服务器别名设置

在别名设置中,可以为服务器创建别名,也可为已存在的别名进行属性设置。例如,设置别名的名称、端口号、服务器名称或 IP 以及协议。

2. 报表服务配置管理器(Reporting Services)

选择"开始"→"程序"→Microsoft SQL Server 2005 →"配置工具" →"Reporting Services 配置"选项,即可打开如图 2-43 所示的界面。

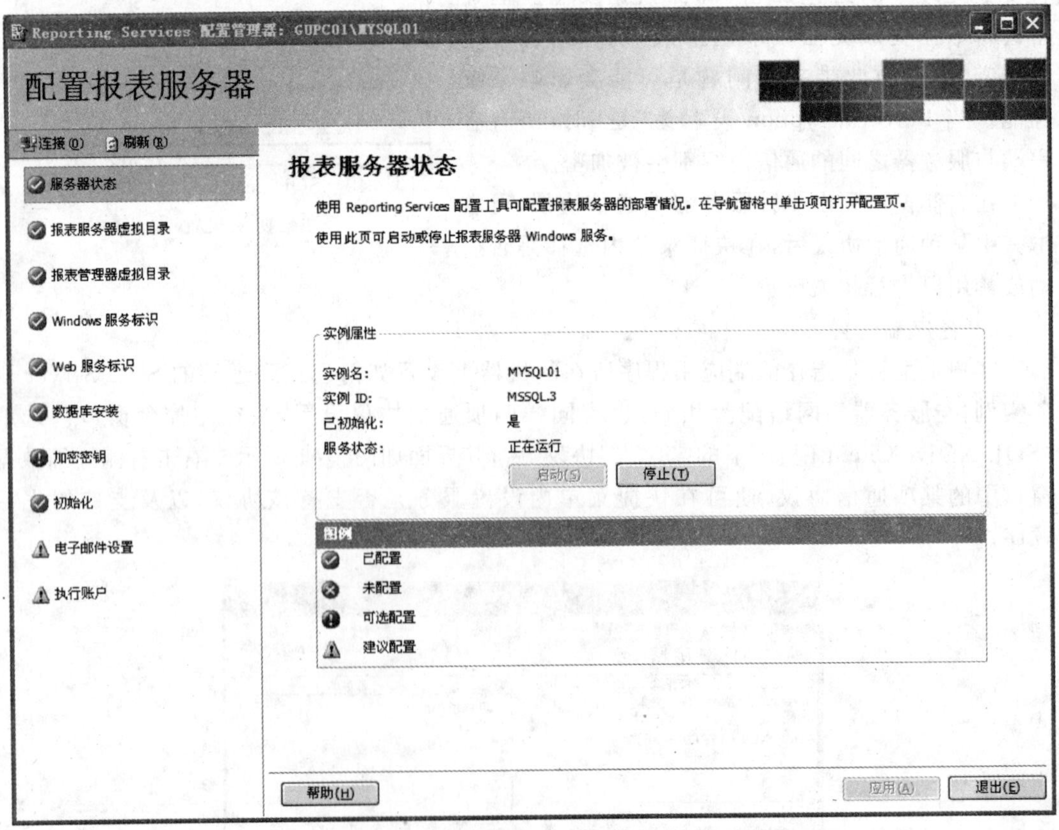

图 2-43　报表服务器配置界面

该工具程序使用统一的查看、设置与管理方式对报表服务器进行配置。通过以上界面可查看目前所连接的报表服务器实例的相关信息,报表服务器数据库存储了报表定义、报表模型、共用数据源、资源以及服务器管理的元数据。这些设置在报表服务器安装过程中创建,并可在安装后使用"报表服务器配置管理器"工具修改报表服务器的相关设置。

在此界面上,依次单击右侧所列配置内容,可完成报表服务器状态查看及设置、报表服务器虚拟目录、报表管理器虚拟目录、报表服务器数据库安装、初始化等配置的查看与设置工作。其中:

报表服务器状态是指当前连接到的报表服务器实例信息,并可通过该项设置启动或停止该实例。

报表管理器虚拟目录则是指用于访问报表服务器 Web 服务的 URL,该虚拟目录的默认名称是在 ReportServer 字符串后加上 $ 符号,再连接报表服务器实例名称构成。

报表管理器虚拟目录则用于设置报表管理员虚拟目录配置信息,当设置时,报表服务器配置工具会通过 IIS 以创建和设置虚拟目录。

数据库安装用于创建和设置数据库,该数据库提供有关报表定义、报表模型和服务器元数据的报表数据库信息。该项设置界面也可在 Server Configuration Manager 的工具内,用鼠标左键单击 Reporting Services 并在打开的窗口中单击"数据库安装"按钮以进入,其界面如图 2-44 所示。

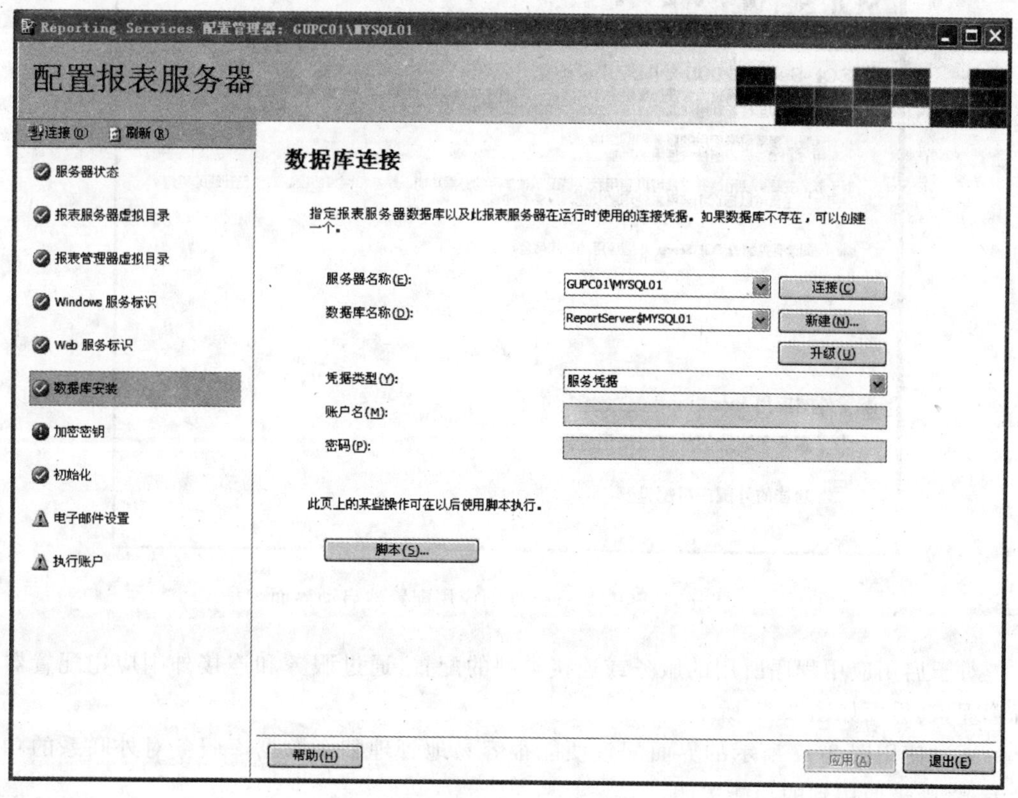

图 2-44 报表服务器数据库配置界面

初始化则是指将报表服务器实例加入到部署中，或从部署中删除某个实例。

总之，通过 Reporting Services 配置管理器工具，简化了以前版本中繁复的设置。先前版本中，没有这个统一的配置工具，管理人员需要在不同的地方进行设置，现在将常用到的设置集成在一起，在为配置管理带来方便的同时也提高了工作效率。

3. 外围应用配置器

SQL Server 2005 的另一个重要的配置工具是外围应用配置器（SQL Server Surface Area Configuration），通过这个管理工具，可以让管理员在统一集中的界面下设置各种 SQL Server 服务实例对外沟通的渠道，以降低可能的危险。这样，一方面在管理上更为简便，另一方面还能避免使用上存在的漏洞。

通过外围应用配置器可以禁用不需用到的 SQL Server 的服务，停止或禁用未使用的元件，以缩小可访问的界面，亦称该服务实例对外接触面，以此达到帮助保护系统的目的。如果在服务器上全新安装 Microsoft SQL Server 2005，其默认配置会禁用或停止某些功能、服务和连接，以缩小 SQL Server 界面局部。如果是升级安装，则所有功能、服务和连接会保持升级前的系统设置状态。

SQL Server 外围应用配置器启动后的界面如图 2-45 所示。

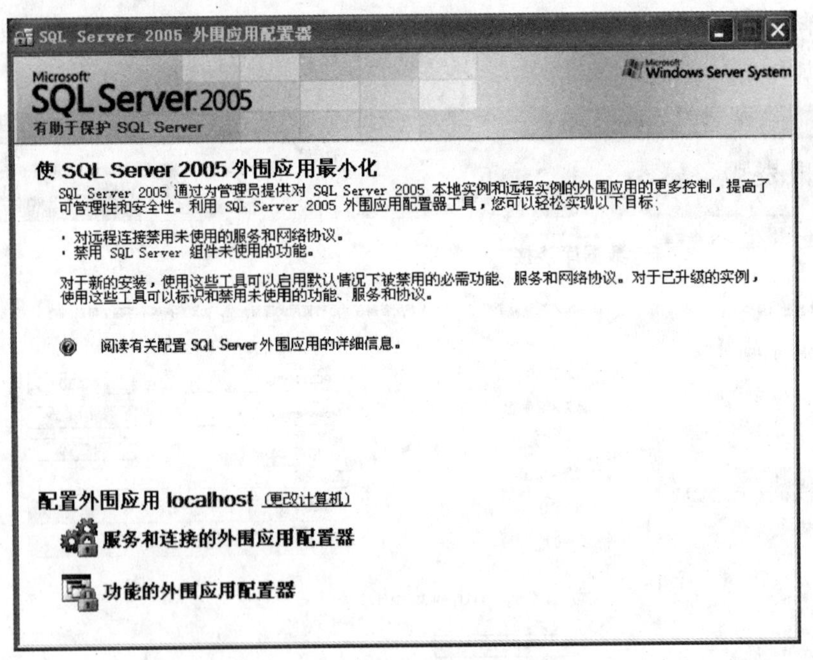

图 2-45 SQL Server 外围应用配置器启动界面

对于启用应用程序所用的服务或连接类型的配置，通过服务和连接外围应用配置器进行管理，其界面如图 2-46 所示。

通过使用图 2-47 所示的界面配置便能很容易地管理整个数据库服务对外联系的功能设置，将尚未使用到的功能关闭。

务等内容。

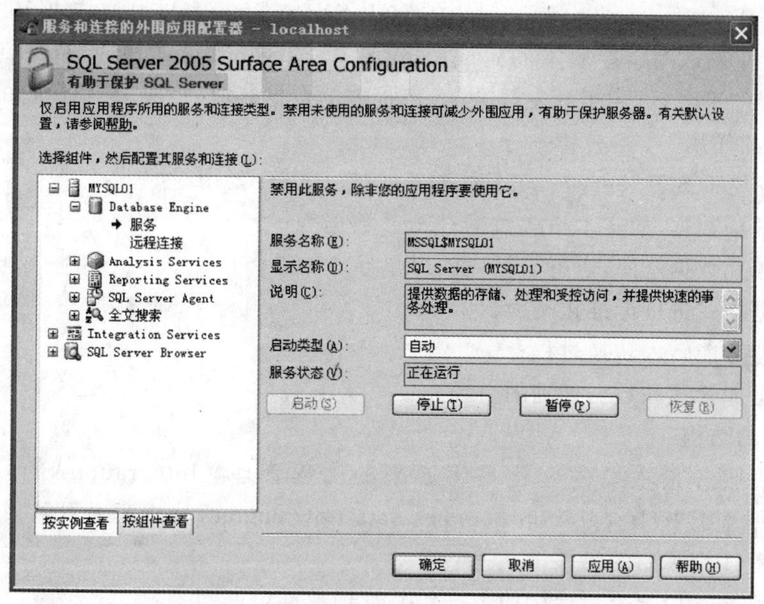

图 2-46 服务和连接的外围应用配置器界面

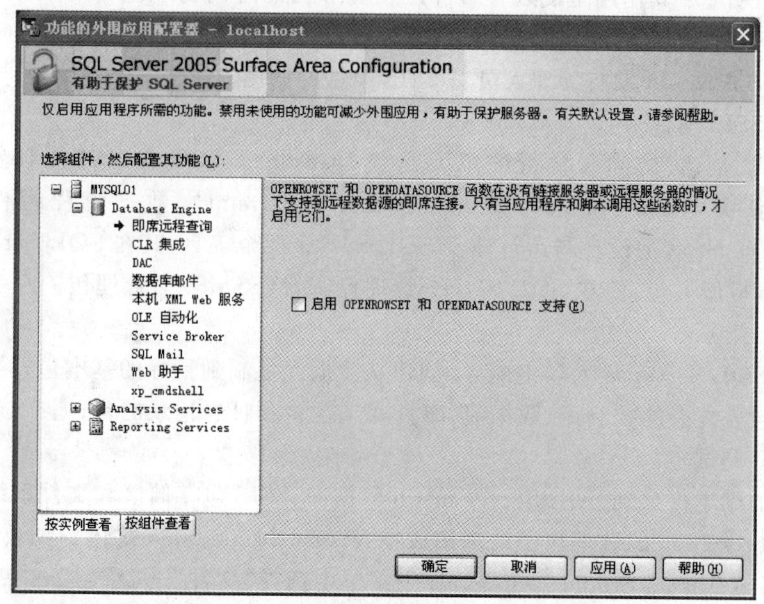

图 2-47 功能的外围应用配置器界面

2.3.3 商业智能开发平台

SQL Server 提供了丰富的商业智能管理工具，其中包括集成服务、报表服务和分析服务等内容。

1. SQL Server 2005 集成服务

为了提供数据集成更佳的性能、更丰富的功能，SQL Server 2005 放弃了以前相当成功的 DTS(Data Transformation Services，在 SQL Server 2000 版本中的数据转换工具)。而以.NET 完全重新改写。新版本的集成服务(SQL Server Integration Services，SSIS)是一个高度可扩展的平台，可用于开发复杂的、可扩展的数据获取、集成、装载运行的应用程序。

1）SSIS 的作用

集成服务位于 SQL Server 2005 数据库的核心，其主要用途如下：

- 合并异构数据，如文本格式数据、Excel 数据等；
- 自动填充数据仓库，进行数据库的海量导入的操作；
- 对数据格式进行标准化转换；
- 将商业智能转入转换过程；
- 对数据库管理和数据处理的自动化。

2）SSIS 的结构

新的集成服务最主要的变化是将原来的流程管理（Integration Services run-time engine)与数据流引擎(Integration Services data flow engine)分成两大引擎来处理。这样，SSIS 就包括有 4 个主要的组件。

- SSIS 服务：用于追踪运行的数据包并管理数据包。
- SSIS 运行时：用于保存、运行数据包，提供记录日志的界面。
- 数据流引擎：其作用是使内存缓冲区在源和目的之间物理地移动数据，包括在内存中进行数据转换。
- SSIS 客户端：开发与管理人员对 SSIS 组件的调用。

3）创建 SSIS 项目

SSIS 设计、创建、访问和执行的单元是包(package)，包中包含各种对象，诸如容器(container)、任务(task)、优先约束(precedence constraint)、数据流程组件(data flow component)等。SSIS 的设计与运行涉及 SQL Server 两个工具，其在 SQL Server 商业智能平台中创建集成服务包，而在 SQL Server 管理控制台(SSMS)中管理包。在 BIDS 工具中可以完成以下任务：

- 通过 SQL Server 导入导出向导，创建从数据源复制到目标的基本包；
- 创建包含复杂的控制流、数据流、事件驱动逻辑和日志记录的包；
- 测试并调试包；
- 将包的副本保存到 SQL Server msdb 数据库、SSIS 包存储区和文件系统。

SQL Server 2005 的管理与设计都集成在 Visual Studio 2005 之内。如要设计一个包，启动 SSBIDS 或 Visual Studio 2005 后，在主菜单中选择“文件”→“新建”→“项目”选项，再选择打开一个新的 Intergration Services 项目，界面如图 2-48 所示。

在项目名称处填写该 SSIS 包的名称，单击“确定”按钮后，进入包设计器界面如图 2-49 所示。

如前所述，SSIS 设计、存储与执行的单元就是包。包中集合了数据连接、控制流、数据流、事件处理、变量以及选项设置等，并将设计结果以 XML 格式存放在文件系统或 SQL Server 的 MSDB 系统数据库内。可以在“解决方案资源管理器”窗口中看到存放包定义的 XML 文件，其默认名称为 Package.dtsx，要编辑设计的就是这个文件。亦可通过包设计环境的“包资源管理器”(Package Explorer)选项卡查看这些组成元素。

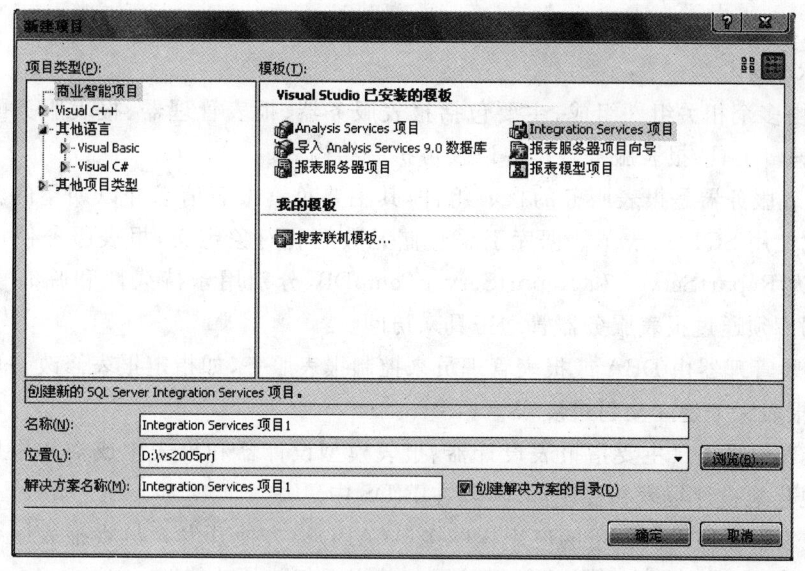

图 2-48 “新建项目”对话框

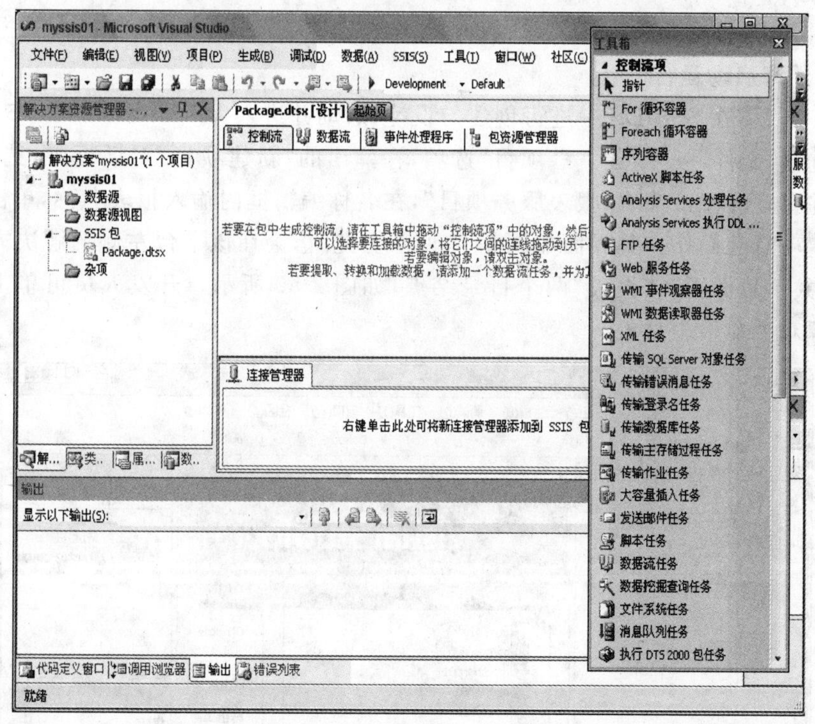

图 2-49 SSIS 包设计环境

设计完成后，用鼠标右键在“解决方案资源管理器”窗口选择包定义的 XML 文件，并选择“执行包”选项或选择编辑环境上方工具栏代表“开始调试”的绿色箭头，或是按下 F5 键，亦可选择“调试”→“开始调试”选项，开始执行包。

2. SQL Server 2005 报表服务

SQL Server 2005 报表服务，不仅仅是一个报表设计的工具，而且是一个完整的、基于服务器的报表平台,其用于创建、管理和发送报表。

1) SSRS 概述

SSRS 由多个相关组件组成,主要包括报表服务器、报表管理器、报表服务配置与管理工具、报表编辑工具、报表服务数据库以及可扩展结构等。

(1) 报表服务器是报表服务的核心组件,其主要负责报表请求并以期望的输出格式发送报表。它使用 SQL Server 数据库引擎存储元数据和对象定义,报表服务使用两个数据库,其名称为 ReportServer 和 ReportServerTempDB,分别用于持久性和临时性数据的存储。该数据库须通过报表服务器管理工具来访问。

(2) 报表管理器由 DBA 或报表管理员来控制报表服务,如指定报表修改许可或报表访问许可,为报表服务建立交付进度表等。

(3) 报表编辑工具主要指报表设计器、报表模型设计器和报表生成器。用户通过报表设计器可视化地设计报表和控制部署,其在 BIDS 中。

(4) 报表服务还提供大量的应用程序接口(API)以方便开发人员将报表服务功能整合到其应用程序中,或开发自己的组件以扩展与其应用相关的功能。

2) 创建 SSRS 项目

在使用 SSRS 前,要运行 SQL Server Reporting Services(SQL1)服务,其操作过程按 2.2.2 节所述来启动运行。

SSRS 项目需在 SSBIDS 中进行创建与设计,启动并进入 Visual Studio 2005 界面后,在主菜单中选择“文件”→“新建”→“项目”选项,在弹出的“新建项目”对话框中,选择“商业智能项目”,并在模板窗口选取“报表服务项目”,在名称编辑框内输入报表名称,单击“确定”按钮完成新建项目的操作。其界面如图 2-48 所示。此时,会在该平台左侧的解决方案管理器窗口出现“共享数据源”、“报表”两个目录结点,如图 2-50 所示。开发人员可单击该结点以创建数据源对象和报表对象。

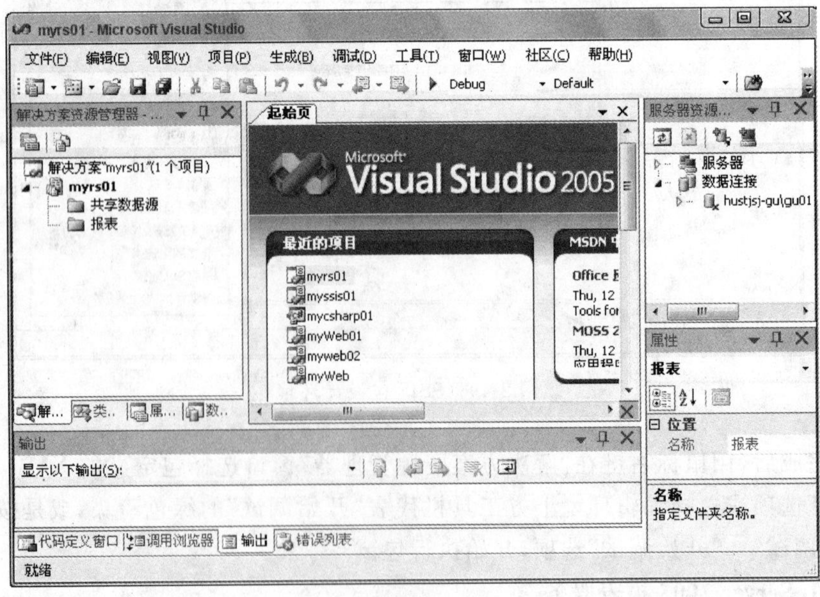

图 2-50 新建报表项目的界面

(1) 建立数据源。数据源是指报表中数据的来源,必须在设计报表前首先创建。右击SSBIDS解决方案管理器中的“共享数据源”结点,在弹出的下拉菜单中选择“添加新数据源”菜单项命令,弹出“共享数据源”对话框,在此对话框中单击编辑按钮并按照提示输入所要连接的数据库服务器名称、指定数据库后完成数据源的建立,如图2-51所示。建立数据源后,会在解决方案管理器中的“共享数据源”结点下方出现所建立的数据源子结点。

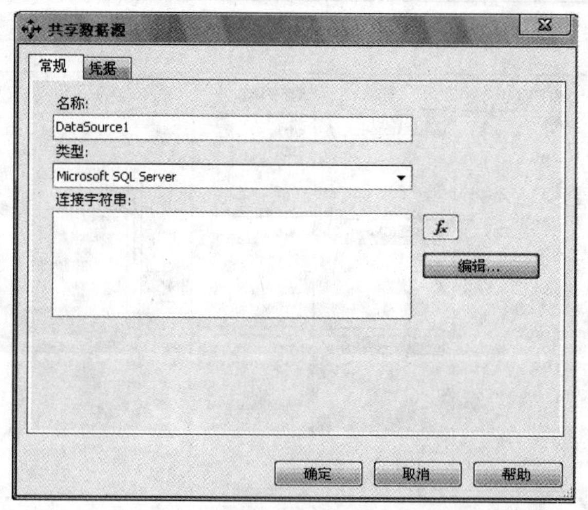

图2-51 “共享数据源”对话框

(2) 设计报表。右击解决方案管理器窗口中的“报表”结点,在弹出的下拉菜单中选择“添加新报表”子项,则进入报表设计向导界面,如图2-52所示。

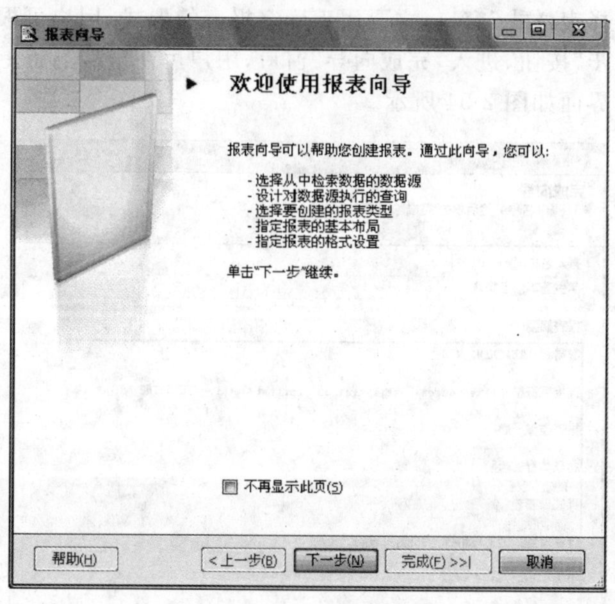

图2-52 报表设计向导界面

按照向导工具的提示进行报表设计,例如,单击“下一步”按钮,进入选择数据源窗口,从下拉列表中选择报表所需要的数据源后,单击“下一步”按钮进入设计查询窗口,用户可以单击“查询生成器”按钮以从数据源中获取报表所需的数据，亦可在设计器中输入 T-SQL 查询语句以获取数据。完成后根据向导提示，继续单击“下一步”按钮，进入“选择报表类型”窗口，在此窗口中选择报表的生成方法，通常选择“表格格式”即可。继续按照提示进入“设计表”窗口，此窗口中主要是根据需要进行分组的设计，其界面如图 2-53 所示。

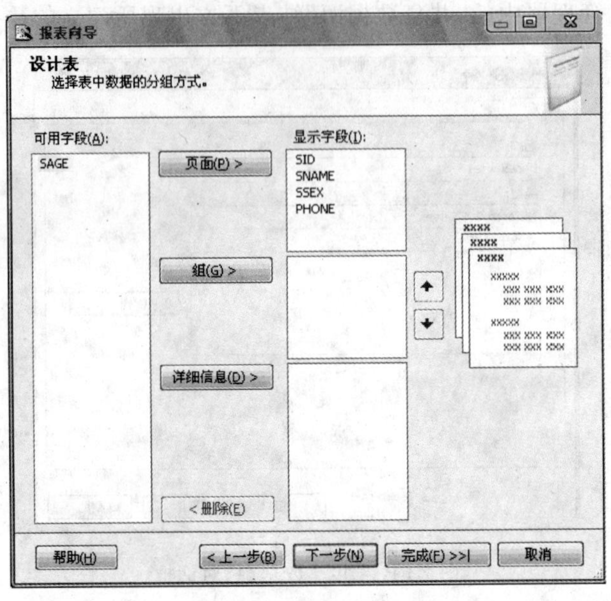

图 2-53 “设计表”窗口

继续单击“下一步”按钮，进入“选择表布局”窗口，通常为默认布局形式即可。单击“下一步”按钮，进入“选择表样式”窗口，主要用于确定报表的形式，用户可根据需要选择。再单击该页面上的“下一步”按钮，进入“完成向导”窗口，用户可在报表名称上输入将来在报表上显示的名称，其操作界面如图 2-54 所示。

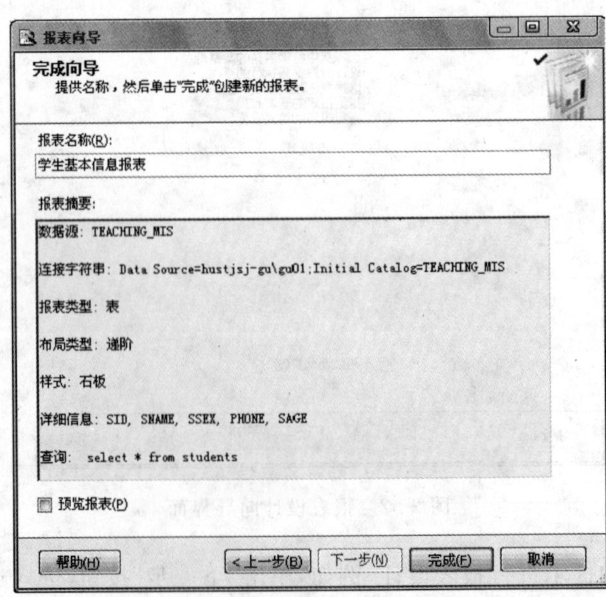

图 2-54 在“完成向导”窗口中输入报表名称

单击“完成”按钮，即完成了报表设计工作，其结果可在商业智能开发平台中打开报表设计器以进行浏览或修改。其界面如图2-55所示。

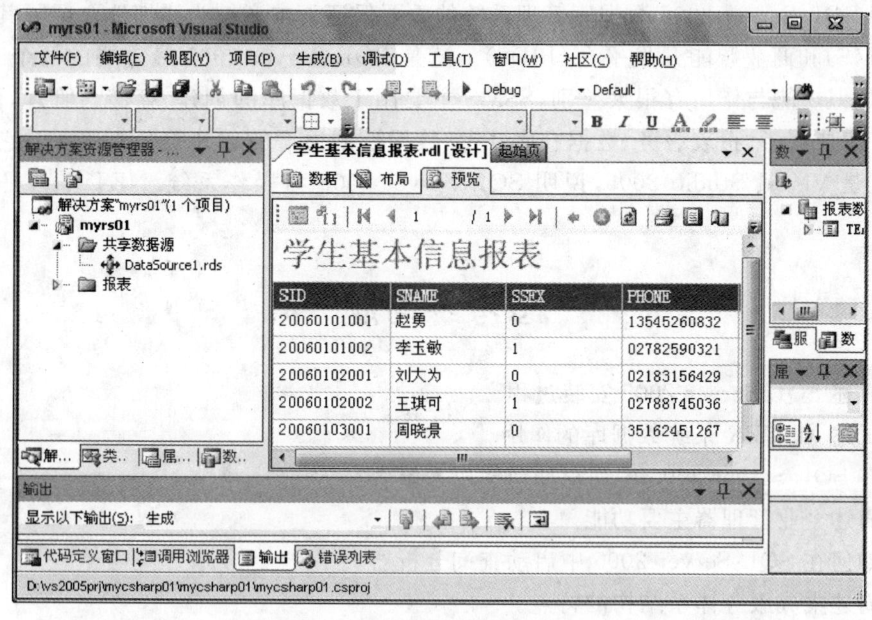

图2-55 SSBIDS中的报表设计器界面

设计完成的报表，可以在SSBIDS中直接运行，也可将报表部署到IIS上，通过浏览器来查看。即此所谓报表的发布。限于篇幅，在此就不作进一步介绍了。

3. SQL Server 2005 分析服务

当前，关系数据库理论已渐趋完善，以关系数据库为核心的产品与技术日渐成熟，然而，它们主要是用于事务型数据的处理，而随着应用的深入，理论上、技术上如何推动数据库的发展，是数据库研究人员、数据库厂商所不断追求的目标。用于数据分析的数据仓库技术与数据挖掘技术逐渐成为分析型数据处理的基础，其代表了数据库发展的更高阶段。SQL Server 2005就包含了用于此目的的功能强大的分析服务。

SQL Server 2005分析服务的主要组件就是其商业智能开发平台(BIDS)。它实际上是一个集成服务、报表服务、分析服务和数据挖掘等各类开发与管理工具集于一体的集成化平台，是一个功能强大的管理工具。BIDS可以用于分析型数据处理的数据仓库开发、选择用于数据分析的数据挖掘技术、算法，创建数据挖掘结构和数据挖掘模型，以及进行联机分析(OLAP)等。此项内容已超出本书的范围，故不再作进一步的介绍，读者可以参考有关资料。

本章小结

SQL Server 2005商用数据库管理系统是一个大型软件，其安装与配置是数据库应用人员需要掌握的内容。本章详述了该系统的版本、对软硬件的要求及其安装与配置过程。系统数据库与系统表是存储与管理系统本身相关信息的最重要的数据库对象，本章对其中主要系统数据库及系统表的作用做了详尽介绍。

SQL Server 2005 工具众多，功能强大，学习与掌握其主要的开发与管理工具是掌握和熟练运用 SQL Server 2005 数据库管理系统的重要保证。本章较为详细地介绍了其管理控制台(SSMS)和商业智能开发平台(BIDS)。这是 SQL Server 2005 最重要的两个工具，其界面相似，但功能与作用有很大差别，SSMS 主要用于数据库的创建、存储与管理，而 BIDS 则专注于集成服务、报表服务、数据仓库开发、数据挖掘模型的创建等分析服务。它们的操作界面就是 Visual Studio 2005，说明 SQL Server 2005 与操作系统. NET 平台是紧密集成的。

思考练习题

1. 简述 SQL Server 2005 安装过程。
2. 试述 MSTER 系统数据库的作用。
3. 在 SQL Server 2005 中用户如何使用系统表？
4. 简述企业管理器主要功能。
5. 如何在 SQL Server 2005 中启动查询分析器？
6. 简述集成服务体系结构的特点。
7. 如何启动和使用 SSIS 设计器？
8. 试使用 SSIS 创建一个数据转换包，该包将一个 SQL Server 2005 数据库中数据转换为一张 Excel 表。
9. 报表服务使用了哪些数据库？
10. 如何启动报表向导？
11. 试使用报表服务工具创建一个报表，数据源为 SQL Server 2005 中的课程信息表。

第3章

SQL语言基础

SQL 是关系数据库的标准语言。它于 20 世纪 70 年代提出,并于 20 世纪 80 年代中期被 ANSI 采用作为关系数据库管理系统的标准语言,随后被 ISO 采纳为国际标准。各数据库厂商的产品均支持 SQL 语言标准,同时也都对其进行了不同的扩充。应用程序开发人员、数据库管理员及用户对数据库操作的一切指令,最终都要以 SQL 显示。因此,要想深入了解数据库产品与系统,就应当深入了解 SQL 语言。本章首先介绍 SQL 语言基础内容,然后介绍用于 SQL Server 2005 的经过 Microsoft 公司扩充的 T-SQL 语言。

3.1 SQL 语言概述

SQL 语言是一种介于关系代数与关系演算之间的语言,其功能包括查询、操纵、定义和控制 4 个方面,是一个通用的功能极强的关系数据库语言。

SQL 语言于 1974 年由波易斯(Boyce)和查伯林(Chamberlin)在 SEQUEL: Structured English Query Language(结构化英语查询语言)一文中提出,1975 年至 1979 年在 IBM 公司 San Jose Research Laboratory 研制的关系数据库管理系统原形系统 System R 中实现了这种语言。由于它功能丰富、语言简洁、使用方法灵活而备受用户和计算机业界的青睐,被众多的计算机公司和软件公司所采用。经过多年的发展,SQL 语言已成为关系数据库的标准语言。

3.1.1 SQL 语言历史

1970 年,美国 IBM 研究中心的 E. F. Codd 连续发表多篇论文,提出关系模型。1974 年,IBM 的波易斯和查伯林将 Codd 关系数据库准则的数学定义以简单的关键字语法表现出来,为 IBM 公司研制的关系数据库管理系统 System R 配制了查询语言,其名称叫做 SEQUEL(结构化英语查询语言)。这种语言看起来很像英语句子,采用英语单词表示和结构式的语法规则。后来,SEQUEL 简称为 SQL(Structured Query Language),即结构化查询语言(读音仍念做 sequel)。到了 1979 年,Oracle 公司率先在其商用数据库 Oracle 中实现了商用 SQL 语言。1986 年,美国国家标准化协会(ANSI)把 SQL 作为关系数据库语言的美国标准,同年公布了标准 SQL 文本,即 ANSI 文件 X3.135-1986《数据库语言 SQL》。1987 年国际标准化组织(ISO)将其采纳为国际标准。这两个标准现在称为 SQL86。随后,ISO对该标准进行了大量的修订与扩充,并于1992年发布了标准化文件ISO/IEC 9075:1992《数据库语言SQL》。这就是现在叫做SQL92的标准,但习惯上人们将其称为SQL2。

SQL成为国际标准以后,各种类型的计算机和DBS都采用SQL作为其存取语言和标准接口,从而有可能使整个数据库业界链接为一个统一的整体,这是个具有重大意义的前景。

SQL标准仍在发展,1999年,ISO又发布了标准化文件ISO/IEC9075:1999《数据库语言SQL》。人们将其称为SQL3,而该标准正式的术语是SQL99。

3.1.2 SQL语言特点

SQL语言具有以下特点:

1. SQL语言是非过程化语言

SQL是一个非过程化的语言,它允许用户在高层的数据结构上工作,而不对单个记录进行操作,可操作记录集。所有SQL语句接受集合作为输入,返回集合作为输出。SQL的集合特性允许一条SQL语句的结果作为另一条SQL语句的输入。

非过程语言也被称为第四代语言,以区别面向过程的第三代语言。在SQL语言中,用户只需要在程序中说明"做什么",而不需要说明"怎样做"。换言之,SQL不要求用户指定对数据的存放方法,这种特性使用户更易集中精力于要得到的结果;所有SQL语句使用查询优化器,它是RDBMS的一部分,由它决定对指定数据存取的最快速度的手段,查询优化器知道存在什么索引,在哪儿使用索引合适,而用户则从不需要知道表是否有索引、有什么类型的索引。

2. SQL语言是统一的语言

SQL语言适于所有用户的数据库活动类型。也就是说SQL可用于所有用户,包括系统管理员、数据库管理员、应用程序员、决策支持系统人员及许多其他类型的终端用户对数据库等数据对象的定义、操作、控制活动。基本的SQL命令只需很少时间就能学会,最高级的命令在较短时间内便可掌握。

3. SQL语言是关系数据库的公共语言

即用户可将使用SQL的应用很容易地从一个RDBMS转移至另一个系统。

由于所有主要的关系数据库管理系统都支持SQL语言,用户可将使用SQL的语句从一个RDBMS(关系数据库管理系统)转到另一个,所有用SQL编写的程序都是可以移植的。

这样的优点,也是其缺点:由于它是非过程化的,其语句都与上下文无关,但实际上大部分应用都是过程性的。因此仅使用SQL实现完整的应用有一定困难,许多数据库软件开发商为解决这一问题,从两个方面入手:

(1) 扩充SQL,即在SQL中引入过程性结构;

(2) 把SQL嵌入到高级语言中,以便一起完成一个完整的应用(如在VB、Delphi、C++中)。

T-SQL是Microsoft公司拥有的应用于SQL Server数据库系统的查询语言,包含有全部标准的SQL,并且对标准进行了一些扩展。

3.1.3 SQL 语言分类

核心 SQL 主要有四个组成部分。

1. 数据定义语言

数据定义语言(Data Definition Language,DDL)是数据库管理员、数据库拥有者才有权操作的用于生成与改变存储结构的命令语句。

数据定义语言是指对数据的格式和形态下定义的语言,它是每个数据库要建立时首先要面对的,数据与哪些表有关系、表内有什么栏位主键、表和表之间互相参照的关系等,都是在开始的时候所必须规划好的。数据定义语言用来定义数据的结构,如主要用于创建、修改或者删除数据库对象、表、索引、视图、角色等。常用的数据定义语言有:CREATE、ALTER、DROP。

2. 数据操纵语言

数据操纵语言(Data Manipulation Language,DML)用于读取和操纵数据。

数据定义完成后接下来的就是对数据的操作。数据的操作主要有插入数据(insert)、查询数据(query)、更改数据(update)、删除数据(delete)4 种方式,即数据操纵主要用于数据的更新、插入等操作。

3. 数据控制语言

数据控制语言(Data Control Language,DCL)用于安全性控制如权限管理如定义数据访问权限、进行完整性规则描述以及事务控制等。其主要内容包括以下 3 个方面:

(1) 用来授予或回收操作数据库的某种特权;

(2) 控制数据库操纵事务发生的时间及效果;

(3) 对数据库实行监视。

4. 嵌入式 SQL 语言的使用规定

嵌入式 SQL 语言(Embed SQL)主要涉及 SQL 语句嵌入在宿主语言程序中的规则。SQL 通常有两种使用方式:一种是联机交互使用方式(命令方式),另一种是嵌入某种高级程序设计语言的程序中(嵌入方式),尽管两者使用方式不同,然而 SQL 语言的语法结构是一致的。

3.1.4 SQL 数据库体系结构

SQL 语言同样支持关系数据库(RDBMS)的三级体系结构。但术语与传统的关系模型术语不同。在 SQL 中,关系模式称为基本表(Base Table),存储模式称为存储文件(Stored File),子模式称为视图(View),元组称为行(Row),属性称为列(Column)。其体系结构示意如图 3-1 所示。

在以上体系结构中,一个 SQL 表由行集构成,每行是列的一个序列,每列与一个数据项对应。SQL 中表有 3 种:基本表、视图和导出表。所谓基本表即是存储在数据库中的表,而视图是由若干基本表或其他视图构成的表的定义。导出表则是执行查询后产生的表。从图 3-1也可看出,一个基本表可以跨越一个或多个存储文件,换言之,一个存储文件可以存放一个或多个基本表。而一个存储文件则与外部存储器上一个物理文件相对应。

用户使用 SQL 语言编写的语句对基本表或视图进行查询等项操作。以用户的观点来看,基本表与视图一样都是表。

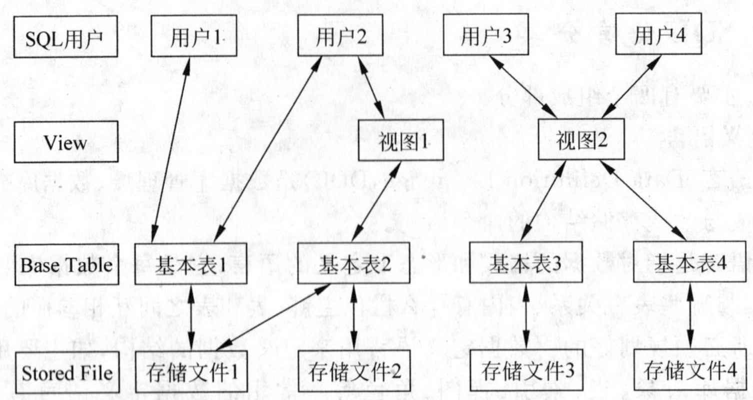

图 3-1 SQL 语言支持 RDBMS 的三级结构

SQL 语言就是对数据库管理与操作的程序设计语言，尽管 ANSI 和 ISO 对 SQL 已制定了一系列标准，但数据库业界的各厂商仍针对其各自的数据库软件版本做了某些程序的扩充与修改，因此，具体在不同的数据库系统上使用 SQL 时，其语法描述及功能会有差异。Microsoft 公司也为 SQL Server 的结构化查询语言做了大幅度的扩充，因此特别将 SQL Server 的 SQL 称为 Transact-SQL(简称为 T-SQL)，以显示其功能上的强化。本书就以 Transact-SQL 为蓝本，详细介绍其语言元素、语法、功能及使用方法。

3.2 Transact-SQL 语言基础

Transact-SQL 是 Microsoft 公司 SQL Server 的程序设计语言，其本质就是结构化查询语言。SQL Server 允许用户将一系列命令以各种形式存储起来，以便于可以随时执行。这里的“程序设计”是指以合理的方式将一系列命令结合起来，而所谓合理的方式就是要以计算机看得懂的语法来编写，因此，涉及 Transact-SQL 的程序结构和语法。Transact-SQL 语言基础包括：常量、内存变量、表达式、运算符等。

先要强调的是，本章中如无特别说明，所说的“查询”泛指以 Transact-SQL 编写的程序，它所执行的操作可能是添加、修改、删除或查询数据记录，或任何其他操作，而不仅局限在查询数据记录。

3.2.1 Transact-SQL 语言分类

在 Transact-SQL 语言中可使用标准的 SQL 语句，但经过大幅的扩充后，Transact-SQL 语言的分类情况如下所示。

(1) 数据定义语言(DDL)用来建立数据库、数据库对象等的命令。

(2) 数据操纵语言(DML)用来操纵数据库中的数据的命令。

(3) 数据控制语言(DCL)用来控制数据库组件的存取许可、存取权限等的命令。

(4) 流程控制语言(Flow Control Language)用于结构化设计的语句等。

(5) 其他语言元素(Additional Language Elements，ALE)主要有：

- 内嵌函数——说明变量的命令；

■ 其他命令——嵌于命令中使用的标准函数。

3.2.2 数据类型

在计算机中数据有两种特征：类型和长度。所谓数据类型，就是以数据的表现方式和存储方式来划分的数据的种类。数据类型规定了某个对象能够具有的数据特征和存储大小。在SQL Server中，表中的每一列、变量、参数、表达式等都有唯一的数据类型，SQL Server 2005支持的数据类型可分类如表3-1所示。

表3-1 SQL Server 2005的数据类型分类

分 类	数据类型
精确数字	BIGINT、INT、SMALLINT、TINYINT、BIT
	DECIMAL、NUMERIC、MONEY、SMALLMONEY
近似数字	REAL、FLOAT
字符串	CHAR、VARCHAR、TEXT
UNICODE字符串	NCHAR、NVARCHAR、NTEXT
二进制字符串	BINARY、VARBINARY、IMAGE
日期和时间类型	DATETIME、SMALLDATETIME
其他数据类型	CURSOR、TIMESTAMP、UNIQUEIDENTIFIER、TABLE、SQL_VARIANT、XML

另外，在SQL Server 2005中，也可根据数据的存储特征，将某些数据类型指定为以下类型：

(1) 大值数据类型：varchar(max)、nvarchar(max)和varbinary(max)。

(2) 大型对象数据类型：text、ntext、image、varchar(max)、nvarchar(max)、varbinary(max)和xml。

1. 整型数据的精确数据类型

整型数据包括长整型、短整型数据等，其标识符及取值范围和精度如表3-2所示。

表3-2 整型精确数据类型及说明

数据名称	取值范围	存储
Bigint	$-2^{63} \sim 2^{63}-1$(−9 223 372 036 854 775 808～9 223 372 036 854 775 807)	64位
Int	$-2^{31} \sim 2^{31}-1$(−2 147 483 648—2 147 483 647)	32位
Smallint	$-2^{15} \sim 2^{15}-1$(−32 768～32 767)	16位
Tinyint	0～255	8位
Bit	0、1、NULL	8位

2. 实型数据的精确数据类型

实型数据用于存储十进制小数。

(1) DECIMAL：该数据类型可提供小数所需要的实际存储空间，其数据取值范围为$-10^{38} \sim 10^{38}-1$，因此其实际的存储空间为2～17字节。该数据类型的语法格式为DECIMAL[(p,s)]，p与s分别表示精度和小数位数。p表示最多可以存储的十进制数字的总位数，包括小数点左边和右边的位数。该精度是从1到最大精度38之间的值。默认精度为18。s则表示小数点右边可以存储的十进制数字的最大位数。小数位数必须是从0到

p之间的值。仅在指定精度后才可以指定小数位数。默认的小数位数为0。因此,0≤s≤p。最大存储大小基于精度而变化。例如:DECIMAL[(12,4)]表示该实数共有12位,其中小数位有4位。

(2) NUMERIC:该数据类型的语法格式为:NUMERIC[(p,s)],其在功能上等价于DECIMAL。

(3) MONEY:用于表示货币值的精确数字类型标识符是Money,该数据取值范围从-2^{63}到$2^{63}-1$,该数据占用8字节存储空间,精确到货币单位的万分之一。

(4) SMALLMONEY:另一个用于表示小货币值的精确数字类型标识符是Smallmoney,该类型的数据值从-2^{31}到$2^{31}-1$,该数据占用4字节存储空间,精确到货币单位的万分之一。

3. 近似数字类型

(1) REAL:该数据类型的标识符是REAL,可精确到第7位小数,其数据取值范围为-3.40E-38～3.40E+38。一个REAL数据占用4字节存储空间。在SQL Server 2005中,其与Float(24)具有同样意义。

(2) FLOAT:该数据类型标识符是FLOAT,数据取值范围为:-1.79E+308至1.79E+308。语法表示为Float[(n)],其中n为1～53之间的某个数字。如果系统用4字节存储该数据,则n为1～24之间的数字;如果系统用8字节存储该实数,则精度为15位(最高位是符号位),n的取值范围是25～53。

4. 字符串数据类型

(1) CHAR:该数据类型用于表示固定长度的字符数据,其语法格式为CHAR [(n)],其中n的取值范围为1～8000,表示字符串长度,其存储空间是n个字节。

(2) VARCHAR:该数据类型用于表示可变长度的字符数据,其语法格式为VARCHAR [(n | max)],n的取值范围为1～8000。如果为VARCHAR(max),则指示其最大存储空间是$2^{31}-1$字节。该数据类型存储大小是输入数据的实际长度加2字节。所输入数据的长度可以为0个字符。

(3) TEXT:该数据类型用于表示长度可变的非Unicode数据,最大长度为$2^{31}-1$个字符(2 147 483 647)。当使用双字节字符时,存储仍是2 147 483 647字节。

5. UNICODE字符串数据类型

一般而言,字符数据使用ASCII编码方案。这种用一个字节编码每个字符的数据类型的方法,存在的问题之一就是此数据类型只能表示256个不同的字符。这就迫使对于不同的字母表(例如相对较小的欧洲字母表)采用多种编码规格或代码页。而且,也不可能处理像中日韩等国文字这样具有成千上万个字符的字母表。

Unicode编码为全球商业领域中广泛使用的大部分字符定义了一个单一编码方案。所有的计算机都用单一的Unicode规格将Unicode数据中的位模式一致地转换成字符。这保证了同一个位模式在所有的计算机上总是转换成同一个字符。数据可以随意地从一个数据库或计算机传送到另一个数据库或计算机,而不用担心接收系统是否会错误地转换位模式。

在SQL92中,N代表National Language。比如:'Jordan'是一个字符串.而N'Jordan'则是一个Unicode字符串。Unicode数据的每个字符使用2个字节的存储空间,而一般的字符数据则是每个字符使用 1 个字节的存储空间。

(1) NCHAR：该数据类型用于表示固定长度的 Unicode 字符数据。其语法格式为 NCHAR(n)，这里 n 值必须在 1～4000 之间，表示该字符串包含 n 个 Unicode 字符数据。Unicode 数据使用 UNICODE UCS-2 字符集。该数据类型存储空间为两倍 n 字节。

(2) NVARCHAR：为变长度 Unicode 字符数据类型。语法格式为 VARCHAR(n|max)，其 n 取值在 1～4000 之间。若取值为 max，则指示最大存储空间为 $2^{31}-1$ 字节。该数据类型存储空间是所输入字符个数的两倍＋2 个字节。所输入数据的长度可以为 0 个字符。

(3) NTEXT：为长度可变的 Unicode 字符数据类型，其语法格式为 NTEXT，表示最大长度为 $2^{30}-1$(1 073 741 823)个 Unicode 字符。该数据类型的存储空间是所输入字符个数的两倍(以字节为单位)。

6. 二进制数据

(1) BINARY：该数据类型表示长度为 n 字节的固定长度二进制数据，其中 n 取值是 1～8000。该数据类型语法格式为 BINARY(n)，其存储空间为 n 字节。

(2) VARBINARY：该数据类型表示可变长度二进制数据。其语法格式为 VARBINARY(n|max)，其中 n 可以取 1～8000 的值。若 n 取值为 max，则指示该数据最大的存储空间为 $2^{31}-1$ 字节。该数据类型的存储空间为所输入数据的实际长度＋2 个字节。所输入数据的长度可以是 0 字节。

(3) IMAGE：该数据类型用于表示长度可变的二进制数据，标识符为 IMAGE，其存储空间大小是 $0\sim 2^{31}-1$(2 147 483 647)个字节。

7. 日期时间型数据

该类型数据是代表日期和一天内的时间所构成的日期与时间数据类型，在 SQL Server 2005 数据库引擎中有两个。

(1) DATETIME：该数据类型表示范围从 1753 年 1 月 1 日到 9999 年 12 月 31 日的日期和时间数据，精确度为千分之三秒。SQL Server 2005 用两个 4 字节的整数内部存储 DATETIME 数据类型的值。

(2) SMALLDATETIME：使用该数据类型表示范围从 1900 年 1 月 1 日到 2079 年 6 月 6 日的日期和时间，数据精确到分钟。SQL Server 2005 用两个 2 字节的整数来存储 SMALLDATETIME 的值。

8. 其他数据类型

(1) CURSOR：该标识符指明这是变量或存储过程 OUTPUT 参数的一种数据类型，这些参数包含对游标的引用。关于变量、存储过程、游标等内容以后相关章节再来详述。

(2) TIMESTAMP：该标识符表示公开数据库中自动生成的唯一二进制数字的数据类型，该数据类型通常用作给表行加时间戳的机制。其存储空间的大小为 8 字节。在 SQL Server 系统中，每个数据库都有一个计数器，当对数据库中包含 TIMESTAMP 数据类型的列的表执行插入、更新等操作时，该计数器值就会增加。这个计数器是数据库时间戳。其用来跟踪数据库内的相对时间。

(3) UNIQUEIDENTIFIER：该数据类型存储一个 16 字节的二进制数字，该数值称为 GUID(Globally Unique Identifier，全球唯一标识号)，该数字不可由人工输入，而是由 SQL

Server 的 NEWID()函数自动生成，在全球各地的计算机经由此函数生成的数字不会相同。该数据的形式为：xxxxxxxx-xxxx-xxxx-xxxx-xxxxxxxxxxxx，其中的每个 x 是一个在 0～9 或 A～F 范围内的十六进制数字。例如：6F9619FF-8B86-D011-B42D-00C04FC964FF 就是一个有效 UNIQUEIDENTIFIER 值。

(4) TABLE：该数据类型用于存储对表或视图处理的结果集以便于进行后续处理。这是一种特殊的数据类型，类似于在其他语言中的数组数据类型，该类型数据暂存那些会用到的(记录集合)结果，但其不能作为表的一列出现，因此只能在 Transact-SQL 程序中使用。

(5) SQL_VARIANT：该标识符表示一种数据类型，其用于存储 SQL Server 2005 支持的各种数据类型值，但不能包括大值数据类型值以及 TEXT、NTEXT、IMAGE、TIMESTAMP 和 SQL_VARIANT 的值。该数据类型存储空间的最大长度是 8016 字节。这包括基类型信息和基类型值。实际基类型值的最大长度是 8000 字节。对于 SQL_VARIANT 数据的计算，须先将它转换为其基本数据类型值，然后才能参与诸如加减之类运算。

(6) XML：该数据类型允许在 SQL Server 数据库中存储 XML 文档和片段。所谓 XML 片段是指缺少单个顶级元素的 XML 实例。用户可创建 XML 类型的列和变量，并在其中存储 XML 实例。该数据类型的存储空间大小不超过 2GB。

在以上 SQL Server 2005 数据库引擎的数据类型中，BIGINT、TABLE、SQL_VARIANT 三种数据类型是从 SQL Server 2000 版本后才新增的新型数据类型，其主要是为了适应数据管理与数据处理深入对于大值数据表示的需要，以及方便应用程序设计的需要。

除了以上数据类型以外，SQL Server 2005 还可以让用户在 SQL Server 中使用以下方法创建自定义的数据类型以扩展 SQL 类型系统。用户定义类型(UDT)可以简单，也可以复杂。例如可以是结构化的，以封装复杂的、用户定义的行为。用户可以创建两种自定义数据类型。

可以从上述基本数据类型创建别名数据类型，该方法其实是提供了一种清楚说明对象中值的名称应用于数据类型的机制，以使程序员或数据库管理员容易理解用该数据类型定义的对象的用途。

可以作为任一 CLR 语言的托管类实现，然后注册到 SQL Server。

用户自定义数据类型可以用于定义表中列的类型，或者 Transact-SQL 语言中的变量或例程参数的类型。用户自定义数据类型的实例可以是表中的列，批处理、函数或存储过程中的变量，或者函数或存储过程的参数。

3.2.3 常量与变量

1. 常量(constant)

一个常量是一个固定的数据值，它是一个代表特定数据值的符号。常量的格式按其所代表的数据值的数据类型而有所不同。在编写程序时，经常会使用到各种数据类型的常量，例如，要查询出生日期为 1979 年 10 月 12 日的员工数据，必须学会如何在查询表达式中表示日期值 1979/10/12。由此可知，了解各种数据类型常量的表示格式是非常重要的。

1) 字符串常量

字符串常量必须包含在一对单引号中，以下示例均是字符串常量：

```
'王平'
'正在处理中,请稍后:.....'
```

如果把连接选项 QUOTED_IDENTIFIER 设定成 OFF,也可以将字符串包含在一对双引号中。但是 Microsoft OLEDB Provider for SQL Server 和 ODBC 驱动程序默认均使用 SET QUOTED_IDENTIFIER ON。因此,一般情况下最好使用单引号。

另外,如果字符串本身包含单引号,则须分下列两种情况来处理:

如果采用的是将字符串包含在一对单引号中的格式,则用两个单引号来表示字符串本身所内嵌的单引号。例如,字符串 Can't find the name '王平',应该用下列格式来表示:

```
Can''t find the name ''王平''
```

如果采用的是将字符串包含在一对双引号中的格式,则即使字符串本身包含单引号,也不需做任何特殊处理,将整个字符串包含在一对双引号中即可。例如,刚才的例子即可使用下列格式来表示:

```
"Can't find the name '王平'"
```

2) Unicode 字符串常量

Unicode 字符串常量和字符串常量的格式类似,唯一的差别是必须以大写的字母 N 作为前缀。

3) 二进制常量

二进制常量是以 0x 作为前缀再加上后续的十六进制数值来表示的,而且不需要包含在一对引号中,以下示例中均是二进制常量:

```
0xED
0x27CF
```

4) Bit 常量

Bit 常量是以数字 0 或 1 代表,不需要包含在一对引号中。如果所使用的数字大于 1,它会被转换成 1。

5) 日期时间常量

日期时间常量可能含日期、只含时间或者日期与时间兼具。日期部分采用字母日期格式、数字日期格式或未分隔字符串格式,而时间部分则应采用时间格式。若只是指定日期,时间值默认为 00:00AM(午夜);若只是指定时间,日期值默认为是 1900 年 1 月 1 日。日期时间常量应包含在一对单引号中。

另外,无论采用哪一种格式来指定日期时间常量中的日期部分,年份都可以使用两位数或四位数的数字,然而,使用两位数年份的问题是,它究竟代表哪一个世纪呢?例如,97 究竟是 1997 还是 2097 呢?这个问题可以使用配置选项 two digit year cutoff 来解决。但其设置较为烦琐,因此建议直接使用四位数的年份。

(1) 字母日期格式。如果采用字母日期格式来表示常量中的日期部分,则需遵循以下原则:

字母日期格式中月份使用完整或缩写的英文月份名称。如 10 月份可以写 October 或 Oct。

日期则以数字表示。如果未指定日期，系统会将其视为1日。

当把年份放在结尾时，年份和月份之间，以及年份和日期之间，可加也可不加逗号。

例如，以字母日期格式显示日期时间常量10/15/2008(2008年10月15日)，则以下各种写法均为正确的日期格式：

```
'October 15,2008'
'October 15 2008'
'Oct 15,2008'
'Oct 15 2008'
'October 2008 15'
'Oct 2008 15'
```

(2) 数字日期格式。数字日期格式中的月份与日期全部使用数字表示，其格式为：

```
number separator number separator number
```

从格式上可看出，年份、月份与日期三项数值数据之间须使用分隔符隔开，在SQL Server中规定统一使用下列3个字符之一作为三项日期数值间的分隔符：

- 斜线(/)；
- 连字符(-)；
- 英文的句点(.)。

例如，以下三种正确表示2008年8月1日这一日期时间常量的写法是：

```
'8/1/2008'
'8 - 1 - 2008'
'8.1.2008'
```

另外，若某项日期数值是个位数，加不加前置0都可以。

还有一个问题是，年、月与日3项日期数值的顺序是如何确定？例如：日期时间常量'8/11/2008'应如何解释？究竟是8月11日还是11月8日？这与系统的设置有关。如果SQL Server的语言设定成us_english，则数字日期格式的默认顺序是mdy(月-日-年)。若要定义数字日期格式中日期数值的先后顺序，可以使用如下所示的设置命令：

```
SET DATEFORMAT{format |@format_var}
```

该语法中的参数format |@format_var用以决定3个日期数值的顺序，其可设定值有：mdy、dmy、ymd、ydm、myd、dym。

SET DATEFORMAT设置命令仅决定一个日期时间常量的日期值应该如何解释，而对日期值的显示没有任何影响。

(3) 未分隔字符串格式。未分隔字符串格式的特点是：年、月、日全部使用数字表示，且3个日期数值之间不需使用任何分隔字符隔开。

该格式的3项日期数值的先后顺序固定为ymd，且不受SET DATEFORMAT命令的影响。例如日期时间常量'20071108'表示的日期是：2007年11月8日。

月份与日期的数字务必用两位数值表示，不足两位数者须补一个前置0。其格式如上例所示。

如果使用四位数年份，则整个日期数据应是8位数；如果使用两位数年份，则整个日期数据应是 6 位数；但是如果所指定的日期数据仅有 4 位数，SQL Server 会将这四位数视为年份，而月和日期则默认为 1 月 1 日。例如，下面的日期时间常量代表 2010 年 1 月 1 日。

```
'2010'
```

(4) 时间格式。在指定日期时间常量中的时间部分时，可采用下列格式：

```
Hours[:Minutes[:Seconds[:Milliseconds]]][AM|PM]
```

或

```
Hours[:Minutes[:Seconds[.Milliseconds]]][AM|PM]
```

两种格式其实仅有一个差别，即在千分之一秒的部分使用冒号或句点引出。若使用冒号，其后的数字代表千分之一秒。若使用句点，则在其后的第一位数字表示十分之一秒，第二位数字表示百分之一秒，第三位数字则表示千分之一秒。例如：22:18:15:1 表示 22 点 18 分 15 秒零千分之一秒；而 22:18:15.1 则表示 2218 分 15 秒零十分之一秒。

可以使用 12 小时制或 24 小时制。若采用 12 小时制，要在最后面加上 AM 或 PM。AM 或 PM 可使用大写或小写，而且与其前面的时间值可空格也可不空格。注意，12:00AM、12:00 与 00:00 都是表示午夜 12 点。

以下所列均是正确的日期时间常量：

```
'11:30:20:559'
'11:30:20.5'
'12:30:10.2 PM'
'02:30:10.5 AM'(可加前置 0)
'09:30 PM'
'8PM'
'7am'
```

2. 变量(variable)

任何一种程序设计语言都有变量，在 Transact-SQL 中有两种变量：局部变量(local variable)和全局变量(global variable)。在使用方法及具体意义上，两种变量有较大差别：局部变量是作用域局限在一定范围内的 Transact-SQL 对象。局部变量可在一个批处理中被声明或定义，然后在这个批处理内的 SQL 语句就可以设置这个变量的值，或是引用这个变量已经赋予的值。而全局变量是用来记录 SQL Server 服务器活动状态的一组数据。

1) 局部变量

局部变量是用户可自定义的变量，其作用仅在程序或一个批处理内部，用于存储从表中查询的数据或当作程序执行过程中暂存变量。

局部变量的定义：在批处理或程序中使用 DECLARE 语句来声明，并用 SET 或 SELECT 语句赋值。变量声明后，在未曾赋值前，初始化为 NULL。

声明局部变量的语法：

```
DECLARE
{@local_variable data_type}|{@cursor_variable_name CURSOR}
```

参数说明：@local_variable 代表变量名，变量名必须用符号@作为开头。data_type 是

SQL Server 2005 系统所支持的所有数据类型或用户自定义的数据类型。@cursor_variable_name 代表游标变量名，也须以符号@开头。

CURSOR 规定的是局部游标变量。

如前所述，为局部变量赋值的方式有两种：

使用 SELECT 语句赋值，其语法如下：

```
SELECT @local_variable = expression
[FROM table_name = [, … n] WHERE clause]
```

使用 SET 语句赋值，其语法如下：

```
SET @ local_variable = expression[, … n]
```

示例 定义一个临时表变量。

```
DECLARE @TableVar TABLE
(Cola int PRIMARY KEY,
Colb char(3))
INSERT INTO @TableVar VALUES(1,'ABC')
INSERT INTO @TableVar VALUES(2,'def')
SELECT * FROM @TableVar
GO
```

该示例在 SQL Server 2005 查询分析器中执行结果如图 3-2 所示。

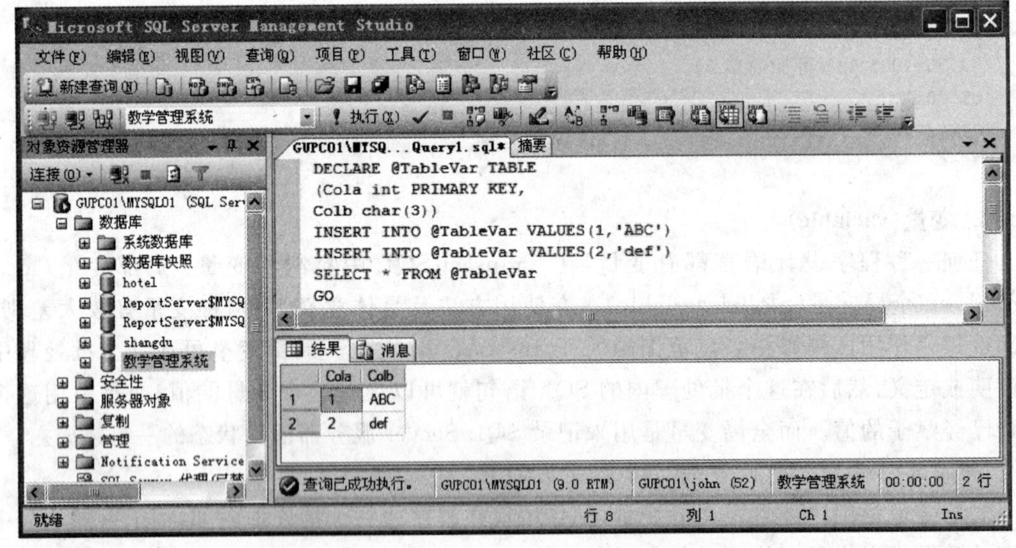

图 3-2 临时表变量示例执行效果

示例 声明一个字符串变量，并在赋值后输出该变量的值。

```
DECLARE @my_var char(20)
SET @my_var = 'This is a test'
SELECT @my_var
GO
```

该示例在 SQL Server 2005 查询分析器中执行结果如图 3-3 所示。

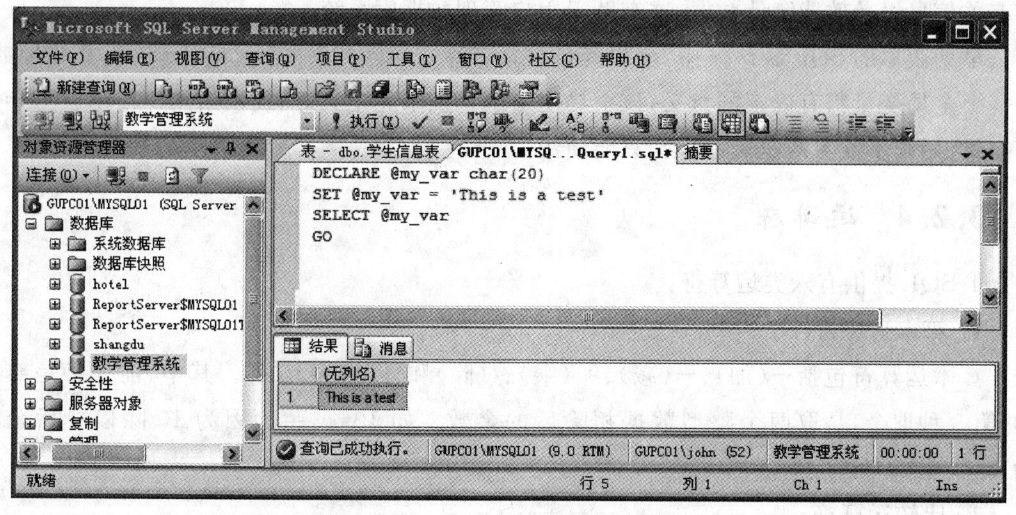

图 3-3 字符串变量示例执行效果

示例 从学生表中查找学号为 20048311021 的学生姓名和籍贯,并将值存放于变量中。

```
DECLARE @SNAME CHAR(20),@SAD CHAR(30)
SELECT @SNAME = SNAME,@SAD = SAD
FROM STUDENTS
WHERE SID = '20048311021'
SELECT @SNAME AS 姓名,@SAD AS 籍贯
GO
```

该示例在 SQL Server 2005 查询分析器中进行语法分析结果如图 3-4 所示。

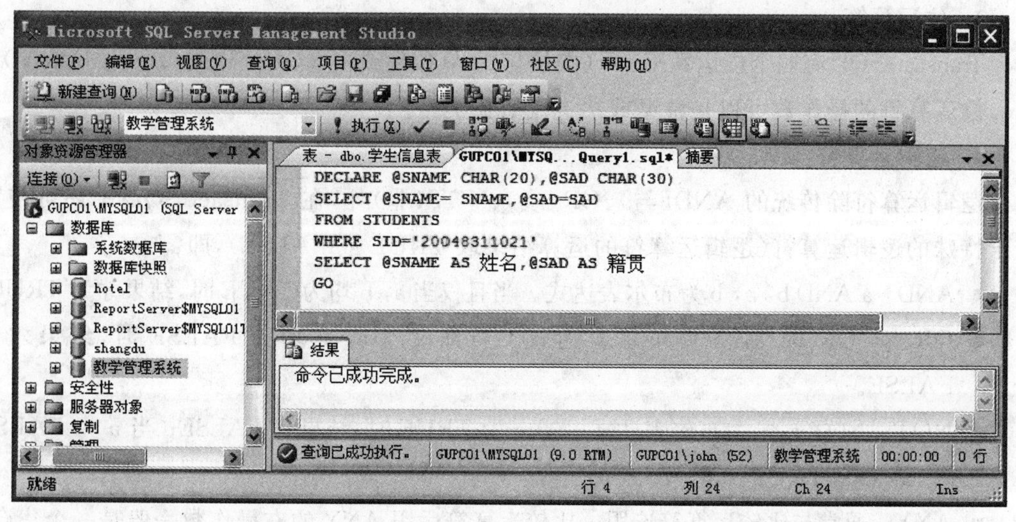

图 3-4 变量声明的语法分析效果

2) 全局变量

全局变量是 SQL Server 系统内部使用的变量,其作用范围不仅限于某一程序,实际上,

任何程序都可调用。SQL Server 2005 提供了许多全局变量，使用全局变量，可以获取服务器有关信息以及效能统计数据，这有助于用户管理数据库系统。

早期版本的 SQL Server 中，全局变量是指名称以@@开头的 Transact-SQL 系统函数，每一个全局变量都有确定的意义，该全局变量由系统事先定义好，提供给用户使用。对于全局变量，用户不能参与定义、变动，只能使用。

3.2.4 运算符

T-SQL 提供有六类运算符：

1. 算术运算符

算术运算符包括+（加）、-（减）、*（乘）、/（除）和%（取余）5 种。其中，前 4 种是熟知的，第 5 种取余，是取两个整型数据相除后的余数。如 10%3=1，因为 10 除以 3 后余数为 1。

2. 比较运算符

比较运算符用于比较两个算术值表达式值的大小、两个字符串表达式值的先后顺序、两个日期表达式的先后等。Transact-SQL 提供下列比较运算符：

＝ （等于）　　＜＞、!＝ （不等于）
＞ （大于）　　＞＝ （大于或等于）
＜ （小于）　　＜＝ （小于或等于）
!＞（不大于）　!＜ （不小于）

其中!＝、!＞、!＜不是 ANSI 标准运算符。

比较运算符的运算结果是布尔数据类型值 true 或 false。

3. 位运算符

Transact-SQL 有四个位运算符：&（按位与）、∨（按位或）、∧（按位异或）、~（按位取反）。

位运算符的操作数可以是整型或二进制数据类型。

4. 逻辑运算符

逻辑运算符除传统的 AND（与）、OR（或）、NOT（非）外，在 Transact-SQL 中还可使用若干特殊的逻辑运算符（逻辑运算符的运算结果取 TRUE 或 FALSE），即：

- AND　a AND b，a，b 为布尔表达式。当且仅当 a，b 均为 TRUE 时，结果才为 TRUE。
- OR　a OR b，a，b 为布尔表达式。当且仅当 a，b 均为 FALSE 时，结果才为 FALSE。
- NOT　NOT a，a 为布尔表达式。当 a 为 TRUE 时，结果为 FALSE；当 a 为 FALSE 时，结果为 TRUE。
- ANY　通常与比较运算符连用。比较运算符后跟 ANY 的右操作数一般是一个集合，或产生集合结果的子查询。如果比较时只要有一个为 TRUE，结果就为 TRUE。
- ALL　通常与比较运算符连用。比较运算符后跟 ALL 的右操作数一般是一个集合，或产生集合结果的子查询，如果比较时，全部集合元素均为 TRUE，结果就为 TRUE。

■ BETWEEN…AND 是一个三目运算符，规定了一个取值的范围。例如：@x BETWEEN a AND b 等价于 @x≥a AND @x≤b，即@x 取值在 a 和 b 之间。
■ EXISTS 右操作数是一个子查询，这个子查询是用来作存在性检查的。若子查询的行存在时，EXISTS 的结果为 TRUE，否则为 FALSE。
■ IN 等价于 = any 运算，其右操作数是一个集合或产生集合的子查询。
■ LIKE 是一个模式匹配运算符，其左操作数可以是一个 char、varchar、text 或 datetime 型的表达式，右操作数则是一个字符串。通常，右操作数规定了一个匹配模式，当左操作数与该模式相匹配时，LIKE 的运算结果为 TRUE，否则为 FALSE。T-SQL 提供了 4 种通配符，可以用它们构造不同的匹配模式：
■ % 可匹配 0 到多个字符的字符串。
■ _（下划线） 可匹配单个字符。
■ [ ] 如[a-z] 可匹配在一个指定范围或集合内的单个字符。
■ [^] 如[^a-c] 可匹配不在指定范围或集合内的单个字符。例如：

```
姓名 LIKE '王%'        匹配所有姓王的姓名
'm[^c]%'              表示所有以 m 开头且第二个字母不是 c 的所有串
'5[%]'                表示 5%
```

5. 串运算符

Transact-SQL 提供了一个串运算符“+”，用来把两个串连接起来。例如：

```
'abc' + 'def' = 'abcdef'
```

对串的更复杂的操作由串函数来完成。

6. 赋值运算符

Transact-SQL 中的赋值运算符为“=”号，最简单的使用例子为：

```
DECLARE @MyCounter  int
SET @MyCounter = 10
```

7. 运算符的优先级别

运算符的优先级别决定执行运算的先后顺序。表达式的求值规则遵循自左向右计算和运算符优先顺序规则。

运算符的优先级别由上而下分别是：

(1) 圆括号()；
(2) 位运算符～、单目 －、单目＋；
(3) ＊、/、%；
(4) ＋、－；
(5) 比较运算符；
(6) ^、&、|；
(7) NOT；
(8) AND；
(9) OR、特殊逻辑运算符；
(10) ＝。

3.2.5 使用 SQL Server Management Studio 查询分析器

应用程序开发人员、数据库管理员等用户通过 SQL Server Management Studio 查询分析器，能够以交互方式使用 Transact-SQL，以便访问和更改数据。但在 SQL Server 2005 的管理控制台中的查询分析器已远远超过以前版本中的功能，在 SQL Server 2000 版本中的查询分析器，仅用于交互式编辑、调试与执行 Transact-SQL 语句，而在 SQL Server 2005 管理控制台中，使用查询分析器可以编辑各种查询语法，例如 Transact-SQL、MDX、DMX、XML/A 等，均可在这个统一的交互式编辑调试环境中进行。因此，该组件也称为 SQL Server Management Studio 程序代码编辑器。

1. 在查询分析器中编辑 Transact-SQL 代码

在该环境中编写 Transact-SQL 表达式并予以执行，需按下列步骤进行：

① 选择“开始”→“所有程序”→Microsoft SQL Server 2005→SQL Server Management Studio 选项，打开 SQL Server Management Studio 并连接到所需的 SQL Server 2005 服务器。

② 单击工具栏中的“新建查询”按钮，或右击所要查询的数据库，并从快捷菜单中选取“新建查询”选项。

③ 在随后出现的查询窗口中即可编写 Transact-SQL 表达式。一般讲首先要在所编写的查询中使用 USE 表达式来设置当前活动数据库。如果在查询语法中未这样做，可以从“可用的数据库”下拉列表中选取查询所要处理的各个对象所在的数据库。

④ 在实际执行查询前，应先检查语法是否有误，使用鼠标单击工具栏中的“分析”按钮。如果语法完全正确，则会在结果窗口中输出“命令已成功完成”的信息；而如果语法有错误，则会在结果窗口中显示错误消息和语法有误的程序行号。此时，用户必须据此重新修正。

⑤ 然后还要决定如何显示查询结果。如果要将查询结果以纯文本显示，选择“查询”→“将结果保存到/以文本格式显示结果”选项；如果希望将查询结果显示在一个可滚动的网格中，选择“查询”→“将结果保存到/以网格显示结果”选项。

如何显示查询结果要视查询结果的数据多少而定。如果查询结果的数据非常多，则以纯文本显示可能会因为无法排列整齐而显得比较混乱，若采用网格显示则因排列整齐而一目了然。使用网格的另一个好处，是可以自行调整每栏的宽度。

⑥ 最后，开始执行查询。用户可以执行整个查询或是仅执行查询中某一段 Transact-SQL 程序语句。若执行的是整个查询，直接单击工具栏中的“执行”按钮(或按下 F5 键)。如果只想执行查询中某一段 Transact-SQL 语句，请先选取所要执行的那一段 Transact-SQL 程序代码，然后单击工具栏中的“执行”按钮(或按下 F5 键)。要特别强调的是，所要部分执行的程序代码不一定是完整的一条或多条 Transact-SQL 命令语句，它甚至可以只执行一条 Transact-SQL 命令语句中的某一部分。

⑦ 查询执行完毕，则执行结果将会显示在结果窗口，在状态行同时显示查询结果中的条数和执行时间。SQL Server Management Studio 允许保存查询结果，以便用于后续操作和分析。使用鼠标单击结果窗口中的任何一处使其成为活动窗口，再选择“文件”→“将结果另存为”选项，指定磁盘目录和文件名即可。

⑧ 如果所编写的查询以后还要使用，则需要将其存盘。可以将查询存储到一个

Transact-SQL 查询文件中，所谓 Transact-SQL 查询文件是一个扩展名为.sql 的文本文件，它也可以说成是一个 Transact-SQL 程序文件。要想将查询存储到一个 Transact-SQL 查询文件中，单击工具栏中的“保存”按钮，然后在“另存文件为”对话框中指定 Transact-SQL 查询文件的磁盘目录和文件名后，单击“保存”按钮即可完成。

另外，若要打开先前所保存的 Transact-SQL 查询文件来执行，则用鼠标单击工具栏中的“打开文件”按钮，然后在“打开文件”对话框中找到并选取所要执行的 Transact-SQL 查询文件。

使用 SQL Server 2005 查询分析器编辑 Transact-SQL 程序环境如图 3-5 所示。

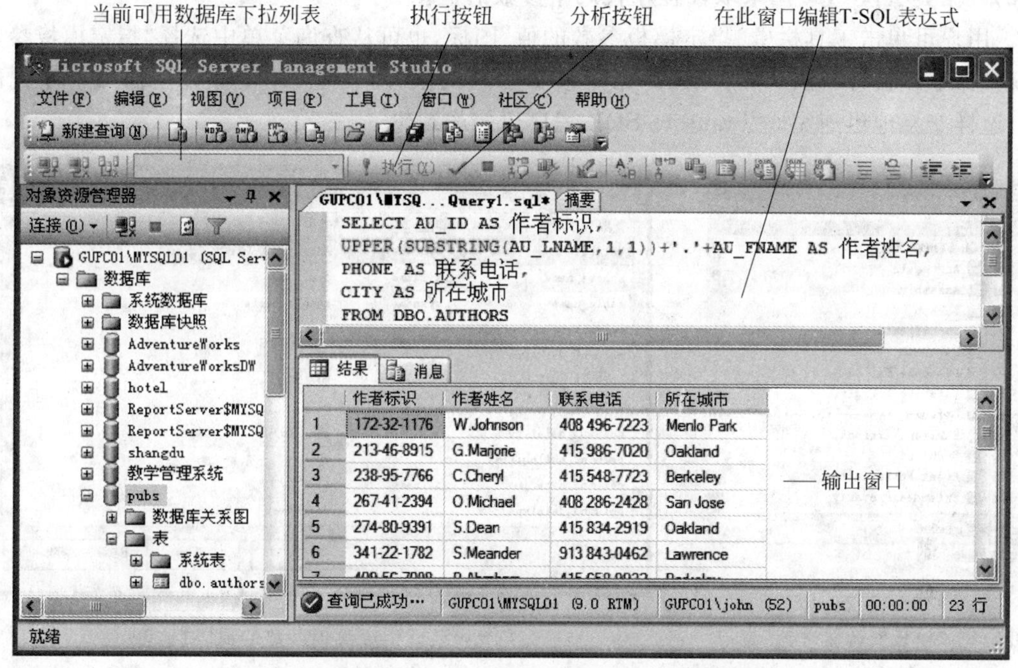

图 3-5 SQL Server 2005 管理控制台中代码编辑环境

再就是可以设定代码编辑器与结果窗口中数据的字体大小与样式，以便更清晰地查看其内容。要进行本项设定，需选择“工具”→“选项”选项，然后单击“环境”结点中的“字体和颜色”项目，接着在右侧的“显示设定”下拉式清单方块中选取“文本编辑器”或“网格结果”选项，按照所需要的样式进行设定即可。

2. 模板的使用

通过上面对 SQL Server Management Studio 查询分析器的介绍，读者已对该组件的使用有一个较为清楚的了解。实际上，SQL Server Management Studio 为了帮助用户快速地在数据库中以程序代码创建所需的对象，还提供一系列模板来协助完成该项工作。模板包含 Transact-SQL 语句的程序代码，一些模板能够创建数据库、表、视图、索引、存储过程、触发器、统计信息和函数等数据库对象，另一些模板则能够帮助数据管理员管理扩展属性、连接的服务器、登录账户、角色以及用户，模板甚至还能够声明和使用游标(cursors)。

在 SQL Server 2005 的管理控制台中，单击工具栏中的模板资源管理器图标，或在视图菜单中单击模板资源管理器子项，则会在 SQL Server Management Studio 右侧弹出一个

“模板资源管理器”窗口，如图 3-6 所示。

在模板资源管理器窗口，列有 SQL Server 2005 所提供的模板程序代码，这些模板程序代码，为用户的 Transact-SQL 程序语句的编写提供了一个框架，其中包含各种参数，通过重新定义这些参数的值，可以定义程序代码，使其完全符合用户的需求。模板的参数定义使用下列格式：

```
<parameter_name,data_type,value>
```

参数说明：parameter_name 为程序代码中参数的名称，data_type 为程序代码中该参数的数据类型，value 用来取代程序代码中参数的值。

用户可单击工具栏中“指定模板参数的值”图标，也可从查询菜单中选择“指定模板参数的值”命令以打开如图 3-7 所示的“指定模板参数的值”对话框，并将替代值插入程序代码中，这样交互地迅速完成 Transact-SQL 程序语句的编辑。

图 3-6 “模板资源管理器”窗口

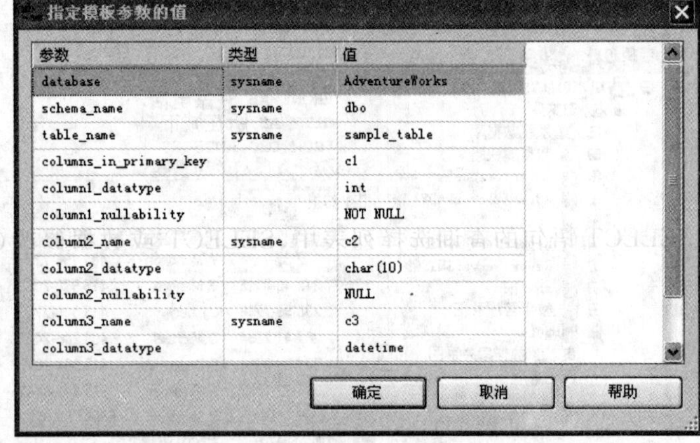

图 3-7 “指定模板参数的值”对话框

使用模板主要的目的就是帮助用户快速编写出执行特定操作的 Transact-SOL 语句。例如，要利用模板快速编写出创建数据库中表格的 CREATE TABLE 表达式，则按下列步骤进行：

(1) 选择“视图”→“模板资源管理器”选项。弹出的“模板资源管理器”分门别类地列出了各个模板。

(2) 如要创建表格，则在“模板资源管理器”窗口中展开 TABLE 项目。使用鼠标将 Create Table 模板拖到编辑器窗口中所准备插入 CREATE TABLE 表达式的位置，释放鼠标，该模板的 SQL 文件内容立即插入编辑窗口中指定位置，如图 3-8 所示。

在模板所包含的表达式中内容可能并不全都是用户所需要的，用户可将不需要的部分删除。然后，利用“指定模板参数的值”对话框来更改 CREATE TABLE 表达式中各个参数的值，以便使其符合用户的需求。

当然，如果用户对 Transact-SQL 命令有所了解，则在插入模板之后，可以直接修改所插入的命令的各个参数值，而不需要再使用“指定模板参数的值”对话框。模板的作用在于能提供正确的语法，避免编写出语法错误的语句。

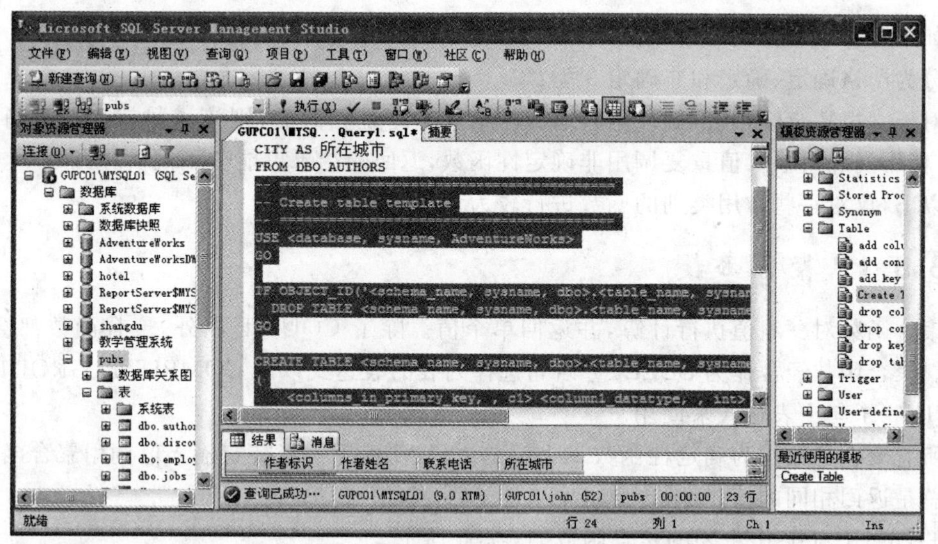

图 3-8 使用模板进行 Transact-SQL 程序编辑

3.3 Transact-SQL 函数

SQL Server 2005 提供了可用于执行特定操作的内置函数。这些函数可用于：SELECT 语句的查询选择列表中、SELECT 或数据修改(SELECT、INSERT、DELETE 或 UPDATE)或视图等语句的条件子句中或其他数据库完整性约束语句等任意表达式中，以返回一个值。一般而言，指定函数时应带有括号，即使没有参数也应带有空括号。但是，与 DEFAULT 关键字一起使用的 niladic 函数例外，niladic 函数不带参数。

在 SQL Server 2005 中的 Transact-SQL 函数是可以嵌套的。

Transact-SQL 函数根据其功能与使用不同可分为表 3-3 所示的类别。

表 3-3 SQL Server 2005 中函数分类及说明

函数分类	说明
聚合函数 (Transact-SQL)	执行将多个值合并为一个值的操作
配置函数	是一种标量函数，可返回有关配置设置的信息
加密函数 (Transact-SQL)	支持加密、解密、数字签名和数字签名验证
游标函数	返回有关游标状态的信息
日期和时间函数	可以更改日期和时间的值
数学函数	执行三角、几何和其他数字运算
元数据函数	返回数据库和数据库对象的属性信息
排名函数	是一种非确定性函数，可以返回分区中每一行的排名值
行集函数 (Transact-SQL)	返回可在 Transact-SQL 语句中表引用所在位置使用的行集
安全函数	返回有关用户和角色的信息
字符串函数	用于操作或改变 char、varchar、nchar、nvarchar 等变量的值
系统函数	对系统级的各种选项和对象进行操作或报告
系统统计函数 (Transact-SQL)	返回有关 SQL Server 性能的信息
文本和图像函数	可更改 text 和 image 的值

注：表的分类栏中加有(Transact-SQL)标识的函数是 Transact-SQL 语言所扩展的。

如果对于一组特定的输入值,根据函数返回的结果分类,则在 SQL Server 2005 中,函数可分为严格确定、确定和非确定 3 类:

对于一组特定输入值,如果函数返回的结果始终是相同的,则该函数就是严格确定的。反之,使用同一组输入值重复调用非确定性函数,返回的结果可能会不同。

以下,仅对一些常用类别的函数进行较为详细的说明。

3.3.1 聚合函数

聚合函数对一组值执行计算,并返回单个值。除了 COUNT 以外,聚合函数都会忽略空值。聚合函数经常作为 SELECT 语句选择列表的表达式以及 COMPUTE、GROUP BY、HAVING 子句中表达式来使用。

所有聚合函数均为确定性函数。也就是说,只要使用一组特定输入值调用聚合函数,该函数总是返回相同的值。

Transact-SQL 中主要的聚合函数如表 3-4 所示。

表 3-4 主要聚合函数及其说明

聚合函数名称	说 明
AVG	对所指定数据类型的一组参数计算,并返回平均值
COUNT	对指定参数以 INT 数据类型返回其元组项数
MAX	返回指定数据类型的所有参数项中最大值
MIN	返回指定数据类型的所有参数项中最小值
SUM	返回表达式中所有值的和或仅非重复值的和
STDEV	以 FLOAT 数据类型返回指定表达式中所有值的标准偏差
VAR	返回指定表达式中所有值的方差

1. AVG()函数

AVG()函数返回有关指定参数的算术平均值,因此该函数只适用于数值型的参数。其语法格式如下:

```
AVG([ALL|DISTINCT]expression)
```

参数说明:

- ALL 是默认值,意指对于所有值进行算术平均值计算。
- DISTINCT 用来指定 AVG 计算只能在表达式中每个不重复的值上执行,而不管这个值在该表达式中出现过多少次。
- expression 则是 AVG 计算所包含的精确数值或近似数值数据类型的表达式,即 AVG()是在该表达式上进行,其返回值即是该表达式的算术平均值。该表达式不能有嵌套的函数或子查询。

示例 以下语句返回 SQL Server 2005 样本数据库 AdventureWorks 中产品的平均标价。

```
USE AdventureWorks;
GO
SELECT AVG(DISTINCT ListPrice) AS 平均标价
```

```
FROM Production.Product;
```

该语句执行结果如图 3-9 所示。

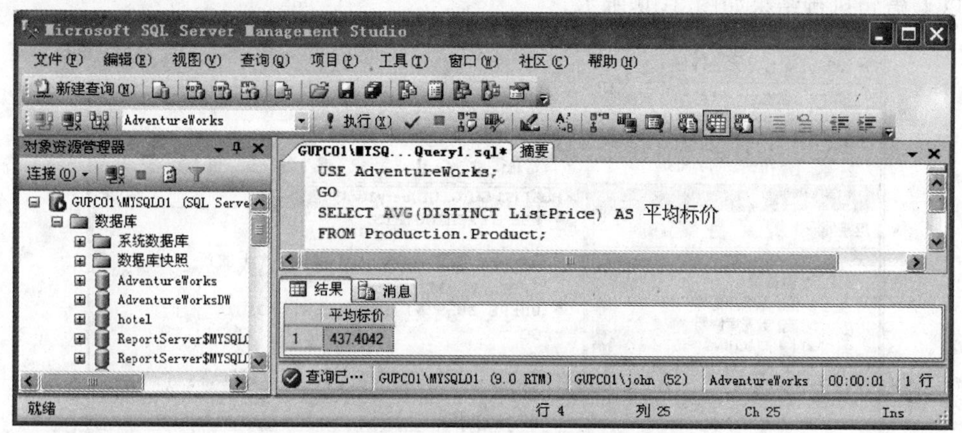

图 3-9 AVG()函数执行结果

2. COUNT()函数

该函数返回与表达式匹配的列中不为 NULL 值的数据个数。其语法格式如下：

```
COUNT({[[ALL|DISTINCT]expression]| * })
```

上式中，* 指明 COUNT(*)函数计算所有行以返回表中行的总数。该函数表达式不需要任何参数，且不能与 DISTINCT 一起使用。

3. MAX()函数

MAX 函数返回表达式中最大值，MAX 忽略任何空值。该函数可用于数值型、字符型和日期型的表达式。其语法格式如下：

```
MAX([ALL|DISTINCT]expression)
```

4. MIN()函数

该函数返回表达式中的最小值，与 MAX()函数相同，本函数也适用于数值型、字符型和日期型的表达式，该函数忽略 NULL 值，其语法格式如下：

```
MIN([ALL|DISTINCT]expression)
```

5. SUM 函数

该函数返回表达式中除 NULL 取值外的所有值的和。其语法格式如下：

```
SUM([ALL|DISTINCT]expression)
```

示例 在教学管理数据库 TEACHING_MIS 中的 RESULTS 表中，查询某班所修各门课程总成绩以作为某项评比的参考依据，其所使用的 T-SQL 语句如下：

```
USE TEACHING_MIS;
GO
SELECT SUM(GRADE)as '一班总成绩'
FROM dbo.RESULTS
```

```
WHERE SUBSTRING(SID,5,4) = '0101';
GO
```

以上语句执行结果如图 3-10 所示。

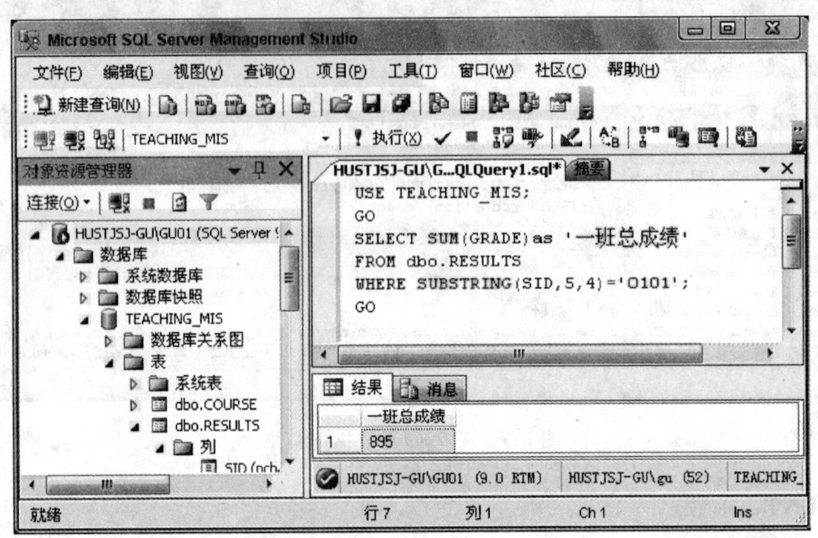

图 3-10 SUM 函数的执行结果

3.3.2 配置函数

如表 3-3 所示，配置函数返回有关当前配置选项设置信息。所有配置函数都具有不确定性，这就是说，即使每次使用一组相同输入值，也不会在每次调用这些函数时都返回相同的结果。

1. @@DATEFIRST

该函数返回设置选项(SET DATEFIRST)中选项的当前值。

SET DATEFIRST 用于表示指定的每周第 1 天，则使用 SELECT @@DATEFIRST 表达式返回选项当前设置值。SET DATEFIRST 默认值为 7，对应星期天。

示例 若将星期一指定为每周的第 1 天，以下表达式获取当天(星期六)是本周第几天。

```
SET DATEFIRST 1
SELECT @@DATEFIRST AS '第 1 天', DATEPART(dw, GETDATE()) AS '今天'
```

以上代码执行结果如图 3-11 所示。

其结果中第 1 列输出值是 1，表示在 SET DATEFIRST 选项配置中的当前值设置为星期 1 为第 1 天，第 2 列输出值为 6，表示当天(星期六)是指定的本周第 6 天。

2. @@LANGID

该函数返回当前使用的语言的本地语言标识符 (ID)。

使用该函数的语法格式为：

```
@@LANGID
```

该函数以 SMALLINT 数据类型返回语言标识符的值。

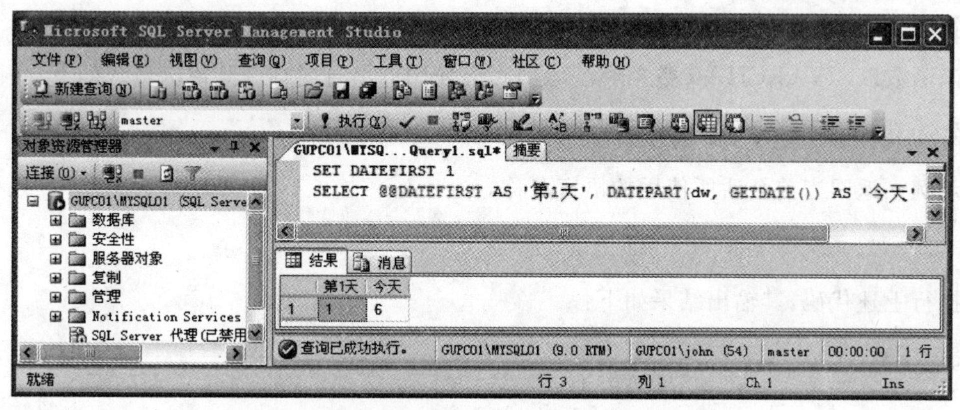

图 3-11　配置函数@@DATEFIRST 执行结果

示例　将当前会话的语言设置为简体中文，然后使用 @@LANGID 返回简体中文的标识符值(ID)。

```
SET LANGUAGE 'Simplified Chinese'
SELECT @@LANGID AS 'Language ID'
```

该代码执行的结果如图 3-12 所示。

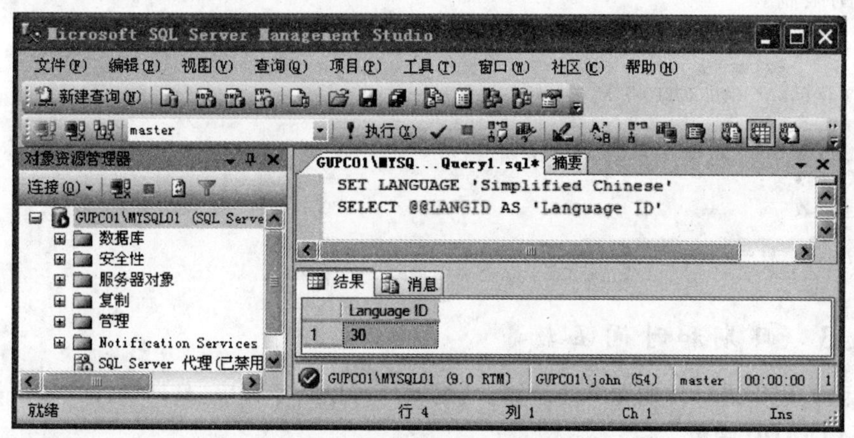

图 3-12　配置函数@@LANGID 执行结果

3. @@SERVERNAME

该函数返回运行 SQL Server 的本地服务器的名称。其语法格式如下：

```
@@SERVERNAME
```

示例　本示例说明该函数的使用方法。

```
SELECT @@SERVERNAME AS '本地服务器名称'
```

代码执行结果如下：

```
本地服务器名称
--------------------------
GUPC01\MYSQL01
```

4. @@LANGUAGE

该函数以NVARCHAR数据类型返回当前使用的语言名称。其语法格式如下：

```
@@LANGUAGE
```

示例 返回当前会话所使用的语言名称。

```
SELECT @@LANGUAGE AS '语言名称';
```

执行上述代码，其输出结果如下：

```
语言名称
-----------------------------
简体中文
```

5. @@MAX_CONNECTIONS

该函数以INTEGER数据类型返回允许（或设置）连接到服务器的最大用户数。其语法格式为：

```
@@MAX_CONNECTIONS
```

该函数返回实际允许的用户连接数还依赖于所安装的SQL Server的版本以及应用程序和硬件的限制。

示例 查看连接到本地服务器的最大用户数。

```
SELECT @@MAX_CONNECTIONS AS '最大连接数'
```

执行上述代码，其输出结果如下：

```
最大连接数
-----------------------------
32767
```

3.3.3 日期和时间函数

该类函数用于进行日期和时间运算，其返回值可以是字符串、日期、时间、数值等。

1. DATEADD函数

该函数返回在指定日期上加一个时间间隔后的新日期值，其语法格式为：

```
DATEADD(datepart,increment,date)
```

参考说明：datepart指定要返回新值的日期的组成部分，其表示时间单位的写法具体可参考表3-5。increment代表需要增加的值；date是需要增加的起始日期。

表3-5 日期部分的编写方法

日期部分	编写方法	日期部分	编写方法
Year：以年为单位；	YY,YYYY	Minute：以分钟为单位	MI,N
Month：以月为单位	MM,M	Second：以秒为单位	SS,S
Day：以天为单位	DD,D	Millisecond：以毫秒为单位	MS
Week：以周为单位	WK,WW	Quarter：以一刻钟为单位	QQ,Q
Hour：以小时为单位	HH	Day of Year：位于一年中的哪一天	DY,Y

示例 日期计算。

```
SELECT DATEADD(month,3,'9 - 5 - 2005')
```

执行代码，其结果是：

2005 - 12 - 05 00:00:00.000.可看出月份已增加了三个月.

注意：日期一定要写成字符串形式，时间常量一定要用单引号括起来。

2. DATEDIFF(datepart, date1, date2)

该函数返回开始日期(date1)和结束日期(date2)的差值。

3. DATEPART(datepart, date)

该函数返回日期的部分值。

示例 返回日期中的年份。

```
DATEPART(YEAR,'18 - 02 - 2004')
```

执行上述代码，其返回值是'2004'。

4. DATENAME(datepart, date)

该函数返回日期值的名称。

5. YEAR、MONTH、DAY 函数

上述函数分别返回一个代表指定日期相应部分的数值，其参数都是一个日期常量或表达式。

6. GETDATE()

GETDATE()函数不具有任何参数，能够以 Microsoft SQL Server 标准的日期时间格式返回系统当前的日期与时间。例如：

```
SELECT GETDATE();
```

执行结果

```
-----------------------------------------------------
2008 - 02  - 12 19:28:17.807
```

GETDATE()函数除了能够用来检测当时的日期时间外，对追踪特定活动也非常有用。例如，可以使用 GETDATE()函数来记录某个账户的事务日志时间。

7. GETUTCDATE()

该函数返回代表当前 UTC 时间(Universal Time Coordinate 或 GreenwichMeanTime)的日期时间值。当前的 UTC 时间是从当前当地时间和执行 SQL Server 的计算机操作系统中所设置的时区计算出来的。例如：

```
SELECT GETUTCDATE();
```

8. DATEPART()

DATEPART()函数语法格式为：

```
DATEPART(datepart,date)
```

该函数是一个非常有弹性的函数,因为它可以通过设置 datepart 参数来返回日期时间表达式 date 的年份、月份、日数、小时、分钟、秒等特定日期时间信息。其中参数形式及代表的含义如表 3-5 所列。

DATEPART()函数以 int 数据类型返回整数值。例如:

```
DECLARE @Now datetime;
SET @Now = GETDATE();
SELECT '今天是公元' + CAST(DATEPART(yy,@Now) AS char(4)) + '年' +
RTRIM(CAST(DATEPART(mm,@Now) AS char(2))) + '月' +
RTRIM(CAST(DATEPART(dd,@Now) AS char(2))) + '日' +
RTRIM(CAST(DATEPART(hh,@Now) AS char(2))) + '点' +
RTRIM(CAST(DATEPART(mi,@Now) AS char(2))) + '分' +
RTRIM(CAST(DATEPART(ss, @Now) AS char(2))) + '秒星期' +
RTRIM(CAST((DATEPART(dw,@Now) - 1) As char(2)));
```

在输出窗口显示的执行结果如下:

```
--------------------------------------------------------------------------------
今天是公元 2008 年 2 月 26 日 22 点 7 分 38 秒 星期 2
```

3.3.4 字符串函数

表 3-6 列出了 Transact-SQL 所提供的字符串函数。可以使用这些函数对 char、varchar、nchar、nvarchar、binary 和 varbinary 等数据类型的数据进行各种不同的处理,并返回在字符数据操作中所需的数据值。要注意的是:大部分的字符串函数仅能用来处理 char、varchar、nchar 和 nvarchar 数据类型的数据或是能转换成这些数据类型的数据,仅有少数的字符串函数也可用来处理 binary 与 varbinary 数据类型的数据。此外,某些字符串函数也能够处理 text、ntext 与 image 数据类型的数据。

表 3-6 Transact-SQL 字符串函数

ASCII()	LOWER()	REPLICATE()	STR()
CHAR()	LTRIM()	REVERSE()	STUFF()
CHARINDEX()	NCHAR()	RIGHT()	SUBSTRING()
DIFFERENCE()	PATINDEX()	RTRIM()	UNICODE()
LEFT()	QUOTENAME()	SOUNDEX()	UPPER()
LEN()	REPLACE()	SPACE()	DATALENGTH()

限于篇幅,以下有选择地介绍一些基本、重要而且使用频率高的字符串函数。

1. LEN()函数

LEN()函数的语法格式为:

```
LEN(String_expression)
```

它返回字符串表达式 String_expression 的长度。如果想要知道某个字符串表达式的长度,则使用上述函数以完成。

注意:LEN()函数所返回的数值是字符数而不是字节数,而且它会先除去字符串表达式的尾随空格再返回其字符数。如果字符串表达式是一个空字符串，LEN()函数将返回数值零。

2. DATALENGTH()函数

DATALENGTH()函数的语法格式为：

```
DATALENGTH(String_expression)
```

LEN()函数返回某个字符串表达式的长度，DATALENGTH()函数则返回任何一种数据类型的表达式的字节数。因此，常使用 DATALENGTH()函数检查 varchar、nvarchar、varbinary、text、ntext 和 image 等数据类型字段所包含的可变长度数据的字节数。例如：

```
SELECT DATALENGTH('我叫 John');
SELECT DATALENGTH('我叫 John      ');
SELECT DATALENGTH('');
DECLARE @vlString1 nvarchar(10);
DECLARE @vlString2 nvarchar(16);
SET @vlString1 = N'我是伍为平';
SET @vlString2 = N'My name is Alex       ';
SELECT DATALENGTH(@vlString1);
SELECT DATALENGTH(@vlString2);
```

执行后的输出结果如图 3-13 所示。

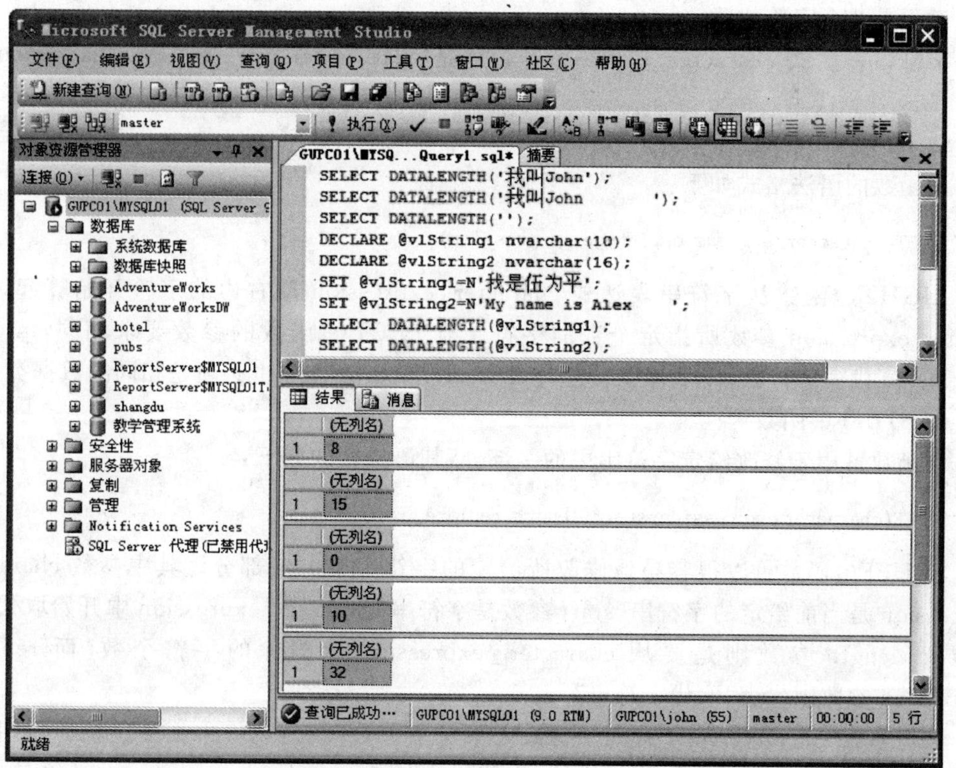

图 3-13 DATALENGTH()函数输出结果

3. SUBSTRING()函数

SUBSTRING()函数的语法格式为：

```
SUBSTRING(expression,start,length)
```

该函数能够从 char、varchar、nchar、nvarchar、binary、varbinary、text 与 ntext 等数据类型的数据中获取某一部分字符并返回。

如其语法表达式所示，SUBSTRING()函数能够从 expression 参数所指定的表达式中，从 start 参数指定的位置开始，取出 length 参数所指定个数的字符并返回。

以下示例表示将字符串'Microsoft SQL Server'第 11 个字符开始算起的 3 个字符返回：

```
SELECT SUBSTRING('Microsoft SQL Server',11,3);
```

上述语句执行后输出结果将返回字符串 SQL。

显然，start 和 length 参数都是整数。但是其单位则可能是字符数或字节数。

4. LEFT()函数

该函数语法格式如下：

```
LEFT(character_expression,integer_expression)
```

LEFT()函数会从字符串表达式 character_expression 最左边的字符开始算起，返回 integer_expression 参数所指定个数的字符。要注意的是，integer_expression 代表字符数而不是字节数，而且即使 character_expression 内含中文文字，中文文字也视为占用 1 个字符位置而不是 2 个字符位置。

字符串表达式 character_expression 必须是 char、nchar、varchar、nvarchar、binary 或 varbinary 数据类型。

5. RIGHT()函数

该函数的语法格式如下：

```
RIGHT(character_expression,integer_expression)
```

RIGHT()函数从字符串表达式 character_expression 最右边的字符开始算起，返回 integer_expression 参数所指定个数的字符。与 LEFT()函数的参数要求相同，integer_expression 代表字符数，而字符串表达式 character_expression 也必须是相同的数据类型。

6. STUFF()函数

该函数可用于修改给定字符串中的一部分，其语法格式如下：

```
STUFF(character_expression,start,length,replace_expression)
```

STUFF()函数可以很容易地修改所给定的字符串中的一部分。其中参数 character_expression 是当前给定的字符串，start 参数是字符串 character_expression 中开始取代字符的位置，length 参数则是要从 character_expression 中删除的字符个数，而 replace_expression 参数则代表“取代字符串”。

数值参数 start 与 length 代表字符数而不是字节数，就是说将中文文字视为占用 1 个字符位置而不是 2 个字符位置。此外，字符串表达式 character_expression 必须是 char、nchar、varchar、nvarchar、binary 或 varbinary 数据类型，而 STUFF()所返回的字符串的数据类型与字符串表达式 character_expression 的数据类型相同。例如：

```
SELECT STUFF('计算机图书大世界',4,5,'教育');
```

上述 SQL 语句执行结果是返回字符串：'计算机教育'。

7. LOWER()函数

LOWER()函数语法格式如下：

```
LOWER(character_expression)
```

使用 LOWER()函数可将字符串表达式 character_expression 中的所有大写字母转换成小写字母，然而 LOWER()函数并不会影响非英文字母的字符(包括中文在内)。

参数 character_expression 所表示的字符串表达式是 char、nchar、varchar、nvarchar、binary 或 varbinary 数据类型。例如：

```
SELECT LOWER('我的计算机名称是: JOHN');
```

上述代码执行结果后返回：'我的计算机名称是：john'。

8. UPPER()函数

UPPER()函数语法格式如下：

```
UPPER(character_expression)
```

该函数可将字符串表达式 character_expression 中所有的小写字母转换成大写字母。但它不会影响非英文字母的字符(包括中文在内)。

同样，参数 character_expression 所代表的字符串表达式必须是 char、nchar、varchar、nvarchar、binary 或 varbinary 数据类型。例如：

```
SELECT UPPER('我的计算机名称是: john');
```

执行后返回：'我的计算机名称是：JOHN'。

3.3.5 数学函数

数学函数能够对数字表达式进行数学运算，并将运算结果返回给用户。该函数可对数据类型为 int、real、float、money、smallmoney 的变量、表达式，或列进行操作。其返回值带有 6 位小数。如果使用出错，则返回 NULL 值并显示提示信息。

数学函数包括三角函数、反三角函数、角度弧度转换函数、幂函数、取近似值函数、符号函数、随机函数和 PI() 函数等。通常，数学函数可用在 SQL 语句的表达式中。各数学函数名称、参数类型及功能描述如表 3-7 所示。

表 3-7 数学函数及其返回值说明

函数名称	参数类型	返回结果说明
ABS	(数值表达式)	返回指定表达式的绝对值，结果类型与数值表达式类型相同
ACOS	(浮点表达式)	返回指定表达式的反余弦值(以弧度为单位)
ASIN	(浮点表达式)	返回指定表达式的反正弦值(以弧度为单位)
ATAN	(浮点表达式)	返回指定浮点表达式所代表的正切值对应的弧度角

续表

函数名称	参 数 类 型	返回结果说明
CEILING	（数值表达式）	返回大于等于指定表达式值的最小整数
COS	（浮点表达式）	返回指定角度（以弧度为单位）的三角余弦值
COT	（浮点表达式）	返回指定角度（以弧度为单位）的三角余切值
DEGREES	（数值表达式）	将弧度转换为角度，结果的数据类型与表达式数据类型相同
EXP	（浮点表达式）	返回指定的浮点表达式的指数值
FLOOR	（数值表达式）	返回小于或等于指定值的最大整数，结果和表达式类型相同
LOG	（浮点表达式）	返回指定表达式的自然对数值
LOG10	（浮点表达式）	返回指定表达式的以 10 为底的对数值
PI	()	返回常数值 π 的值
POWER	（数值表达式，幂）	返回数值表达式的幂，返回结果类型与数值表达式一致
RADIANS	（数值表达式）	将角度转换为弧度，返回结果数据类型与表达式一致
RAND	（[整型表达式]）	返回 0 和 1 之间随机的浮点数据类型值
ROUND	（数值表达式，整型表达式）	将数值表达式四舍五入为整型表达式指定的长度或精度
SIGN	（数值表达式）	返回值为 1，0，－1，表达式可以整型、浮点型或货币型
SIN	（浮点表达式）	返回表达式所指定角度（以弧度为单位）的正弦值
SQUARE	（浮点表达式）	返回指定表达式的平方
SQRT	（浮点表达式）	返回指定表达式值的平方根
TAN	（浮点表达式）	返回表达式所指定角度（以弦度为单位）的正切值

例如：

```
SELECT FLOOR(123.45);
```

运行上述语句返回值为：123.000000。

```
SELECT CEILING(123.45);
```

运行该语句后返回值为：124.000000。

```
SELECT ROUND(123.4573,2);
```

运行该语句后返回值为：123.460000。

3.3.6 数据类型转换函数

不同数据类型的数据要彼此相互运算，必须先转换成相同的数据类型。在一般情况下，SQL Server 会自动完成数据的类型转换，例如从 int 转换成 float 型，这种转换叫隐式转换。但有些类型不能自动转换或自动转换后不符合预期的，就需要用户运用某种语句加以转换，此称为显式转换。例如 int 型与 char 型，这时就需要使用显示的数据类型转换函数。

1. CAST 函数

该函数的语法格式如下：

```
CAST(expression AS data_type)
```

CAST 函数可以将参数 expression 所指定的表达式强制转换成 data_type 参数所指定的数据类型。例如：

```
SELECT CAST('124' AS float) + 10.36;
```

该语句执行结果是：

```
--------------------------------
134.36
```

2. CONVERT 函数

该函数的语法格式如下：

```
CONVERT(data_type,expression [,style])
```

CONVERT 函数可将参数 expression 所指定的表达式转换为参数 data_type 所指定的数据类型。其中，style 参数提供了 datetime 或 smalldatetime 转换到 char 或 varchar 的多种格式。换言之，style 参数决定日期将以怎样的形式被显示。例如：

```
SELECT '今天日期是：' + CONVERT(CHAR(12),GETDATE(),3);
```

上述语句将当前系统日期转化成格式 3 的字符串形式来显示，即以 dd/mm/yy 格式显示日期，其执行后输出结果为：

```
--------------------------------
今天日期是：27/02/08
```

关于日期格式共有 0～12 种格式，请见相关参考手册。

3.3.7 用户自定义函数

在实际编程中，除了使用系统提供的函数外，SQL Server 2005 还可根据用户需要来自定义函数。该种函数可以使用在允许使用系统函数的任何地方。

函数必须有返回值，可以是 int、char 等 SQL Server 2005 定义的数据类型，还可以是表。

用户自定义函数有两种方法，一种是使用 Microsoft SQL Server Manager 直接创建，另一种是利用 Transact-SQL 代码来创建。

1. 使用 SQL Server Manager 管理器直接创建

直接创建用户自定义函数的方法是：

(1) 选择“开始”→“程序”→SQL Server 2005→SQL Server Management Studio 选项，打开 SQL Server Manager 管理器窗口。

(2) 展开服务器组，选择要在其中创建用户自定义数据类型的数据库，再展开目录，选择“可编程性”→“函数”→“新建”选项，则弹出如图 3-14 所示的对话框。

(3) 根据函数返回值的不同，函数分为内联表值函数、多语句表值函数、标量值函数、用户根据其需要选择其一。

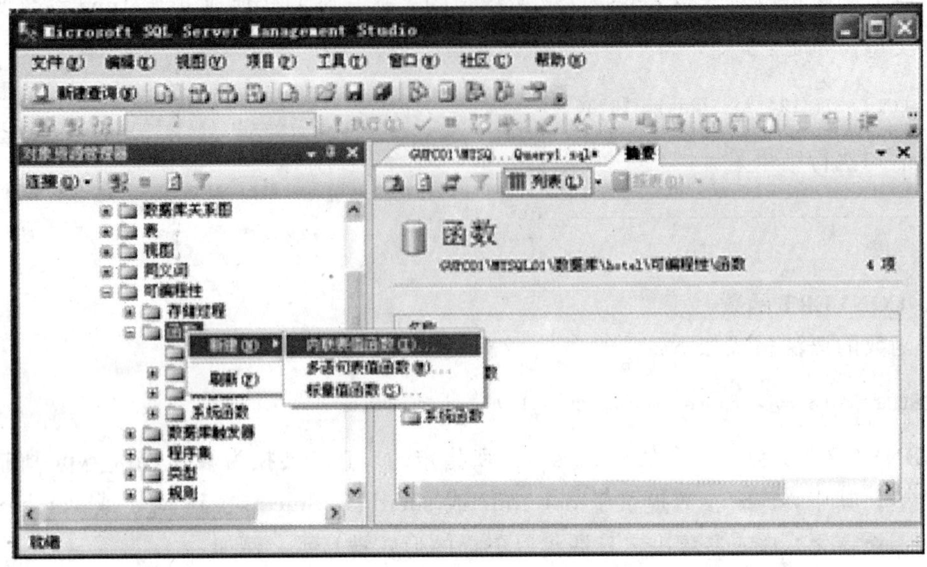

图 3-14　创建自定义函数对话框

（4）选择其中一种自定义函数后，就打开了一个创建函数的数据库引擎查询模板，只需修改相应参数即可，如图 3-15 所示。

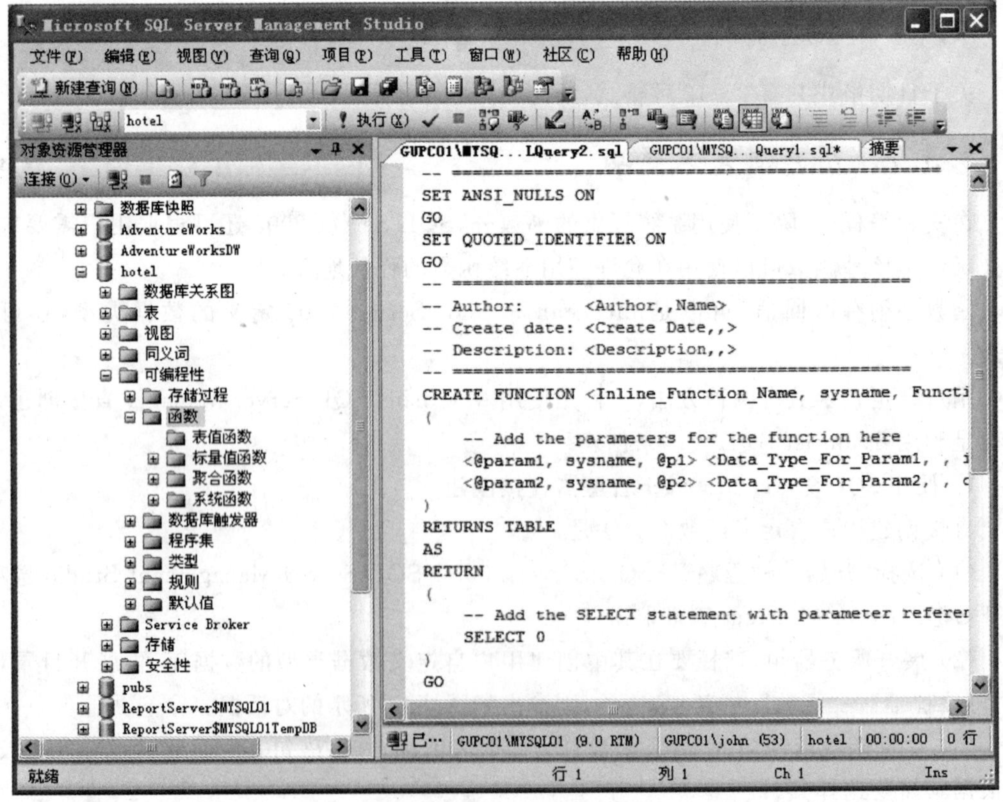

图 3-15　创建自定义内联表值函数的模板

2. 使用 Transact-SQL 代码创建

1）使用 Transact-SQL 创建函数的语法

```
CREATE FUNCTION 函数名 (@parameter 变量类型[,@parameter 变量类型])
RETURN 参数 AS
    BEGIN
        命令行或程序块
    END
```

函数可以有输入参数，也可以没有，但函数必须有返回值。RETURN 后面就是设置函数的返回值类型。

2）调用自定义函数

经过创建的自定义函数，在实际使用中与系统内置函数一样，需要调用该函数以完成特定的功能。Transact-SQL 调用用户自定义函数的语法如下：

```
PRINT dbo.函数名([实参])
```

或者

```
SELECT dbo.函数名([实参])
```

这里，dbo 是用户名，或是系统自带的一个公共用户名。

示例 以下 Transact-SQL 语句创建一个能返回当前系统日期的用户自定义的字符串函数。

```
CREATE FUNCTION DISPLAY_DATE_TIME(@S1 NVARCHAR(40),@DT1 DATETIME)
RETURNS NVARCHAR(40) AS
BEGIN
SET @S1 = '当前日期时间是: ' + CONVERT(VARCHAR(20),@DT1,102)
RETURN @S1
END
GO
```

执行上述语句后，在当前数据库函数中创建了一个名称为 DISPLAY_DATE_TIME 的用户自定义函数，它有两个参数，第一个参数作为该函数的返回值，是可变长度的字符串数据类型，第二个是日期时间数据类型的参数，用于完成当前日期和时间的转换。

然后，使用以下语句调用该函数：

```
DECLARE @S VARCHAR(40)
SELECT dbo.DISPLAY_DATE_TIME(@S,GETDATE())
```

当用实际参数代入时，将 GETDATE()系统内置函数取得的系统当前日期时间代入，并转换为字符串，与另一个起标识作用的字符串常量连接起来输出。该语句执行后，其输出内容如图 3-16 所示。

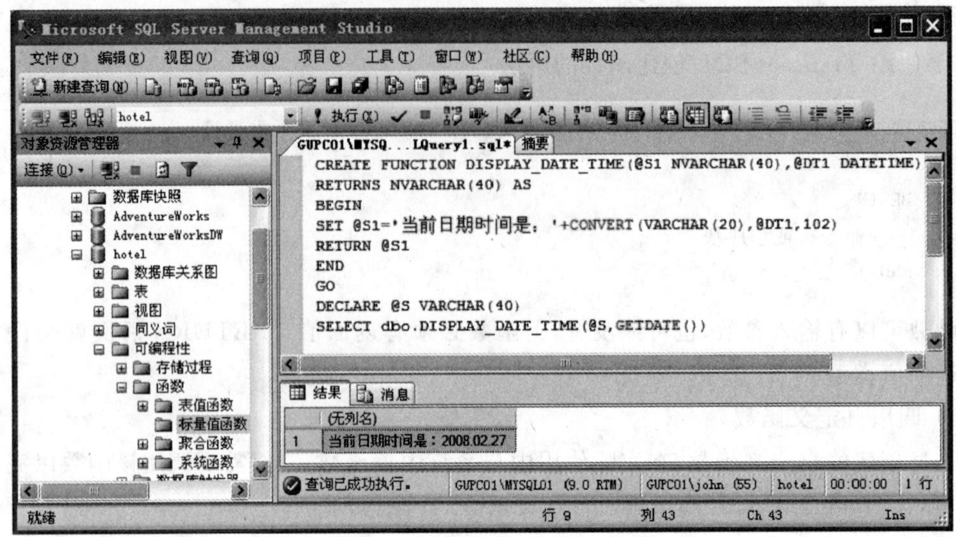

图 3-16 自定义函数输出结果

3.4 流程控制语句

流程控制语句指那些用来控制程序执行顺序和流程分支的命令。如果没有这些流程控制语句，所有 Transact-SQL 语句只能从上到下顺序执行，因此，使用流程控制语句可以实现更复杂的算法。这些命令中包括循环、条件语句等。通过这些命令，可以让程序更具结构性和逻辑性，并得以完成较复杂的操作。

3.4.1 BEGIN…END 语句

该流程控制语句的语法格式如下：

```
BEGIN
    {sql_statement|statement_block}
END
```

BEGIN…END 表达式用于将多个 Transact-SQL 表达式组合成一个语句块. 以便将它们视为一个整体来处理。在条件语句和循环等控制流语句中，符合特定条件便执行两个或更多的 Transact-SQL 表达式时，需要使用 BEGIN…END 表达式将它们组合成一个语句块。

就下面的程序代码而言，由于符合 IF 表达式的条件只需要执行一个表达式。因此不需要使用 BEGIN…END 表达式：

```
IF(@@ERROR<>0)
SET @Er_Number = @@ERROR
```

而下面的代码段，由于符合 IF 表达式的条件需要执行两个表达式，因此，必须使用 BEGIN…END 表达式将这两个表达式组合成一个语句块：

```
IF(@@ERROR<>0)
BEGIN;
    SET @ Er_Number = @@ERROR;
    PRINT '所发生的错误代码是: ' + CAST(@Er_Number AS varchar(10));
END;
```

注意：BEGIN 与 END 表达式务必要成对使用，就是说每个 BEGIN 表达式必须有一个 END 表达式相对应，而位于 BEGIN 与 END 之间的各个表达式（即语法中的 sql_statement）则是所要组成单一语句块的语句。

由语法格式可以看出，位于 BEGIN 与 END 之间也可以是 statement_block。这说明在 BEGIN 与 END 之间可以存在由另外一对 BEGIN…END 所定义的命令语句块，换言之，BEGIN…END 表达式允许嵌套。

示例

下面的程序代码检查今天是否是本月的 1 号。如果是，就执行位于 BEGIN 和 END 之间的表达式：

```
DECLARE @Today int;
SET @Today = DAY(GETDATE());
IF(@Today = 1)
BEGIN
PRINT '今天将举办生日派对,本月生日的员工名单如下: ';
SELECT 姓名,出生日期 FROM employee
WHERE MONTH(出生日期) = MONTH(GETDATE());
END;
```

执行上述程序段，如果完成检查 Today 变量中存放的值为 1，表示今天是本月 1 日，则将括在 BEGIN 和 END 之间的两个表达式当作一个 T-SQL 语句来执行，其首先输出表示提示信息的字符串，然后将通过查询得到的符合出生日期的月份在本月条件的员工名单列出。

3.4.2 IF…ELSE 语句

这是一个二分支条件判断语句，其语法结构有两种。

形式一：

```
IF < Boolean_expression >
    {sql_statement | statement_block}
```

形式二：

```
IF < Boolean_expression >
    {sql_statement1 | statement_block1}
ELSE
    {sql_statement2 | statement_block2}
```

形式一的条件语句是说：如果布尔表达式 Boolean_expression 值为真，则执行其后的 T-SQL 语句（sql_statement）或语句块（statement_block），否则什么也不执行，然后共同执行条件语句的后继语句。

形式二的条件语句是说：如果布尔表达式 Boolean_expression 值为真，则执行 T-SQL 语句 1 或语句块 1(即是 sql_statement1 或 statement_block1)，否则执行紧跟 ELSE 之后的 T-SQL 语句 2 或语句块 2(亦即 sql_statement2 或 statement_block2)，然后共同执行条件语句的后继语句。

示例　判断一个数是否为正数，Transact-SQL 语句如下：

```
DECLARE @x int
SET @x = 3
IF @x > 0
PRINT '@x 是正数'
PRINT 'end'
```

示例　在邮局邮邮件时其收费规定为：若邮件重量 w 不超过 100 克，则收取邮资 yz = 0.12 * w；否则，对超过 100 克的部分要加收 5%的邮资。

编制以下 Transact-SQL 语句以完成上述邮件邮资计算：

```
DECLARE @yz real,@w int
SET @w  =  150
IF @w <= 100
SET @yz  =  @w * 0.12
ELSE
SET @yz  = 100 * 0.12 + (@w  -  100)  * 0.05
PRINT '邮件重量：' + CAST(@w AS varchar(20)) + '克'
PRINT '邮费是：' + CAST(@yz AS varchar(20)) + '元'
```

在 SQL Server Manager Studio 的查询分析器中输入以上代码后，按 F5 键执行该 SQL 语句，就可从输出窗口得到邮件重量与邮费，如图 3-17 所示。

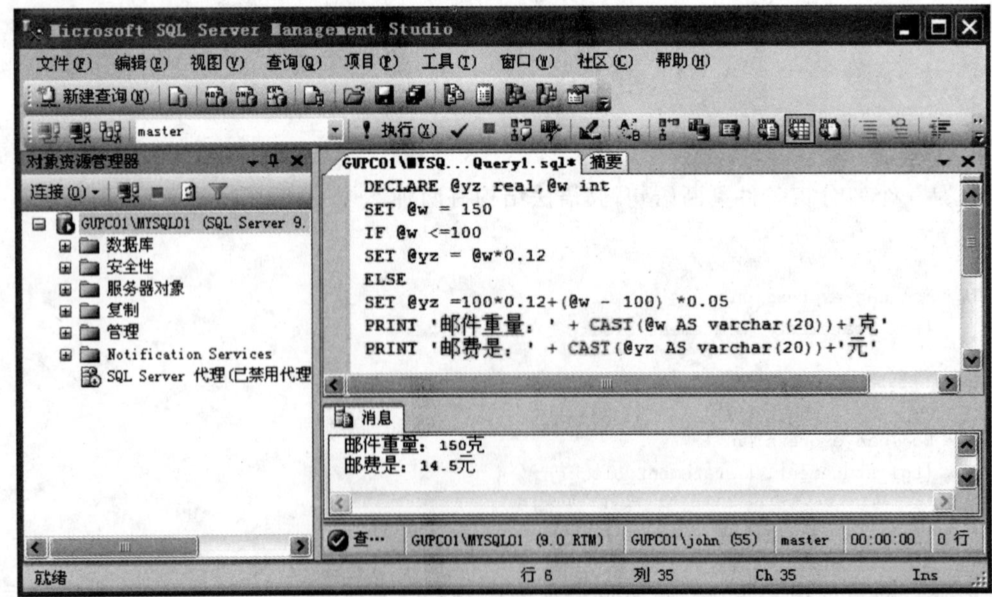

图 3-17　邮件资费计算的条件判断语句

上述条件判断语法中的语句可以是一条 T-SQL 语句，也可以是多条 T-SQL 语句组成的语句块。若是语句块，则须用 BEGIN 和 END 将其括起来。在语句或语句块中，可以是另外的 IF 条件判断语句，也就是说，IF 语句可以是嵌套结构，以用于更为复杂的条件判断。

3.4.3 CASE 语句

CASE 语句是 IF 语句的推广，是一种多路判定语句，它根据条件表达式的计算结果（是否为真）转去执行相应的结果表达式。使用 CASE 语句可以很方便地实现多重选择。它可以避免编写多重的 IF 嵌套结构。CASE 语句有两种语法格式：

```
CASE input_expression
    WHEN < when_expression1 > THEN < result_expression 1 >
    ⋮
    WHEN < when_expression n > THEN < result_expression n >
ELSE
    < else_result_expression >
END
```

或者

```
CASE
    WHEN < when_expression 1 > THEN < result_expression 1 >
    ⋮
    WHEN < when_expression n > THEN < result_expression n >
ELSE
    < else_result_expression >
END
```

示例 根据当前年份和月份，查询当月天数是多少。

大家都知道，一年中大月 31 天，小月 30 天，2 月是平月，要看当年是否是闰年，若是闰年则有 29 天，否则 28 天。闰年规则为：

```
IF (@year % 4 == 0 AND @year % 100 != 0 OR @year % 400 == 0) @day = 29
ELSE @ day = 28
```

根据上述内容，在 SQL Server Manager Studio 的查询分析器中输入以下代码：

```
DECLARE @year int,@month int,@day int
SELECT @year = YEAR(GETDATE()),@month = MONTH(GETDATE())
SET @day =
    CASE
    WHEN @month = 1 OR @month = 3 OR @month = 5 OR @month = 7
        OR @month = 8 OR @month = 10 OR @month = 12
        THEN 31
        WHEN @month = 4 OR @month = 6 OR @month = 9 OR @month = 11 THEN 30
ELSE
    CASE
        WHEN @year % 4 = 0 AND @year % 100!= 0 THEN 29
        WHEN @year % 400 = 0 AND @year % 100!= 0 THEN 29
        ELSE 28
    END
END
```

```
SELECT CAST(@year AS CHAR(4)) + '年' + CAST(@month AS CHAR(2)) + '月有' + CAST(@day AS
CHAR(2)) + '天'
```

按 F5 键执行该 SQL 语句,就可从输出窗口得到本年度当月的天数如图 3-18 所示。

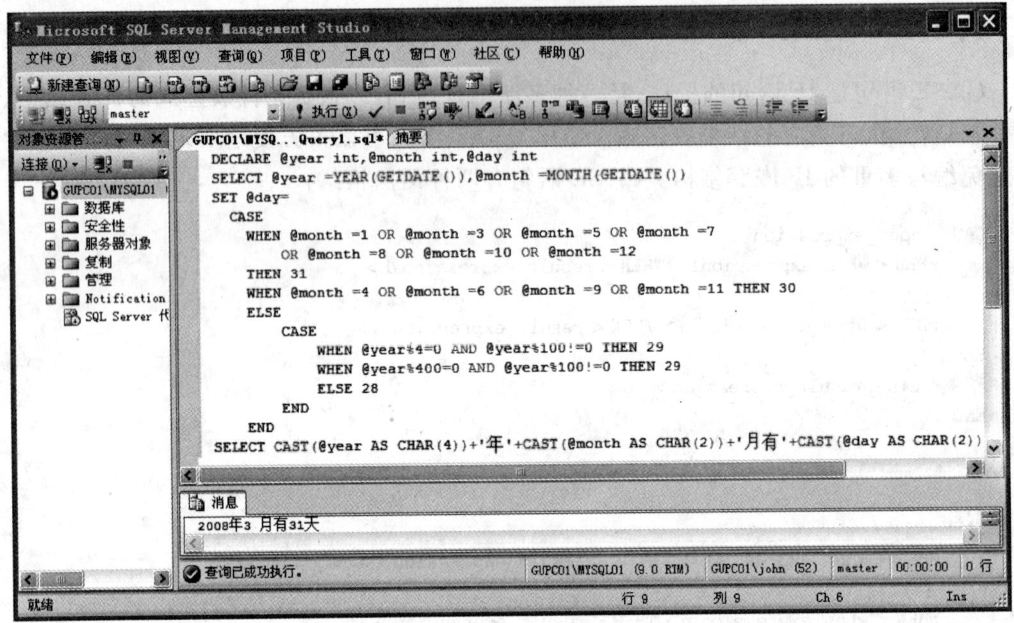

图 3-18 多重条件判断语句

3.4.4 WHILE 语句

WHILE 语句是 Transact-SQL 所支持的循环结构,在条件为真的情况下,该语句可以循环地执行其后的一条或由 BEGIN…END 语句括起来的一组 Transact-SQL 命令。WHILE 语句的语法格式如下:

```
WHILE while_expression
    BEGIN
        {sql_statement | statement_block}
    END
```

执行 WHILE 语句时,先判断条件表达式 while_expression 的值,当条件表达式的值为 true,便重复地执行称为循环体的 T-SQL 命令行或程序块(即 sql_statement 或 statement_block),直到该条件表达式的值为 false 时结束循环,并转去执行 WHILE 语句的后继语句。

示例 计算 Sum=1+2+3+…+100。

使用 WHILE 语句的 T-SQL 代码如下:

```
DECLARE @n int,@Sum int
SET @n = 1
SET @Sum = 0
WHILE @n<=100
BEGIN
SET @Sum = @Sum + @n
```

```
SET @n = @n + 1
END
PRINT '累加和 Sum = ' + CAST(@Sum AS varchar(10))
```

执行上述语句，在输出窗口显示下列结果：

```
---------------------------------
累加和 Sum = 5050
```

3.4.5 BREAK 和 CONTINUE 语句

循环结构 WHILE 语句还可以用 BREAK 命令或 CONTINUE 命令来控制 WHILE 循环中语句的执行。因此，BREAK 或 CONTINUE 语句作为 WHILE 循环语句的子句出现，其语法格式如下：

```
WHILE while_expression
    BEGIN
        {sql_statement | statement_block}
            IF < Boolean_expression >
              [BREAK]
              [CONTINUE]
              {sql_statement | statement_block}
    END
```

在执行上述循环语句过程中，当检查条件（IF 语句为真时）遇到 BREAK 命令时，则直接跳出循环体，结束 WHILE 循环语句的执行，转而执行该循环语句之后的后续语句。而如果遇到 CONTINUE 命令，则终止 CONTINUE 子句后续的 T-SQL 命令或语句块的执行，回到 WHILE 循环语句的第一行，根据循环条件判断是否继续执行循环命令。

3.4.6 RETURN 语句

RETURN 语句是一个用于从查询或过程中无条件退出的返回语句。该语句可在任何时候用于从过程、批处理或语句块中退出，位于 RETURN 之后的语句将不会被执行。其语法格式如下：

```
RETURN [整型表达式]
```

RETURN 语句可以返回在括号内指定的一个整数值，如果没有指定返回值，SQL Server 2005 会根据程序执行的结果返回一个内定值，其内定值如表 3-8 所示。

表 3-8 RETURN 命令返回的内定值及其含义

返回值	含 义	返回值	含 义
0	程序执行成功	－7	资源错误
－1	找不到对象	－8	非致命的内部错误
－2	数据类型错误	－9	达到系统配置参数的极限
－3	死锁	－10，－11	致命的内部不一致性错误
－4	违反权限原则	－12	表或索引破坏
－5	语法错误	－13	数据库破坏
－6	其他用户错误	－14	硬件错误

3.4.7 PRINT 语句

PRINT 语句用来向客户端返回一个用户定义的信息，即显示一个字符串（最长为 255 个字符）、局部变量或全局变量的内容，其语法格式如下：

```
PRINT 'any ASCII text' | @local_variable | @Function | string_expression
```

语法中的参数说明如下：

- any ASCII text：一个用户定义的文本信息，可长达 255 个字符。
- @local_variable：任意有效的字符数据类型变量。
- @Function：返回字符串结果的函数。
- string_expression：返回字符串的表达式。

注意：局部变量必须在使用 PRINT 的同一批处理或过程中被说明。

示例 显示系统当前的时间，Transact-SQL 语句如下：

```
DECLARE @msg varchar (50)
SELECT @msg = '当前系统的时间是：'
PRINT @msg + RTRIM(CONVERT(varchar(30),GETDATE())) + '.'
```

执行上述语句，将在屏幕上显示如下信息：

```
------------------------------------
当前系统的时间是：03 1 2008 3:41PM.
```

3.4.8 WAITFOR 语句

WAITFOR 语句用来指定过程、事务等的执行时间、时间间隔或事件；也可用来暂停程序的执行，直到所设定的等待时间已过才继续往下执行。其语法格式如下：

```
WAITFOR {DELAY 'time' | TIME 'time'}
```

其中：DELAY 'time' 表示 SQL Server 暂停执行程序一段时间，直到指定的时间过去后再继续执行；这里'time'表示要暂停的时间，如要暂停 10 分钟（'0:10:00'），注意'time'中不能含日期，必须采用 hh：mm：ss 格式。

TIME 'time' 参数则表示 SQL Server 暂停程序执行，直到指定的时间到达后再开始继续执行。对'time' 的格式及要求与上同。

示例 以下 T-SQL 代码表示暂停 5 秒钟后再显示欢迎信息：

```
WAITFOR DELAY '00:00:05'
PRINT '欢迎进入我的博客!'
```

示例 以下 T-SQL 代码则表示直到下午 2：30 才可以执行查询学生信息的操作：

```
WAITFOR TIME '14:30'
USE 教学管理系统
GO
SELECT * FROM DBO.学生信息表
```

本章小结

SQL 语言是关系数据库的标准语言，传统的 SQL 主要包括数据定义、数据操纵、数据查询以及数据控制四大部分，而 T-SQL 已对其进行了较大的扩展，但其全面支持 SQL92 标准，部分支持 SQL99。为了便于读者在学习后面章节中陆续介绍的 SQL 语句时，能方便地查询和运用 SQL 语句的语法规则，在本章中主要介绍了 SQL 语言特别是 Transact-SQL 语言的基本元素及语法知识，如数据类型、常量的声明及其格式、变量的定义及其使用、T-SQL 丰富的函数与功能及其使用，以及较强的流程控制语句，并通过大量示例结合在 SQL Server 2005 查询分析器的操作来讲解这些语法内容的运用。以为后续更为深入地学习和使用关系数据库和各项内容特别是 SQL Server 2005 数据库管理系统打下牢固的基础。

思考练习题

1. 简述 SQL 的特点。
2. T-SQL 和 SQL 的关系是什么？
3. 数据控制语言的作用是什么？
4. T-SQL 的数据类型有哪几类？
5. 如何使用代码编辑器的模板？
6. 编写一个获取当前日期与时间的 SQL 语句，并在 SSMS 中执行。
7. 编写一个统计 SQL Server 2005 中某表记录的 SQL 语句，并在 SSMS 中执行。
8. 定义一个表变量，其可用于存储 2 名学生的学号、姓名信息，在 SSMS 中输出该变量所保存的内容。
9. 编写一个自定义函数，该函数接收一个名字参数，执行该函数，会返回对于该名字的简单问候语，以及以标准时间格式指明当前时间。
10. 编写一段程序，计算 1～100 之间所有能被 9 整除的数的个数。
11. 设 SQL Server 2005 中的 employee 表中有 AGE 字段，用于存放所有员工的年龄信息(int 数据类型)，试编写一段程序，使用 CASE 语句，输出全部员工在各个合理年龄段(每 10 年为一个年龄段)的人数。

第 4 章

创建与管理数据库

数据管理是数据库系统的主要内容，在人们对数据进行实质性处理前，首先需要将数据存储在一个地方，这个地方就是数据库。因此，设计与创建数据库是数据库应用的重要工作。数据库设计的优劣，对于系统的效率，对于数据库系统的扩充性及其后续各项数据管理工作都有着深远的影响。本章将以 SQL Server 2005 数据库管理系统为平台，深入地讨论如何设计、创建、维护数据库及其操作。

4.1 数据库的逻辑结构

数据库是针对数据库对象的存储结构，数据库的存储结构分为逻辑存储结构和物理存储结构两种。实际上，数据库可看作是数据库对象及对其操作的容器。数据库的逻辑存储结构指的是数据库是由哪些性质的信息所组成，而数据库的物理存储结构则是讨论数据库文件是如何在磁盘上存储的。

4.1.1 SQL Server 数据库的逻辑结构

数据库不仅仅是数据的存储之处，所有与数据处理操作相关的信息都存放在数据库中。以 SQL Server 2005 为例，SQL Server 数据库是由各种不同的对象所组成，这些不同的对象分别用来存储特定信息并支持特定功能。比如，数据是分门别类地存储于各个表中的，而规则、触发器、存储过程、索引等对象则用来支持数据处理的各种活动（例如检验数据的正确性），由于这些对象都存在于数据库中，因此统称为数据库对象（database object）。

SQL Server 的数据库内含下列各种数据库对象：

- 表（Tables）；
- 视图（views）；
- 约束（constraints）；
- 规则（Rules）；
- 默认（Defaults）；
- 索引（Indexes）；
- 索引视图（Indexed Views）；
- 键（Keys）；

- 用户定义的数据类型(User-Defined Data Types)；
- 用户定义的函数(User-Defined Functions)；
- 别名数据类型(Alias Data Types)；
- 存储过程(Stored Procedures)；
- 触发器(Triggers)。

关于以上这些数据库对象的功能与用途，待到相关章节再加以深入地讨论。

4.1.2 SQL Server 数据库的物理结构

对于数据库物理存储结构，要学习如何有组织且高效率地管理与访问数据或文件，首先必须了解页(Page)、扩展盘区(Extent)与文件组(Filegroup)等概念，以下介绍这些专有名词及其含义。

1. 页

页是 SQL Server 中存储数据的最小单位，每一个页的大小是 8KB(或 8192 字节(Bytes，B)，但只有 8060 字节可以被使用)，这就是说，SQL Server 的数据库每 1MB 有 128 个页。数据库中的每一页只存储来自某一个对象的数据，每一个页的前 96 个字节是页首，页首会存储一些诸如页的页码、页的类型、页中的可用空间量以及拥有此页对象的对象 ID 等系统信息。

SQL Server 数据库的数据文件中的页有 8 种类型。

1) 数据页(Data Page)

数据页用于存储数据记录的数据，但 text、ntext、Image、varchar(max)、nvarchar(max)、varbinary(max)与 xml 这几种最多可存储 $2^{31}-1$ 字节的数据的大值数据类型对象(Large object，简称 LOB 的数据)除外。

2) 索引页(Index Page)

索引页用于存储索引数据。

3) 文本/图像页

文本/图像页用来存储前述 7 种大型对象数据类型的数据以及 3 种数据记录超过 8KB 的可变长度数据类型(包括 nvarchar、varbinary 与 sql_variant)。

4) 全局分配映射表页与共享全局分配映射表页

全局分配映射表页与共享全局分配映射表页存储关于扩展盘区(Extent)的信息。有关扩展盘区的内容在下一节详细介绍。

5) 可用空间页

可用空间页用于存储关于页的分配与可用空间的信息。

6) 索引分配映射表页

索引分配映射表页用于存储表或索引所使用的扩展盘区的相关信息。

7) 大容量更改映射表页

该页用于存储最近一次执行 BACKUP LOG 命令之后，Bulk 操作所修改的扩展盘区的相关信息。

8) 差异更改映射表页

该页用于存储最近一次执行 BACKUP DATABASE 命令之后，所修改的扩展盘区的相关信息。

除文本/图像页的数据类型之外,在 SQL Server 数据库中,表的数据记录中的所有数据都存储在数据页中,数据记录的存储位置会紧跟在页首之后并且依次排列,一页可存储多条数据记录,但是同一条数据记录不能跨页存储。因此,在 SQL Server 2005 中,一条数据记录的最大数据量是 8060 个字节(不包括文本/图像页中的数据类型)。数据记录在数据页中的存储示意如图 4-1 所示,数据记录偏移表会从页的尾端开始,它包含页中每一条数据记录的第一个字节离页的起始位置有多远,而且数据记录偏移表中每一条数据记录信息的存储顺序正好与数据记录存储在页中的顺序相反。

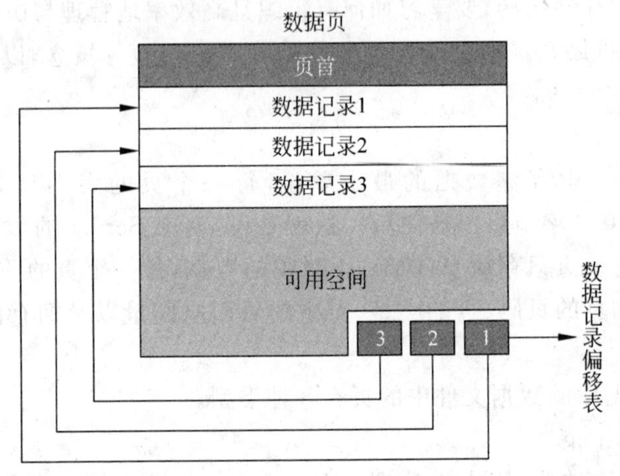

图 4-1　数据页中数据记录存储示意图

2. 扩展盘区

扩展盘区(Extent)是 SQL Server 分配给表和索引的单位空间。换言之,当在 SQL Server 2005 中创建表或索引时,SQL Server 即会为所创建的表或索引分配一个扩展盘区的存储空间,当表中所存储的数据记录或索引中的索引项超过一个扩展盘区的容量时,SQL Server 系统会为其再分配一个扩展盘区。

一个扩展盘区是由 8 个连续的页构成,大小是 64KB,这就是说,SQL Server 的数据库每 1MB 有 16 个扩展盘区。

SQL Server 2005 的扩展盘区分为下列两种类型:

统一扩展盘区:统一扩展盘区只由某单一对象所拥有,例如表,其 8 个页只能被拥有此扩展盘区的对象(表)使用。

混合扩展盘区:混合扩展盘区最多可被 8 个对象共享,其 8 个页都可以被不同的对象所拥有。

以前版本的 SQL Server 将一个完整的扩展盘区分配给一个新的表或索引,这样常常会造成把整个扩展盘区分配给一个仅拥有少量数据的表,很显然,这种分配方式无法充分利用空间。为使空间分配更有效,SQL Server 2005 不再把整个扩展盘区分配给一个新的表或索引,取而代之的做法是,它从各个混合扩展盘区中分配页给一个新的表或索引,等到此表或索引增长到拥有 8 个页时,再移到专门的统一扩展盘区,如果还需要额外的空间,SQL Server 就会再为该表或索引分配扩展盘区,直到已达到数据库大小的上限或用完所有的磁盘空间为止。

如果对某一表创建索引，并且该表有足够的数据记录可在索引中产生 8 个页，则 SQL Server 系统会将统一扩展盘区分配给该索引。

3. 数据库文件

数据库中的数据对象、数据记录是以数据库文件为单位进行组织与管理的，数据库文件则是由数据文件和事务日志文件组成，一个数据库文件至少应该包含一个数据文件和一个事务日志文件。一个数据库文件只属于一个数据库。而一个数据库文件可由多个数据文件和事务日志文件组成。

实际上，每当在 SQL Server 中创建一个数据库时，会在硬盘上产生 3 种类型的文件，因此也可以说，数据库由下列 3 种类型的文件所构成。

1) 主要数据文件

主要数据文件(Primary Database File)包含数据库的初始信息，记录数据库还拥有哪些其他文件，并且被用于存储数据记录。每个数据库至少会有一个主要数据文件，并且也只能拥有一个主要数据文件。此外，系统数据库 master 也会记录数据库是由哪些文件所组成的。主要数据文件的默认扩展名是. mdf。

2) 次要数据文件

次要数据文件(Secondary Database File)也是用来存储数据库中的数据记录等信息，用户可自行决定是否要使用次要数据文件。使用次要数据文件的主要原因有下列两点：

通过在不同的物理磁盘上创建次要数据文件并将数据存储其中，可将数据横跨存储在多块物理磁盘上，在某些情况下，这样的做法可以提高效率。这里所谓的"物理磁盘"指的是一块真正独立的硬盘，而不是像一般将某一块硬盘划分成 C、D 之类的逻辑磁盘。

也许数据库中的数据非常庞大，使得主要数据文件的大小已超过 Windows 单一文件大小的限制，此时便需要使用次要数据文件来帮助存储数据。

因此，数据库是否需要建立次要数据文件完全视数据库自身的情况而定，某些数据库根本不需要次要数据文件，某些数据库却可能需要好几个次要数据文件。次要数据文件的默认扩展名是. ndf。而从上面的介绍中，可以看到，采用多个数据文件来存储数据的优点体现在：

数据库文件可以不断扩充而不受操作系统文件大小的限制；

可以将数据库文件存储在不同的硬盘中，这样可以同时对几个硬盘执行数据存取；这会提高数据处理的效率，对于服务器型的计算机尤为有用。

3) 事务日志文件

事务日志文件(Log File)也简称为日志文件，其包含用来恢复数据库的日志信息，每一个数据库至少必须拥有一个日志文件，并且允许拥有多个日志文件。日志文件的大小至少是 1MB，建议设定数据库大小的 25%作为日志文件的初始大小。

日志文件至少会对应一个物理日志文件，SQL Server 会将每个物理日志文件分成数个虚拟日志文件，这些虚拟日志文件没有固定的大小。因此一个物理日志文件也没有固定的虚拟日志文件数目。SQL Server 2005 在创建或是扩充日志文件时，会动态地选择虚拟日志文件的大小，同时会尽量维持少量的虚拟文件，以免影响系统效率，因此我们无法设定虚拟日志文件的大小以及个数。日志文件的默认扩展名是. ldf。

日志文件是用来记录数据库更新情况的文件，例如使用 INSERT、UPDATE、DELETE 等对数据库进行更改的操作都会记录在此文件中，而如 SELECT 等对数据库内容不会有影响的操作则不会记录在日志文件中。SQL Server 中采用 Write-Ahead（提前写方式），即对数据库的修改先写入事务日志中，再写入数据库。其具体操作是：系统先将更改操作写入事务日志中，再更改存储在计算机缓存中的数据。为了提高执行效率此更改不会立即写到硬盘中的数据库，而是由系统以固定的时间间隔执行 CHECKPOINT 命令，将更改过的数据批量写入硬盘。SQL Server 有个特点，它在执行数据更改时会设置一个开始点和一个结束点，如果尚未到达结束点就因某种原因使操作中断，则在 SQL Server 重新启动时会自动恢复已修改的数据使其返回未被修改的状态。由此可见，当数据库破坏时可以用事务日志恢复数据库内容。

（1）数据库文件名。SQL Server 2005 数据库文件有两个文件名，一个是逻辑文件名，另一个是物理文件名。对这两种文件名的特性与用途的说明如下：

逻辑文件名是指当在 Transact-SQL 命令语句中存取某一个文件时，必须使用该数据库文件的逻辑文件名（简称为逻辑名）。逻辑文件名必须符合 SQL Server 的命名规则。此外，各个数据库的逻辑文件名决不能相同。

物理文件名是指数据库文件实际存储在磁盘上的文件名称。该名称包含完整的磁盘目录路径，物理文件名必须符合 Windows 操作系统的文件命名规则。

简而言之，数据库的逻辑文件名是在 Transact-SQL 语言中引用的，用于存取某一数据库文件的标识。而物理文件名则是在操作系统环境或用户程序中引用的数据库文件标识。

（2）文件组。出于数据管理与数据分配的需要（例如：备份与还原操作），SQL Server 许可用户或数据库管理员将多个文件归纳为同一组，并赋予该组一个名称，这就是“文件组”（Filegroup）。

有些系统可以借助于将数据和索引存储在特定的物理磁盘上以提高效率，文件组正好能帮助用户或数据库管理员完成该项操作。系统管理员可以在每一个物理磁盘上创建文件组，然后将表、索引，或表中的大型对象数据指派给特定的文件组。此外，文件组使得用户能方便地将新文件添加到新的磁盘上。

例如：MYDB1. ndf、MYDB2. ndf 与 MYDB3. ndf 可以分别创建在 3 个物理磁盘上，并将它们归并到同一个名为 MYDataGroup 的文件组，这样，用户便能够将表创建在文件组 MYDataGroup 上，而针对该表的查询操作就会横跨 3 个物理磁盘以提高效率。

设计文件与文件组时，要遵循以下原则：

- 一个文件或文件组只能被与其对应的唯一数据库所使用。例如，MYDB. ndf 与 MYDB1. ndf 包含数据库 MYDB 的数据与对象，则这两个数据文件只能被数据库 MYDB 所使用而不能被其他数据库使用。
- 一个文件只能隶属于一个文件组，它不能同时隶属于两个或两个以上的文件组。
- 文件组只能包含数据文件，也就是说数据和日志（Log）信息不能位于同一个文件或文件组中。日志文件不隶属于任何文件组，在 SQL Server 中，日志空间与数据空间分开管理。文件组不能在数据库文件之外创建，因为文件组是数据库中组文件的管理机制。
- 每个数据库最多只能创建 32767 个文件组。

- 数据库快照集(Snapshots)不能位于文件组中，在 SQL Server 2005 中数据库快照集使用一个或多个“疏松文件”(Sparse Files)来存储数据，而且只有 SQL Server 2005 Enterprise Edition 才提供数据库快照的功能。

SQL Server 2005 文件组分为 3 种类型：

(1) 主要文件组(Primary Filegroup)：内含主要数据文件.mdf 的文件组就是主要文件组。当一个数据库被创建时，主要文件组会包含主要数据文件和无法放进其他文件组的所有文件，系统表的所有页也都会分配在主要文件组中。

(2) 用户定义文件组(User-Defined Filegroup)：当用户创建一个新的数据库或更改某一现有数据库的设置时，系统要求创建的文件组便是用户定义文件组。这也就是说，用户在 SQL Server Management Studio 中所创建的文件组，或是利用 CREATE DATABASE 或 ALTER DATABASE 命令中的 FILEGROUP 参数所指定的文件组，就是用户定义文件组。

(3) 默认文件组(Default Filegroup)：在每一个数据库中，同一时间只能有一个文件组是默认文件组。在数据库中创建表或索引时，若未特别指定这些数据库对象隶属于哪一个文件组，则它们会被指派给默认文件组。默认文件组务必要有足够的空间，以容纳未指派给用户定义文件组的所有表与索引。若没有特别指定，主要文件组将是默认文件组。用户或数据库管理员可以使用 ALTER DATABASE 命令将某一个文件组设定成默认文件组。而此项改变默认文件组的操作也会使得在创建时未指定所属文件组的表与索引被分配给新的默认文件组中的数据文件，但是系统对象和系统表仍将留在主要文件组中。

一个数据库可以包含一个主要文件组与多个用户定义文件组，因此，可以单独备份和还原特定的文件或文件组，而不需要备份和还原整个数据库，这样可以加快数据恢复的速度。

对于数据库文件、文件组以及关于它们的创建与使用，要注意的是：

- 大多数的数据库只需要一个主要数据文件和一个日志文件就可以运行得非常好。
- 如果确实需要使用多个文件，请为次要数据文件等附加文件创建第二个文件组并将此文件组设置为默认文件组，这样，主要数据文件仅内含系统表与对象，简化了数据文件管理。
- 要想获得最佳性能，应该尽量将各个文件与文件组分别存储在不同的物理磁盘上，并将需要占用大量空间的对象放置在不同的文件组中。
- 若需要将对象存储在特定的物理磁盘上，请使用文件组来完成。

4.2 创建数据库

创建数据库的本质是为数据库设计名称、定义所需占用的存储空间和存放文件位置。在 SQL Server 2005 中，创建数据库有多种方法，如可以使用 SQL Server Management Studio 工具或使用 Transact-SQL 的 DDL 语言来创建。无论在实际操作中是如何创建的，但在开始创建数据库之前，需要明确的是：

- 只有具有诸如 CREATE DATABASE，CREATE ANY DATABASE 或是 ALTER ANY DATABASE 等 DDL 语句权限的用户才能创建数据库。
- 创建数据库的用户将成为数据库的所有者(Owner)。
- 最多可以在一个 SQL 实例上创建 32767 个数据库。

■ 数据库的名称必须要符合 SQL Server 的命名规则。

■ 系统数据库 model 是所有数据库的模板，因此当创建一个新的数据库时，会自动复制系统数据库 model 中的所有用户定义对象。例如，用户可以事先在系统数据库 model 中创建表、视图、存储过程及数据类型，在随后所有新创建的数据库都会包含这些用户定义对象。

■ 创建一个新数据库之后，请立即备份系统数据库 master。

■ 每个数据库至少包含两个文件（主要文件和日志文件）以及至少一个文件组（默认文件组）。

4.2.1 使用 DDL 语句创建数据库

前已述及，创建数据库需要一定许可，在默认情况下，只有数据库管理员和数据库拥有者可以创建数据库。数据库被创建后，创建数据库的用户自动成为该数据库的所有者。

使用 Transact-SQL 语句创建数据库的语法如下：

```
CREATE DATABASE database_name
    [ON [PRIMARY] [<filespec> [, …n]
    [,<filegroupspec> [, …n]] ]
    [LOG ON {<filespec> [, …n]}]
    [ WITH <external_access_option> ]
    ]
    [;]
```

创建数据库的语法中有关参数的定义如下：

```
<filespec>:: =
 ([NAME = logical_file_name,]
FILENAME = 'os_file_name'[,SIZE = size]
[,MAXSIZE = {max_size|UNLIMITED}]
[,FILEGROWTH = growth_increment] )  [, …n]
<filegroupspec>:: =
FILEGROUP filegroup_name <filespec> [, …n]
```

其中主要的参数说明：

■ database_name：所创建的新数据库的名称。数据库名称在服务器中必须唯一，最长为 128 个字符，并且要符合标识符的命名规则。每个服务器管理的数据库最多为 32767 个。

■ ON：显式地指定存放数据库的数据文件信息。<filespec>列表用于定义主文件组的数据文件，<filegroup>列表用于定义用户文件组及其中的文件。

■ PRIMARY：用于指定主文件组中的文件。主文件组的第一个由<filespec>指定的文件是主文件。如果不指定 PRIMARY 关键字，则在命令中列出的第一个文件将被默认为主文件。

■ LOG ON：指明事务日志文件的明确定义。如果没有本选项，则系统会自动产生一个文件名前缀与数据库名相同，其大小为该数据库的所有数据文件大小总和的 25％或 512KB，取两者之中的较大者。

- NAME：指定数据库的逻辑名称。
- FILENAME：指定数据库所在文件的操作系统文件名称和路径，该操作系统文件名和 NAME 的逻辑名称一一对应。
- SIZE：指定数据库的初始容量大小。如果没有指定主文件的大小，则 SQL Server 默认其与模板数据库中的主文件大小一致，其他数据库文件和事务日志文件则默认为 1MB。指定大小的数字 size 可以使用 KB、MB、GB 和 TB 后缀，默认的后缀为 MB。size 中不能使用小数，其最小值为 512KB，默认值为 1MB。主文件的 size 不能小于模板数据库中的主文件。
- MAXSIZE：指定操作系统文件可以增长到的最大尺寸。如果没有指定，则文件可以不断增长直到充满磁盘。
- FILEGROWTH：指定文件每次增加容量的大小，当指定数据为 0 时，表示文件不增长。增加量可以确定为以 KB、MB 作后缀的字节数或以%作后缀的被增加容量文件的百分比来表示。如果没有指定 FILEGROWTH，则默认值为 10%，每次扩容的最小值为 64KB。

示例 以下 DDL 语句创建一个学籍信息管理的数据库。该数据库名称为 studentinfo，该数据库由一个 20MB 的数据文件和一个 2MB 的事务日志文件组成。数据文件逻辑名称为 studentinfo_data，物理文件名为 studentinfo_data. mdf。主文件由 primary 指定，数据文件的最大容量为 100MB，增长速度为 10%。事务日志文件的逻辑名为 studentinfo _log，日志文件的物理文件名为 studentinfo_log. ldf。最大容量为 10MB，文件增长速度为 10%。物理文件存储在 D 盘名称为 sqldata 的文件夹下名为 mydb 的目录中。其数据库创建之 SQL 语句为：

```
CREATE DATABASE studentinfo
ON(
   NAME = studentinfo_data,
   FILENAME = 'D:\sqldata\mydb\studentinfo_data.mdf',
   SIZE = 10MB,
   MAXSIZE = 100MB,
   FILEGROWTH = 10 %
)
LOG ON (
   NAME = studentinfo_log,
   FILENAME = 'D:\sqldata\mydb\studentinfo_log.ldf',
   SIZE = 1MB,
   MAXSIZE = 10MB,
   FILEGROWTH = 10 %
)
GO
```

在 SQL Server Manager Studio 的查询分析器中运行之，其执行结果如图 4-2 所示。

上述创建语句执行后，在输出窗口显示命令已成功完成的信息，接着在左侧对象资源管理器窗口的树型目录中展开数据库文件夹，可以看到 studentinfo 数据库已在其中了。

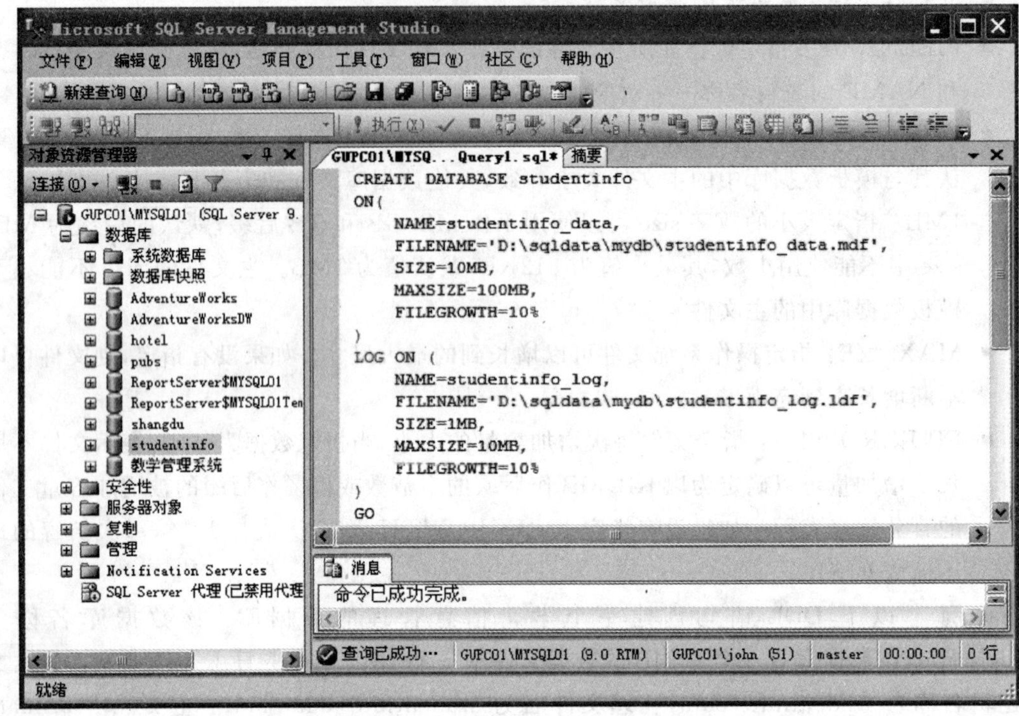

图 4-2 创建 studentinfo 数据库

4.2.2 使用 SQL Server Management Studio 创建数据库

创建数据库有许多方法，在实际操作中，绝大多数的管理性工作可以利用 SQL Server Management Studio 来完成，数据库的创建操作也是如此。使用 SQL Server Management Studio 创建数据库的步骤如下：

① 打开 SQL Server Management Studio。

② 在 SQL Server Management Studio 左侧对象资源管理器窗口，展开要创建数据库的 SQL Server 2005 数据库引擎实例。

③ 右击数据库项目或任何一个数据库名称，并从弹出的快捷菜单中选取“新建数据库”命令。这将打开如图 4-3 所示的“新建数据库”对话框。在该对话框中有 3 个页面可供设定，但一般情况下只需要完成“常规”页面的设置即可。对于数据库的所有设定操作都将在这个对话框中完成。

当在对象资源管理器窗口中选中要在其上创建数据库的数据库引擎实例后，也可以在“摘要”窗口的“数据库”项目上右击，并从随后弹出的快捷菜单中选取“新建数据库”命令，也会出现同样的如图 4-3 所示的对话框。

该操作亦可在主菜单栏通过菜单选项来完成，或直接单击工具栏中的新建数据库图标工具来打开如图 4-3 所示的对话框。

④ 在该对话框的数据库名称文本框中指定数据库的名称。数据库的名称必须符合 SQL Server 的命名规则，且不能与其他现存数据库的名称相同。

⑤ 接着指定数据库所有者。当前登录的这个用户自动成为数据库的所有者。如果要

改变所有者，则需单击“…”按钮来选取其他用户，使其变成该数据库的所有者。

⑥ 指定主要数据文件的逻辑文件名。SQL Server 2005 默认以数据库的名称作为主要数据文件的逻辑文件名。例如，如图 4-3 中所示，当用户在“数据库名称”文本编辑框中输入 studentinfo 时，可看到其下方的数据库文件的设置状态的框中主要数据文件逻辑名称栏的默认值即由系统填入 studentinfo。用户或程序设计人员当然可以手动更改主要数据文件的逻辑名，不过为方便管理，建议尽可能采用默认的名称。

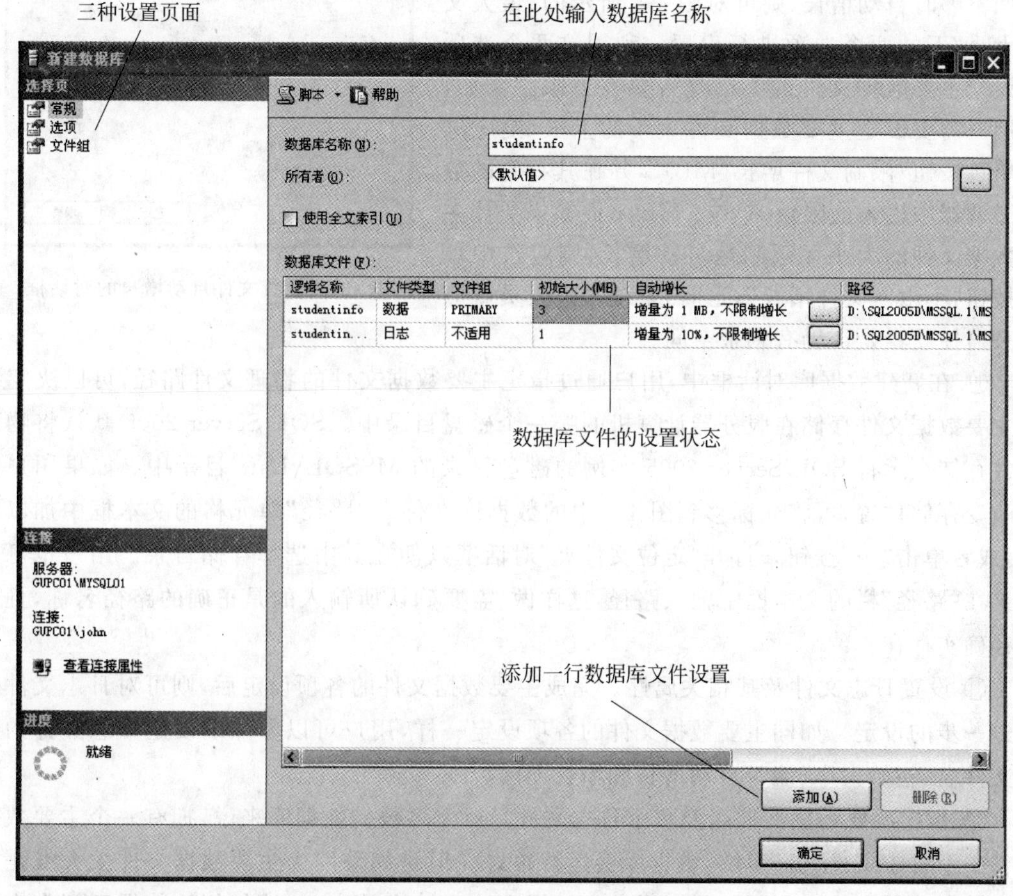

图 4-3　使用工具创建 studentinfo 数据库

⑦ 指定主要数据文件初始大小。用户在数据库文件的设置状态对话框之初始大小栏可以指定主要数据文件的初始大小，这一指定值将是主要数据文件一开始被创建后的大小，默认的初始大小是 3MB。在自动增长栏对主要数据文件的大小可以设置为自动增长，这样一来，随着数据被添加到数据库，主要数据文件会在空间不足时自动增长。

⑧ 设置主要数据文件能否自动增长或改变自动增长方式。主要数据文件的大小可以是固定的，也可以是能够自动增长的。若用户希望主要数据文件在空间不足时自动变大，则单击图 4-3 中“增量为 1MB，不限制增长”旁边的“…”按钮，此时会出现如图 4-4 所示的“更改 studentinfo 的自动增长设置”对话框。选中“启用自动增长”复选框。同时，还必须设定增长的方式，如果用户希望当空间不足时增加特定比例大小的空间，则应选中“文件增长”下

方的“按百分比”单选按钮,并在其右侧的数值微调器中输入百分比的数值;如果所希望的是当空间不足时便增加特定大小的空间,那么,应选中单选按钮“按 MB”,并在其右侧的数值微调器中输入一个整数值。若要让主要数据文件的大小固定不变,则不要选复选框“启用自动增长”,如果非要如此,则应确认用户所设定的初始大小确实够用。

⑨ 设置主要数据文件的大小是否需要上限。如果在前一步骤中已设定让主要数据文件的大小在空间不够时自动增长,则可对图 4-4 所示的“最大文件大小”下的两个选项进行设置。利用这两个选项可设定主要数据文件的大小是否要有上限。例如,当用户需要设定主要数据文件大小的上限,则应选中单选按钮“限制文件增长(MB)”,并在其右侧的数值微调器中输入上限值(单位:MB);而如果要让主要数据文件的大小无限制地自动增长,则应选中单选按钮“不限制文件增长”,这时,系统管理人员就应该去监控硬盘是否仍有剩余空间。

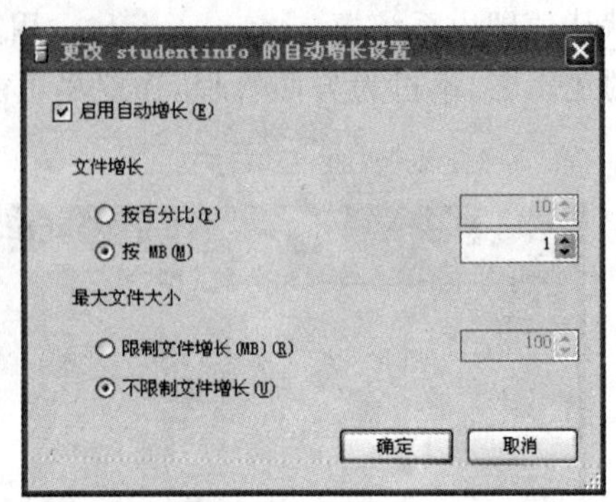

图 4-4 设置文件自动增长的对话框

⑩ 在新建数据库对话框中,用户通过指定主要数据文件的物理文件路径,可以决定要让主要数据文件存储在服务器计算机的哪一个磁盘目录中。SQL Server 2005 默认将物理文件存储在运行 SQL Server 2005 实例的磁盘目录的 MSSQL\Data 目录中。如果用户需要改变存储位置,可将光标移到图 4-3 中的数据库文件之“路径”单元格的文本框中加以修改,或者单击“…”按钮来打开“定位文件夹”对话框以便在其中选择存储目录。用户也可以直接在“路径”栏的文本框中输入路径,这样做,需要确认所输入的是正确的路径名称,且该路径确实存在。

⑪ 设置日志文件及其相关属性。完成主要数据文件的各项设定后,则可对日志文件做更进一步的设定。如同主要数据文件的各项设定一样,用户可以参照以设定日志文件的逻辑文件名、初始大小、能否自动增长和增长上限。

⑫ 指定次要数据文件以及多个日志文件。对大多数的数据库来说,拥有一个主要数据文件一个日志文件就已足够,数据库会运行很好。但是如果因为主要数据文件太大或是需要将数据分散存储在不同的物理磁盘上以提高输入输出效率时,该如何让数据库拥有次要数据文件或多个日志文件呢?如图 4-3 所示,单击该图上所标示的“添加一行数据库文件设置”所指示的添加按钮,则会在数据库文件对话框中增加一行空白行,用户可在该行所对应的栏中依次填入次要数据文件(或日志文件)的逻辑名称、文件类型、所属的文件组、初始大小。并设定次要数据文件或日志文件能否自动增长和增长上限。在输入物理文件路径时,应该把它设置在其他的物理磁盘中。并确认路径名称没有输入错误,且该路径确实存在。反复按此方式进行,直到已指定完所有的次要数据文件和日志文件为止。

特别强调的是,当输入文件路径时,一定要保证物理文件路径正确,并确实存在,否则,当 SQL Server 生成相关文件时,会发出系统找不到指定的路径的错误信息,并造成创建数据库失败。

⑬ 选择排序规则、指定恢复模式、指定兼容级别以及指定其他选项。所谓“排序规则”

指的是根据特定语言和地区所设定的一种规范，用于指定字符数据的字符串应该如何储存、比较以及排序的规则，同时针对非 Unicode 数据设定所使用的字符集。一般而言，除非是为了特定目的，否则不用更改排序规则，直接使用系统默认的选项即可。而当进行备份操作和还原操作时，便会与恢复模式产生关系。新创建的数据库其恢复模式会自动继承系统数据库 model 的设定。至于兼容级别，是指通过这个步骤，用户可指定数据库所要支持的 SQL Server 版本，支持的层级从 SQL Server 7.0、SQL Server 2000 一直到最新版的 SQL Server 2005。如果想要让 SQL Server 2005 可以兼容旧版 SQL Server 的特定数据库，则需要调整兼容级别。若无此需求，使用默认的 SQL Server 2005(90)即可。前面所述内容的指定，是在“选择页”中完成的。用户在图 4-3 所示的对话框左侧窗口内，单击“选项”项目，此时右侧窗格会出现选项的详细信息。在该“选项”窗口中，即可完成前述排序规则、恢复模式、兼容级别以及其他选项的设定。选项页面如图 4-5 所示。

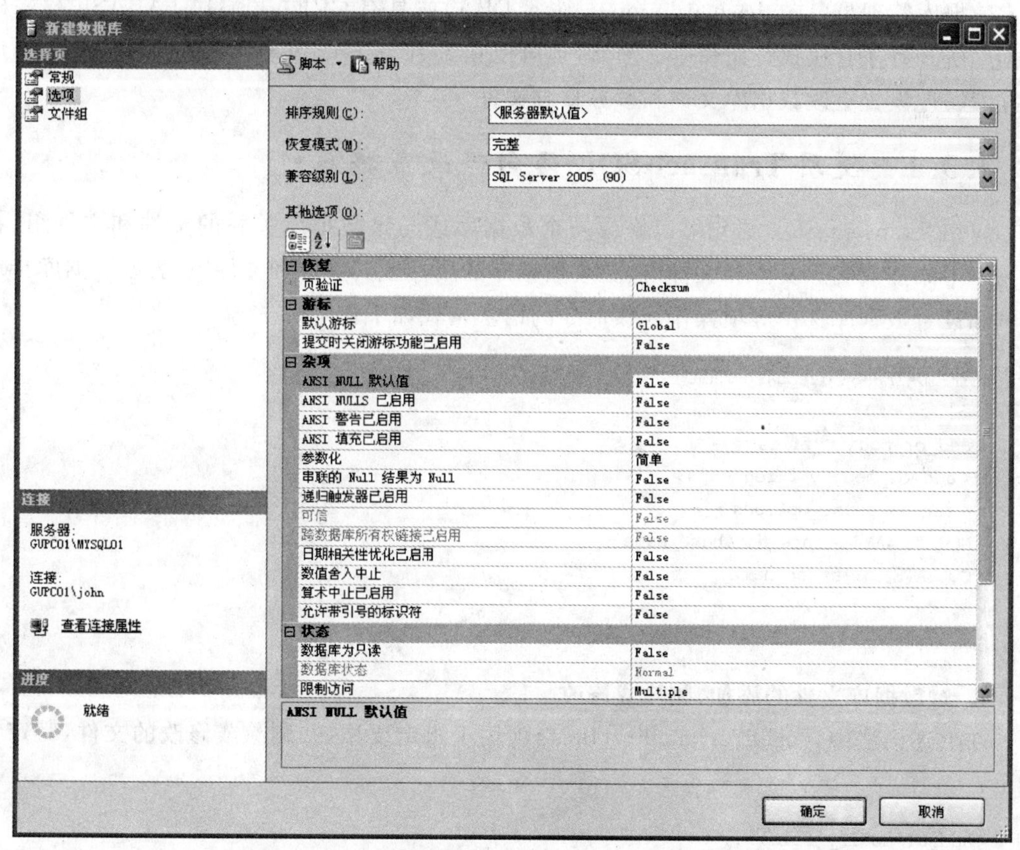

图 4-5　“新建数据库”中“选项”页面

⑭ 指定文件组。其他选项的指定完成之后，即可以指定文件组。单击图 4-3 左上方“选择页”里的“文件组”项目。则在右侧出现文件组设置窗口。在该窗口中用户可以设定次要数据文件的文件组属性，也可以加入新的文件组，甚至是删除先前创建的文件组。注意主要数据文件一定要包含于主要文件组中，因此不需要也不可另行指定主要数据文件所属的文件组，而对于次要数据文件所属的文件组，用户可指定它是否只读，并可指定某个次要数

据文件所属的文件组作为默认的文件组。

⑮ 至此,确认已完成所有的设定后,单击位于图 4-3 右下方的"确定"按钮。则 SQL Server 开始创建数据库,创建时间的长短主要依据所指定的数据文件和日志文件的数目及大小而有所不同,文件数目愈多、文件愈大,所需的时间就愈长。完成创建后,新创建的数据库将会出现在数据库列表中。

4.3 修改数据库

在数据库设计阶段以及数据库系统运行维护过程中,都有可能会涉及对于已存在的数据库原始定义进行修改。可以用 ALTER DATABASE 命令来更改数据库。ALTER DATABASE 命令可以增加或删除数据库中的文件,也可以修改文件的属性。应注意的是:只有数据库管理员(Database Administration,DBA)或具有 CREATE DATABASE 权限的数据库所有者才有权执行此命令。当然,也可以在 SQL Server Management Studio 中利用数据库属性设置更改数据库文件和事务日志文件。

4.3.1 使用 Transact-SQL 语句修改数据库

应用 Transact-SQL 语句可以修改一个数据库或与该数据库关联的文件和文件组、在数据库中添加或删除文件和文件组、更改数据库的属性或其文件和文件组、更改数据库排序规则和设置数据库选项等项操作。该命令的语法格式如下:

```
ALTER DATABASE database_name
{
<add_or_modify_files>
| <add_or_modify_filegroups>
| <set_database_options>
| MODIFY NAME = new_database_name
| COLLATE collation_name
}
[;]
```

1. 对数据库文件的添加、删除或修改

在上述语法中,<add_or_modify_files>项用于指定要添加、删除或修改的文件,其定义如下:

```
<add_or_modify_files>::=
{
ADD FILE <filespec> [,…n ]
[ TO FILEGROUP { filegroup_name | DEFAULT } ]
| ADD LOG FILE <filespec> [,…n ]
| REMOVE FILE logical_file_name
| MODIFY FILE <filespec>
}
```

这里,ADD FILE 用于将由 filespec 参数所指定名称的文件添加到数据库。而 TO

FILEGROUP { filegroup_name | DEFAULT } 语句则指定要将该指定文件添加到的文件组。如果选定参数 DEFAULT，则将文件添加到当前的默认文件组中。而 ADD LOG FILE 语句是将指定名称并要添加的日志文件添加到指定的数据库。在该组语句中，REMOVE FILE logical_file_name 指明要从 SQL Server 的实例中删除逻辑文件说明并删除物理文件。此项操作要求该文件为空，否则无法删除文件。而 MODIFY FILE 语句用于指定需要修改的文件。该语句一次只能更改一个 <filespec> 属性。必须在 <filespec> 中指定 NAME，以标识要修改的文件。如果指定了要修改的是文件大小 SIZE，则新的文件大小 SIZE 数值必须要比文件当前 SIZE 的值要大。

如要修改数据文件或日志文件的逻辑名称，则要在该语句的 NAME 子句中指定要重命名的逻辑文件名称，并在 NEWNAME 子句中指定文件的新逻辑名称。例如：

```
MODIFY FILE ( NAME = logical_file_name, NEWNAME = new_logical_name )
```

而如果想要将数据文件或日志文件移至新位置，则应在 NAME 子句中指定当前的逻辑文件名称，并在 FILENAME 子句中指定新路径和操作系统文件名称。例如：

```
MODIFY FILE ( NAME = logical_file_name, FILENAME = 'new_path/os_file_name ')
```

以上两个式子中的 logical_file_name 是指在 SQL Server 中引用文件时所用的逻辑名称。而 new_logical_file_name 则是用于替换现有逻辑文件名称的新逻辑文件名称。该名称在数据库中必须唯一，并应符合标识符规则。

2. 添加或修改文件组

在修改数据库的语法格式中，<add_or_modify_filegroups>项用于在数据库中添加、修改或删除文件组。其定义如下：

```
<add_or_modify_filegroups>::=
{
| ADD FILEGROUP filegroup_name
| REMOVE FILEGROUP filegroup_name
| MODIFY FILEGROUP filegroup_name
      { <filegroup_updatability_option>
      | DEFAULT
      | NAME = new_filegroup_name
      }
}
```

本式子中的 ADD FILEGROUP filegroup_name 语句用于将指定名称的文件组添加到数据库。而 REMOVE FILEGROUP filegroup_name 语句则从数据库中删除指定的文件组。执行此操作时，必须要文件组为空，否则无法将其删除。因此，在执行该项操作时，首先要将所有文件移至另一个文件组来删除文件组中的文件，如果文件为空，则可以通过删除该文件来实现。而另一条语句

```
MODIFY FILEGROUP filegroup_name,
{<filegroup_updatability_option>,| DEFAULT,|NAME = new_filegroup_name,}
```

是通过将状态设置为 READ_ONLY 或 READ_WRITE，来将文件组设置为数据库的默认文件组或者更改文件组名称来修改文件组。

其中：

- <filegroup_updatability_option> 用来对文件组设置只读或读/写属性。
- DEFAULT 将默认数据库文件组更改为 filegroup_name。数据库中只能有一个文件组作为默认文件组。
- NAME = new_filegroup_name 是将文件组名称更改为 new_filegroup_name 参数所指定的名称。

3. 更改数据库名称

在修改数据库的语法格式中，MODIFY NAME = new_database_name 语句用于使用指定的名称 new_database_name 以重新命名数据库。

4. 修改数据库状态设置

在修改数据库的语法格式中，<set_database_options>项的定义为：

```
<set_database_options>::=
SET
{
{ <optionspec> [ ,…n ] [ WITH <termination> ] }
| ALLOW_SNAPSHOT_ISOLATION {ON | OFF }
| READ_COMMITTED_SNAPSHOT {ON | OFF } [ WITH <termination> ]
}
```

即该项由 SET 语句构成，其中参数<optionspec>用于控制数据库状态、控制用户对数据库的访问、控制是否允许对数据库更新以及控制是否允许另一个数据库中的对象访问该数据库等。

5. 修改数据库排序规则

在修改数据库的语法中，<COLLATE collation_name>项用于指定数据库的排序规则。collation_name 既可以是 Windows 排序规则名称，也可以是 SQL 排序规则名称。如果不指定排序规则，则将 SQL Server 实例的排序规则指定为数据库的排序规则。

关于数据库状态设置、排序规则等具体内容，由篇幅所限，就不做详细介绍，读者在使用时，可查看 SQL Server 2005 联机丛书。

示例　添加一个 2MB 的数据文件到 Studentinfo 数据库。

```
USE master;
GO
ALTER DATABASE studentinfo
ADD FILE
(
    NAME = studentinfo_data2,
    FILENAME = 'D:\sqldata\mydb\studentinfo_data2.ndf',
    SIZE = 1MB,
    MAXSIZE = 10MB,
    FILEGROWTH = 1MB
);
GO
```

执行上述语句,则在指定目录下添加一个次要数据文件:studentinfo_data2.ndf,其操作结果可从查看数据库属性对话框中看到,如图4-6所示。

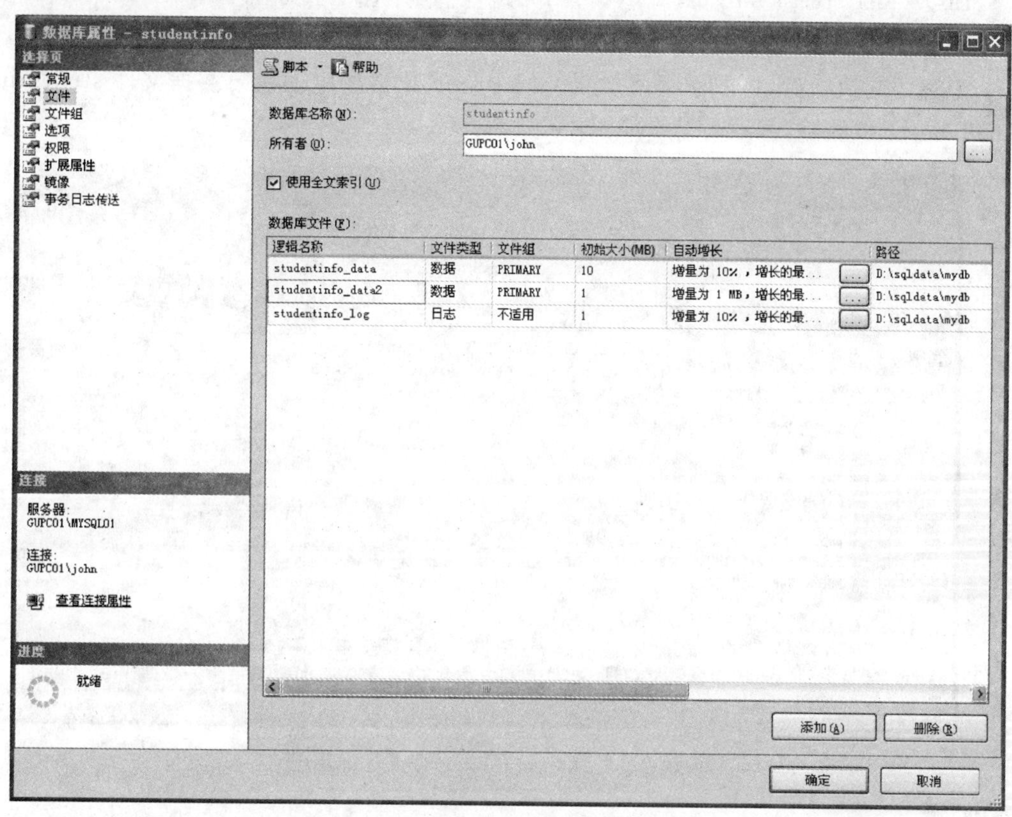

图4-6 添加一个次要数据文件的操作结果

示例 修改刚才添加的数据文件目录。

```
USE master;
GO
ALTER DATABASE studentinfo
MODIFY FILE
(
    NAME = studentinfo_data2,
    FILENAME = 'D:\sqldata\studentinfo_data2.ndf'
);
GO
```

该示例语句执行后,在SQL Server Management Studio的输出窗口将显示操作结果信息如下:

```
----------------------------------------------------------------------------------------
文件'studentinfo_data2'在系统目录中已修改。新路径将在数据库下次启动时使用。
```

示例 删除以上示例中添加的次要数据文件studentinfo_data2.ndf。

```
USE master;
```

```
GO
ALTER DATABASE studentinfo
REMOVE FILE studentinfo_data2
GO
```

上述语句执行后,将前面刚添加到 studentinfo 数据库中的次要数据文件 studentinfo_data2. ndf 予以删除,其运行结果如图 4-7 所示。

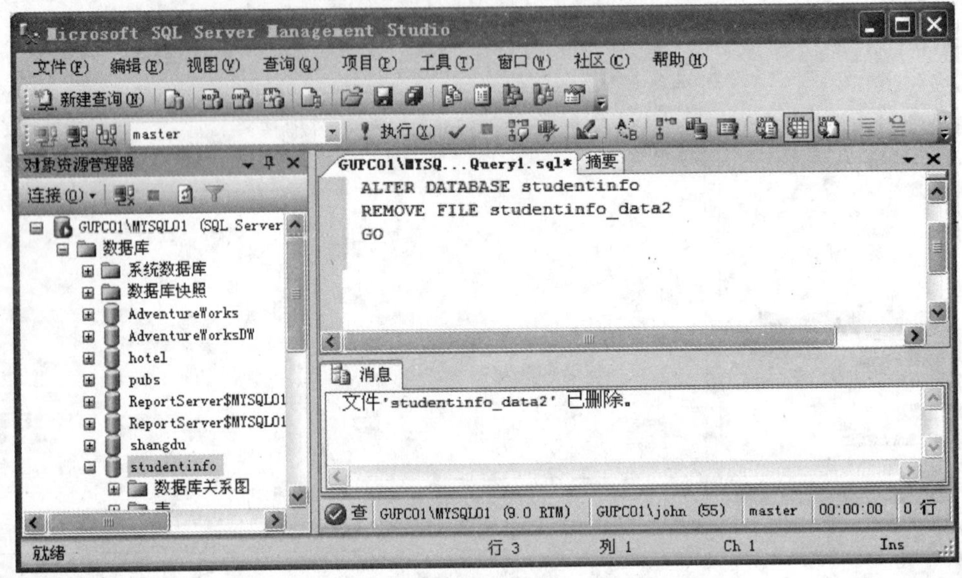

图 4-7 删除数据库中数据文件的操作

4.3.2 使用 SQL Server Management Studio 修改数据库属性

进入 SQL Server Management Studio 控制台,在"对象资源管理器"窗口中右击要在其上修改数据库属性的数据库名称,在弹出的快捷菜单中选择"属性"命令,则出现如图 4-8 所示的数据库属性对话框,该对话框含有"常规"、"文件"、"文件组"、"选项"、"权限"、"扩展属性"、"镜像"以及"事务日志传送"8 个选项,选中其中的一个选项,则进入相应的对话页面。除常规选项页面显示该数据库当前状态而不可修改之外,其余选项页面中该数据库相应的属性均可被修改。

例如,当单击文件选项时,该对话框切换到如图 4-6 所示的对话页面,在该页面中,可修改指定数据库的逻辑名,增加数据库文件,也可改变文件的初始容量、增长方式和最大容量等内容,只需将光标移至相应的编辑框内,输入所需修改的内容即可。

同样,当选中文件组选项时,进入文件组修改页面,在该页面文本编辑框内,可对文件组进行修改。

采用类似的操作,进入选项对话页面如图 4-9 所示。在该页面可进行诸如数据库排序规则、恢复模式、兼容级别的修改,也可进行游标、杂项、数据库状态等设置内容的修改。修改时,选中某一需要修改的项目,则右侧出现下拉列表,简单选择下拉列表中相应选项即可完成所需的重新设置。

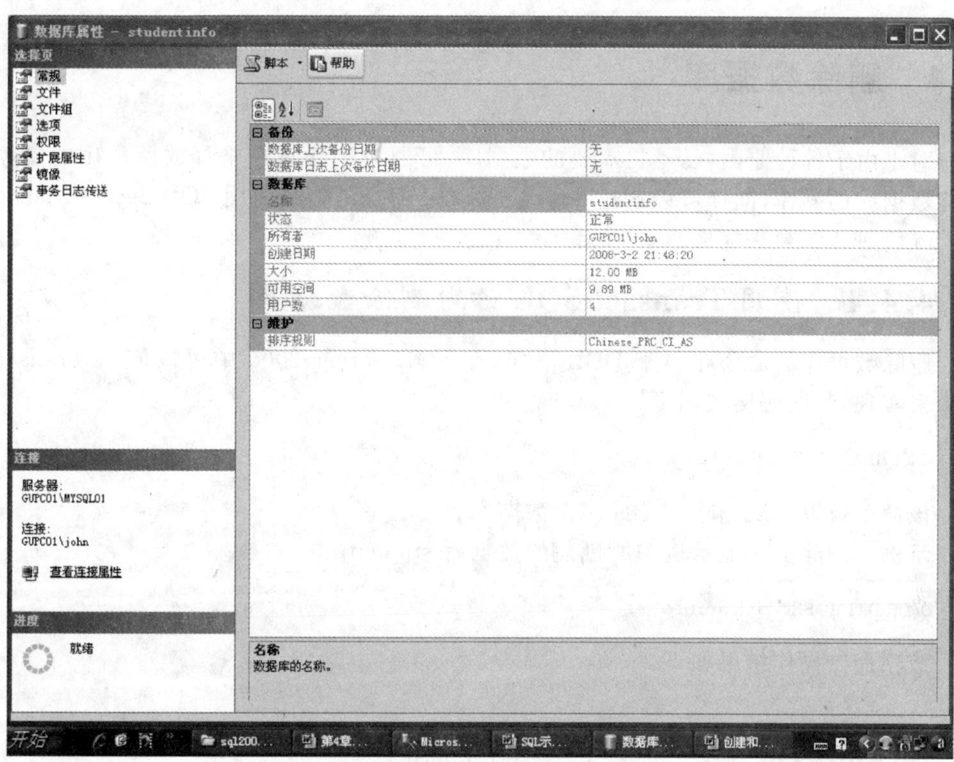

图 4-8　数据库属性对话框

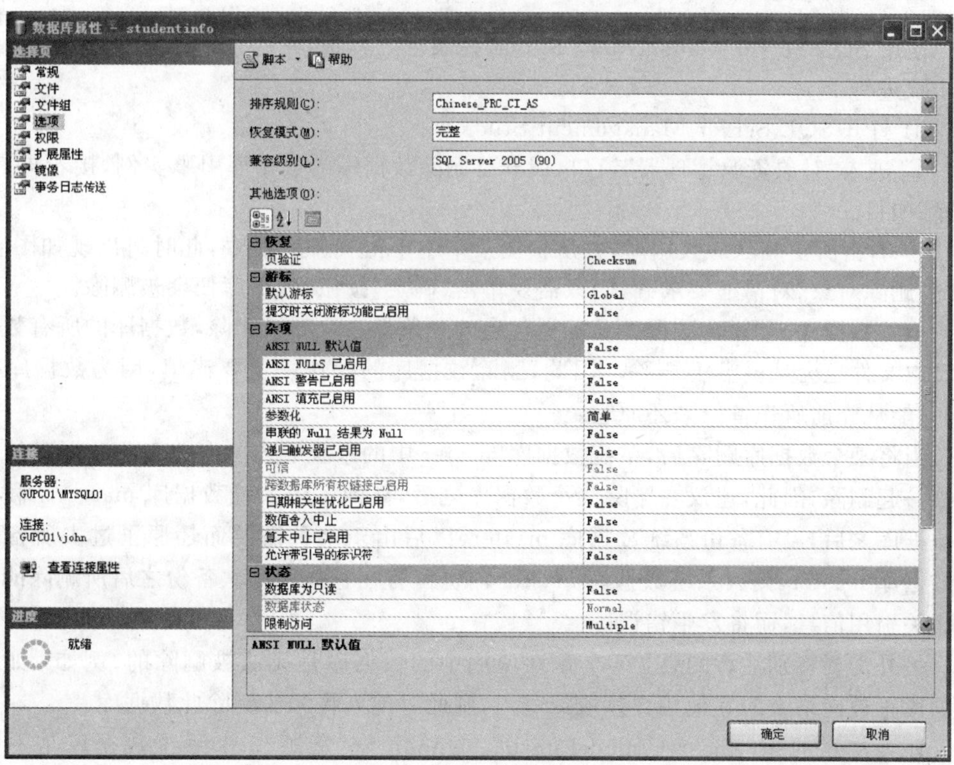

图 4-9　数据库选项页面

4.4 删除数据库

对于由于各种原因,已不再需要的数据库,可通过删除它们来释放所占用的磁盘空间。删除数据库的操作,同样可以通过 Transact-SQL 命令语句或使用 SQL Server Management Studio 管理控制台来完成。

4.4.1 使用 Transact-SQL 语句删除数据库

删除数据库的命令亦属于 DDL 语句,在 SQL Server 2005 中可以使用 Transact-SQL 命令来实现,其语法格式如下:

```
DROP DATABASE database_name[,…n]
```

该命令可以一次删除一个或多个数据库。

示例 删除上一节示例中所创建的数据库 studentinfo。

```
DROP DATABASE studentinfo
```

该项命令操作结果如下:

```
-----------------
命令已成功完成。
```

4.4.2 使用 SQL Server Management Studio 删除数据库

使用 SQL Server Management Studio 控制台工具删除一个不再需要的数据库,依照下列步骤进行:

① 打开 SQL Server Management Studio。

② 进入"对象资源管理器"窗口,展开要删除数据库的数据库引擎实例,接着再展开"数据库"项目。

③ 右击所要删除的数据库,并从快捷菜单中单击"删除"命令,此时将出现如图 4-10 所示的"删除对象"对话框要求确认,只需要单击"确定"按钮,数据库便会被删除。

一旦数据库被删除,数据库及其所包含的对象将会全部被删除,数据库的所有数据文件和日志文件也会从磁盘上删除。因此,删除数据库的操作一定要谨慎,因为数据库被删除后,只能从先前所作备份来还原它。

当将某个数据库删除后,系统数据库 master 中的系统表内所有关于此数据库的信息也会被一起删除,因此,建议在删除某个数据库之后,立即备份系统数据库 master。假如删除某数据库之后,没有备份系统数据库 master,以后由于某种需要而还原了过去所备份的系统数据库 master,则因系统数据库 master 内仍留有在它最后一次备份之后所删除的数据库的相关引用信息,而将发生错误。

另外需要特别注意的是:一个正在使用中的数据库是无法被删除的,例如:如果某个数据库正被网络上的其他用户读取或写入,则此时他人将无法删除此数据库。

还要注意的是:master、model、msdb、tempdb 与"资源"5 个系统数据库是不能被删除的。

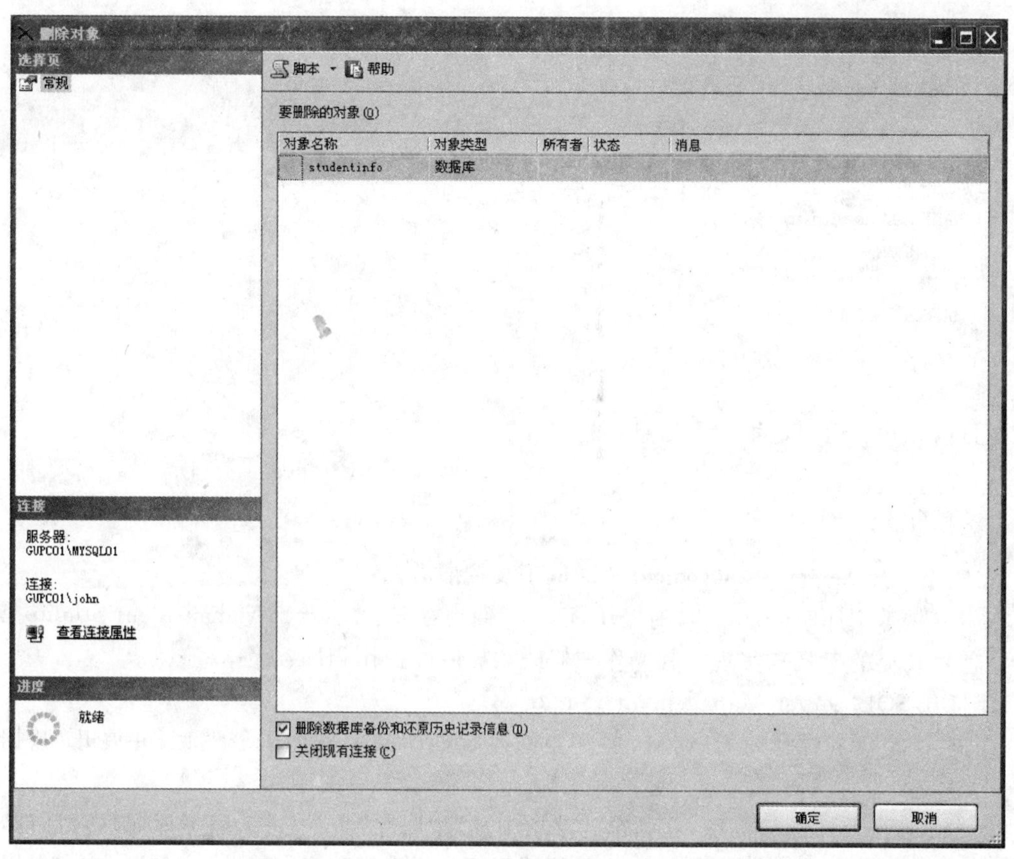

图 4-10　“删除对象”对话框

4.5　数据库的扩展与收缩

在 SQL Server 2005 中，数据库可以自动扩展(如创建数据库中设置增长参数)，也可以手工扩展。扩展的方法有两种：增加现有文件长度和增加新文件。如同扩展数据库一样，SQL Server 也可缩小数据库。扩展或收缩数据库，可使用 Transact-SQL 语句来完成，也可以使用 SQL Server Management Studio 管理工具来实现。

4.5.1　扩展数据库

1. 使用 Transact-SQL 语句扩展数据库

使用 Transact-SQL 语句扩展数据库，其实就是修改数据库的操作，因此，扩展数据库的语法格式与修改数据库的语法相同。例如，要将前面所创建的 studentinfo 数据库初始容量扩大到 50MB，最大容量为 200MB，同时，为数据操作与存储考虑，在另一磁盘上增加新的次要数据文件 studentinfo1，该操作可用下面的 Transact-SQL 语句实现：

```
USE MASTER
GO
ALTER DATABASE studentinfo
MODIFY FILE(
```

```
    NAME = studentinfo_data,
    SIZE = 50MB,
    MAXSIZE = 200MB);
GO
ALTER DATABASE studentinfo
ADD FILE(
    NAME = studentinfo1,
    FILENAME = 'E:\downtemp\studentinfo1_data.ndf',
    SIZE = 2MB,
    MAXSIZE = 5MB,
    FILEGROWTH = 10 % );
GO
```

运行后在输出窗口显示如下信息:

```
--------------------------------
命令成功完成。
```

2. 使用 SQL Server Management Studio 工具扩展数据库

以上扩展数据库 studentinfo 的操作,可以方便地在 SQL Server Management Studio 控制台中使用相应的工具来实现。其操作与修改数据库的操作相同:

① 打开 SQL Server Management Studio。

② 进入“对象资源管理器”窗口,展开要修改数据库的数据库引擎实例,并展开“数据库”项目。

③ 右击所要修改的数据库,在弹出的菜单中选取“属性”命令,进入数据库属性对话框,在该对话框中选取“文件”选项并进入该对话框页面。将光标移进“数据库文件”的文本编辑框中,依次修改初始值,并单击“…”按钮以进入增长方式的设置页面对其先前的设置进行修改。其操作情况如图 4-11 所示。

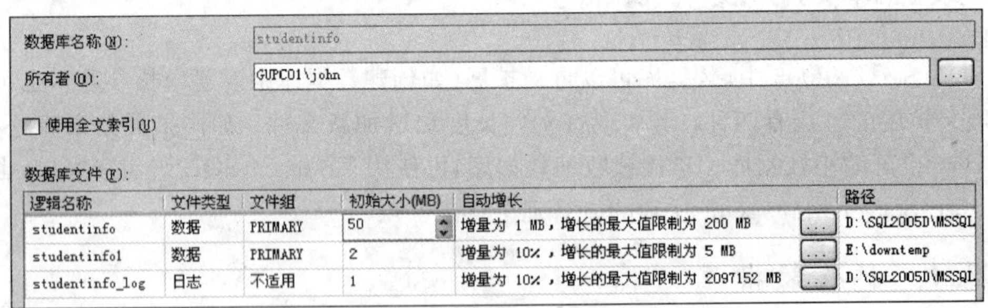

图 4-11 扩展数据库操作环境

④ 当要添加新的次要数据文件或日志文件时,用鼠标单击数据库属性对话框下方的“添加”按钮,则系统会在数据库文件框内新增一条文件编辑条,依次输入文件逻辑名称、文件类型(数据文件/日志文件)、初始大小、自动增长以及路径等内容。如果输入有误,或需要删除该文件,则单击下方的删除按钮即可。

4.5.2 收缩数据库

收缩指定数据库的大小,有两种方法:

1. 使用 Transact-SQL 语句缩小数据库

可以使用 DBCC SHRINKDATABASE 命令来收缩指定的数据库中文件，其语法格式如下：

```
DBCC SHRINKDATABASE(database_name[,target_percent]
                [,{NOTUNCATE|TRUNCATEONLY}])
```

参数说明：

- database_name：指定要收缩的数据库名称。
- target_percent：指定数据库要收缩的比例。
- NOTUNCATE：有该参数时表示在数据库文件中保留收缩数据库时所释放出来的空间，如果没有该参数，则将所释放的文件空间释放给操作系统，而该数据库文件中不保留这部分释放的空间。
- TRUNCATEONLY：有该参数表示将数据库中未使用的空间释放给操作系统，以减少数据库文件的大小。使用该参数时，会忽略 target_percent 参数对应的值。

例如，使用 DBCC SHRINKDATABASE 命令以缩小数据库 studentinfo 的大小，保留自由空间 2MB，并保留释放的文件空间。

实现以上操作的 Transact-SQL 语句如下：

```
USE studentinfo
GO
DBCC SHRINKDATABASE(studentinfo,2,NOTRUNCATE);
```

该语句执行后在输出窗口中显示的结果表格如下：

DbId	FileId	CurrentSize	MinimumSize	UsedPage	EstimatePages
13	1	6400	384	168	168

要注意的是：不能将整个数据库收缩到比它当初被创建时的大小还要小，此外，数据库也不能收缩到比系统数据库 model 还小。例如，某个数据库被创建时的初始容量的大小是 10MB，并且允许增长到 100MB，则此后该数据库最小能被缩小到 10MB。

2. 使用 SQL Server Management Studio 管理工具收缩数据库

若要通过 SQL Server Management Studio 控制台管理工具实现收缩数据库的数据文件或日志文件的大小，可按照以下步骤进行：

① 打开 SQL Server Management Studio。

② 打开“对象资源管理器”窗口，展开所要收缩数据文件或日志文件空间的数据库项目。

③ 如图 4-12 所示，右击所要收缩其空间的数据库，从弹出的快捷菜单中依次选择“任务”→“收缩”→“文件”命令，即可打开“收缩文件”对话框。

④ 在如图 4-13 所示的“收缩文件”对话框中选择收缩的文件类型，该项选择只有“数据”与“日志”两种选项，默认为数据选项。根据所选取的不同文件类型，会改变其他字段中相对应的选项。

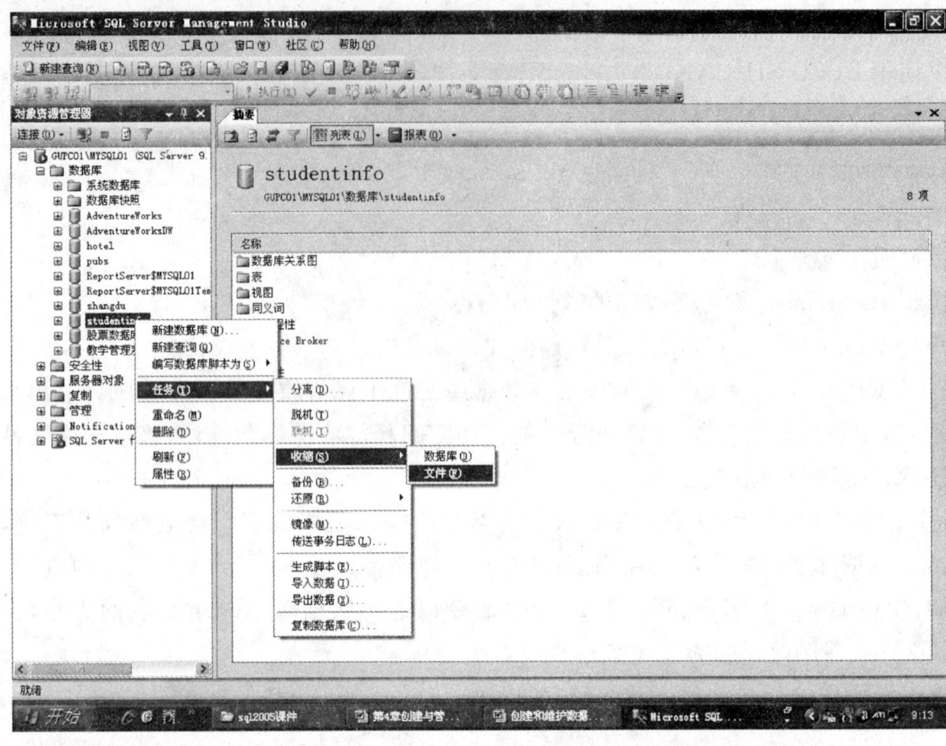

图 4-12 在 SQL Server Management Studio 中收缩数据库文件的操作

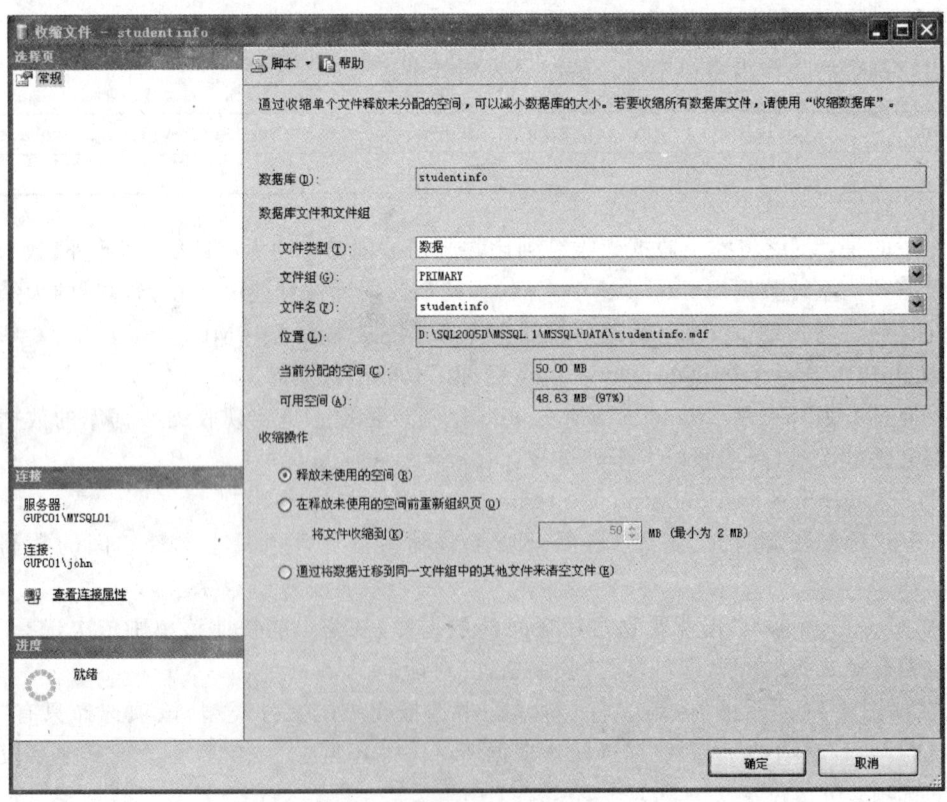

图 4-13 “收缩文件”对话框

⑤ 若该数据库中的数据文件或日志文件有多个时，可以在文件名称下拉选菜单中选择所要收缩的文件。

⑥ 在收缩操作中可以设置下列3个选项，以决定要如何收缩文件：

释放未使用的空间：是指将文件中未使用的空间释放出来，并将文件压缩到最后配置的范围。这样做将只收缩文件大小而不会移动任何数据，因此不会重新在尚未配置的页面上存储数据记录。

在释放未使用的空间前重新组织页：执行此项操作需在"将文件收缩到"数值微调器中输入所希望收缩的文件大小(以MB为单位)，这个数值不可小于目前配置的大小或是大于配置给文件的总扩展盘的大小。当光标移开这个设定时，系统会自动检查大小是否符合下限或上限的值，如果不符则会自动将设定值还原为下限或上限。

通过将数据迁移到同一文件组中的其他文件来清空文件：表示在收缩文件之前，先将所指定的文件内所有的数据迁移到隶属于同一组中的其他文件中。

⑦ 单击"确定"按钮，SQL Server开始收缩所选取的数据文件或日志文件。

⑧ 重复步骤④～⑦的操作，直到已经完成所需收缩的各个数据文件和日志文件为止。

上述的收缩数据库操作仅针对某个特定数据库的一个数据文件或日志文件进行，实际上，可以通过收缩数据库的空间以释放数据库未使用的空间，从而有效减小数据库的大小。

要收缩整个数据库的大小，其操作过程与上述收缩数据库中文件的操作基本相同，只是在右击所要收缩其空间的数据库时，从弹出的快捷菜单中依序选择"任务/收缩/数据库"命令，便打开"收缩数据库"对话框，如图4-14所示。

在该对话框中选中复选框"在释放未使用的空间前重新组织文件，选中此选项可能会影响性能"，然后在"收缩后文件中的最大可用空间"右侧的数值微调器中输入所要收缩的百分比数值。确认操作后，单击"确定"按钮即开始了数据库空间的收缩。

在上述操作中要注意的是：不能对一个只读数据库的大小进行收缩。如果需要使收缩后的数据库的大小小于最初创建文件时所指定的大小，需要先使用前面介绍的收缩数据文件或日志文件的空间的操作，然后再收缩数据库的空间。

例如，将前面创建的初始大小为50MB的studentinfo数据库缩小为原数据库容量的10%。

其操作步骤如下：

① 进入SQL Server Management Studio。

② 在对象资源管理器窗口选中studentinfo数据库，使用鼠标右击该数据库，并从快捷菜单中选中"任务"→"收缩"→"数据库"命令选项，进入收缩数据库对话框。

③ 按照前述操作，选中"在释放未使用的空间前重新组织文件，选中此选项可能会影响性能"复选框，并在下面的"收缩后文件中的最大可用空间"右侧的数值微调器编辑框中直接输入数值10(表示收缩10%)，操作示例如图4-15所示。

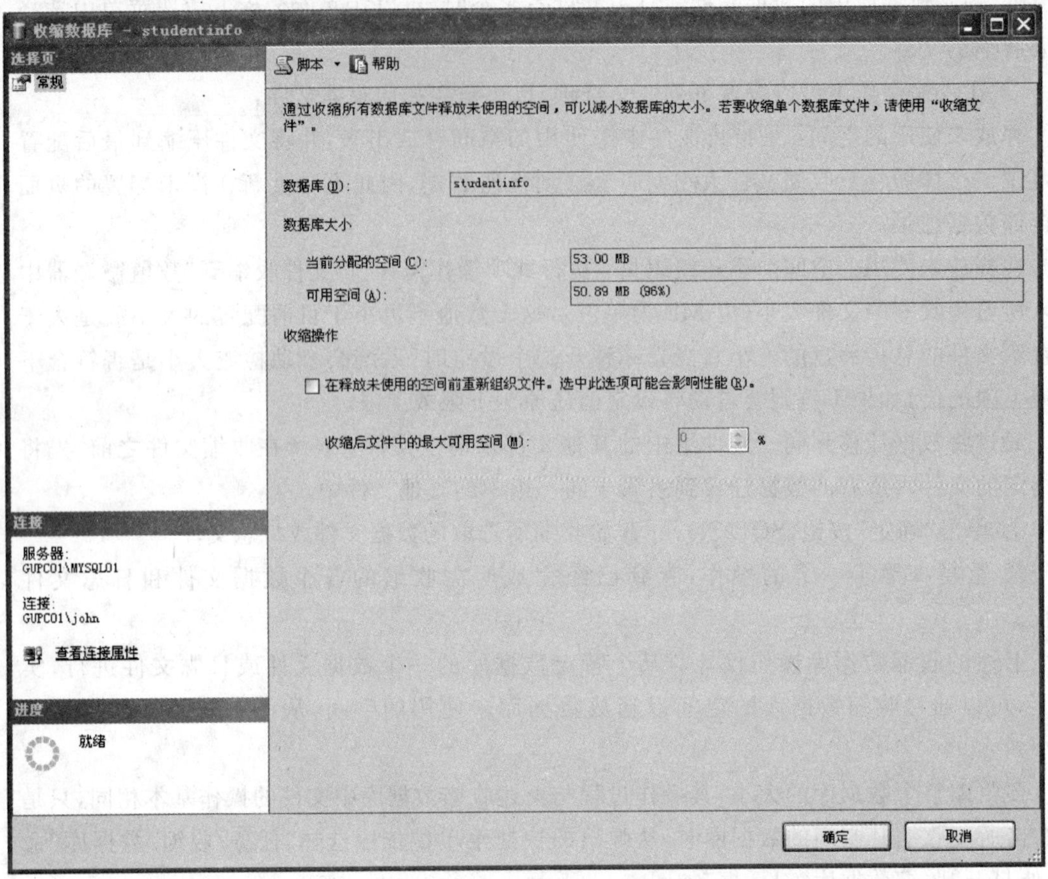

图 4-14　收缩数据库对话框

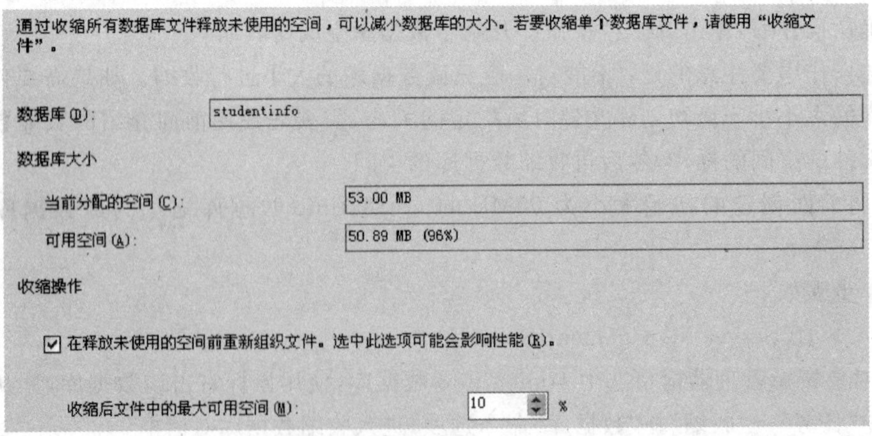

图 4-15　收缩数据库空间操作示例

④ 单击“确定”按钮，则立即执行收缩数据库空间的操作。该收缩数据库空间的操作完成后，其收缩效果可从如图 4-16 所示的数据库属性对话框中查看到。

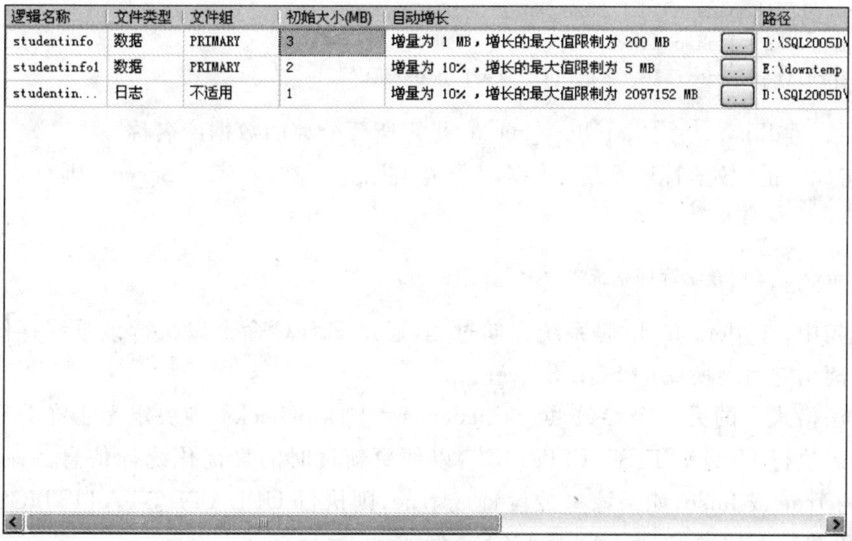

逻辑名称	文件类型	文件组	初始大小(MB)	自动增长	路径
studentinfo	数据	PRIMARY	3	增量为 1 MB，增长的最大值限制为 200 MB	D:\SQL2005D\
studentinfo1	数据	PRIMARY	2	增量为 10%，增长的最大值限制为 5 MB	E:\downtemp
studentin...	日志	不适用	1	增量为 10%，增长的最大值限制为 2097152 MB	D:\SQL2005D\

图 4-16 收缩数据库空间效果

4.6 附加和分离数据库

当在 SQL Server 中创建一个新的数据库时，其实质是将该数据库附加(Attach)到该 SQL Server 数据库引擎上，这表明该 SQL Server 拥有对该数据库的一切管辖权，包括所有的访问与管理操作。正因如此，应用程序开发人员或用户也可以将此数据库从 SQL Server 分离(Detach)，使其所有的数据文件和日志文件独立存在。在需要时，再将该数据库附加到其他的 SQL Server 上，或是附加于它原先的 SQL Server 上。

分离和附加数据库的主要目的是移动数据库的位置。例如，当存放数据文件或日志文件的磁盘空间已满，此时用户又不想增加新的数据文件或日志文件，于是就需要将数据文件或日志文件移动到另一个空间较大的硬盘中。但是，当用户使用 SQL Server Management Studio 或 CREATE DATABASE 命令创建一个数据库之后，并不能通过拷贝的方法或在现存数据库的“数据库属性”对话框中直接修改属性的方法来改变其数据文件和日志文件的存放位置。

前已述及，若将数据库从 SQL Server 中分离后，则可再将此数据库附加到其他的 SQL Server 上，或是附加到它原先的 SQL Server 上。基于数据库可以再附加到它原先的 SQL Server 的这个特性．则当需要改变数据库的数据文件和日志文件的存放位置时，只需先将数据库从 SQL Server 中分离，接着将数据文件和日志文件移动到其他的目录后，再将此数据库附加回 SQL Server 即可完成移动数据库中文件的位置的操作。

4.6.1 分离数据库

用户可以使用 Transact-SQL 语句来分离数据库，或使用 SQL Server Management Studio 管理工具来分离数据库。

1. 使用 Transact-SQL 语句分离数据库

分离数据库所使用的语法格式如下：

```
sp_detach_db[@dbname = ]'database_name'
[,[@skipchecks = ]'skipchecks']
[,[@keepfulltextindexfile = ]'keepfulltextindexfile']
```

其中参数[@dbname=]'database_name'指定所要分离的数据库名称。

例如,将原有的"教学管理系统"数据库分离出原先所在的SQL Server,则可用以下语句来实现:

```
EXEC sp_detach_db '教学管理系统'
```

上述语句中,sp_detach_db是系统存储过程,通过EXEC命令以执行该系统存储过程,将数据库分离出它目前所属的SQL Server。

上述语法格式中的另一个参数[@skipchecks=]'skipchecks'则决定是否在分离之前,针对所有的表执行UPDATE STATISTICS,以便更新过时的最优化统计信息。该值只有两个值可选:true或false,如果该参数设置成true,则执行UPDATE STATISTICS;若设为false,则不执行UPDATE STATISTICS。例如:

```
USE master
EXEC sp_detach_db '教学管理系统','true'
```

在上述语法格式中还有一个参数[@keepfulltextindexfile=]'keepfulltextindexfile',它决定当数据库分离时,是否保留相关的全文目录文件。若'keepfulltextindexfile'设置为true,则保留全文目录文件,当附加数据库时,数据库中的任何全文检索文件都随着数据库一起附加。如果将keepfulltextindexfile设置为false或是NULL,就会删除全文目录文件。这就是说,如果以后要将分离的数据库附加到原本的计算机时,须重新创建全文目录才能使用全文检索的功能。

示例 将原先SQL Server中的"教学管理系统"数据库分离,并针对该库中所有表更新最优化统计信息,同时,保留全文目录文件,其操作语句如下:

```
USE master
EXEC sp_detach_db '教学管理系统','true','true'
```

该示例中代码执行前,原SQL Server中有"教学管理系统"数据库,这从SQL Server Management Studio控制台的对象资源管理器中展开数据库项目即可看到。执行上述分离数据库命令语句后,将该数据库与其所属的SQL Server相分离,则在该对象资源管理器中,原"教学管理系统"数据库不可见。

注意:USE master表达式可以确保指定使用master系统数据库,因为系统存储过程sp_detach_db作为数据库对象,当然由系统数据库来存储与管理。而EXEC命令则可让SQL Server明确地知道所要执行的表达式,并将其正确传递给SQL Server,这是使用系统存储过程的方法。有关系统存储过程的知识,在后面相关章节再详述。

2. 使用SQL Server Management Studio管理工具分离数据库

使用SQL Server Management Studio控制台管理工具,可以非常容易地实现分离已存在的数据库。仍以上述分离"教学管理系统"数据库的操作为例,介绍分离数据库的操作步骤如下:

① 在 SQL Server Management Studio“对象资源管理器”窗口中，依次展开要分离的数据库的 SQL Server 数据库引擎实例和该数据库。

② 右击要分离的数据库，从弹出的快捷菜单中依序选择“任务”和“分离”命令（如图 4-3 所示），则会打开图 4-17 所示的对话框。

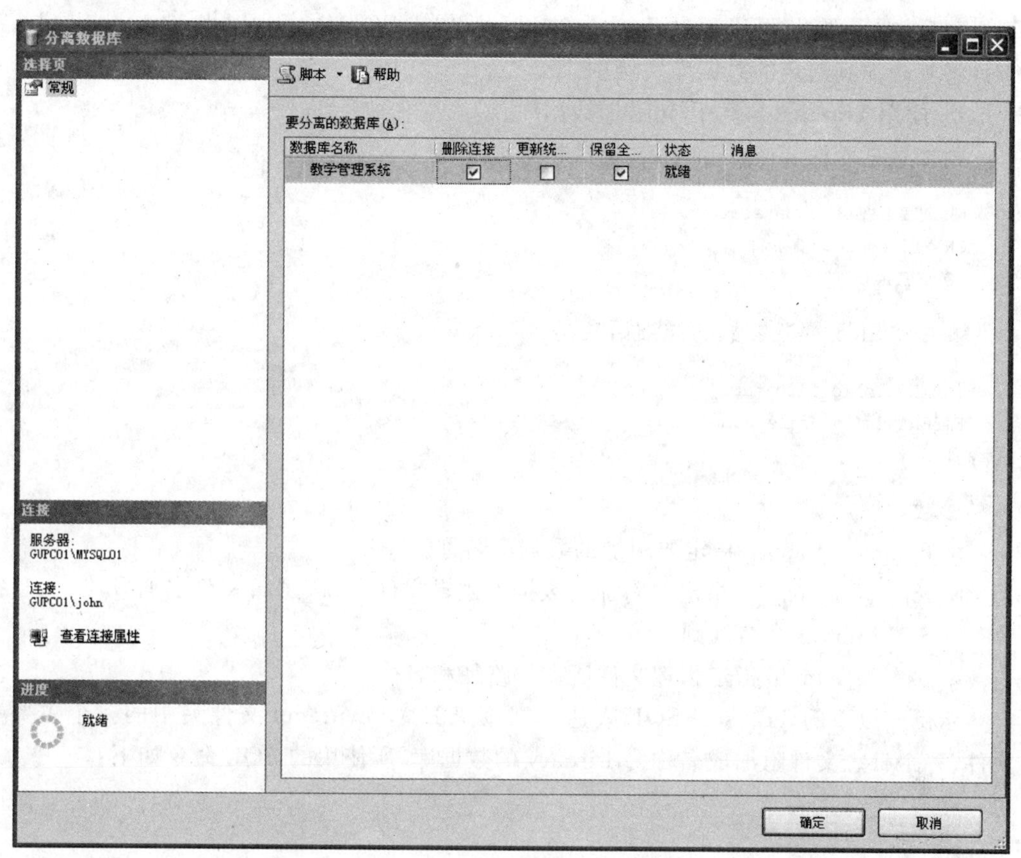

图 4-17　分离数据库对话框

③ 在该对话框中，如果数据库当前正在被使用（即当前有用户与数据库联机），则在“消息”栏将显示当前用户正在联机数，此时尝试分离数据库的操作将会失败。若想强制断开这些联机以便直接分离数据库，则应勾选“删除连接”栏中的复选框。

④ 如果需要在分离数据库之前对所有的表执行 UPDATE STATISTICS，则应勾选“更新统计信息”栏的复选框；反之则不勾选。

⑤ 同样，若想保留与要分离的数据库相关联的全文目录，则要勾选“保留全文目录”栏的复选框；反之，则取消勾选。

⑥ 当状态栏显示就绪状态，表示此时可成功分离数据库，单击该对话框下方的“确定”按钮，即可完成指定的数据库与其所属的 SQL Server 分离的操作。

完成以上操作后，在对象资源管理器中刷新所属的 SQL Server 数据库实例，展开后，原数据库已不可见，表示所指定的数据库已与原系统分离。

另外要说明的是，无论使用语句还是 SQL Server Management Studio 工具分离了某个数据库之后，SQL Server 的系统数据库 master 中关于此数据库的所有记录就会删除，表示系统中不存在此数据库。

4.6.2 附加数据库

对于已分离的数据库,把该数据库的数据文件和日志文件移动到其他目录或其他的计算机之后,在需要时,可以通过 Transact-SQL 语句或 SQL Server Management Studio 管理工具将其附加到选定的数据库实例中。

1. 使用 Transact-SQL 语句附加数据库

附加数据库的 Transact-SQL 语法格式如下:

```
CREATE DATABASE database_name
ON <filespec>[, …n]
FOR ATTACH
```

其中<filespec>参数的详细语法是:

```
(NAME = logic_file_name,
FILENAME = 'os_file_name'
)[, …n ]
```

参数说明:

- database_name:指定要附加的数据库名称。
- logic_file_name:指定要附加的数据库逻辑文件名,该逻辑文件名必须唯一,且符合 SQL Server 命名规则。
- os_file_name:指定物理文件所在的路径和名称。

示例 以下的 Transact-SQL 表达式把位于 E:\downtemp 文件夹中的一个主要数据文件、一个日志文件附加成名称为 Library 的数据库,所使用的 SQL 命令如下:

```
USE master
GO
CREATE DATABASE LIBRARY
ON
(NAME = LIBRARYMIS,
   FILENAME = 'E:\downtemp\LibraryMIS.mdf'),
(NAME = LIBRARYLOG,
   FILENAME = 'E:\downtemp\LibraryMIS_log.ldf')
FOR ATTACH;
```

上述语句执行结果如图 4-18 所示。

执行完成后,在对象资源管理器窗口将数据库刷新,则会显示出执行该语句前所没有的名称为 LIBRARY 的数据库,表明附加该数据库的操作已完成。

另外,亦可使用系统存储过程 sp_attach_db 来附加数据库。因此以上示例中所需附加数据库的操作也可由以下语句完成:

```
USE MASTER
EXEC SP_ATTCH_DB @dbname = 'LIBRARY',
                 @filename1 = 'E:\downtemp\LibraryMIS.mdf',
                 @filename2 = 'E:\downtemp\LibraryMIS_log.ldf'
```

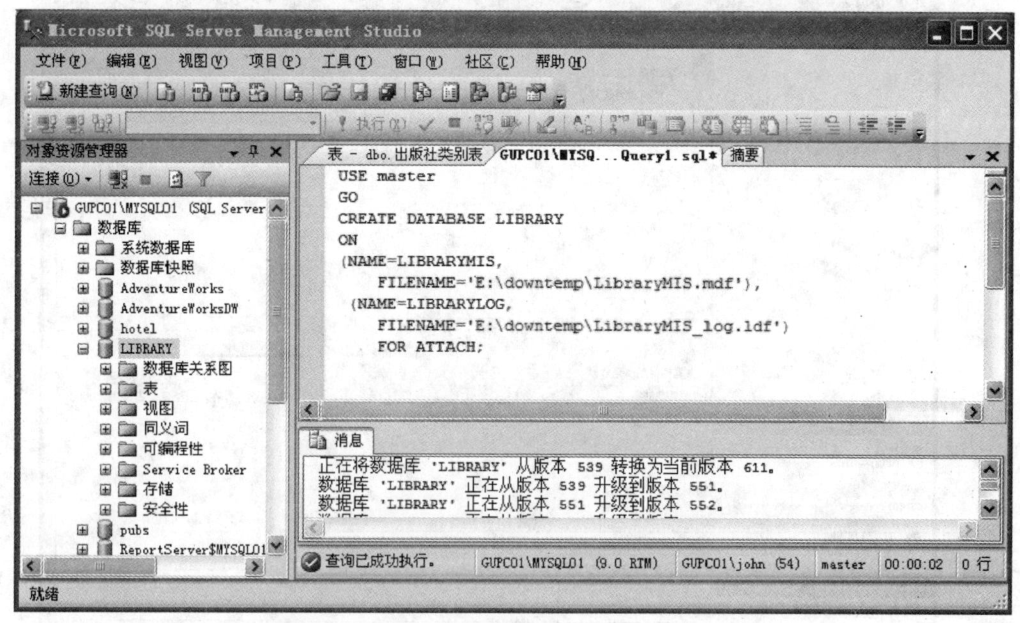

图 4-18　附加数据库的 SQL 命令及执行结果

可见其语法格式为：

```
SP_ATTACH_DB[ @dbname = ] 'dbname'
, [ @filename1 = ] 'filename_n' [ ,…16 ]
```

建议不要使用这个系统存储过程，原因是未来版本的 SQL Server 可能不再支持这个系统存储过程。

2. 使用 SQL Server Management Studio 管理工具附加数据库

在 SQL Server Management Studio 中，可以人工方式完成附加数据库的操作，其步骤如下：

① 进入“对象资源管理器”窗口，依次展开要附加数据库的数据库引擎实例。

② 右击“数据库”项目，并从弹出的快捷菜单中选择“附加”命令，则进入“附加数据库”对话框，如图 4-19 所示。

③ 在该对话框中单击“添加”按钮则打开“定位数据库文件”对话框，如图 4-20 所示。从相应目录中选取所要附加的数据库的主要数据文件，然后单击“确定”按钮。

④ 此后则返回到如图 4-19 所示的“附加数据库”对话框中。因为在前面步骤中已选取了主要数据文件，系统会将各个次要数据文件与日志文件列在一个列表中。如果该文件被正确引用，在“消息”字段上不会出现任何文字，而如果该字段显示“找不到”，则表示该文件无法正确引用。此时，可将光标移到“当前文件路径”文本框中，输入正确的目录路径或单击右边“…”按钮，如图 4-21 所示，以重新打开“定位数据库文件”对话框，从中选取正确的文件，然后单击“确定”按钮。如果所输入或选取的目录路径正确，则当光标离开该文本框后，“找不到”的消息会自动消失。

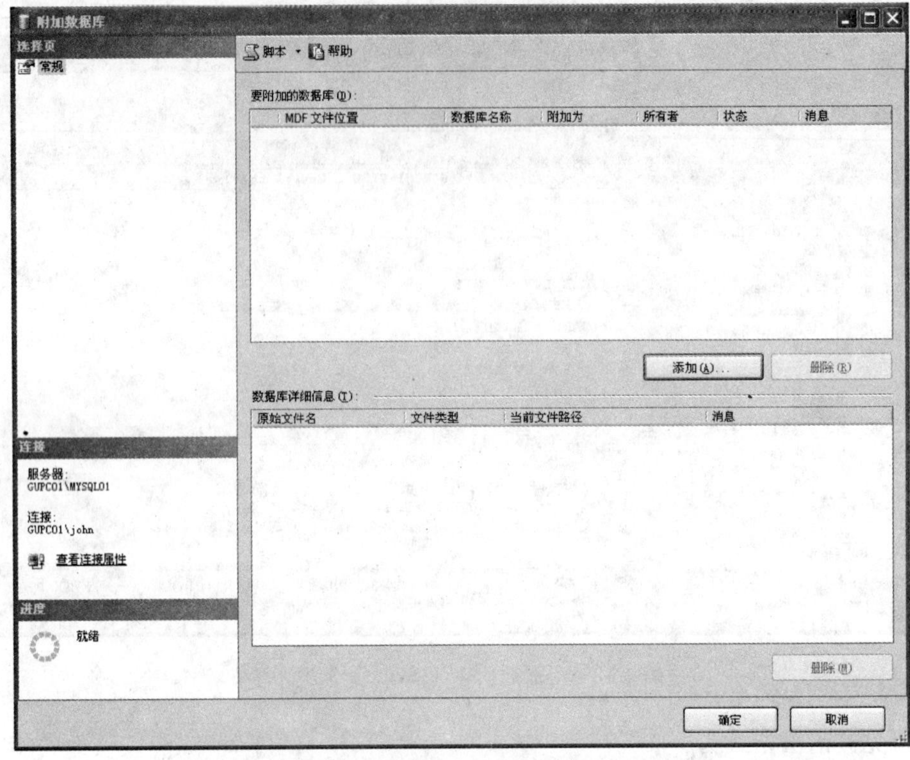

图 4-19 “附加数据库”对话框

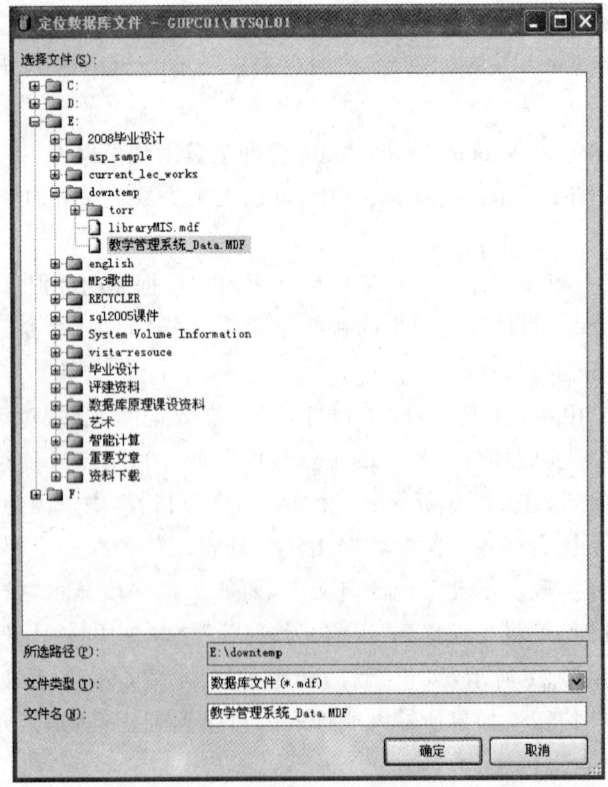

图 4-20 “定位数据库文件”对话框

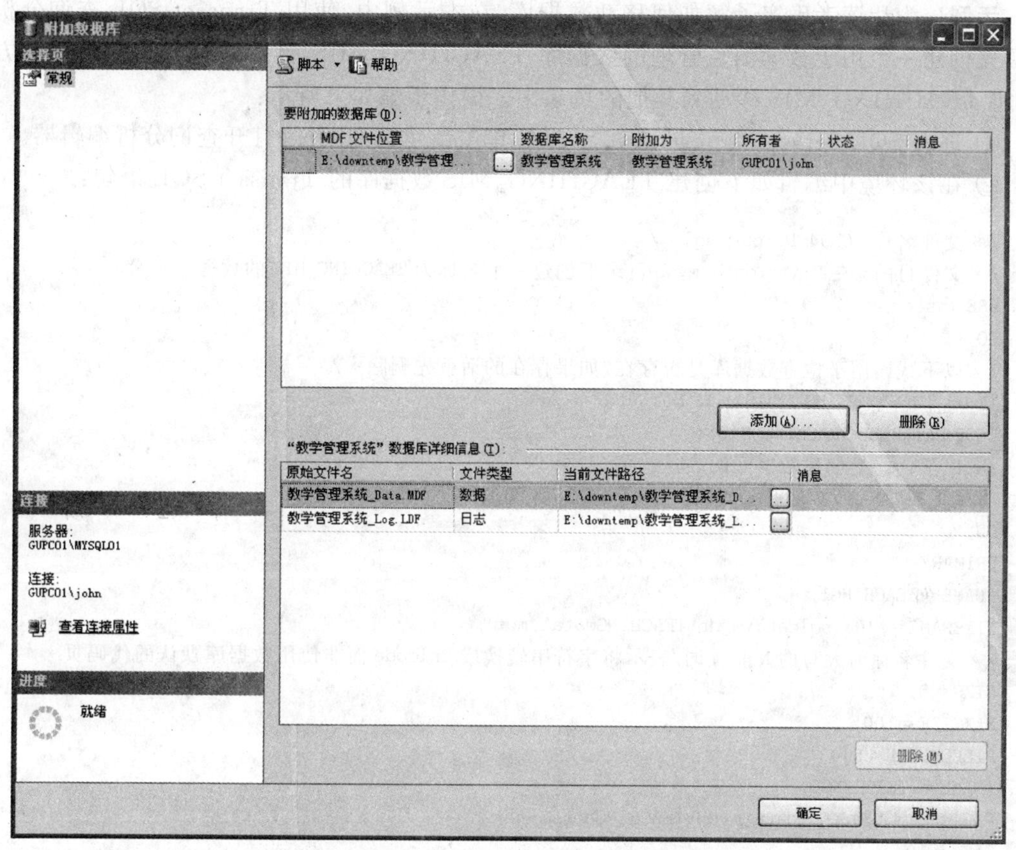

图 4-21 选取了要附加的数据库主要数据文件

⑤ 如果需要更改数据库的名称，只须在"附加为"文本框中，输入该数据库附加到 SQL Server 后的名称即可。

⑥ 单击"确定"按钮，则完成了附加数据库的操作。此后在对象资源管理器窗口刷新数据库，展开数据库项目后，则可看到刚才所附加的数据库名称。

4.6.3 分离与附加数据库的作用

本节前面已提到，分离与附加数据库的主要目的是将数据库移动到其他计算机的 SQL Server 中或其他位置中使用。假定用户在计算机 A 的 SQL Server 中已创建了一个数据库 USERDB，如果需要将该数据库移动到计算机 B 的 SQL Server 中来使用，应该怎么完成此项工作呢？

一种方法是先在计算机 B 的 SQL Server 中创建一个与计算机 A 的 USERDB 结构完全相同的数据库，然后将相关数据从计算机 A 的 USERDB 导入计算机 B 的 USERDB，再将计算机 A 中的该数据库删除。可以看出这是一种费时费力，效率不高的解决方案。

另一种方法是：先在计算机 A 中使数据库 USERDB 从其 SQL Server 中分离，然后将分离出来的所有数据文件和日志文件复制到计算机 B，再将 USERDB 附加到计算机 B 的 SQL Server。显然，这种方法方便而有效地改变了存放数据库的数据文件和日志文件的目录，并且能避免数据库中的数据丢失。

示例 为让读者确实了解如何移动数据库，在本示例中，使用 Transact-SQL 查询分析工具先创建一个用于教学信息管理的数据库 TEACHING_MIS，然后通过分离和附加的方式，将 TEACHING_MIS 移动到其他的目录中。操作步骤如下所示：

① 进入 SQL Server Management Studio，单击新建查询图标，打开查询分析编辑器。

② 在该环境中编辑如下创建 TEACHING_MIS 数据库的 Transact-SQL 语句：

```
/* 文件名称: CH04_Demo01.sql */
/* 文件目的: 在 D:\sqldata\mydb 目录下创建一个名称为 TEACHING_MIS 的数据库 */
USE master;
GO
/* 以下代码用于检查数据库是否存在,如果存在的话就先删除 */
IF DB_ID(N'TEACHING_MIS') IS NOT NULL
DROP DATABASE TEACHING_MIS;
/* 以下代码是创建数据库的表达式 */
CREATE DATABASE TEACHING_MIS
ON
PRIMARY
(NAME = TEACHING1,
FILENAME = N'D:\sqldata\mydb\TEACHINGdata1.mdf',
/* 文件名称前大写的 N 前置词,表示将字符串转换成 Unicode 而非使用数据库默认的代码页 */
SIZE = 5,
MAXSIZE = 100,
FILEGROWTH = 5),
(NAME =  TEACHING2,
FILENAME = N'D:\sqldata\mydb\TEACHINGdata2.ndf',
SIZE = 10,
MAXSIZE = 200,
FILEGROWTH = 10),
(NAME =  TEACHING3,
FILENAME = N'D:\sqldata\mydb\TEACHINGdata3.ndf',
SIZE = 10,
MAXSIZE = 200,
FILEGROWTH = 10)
LOG ON
(NAME =  TEACHINGlog1,
FILENAME = N'D:\sqldata\mydb\TEACHINGlog1.ldf',
SIZE = 10,
MAXSIZE = 200,
FILEGROWTH = 10);
GO
```

③ 执行以上 CH04_Demo01.sql 代码，即直接在该查询分析编辑环境中单击“执行”按钮，就创建了 TEACHING_MIS 数据库，如图 4-22 所示。代码执行完毕后，在对象资源管理器窗口刷新数据库，则可看到 TEACHING_MIS 名称。

④ 以上代码所创建的数据库 TEACHING_MIS 有三个数据文件和一个日志文件，全部存放在目录 D:\sqldata\mybd 中。使用一段时间后，由于 D 盘空间不足，需要将整个数据库的数据文件移动到目录 E:\sql2005 课件\data 中，并且将日志文件移动到 E:\sql2005 课件\log 中。因此，先要分离数据库 TEACHING_MIS，并同时更新过时的最优化统计信

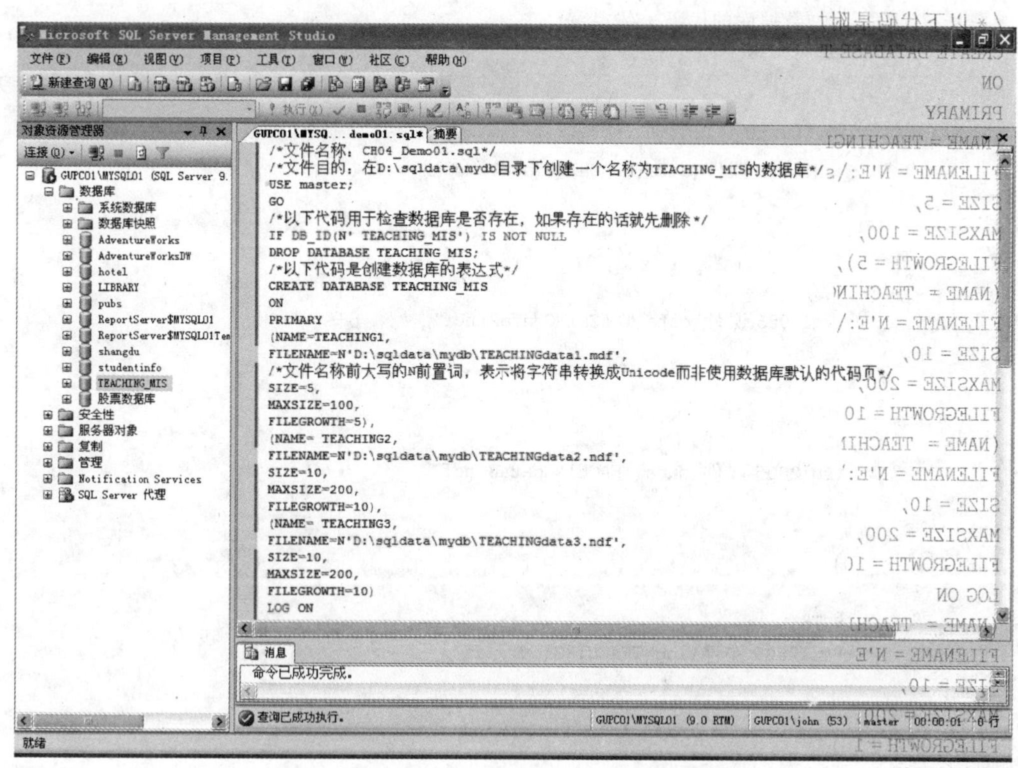

图 4-22 创建 TEACHING_MIS 数据库的操作

息，分离数据库的操作通过在 Transact-SQL 查询编辑器中执行下列命令以实现：

```
EXEC sp_detach_db 'TEACHING_MIS','true'
```

该语句执行完毕后，再回到对象资源管理器窗口，刷新数据库，则原先已有的 TEACHING_MIS 名称的数据库已不可见。表明该数据库已与原先所属的 SQL Server 分离。

⑤ 利用"资源管理器"将数据库 TEACHING_MIS 中位于目录 D:\sqldata\mydb 目录的下列数据文件移动至目录 E:\sql2005 课件\data 中：

```
TEACHINGdata1.mdf
TEACHINGdata2.ndf
TEACHINGdata3.ndf
```

然后，将该目录中的日志文件移动到目录 E:\sql2005 课件\log 中：

```
TEACHINGlog1.ldf
```

⑥ 仍在查询分析编辑器环境中输入以下代码，并将其命名为 CH04_Demo02.sql 以保存。该代码用于附加前面所分离的数据库：

```
/*文件名称：CH04_Demo02.sql*/
/*文件目的：将 TEACHING_MIS 的数据附加到 E:\sql2005 课件\data 目录*/
USE master;
GO
```

```
/*以下代码是附加数据库的代码*/
CREATE DATABASE TEACHING_MIS
ON
PRIMARY
(NAME = TEACHING1,
FILENAME = N'E:\sql2005 课件\data\TEACHINGdata1.mdf',
SIZE = 5,
MAXSIZE = 100,
FILEGROWTH = 5),
(NAME =  TEACHING2,
FILENAME = N'E:\sql2005 课件\data\TEACHINGdata2.ndf',
SIZE = 10,
MAXSIZE = 200,
FILEGROWTH = 10),
(NAME =  TEACHING3,
FILENAME = N'E:\sql2005 课件\data\TEACHINGdata3.ndf',
SIZE = 10,
MAXSIZE = 200,
FILEGROWTH = 10)
LOG ON
(NAME =  TEACHINGlog1,
FILENAME = N'E:\sql2005 课件\log\TEACHINGlog1.ldf',
SIZE = 10,
MAXSIZE = 200,
FILEGROWTH = 10)
FOR ATTACH
GO
```

执行上述代码后，会将所指定目录下的 TEACHING_MIS 数据库附加到数据库实例中。刷新对象资源管理器窗口中的数据库，展开后 TEACHING_MIS 数据库又成为可见的，表明其可以使用了，当使用该数据库时，其数据与日志的存储管理位于一个新的目录下。这说明分离与附加操作的作用：移动了数据库的位置。

本章小结

在 SQL Server 中，数据库是一个容器，用于存放其他各类数据库对象，其本身也是一个最重要的数据库对象。数据库的创建与管理是数据库技术及其应用的主要内容。对于数据库的管理，主要有两种方法，一是使用 SQL 语句，二是使用系统提供的管理工具。用于数据库管理的 SQL 语句，属于 DDL 语言。本章从数据库基本概念和结构开始对数据库管理的内容进行了较为全面的研究，并结合 SQL Server 2005 平台管理工具和 T-SQL 语法，就数据库的创建与删除、数据库的修改与使用、数据库扩展与收缩以及数据库分离和附加等各个内容、相关操作及其作用进行了较为深入的介绍和讨论。

思考练习题

1. 简述数据库的物理结构。
2. 数据文件和日志文件的作用是什么？

3. 修改数据库的操作主要涉及哪些内容？

4. 扩展数据库的 T-SQL 语句是什么？

5. 收缩数据库的方法有哪些？试比较这些方法的特点。

6. 为什么要进行数据库的分离和附加操作？

7. 使用 T-SQL 语句创建一个名为 PROJECTS 的工程管理数据库，其中包含两个文件组，主文件组(PRIMARY)中有一个数据文件 PROJECT01，次文件组(FILEGRP1)中有两个数据文件 PROJECT02 和 PROJECT03，主文件组的数据文件位于 D:\MYDB，次文件组的数据文件位于 E:\MYDB，数据文件的物理文件名与逻辑文件名不同，初始数据文件大小为 5MB。

8. 在 SSMS 控制台的管理工具中进行操作，以修改第 7 题的数据库数据文件名称，使其物理文件名与逻辑文件名相同，并写出操作步骤。

9. 使用 T-SQL 语句对第 8 题 PROJECTS 数据库进行扩展，将主数据文件 PROJECT01 的初始容量扩大到 10MB。

10. 在 SSMS 控制台的管理工具中进行操作，删除第 9 题 PROJECTS 数据库中两个次要数据文件。写出操作步骤。

11. 在 SSMS 控制台的管理工具中进行操作，将 PROJECTS 数据库分离出去。

12. 使用 T-SQL 语句将 SQL Server 2000 示例数据库 PUBS 附加到本机 SQL Server 2005 数据库实例中。

第5章 创建与管理表

数据库创建完成后，即可投入使用。用户可根据业务处理问题的需要在数据库中加入相关的数据库对象(表、视图等)。表是重要的数据库对象，在 SQL Server 数据库系统中，表是包含数据库中所有数据的数据库对象，用来存储各种各样的数据，例如：人事数据、客户数据、订单数据、产品数据等，都可以分别存储在不同的表中。显然，创建数据库之后，紧接着的工作便是创建表，如此才能将数据存储其中，以便于后续的各项管理和开发。

数据存储与管理中的许多操作都围绕着表而进行，这些操作包括数据的访问、验证、关联性连接、完整性维护等。本章就此详细讨论表的创建、管理与使用。

5.1 创建表

SQL Server 通过数据库来管理所有的信息，而在数据库中，表是基本的存储结构。因此在创建表之前，应当先来了解表的结构。

5.1.1 表的结构

表是关系的表现形式，而关系则是表的形式化定义。前已述及，关系的结构就是二维的平面表格，所以说表的存在方式与电子表格中工作表相同，由列(Column)和行(Row)构成。换言之，这些列(也称字段)就形成了表的数据结构，每个字段分别存储着不同性质的数据。而每行中的各个字段的数据则构成一条数据记录(Records)。所有这些记录行则形成了表中的数据。

事实上，数据结构与数据是表的两大组成部分。因此，在表真正存放数据前，必须首先要定义表的数据结构，以决定这个表将拥有哪些字段以及这些字段的特性。这里所说的字段特性，是指这些字段的名称、数据类型(DataType)、长度(Length)、精度(Precision)、小数位数(Scale)、是否允许 NULL 值等。显而易见，只有先了解字段特性各项定义，才能创建出有着专业水准和功能完善的表。

1. 字段名称

一个表可以有多个字段，各字段分别用来存储不同性质的数据。为便于识别，每个字段必须有一个名称，而且，字段名称必须符合 SQL Server 的命名规则，其主要内容有：

字段名称最长可以达到 128 个字符。

字段名称可包含中文、英文字母、数字、下划线(_)、井字号(#)、货币符号($)和(@)符号。

同一个表中,各个字段的名称不可重复。

2. 长度、精度及小数位数

字段的长度是指字段所能容纳的最大数据量。对于不同的数据类型来说,长度对字段的意义也有不同。例如,对字符串数据类型和 Unicode 数据类型,字段长度表示字段所能容纳字符的数目,因此,它会限制用户所能输入的文本长度。

对于数值类的数据类型,字段长度代表字段使用多少个字节以存放该数值。

而对于 binary、varbinary 和 image 数据类型来说,字段的长度表示该字段能容纳的字节数。

精度是指数字的位数(包括小数点左侧的整数部分与小数点右侧的小数部分),其中的小数位数指数字的小数点右侧的位数。例如,数字 256.375,其精确度是 6,小数位数是 3。由此可见,只有数值类的数据类型才需要指定精度和小数位数。

另外,在 SQL Server 中,有一些数据类型的精度和小数位数是固定的,对采用此类数据类型的字段,用户则不需要设置精度和小数位数。例如:某字段采用 Int 数据类型,其长度固定是 4、精度固定是 10、小数位数则固定是 0。其含义是该字段能存放 10 位数的没有小数的整数,所占用的存储空间大小是 4 字节。

3. 数据类型

表中的每行记录都有特定的属性,这些属性中最重要的是数据行每个字段的数据类型(Data Type)。因此,在创建表的过程中,需要为表的每字段选定数据类型,其作用是为表中每一列定义其所允许的数据值。

SQL Server 所提供的系统数据类型多达 30 种。按照数据的表现形式及存储方式可分为整数数据类型、二进制数据类型、字符数据类型、日期数据类型和货币数据类型等。另外,SQL Server 2005 还支持用户自定义数据类型。有关这些数据类型的内容,在第 3 章中已有详细介绍。

4. NULL 值

对于表的定义,除了上述使用字段名称和数据类型来指定列的属性外,还可以定义其他属性,例如 NULL 或 NOT NULL 属性。

如果表的某一列被指定具有 NULL 属性,其含义是允许在向该列插入数据时省略该列的值。反之,如果表的某一列被指定具有 NOT NULL 属性,那么就不允许在没有指定列的默认值的情况下插入省略该列值的数据行。

在 SQL Server 2005 中列的默认属性是 NOT NULL。要设置默认属性为 NULL 或 NOT NULL,可以通过 SQL Server Management Studio 管理工具人工修改数据库属性选项中的 ANSI null default 为真或为假来设定,也可以使用如下两种语句来设定:

```
set ansi_null_default_on 或 set ansi_null_default_off
sp_dboption database_name, 'ANSI null default', true/false
```

5.1.2 表的创建

表定义为字段的集合,因此,创建表的过程实质上是定义表中各个字段的过程,其包括添加字段、为字段命名、设置字段数据类型、设置主键和索引等操作。

1. 创建表的步骤

如上所述,创建表一般要经过定义表结构、设置约束和添加数据3步,其中约束的设置可以在定义表结构时或定义完成之后再建立。

(1) 定义表结构:给表的每一列取字段名,并确定每一列的数据类型、数据长度、数据是否允许取NULL值等。

(2) 设置约束:设置约束是为了限制该列输入值的取值范围,以保证输入数据的正确性和一致性。

(3) 添加数据:表结构建立完成后,即可向表中输入数据,以完成表的创建工作。

2. 使用Transact-SQL语句创建表

使用Transact-SQL语句创建表,是以程序控制方式来创建表的方法,其简化的语法表达式如下:

```
CREATE TABLE[database_name.[schema_name].|schema_name].table_name
(column_name<datatype>
[NULL|NOT NULL][,…n])
[ON filegroup]
[TEXTIMAGE_ON filegroup]
[;]
<datatype>::=
[type_schema_name.]type_name
[(precision[,scale]|max)]
```

实际上CREATE TABLE表达式是很复杂的,此处并未将其语法完整列出,详细的语法,请参考联机丛书。

1) 表的命名

在上述语法格式中,[database_name.[schema_name].| schema_name.]table_name参数用来指定表的名称。

在SQL Server 2000以及以前版本中,表是创建在数据库中,而且会被特定的用户所有。一般来说,创建表的用户就是表的所有者(Owner),然而问题是当需要更改多个表的所有者时,需要对每个表重新指定所有者,这样的过程不仅烦琐,而且容易出错。为简化此项操作,在SQL Server 2005中,已将数据库对象(表、视图)的所有者与架构分开,因此,数据库对象不再是由用户所有,改由架构所有,而每个架构可以对应多个角色。如此一来,就可以让多位用户管理数据库对象。例如,固定的服务器角色sysadmin的成员,或是固定的数据库角色db_owner或db_ddladmin的成员,都能够创建表。因此,如上述语句所示,一个表的完整名称包含3个部分:数据库的名称、架构的名称以及表的名称。

database_name指定表所属的数据库名称,也就是指定新建的表属于哪个数据库。如果未指定数据库名称,就会将所创建的表存放在当前数据库中。

在默认状态下创建表的架构是dbo,但通过schema_name参数,用户可以为新创建的表指定其他架构,也可以在创建新的架构的同时将它指定给新创建的表。

使用database_name参数指定的架构务必已存在于新表所属的数据库中。如果没有使用database_name参数来指定表所属的数据库,而使用了schema_name参数,则schema_ name 参数所指定的架构务必已存在于目前的活动数据库中。

table_name 参数用来指定表的名称，表名最大长度可达 128 个字符，可以使用中文，同样必须符合 SQL Server 的命名规则。

可见，在创建表的过程中对表命名时，该表完整的也是最长的名称包含数据库名称、架构名称和表名(例如：MyDb.MySchema.MyTable)，较为完整的名称则由架构和表的名称组成(例如：MySchema.MyTable)，最简化的则只有表的名称(如 MyTable)。其中的差异虽然只是表现在名称上有所变化，但仍对结果有影响。

示例 在教学管理数据库 TEACHING_MIS 中课程表 COURSE 的结构定义如表 5-1 所示。

表 5-1 课程表 COURSE 的结构

字段名称	数据类型	字段长度	是否为 NULL
CID	Char	4	否
CNAME	Varchar	30	否
CREDIT	Smallint	2	是

直接在数据库 TEACHING_MIS 中创建一个架构为 db_owner 的表 COURSE：其创建表的表达式如下：

```
CREATE TABLE TEACHING_MIS.db_owner.COURSE
(CID Char(4) NOT NULL,
CNAME Varchar(30) NOT NULL,
CREDIT Smallint NULL);
GO
```

同样，以下程序代码也会在数据库 TEACHING_MIS 中创建一个架构为 db_owner 的表 COURSE。与上面示例不同的是，先使用 USE 命令将数据库 TEACHING_MIS 设定为当前数据库：

```
USE TEACHING_MIS;
GO
CREATE TABLE db_owner.COURSE
(CID Char(4) NOT NULL,
CNAME Varchar(30) NOT NULL,
CREDIT Smallint NULL);
GO
```

以下的程序代码则表示在当前数据库中创建一个表 COURSE，由于没有显式地指定架构，因此创建表的架构便是 dbo：

```
USE TEACHING_MIS;
GO
CREATE TABLE COURSE
(CID Char(4) NOT NULL,
CNAME Varchar(30) NOT NULL,
CREDIT Smallint NULL);
GO
```

一般而言，同一个数据库中，各个表的名称不能重复。由于在 SQL Server 2005 中采用表的所有者与架构分离的组织形式，因此，严格地说应该是：在同一个数据库中，同一个架构下的各个表的名称不能重复。这就意味着不同架构的表的名称是可以重复的。例如，下列程序代码表示要在 TEACHING_MIS 数据库中创建 3 个名称都是 COURSE 的表。由于这三个表的架构分别是 WANG、LIU 与 ZHANG，因此以下代码是正确的：

```
/* 文件名称：CH05_Demo01.sql */
USE TEACHING_MIS;
GO
--创建名称为 WANG 的架构，该架构为数据库层级主体 db_owner 所有
CREATE SCHEMA WANG AUTHORIZATION db_owner;
GO
--创建名称为 LIU 的架构，该架构为数据库层级主体 db_owner 所有
CREATE SCHEMA LIU AUTHORIZATION db_owner;
GO
--创建名称为 ZHANG 的架构，该架构为数据库层级主体 db_owner 所有
CREATE SCHEMA ZHANG AUTHORIZATION db_owner;
GO
--以下代码创建 3 个架构不同，但表名称相同的表
CREATE TABLE WANG.COURSE
(CID Char(4) NOT NULL,
CNAME Varchar(30) NOT NULL,
CREDIT Smallint NULL);
CREATE TABLE LIU.COURSE
(CID Char(4) NOT NULL,
CNAME Varchar(30) NOT NULL,
CREDIT Smallint NULL);
CREATE TABLE ZHANG.COURSE
(CID Char(4) NOT NULL,
CNAME Varchar(30) NOT NULL,
CREDIT Smallint NULL);
GO
```

以上代码的编辑与执行结果如图 5-1 所示。当对在 SQL Server Management Studio 的“对象资源管理器”数据库项目刷新后，上述代码所创建的 3 个同名表会显示在该窗口（椭圆线框内），通过其架构的名称可以分辨出它们。

需要注意的是：当数据库中存在分属不同架构的同名表时，在访问表时必须要指明其架构，即在代码中必须以 schema_name.table_name 的形式访问表。另外，如果 CREATE TABLE 表达式要创建的表与现存的表同名，将会在输入窗口出现错误提示信息。此时，必须改用其他的名称，或者先要将同名的表删除，然后再执行 CREATE TABLE 表达式。

2）字段定义

在创建表的语法格式中，（column_name<datatype>[,…n]）参数是字段定义语句，用于指定表将拥有哪些字段以及这些字段的长度、精度和小数位数。字段定义语句应该包含在一对小括号中.其中参数 column_name 用来指定字段的名称；参数 datatype 则用于指定字段的长度、精度和小数位数。各个字段之间以逗号(,)分隔。

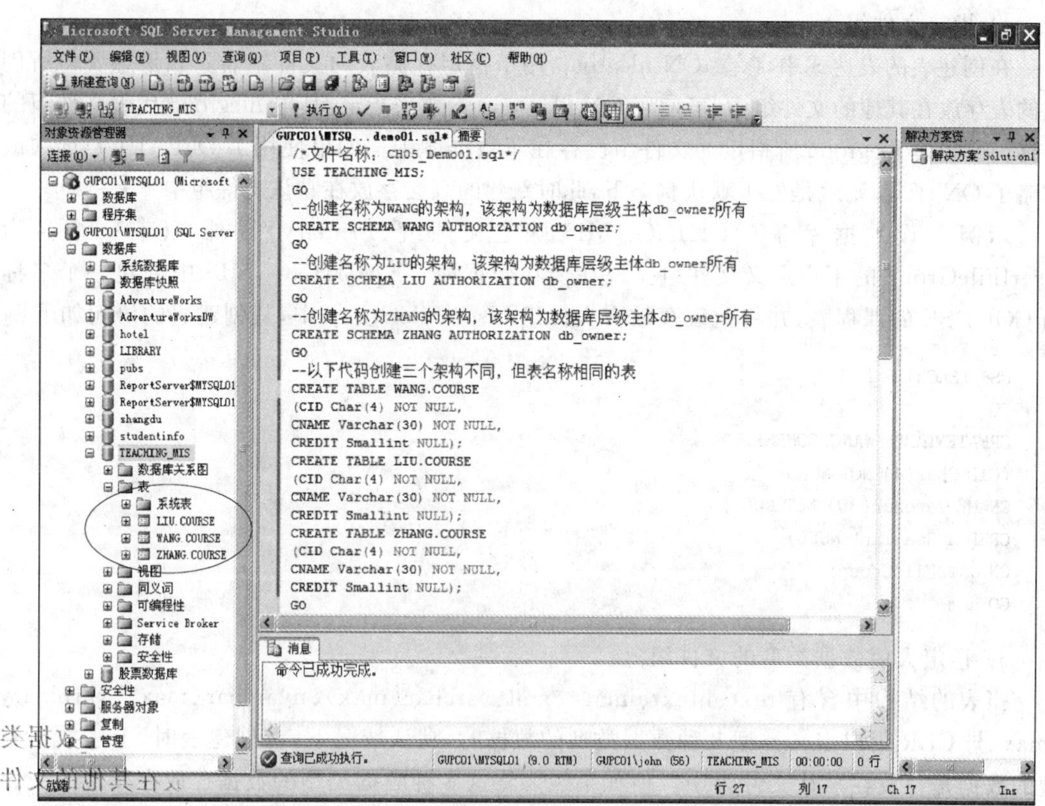

图 5-1　在一个数据库的不同架构下创建相同的表

3) 字段是否允许设置为NULL值

关键字NULL与NOT NULL在一个字段的定义语句中可以选择其一使用。如果希望某个字段允许设置为NULL值，则在该字段的定义语句中加入关键字NULL；如果希望某个字段不允许设置NULL值，则应在其字段的定义语句中加入关键字NOT NULL。在上面示例代码中：

```
CREATE TABLE COURSE
(CID Char(4) NOT NULL,          -------->表示不允许接受 NULL 值
CNAME Varchar(30) NOT NULL,     -------->表示不允许接受 NULL 值
CREDIT Smallint NULL);          -------->表示允许接受 NULL 值
GO
```

如果在表的创建语句中并未加入关键字NULL或NOT NULL，则字段是否允许NULL值将由下列两项设定来决定：

数据库选项设置SET ANSI_NULL_DFLT_OFF或者SET ANSI_NULL_DFLT_ON的当时值。

当SET ANSI_NULL_DFLT_OFF设置为ON时，在CREATE TABLE表达式中没有加入关键字NULL或NOT NULL的字段将设定成不允许NULL值；而如果SET ANSI_NULL_DFLT_ON设置成ON时，则在CREATE TABLE表达式没有关键字NULL或NOT NULL的字段将设定成允许NULL值。

4）指定文件组

在创建表的表达式中，参数 ON filegroup 用于指定存储表的文件组名。如果想要将所创建的表存放在其他的文件组中，可使用 ON filegroup 参数来指定，其中 filegroup 代表文件组的名称。前提是 filegroup 所指定的文件组已存在于数据库中。如果使用了 DEFAULT 选项或省略了 ON 子句，则就是处于默认状态下，此时新建的表会存放在默认文件组中。

示例 设数据库 TEACHING_MIS 除主文件组（Primary）以外，还有一个名为 UserfFileGroup 的用户定义文件组。现在要在数据库 TEACHING_MIS 中创建一个名称为 COURSE 的课程表，并将此表存放在文件组 UserfFileGroup 中，其创建表的语句如下：

```
USE TEACHING_MIS
GO
CREATE TABLE WANG.COURSE
(CID Char(4) NOT NULL,
CNAME Varchar(30) NOT NULL,
CREDIT Smallint NULL)
ON UserFileGroup;
GO
```

5）指定大值数据类型的文件组

当表的结构中含有 text、ntext、image、xml、varchar(max)、nvarchar(max)、varbinary(max)与 CLR 用户定义类型 8 种数据类型的数据时，默认情况下，在创建表时，上述数据类型的数据是存放在默认文件组中。但如果想要将这 8 种数据类型的数据存放在其他的文件组中，则需要使用 TEXTIMAGE_ON filegroup 参数指定所需的文件组，其中的 filegroup 代表文件组的名称。同样，filegroup 所指定的文件组必须已存在于数据库中。

示例 在 TEACHING_MIS 数据库中创建一个 COURSE 表，并将该表中用于存储该课程说明的 varchar(max)字段的数据存放在用户定义的文件组 UserFileGroup 中，创建该表的 Transact-SQL 代码如下：

```
USE TEACHING_MIS
GO
CREATE TABLE WANG.COURSE
(CID Char(4) NOT NULL,
CNAME Varchar(30) NOT NULL,
CREDIT Smallint NULL,
NOTE Varchar(MAX))
TEXTIMAGE_ON UserFileGroup;
GO
```

3. 使用 SQL Server Management Studio 创建表

表的创建同样可使用 SQL Server Management Studio 管理工具人工实现，其创建步骤如下：

（1）在 SQL Server Management Studio 的对象资源管理器中，展开所要创建表的数据库，右击，然后从弹出的快捷菜单中选取“新建表”命令。

（2）随后会出现如图 5-2 所示的表的结构定义窗口。在该窗口中可以设置所要创建表的各个字段的字段名称、数据类型、长度、精度、小数位数等，每行代表该表中的一列（字段）。

如果设计中的该字段允许 NULL 值，则选中“允许空”单元格的复选框（默认为选中）；否则，不要选中该复选框。

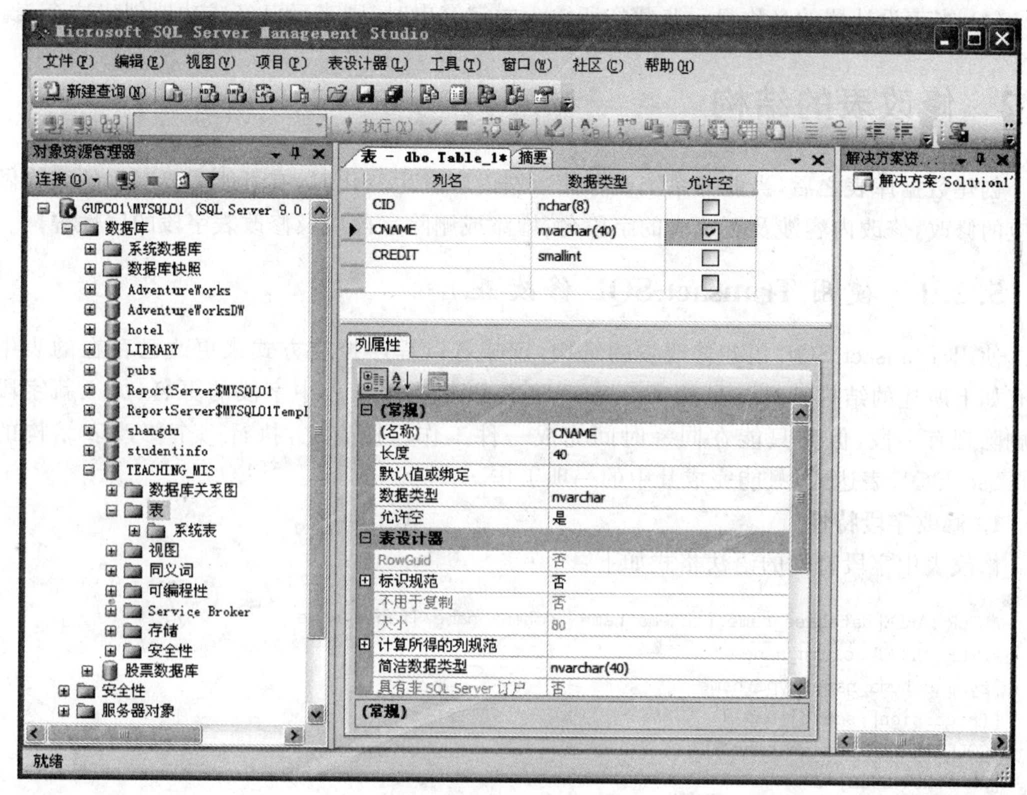

图 5-2 表的结构定义

在定义表的字段时，每个字段其余的属性都可在其下方的“列属性”窗格中进行更详细的设置。其包括对字段的“常规”、“标识规范”、“计算所得的列规范”与“全文本规范”四大类属性的编辑设置。

在定义表的结构时，如果想添加或插入新字段，可以右击适当位置的字段，并从弹出的快捷菜单中选择“插入列”命令，即可将一个空白行插入到原先所选取的字段前。而如果想要删除某个字段，右击该字段，然后从弹出的快捷菜单中选择“删除列”命令。

在定义表中字段的数据长度时，可直接在“数据类型”字段中选取默认的长度，或在下方的“列属性”窗格中的“长度”文本框选取默认的长度，或输入数据长度。如果某字段需要设置默认值，则在“默认值或绑定”文本框中输入默认值，此后当表创建完成而添加记录时，若没有提供该字段任何值，则 SQL Server 系统就会填入这个默认值。

在表的设计器中，为便于以后的维护，可以给字段加上额外的说明。若想如此，则将光标移到“列属性”窗格中的“说明”文本框中输入说明文字；或者单击该行右侧的“…”按钮，然后在“说明属性”对话框中输入说明文字。

图 5-3 为创建的表命名

(3) 完成设定并确认结构定义无误后，打开“文件”菜单，选中“保存 Table_1”，此时会出现如图 5-3

所示的“选择名称”对话框，在“输入表名称”文本框中输入表名称，然后单击“确定”按钮。则所输入的字符串就作为了表的名称。

(4) 当表设计器的名称显示步骤③所输入的字符串时，则表示已经成功地创建这个表。

5.2 修改表的结构

创建数据库表之后，当业务系统或存储数据内容发生变化时，有可能需要对表的结构做相应的修改，修改内容涉及更改表的字段名、增添或删除字段以及修改表字段的属性等。

5.2.1 使用 Transact-SQL 修改表

使用 Transact-SQL 语句修改表的结构，意味着以程序控制方式来更改已存在的表中现有如上所述的结构特性。虽然 Transact SQL 语句能用于表中字段的更名、加入新字段或删除现有字段，但其只能在同一时间完成一件工作。换言之，执行一个修改表结构的 Transact-SQL 表达式，只能完成其中的一项工作。

1. 修改字段特性

修改表中字段特性的语法格式如下：

```
ALTER TABLE[database_name.[schema_name.|schema_name.]table_name
ALTER COLUMN column_name
[type_schema_name]type_name
[(precision[,scale]|max)]
[COLLATE <collation_name>]
[NULL|NOT NULL]
|(ADD|DROP){ROWGUIDCOL|PERSISTED}
[;]
```

参数说明：

- database_name：用于指定要更改的表的数据库名称。
- schema_name：用于指定要更改的表所属的架构名称。
- table_name：用于指定要更改的表名称。应特别注意的是，如果表不在目前所使用的数据库中，或者不在目前的用户所有的架构内，必须明确指定该数据库名称和架构名称。
- ALTER COLUMN：用于修改所指定字段的特性。
- column_name：指明要更改、加入或删除的字段名称。该名称最多可有 128 个字符，必须符合 SQL Server 的命名规则。
- [type_schema_name.]type_name：指明要更改或加入的字段的数据类型，该数据类型可以是 SQL Server 的系统数据类型、用户定义数据类型或是 CLR 用户定义类型。
- precision[,scale]：若使用 decimal 或 numeric 数据类型，则需要该参数以指明精度与小数位数。
- max：若要使用 varchar、nvarchar 与 varbinary 数据类型存储高达 $2^{31}-1$ 个字节的字符、二进制数据或是 Unicode 数据，则可指定 max 参数。

- COLLATE＜collation_name＞：用于指明更改字段所要使用的排序规则。如果没有指定，则 SQL Server 将沿用数据库的默认排序规则。
- NULL | NOT NULL：指定字段是否允许 NULL 值。
- (ADD| DROP)ROWGUIDCOL：将 ROWGUIDCOL 属性加入指定的字段中，或从指定的字段中删除该属性。特别要注意，不能把 ROWGUIDCOL 指定给用户定义数据类型的字段。
- (ADD| DROP)PERSISTED：将 PERSISTED 属性加入指定的字段中，或从指定的字段中删除该属性。只要计算字段是由一个定性的表达式定义，就可以指定 PERSISTED 属性。

还要说明的是，使用 ALTER TABLE 表达式更改现有字段的特性时，一次只能更改一个字段的特性。如果要更改多个字段的特性，须执行多个 ALTER TABLE 表达式。而且，不管字段原先是哪一种数据类型，都不能使用该命令将它更改成 timestamp 数据类型。

另外，若要使用 ALTER TABLE 表达式更改一个自动编号字段的特性，则更改后的数据类型必须是 tinyint、smallint、int、bigint、decimal(p,0)或 numeric(p,0)等数据类型之一。

若某字段用于索引中，则不能使用以上修改表命令表达式更改其特性。

若某字段已被 CREATE STATISTICS 表达式用来产生统计信息，则不能使用该命令更改其特性。

若某字段已有 PRIMARY KEY 约束、FOREIGN KEY 约束、CHECK 或 UNIQUE 约束，则不能使用以上命令来更改其特性。

示例 使用 ALTER TABLE 表达式更改本节前面所创建的课程表(COURSE)的结构。

对 COURSE 表的结构进行如下改动：

将 CID 字段数据类型及长度设置成 char(10)。

将 NOTE 字段的数据类型更改成 varchar(100)。且不接受 NULL 值。

若要完成以上结构更改的操作，其 Transact-SQL 代码如下：

```
USE TEACHING_MIS;
GO
ALTER TABLE COURSE
ALTER COLUMN CID char(10) NOT NULL;
ALTER TABLE COURSE
ALTER COLUMN NOTE varchar(100) NOT NULL;
GO
```

2. 添加字段

采用编码方式为已存在的表添加新列，其语法格式如下：

```
ALTER TABLE[database_name.[schema_name].|schema_name.]table_name
 (
  ADD
   {<column_definition>|<computed_column_definition>
   }[,…n]
)[;]
```

其中<column_definition>定义如下：

```
column_name[type_schema_name.]type_name
    [({precision[,scale]|max})]
    [ROWGUIDCOL]
    [COLLATE<collation_name>]
```

其中<computed_column_definition>定义如下：

```
column_name AS computed_column_expression
    [PERSISTED[NOT NULL]]
    [CONSTRAINT constraint_name]
```

从以上语法中可看出，ALTER TABLE 表达式能够一次向表中添加多个新字段，只要将多个新字段定义语句（即<column_definition>或<computed_column_definition>）用逗号（,）分隔即可。

示例 为课程表 COURSE 添加一个存放开课学期的字段 CTERM，允许为空。其代码如下：

```
USE TEACHING_MIS;
GO
ALTER TABLE COURSE
ADD CTERM smallint NULL;
GO
```

3. 通过修改表以设置表的主键、外键

在关系数据库中，表与表间通过关系来关联，最重要的关系是主键和外键。主键是表中唯一标识一行的约束，其通常定义在一列中，有时也定义在几列中，通过几列组合在一起来唯一地标识该表中的一行。主键用于强制表的实体完整性，即确保数据库中所表示的事物不存在重复的数据。每个表只能有一个主键约束，而且主键不能为空值。

外键是用于建立两个表数据之间的链接的一列或多列，通过将一个表的主键值的一列或多列添加到另一个表中，建立这两个表之间的链接，该列（或列的组合）即成为第 2 个表的外键。除此之外，外键还可能定义为引用另一个表的唯一约束。

(1) 修改表结构，以添加主键的语法格式如下：

```
ALTER TABLE table_name
[WITH CHECK|WITH NOCHECK]
ADD CONSTRAINT constraint_name
PRIMARY KEY [CLUSTERED|NONCLUSTERED]
(column[,…n])
[WITH FILEFACTOR = filefactor]
[ON{filegroup|DEFAULT}]
```

参数说明：

- table_name 指定要修改的表名。
- WITH CHECK 为可选项，表示在添加主键约束时要检验表中已有数据是否符合主键约束的要求，即表中数据行是否具有唯一性；而 WITH NOCHECK 选项则表示不进行该项检验。

- ADD CONSTRAINT 表示要添加的约束，由 constraint_name 指定要添加的约束标识的名称。
- PRIMARY KEY 指明该约束是主键约束。
- column 为主键的字段，若该字段是多个字段列组成，中间使用逗号分隔。
- WITH FILEFACTOR＝filefactor 是可选项，作用是为主键索引指定填充因子，该项内容在后续索引章节中再作介绍。

示例　修改学生基本信息表 STUDENTS，为其添加主键约束。

所用 Transact-SQL 代码如下：

```
USE TEACHING_MIS
GO
ALTER TABLE STUDENTS
ADD CONSTRAINT PK_ST
PRIMARY KEY(SID)
GO
```

以上语句执行结果如图 5-4 所示。

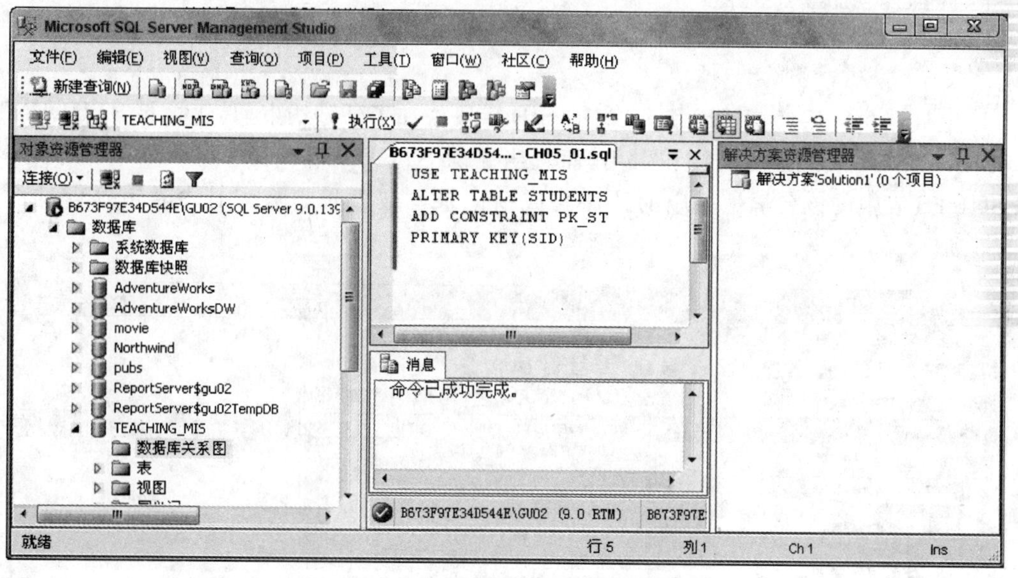

图 5-4　修改 STUDENTS 表以添加主键约束

(2) 修改表结构以添加外键的语法格式如下：

```
ALTER TABLE table_name
[WITH CHECK|WITH NOCHECK]
ADD CONSTRAINT constraint_name
FROEIGN KEY (column[,…n])
REFERENCES ref_table_name[(ref_column[,…n])]
[ON DELETE {CASCADE|NO ACTION}]
[ON UPDATE {CASCADE|NO ACTION}]
[NOT FOR REPLICATION]
```

其主要参数中有与添加主键约束相同的部分不再赘述，仅就不同的参数说明如下：

- FROEIGN KEY：用于指出所要修改的项目是添加外键约束，而 column 则是指定作为外键的字段，若是多个字段，则各字段间用逗号分隔。
- REFERENCES：该关键字说明要引用的表，由紧跟其后的参数 ref_table_name 指定所要引用的表名，而 ref_column 参数指定所引用的字段。
- ON DELETE {CASCADE | NO ACTION}、ON UPDATE {CASCADE | NO ACTION}以及 NOT FOR REPLICATION 均为可选项，指明若选用该参数项时，分别表示在对表数据作删除、更新和复制操作时所采取的相应的级联动作。例如，若在修改表的语句中有 ON DELETE CASCADE 选项，则表示当对一个表中某数据做删除操作时，与其链接的引用该表数据的另一个表中相应的数据记录也被删除。

示例 修改选课表 RESULTS，为其添加外键约束。

```
USE TEACHING_MIS
GO
ALTER TABLE RESULTS
ADD CONSTRAINT FK_ST
FOREIGN KEY(SID)
REFERENCES STUDENTS(SID)
ON DELETE CASCADE
GO
```

以上代码执行后，为 RESULTS 表的 SID 字段添加了外键约束，其建立起 STUDENTS 表和 RESULTS 表之间的链接和引用，而且当删除 STUDENTS 表中一个学生记录时，在 RESULTS 表中的该名学生相应的选课与成绩记录也被级联删除。上述语句执行过程如图 5-5 所示。

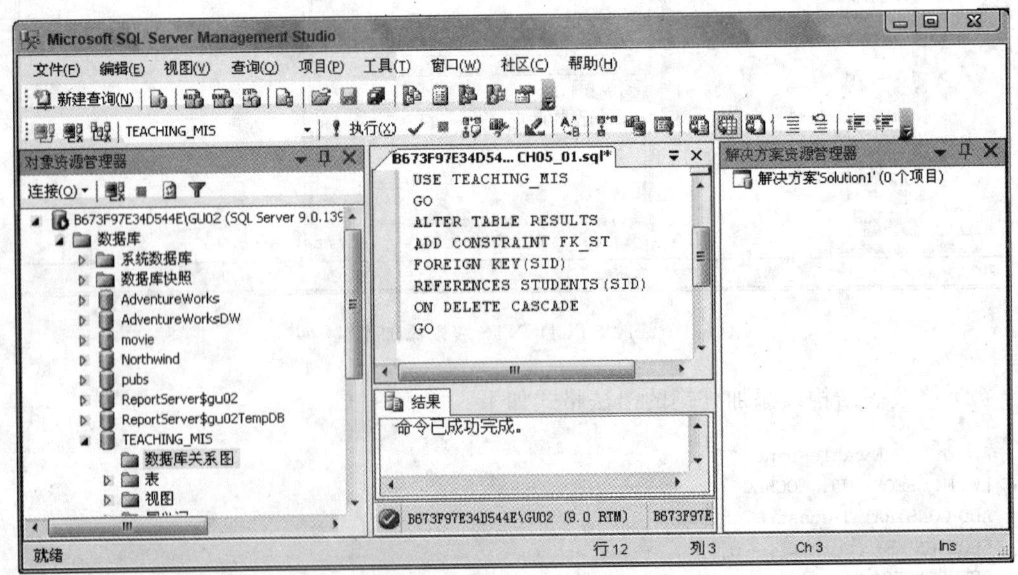

图 5-5 修改 RESULTS 表以添加外键约束

通过以上两个示例的运行，建立起学生基本信息表 STUDENTS 与选课表 RESULTS 的关联关系。表 RESULTS 中的 SID 是表 STUDENTS 的主键，将 SID 列加入到

RESULTS表中，则该表(RESULTS)中的SID就是外键，两表通过SID相关联。其关联和引用的联系如图5-6所示。

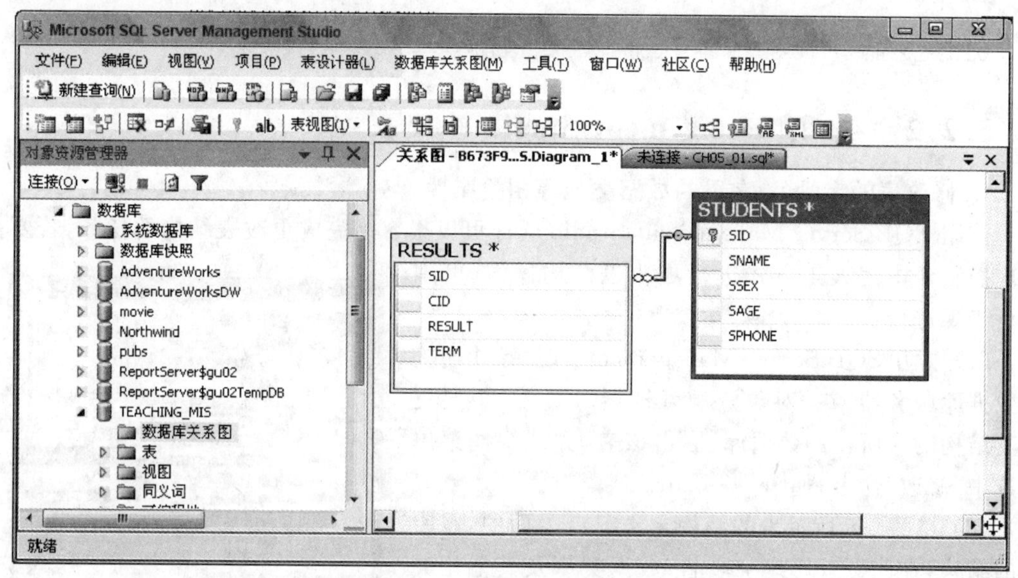

图5-6 两表之间关联关系图

4. 修改字段名

如要修改已存在的表中字段名称，需要使用存储过程sp_rename，其语法格式如下：

```
sp_rename [@objectname = ] 'object_name'
[@newname = ] 'new_name'
[,[@objtype = ] 'object_type']
```

参数说明：

- [@objectname=] 'object_name'参数指定所要重新命名的数据库对象目前的名称。
- [@newname=] 'new_name'则指明数据库对象的新名称。
- [,[@objtype=] 'object_type']参数指明要重新命名的数据库对象类型。

由此可见，该语句不仅仅是用于修改字段名，实际上，可用于重新命名表、视图、字段、存储过程、触发器、默认值、规则、用户定义函数、用户定义数据类型等数据库对象。不同的对象类型，表现在第3个参数中，如表5-2所示。

表5-2 对象类型

object_type的可设置值	说明
COLUMN	表示要重命名的数据库对象是一个字段
DATABASE	表示要更改的是数据库的名称
TABLE	表示要更改的是表的名称
INDEX	表示要重命名的数据库对象是一个索引
USERDATATYPE	表示要重命名的数据库对象是一个用户定义数据类型

示例　将 COURSE 表中课程字段 CNAME 重命名为 COURSENAME，表达式如下：

```
USE TEACHING_MIS
GO
EXEC sp_rename 'COURSE.CNAME','COURSENAME','COLUMN'
```

5.2.2　使用 Management Studio 修改表

1. 修改表的字段名、字段的数据类型等相关属性

使用 SQL Server Management Studio 同样可以很容易完成更改表结构的任务，若要在管理控制台中用人工方式进行更改表结构操作，可用如下步骤进行：

(1) 打开 SQL Server Management Studio 并连接到数据库服务器，在“对象资源管理器”中展开想要更改其结构的表所在的数据库，右击该表，并从快捷菜单中选中“修改”命令，如图 5-7 所示。

(2) 在图 5-8 所示表的结构定义窗口界面中，修改表的结构，在此可以修改字段名、数据类型及其他相关属性。

(3) 完成修改后，右击表名称，在随后弹出的菜单中选择“保存”命令保存，其操作界面如图 5-9 所示。当然，也可选择“文件”→“保存”选项以保存更改了结构的表。

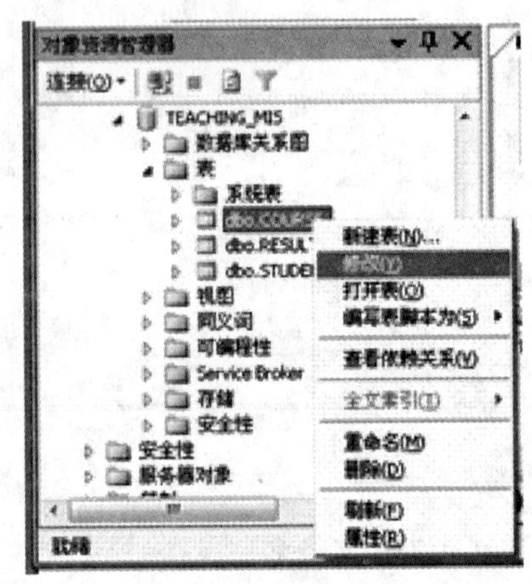

图 5-7　选择修改表字段的操作命令

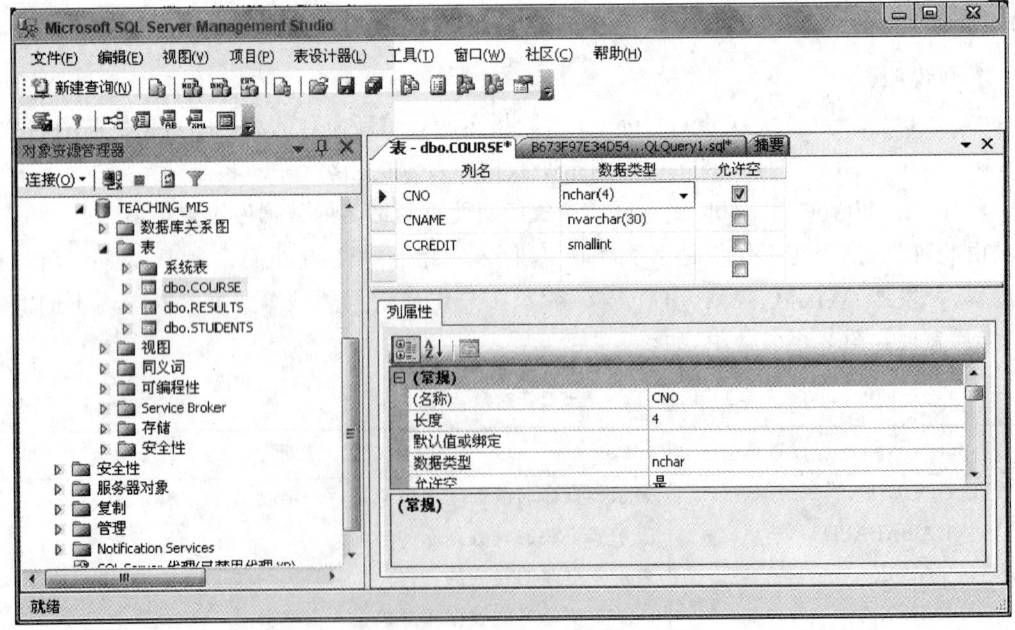

图 5-8　修改表字段操作界面

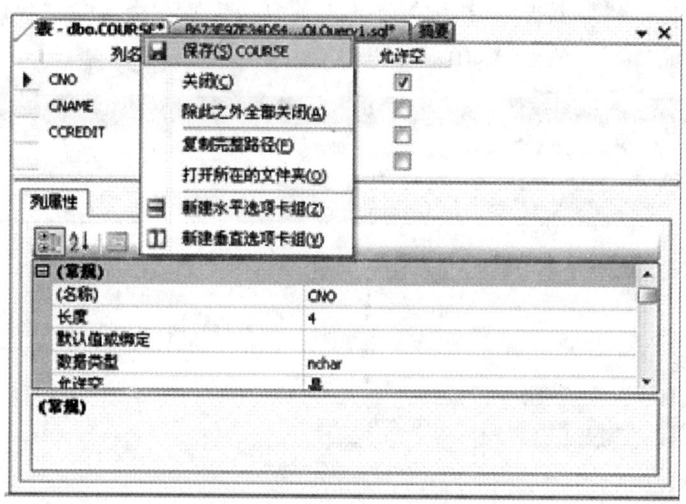

图 5-9 保存修改的操作界面

2. 添加字段

在 SQL Server Management Studio 中,进入图 5-8 所示的修改表列的界面,即可在其中添加新的表列。其操作与表的结构设计相同。例如,若要为课程表 COURSE 添加学期字段 CTERM,可在修改界面中向该表结构列名栏输入新的指定字段名、指定其数据类型以及是否为空值等属性,其操作界面如图 5-10 所示。

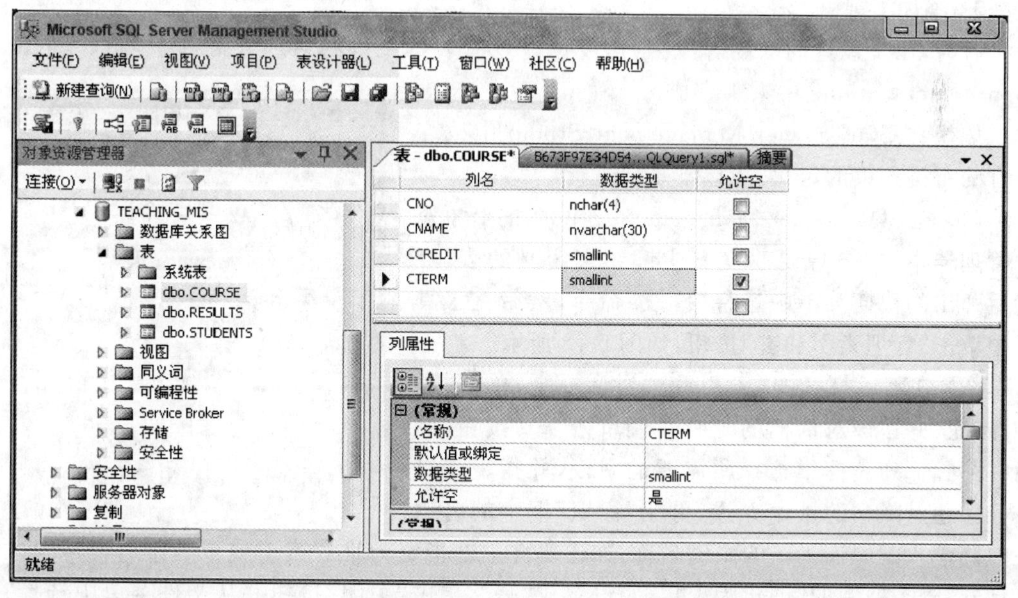

图 5-10 为 COURSE 表添加 CTERM 字段的操作

其实,SQL Server 2005 控制台是一个非常方便和易于使用的工作环境,它提供多种操作方法以方便表的设计与修改。例如,还可以直接在资源管理器中展开要修改的表,用鼠标右击,在快捷菜单中选择“列名”子项,则会出现如图 5-10 所示的界面,直接在“列名”栏中输入要新添加的列名，在“数据类型”栏中为新添加的列指定数据类型，在“允许空”栏中设定该列是否允许取空值。其选择菜单如图 5-11 所示。

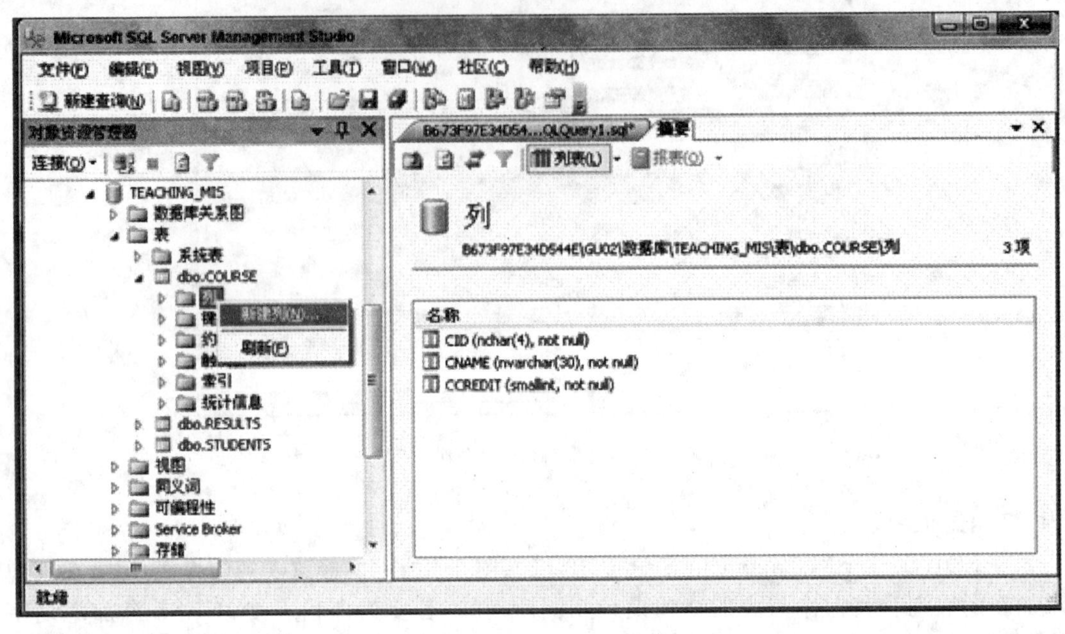

图 5-11 新建列菜单

3. 添加主键

有时，由于设计的变动等原因，需要修改现有表的主键约束或外键约束，同样，可以在 Management Studio 中人工完成。

如想在 SQL Server Management Studio 中改变现有的主键约束的定义，依以下步骤进行：

(1) 在 SQL Server Management Studio 的对象资源管理器中，右击想要改变其主键约束定义的表，在随后弹出的快捷菜单中选择“修改”命令，然后在工具栏中单击“管理索引和键”按钮，如图 5-12 所示。

图 5-12 修改主键工具栏

(2) 在随后打开的“索引/键”对话框中，单击“添加”按钮，并在该对话框的“列”右侧单击“…”按钮，然后在“列名”列表框中选择所需要的字段，并指定其是按升序还是降序的排序方式，再在“标识”框中的名称栏右侧输入框内输入新的主键名称，如还要将主键指定为唯一索引或聚簇索引，需要将“表设计器”分类框中的“创建为聚集的”设置成“是”，单击“关闭”按钮并从文件菜单中选择“保存”命令保存该表，则添加主键的工作完成。其操作界面如图 5-13 所示。

4. 添加或修改外键

添加外键的意图在于定义各个表之间的关系，该项操作若以可视化的图形界面来进行，不仅易懂，更不易发生错误，并且使得维护简便。SQL Server 提供“数据库关系图”(Database Diagrams)工具以创建、链接和维护关联表及其操作。

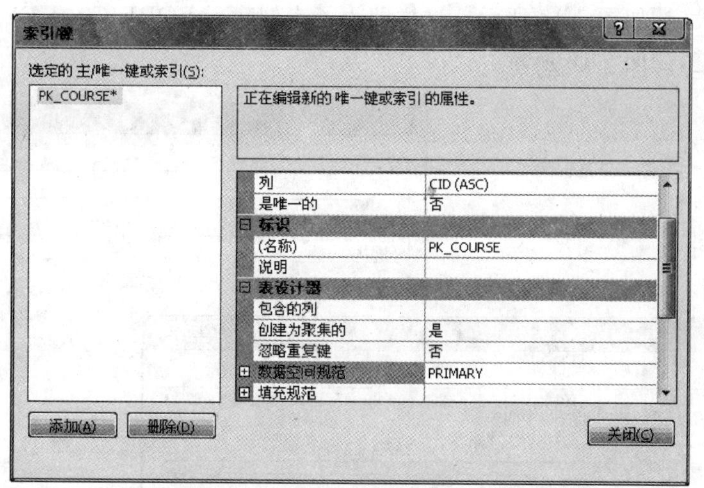

图 5-13 添加主键操作界面

使用“数据库关系图”创建表之间的关联关系，其步骤如下：

① 在 Management Studio 的对象资源管理器中，展开指定要操作的数据库，右击“数据库关系图”项，从弹出的快捷菜单中选择“新建数据库关系图”命令。

② 在随后出现的“添加表”对话框中，选取需要添加到数据库关系图中的表，一般而言，在许多表之间都存在着关联性，因此，一次将所有相互关联的表全部添加到数据库关联图中是较有效率的操作方式，然后再依次定义各个表间的关系。选择所要添加的表，或在键盘上按住 Ctrl 键，同时用鼠标选择多个表，单击“添加”按钮以完成添加表到关系图中的操作。所有需要添加的表的选取和添加操作完成后，单击“关闭”按钮，如图 5-14 所示。

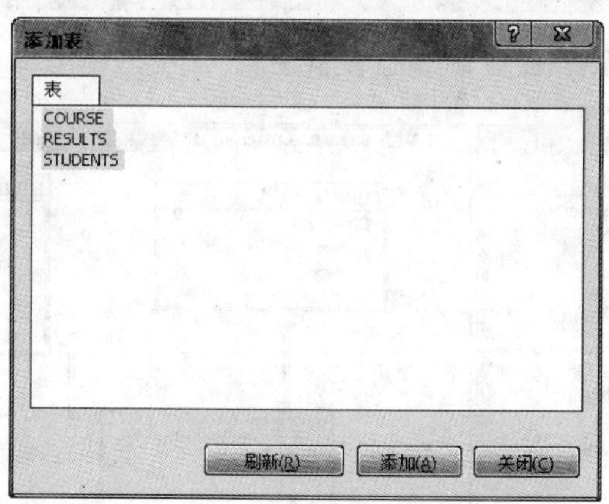

图 5-14 添加表操作界面

③ 在关系图中以拖放方式定义各个表之间的关联关系，首先要为称为父表的表定义主键或 UNIQUE 约束。其方法是选中所指定的表，单选或多选要将其定义为主键的字段，再用鼠标工具单击工具栏中“设置主键”按钮，以完成主键设置。

④ 用鼠标左键选中父表的主键或 UNIQUE 字段左侧的行选择器，将其拖放到欲与其建立关联关系的子表中作为外键的字段上方，释放左键，并在“表和列”以及“外键关系”对话

框中完成相应设定，如图 5-15 所示。这样即为子表创建了 FOREIGN KEY 约束，并将其链接到父表的主键，如图 5-16 所示。

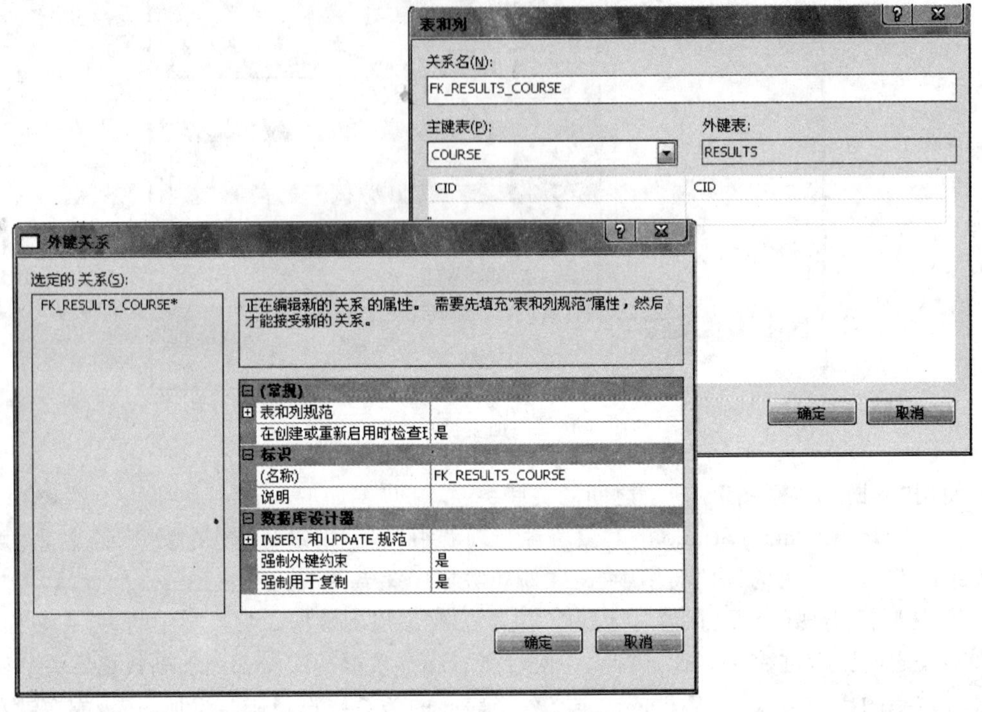

图 5-15 设定关联关系

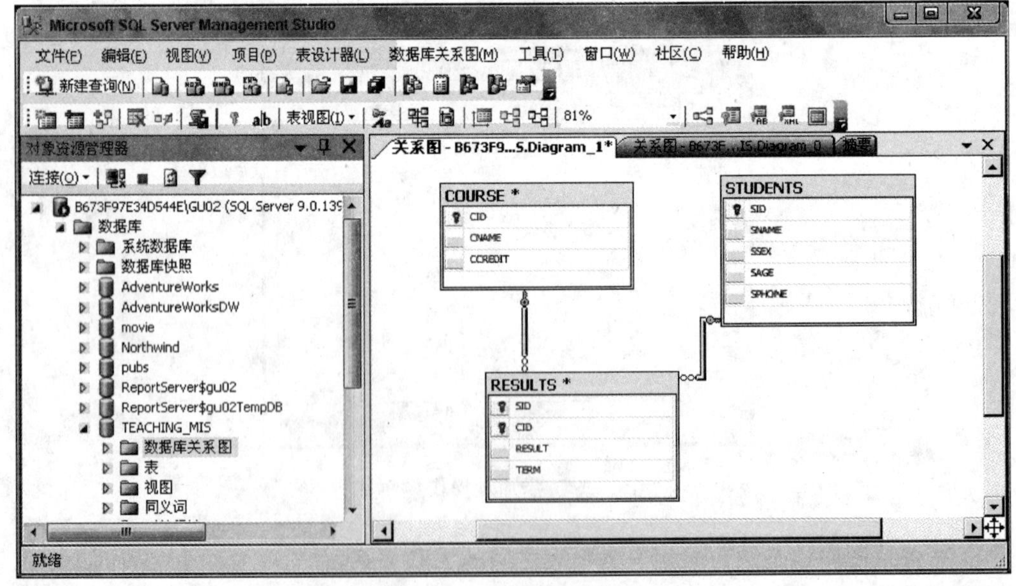

图 5-16 关联关系建立

例如，在 TEACHING_MIS 数据库中，为表 STUDENTS、COURSE、RESULTS 创建关联关系。STUDENTS 表与 RESULTS 表使用学号 SID 进行连接，用鼠标将父表

STUDENTS的主键SID拖放到子表RESULTS的SID字段上释放，这时显示如图5-15所示的对话框，在此中进行相关设置：

在关系名编辑框内输入关系名称，SQL Server自动指定以FK开头的关系名称，即表示子表上的外键约束名称。

主键表的列表框内显示的是该关联关系的父表名称，其下方的列表框内列出的是刚才拖放的主键字段名称。

外键表的列表框内显示这个关系的子表名称，其下列出拖放操作所指定的外键字段。

完成设置后，单击"确定"按钮，进入外键关系对话框，在其中可进行以下设置：

- 表和列的规范设置；
- 在创建和重新启用时检查现有数据的设置；
- 删除或更新规则的设置；
- 强制外键约束设置。

有关上述的设置，在完整性约束中再做详细叙述。

重复上述操作，直至对所有相关的表创建关系链接。在本例中即是对三表中COURSE表和RESULTS表也需要创建关联关系。

完成创建后，从控制台的文件菜单中选取保存Diagram_0命令，并在随后弹出的对话框中输入所要保存的数据库关系图的名称，单击"确定"按钮以存储所创建的数据库关系图。

5.3　表的删除

SQL Server数据库中表的删除方法也有两种：一是使用Transact-SQL代码进行删除；二是使用Management Studio管理器人工完成。

5.3.1　使用Transact-SQL语句删除表

实际编程中，经常使用Transact-SQL代码删除数据库表。在某些情况下需要删除表，例如，需要在数据库中实现一个新的设计或释放空间时。删除表的操作被执行以后，这张表的结构定义、数据、全文索引、约束和索引都将从数据库中永久删除，对于临时表，若不想等到其被系统自动删除，也可以使用Transact-SQL语句显式地删除该表。删除表的Transact-SQL语法格式如下：

```
DROP TABLE [database_name.[schema_name].|schema_name.]
     table_name [, …n ] [;]
```

参数说明：

- database_name：要删除的表所在的数据库的名称。
- schema_name：所要删除的表所属架构的名称。
- table_name：所要删除的表的名称。

示例　删除TEACHING_MIS数据库中的表RESULTS。

```
USE TEACHING_MIS
GO
DROP TABLE RESULTS;
```

以上示例执行后，将从指定的数据库中删除 RESULTS 表的结构、表中数据及建立于其上的其他数据库对象（如索引等）。

示例 以下示例删除 TEACHING_MIS 数据库中的 RESULTS 表。可以在服务器实例上的任何数据库中执行此示例。

```
DROP TABLE TEACHING_MIS.DBO.RESULTS;
```

示例 以下示例首先创建一个临时表，测试该表是否存在，删除该表，然后再次测试该表是否存在。

```
1  USE TEACHING_MIS;
2  GO
3  CREATE TABLE #temptable01 (col1 CHAR(1));
4  GO
5  INSERT INTO #temptable01
6  VALUES ('A');
7  GO
8  SELECT * FROM #temptable01;
9  GO
10 --测试临时表#temptable01是否存在,若存在,则将其删除
11 IF OBJECT_ID(N'tempdb.#temptable01', N'U') IS NOT NULL
12 DROP TABLE #temptable01;
13 GO
14 --再次测试临时表#temptable01是否存在.
15 SELECT * FROM #temptable01;
```

在 Management Studio 查询分析器中选择执行 1～7 语句段后，创建了一个名为 #temptable01 的临时表。其操作界面如图 5-17 所示。

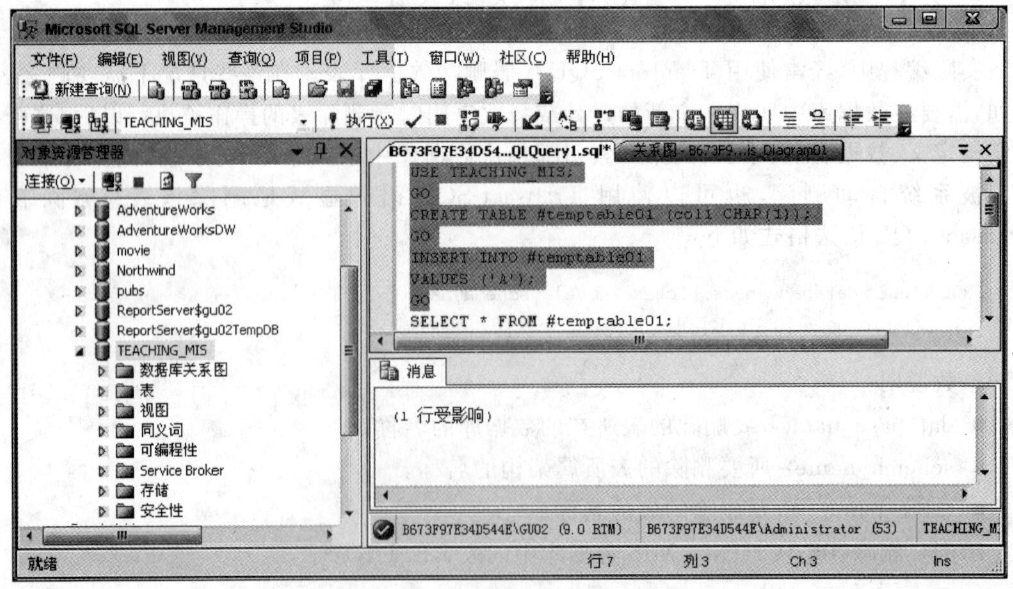

图 5-17 创建临时表的操作

接着选择执行 8、9 语句段，则会在输出窗口以表格方式显示该临时表存储在 col1 字段的内容'A'。

再选择执行 11～13 语句段，输入窗口显示如图 5-18 所示，表示该临时表已被删除。

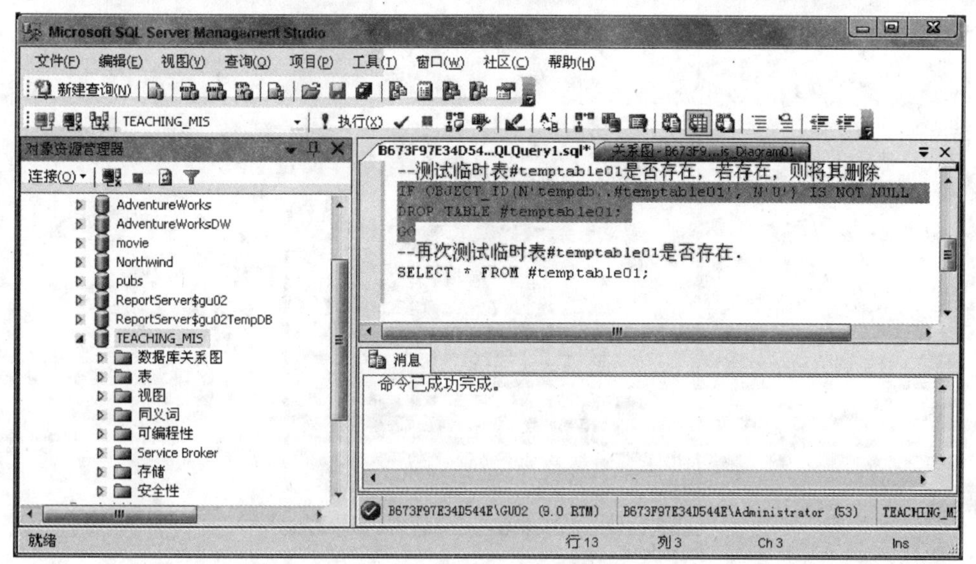

图 5-18　测试并删除已存在的临时表

最后执行第 15 语句段时，输出结果如下所示，表示名称为＃temptable01 的临时表已被删除，没有该对象存在，因此返回该错误消息。

```
--------------------------------
消息 208,级别 16,状态 0,第 1 行
对象名 '#temptable01' 无效。
```

另外，在删除表的操作中要注意的是：

(1) 如果要删除通过 FOREIGN KEY 和 UNIQUE 或 PRIMARY KEY 约束相关联的表，则必须先删除具有 FOREIGN KEY 约束的表。如果要删除 FOREIGN KEY 约束中引用的表但不能删除整个外键表，则必须删除 FOREIGN KEY 约束。

(2) 不能使用 DROP TABLE 删除被 FOREIGN KEY 约束引用的表。必须先删除引用 FOREIGN KEY 约束或引用表。如果要在同一个 DROP TABLE 语句中删除引用表以及包含主键的表，则必须先列出引用表。

(3) 可以在任何数据库中删除多个表。如果一个要删除的表引用了另一个也要删除的表的主键，则必须先列出包含该外键的引用表，然后再列出包含要引用的主键的表。

5.3.2 使用 Management Studio 删除表

在 Management Studio 控制台中人工删除数据库表的操作非常简单，进入 Management Studio，连接数据库服务，在对象资源管理器窗口展开数据库文件夹，找到要删除的表所在的数据库，并依次展开该数据库下层的表文件夹，右击要删除的表，在弹出的菜单中选择“删除”子命令，如图 5-19 所示。然后在随之弹出的删除表对话框中单击“确定”按钮以完成该表的删除。其删除表的对话框界面如图 5-20 所示。

图 5-19 删除表命令

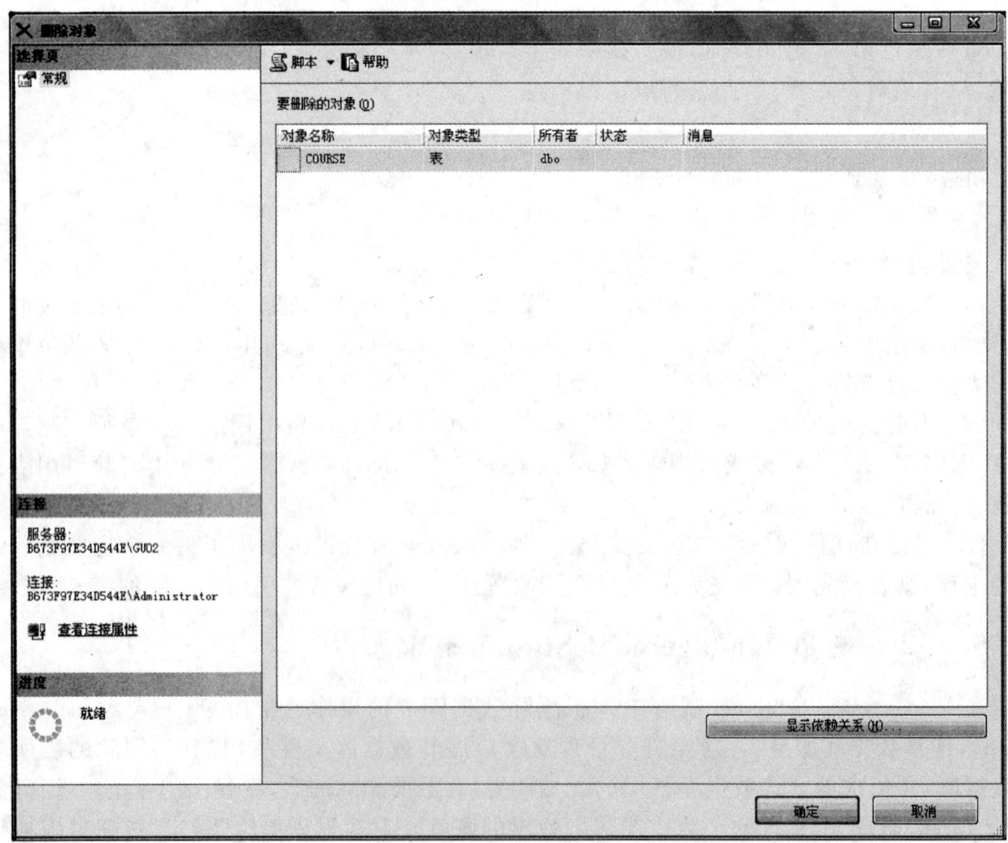

图 5-20 删除表对话框

5.4 数据查询与更新

5.4.1 使用 Transact-SQL 进行数据查询

在实际运行的应用系统中，要想查看、添加、修改或删除表中的数据，标准的方法是在客户端直接执行后端 SQL Server 的数据操纵语言(DML)以完成上述对表中数据的操作，这主要由 SELECT、INSERT、UPDATE 与 DELETE 表达式构成。

1. 数据查询语法

查询是 SQL 的核心，因为数据库技术的发展和数据查询速度的提高紧密相连。所谓数据查询，即是指从数据库中请求数据并返回结果的操作。该操作使用 SELECT 语句完成。SQL Server 提供基于 SELECT-FROM-WHERE 语句的数据查询功能，通过该语句可以从一个或多个表中获取数据。

当使用 SELECT 语句执行数据查询时，SQL Server 解释该查询并从表中获取指定的数据，数据查询的表达式可繁可简，主要视查询的复杂程度而定。在大多数基本形式中，SELECT 语句检索表中的行和列，在复杂形式中，可对查询列进行筛选、计算，亦可对查询行分组、分组过滤和排序，还可以在一个 SELECT 语句中嵌套另一个子查询。查询操作的基本语法格式如下：

```
SELECT select_list
[INTO new_table_name]
FORM table_source
[WHERE search_condition]
[GROUP BY group_by_expression]
[HAVING serch_condition]
[ORDER BY order_expression[ASC|DESC]]
[COMPUTE [BY] expression]
```

参数说明：

- select_list：所选结果集的列。这是一个用逗号分隔的表达式列表。每个表达式同时定义格式(数据类型和大小)和结果集列的数据来源。一般而言，每个选择列表表达式都是对从中获取数据的源表或视图的列的引用，但也可能是其他表达式，如常量或 Transact-SQL 函数。在选择列表中使用 * 表达式指定返回源表中的所有列。
- INTO new_table_name：该子句用于指定使用查询的结果集来创建新表。其中的 new_table_name 即是所指定新表的名称。
- FROM table_source：用于指出检索到的结果集列表取自于哪个源表。这些来源可能指运行 SQL Server 的本地服务器中的基表或本地 SQL Server 中的视图。FROM 子句还可包含连接说明，该说明定义了 SQL Server 用来在表之间进行导航的特定路径。
- WHERE search_condition：WHERE 子句作用是进行筛选，它定义了源表中的行要满足 SELECT 语句的要求所必须达到的条件。只有符合条件的行才向结果集提供数据。不符合条件的行中的数据不会被使用。

- GROUP BY group_by_expression：GROUP BY 子句根据 group_by_expression 列中的值将结果集分成组。
- HAVING serch_condition：HAVING 子句是应用于结果集的附加筛选。逻辑上讲，HAVING 子句从中间结果集对行进行筛选，这些中间结果集是用 SELECT 语句中的 FROM、WHERE 或 GROUP BY 子句创建的。HAVING 子句通常与 GROUP BY 子句一起使用，尽管 HAVING 子句前面不必有 GROUP BY 子句。
- ORDER BY order_expression[ASC | DESC]：该子句用来定义查询结果集中的行排列的顺序。order_expression 指定组成排序列表的结果集的列。ASC 和 DESC 关键字用于指定行是按升序还是按降序排序。如果结果集行的顺序对于 SELECT 语句来说很重要，那么在该语句中就得使用 ORDER BY 子句。

另外，对数据库对象的每个引用都不得引起歧义。下列情况可能会导致多义性：

在系统中，可能有多个对象带有相同的名称。例如，User1 和 User2 可能都指定了一个名为 TableX 的表。若要解析多义性并且指定 TableX 为 User1 所有，则要使用用户标识来限定表的名称。方法如下：

```
SELECT * FROM User1.TableX
```

在执行 SELECT 语句时，对象所驻留的数据库不一定是在当前数据库。如想要确保使用正确的对象，则不论当前数据库如何设置，均应使用数据库和所有者来限定对象名称，方法如下：

```
SELECT * FROM Northwind.dbo.Shippers
```

同样的道理，在 FROM 子句中所指定的表和视图可能有相同的列名。外键一般也很有可能具有和相关主键相同的列名。若要解析重复名称之间的多义性，须使用表或视图名称来限定列名，其语句形式如下：

```
SELECT DISTINCT Customers.CustomerID, Customers.CompanyName
FROM Customers JOIN Orders ON
( Customers.CustomerID = Orders.CustomerID)
WHERE Orders.ShippedDate > 'May 1 1998'
```

但若都使用表和视图名称来解决重复名称所引起的歧义问题时，上述语法会变得很烦琐。通常可通过在 FROM 子句中使用 AS 关键字为表指派一个相关名称(也称别名)解决此问题。

2. 查询操作

最简的数据查询是形如下面所示的语句：

```
SELECT select_list FROM table_source
```

在此查询中，仅需在 SQL 语句中指明表名及指定所选的列名即可。

示例 使用如下语句进行查询源表中所有的列。

```
SELECT * FROM authors
```

此 SQL 代码是查询 pub 数据库(这是 SQL Server 2000 中配有的一个示例数据库)的 authors 表中所有作者的全部信息,其执行后结果如图 5-21 所示。

	au_id	au_lname	au_fname	phone	address	city	state	zip	contract
1	172-32-1176	White	Johnson	408 496-7223	10932 Bigge Rd.	Menlo Park	CA	94025	1
2	213-46-8915	Green	Marjorie	415 986-7020	309 63rd St. #411	Oakland	CA	94618	1
3	238-95-7766	Carson	Cheryl	415 548-7723	589 Darwin Ln.	Berkeley	CA	94705	1
4	267-41-2394	O'Leary	Michael	408 286-2428	22 Cleveland Av. #14	San Jose	CA	95128	1
5	274-80-9391	Straight	Dean	415 834-2919	5420 College Av.	Oakland	CA	94609	1
6	341-22-1782	Smith	Meander	913 843-0462	10 Mississippi Dr.	Lawrence	KS	66044	0
7	409-56-7008	Bennet	Abraham	415 658-9932	6223 Bateman St.	Berkeley	CA	94705	1
8	427-17-2319	Dull	Ann	415 836-7128	3410 Blonde St.	Palo Alto	CA	94301	1
9	472-27-2349	Gringlesby	Burt	707 938-6445	PO Box 792	Covelo	CA	95428	1
10	486-29-1786	Locksley	Charlene	415 585-4620	18 Broadway Av.	San Francisco	CA	94130	1
11	527-72-3246	Greene	Morningstar	615 297-2723	22 Graybar House Rd.	Nashville	TN	37215	0
12	648-92-1872	Blotchet-Halls	Reginald	503 745-6402	55 Hillsdale Bl.	Corvallis	OR	97330	1
13	672-71-3249	Yokomoto	Akiko	415 935-4228	3 Silver Ct.	Walnut Creek	CA	94595	1
14	712-45-1867	del Castillo	Innes	615 996-8275	2286 Cram Pl. #86	Ann Arbor	MI	48105	1
15	722-51-5454	DeFrance	Michel	219 547-9982	3 Balding Pl.	Gary	IN	46403	1
16	724-08-9931	Stringer	Dirk	415 843-2991	5420 Telegraph Av.	Oakland	CA	94609	0
17	724-80-9391	MacFeather	Stearns	415 354-7128	44 Upland Hts.	Oakland	CA	94612	1
18	756-30-7391	Karsen	Livia	415 534-9219	5720 McAuley St.	Oakland	CA	94609	1
19	807-91-6654	Panteley	Sylvia	301 946-8853	1956 Arlington Pl.	Rockville	MD	20853	1
20	846-92-7186	Hunter	Sheryl	415 836-7128	3410 Blonde St.	Palo Alto	CA	94301	1
21	893-72-1158	McBadden	Heather	707 448-4982	301 Putnam	Vacaville	CA	95688	0
22	899-46-2035	Ringer	Anne	801 826-0752	67 Seventh Av.	Salt Lake City	UT	84152	1
23	998-72-3567	Ringer	Albert	801 826-0752	67 Seventh Av.	Salt Lake City	UT	84152	1

图 5-21 查询 authors 表中所有作者的全部信息

示例 查询上述 authors 表中每位作者名字和作者标识号,其代码如下:

```
SELECT au_id,au_fname,au_lname FROM authors
```

执行以上代码,运行结果如图 5-22 所示。

	au_id	au_lname	au_fname
1	409-56-7008	Bennet	Abraham
2	648-92-1872	Blotchet-Halls	Reginald
3	238-95-7766	Carson	Cheryl
4	722-51-5454	DeFrance	Michel
5	712-45-1867	del Castillo	Innes
6	427-17-2319	Dull	Ann
7	213-46-8915	Green	Marjorie
8	527-72-3246	Greene	Morningst
9	472-27-2349	Gringlesby	Burt
10	846-92-7186	Hunter	Sheryl
11	756-30-7391	Karsen	Livia
12	486-29-1786	Locksley	Charlene
13	724-80-9391	MacFeather	Stearns
14	893-72-1158	McBadden	Heather
15	267-41-2394	O'Leary	Michael

图 5-22 查询 authors 表中作者标识号码和作者名字

为便于理解,还可以在查询结果中为查询的列指定容易理解的列标题。

示例 为前面查询示例中的列指定列标题,以增强可读性,SQL 代码如下:

```
SELECT '名字' = au_fname,
'姓氏' = au_lname ,
'作者标识号码' = au_id FROM authors
```

上述代码执行结果如图 5-23 所示。

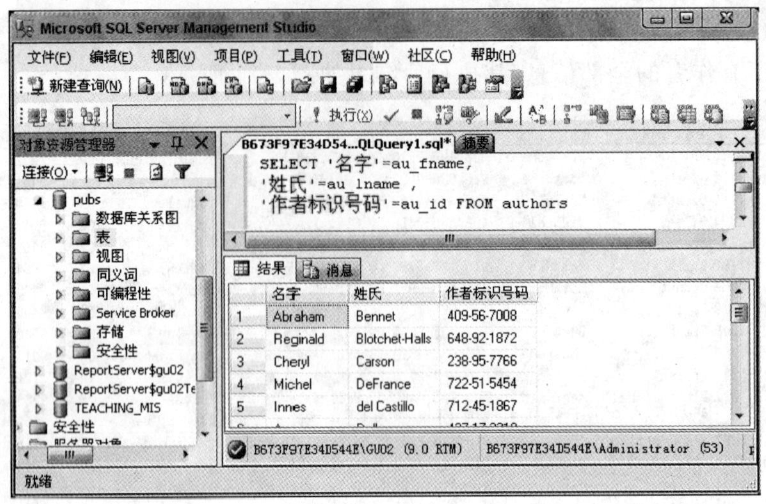

图 5-23　在查询中加入列标题

5.4.2　使用 Transact-SQL 进行数据插入

向数据表中插入数据是管理和开发数据库时经常要进行的操作。SQL Server 2005 提供的 INSERT 语句，用来实现向数据表中插入记录。可分为以下几种情况：

1. 一次插入一行新记录

插入一行新记录的语法格式如下：

```
INSERT INTO <table_name>[(<column1>[,<column2>…])]
VALUES(<expression1>[,<expression 2>]…)
```

该语句作用是将新记录插入到指定表中。其中新 column1 的值为 expression1，column2 的值为 expression 2，……

示例　将一个新生记录（SID：2007010101，SNAME：王楠，SSEX：女）插入到 STUDENTS 表中，并显示插入数据操作的结果。

输入以下命令语句：

```
USE TEACHING_MIS
GO
INSERT INTO STUDENTS(SID,SNAME,SSEX,SAGE,SPHONE)
VALUES
('2007010101','王楠','女',18,'13307181522')
GO
SELECT * FROM STUDENTS;
```

在 Manager Studio 控制台中的"查询分析器"查询编辑窗中输入上述语句并运行，其运行结果如图 5-24 所示。

对于 SQL 插入语句执行的说明：

- 对于值的写法，须用逗号将各个数据分开，字符型数据要用单引号括起来。
- 字段名的排列顺序不一定要和表定义时的顺序一致。但当在插入语句中指定字段名时，字段名与所要插入的值的数据类型要匹配、位置对应、值的个数相等。

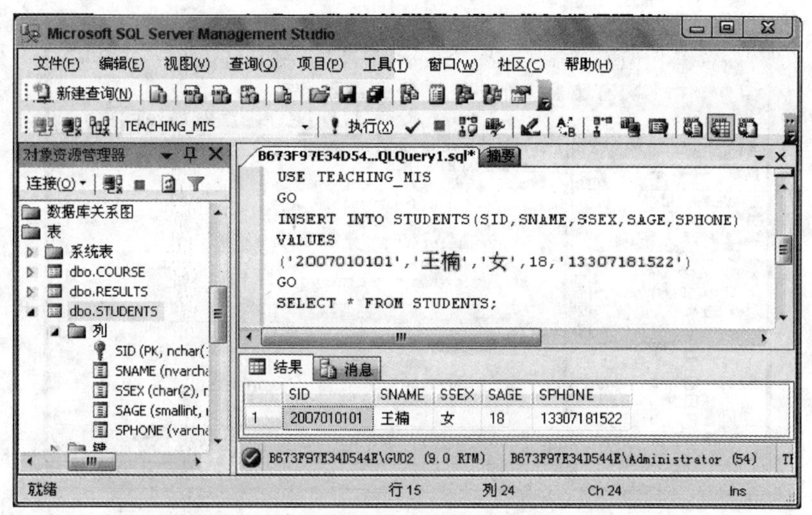

图 5-24 向 STUDENTS 表中插入一行新记录的操作

- 如果 INTO 子句中没有指定任何字段名，则新插入的记录必须在每个字段上均有值，且 VALUES 子句中值的排列顺序要和表中各字段的排列顺序一致。

示例 上述插入一行新记录的操作也可以写成如下所示的语句：

```
USE TEACHING_MIS
GO
INSERT INTO STUDENTS
VALUES
('2007010101','王楠','女',18,'13307181522')
GO
SELECT * FROM STUDENTS;
```

2. 插入一行部分记录

使用 Transact-SQL 语句插入数据记录，也可以将 VALUE 子句中的值按照 INTO 子句中指定字段名的顺序插入到表中。对于在 INTO 子句中没有出现的属性列，新记录在这些列上将取 NULL 值，如此，即对一行数据记录，该操作仅完成部分数据的插入。

示例 向 STUDENTS 表中插入第 2 条部分数据记录，其使用语句如下：

```
USE TEACHING_MIS
GO
INSERT INTO STUDENTS(SID,S)
VALUES
('2007010102','李文斌','男',18)
GO
SELECT * FROM STUDENTS;
```

在查询分析器的查询编辑窗口中输入以上语句并运行之，其运行结果如图 5-25 所示。注意到在上例中的 SPHONE 字段上取空值。在本例中，该字段的定义是允许为空值，故上述语句可以正确执行，若在表中某字段是否为空定义为 NOT NULL，则在数据插入时若 INTO 子句中没有指明该字段，则当执行部分记录插入操作时，会在输出窗口提示错误信息，并且语句执行失败。

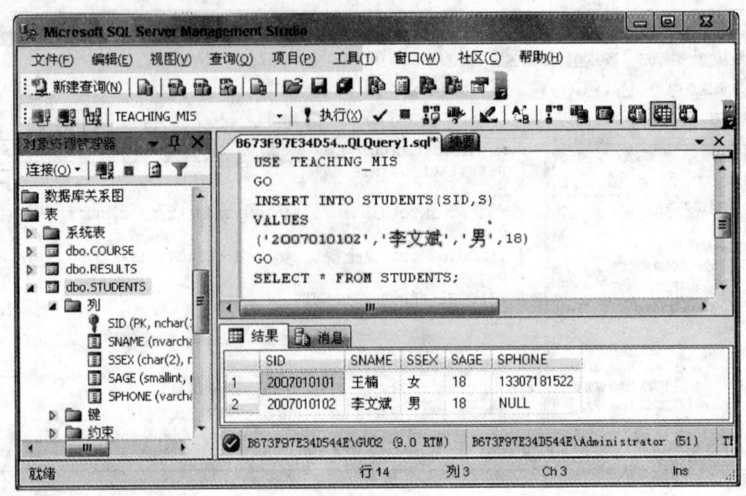

图 5-25 向 STUDENTS 表中插入部分数据记录

示例 插入部分数据记录的 SQL 语句如下:

```
USE TEACHING_MIS
GO
INSERT INTO STUDENTS(SID,SSEX)
VALUES
('2007010103','男')
GO
SELECT * FROM STUDENTS;
```

因为,在前面 STUDENTS 表的定义中已声明 SNAME 字段不允许取空值,故当在 Manager Studio 控制台中查询分析器的查询编辑窗口中输入以上代码并运行时,则执行情况如图 5-26 所示。

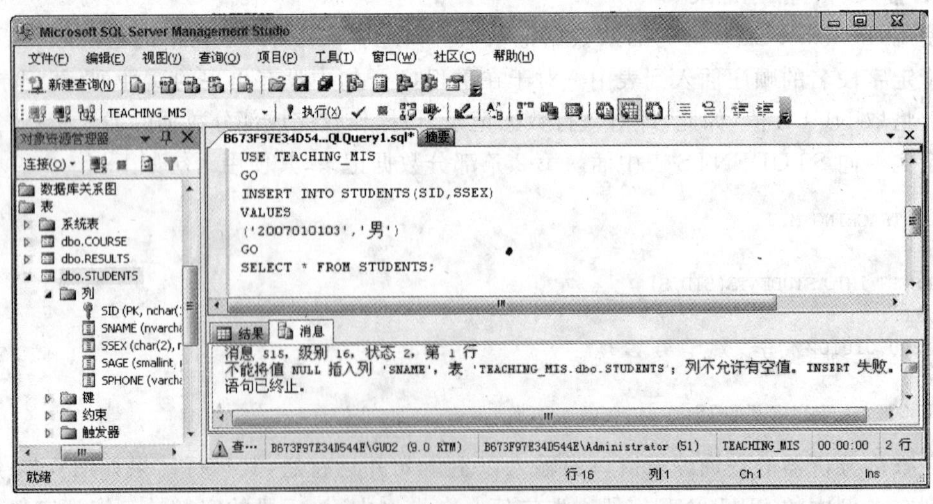

图 5-26 向 STUDENTS 表中插入部分数据记录时出错情况

3. 一次插入多行记录

如上所述,当在 SQL 插入语句中使用 VALUES 子句一次只能添加一行数据记录,若要增加多行，需对每一行指定一条 INSERT 语句。当在 INSERT 语句中使用 SELECT 子句(也称子查询)，即将子查询嵌套在 INSERT 语句中，用来生成要插入的批量数据。这样就可以一次插入多行数据记录。

示例 在 PUBS 数据库中创建一张新作者表，其名称为 new_authors，将 PUBS 数据库中作者信息表 authors 中所有加州的作者加入到新表 new_authors 中，该操作所需的 SQL 语句如下：

```
1  USE PUBS
2  GO
3  CREATE TABLE new_authors
4  (au_id id not NULL,
5  au_lname varchar(40) not NULL,
6  au_fname varchar(20) not NULL,
7  phone char(12) not NULL,
8  address varchar(40) NULL,
9  city varchar(20) NULL, zip char(5) NULL)
10 GO
11 INSERT new_authors (au_id,au_lname,au_fname,phone,address,city,zip)
12 SELECT au_id,au_lname,au_fname,phone,address,city,zip
13 FROM authors
14 WHERE state = 'CA';
15 GO
16 SELECT * FROM NEW_AUTHORS;
```

以上代码中，第 1 行至第 10 行代码段完成在 PUBS 数据库中创建名称为 new_authors 表的任务。第 11 行到第 15 行代码段执行向所创建的新表中插入多行数据记录的操作，其中的多行数据记录由第 12 行至第 14 行的子查询完成，第 16 行将一次数据插入操作结果予以显示。上述语句段执行结果如图 5-27 所示。

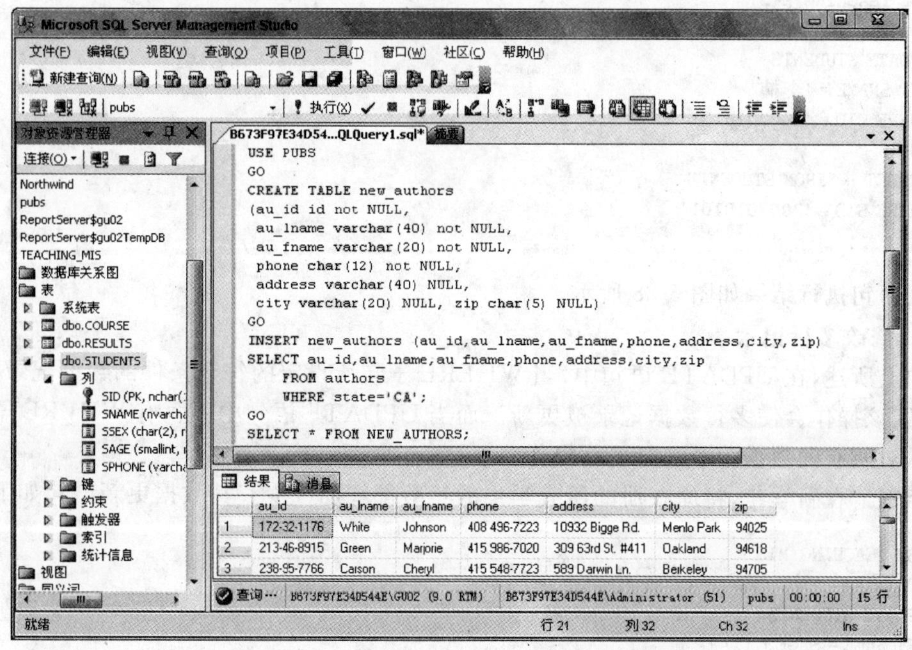

图 5-27 向 new_authors 表中一次插入多行数据记录

5.4.3 使用 Transact-SQL 进行数据更新

SQL 语言使用 UPDATE 语句对表中的一行或多行记录的某些列值进行修改。UPDATE 语句的语法格式如下：

```
UPDATE {table_name|view_name|
        rowset_function_limted}
SET {col_name = {expression|DEFAULT|NULL}|
        @variable = expression|
        @variable = col_expression}[,…n]
        {[FROM{<table_source>}[,…n]]
    [WHERE
        <search_condition>]}
```

该语句的功能是，用表达式的值来修改表中符合条件的记录中指定的字段值。其中：

- table_name：指定要更新数据的表。
- col_name：SET 子句后的该参数给出要修改的列。
- expression：指明要更新后的值，它既可以是常量、变量，也可以是来自其他由 FROM 子句中指定的 table_source 表中字段，甚至可以是一个计算表达式。
- WHERE：该子句指定要更新的记录应当满足 search_condition 中指定的条件。若 WHERE 子句省略时，则表示修改表中的所有记录。

1. 一次修改一行记录

前已述及，当 UPDATE 语句中有 WHERE 子句时，只有符合特定条件的数据记录才会被更新。因此，当特定的条件指定为单一记录时，则该语句完成更新一行记录的操作。

示例 将学号为'2007010101'的同学姓名变更为“李楠”。其数据更新语句如下：

```
USE TEACHING_MIS
GO
UPDATE STUDENTS
SET SNAME = '李楠'
WHERE SID = '2007010101'
GO
SELECT * FROM STUDENTS
WHERE SID = '2007010101'
GO
```

该语句执行结果如图 5-28 所示。

2. 修改多行记录

如上所述，在 UPDATE 语句中，当 WHERE 子句所设定的符合条件的数据记录不止一条时，则该操作会使多行数据记录被更新。而当 UPDATE 语句中不含有 WHERE 子句时，则表示对所有的数据记录进行更新操作。

示例 在新学年，将原在册的所有学生的年龄都增加一岁。其数据更新语句如下：

```
USE TEACHING_MIS
GO
UPDATE STUDENTS
SET SAGE = SAGE + 1
GO
```

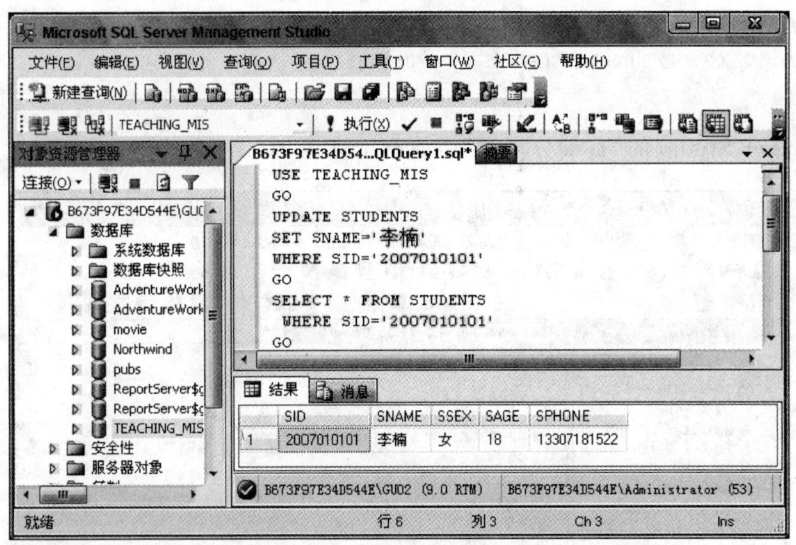

图 5-28　在 STUDENTS 表中更新一行数据记录

在 Manager Studio 中的“查询分析器”中执行上述语句，结果如图 5-29 所示。

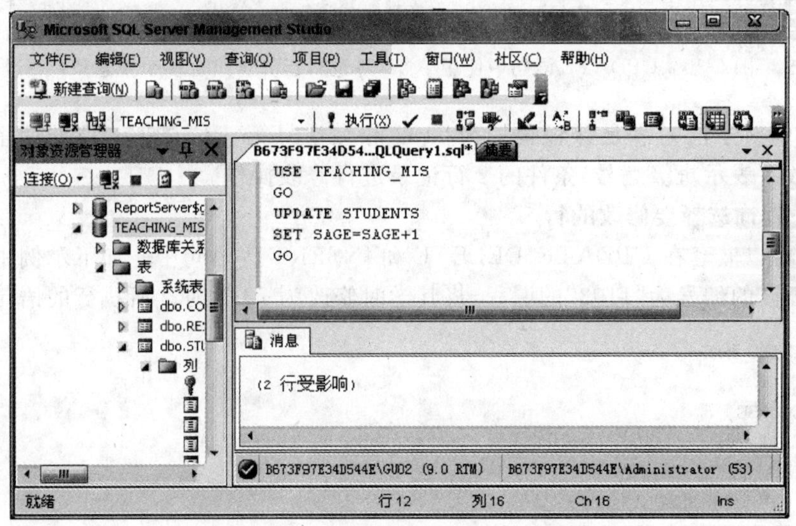

图 5-29　UPDATE 语句更新多行记录

从图中可以发现被修改的数据有 2 行，即 STUDENTS 表中所有记录中的 SAGE 字段值都被修改了。

可以使用 AND 和 OR 逻辑运算符来组合多个搜索条件，或使用 NOT 逻辑运算符来逆转某一个逻辑运算结果。

示例　将成绩表中课程编号为 1102 的课程原考查成绩加上平时成绩构成总成绩。其操作语句如下：

```
USE TEACHING_MIS
GO
UPDATE RESULTS
```

```
SET RESULT = RESULT + RESULT * 0.1
WHERE CID = '1102'AND SUBSTRING(SID,5,2) = '01'
GO
```

在 Manager Studio 的“查询分析器”中执行上述语句，结果如图 5-30 所示。

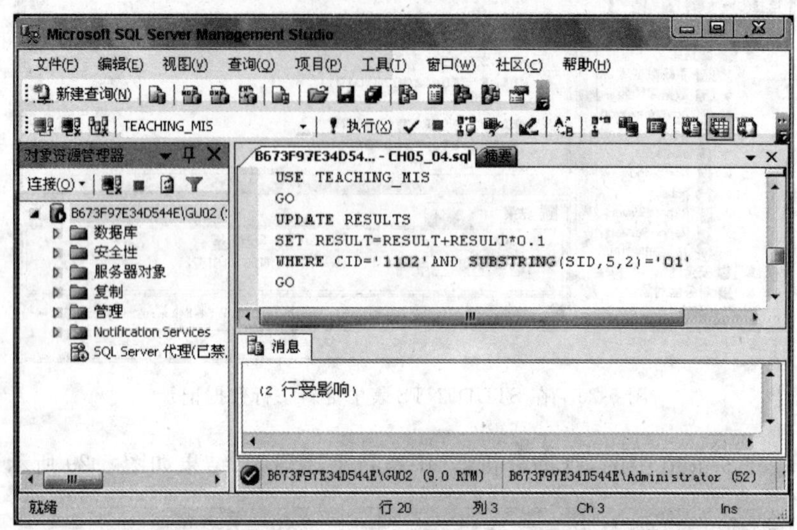

图 5-30　UPDATE 语句中使用 AND 等逻辑运算符组合多个搜索条件

本示例中对于同时满足课程编号为 1102 和在学号第 5 位至第 6 位的两个字符为 01（设这两位数字表示班级编号）条件的 2 行记录进行修改操作。

3. 用子查询选择要修改的行

子查询可以嵌套在 UPDATE、DELETE 和 INSERT 等语句中。如下示例中，对于班级为 01 班所开设的编号为“1103”的课程，将其学时修改为 72 学时。所执行的语句为：

```
USE TEACHING_MIS
GO
UPDATE COURSE
SET CCREDIT = 72
WHERE CID = '1103' AND CID IN
(SELECT CID FROM RESULTS
    WHERE SUBSTRING(SID,5,2) = '01')
GO
SELECT * FROM COURSE
```

该子查询的作用是搜索并得到 01 班所开设的编号为“1103”的课程。该语句执行结果如图 5-31 所示。

4. 使用全新的 UPDATE TOP 修改多行记录

修改数据记录也可使用如下的语法表达式：

```
UPDATE TOP(expression)[PERCENT]table_name
SET{column_name = expression}[,…n][;]
```

以上语法的 TOP 子句中 expression 参数是用来指定所要修改的数据记录条数的一个数值表达式。在该语法中，若没有 PERCENT 关键字，则表示该 UPDATE 语句修改 TOP

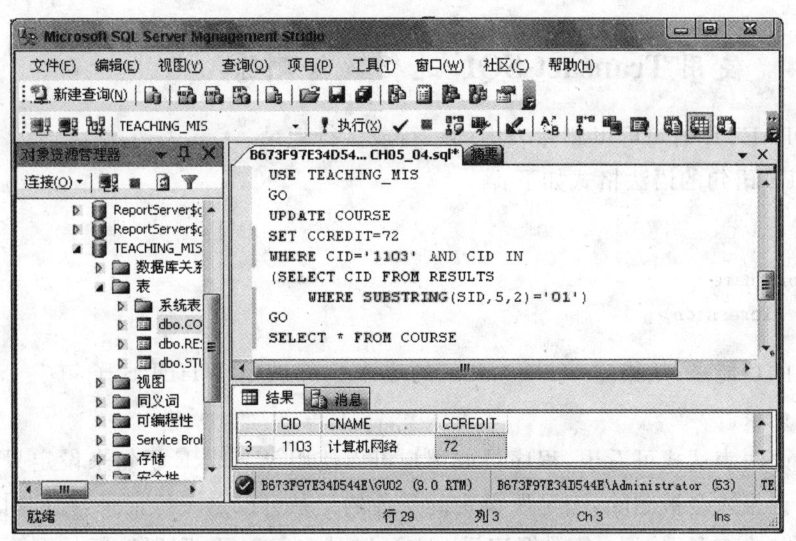

图 5-31 UPDATE 语句中使用子查询

子句所指定的正整数的记录行数，而若有 PERCENT 关键字，则表示 UPDATE 语句要修改 expression 所指定的百分比的数据记录，并且这些数据记录是“随机选取”的。

示例 对学生表 STUDENTS 中的联系电话字段 SPHONE 的内容进行修改，随机地将其中 10％的联系电话改为学校学生宿舍电话。其语句如下：

```
USE TEACHING_MIS
GO
UPDATE TOP(10) PERCENT STUDENTS
SET SPHONE = '02787524600'
GO
SELECT * FROM STUDENTS
```

以上语句执行结果如图 5-32 所示。

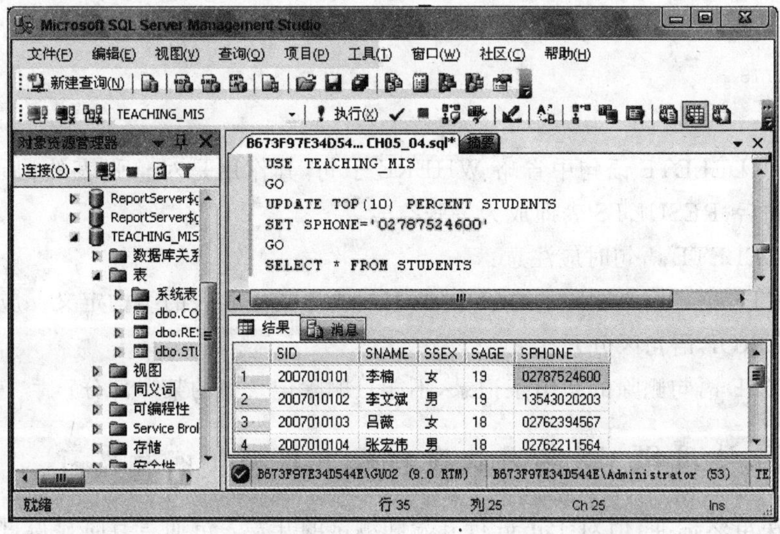

图 5-32 使用全新的 UPDATE TOP 修改记录的操作

5.4.4 使用 Transact-SQL 进行数据删除

使用 DELETE 语句可以删除表中的一行或多行记录。

DELETE 语句的语法格式如下：

```
DELETE
FROM table_name
[WHERE <expression>]
```

该语法的功能是，从指定 table_name 的表中删除满足 WHERE 子句中 expression 所指定条件的记录。

从上述语法表达式可看出，程序员或用户可以使用 WHERE 子句来设定只有符合特定条件的数据记录才会被删除，满足所设定的条件的记录可以是一行记录，则此时执行的删除操作只删除符合条件的这一条数据记录；亦可以是多行记录，则所执行的删除操作针对这多条记录。

示例　删除学号为 2007010103 的学生记录。

输入命令语句：

```
USE TEACHING_MIS
GO
DELETE STUDENTS
WHERE SID = '2007010103'
GO
```

示例　删除所有的学生选课记录。

输入以下命令语句：

```
USE TEACHING_MIS
GO
DELETE
FROM RESULTS
GO
```

在此例中，DELETE 语句中省略 WHERE 子句，其作用是对整张表的记录进行删除。执行上述语句后，RESULTS 表即成为一张空表。

在使用 DELETE 语句时应注意：

- DELETE 语句用来删除的是表中的记录，而不是删除表的结构定义。应与删除表结构的 DROP 语句区分开。
- DELETE 语句删除的是整条记录，不能只删除记录中的某一部分。

5.4.5 使用 SSMS 工具快速对表中数据查询与更新

以上方法虽然标准，但对于正进行开发和测试的开发人员而言有时显得过于缓慢。因为开发人员常常会在创建一个表之后，立即输入一些数据记录，以便能够进行测试。这就需要一种快速维护数据记录的方法。SQL Server 提供一种简易数据记录维护界面。用户只需按照下列步骤进行，即可以人工方式快速查看、添加、修改与删除表中的数据记录。

① 右击所想维护其数据记录的表并在弹出的快捷菜单中选择“打开表”命令，如图 5-33 所示。

② 如果所打开的表原先并没有包含任何数据记录，这时将显示数据记录维护界面，用户此时可开始添加数据记录，如图 5-34 所示。

如果所打开的表原先已有数据记录，则所有的数据记录会在所打开的表的操作界面中列出，用户在此可以开始查看、添加、修改与删除数据记录。如果想要添加数据记录，只需将光标移到最后一条数据记录下方的空白行，然后在各字段输入数据即可。而如果想要更新某一字段中的内容，只需将光标移到该记录的字段中然后修改即可。其操作维护界面如图 5-35 所示。

图 5-33 打开表的操作菜单

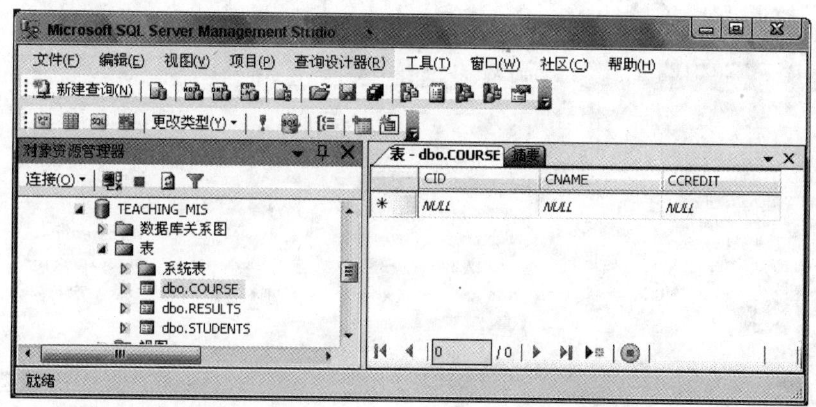

图 5-34 打开空表的操作界面

③ 如果要查看数据记录，除了可利用方向键与翻页键浏览数据记录外，还可使用鼠标单击维护界面窗口下方的“移到第一条记录”按钮、“移到最后一条记录”按钮，快速移到第一条、最后一条数据记录。也可以直接在“当前的位置”文本框中输入特定的记录编号，然后按下 Enter 键，即可快速移至特定记录编号的数据记录，如图 5-36 所示。

④ 要删除某条数据记录，则单击该条数据记录左方的行选择器，直接按下 Del 键或右击并从弹出的快捷菜单中选择“删除”命令，接着在确认对话框中单击“是”按钮以对指定数据记录进行删除操作。其操作如图 5-37 所示。

另外需要注意的是：当表内含许多条数据记录，使用鼠标单击维护界面窗口下方的“移动到新行”按钮，如图 5-35 所示。这样可以快速移到最后一条数据记录下方的空白列。而

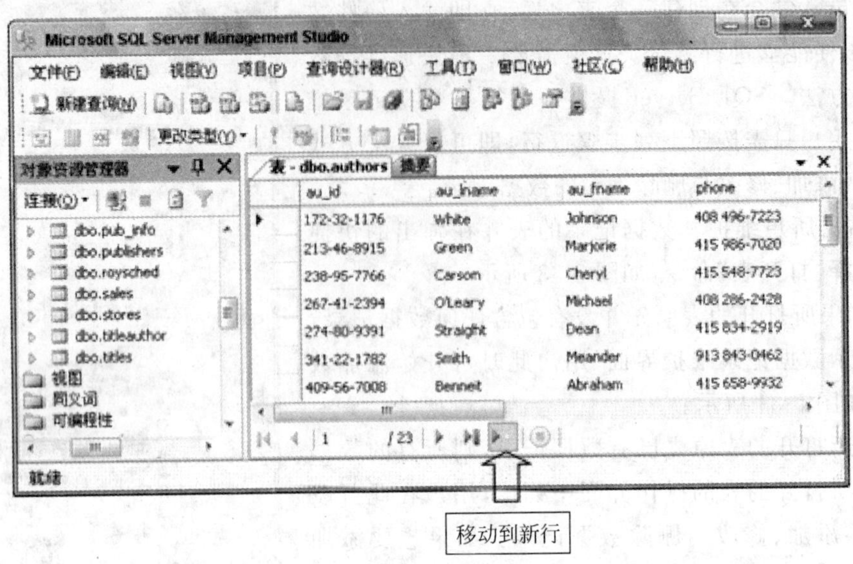

图 5-35　打开有数据记录的表的操作维护界面

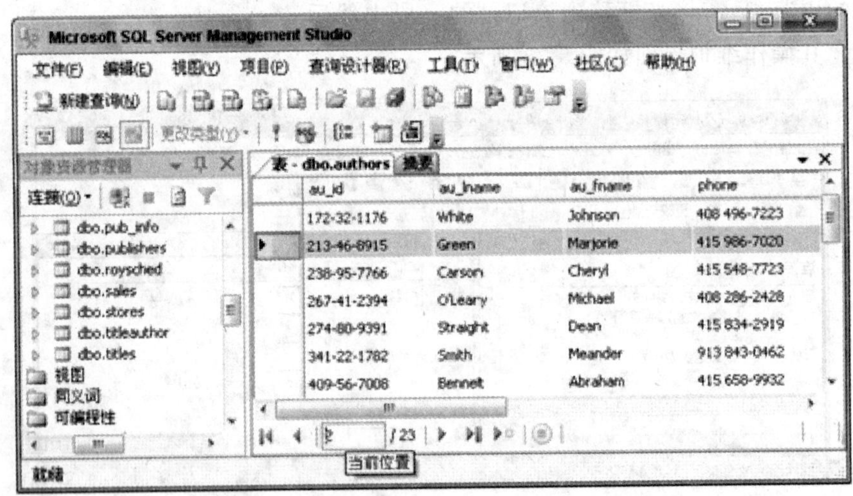

图 5-36　在操作维护界面中查看指定的数据记录

如果想删除多条不连续的数据记录，只要按住 Ctrl 键不放，同时用鼠标单击要删除的数据记录左方的行选择器即可复选多条数据。直接按下 Del 键或是单击鼠标右键并从弹出的快捷菜单中选择“删除”命令，然后在确认对话框中单击“是”按钮，即可完成在指定表中删除多条不连续数据记录的操作。

如果删除的是连续的多条数据记录，则按住 Shift 键不放，同时用鼠标点击所要删除的第一条数据记录左方的行选择器，再用鼠标点击所要删除的最后一条数据记录左方的行选择器，然后直接按下 Del 键或是单击鼠标右键并从弹出的快捷菜单中选择“删除”命令，并在确认对话框中单击“是”按钮即可完成上述操作任务。

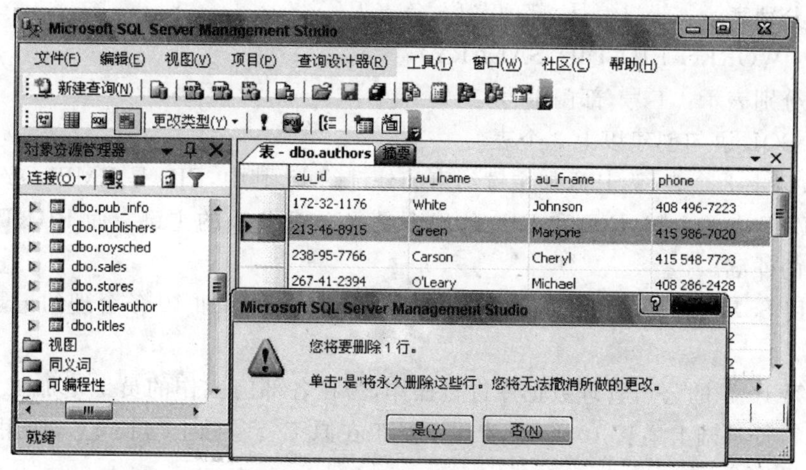

图 5-37 在操作维护界面中删除记录

本章小结

数据库中的数据是记录在表中的，所以，表是最重要的数据库对象，本章首先讨论了表的结构，然后详细介绍使用 DDL 命令进行表的创建、管理与维护的操作。同时，也着重介绍了使用 SQL Server 2005 Manager Studio 管理工具人工操作的方法。当 SQL Server 数据库的新表建立好以后，表中并不包含任何记录，要想实现数据的存储，必须向表中添加数据。同样要实现表的良好管理，则经常要修改表中的数据。本章也着重介绍了数据更新的 DML 语言详尽的语法，并以 SQL Server 2005 为平台，全面讲解了 T-SQL 的 INSERT、UPDATE、DELETE 语句的使用，并给出了典型示例以帮助读者加深理解。

思考练习题

1. 创建表有哪些主要步骤？
2. 数据库对象所有者与架构相分离，对表的建立有何影响？
3. 试述对表的修改内容及特点。
4. 如何为已有的表添加外键约束？
5. 如何一次向表中添加多条记录？
6. 在 SQL Server 2005 管理控制台中如何能快速查询和更新表中数据？
7. 在 SQL Server 2005 管理控制台中使用管理工具修改一个已有表的结构有哪些操作？
8. 设公司管理数据库中有 3 个关系：

员工表：EMPLOYEE(EID，ENAME，AGE，SEX，PHONE，ADDR)

其属性分别表示：工号，姓名，年龄，性别，联系电话，住址

部门表：DEP(DID，DNAME，MANAGER)

其属性分别表示：部门编号，部门名称，负责人

工作表：WORKS(EID,DID,SALARY)

其属性分别表示：工号，部门编号，工资

使用 T-SQL 语句创建以上 3 个表。

9. 修改以上 3 个表，为其添加主键约束和外键约束，其中，EID 是 EMPLOYEE 表的主键，DID 是 DEP 表的主键，EID 和 DID 的组合是 WORKS 表的主键。而 EID，DID 分别为 WORKS 表的外键。

10. 使用 SSMS 管理工具为第 8 题创建的 3 个表分别添加 10 条合理的记录。写出主要操作步骤。

11. 对第 10 题的公司管理数据库进行操作，为在各部门工作的员工增加工资，50 岁以下员工在原工资基础上增长 10%，50 岁以上员工在原工资基础上增长 5%，使用 T-SQL 语句完成以上操作。

第 6 章

创建与管理其他数据库对象

在 SQL Server 数据库管理系统中，视图、索引、游标、存储过程、触发器等均为数据库对象。它们在关系数据库中扮演着极为重要的角色。在本章中，对这些重要的数据对象的基本概念与作用进行详细讨论。并较详尽地介绍这些数据库对象的创建、管理与使用方法。

6.1 视图

视图(View)是一种常用的数据库对象，是关系数据库系统提供给用户以多种角度来观察数据的一种重要机制。使用视图使得用户能够以更多样而且更有弹性的方式来访问数据，这不仅可以确保数据库的安全性，而且可以提高其使用的便利性。

6.1.1 视图的基本概念

作为一种数据库对象，视图是从一个或多个表中导出的虚拟表(称为虚表)。视图包括数据列与数据行，这些数据列和数据行都来源于其所引用的表，用户通过视图可以浏览他们所关心的部分或全部数据，然而这些数据的物理位置却仍存在于视图所引用的那些表中。

视图是一个虚拟的表，通常，将视图所引用的那些表(或视图)称为基表(或基视图)。那么，视图与表有着怎样的联系和区别呢？可以这样来看视图与基表的关系，表是用来物理存储数据的结构，而视图是存储在系统目录中的信息。或者说表是实际存在的物理数据，而视图是虚拟的、动态产生的数据。实际上，视图可以看作是一个或者多个表查询的结果。也就是说，视图中保存的是 SELECT 语句，视图中的记录实际上是对基表内存储数据的引用，这些引用是通过创建视图时所定义视图的查询语句实现的。

视图的作用是可以间接地访问其他的表或视图中的数据。所以，它提供了另一种观察数据库中一个或多个表中数据的方法。

在数据库的应用中使用视图有以下几个方面的优点：

(1) 集中数据显示。不同的视图，可以让不同的用户以不同的方式浏览到他们所关注的不同或相同的数据集，这种定制的数据对于许多不同应用水平和操作权限的用户共用同一数据库时，显得尤为重要。

(2) 简化数据操作。使用视图可以简化用户的数据操作，因为在多数情况下，用户查询的信息不可能存储在一个表中，这样，处理这些数据时，必然会涉及在各种约束下的多表操作，这些复杂的多表连接操作比较烦琐，数据库设计人员可以将这些内容设计到一个视图中，通过视图的定义对最终用户屏蔽具体操作细节，使用户在查询或处理数据时如同在单个表中操作一样简单。

(3) 提供简便易行的安全保密措施。使用视图的用户只能查询和修改他们所能看到的数据，保存在基表中的完整的数据对于用户而言是不可见和不能访问的，这样则是一个非常简便的数据保密的方法，通过视图提高了数据的安全性。为了安全起见，用户的存取仅限于基表的行列子集视图。对于 SQL Server 数据库而言，行列子集视图是指满足以下条件的视图：

- 基表的列的子集。
- 基表的行和列的子集。

(4) 易于合并或分割数据。在有些应用中，表中的数据量过大，所以在表的设计时常会对其进行水平或垂直分割，这样就会对应用程序产生影响，而如果应用程序使用视图来读取数据，则其通过视图可以始终保持原有的结构关系，使外模式保持不变，因而无论对于基表如何分割，对于应用程序而言，都不会产生影响。

6.1.2 视图的创建

要创建视图，用户必须具有在视图所引用的表或视图上的 SELECT 权限以及“创建视图”的权限。SQL Server 2005 提供两种方法创建视图：这就是通过使用 SQL Server Management Studio 创建视图的方法和使用 T-SQL 语句创建视图的方法。

创建视图后，视图的名称存储在 sys. objects 系统视图中。有关视图中所定义的列信息添加到 sys. columns 系统视图中，有关视图相关性的信息添加到 sys. sql dependencies 系统视图中，视图的定义信息存储到 sys. sql modules 系统视图中。因此，要查询视图的有关信息可从上述系统视图中查到。

1. 使用 SQL Server Management Studio 创建视图

通过 SQL Server Management Studio 可以可视化地直接创建视图，其操作步骤如下：

① 进入 SQL Server Management Studio，依次展开所需要创建视图的数据库文件夹，选定数据库，右击“视图”图标，在出现的快捷菜单中选择“新建视图”选项，即进入创建新视图对话框。其操作界面如图 6-1 所示。

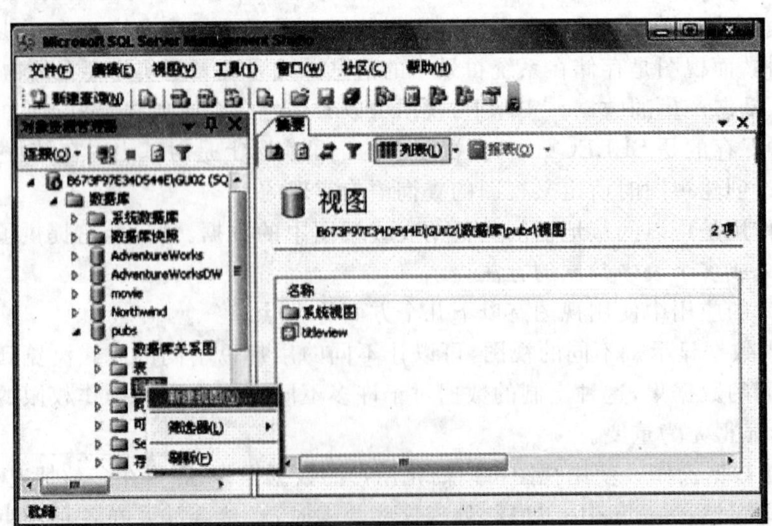

图 6-1　创建视图操作界面

创建新视图对话框如图 6-2 所示，在表标签页中选择创建视图所需要的基表名称，然后单击该对话框下面的“添加”按钮则进入 SQL Server Management Studio 中的视图设计环境中。

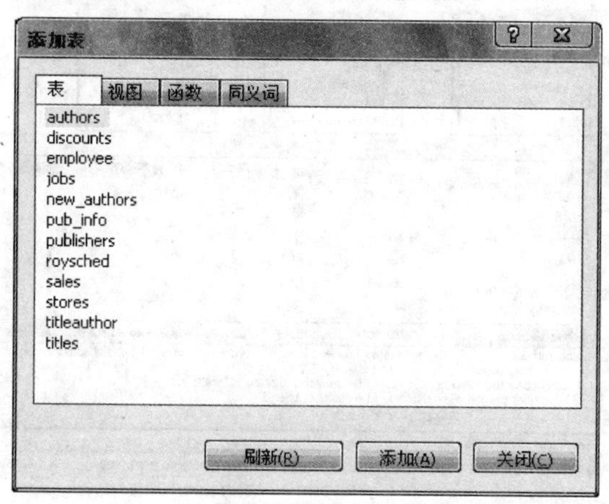

图 6-2　创建新视图对话框

视图设计器实际上由 4 个窗口组成，这 4 个窗口代表 4 个区：关系图区(表区)、网格区(列区)、SQL 脚本区和数据结果区。

如果在前面所述的创建视图对话框中选择并添加了两个以上表，并且表间存在相关性时，则表间会自动加上连接线，若尚没有定义表间的相关性，则需要手工连接，否则按表的笛卡儿积输出。进行手工连接时，直接将第一个表中要连接的列名拖动到第二个表的相关列上即可完成相关连接。该项操作的表现即是等值连接。这从自动出现的 SQL 脚本中可以看到。

② 在表区选中的表的列名前复选框上单击，即可选择要在视图中引用的表中字段，该字段名称即同步出现在其下的网格区中。同时在 SQL 语句输入窗口中也同步添加有相应的创建视图的 SQL 语句。其操作结果如图 6-3 所示。

③ 单击工具栏上“保存工具”按钮，在弹出的对话框中输入所创建的视图名称，单击对话框上“确定”按钮即完成了视图的创建，如图 6-4 所示。

要显示视图中数据，则在指定数据库中右击视图选项，在弹出的下拉菜单中选择打开视图选项，即可查看到以上所创建的视图的数据结果。或在视图设计完成后，单击视图设计器上方工具栏中的运行按钮即可立即在输出窗口显示视图数据。其结果如图 6-3 所示。

2. 使用 Transact-SQL 语句创建视图

创建视图的 T-SQL 语法格式是：

```
CREATE VIEW [schema_name.]view_name[(column[,...n])]
[WITH {ENCRYPTION|SCHEMABINDING|VIEW_METDATA}[,...n]]
AS
Select_staement
[WITH CHECK OPTION]
```

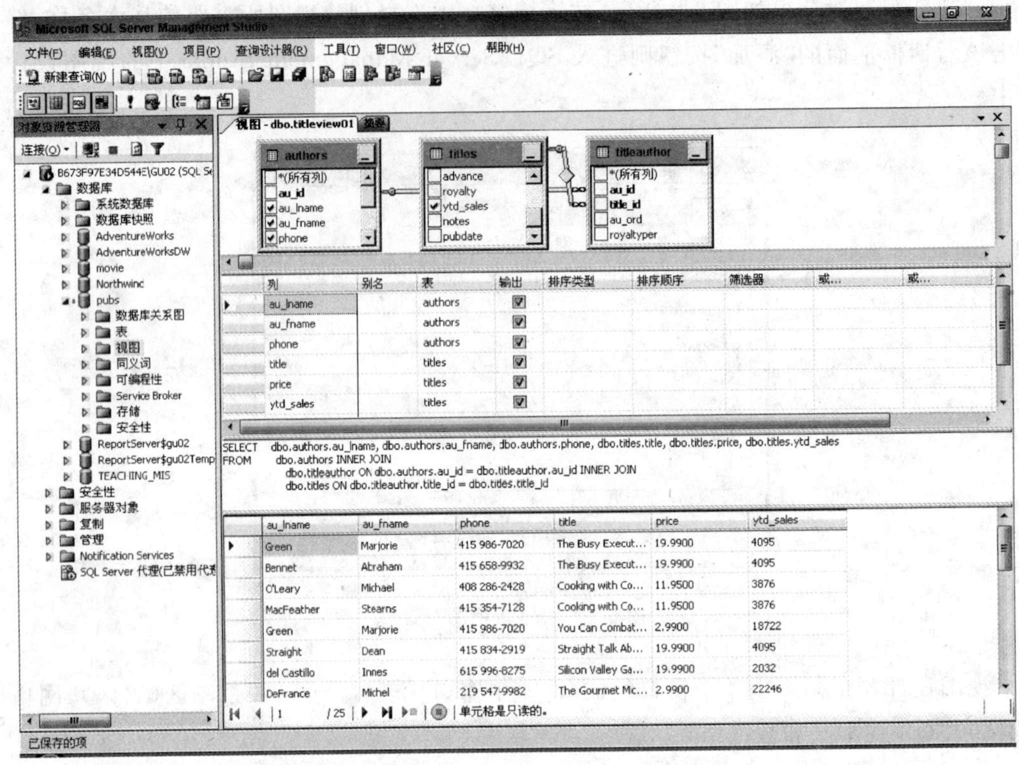

图 6-3 创建新视图

图 6-4 保存新建视图

参数说明：

- schema_name：模式名称。
- view_name：所创建的视图命名，若视图名称中含有空格，可将名称包含在一对中括号([])中。
- column_n：视图中的列名，一个视图最多可以引用 1024 个列。
- WITH ENCRYPTION：隐藏视图的定义文本。即使用该语句，对视图进行了加密，其作用是拒绝用户查看其定义文本。
- WITH SCHEMABINDING：带有该参数的 Select_staement 子句是以两部分名称(Schema.object)来访问它所使用的表、视图或用户定义函数的。而且视图所引用的表或视图将不能删除。除非先将所创建的视图删除或是更改视图的设定以使其不绑定架构。
- WITH VIEW_METDATA：使用该参数创建的视图，当在结果集中描述视图的字段时，浏览模式元数据返回相对于源表名称的视图名称。

■ WITH CHECK OPTION：该参数会强制性要求所有针对视图的数据事务表达式必须遵守 Select_staement 中的条件集合。

注意：定义视图的 SELECT 语句用于指定视图中的数据，与前面介绍的查询语句基本相同，但受到以下 3 点限制：

(1) 不能包括 ORDER BY 或 COMPUTE(BY)子句；

(2) 不能包括关键字 INTO；

(3) 不能引用临时表。

示例 以教学管理(TEACHING_MIS)数据库的 STUDENTS、COURSE、RESULT 表为基表，创建一个包含有学生选修某门课程所得成绩及其学分信息的视图。

创建命令语句如下：

```
CREATE VIEW SCR_VIEW
AS
SELECT dbo.STUDENTS.SID AS 学号, dbo.STUDENTS.SNAME AS 姓名, dbo.COURSE.CNAME AS 课程名称,
dbo.RESULTS.RESULT AS 考试成绩, dbo.COURSE.CCREDIT AS 所修学分
FROM dbo.COURSE INNER JOIN dbo.RESULTS
ON dbo.COURSE.CID = dbo.RESULTS.CID INNER JOIN dbo.STUDENTS
ON dbo.RESULTS.SID = dbo.STUDENTS.SID
GO
```

此视图的创建可由 SELECT * FROM SCR_VIEW 语句查询，如图 6-5 所示。

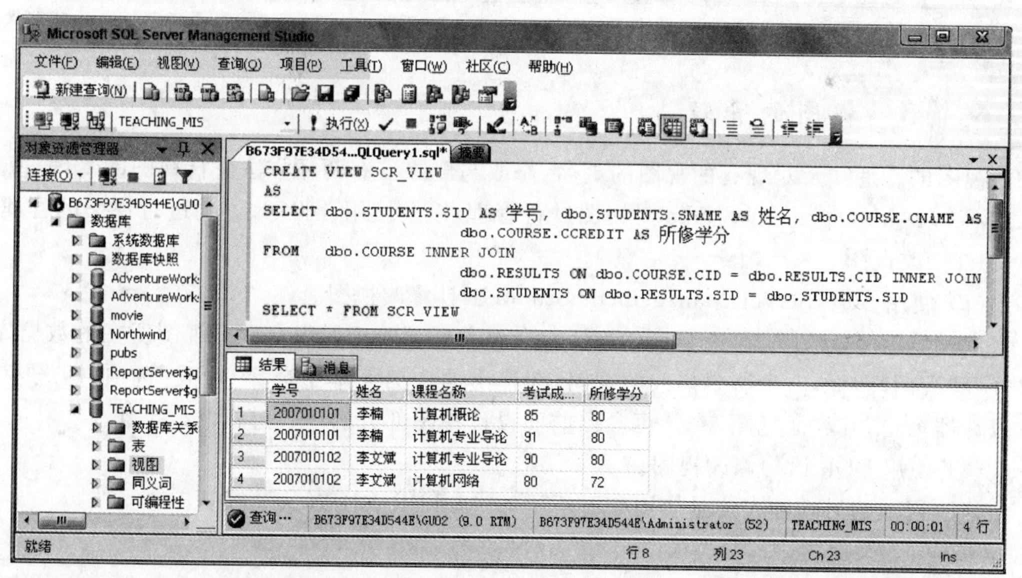

图 6-5 使用 Transact-SQL 语句创建 SCR_VIEW 视图

实际上，视图也可以在基表和视图上派生出来，以下就是一个在已有视图上创建新视图的例子。

示例 在刚才创建的 SCR_VIEW 视图上，创建一个只能浏览某一门课程成绩的视图。

创建命令语句如下：

```
CREATE VIEW SCR_VIEW01
AS
SELECT * FROM SCR_VIEW
WHERE 课程名称 = '计算机专业导论'
GO
SELECT * FROM SCR_VIEW01
```

其操作结果如图 6-6 所示。

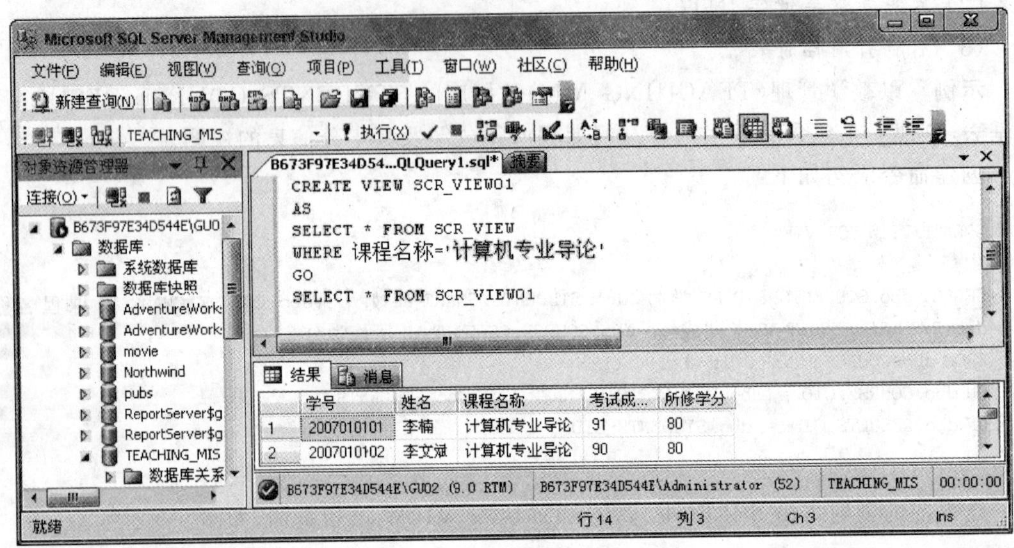

图 6-6　在视图上创建新的视图

6.1.3　视图的管理

视图的管理涉及对现有的视图的更名、修改与删除。有两种方法进行视图的管理，使用 SQL Server Management Studio 对视图进行管理，以及使用 T-SQL 语句进行视图的管理。

1. 修改视图

(1) 使用 SQL Server Management Studio 工具修改视图。

启动 SQL Server Management Studio，在对象资源管理器窗口展开视图所在的数据库，并展开"视图"图标，右击所要修改的视图，在弹出的快捷菜单中选择"修改"选项，即进入视图设计器窗口，其界面见图 6-3。可参照前面设计视图部分的内容进行修改操作。

(2) 使用 DDL 语句修改视图。

修改视图的另一种方法是使用如下所示的 ALTER VIEW 表达式：

```
ALTER VIEW
[schema_name.]view_name[(column[,...n])]
[WITH {ENCRYPTION|SCHEMABINDING|VIEW_METDATA}[,...n]]
AS
   Select_staement
[WITH CHECK OPTION]
```

其中的参数含义与 CREATE VIEW 表达式中参数含义完全相同。

实际上，修改视图即是要改变一个已经创建的视图的定义。使用以上命令语句修改视图的优点是不会影响视图的权限设定，另外，由于 ALTER VIEW 表达式不能修改视图名称，因而不会破坏视图的依赖性。

示例　修改在 TEACHING_MIS 数据库中所创建的学生成绩视图 SCR_VIEW。

该视图以 TEACHING_MIS 数据库中的 STUDENTS、COURSE 以及 RESULTS 三个表为基表，引用这些表中学生学号(STUDENTS. SID)、姓名(STUDENTS. SNAME)、课程名称(COURSE. CNAME)及所选课程成绩(RESULTS. RESULT)数据。

现在，使用如下的 SQL 语句：

```
ALTER VIEW SCR_VIEW
AS
SELECT STUDENTS.SID AS 学号, STUDENTS.SNAME AS 姓名, COURSE.CNAME AS 课程名称, RESULTS.RESULT
AS 所修成绩, COURSE.CCREDIT AS 所修学分
FROM STUDENTS INNER JOIN RESULTS
ON STUDENTS.SID = RESULTS.SID
INNER JOIN  COURSE
ON RESULTS.CID = COURSE.CID
WHERE STUDENTS.SID LIKE '2007%'
```

在此示例中，对前面所创建的视图 SCR_VIEW 进行了修改，新定义的视图仍显示上述数据，但不同之处是限定了显示的学生为学号为 2007 级的学生相关数据。因此，修改后的视图显示的是有关 2007 级学生选课及其成绩的数据。

(3) 使用对象资源管理器的编辑数据对象功能修改视图。

该功能是指像视图等数据库对象，可以在对象资源管理器中直接进行编辑，这里所谓的直接编辑，是说利用对象资源管理器产生 ALTER VIEW 表达式，以让用户指定要修改的部分，然后来执行这个表达式以完成修改。其操作步骤如下：

① 启动 SQL Server Management Studio。

② 在对象资源管理器中展开 TEACHING_MIS 数据库。

③ 展开其下的视图项目。

④ 右击所要修改的视图，然后从弹出的快捷菜单中选择“编写视图脚本为/ALTER 到/新查询编辑器窗口”命令，如图 6-7 所示。

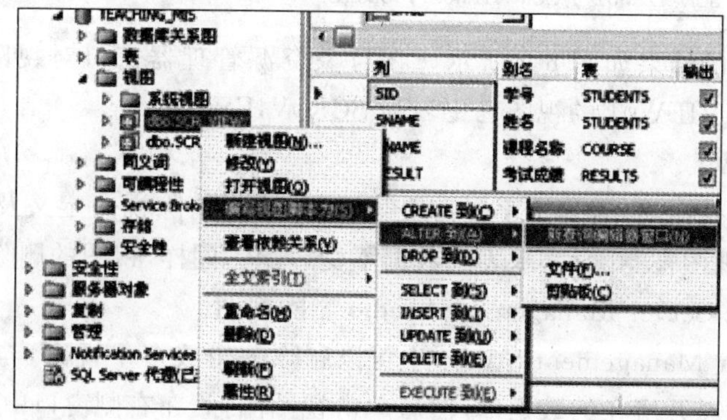

图 6-7　编辑数据库对象菜单

⑤ 在编辑器窗口中生成用以修改视图的 ALTER VIEW 表达式,在该表达式中指定所要修改的部分后,单击如图 6-8 所示的“执行”按钮来完成所需的修改。

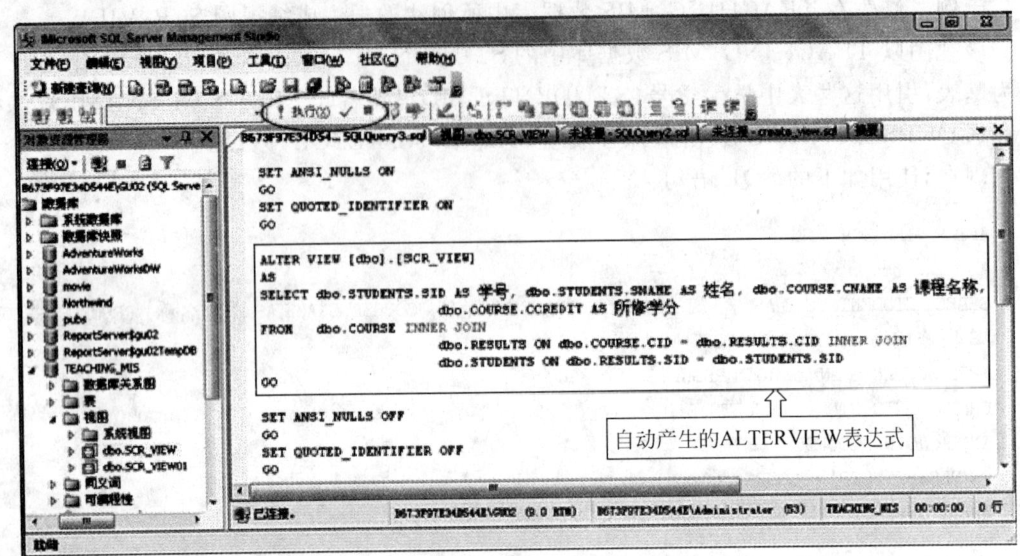

图 6-8　数据库对象的编辑窗口

2. 更改视图名称

用户可以在 SQL Server Management Studio 中更改已创建的视图名称。在 SQL Server Management Studio 的对象资源管理器中,展开并选中所要更名的视图,用鼠标右键单击该视图,并从快捷菜单中选择“重命名”命令,然后输入新名称并按 Enter 键以完成更名操作。

当然,开发人员或用户也可使用系统存储过程 sp_rename 来更名。实际上,sp_rename 是用于更改当前数据库中用户创建的数据库对象的名称。这些对象包括表、列、索引、视图或用户定义数据类型等。其语法格式在前面章节中已经介绍,这里就不再重复。

示例　将前面创建的视图 SCR_VIEW01 改名为 SCR_VIEW02,其操作语句如下:

```
EXEC SP_RENAME 'SCR_VIEW01','SCR_VIEW02','OBJECT'
```

以上更名操作的结果如图 6-9 所示。在对象资源管理器窗口对视图项目刷新后可看到,原来名为 SCR_VIEW01 的视图已更名为 SCR_VIEW02。

3. 删除视图

在创建并使用视图后,若确定不再需要某视图,或想清除视图定义及与之相关的权限,可以删除该视图,视图被删除后,基表的数据不受影响。同样,视图的删除方法也有两种:

(1) 使用 SQL Server Management Studio 删除视图。

在 SQL Server Management Studio 中可以删除一个或多个视图,与前面操作类似,在对象资源管理器中展开所在的数据库,然后单击视图图标,在右侧窗口中出现该数据库所有的视图,右击所要删除的视图,在弹出的菜单中单击“删除”命令,则弹出“删除对象”对话框,单击“确定”按钮,即删除了所选中的视图。

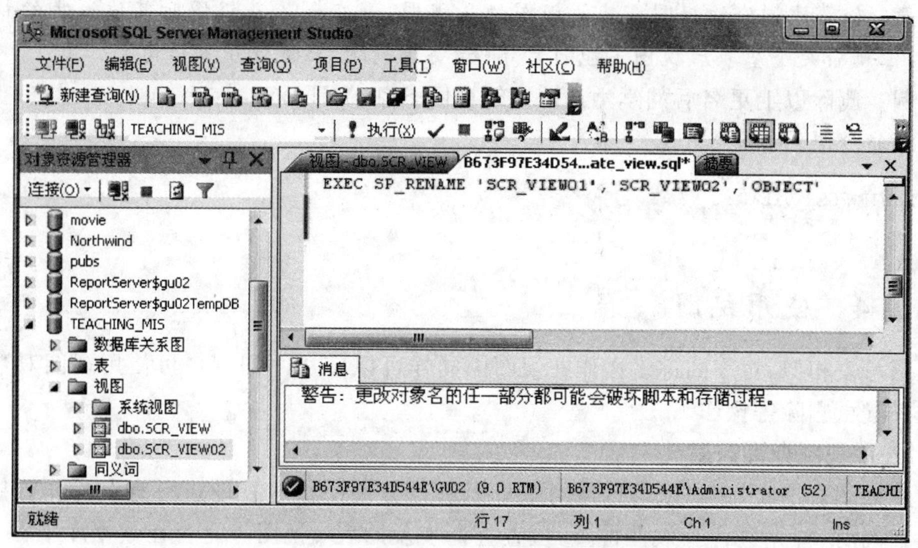

图 6-9　使用系统存储过程进行视图更名

如要查看所要删除的视图对数据库的影响，在删除对象对话框的下方单击"显示依赖关系"按钮，即出现"依赖关系"窗口以备查看，如图 6-10 所示。

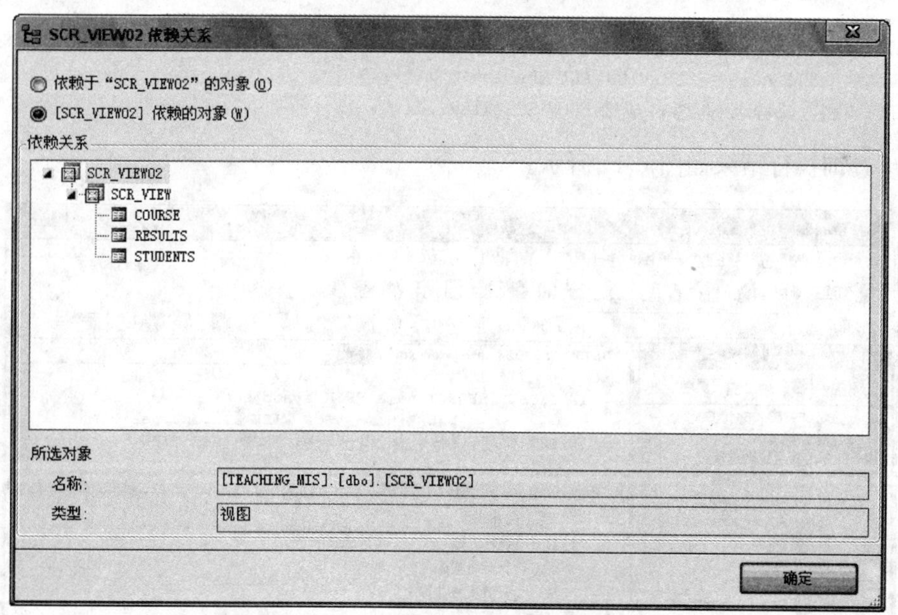

图 6-10　查看视图的依赖关系

(2) 使用 DROP VIEW 表达式。

该语句仍属于 DDL 语句。删除视图的 Transact-SQL 语法格式如下：

```
DROP VIEW [schema_name.][view_name][,...n][;]
```

使用 DROP 语句，也可以一次删除多个视图。

注意：如果被删除的视图是其他视图的基视图，则在删除基视图时其他派生的视图自动删除，但删除某个基表后视图不能自动删除，要想删除，只能使用本语句。

示例　删除以上更名后的学生选课成绩视图 SCR_VIEW02。

删除命令语句如下：

```
DROP VIEW SCR_VIEW02
GO
```

6.1.4　使用视图

视图与表相似，对表的许多操作在视图中同样可以使用。即用户可使用视图对数据进行查询、修改、删除等操作。

1. 使用视图查询数据

一旦视图被定义，用户就可以像对基本表进行查询一样对视图进行查询操作。执行对视图的查询时，首先进行有效性检查，检查查询涉及的表、视图等是否在数据库中存在。如果存在，则从数据字典中取出查询涉及的视图的定义，把定义中的子查询和用户对视图的查询结合起来，转换成对基本表的查询，然后再执行这个经过修正的查询。

示例　通过学生选课成绩视图查询学生的成绩。

查询命令语句如下：

```
IF EXISTS(SELECT name FROM sysobjects
        WHERE name = 'SCR_VIEW' AND xtype = 'V')
SELECT 姓名,课程名称,考试成绩 FROM SCR_VIEW
```

该项查询执行结果如图 6-11 所示。

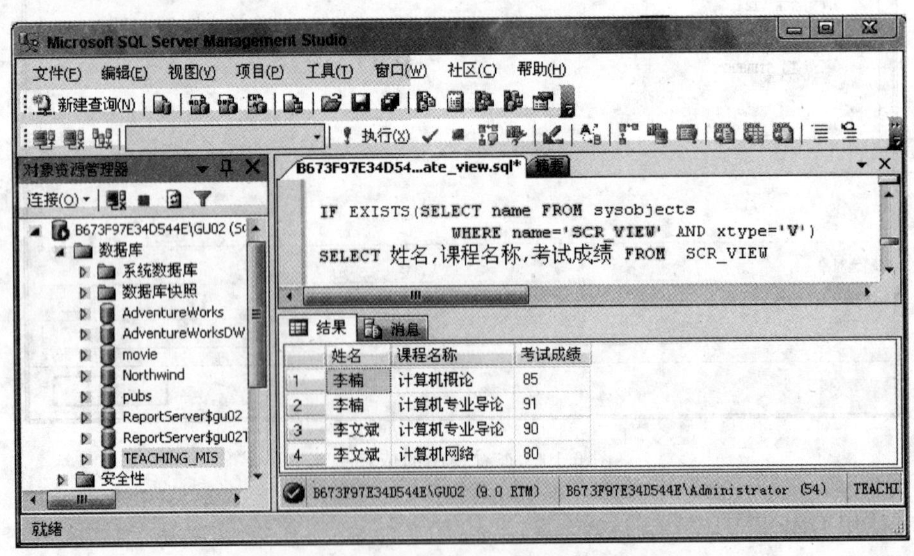

	姓名	课程名称	考试成绩
1	李楠	计算机概论	85
2	李楠	计算机专业导论	91
3	李文斌	计算机专业导论	90
4	李文斌	计算机网络	80

图 6-11　通过学生成绩视图查询有关数据

2. 通过视图更新数据

更新数据包括插入（INSERT）、删除（DELETE）和修改（UPDATE）3 类操作。如前所述,视图是不实际存储数据的虚表,因此对视图的更新,最终会转换成为对基表的更新。

为防止用户通过视图对数据进行增删改时,无意或故意操作不属于视图范围内的基表数据,可在定义视图时加上 WITH CHECK OPTION 子句,这样在视图上增删改数据时,SQL Server 会进一步检查视图定义中的条件,若不满足条件,则拒绝执行该操作。

1) 插入数据

SQL Server 2005 不仅可以通过视图检索基表中的数据,还可通过视图向基表插入数据,但所插入的数据必须要符合基表中各种约束和规则的要求。

示例 在 TEACHING_MIS 数据库的学生表 STUDENTS 上已有一个视图名为 S_VIEW,通过该视图向学生表中添加一条记录,其添加数据的 SQL 代码与向表中添加记录的代码类似,如下:

```
SELECT SID,SNAME FROM STUDENTS
INSERT INTO S_VIEW
VALUES('2007020103','刘清波','男','135562751206')
GO
```

执行该语句,其操作结果如图 6-12 所示。

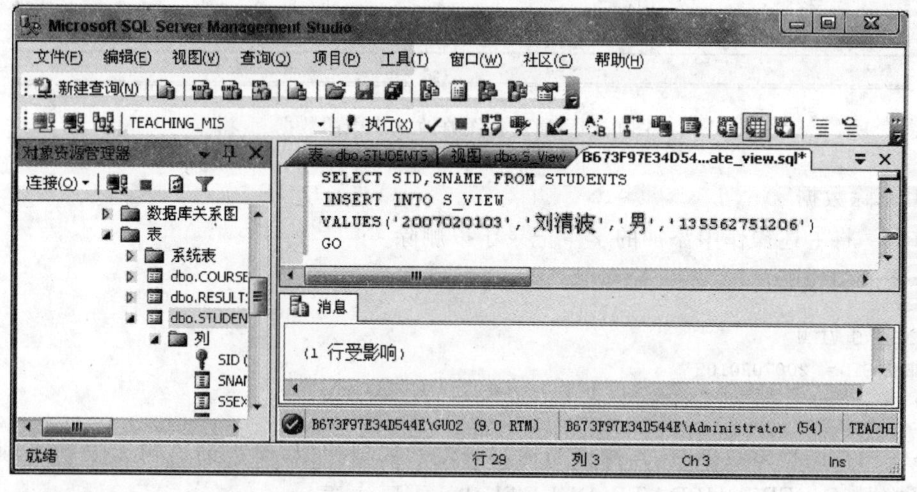

图 6-12 通过视图插入记录的操作

实际上,以上的操作只是通过 S_VIEW 视图,向学生表 STUDENTS 中添加了一条姓名为'刘清波'的学生记录。打开 STUDENTS 表,可以看到这条记录已写入表中。

2) 修改数据

同理,可以通过视图来修改基表中的数据。

示例 修改刚才通过视图 S1 添加的数据。

命令语句如下:

```
UPDATE S_VIEW
SET 姓名 = '王宏伟'
WHERE 学号 = '2007010104'
GO
SELECT SID,SNAME FROM STUDENTS
```

执行上述语句,在基表中可以看到,指定学号的记录中学生姓名(SNAME)字段数据已被修改,如图 6-13 所示。

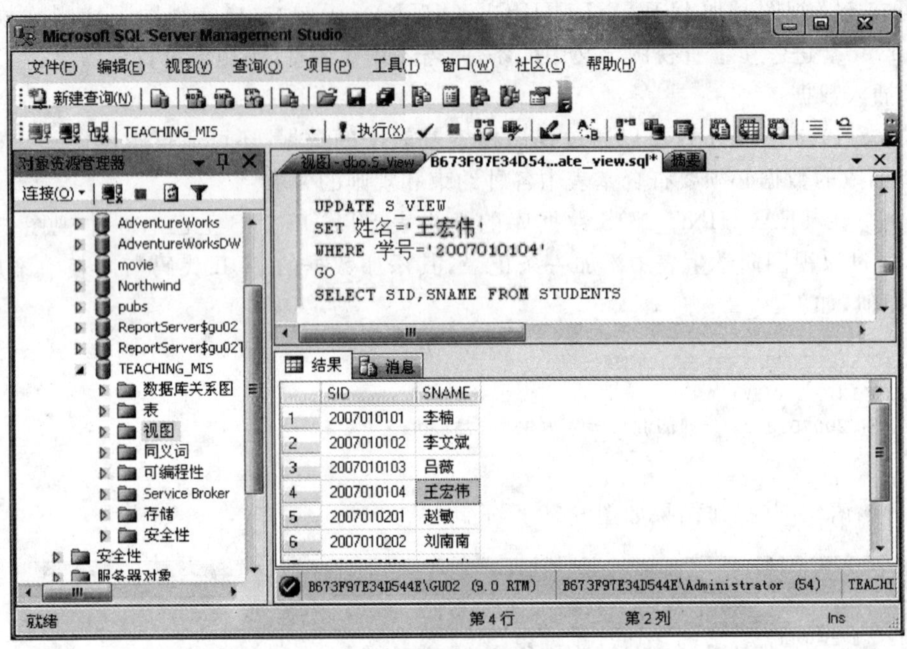

图 6-13 通过视图修改基表中的数据

3) 删除数据

示例 将上述操作中添加的学生记录予以删除。

命令语句如下:

```
DELETE S_VIEW
WHERE SID = '2007020103'
GO
```

在使用视图检索数据时,其操作与通过表检索数据相似,对查询语句无限制,但通过视图更改数据(INSERT、UPDATE、DELETE)时,需要注意:

(1) 如果在视图定义中包含计算列,则不能更新该列中的数据。

(2) 若在定义视图的 SELECT 子句中带有分组子句或含有统计函数,则不能修改视图中的数据。

(3) 在 SQL Server 2005 中,若要通过视图更改基表中的数据,只能通过行列子集视图进行更改操作,这里所谓的行列子集视图是指该视图是在一个基表的行列子集上定义的。在以上的通过视图来更改数据的操作是在 S_VIEW 视图上完成,其实该视图即是一个行列子集视图,其定义如下:

```
USE [TEACHING_MIS]
GO
CREATE VIEW [dbo].[S_VIEW]
AS
SELECT  SID AS 学号, SNAME AS 姓名, SSEX AS 性别, SPHONE AS 电话
```

```
FROM  dbo.STUDENTS
GO
```

而前面创建的 SCR_VIEW 视图是由三个基表连接定义生成，因此不是行列子集视图，因此，在该视图上不能正确执行更新数据的操作，例如，当执行以下命令后：

```
SELECT * FROM SCR_VIEW
UPDATE SCR_VIEW
SET 姓名 = '赵宏伟'
WHERE 学号 = '2007010104'
GO
```

当打开基表 STUDENTS 时，发现该条记录姓名数据并未进行更新。

再次强调的是：当数据在视图中修改时，其实质是数据在基表中得到修改。

视图来源于一个或多个基表的行或列的子集，它可以是基表的统计汇总，或者是来源于另一个视图或基表与视图的某种组合。视图为用户提供一个受限制的环境，用户只能访问允许的数据，一些不必要的、不合适的数据则不在视图中出现。用户可以像操纵表一样操纵视图中数据的显示。另外，如果权限允许，则用户可以修改视图中的全部或部分数据。使用视图，实际上，简化了对数据库的查询操作。原数据库的设计可能很复杂，但是使用视图可以避免用户跟复杂的数据结构打交道，可以使用易于理解的名字来命名视图，使用户眼中的数据库结构简单、清晰。对于复杂的查询，可以写在视图中，这样用户只需要使用视图就可以实现复杂的操作，从而避免重复写复杂的查询语句的操作。而且，由于通过视图可以让特定的用户只能查看指定的行或列的数据，设计数据库应用系统时，对于不同的用户定义不同的视图，使机密数据不出现在不应看到这些数据的用户视图上，可以大大简化了权限管理的内容。对于用户而言，通过视图创建相对复杂的查询，把一个表或多个表的数据导出到另一个应用程序的外部文件中，便于做进一步的分析，这就大大方便用户数据的导出。

总之，应用视图，可以大大方便和简化用户对数据的请求，简化对用户及安全方面的管理，并能以简单的操作来实现复杂的功能。

6.2 索引

索引(index)是 SQL Server 访问数据使用的一种辅助数据结构，其在关系数据库中扮演极其重要的角色。索引主要的作用表现在两个方面，一是提高数据的访问速度，二是确保数据的唯一性。

6.2.1 索引的基本概念

在第 5 章创建表中介绍了怎样创建表，并说明表是存储数据的结构。但表中的数据没有特定的顺序，故称为堆(heap)文件或堆集。堆文件是最简单、最原始，也是最早使用的一种文件结构。在这种文件中，记录按其插入的先后次序存放，就好像堆放货物一样，来了新的货物就堆在上面。堆文件并不意味着所有记录都一定在物理上邻接。这些记录可以存放在一个连续的存储区域中，也可以存放在不相邻接的存储区域中，甚至可以存放在一个个物理上不相邻接的物理块中。这种文件插入很容易，但查找就不方便了，要在堆中查找某个数据，就要扫描整个堆，这项操作称为完全表扫描。使用表扫描查找数据，就如同在没有目录和索引的书中查找所需的信息一样，每次都有可能从第一页翻到最后一页。因此，堆文件对于访问全部记录或一次访问相当多的记录是合适的，但对于查找特定的一条或少量几条记录，其查找效率就非常低。如果记录按检索的属性排序，则可用二分法查找，查找的开销可以显著减少。但排序本身也是很费时的一项操作，除非文件原来已按有关的属性排序。

数据查询是数据库应用的一个主要内容，而查询操作也是数据库中使用最频繁的一项操作。在 SQL Server 早期版本中就已引入索引这种数据库内部机制，就是按照表中某一属性或某些属性的组合进行排序，通过建立索引，将数据库中原先杂乱堆积的数据，整理为按照某种顺序排列的有序的数据。数据库引入了这种内部机制，其目的是提高对数据的检索速度和性能。

数据库的索引就像书的索引，索引根据键值排序。如同在书中的索引是用页号指向主题，数据库索引是用行标识符指向表中的行位置。

综上所述，数据库中的索引是一个列表，在这个列表中包含了某个表中一列或者若干列值的集合，以及这些值的记录在数据表中的存储位置的物理地址。

1. 索引的定义

索引是一个单独的、物理的数据库结构，它是某个表中一列或若干列值的集合和相应的指向表中物理标识这些值的数据页的逻辑指针清单。索引是依赖于表建立的，它提供了数据库中编排表中数据的内部方法。

一个表的存储是由两部分组成的，一部分用来存放表的数据页面，另一部分存放索引页面，索引就存放在索引页面上。通常索引页面相对于数据页面来说小得多，当进行数据检索时，系统先搜索索引页面，从中找到所需数据的指针，再直接通过指针从数据页面中读取数据。

简而言之，通过索引这种 SQL Server 的内部机制，可以有效地进行数据选择和排序。

2. 索引的结构

索引是提高存取效率的基本方法，数据库中的索引是以 B 树结构来组织和维护的。这是一个多层次、自维护的结构。其结构如图 6-14 所示。

一个 B 树包括一个顶层，顶层也称根结点（root node）；0 到多个中间层（intermediate），中间层也称为非叶层或非叶结点；一个底层，底层中包括若干叶结点（leaf node）。

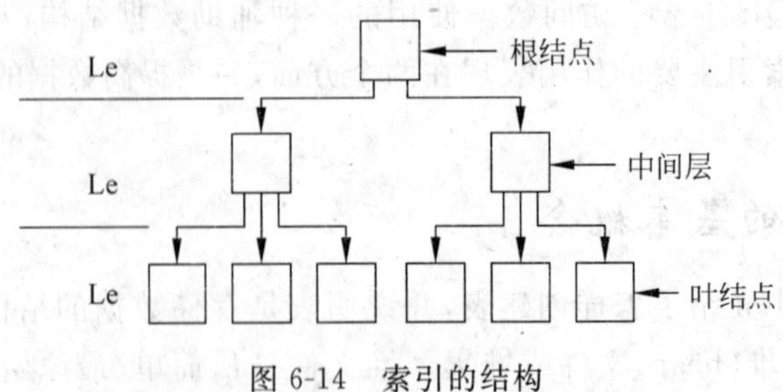

图 6-14　索引的结构

在图 6-14 中，每个方框代表一个索引页，索引列的宽度越大，B 树的深度越深，即层次越多。读取记录时所要访问的索引页就越多。也就是说数据查询的性能将随索引列层次数目的增加而降低。

B树最早由R. Bayer和E. Mccreight两人提出，以其高效、易变、平衡和独立于硬件结构等特点闻名于世，在数据库管理系统中得到广泛应用，成为最重要的动态文件索引结构。在B树中，对于每个索引键值，叶级结点中都有一个对应的索引项（也可以称为索引记录或索引行）。叶级结点的索引由两部分组成，一部分是索引键值，另一部分是索引键值对应的指针。假设索引键值是v，如果索引键是数据文件的键（超键、候选键或主键），则对应的指针指向包含索引键值为v的数据记录所在的磁盘块。如果索引键不是数据文件的键，则索引键值为v的记录不唯一，是一个记录集合，设其为S。这时，对应的指针指向一个磁盘块B，B里存储$|S|$个指针，每个指针指向一个包含S的记录的磁盘块。相当于增加了一级索引。

B树索引结构的特点是：索引是一个多级索引，但结构上不同于多级顺序索引，它采用平衡树结构，而且叶结点在同一层次上。

SQL Server数据库采用B+树的索引组织结构。B+树是B树的改进，B+树的叶级结点的结构与中间级结点的结构不相同。

1）B+树索引的叶结点结构

在B+树中其叶结点如图6-15所示，其最多包含$n-1$个索引键值$K_1,K_2,\cdots,K_{n-1}$，以及n个指针$P_1,P_2,\cdots,P_n$，每个结点中的索引键值按次序存放，即如果$i<j$，那么$K_i<K_j$。

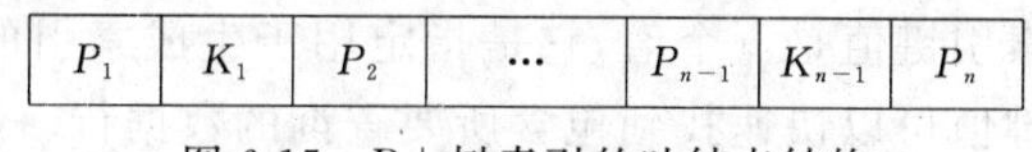

P_1	K_1	P_2	…	P_{n-1}	K_{n-1}	P_n

图6-15　B+树索引的叶结点结构

指针P_i（$i=1,2,\cdots,n-1$）可指向具有索引键值K_i的主记录或指向一个桶，桶中存放指向主记录的指针。

2）B+树索引的非叶结点结构

在B+树中，查找键值可以出现在任何结点上，如果查找键值出现在非叶结点，非叶结点的结构和叶结点的结构相同，即含有能够存储$n-1$个索引码值和n个指针的存储单元的数据结构。只不过非叶结点中的所有指针都指向树中的结点。

换言之，B+树索引的非叶结点形成叶结点上的一个多级（稀疏）索引。在一个含m个指针的非叶结点中，指针P_i（$i=2,3,\cdots,m-1$）指向一棵子树，该子树的所有结点的索引码值大于等于K_{i-1}而小于K_i。即非叶结点的指针指向其他中间结点或叶结点。而叶结点构成了索引的最后一级，除了其指针指向具有索引键值的数据记录或桶地址之外，它还具有与同级的其他结点链接的指针P_n。

实际上，SQL Server 2005按照以下步骤来处理查询（假设要找出索引键值为K的所有记录）：

（1）先检查根结点，找到大于K的最小索引码值，假设是K_i，然后沿指针P_i走到另一个结点。

（2）如果$K<K_i$，那么沿着指针P_i走至另一个结点。

（3）如果以上两个条件都不符合且$K \geqslant K_{m-1}$，其中m是该结点的指针数，则沿着指针P_m走向另一个结点。

（4）对新到达的结点，重复以上步骤，最终到达一个叶结点。

图6-16描述了在B+树中查找索引码为King的记录的过程（图中粗箭头表示利用B+树查询记录的步骤）。

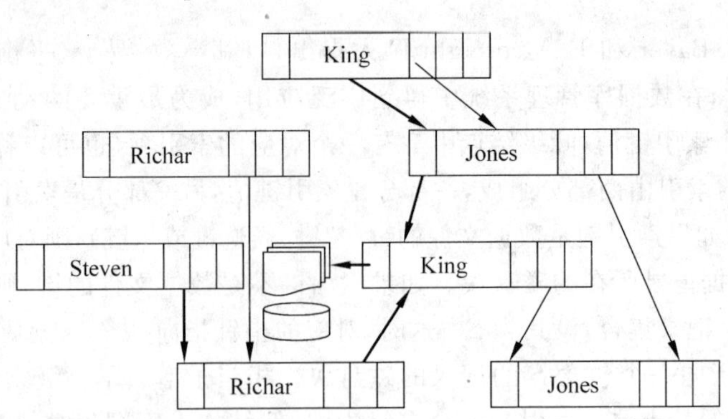

图 6-16 通过索引检索数据的过程

简而言之，SQL Server 会从根结点开始，沿着索引树状结构寻找查询所要求的记录，并将符合查询条件的数据记录提取出来。

3. 索引的优点

(1) 利用索引可以大大提高查询速度。通常，表中的数据按照堆结构存储，记录间没有特定的顺序。当要查找数据时，必须扫描表的所有数据页。而在表中创建了索引后，索引顺序存储索引键值。所谓索引键值是一个值，它是指定用于生成索引的表中的列或列的集合的某一取值。通过索引键值可以快速找到包含所要查询的数据行。这样，在查找数据时，根据索引键值就可以找到记录所在的数据页，而不需要扫描所有的数据页，从而提高了查询效率。因此，要通过索引访问数据，必须在 SQL 语句的 WHERE 子句中包含索引键值。

(2) 还可以保证数据的唯一性。当为表创建主键约束或唯一约束时，SQL Server 会自动为其创建唯一索引，该索引的用途就是确保数据的唯一性。

(3) 在使用 ORDER BY 和 GROUP BY 子句进行检索数据时，可以显著减少查询中分组和排序的时间。

(4) 使用索引可以在检索数据的过程中进行优化，提高系统性能。

(5) 可以加速表与表之间的连接。

6.2.2 索引及其分类

区分 SQL Server 的索引类型，取决于所观察的角度。从数据的存储结构上划分，SQL Server 使用的两种索引是簇索引（聚集索引）与非簇索引（非聚集索引）。其主要区别在于表中存储数据的方式不同：非簇索引是随机存储，而簇索引是排序存储的。

若以数据的唯一性来划分，则 SQL Server 使用的索引可分为唯一索引和非唯一索引。而若以索引所指定的键列个数来划分，又可分为单列索引和多列索引（组合索引），其中的单列索引是指为表的某单一字段创建索引，而多列索引则指在表的多个字段集合上创建的索引。

1. 簇索引

簇索引对表的物理数据页中的数据按索引键值列进行排序，然后再重新存储到磁盘上。即簇索引与表的数据是存放在一起，也就是说，簇索引的叶结点中存储的是实际的数据行。即表中数据记录实际存储的顺序与簇索引中相对应的键值的存储顺序完全相同。由于簇索引对表中的数据一一进行了排序，因此用簇索引查找数据会很快，因为索引一旦到达叶结点，数据即可以使用。这意味着使用簇索引检索数据只需要较少的 I/O 操作。

簇索引的另一个优点是被检索的数据将以索引分类顺序排列，因此，如果经常要以某字段来排序数据记录，则以该字段创建一个簇索引，可以省却每次提取该字段内容时所需要的一次排序操作时间。即若簇索引组织得合理，可以减少数据的排序操作。但由于簇索引将表的所有数据完全重新排列了，而表的数据行只能以一种次序存储在磁盘上，所以一个表只能有一个簇索引。

簇索引结构如图 6-17 所示。

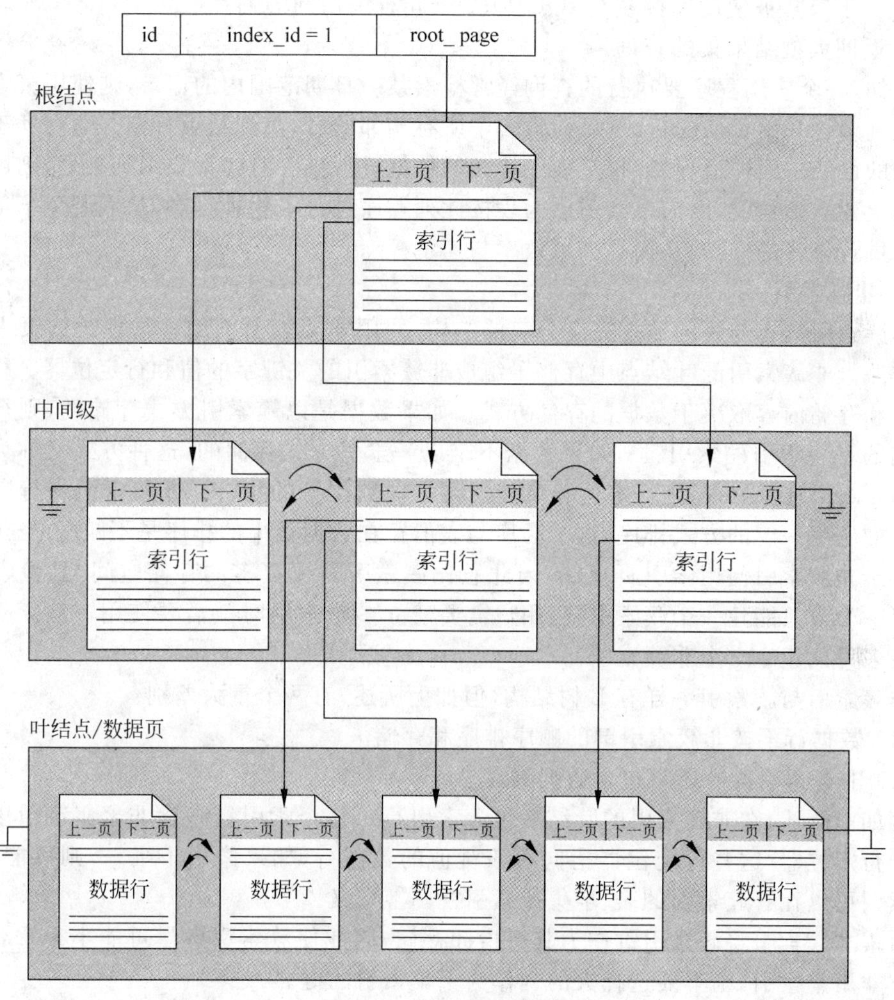

图 6-17　簇索引结构

簇索引在 sysindexes 内占有一行，其 index_id=1。数据链内的页和其内的行按簇索引键值排序。对于簇索引，sysindexes. root 指向它的顶端。SQL Server 沿着簇索引浏览以找到该索引键对应的行。为找到键的范围，SQL Server 浏览索引以找到这个范围的起始键值，然后用向前或向后指针扫描数据页。为找到数据页链的首页，SQL Server 从索引的根结点开始沿最左边的指针进行扫描。

簇索引对于那些经常要检索范围值的列特别有效，使用簇索引找到第一个值的行以后，就可以确保包含后续索引值的行就在该行附近。因此，簇索引的一个优点是它适用于检索连续键值。

默认情况下,SQL Server 为 PRIMARY KEY 约束所建立的索引是簇索引,这一默认设置可以使用 NONCLUSTERED 关键字来改变。在下列几种情况下,应该考虑使用簇索引:

- 包含大量非重复列的值。
- 使用 BETWEEN、＞、＞＝、＜和＜＝运算符返回一个范围的查询。
- 被连续访问的列。
- 对于经常被使用连接或 GROUP BY 子句查询访问的列。
- 返回大型结果集的查询。

例如,一个应用程序要执行的查询经常检索某一日期范围内的记录,则使用簇索引可以迅速找到包含开始日期的行,然后检索表中所有相邻的行,直到结束日期。这有助于提高此类查询的性能。同样道理,如果对表中检索的数据进行排序时经常要用到某列,则可将该表在此列上建立簇索引,因为该索引已为表按此列顺序进行了物理排序,从而避免了每次查询时都要进行排序的操作,从而提高了效率与速度。

2. 非簇索引

非簇索引具有与表的数据完全分离的结构,使用非簇索引不用将物理数据页中的数据按列排序。非簇索引的叶结点中存储了组成非簇索引的关键字的值和行定位器。行定位器的结构和存储内容取决于数据的存储方式。如果数据是以簇索引方式存储的,则行定位器中存储的是簇索引的索引键;如果数据不是以簇索引方式存储的,这种方式又称为堆存储方式即 Heap Structure,则行定位器存储的是指向数据行的指针。非簇索引将行定位器按关键字的值用一定的方式排序,这个顺序与表的行在数据页中的排序是不匹配的。

由于非簇索引使用索引页存储,因此它比簇索引需要更多的存储空间,且检索效率较低。但一个表只能建一个簇索引,当用户需要建立多个索引时就需要使用非簇索引了。一个表最多可以建 249 个非簇索引。

非簇索引与簇索引一样有 B 树结构,但如上所述,有两个重大差别:

(1) 数据行不按非簇索引键的顺序排序和存储。

(2) 非簇索引的叶层不包含数据页。

正如前所述,在非簇索引的叶结点包含索引行。每个索引行包含非聚集键值以及一个或多个行定位器,这些行定位器指向有该键值的数据行,如果索引不唯一,则可能是多行。非簇索引可以在有簇索引的表、堆集或索引视图上定义。

由于非簇索引将簇索引键作为其行指针存储,因此使簇索引键尽可能小很重要。如果表还有非聚集索引,则不要选择大的列作为聚集索引的键。

非簇索引在 sysindexes 内有一行,其 indid 为 0,其结构如图 6-18 所示。

SQL Server 在检索数据时,先对非簇索引进行搜索,找到数据值在表中的位置,然后从该位置直接检索数据。这使非簇索引成为精确匹配查询的最佳方法。因为索引包含描述查询所检索的数据值在表中的精确位置条目。如果基础表使用簇索引排序,则该位置为簇索引键值;否则,该位置为包含行的文件号、页号和槽号的行标识 RID。

非簇索引适用于以下场合:

(1) 包含大量非重复值的列,如姓名组合。

(2) 不返回大型结果集的查询。

(3) 返回精确匹配的查询的搜索条件(WHERE 子句)中经常使用的列。

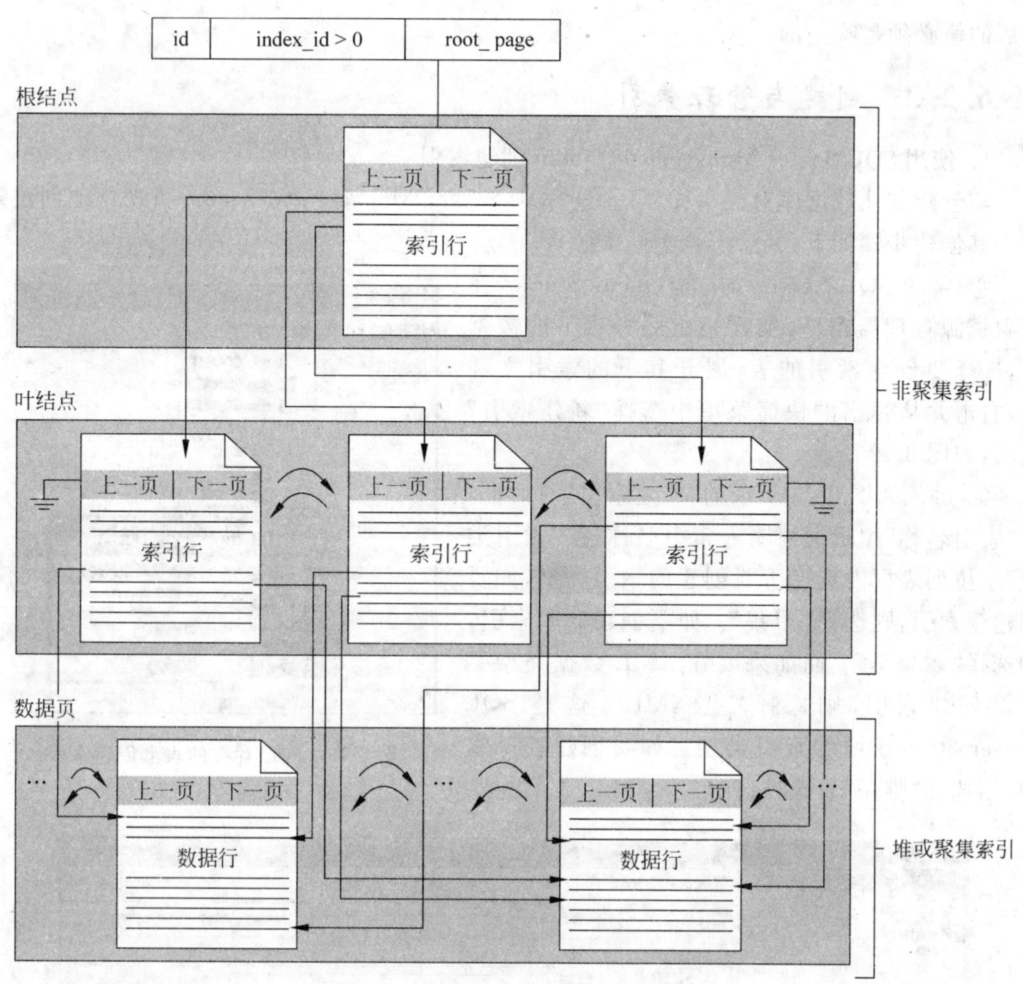

图 6-18 非簇索引的结构

(4) 经常需要连接和分组的应用程序，可在连接和分组操作中使用的列上创建多个非簇索引，而在外键上创建一个簇索引。

3. 唯一索引

前已提及，唯一索引的作用是保证索引列中不包含重复的值，即确保数据的唯一性。如果希望所有数据记录的某一字段或多个字段组合后的值是不能重复的，则可以为该字段或多个字段的组合创建唯一索引。创建唯一索引的前提条件是现有数据记录的该字段或多个字段所组合的值不重复，即该值能够唯一识别表中每一条数据记录。否则，SQL Server 会告知违反了唯一性，而且唯一索引也不会创建。

实际上，簇索引和非簇索引都可以是唯一的，只要列中数据是唯一的，就可以在该表上创建一个唯一的簇索引和多个唯一的非簇索引。也只有唯一性是数据本身的特征时，指定唯一索引才有意义。

有两点需要注意：一点是 NULL 值会被视为是重复的。例如学生的姓名字段允许接受 NULL 值，而且为姓名字段创建唯一索引，则最多只能有一个学生的姓名是 NULL 值。另一点是当为多个字段组合创建唯一索引时，允许个别字段的数据是重复的，但这些字段组合后的值必须是唯一的。

6.2.3 创建与管理索引

1. 使用 SQL Server Management Studio 创建索引

与创建其他数据库对象一样，可通过 SQL Server Management Studio 可视化地创建索引。其创建步骤如下：

① 启动 SQL Server Management Studio，在对象资源管理器窗口，展开指定服务器下的数据库，选择要创建索引的表，展开其下的索引文件夹，右击并从弹出的快捷菜单中选择"新建索引"选项，如图 6-19 所示。

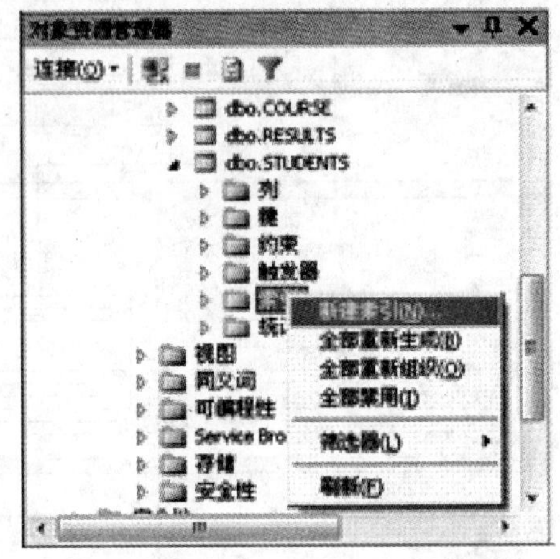

图 6-19 在已存在的表上创建索引

② 进入如图 6-20 所示的"新建索引"对话框，在"索引名称"编辑框内输入索引名称，在"索引类型"下拉列表框内选择所要创建的索引类型，如要创建簇索引，则选择"聚集"；如要创建非簇索引，则选择"非聚集"；而如果要在 XML 数据类型字段上创建索引，则选择"主 XML"，这是 SQL Server 2005 新增的索引类型。如要创建唯一索引，则选择"唯一"复选框。

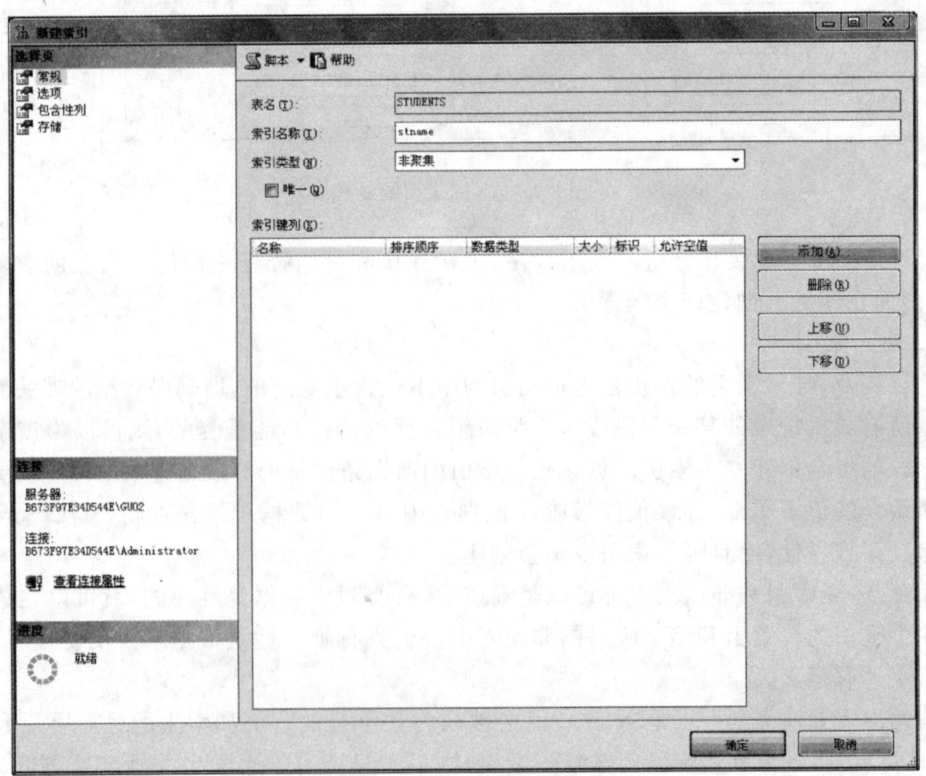

图 6-20 "新建索引"对话框

③ 在图 6-20 的操作界面的索引键列栏中，单击“添加”按钮，在出现的如图 6-21 所示的对话框中选择要作为索引键列的字段，并单击“确定”按钮确认。完成索引类型的设置和键列选择后，单击“新建索引”对话框底部的“确定”按钮，则完成了索引的创建。

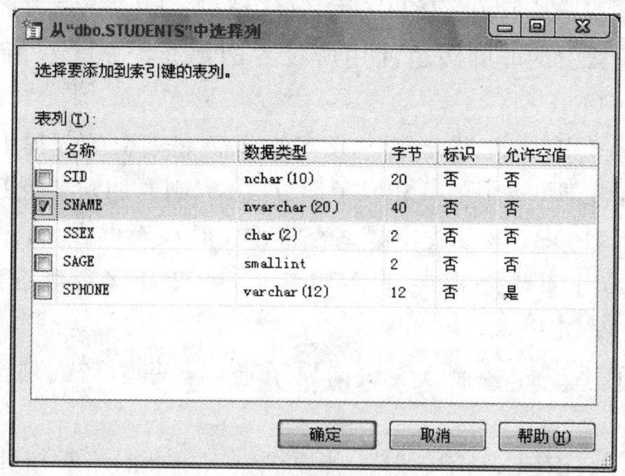

图 6-21　选择索引键列

如要进一步设置索引的属性，则在新建索引操作界面左侧面板中选择“选项”结点，并在右边出现的选项中选择并设置诸如“忽略重复值”、“设置填充因子”等。

2. 使用 Transact-SQL 语句创建索引

若想要以程序控制方式来创建索引，则要使用 Transact-SQL 语句中的 CREATE INDEX 命令表达式。CREATE INDEX 命令既可以创建一个可改变表的物理顺序的簇索引，也可以创建提高查询性能的非簇索引。其创建语法如下：

```
CREATE [UNIQUE][{CLUSTERED|NONCLUSTERED}]
INDEX index_name
ON [database_name.[schema_name].|schema_name.]
table_or_view_name(column_list)
[WITH
    (PAD_INDEX = {ON|OFF}
    |FILLFACTOR = fillfactor
    |SORT_IN_TEMPDB = {ON|OFF}
    |IGNORE_DUP_KEY = {ON|OFF}
    |DROP_EXISTING = {ON|OFF}
    |STATISTICS_NORECOMPUTE = {ON|OFF}
    [,...n])]
[ON {filegroup|"DEFAULT"}][;]
```

参数说明：

- UNIQUE：创建唯一索引。
- CLUSTERED：创建的是能改变表的物理顺序的簇索引。
- NONCLUSTERED：创建的是能提高查询性能的非簇索引。
- index_name：所要创建的索引名。
- table_or_view_name：所要创建索引的表或视图名称。

- column_list：表或视图的键列，其格式为 column[ASC|DESC][,...n]，用于指定索引的键列及其排序方式，如果没有指定排序方式，则 SQL Server 自动以升序(ASC)排列。
- PAD_INDEX：指定索引中间级中每个页(结点)上保持开放的空间。其默认值是 OFF，如果希望索引的非叶级也使用所设置的填充因子来保留空间，则要加入参数 PAD_INDEX＝ON。
- FILLFACTOR＝fillfactor：指定在 SQL Server 创建索引的过程中，各索引页叶级的填满程度。例如，想要将索引的填充因子设置成 80，则要加入参数 FILLFACTOR＝80。
- SORT_IN_TEMPDB：该参数控制是否将排序结果存储在 tempdb 中，如果希望将索引排序结果暂存于系统数据库 TEMPDB 中，则设置该参数 SORT_IN_TEMPDB＝ON，其默认值是 OFF。
- IGNORE_DUP_KEY：控制当尝试向属于唯一聚集索引的列插入重复的键值时所发生的情况。
- STATISTICS_NORECOMPUTE：若要让索引更新时不重新计算统计信息，则应将该参数设置为 STATISTICS_NORECOMPUTE＝ON。
- DROP_EXISTING：指定应除去并重建已命名的先前存在的聚集索引或非聚集索引。
- filegroup：该参数指定存储索引的文件组，若想指定索引存储在数据库的哪个文件组中，则使用 ON filegroup 参数，如果加入的是 DEFAULT 或是没有加入参数，则索引存储在与表相同的文件组中。

示例 为 pubs 数据库中的 titles 表创建索引：

```
CREATE INDEX title_price
ON titles(price desc)
GO
CREATE INDEX title_price01
ON titles(title_id DESC,price ASC)
GO
```

创建索引所起的作用可通过以下语句来查看。

```
SELECT title_id,price
FROM titles WHERE title_id>'PC1000'
```

3. 使用建表语句指定索引

在前面介绍的建表语句中，可以在所创建的表上建立主键约束和唯一约束。实际上，在创建主键约束和唯一约束的同时，系统自动在指定的键列上创建了索引。默认情况下，在主键列上创建的索引为簇索引，在唯一键上创建的索引为非簇索引。

以下介绍如何在指定约束的同时，指定索引(类型)。因为可以在表级和列级指定主键约束和唯一约束，下面分别给出在表级和列级定义索引的语法：

在表的指定列(级)上定义索引的语句为：

```
[CONSTRAINT constraint_name]
{PRIMARY KEY |UNIQUE}
```

```
[CLUSTERED|NONCLUSTERED]
[WITH FILLFACTOR = fillfactor]
[ON{filegroup|DEFAULT}]
```

在表级约束上定义索引的语法如下：

```
[CONSTRAINT constraint_name]
{PRIMARY KEY |UNIQUE}
[CLUSTERED|NONCLUSTERED]
{(column[,...n])}
[WITH FILLFACTOR = fillfactor]
[ON{filegroup|DEFAULT}]
```

由上可知，在指定约束的同时，可以指定索引是聚簇索引、非聚簇索引或是唯一索引，还可指定 FILLFACTOR 的取值和索引所在的文件组。

4. 维护索引

索引维护包括索引的重新生成、重建索引以及删除索引。

在 SQL Server 中创建索引后，再对数据进行访问时，SQL Server 系统要先检查是否存在根据适当字段创建的索引，并确认其是否有助于此次数据访问操作，如果确实存在一个有帮助的索引，SQL Server 会使用它来访问表中的数据记录。因此，如前面示例所示那样，用户并不需要显式地调用索引来检索数据。这说明，SQL Server 保持对各索引的统计，该统计描述索引的选择性以及索引键值的分布。而 SQL Server 的查询优化器使用这些统计信息来决定采用哪一个索引，以满足特定的查询。在默认情况下，对索引的统计定期更新。由于对于数据库添加数据等操作会导致页拆分，这会物理地分散数据页中的索引页，因此，索引有时会较长时间出现分段情况，结果导致性能下降。这需要通过重建索引恢复平衡和连续性，并且在重建索引时，统计信息也会被重新创建。

1）重新生成

重新生成是指重新生成索引的统计信息，该项操作不重新生成索引，因此索引仍可能会被分段，所以该方法不如重建索引的效率高，其适用于没有时间或资源来重建索引，但可以独立地更新索引统计的场合。其操作在 SQL Server Management Studio 中完成，如图 6-22 所示。

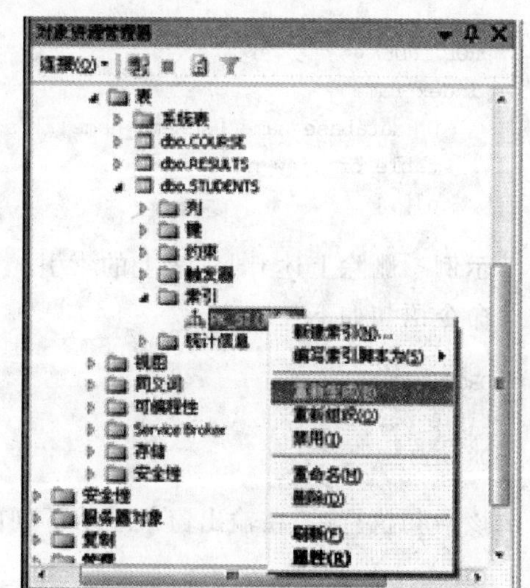

图 6-22 维护索引操作界面

2）重建索引

对于较小的表，一种重建索引的方法是手动删除索引，然后再建立索引。

对于较大或很大的表，可以使用如下创建索引语句进行重建：

```
CREATE INDEX ...
DROP EXISTING
```

上述命令用于一次在一个表上只重建一个索引的场合。而如果需要在一个表上重建所有索引，则使用以下命令来完成：

```
DBCC DBREINDEX
```

3) 删除索引

如果不再需要使用某个索引,应该将其删除以免占用磁盘空间并降低执行效率。SQL Server 中有 3 种方法来删除索引:

(1) 右击索引所在表,在弹出的快捷菜单中选择修改表选项,进入表设计器界面,单击该页面工具栏中的“管理索引和键”工具,弹出表的“索引/键”设计窗口,从“选定的主/唯一键或索引”下拉列表中选取所想要删除的索引,然后单击“删除”按钮,并保存表,才能删除指定的索引。其主要操作界面如图 6-23 所示。

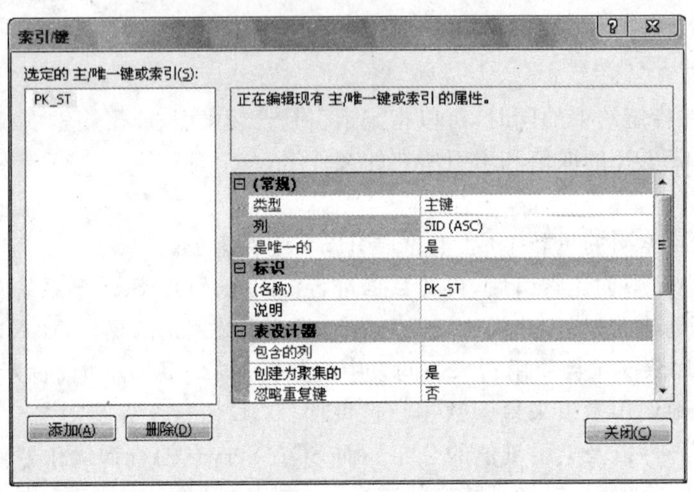

图 6-23 “索引/键”设计窗口

(2) 在对象资源管理器窗口,依次展开想要删除的索引所在的“数据库/表/索引”项目,鼠标点选所要删除的索引名称,按下 Del 键,并根据系统要求予以确认。

(3) 使用 Transact-SQL 语句删除索引

Transact-SQL 语句中的 DROP INDEX 命令可以删除一个或多个当前数据库中的索引,其语法格式如下:

```
DROP INDEX
{index_name
    ON database_name.[schema_name].|[schema_name.]
    table_or_view_name}
[,...n][;]
```

示例 删除上述 titles 表上的索引。

命令语句如下:

```
DROP INDEX
title_price
ON titles
```

该语句执行后,在输出窗口显示下列内容:

```
-----------------------------------
命令已成功完成。
```

5. 管理索引

索引创建后，需要使用工具或使用 T-SQL 语言以查看、修改以及更改其名称。

1）在 SQL Server Management Studio 中查看和修改索引

要查看索引的详细信息，或对其进行修改，需要在所要查看的表上单击右键，从快捷菜单中选择“修改表”选项，出现表的设计窗口，此时在其上方工具栏中单击“管理索引和键”工具按钮，即会弹出“索引/键”设计窗口，如图 6-23 所示。在“选定的主/唯一键或索引”列表框内选择所要查看或修改的索引，则该窗口右侧会显示相应索引的键列、索引类型、索引名称及该索引的有关属性内容。若要修改，则在标识栏下的名称编辑栏中可对现有索引名称进行更名修改，在常规栏的主键列中可对索引键列进行修改，同理，在表设计器栏内对于包括索引类型在内的索引属性可进行重新设定。

当然，如果仅是对索引进行更名，则在图 6-22 所示快捷菜单中选择“重命名”选项即可。

2）使用 Transact-SQL 语句查看索引

（1）使用系统存储过程查看索引信息。

Transact-SQL 语言中的系统存储过程 sp_helpindex 可以返回表的所有索引的信息。其语法如下：

```
EXEC sp_helpindex [@objname = ] 'name'
```

在上述语句中，[@objname =] 'name'用于指定当前数据库中表的名称。

示例　使用存储过程查看数据库 Northwind 中表 orders 的索引。

命令语句如下：

```
EXEC sp_helpindex orders
```

执行结果如下：

```
-----------------------------------------------------------------------------------
index_name          index_description                  index_keys
-----------------------------------------------------------------------------------
pk_order_id         clustered, unique, primary key     located on PRIMARY order_id
orders_p_id         nonclustered                       located on PRIMARY p_id
orders_quan         nonclustered                       located on PRIMARY order_quantity
orders_firm_id      nonclustered                       located on PRIMARY order_firm_id
```

（2）使用系统存储过程更改索引名称。

Transact-SQL 语言中系统存储过程 sp_rename 可用来修改索引的名称，其语法格式如下：

```
sp_rename 'tablename.[oldindexname] ','newindexname','index'
```

其中，tablename.[oldindexname]是指定表中需要更改的原索引名称，而 newindexname 则是更改后的索引名称。

示例　用存储过程更改 Northwind 数据库中 Customers 表上索引 City 的名称。

命令语句如下：

```
USE Northwind
GO
EXEC sp_rename 'Customers.[City]','City_index01','index'
```

执行结果如下：

警告：更改对象名的任一部分都可能会破坏脚本和存储过程。

此命令执行后，将 Customers 表上名为 City 的原来索引名称改为 City_index01。

前已介绍，使用索引可以加快数据的检索速度，可以保证数据的唯一性，但索引也有自身的缺点，主要是索引的创建与维护需要耗费时间，而且这种时间的耗费会随着数据量的增加而增加。索引本身需要占用物理空间，特别是建立聚集索引，所需要的空间会更大。另外，当对表中的数据进行增加、删除和修改时，索引也要动态地维护，因为每当更新表中的数据时，都要更新索引的内容。特别是对聚簇索引，系统都要调整数据的物理存储，使其与索引列的顺序相同，这样就会降低数据维护的速度。既然索引有其优点但也存在着一定的缺点，因此就不能在所有情况下都对表创建索引。那么，在什么情况下需要创建索引呢？一般而言，如下情况需要在列上创建索引：

- 在经常需要检索的列上，可以加快检索速度；
- 作为主键的列上，强制该列的唯一性和组织表中数据时的排列结构；
- 在经常连接的列上，如外键等，建立索引可以加快连接速度；
- 在经常需要根据范围进行检索的列上创建索引，因为索引已排序，其指定范围是连续的；
- 在经常需要排序的列上创建索引，因为索引已经排序，因此查询就可以利用索引的排序以加快排序查询的时间；
- 在经常使用 WHERE 子句的列上创建索引，以加快条件的判断速度。

同样，在什么情况下不应该使用索引呢？一般来说：对于那些查询中很少使用的字段、数据类型为 Bit、text、image 的字段或重复程度很高的字段则不要为其创建索引。

在使用索引时，还需注意：

- 根据唯一性高低程度来创建索引；
- 尽量保持索引较小。

6.3 存储过程

存储过程(stored procedure)是一组为了完成特定功能的表达式集合，经编译后存储在数据库中。用户通过指定存储过程的名字并给出参数(如果该存储过程带有参数)来执行。存储过程可以包含程序流、逻辑以及对数据库的查询，可以接受输入参数、输出参数、返回单个或多个结果集以及返回值。存储过程结合了 SQL 的数据操作能力和过程化语言的流程控制能力，是 SQL 的过程化扩展。

存储过程类似于其他程序设计语言中的程序，只不过，它是包含 Transact-SQL 表达式或是以.NET Framework CLR 程序语言编写而成的，并以特定名称存储于数据库中，以便于反复调用。

6.3.1 存储过程的类型与特点

1. 存储过程类型

在 SQL Server 2005 中，存储过程分为 5 种类型：

(1) 用户自定义存储过程：泛指由用户自行开发的存储过程，根据所采用的开发语言，用户定义的存储过程又可分为 T-SQL 存储过程和 CLR 程序。T-SQL 存储过程即是使用 SQL Server 2005 的 Transact-SQL 表达式编写的程序代码，它能接收并返回用户所提供的参数。而 CLR 程序则是指用户使用.NET Framework Common Language Runtime(CLR)程序语言(VB.NET 或 Visual C# 等.NET 语言)编写的存储过程，并能在 SQL Server 2005 中调用使用。

(2) 系统存储过程：由 SQL Server 内建，主要存储在 master 数据库中并以 sp_为前缀，系统存储过程主要是从系统表中获取信息，从而为系统管理员管理 SQL Server 提供支持。通过系统存储过程 SQL Server 中的许多管理性或信息性的活动(如了解数据库对象、数据库信息)都可以被顺利有效地完成。尽管这些系统存储过程被放在 master 数据库中，但是仍可以在其他数据库中对其进行调用。在调用时不必在存储过程名前加上数据库名，而且当创建一个新数据库时，一些系统存储过程会在新数据库中被自动创建。

(3) 临时存储过程：指以一个“#”号或两个“##”号作为存储过程名称的开头字符，存储于 tempdb 中的存储过程。

(4) 远程存储过程：在 SQL Server 2005 中，可以使用分布式查询和 EXECUTE 表达式去执行一个位于远程服务器上的存储过程。

(5) 扩展存储过程(extended stored procedure)：属于动态链接库(DLL)，SQL Server 可以动态加载并执行，通常使用 C 或 C++语言写成，其以 xp_为前缀。

2. 存储过程优点

通常，人们更偏爱于使用存储过程的编程方法，即在 SQL Server 2005 中使用存储过程，而不是在客户机上调用 T-SQL 编写的一段程序。原因在于存储过程具有以下优点：

1) 允许标准组件式编程

存储过程在被创建以后可以在程序中被多次调用，而不必重新编写该存储过程的 SQL 语句。而且数据库专业人员可随时对存储过程进行修改，但对应用程序源代码毫无影响，因为应用程序源代码只包含存储过程的调用语句。从而极大地提高了程序的可移植性。

2) 能够实现较快的执行速度

SQL Server 将存储过程中的 SQL 语句集编译成一个执行单位，当存储过程第一次执行时，查询优化器对其进行分析优化，并给出最终被存在系统表中的执行计划，经过编译的存储过程存放在内存中，即所谓预编译集合，它可以被重复使用。这样，SQL Server 就不必在每一次执行相同的任务时重复分析语法是否正确。因此，如果某一操作包含大量的 T-SQL 代码或分别被多次执行，则存储过程要比批处理的执行速度快很多，因为批处理中的 T-SQL 语句在每次运行时都需要进行语法分析、编译和优化，因此速度相对要慢。

3) 能够有效降低网络流量

对于同一个针对数据库对象的操作(如查询修改)，如果这一操作所涉及的 T-SQL 语句被组织成一存储过程，那么当在客户计算机上调用该存储过程时，网络中传送的只是该调用语句。否则的话，将是多条(所需要的数百行)SQL 程序代码。因而使用存储过程将大大减少网络流量，降低网络负载。

4）可被作为一种安全机制来充分利用

系统管理员通过对执行某一存储过程的权限进行限制，从而能够实现对相应的数据访问权限的限制，避免非授权用户对数据的访问，保证数据的安全。

注意：存储过程虽然既有参数又有返回值，但是它与函数不同，存储过程的返回值只是指明执行是否成功，并且它不能像函数那样被直接调用。也就是说，在调用存储过程时，在存储过程名字前一定要有 EXEC 保留字。

6.3.2 用户自定义存储过程的创建

与创建其他数据库对象相同，在 SQL Server 2005 中创建一个存储过程有两种方法：一种是在 SQL Server Management Studio 中可视化地创建存储过程，另一种是通过编写 T-SQL 语句来创建存储过程。

创建存储过程时需要确定存储过程的以下 3 个组成部分：

(1) 所有的输入参数以及传给调用者的输出参数。

(2) 被执行的针对数据库的操作语句，包括调用其他存储过程的语句。

(3) 返回给调用者的状态值以指明调用是成功还是失败。

1. 使用 SQL Server Management Studio 创建

使用 SQL Server Management Studio 创建存储过程是一种常用方法，其创建步骤如下：

(1) 打开 SQL Server Management Studio，连接到数据库引擎服务，依次展开要创建存储过程的数据库文件夹→可编程性文件夹→存储过程文件夹，右击存储过程文件夹，在弹出的快捷菜单中选择新建存储过程命令选项，其操作如图 6-24 所示。

(2) 在查询分析器编辑窗口，已创建一个创建存储过程的框架，如图 6-25 所示。用户在该框架程序内可指定存储过程名称、输入或输出参数的名称、类型和默认值，输入存储过程主体 SQL 语句集合，完成后，按 F5 键或单击工具栏中“执行”按钮以创建存储过程并保存到数据库中。

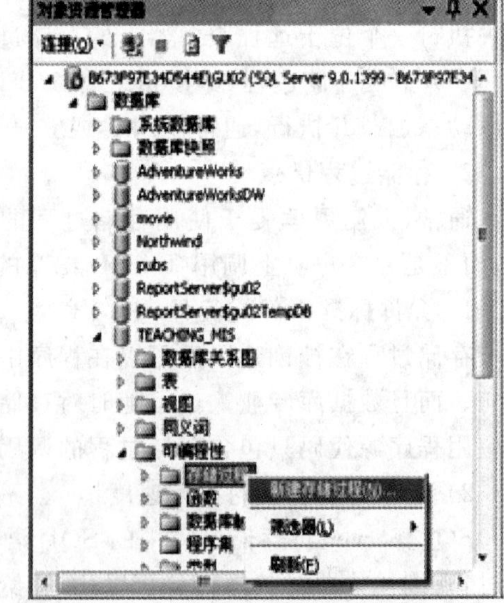

图 6-24　创建存储过程操作

2. 使用 Transact-SQL 命令创建

使用 T-SQL 语言中的 Create Procedure 命令能够创建存储过程，在创建存储过程之前应该考虑到以下几个方面：

(1) 在一个批处理中，CREATE PROCEDURE 语句不能与其他 SQL 语句合并在一起。

(2) 数据库所有者具有默认的创建存储过程的权限，它可把该权限传递给其他的用户。

```
-- Author:       <Author,,Name>
-- Create date: <Create Date,,>
-- Description: <Description,,>
-- =============================================
CREATE PROCEDURE <Procedure_Name, sysname, ProcedureName>
    -- Add the parameters for the stored procedure here
    <@Param1, sysname, @p1> <Datatype_For_Param1, , int>
    = <Default_Value_For_Param1, , 0>,
    <@Param2, sysname, @p2> <Datatype_For_Param2, , int>
    = <Default_Value_For_Param2, , 0>
AS
BEGIN
    -- SET NOCOUNT ON added to prevent extra result sets from
    -- interfering with SELECT statements.
    SET NOCOUNT ON;

    -- Insert statements for procedure here
    SELECT <@Param1, sysname, @p1>, <@Param2, sysname, @p2>
END
GO
```

图 6-25 为存储过程编制代码

(3) 存储过程作为数据库对象，其命名必须符合命名规则。

(4) 只能在当前数据库中创建属于当前数据库的存储过程。

用 CREATE PROCEDURE 命令创建存储过程的语法格式如下：

```
CREATE PROC[EDURE] procedure_name [ ; number ]
[ { @parameter data_type }
[ VARYING ] [ = default ] [ OUTPUT ]
] [ ,...n ]
[ WITH
{ RECOMPILE | ENCRYPTION | RECOMPILE , ENCRYPTION } ]
[ FOR REPLICATION ]
AS
sql_statement [ ...n ]
```

参数说明：

- procedure_name：要创建的存储过程名。它后面跟一个可选项 number，它是一个整数，用来区别一组同名的存储过程。使用一条 DROP PROCEDURE 语句即可将同组的过程一起删除。
- @parameter：存储过程的参数。在 Create Procedure 语句中可以声明一个或多个参数。当调用该存储过程时，用户必须给出所有的参数值，除非定义了参数的默认值。若参数的形式以@parameter＝value 出现，则参数的次序可以不同，否则用户给出的参数值必须与参数列表中参数的顺序保持一致。若某一参数以@parameter＝value 形式给出，那么其他参数也必须以该形式给出。一个存储过程至多有 2100 个参数。使用@符号作为第一个字符来指定参数名称。
- data_type：是参数的数据类型。在存储过程中所有的数据类型包括 text 和 image 都可被用作参数。但是游标 cursor 数据类型只能被用作 OUTPUT 参数。当定义游标数据类型时，也必须对 VARING 和 OUTPUT 关键字进行定义，对可能是游标型数据类型的 OUTPUT 参数而言，参数的最大数目没有限制。
- VARYING：指定由 OUTPUT 参数支持的结果集，仅应用于游标型参数。

- default：参数所指定的默认值。
- OUTPUT：表明该参数是一个返回参数。用 OUTPUT 参数可以向调用者返回信息。Text 类型参数不能用作 OUTPUT 参数。
- RECOMPILE：指明 SQL Server 并不保存该存储过程的执行计划。该存储过程每执行一次都要重新编译。
- ENCRYPTION：表明 SQL Server 在创建存储过程时对该存储过程进行加密，对于加密了的存储过程，隐藏了其业务逻辑，因此用户再无法看到存储过程存储体中 SQL 语句集。
- FOR REPLICATION：该选项指明为复制创建的用于数据筛选的存储过程。当进行数据复制时存储过程才被执行。它与 WITH RECOMPILE 选项是互不兼容。
- AS：指明该存储过程将要执行的动作。
- sql_statement：是包含在存储过程中的任何数量和类型的 SQL 语句集。

应该指出的是：一个存储过程占用空间最大为 128MB，用户定义的存储过程必须创建在当前数据库中。

示例　创建一个存储过程，其用于查询 TEACHING_MIS 数据库中每位学生选修每一门课程所得成绩的信息。

该存储过程的创建命令如下：

```
USE TEACHING_MIS
IF EXISTS(SELECT NAME FROM sysobjects
where name = 'STUDENTS_INFO' and type = 'p')
drop procedure STUDENTS_INFO
GO
CREATE PROCEDURE STUDENTS_INFO
AS
SELECT S.SID, SNAME, CNAME, RESULT
FROM STUDENTS S inner join RESULTS R
ON S.SID = R.SID inner join COURSE C
ON R.CID = C.CID
GO
```

示例　对上述存储过程进行修改，对 TEACHING_MIS 数据库中指定某位学生检索其选修的每一门课程所得成绩信息。这需要该存储过程可以接受一个输入参数，其创建命令如下：

```
USE TEACHING_MIS
IF EXISTS(SELECT NAME FROM sysobjects
where name = 'STUDENTS_INFO' and type = 'p')
drop procedure STUDENTS_INFO
GO
CREATE PROCEDURE STUDENTS_INFO
@name varchar(20)
AS
SELECT S.SID, SNAME, CNAME, RESULT
FROM STUDENTS S inner join RESULTS R
ON S.SID = R.SID inner join COURSE C
```

```
  ON R.CID = C.CID
  WHERE SNAME = @name
GO
```

在查询分析器中直接执行以上存储过程,其执行结果如图 6-26 所示。

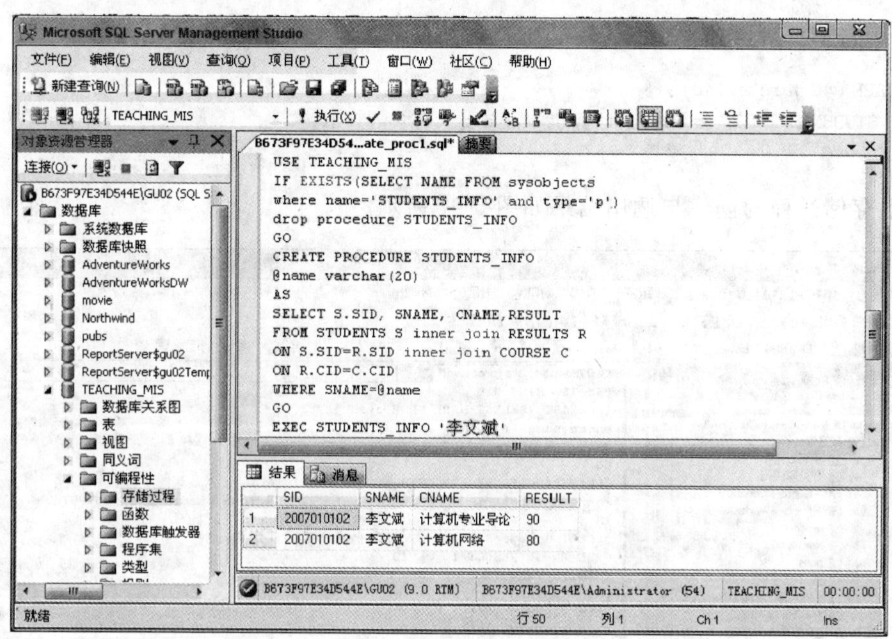

图 6-26　带参数存储过程创建及执行效果

示例　创建一个带有输出参数(使用 OUTPUT 保留字)的存储过程。

创建命令语句如下:

```
USE TEACHING_MIS
IF EXISTS(SELECT NAME FROM sysobjects
where name = 'STUDENTS_INFO' and type = 'p')
drop procedure STUDENTS_INFO
GO
CREATE PROCEDURE STUDENTS_INFO
@s_name varchar(20),@c_name varchar(20),@grade varchar(40) OUTPUT
AS
SELECT @grade = S.SNAME + C.CNAME + '课程成绩评定为: ' +
CASE ROUND(RESULT/10,0) * 10
WHEN 90 THEN '优'
WHEN 80 THEN '良'
WHEN 70 THEN '中'
WHEN 60 THEN '及格'
ELSE '不及格'
END
FROM STUDENTS S inner join RESULTS R
ON S.SID = R.SID inner join COURSE C
ON R.CID = C.CID
WHERE SNAME = @s_name AND CNAME = @c_name
GO
```

该存储过程用于接受指定姓名的学生及指定的课程名称,据此查询该学生本门选修课程所得成绩。在原表中成绩是以百分制分数存储,在本示例中,首先对该成绩分数进行规范化,然后根据规范化后的成绩评定出等级成绩,如分数为 90 分及以上成绩评定为优、分数 80 分及以上成绩评定为良,依此类推。而成绩评定结果可通过对该存储过程的调用来实现,其调用存储过程的命令如下:

```
DECLARE @G varchar(40)
EXEC STUDENTS_INFO '李文斌','计算机专业导论',@G OUTPUT
SELECT @G
```

以上存储过程的创建与调用结果如图 6-27 所示。

图 6-27 查询指定学生及课程成绩等级的存储过程及其调用

6.3.3 管理存储过程

1. 存储过程的查看、修改、更名

存储过程被创建以后,它的名字存储在系统表 sysobjects 中,它的源代码存放在系统表 syscomments 中,可以通过 SQL Server Management Studio 或系统存储过程来查看、修改或对用户自定义存储过程进行更名。

(1) 通过 SQL Server Management Studio 管理存储过程。

操作步骤如下:

① 启动 SQL Server Management Studio,打开要使用的服务器。

② 在对象资源管理器窗口展开存储过程所在的数据库,在"可编程性文件夹"下单击

"存储过程"文件夹,则会显示该数据库的所有存储过程。

③ 右击所要查看、修改或要更名的存储过程,在弹出的快捷菜单中选择相应的选项以进行相关修改、更名等操作,如图6-28所示。

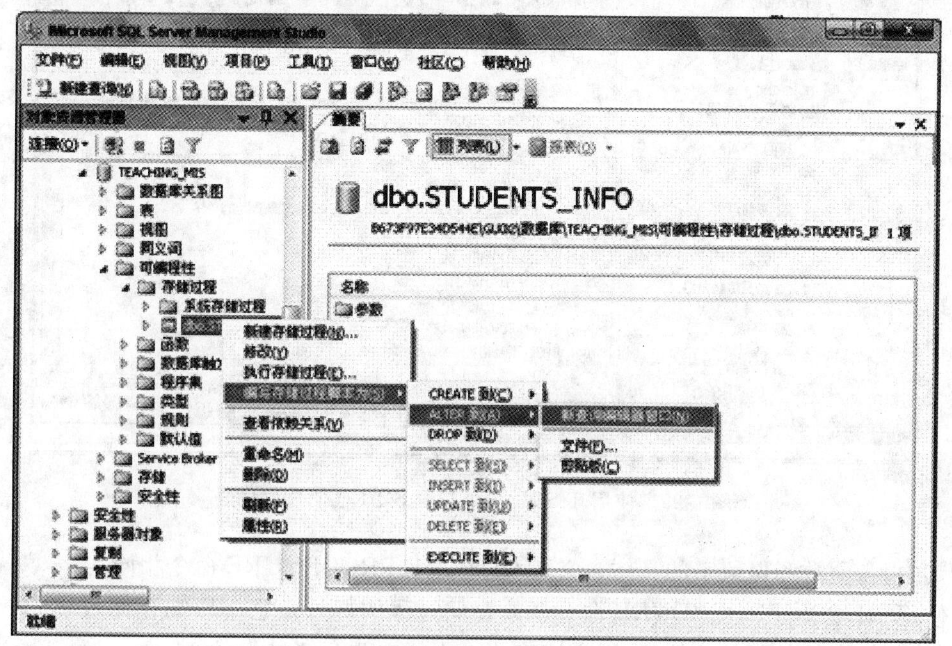

图6-28　对存储过程进行管理的操作菜单

(2) 使用系统存储过程 sp_helptext 查看用户创建的存储过程源代码。

其语法格式如下:

```
EXEC sp_helptext stored_procedure_name
```

示例 查看数据库 TEACHING_MIS 上的存储过程 STUDENTS_INFO。

查看命令语句如下:

```
EXEC SP_HELPTEXT STUDENTS_INFO
```

运行结果如图6-29所示。

注意:如果在创建存储过程时使用了 WITH ENCRYPTION 选项,则无论是使用管理工具,还是使用系统存储过程 sp_helptext,都无法查看到存储过程的源代码。

(3) 使用 ALTER PROCEDURE 命令修改存储过程。

其语法格式如下:

```
ALTER PROC(EDURE) procedure_name [;number]
[ {@parameter data_type } [VARYING] [ = default] [OUTPUT]] [,...n]
[WITH
{RECOMPILE | ENCRYPTION | RECOMPILE , ENCRYPTION}]
[FOR REPLICATION]
AS
sql_statement [...n]
```

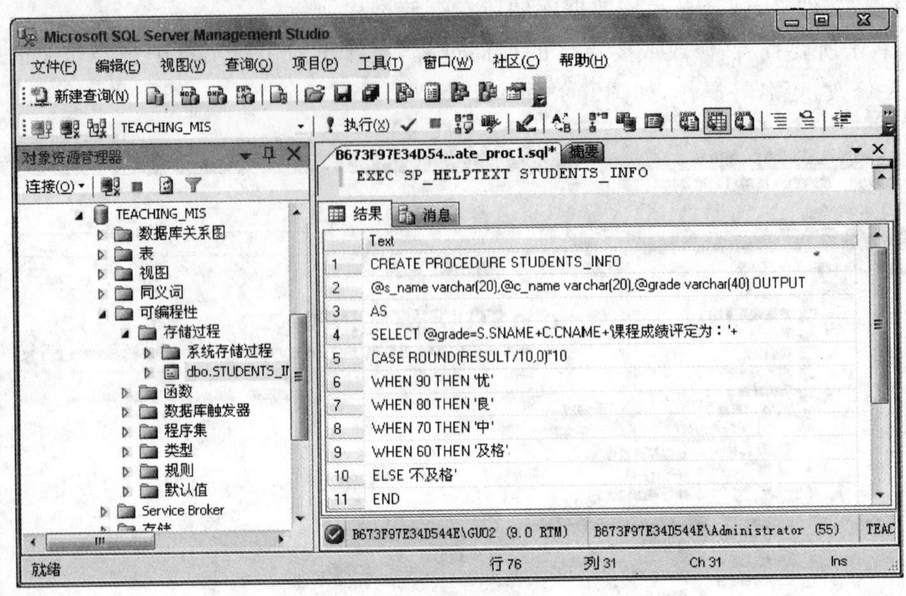

图 6-29　使用 T-SQL 命令查看 SQL 存储过程代码

其中，各参数和保留字的具体含义与 CREATE PROCEDURE 命令相同。

使用 ALTER PROCEDURE 命令修改存储过程的好处是它不影响存储过程的权限设定，也不破坏存储过程的依赖性，因为该表达式不能更改存储过程名称。

示例　在示例数据库 PUBS 中已有一个显示指定城市作者的存储过程，其名称为 oakland_authors，以下对该存储过程进行修改，使其能够显示出所有居住在加州的作者而不考虑其他地区的作者。

其修改语句如下：

```
alter procedure oakland_authors
with encryption
as
select au_fname, au_lname, address, city, zip
from pubs.authors
where state = 'ca'
order by au_lname, au_fname
go
```

因为在 ALTER PROCEDURE 中使用了 WITH ENCTYPTION 保留字，所以在修改后的存储过程源代码不可见。

2. 执行存储过程

(1) 使用 EXECUTE 表达式执行存储过程。

想要执行已创建的存储过程，需要使用 EXECUTE 命令，其语法格式如下：

```
[EXEC(UTE)]
{[@return_status = ]
{procedure_name[;number] | @procedure_name_var}
[@parameter = ]{value | @variable [OUTPUT] | [DEFAULT] }[,…n]
```

```
[WITH RECOMPILE]
}
[;]
```

参数说明：

- @return_status=：为返回状态码，这是一个可选的整型变量，用于保存存储过程的返回状态。0 表示成功执行。调用存储过程的批处理或应用程序可对该状态值进行判断，以转到不同的处理流程。如果想要查看存储过程的执行状态，事先声明一个整型的局部变量，并以 EXECUTE@return_status=procedure_name 形式来执行存储过程。
- @procedure_name：用于指定所要执行的存储过程名称，要注意的是，如果所要执行的存储过程并非位于当前的作用数据库中，但是又不想该数据设定成活动数据库，则可按下列格式以指定存储过程名称：

  ```
  databasename.schema_name.procedure_name
  ```

  实际上，SQL Server 允许用户执行远程服务器上的某一个数据库中的存储过程，若想达此目的，可按以下格式以指定存储过程名称：

  ```
  servername.databasename.schema_name.procedure_name
  ```

- @procedure_name_var：是一局部变量名，用来存储所需的存储过程的名称。

其他参数和保留字的含义与 CREATE PROCEDURE 中的含义相同。

示例　使用存储过程将两个字符串连接成一个字符串。

命令语句如下：

```
USE PUBS
GO
IF EXISTS(SELECT NAME FROM sysobjects
where name = 'strconnect' and type = 'p')
drop procedure strconnect
GO
CREATE PROCEDURE strconnect
@str1 varchar(20),
@str2 varchar(20),
@connect varchar(40) OUTPUT
AS
SELECT @connect = @str1 + @str2
GO
```

如果提供 3 个字符串来执行这一存储过程，则是看不到字符串相加的结果的。虽然 SELECT 语句用来对 result 变量赋值，但 result 结果并没有显示。继续执行以下语句：

```
declare @result varchar(40)
execute strconnect 'I am', 'John', 'string'
select 'The result' = @result
go
```

则其运行结果为：

```
The result
------------------------------------------
NULL
1 row s affected
```

若增加 OUTPUT 保留字到 EXECUTE 语句中，便可显示返回参数 result 的值。OUTPUT 要求参数值被作为一个变量传送，而不是作为一个常量。下面的例子说明：@result 变量用来存放由存储过程 strconnect 通过@connect 返回给调用者的结果值。从而使 SQL Server 能够显示出存储过程的返回值。

示例 使用存储过程将两个字符串连接成一个字符串，并将结果返回。

命令语句如下：

```
DECLARE @result varchar(40)
EXECUTE strconnect 'I am', 'John ', @result output
SELECT 'The result' = @result
GO
```

以上存储过程执行结果如图 6-30 所示。

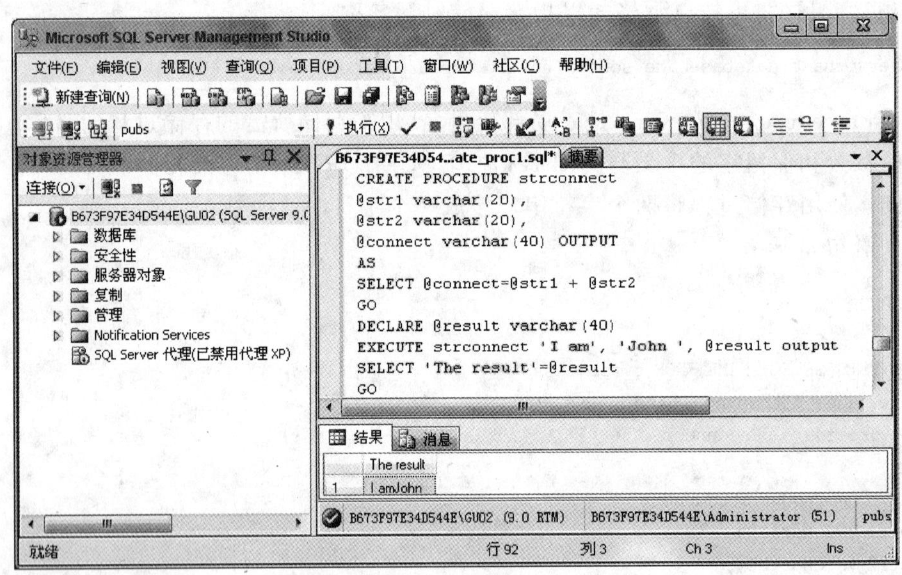

图 6-30 执行示例中的存储过程

(2) SQL Server 允许将存储过程设定为自动执行，这样，每当 SQL Server 2005 启动时，被设定成自动执行的存储过程便会自动执行。对于数据库管理员而言，这样做的好处是，可以将一些 SQL Server 启动后要固定进行的管理性操作编写为存储过程，并将该过程设定成自动执行，以省却每次都需要的人工方式的处理。

如要设定一个存储过程自动执行，需使用系统存储过程 sp_procoption，其语法格式如下：

```
sp_procoption[@procedure_name = ]'procedure',
[@option_name = ]'option',
[@option_value = ]'value'
```

示例 将前面创建的存储过程 STUDENTS_INFO 设定成自动执行。

```
USE MASTER
GO
EXEC sp_procoption 'STUDENTS_INFO','startup','ture';
GO
```

3. 删除存储过程

当确定某个存储过程已不再需要，即可将其删除。删除一个或多个存储过程的方式有两种：

1）使用 SQL Server Management Studio

如果使用 SQL Server Management Studio 删除一个或多个存储过程，先在对象资源管理器中打开存储过程文件夹，并选择它们，右击其中一个选中的存储过程，并从弹出的快捷菜单中选择"删除"选项，紧接着弹出删除对象对话框，在该对话框中单击选中所要删除的对象，并单击该对话框下方的"确定"按钮以确认此项操作。

在确定删除之前，若想了解该存储过程与相关的表、其他对象之间的依赖关系，可单击位于删除对象对话框下方的"显示依赖关系"按钮，进入指定存储过程的依赖关系显示框进行查验。

2）使用 T-SQL 语句

删除存储过程使用 DROP 命令，该命令可将一个或多个存储过程从当前数据库中删除。其语法格式是：

```
DROP PROCEDURE procedure_name [,...n]
```

示例 将前面创建的存储过程 STUDENTS_INFO 从数据库中删除。

命令语句如下：

```
DROP procedure STUDENTS_INFO;
GO
```

该命令语句可一次删除多个存储过程，要删除的存储过程之间用逗号分隔。

6.4 触发器

触发器(trigger)是一种由事件驱动的特殊的存储过程，当它被定义在表上时，可看作表的一部分，一旦定义，任何用户当试图对表进行增加、删除或修改操作时，都由服务器自动激活相应的触发器，即触发器被请求(被触发)。由此在 DBMS 核心层进行集中的完整性控制。

触发器的作用类似约束，但比约束更加灵活，可以实施比外键约束(FORGIGN KEY)、检查约束(CHECK)更为复杂的操作，具有更为精细和强大的控制能力。

触发器并不是 SQL92 标准中 SQL 规范的内容，但很多关系数据库管理系统早就支持触发器，而不同的关系数据库管理系统具体实现的语法各不相同，本节以 SQL Server 2005 数据库管理系统为例，介绍触发器定义及应用。

6.4.1 触发器基本概念

从传统概念上讲,当触发器基于表而建立时,它是一个高级形式的规则,常用于执行更为复杂的数据约束。以防止对数据进行不正确的、没有授权或不一致的修改。当对某一表进行诸如 UPDATE、INSERT、DELETE 这些操作时,SQL Server 就会自动执行触发器所定义的 SQL 语句,从而确保对数据的处理必须符合由这些 SQL 语句所定义的规则。

触发器的主要作用就是:能够实现由主键、外键以及各种常规数据约束所不能保证的复杂的参照完整性和数据的一致性。所以,触发器是一种确保数据和业务完整性的较好方法。

触发器不同于前面介绍的存储过程,触发器主要是通过事件进行触发而被执行,而存储过程则是通过存储过程名而被直接调用。即触发器不能直接调用,也不能有参数。

SQL Server 2005 提供两大类触发器:DML 触发器和 DDL 触发器。其中 DML 触发器包括两种类型:AFTER 触发器和 INSTEAD OF 触发器。

DML 触发器是指当数据库服务器发生数据操作语言(DML)事件时所要执行的操作。其用于在数据被修改时,强制执行业务规则,以及扩展 SQL Server 2005 数据库约束。

DDL 触发器是 SQL Server 2005 新增的功能,用于在数据库中执行管理任务。它是一种特殊的触发器,在响应数据定义语言(DDL)语句时被触发。它主要应用于数据审计等工作,不属于数据库基础使用范围。因此,本节以传统的触发器为主来介绍其工作原理与使用方法。

1. AFTER 触发器

这种类型的触发器是指触发器只有在触发条件的 SQL 语句中指定的所有操作都已成功执行后才激发。所有的引用级联操作和约束检查也必须成功完成后,才能执行此触发器。换言之,AFTER 触发器的行为是在数据修改发生之后执行。该类型触发器要求只有执行某一操作如:INSERT、UPDATE、DELETE 之后触发器才被触发,且只能在表上定义。可以为针对表的同一操作定义多个触发器。

2. INSTEAD OF 触发器

从 SQL Server 2000 就引入了 INSTEAD OF 触发器。这种触发器扩展了 SQL Server 的触发器功能,这类触发器并不是执行激发其动作的 SQL 语句所定义的操作,如 INSERT、UPDATE、DELETE,而是执行触发器本身的代码以替代其触发操作。换言之,INSTEAD OF 触发器可以越过触发操作语句而优先执行触发器。使用者既可在表上定义 INSTEAD OF 触发器,也可以在视图上定义 INSTEAD OF 触发器。但对同一操作只能定义一个 INSTEAD OF 触发器。这与 AFTER 触发器不大相同。

6.4.2 创建触发器

可以使用 SQL Server Management Studio 和 T-SQL 创建触发器,下面对这两种方法分别进行介绍。

1. 使用 SQL Server Management Studio 创建触发器

在 SQL Server Management Studio 的对象资源管理器中,展开指定的服务器、数据库和要在其上创建触发器的那个表，右击该表所属的触发器文件夹，从弹出的快捷菜单中选择“新建触发器”选项，则在右侧查询分析器窗口会出现触发器定义文本框架，如图 6-31 所示。在该框架中合适位置填入触发器名称、创建触发器的 SQL 语句，即完成了创建工作。

```
-- ============================================
CREATE TRIGGER <Schema_Name, sysname, Schema_Name>.<T
   ON  <Schema_Name, sysname, Schema_Name>.<Table_Nam
   AFTER <Data_Modification_Statements, , INSERT,DELE
AS
BEGIN
    -- SET NOCOUNT ON added to prevent extra result s
    -- interfering with SELECT statements.
    SET NOCOUNT ON;

    -- Insert statements for trigger here

END
GO
```

图 6-31 在 SQL Server Management Studio 中创建触发器

2. 使用 T-SQL 语句创建触发器

使用 Transact-SQL 语言中的 CREATE TRIGGER 命令可以创建触发器，其中需要指定定义触发器的基表、触发器执行的事件和触发器的所有指令。这里，CREATE TRIGGER 语句必须是批处理语句中的第一条语句。创建触发器的语法格式如下：

```
CREATE TRIGGER [ schema_name. ]trigger_name
ON { table | view }
[ WITH ENCRYPTION ]
{
{ FOR | AFTER | INSTEAD OF } { [ INSERT ] [ , ] [ UPDATE ] [ , ] [ DELETE]}
[ WITH APPEND ]
[ NOT FOR REPLICATION ]
AS
[ { IF UPDATE ( column )
[ { AND | OR } UPDATE ( column ) ][ ...n ]
| IF ( COLUMNS_UPDATED ( ) { bitwise_operator } updated_bitmask )
{ comparison_operator } column_bitmask [ ...n ] } ]
sql_statement [ ...n ]
}
```

参数说明：

- trigger_name：触发器的名称。触发器名称必须符合标识符规则，并且在数据库中必须唯一。可以选择是否指定触发器所有者名称。
- table | view：是指在其上执行触发器的表或视图，有时称为触发器表或触发器视图。可以选择是否指定表或视图的所有者名称。
- WITH ENCRYPTION：加密 syscomments 表中包含 CREATE TRIGGER 语句文本的条目。使用 WITH ENCRYPTION 可防止将触发器作为 SQL Server 复制的一部分发布。

- AFTER：指定创建 AFTER 类型触发器。如果仅用 FOR 关键字，则 AFTER 是默认设置。不能在视图上定义 AFTER 触发器。
- INSTEAD OF：指定创建 INSTEAD OF 触发器。在表或视图上，每个 INSERT、UPDATE 或 DELETE 语句最多可以定义一个 INSTEAD OF 触发器。然而，可以在每个具有 INSTEAD OF 触发器的视图上定义视图。
- { [INSERT] [,] [UPDATE] [,][DELETE] }：指定在表或视图上执行哪些数据修改语句时将激活触发器的关键字。必须至少指定一个选项。在触发器定义中允许使用以任意顺序组合的这些关键字。
- AS：引出触发器要执行的操作。
- sql_statement：触发器的触发条件和操作。触发器可以包含任意数量和种类的 T-SQL 语句。触发器旨在根据数据修改语句检查或更改数据；它不应将数据返回给用户。触发器中的 T-SQL 语句常常包含控制流语言。在实际运行中，CREATE TRIGGER 语句中使用几个特殊的逻辑（概念）表 deleted 和 inserted。这些表用于保存用户操作可能更改的行的旧值或新值。

在触发器中不能使用的 SQL 命令有：

```
ALTER DATABASE
CREATE DATABASE
DROP DATABASE
LOAD DATABASE/LOAD LOG
RECONFIGURE
RESTORE DATABASE/RESTORE LOG
```

IF UPDATE (column)可测试在指定的列上进行的 INSERT 或 UPDATE 操作，不能用于 DELETE 操作。可以指定多列。因为在 ON 子句中指定了表名，所以在 IF UPDATE 子句中的列名前不要包含表名。

6.4.3 管理触发器

1. 修改触发器

修改触发器的定义与修改存储过程的操作相类似。一种方法是先做删除然后再重建，另一种方法是在 SQL Server Management Studio 中或使用 ALTER TRIGGER 语句完成修改操作。

(1) 在 SQL Server Management Studio 中修改触发器。

使用 SQL Server Management Studio 修改触发器的操作步骤如下：

① 在对象资源管理器中展开指定的服务器、数据库和表。

② 展开所要修改的触发器所在的表中的触发器。

③ 在右侧摘要标签页中，右击要修改的触发器，在弹出菜单中执行修改命令。

④ 即进入查询分析器的 T-SQL 编辑窗口，通过修改相应的 SQL 语句以修改触发器。该操作界面如图 6-32 所示。

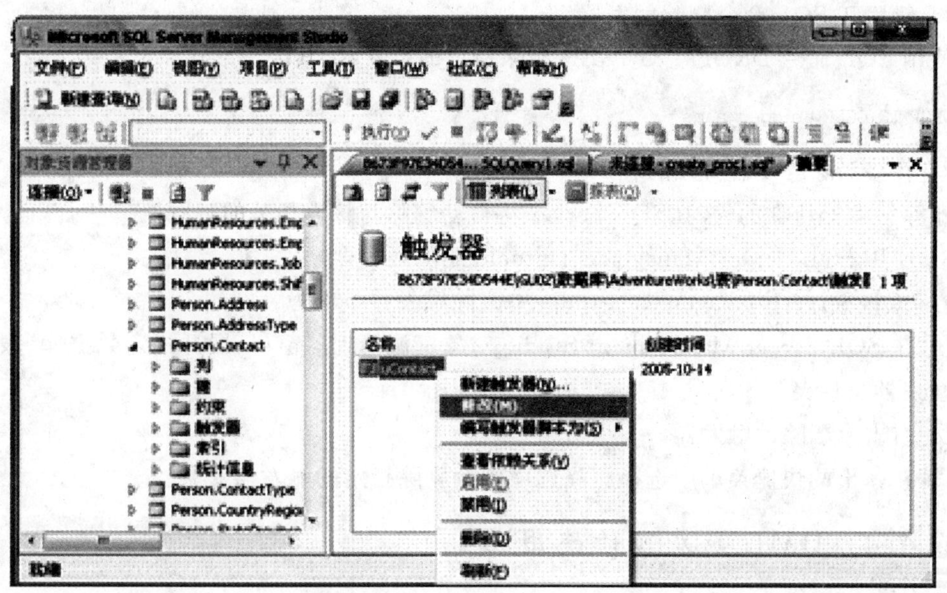

图 6-32 在 SQL Server Management Studio 中修改触发器的操作界面

(2) 使用 T-SQL 语句修改触发器。

通过 Transact-SQL 命令修改触发器,其语法格式如下:

```
ALTER TRIGGER trigger_name
ON {table | view}
[ WITH ENCRYPTION ]
{ { FOR | AFTER | INSTEAD OF { [ DELETE ] [ , ] [ INSERT ] [ , ][ UPDATE ] }
[ NOT FOR REPLICATION ]
AS
sql_statement [ ...n ] }
}
|
{ FOR | AFTER | INSTEAD OF { [ INSERT ] [ , ] [ UPDATE ] }
[ NOT FOR REPLICATION ]
AS
{ IF UPDATE (column)
[ { AND | OR } UPDATE (column) ]
[ ...n ]
| IF COLUMNS_UPDATED() { bitwise_operator }updated_bitmask
{ comparison_operator } column_bitmask [ ...n ]}
sql_statement [ ...n ]
}
}
```

其中,各参数或保留字的含义与创建触发器中的参数说明相同。

2. 删除触发器

删除触发器时,该触发器所关联的表和数据不会受任何影响,只有触发器属主才有权删除触发器。删除已创建的触发器有 3 种方法:

1）使用 T-SQL 命令删除触发器

使用 SQL 命令 DROP TRIGGER 删除指定的触发器，其语法形式如下：

```
DROP TRIGGER trigger_name
```

2）直接删除触发器所在的表

删除触发器所在的表时，SQL Server 将自动删除与该表相关的触发器。

3）使用 SQL Server Management Studio 删除触发器

在 SQL Server Management Studio 中删除触发器步骤为：

① 在 SQL Server Management Studio 对象资源管理器窗口，展开指定数据库、表及其下的触发器文件夹。

② 右击要删除的触发器。

③ 在弹出的快捷菜单中选择删除选项则会删除指定的触发器对象。

6.4.4 DML 触发器的使用

下面将通过示例来介绍各种不同复杂程度的触发器的创建与使用。

1. 针对插入操作事件的触发器应用

示例 创建 AFTER 触发器 my_trig，当对所创建的表进行插入操作后，触发器动作并要返回相关检测到的信息，命令语句如下：

```
CREATE TABLE mytable
(a char(4) NULL, b int NULL)
GO
CREATE TRIGGER my_trig
ON mytable
FOR INSERT
AS
IF UPDATE(a)
   PRINT 'Column a Modified'
GO
```

当插入一行时此触发器被触发：

```
-------------------------------------
insert mytable
values('A1',1)
```

执行以上插入操作时，在输出窗口将输出以下信息：

```
------------
Column a Modified
(所影响的行数为 1 行)
```

2. 针对更新操作的触发器应用

对更新操作的触发器有两种类型，通常意义上的触发器和用于检查列改变的触发器。这主要是因为更新操作可以涉及数据项。

1）通常意义上的触发器

前面已经提到更新操作包括两个部分：先将需更新的内容从表中删除，然后插入新值。因此触发器同时涉及删除表和插入表。下面结合具体例子来对其进行讨论：

示例　创建对于更新操作的触发器。

命令语句如下：

```
create trigger unemployee
on employee
for update
as raiserror 'update has been done successfully', 16, 10
```

当执行以下的更新语句时：

```
update employee set fname = 'smith' where emp_id = 'PMA42628M'
```

触发器被触发输出如下信息：

```
Server: Msg 50000, Level 16, State 10, Procedure uemployee, Line 4
update has been done successfully
```

当执行 select fname from employee where emp_id＝'PMA42628M'语句时输出结果如下：

```
fname
----------------------
smith
1 row s affected
```

2）列级更新操作的触发器

在有些更新中，更新的内容并不是整个记录而仅仅是一列或几列，这时就要用到用于检查列改变的更新型触发器。它与通常意义上的触发器不同之处主要表现在它包括以下保留字：

```
IF UPDATE (column)
[{AND | OR} UPDATE column ]
[...n]
| IF COLUMNS_UPDATED {bitwise_operator} updated_bitmask
{ comparison_operator} column_bitmask [...n]
```

在用 T_SQL 的 CREATE TRIGGER 命令创建触发器时已经给出上述保留字的具体含义，下面给出一个例子。

示例　创建列级更新操作的触发器。

在本例中当更新 title 表中的 title_id 数据项时使用 IF UPDATE column 保留字进行检测，以保证 titleauthor 表中相应的 title_id 也要进行更新。其命令语句如下：

```
create trigger utitle1 on titles
for update
as
declare @rows int
select @rows = @@rowcount
```

```
if @rows = 0
return
if update title_id
begin
if @rows > 1
begin
raiserror 'update to primary keys of multiple row is not permitted', 16,10
rollback transaction
return
end
update t set t.title_id = i.title_id
from titleauthor t, inserted i,deleted d
where t.title_id = d.title_id
end
return
```

3. instead of 型触发器的应用

示例 在 PUB 数据库的 AUTHORS 表上创建 instead of 触发器。

命令语句如下：

```
create trigger trI_au_upd on authors
instead of update
AS print 'TRIGGER OUTPUT:' + convert(varchar(5),@@rowcount) + 'rows were updated'
go
update authors
set au_fname = 'Rachael ' where state = 'UT'
go
```

以上语句运行结果如下：

```
TRIGGER OUTPUT:2rows were updated
```

应用 SELECT au_id,au_fname,au_lname FROM authors WHERE state='UT'来看，authors 表的相应内容并没有修改。说明触发器用其本身的代码覆盖了原来触发条件所要执行的 SQL 语句。

6.4.5 DDL 触发器

前已述及，DDL 触发器用于响应包括 CREATE、ALTER 和 DROP 等语句在内的各种数据定义语言事件。通过 T-SQL 语句或使用 Microsoft. NET Framework 公共运行时(CLR)创建程序集的方法，可在 SQL Server 2005 数据库引擎中直接创建 DDL 或 DML 触发器，将其上传给一个 SQL Server 实例。

1. 创建 DDL 触发器的语法

使用 T-SQL 语句创建 DDL 触发器的基本语法格式如下：

```
CREATE TRIGGER trigger_name
ON {ALL SERVER|DATABASE}
[ WITH <ddl_trigger_option>[,...n]]
{ FOR |AFTER}{event_type}{event_group}[,...n]
AS {sql_statement[;][,...n]|EXTERNAL NAME <method Specifier>[;]}
```

```
<ddl_trigger_option>::=
    [ENCRYPTION]
    [EXECUTE AS Clause]
```

上述语法基本与 DML 触发器的语法相同，其中不同说明如下：

- ALL SERVER：指触发器的作用域应用于当前服务器。
- DATABASE：指触发器的作用域应用于当前数据库。
- event_type：其执行后将导致 DDL 触发器动作的 T-SQL 语言事件的名称。
- event_group：预定义的 T-SQL 语言事件分组的名称。

注意：不能为 DDL 触发器指定 INSTEAD OF。

2. DDL 触发器创建与使用示例

以下通过创建与使用一个 DDL 触发器的示例，来说明建立 DDL 触发器及具体应用的方法。

示例 创建一个 DDL 触发器，以防止从 TEACHING_MIS 数据库中删除任何表。

(1) 编写如下 T-SQL 代码：

```
 1  USE TEACHING_MIS
 2  IF EXISTS(SELECT * FROM SYS.TRIGGERS
              WHERE PARENT_CLASS = 0 AND NAME = 'MYDDLTRI_tb1')
 3  DROP TRIGGER MYDDLTRI
 4  ON DATABASE
 5  GO
 6  CREATE TRIGGER MYDDLTRI_tb1
 7  ON DATABASE
 8  FOR DROP_TABLE
 9  AS
        PRINT '确定要删除表时必须先要禁用本触发器'
        ROLLBACK
10  GO
```

(2) 代码中相关语句的说明：

- 第 1～5 行代码是用来检查在系统中是否存在同名的触发器对象，若有则先删除。
- 第 6～8 行代码使用 ON DATABASE 关键字建立数据库 DDL 触发器。使用 DROP TABLE 命令触发 DDL 触发器执行。
- 第 9 行是触发器动作所执行的操作，其先提示若要删除某表，须先禁用删除表触发器，然后执行回退操作，撤销先前所执行的 DDL 命令。

(3) 执行结果如图 6-33 所示。

在图 6-33 中可看到，当创建了 DDL 触发器后，会在左侧的对象资源管理器窗口看到此对象。当执行 DDL 命令以删除 RESULTS 表时，即执行如下命令：

```
DROP TABLE RESULTS
GO
```

从输出窗口可以看到首先显示在创建的 DDL 触发器中所定义的提示信息，然后告知，事务已在触发器中终止。说明该 DDL 操作已取消。

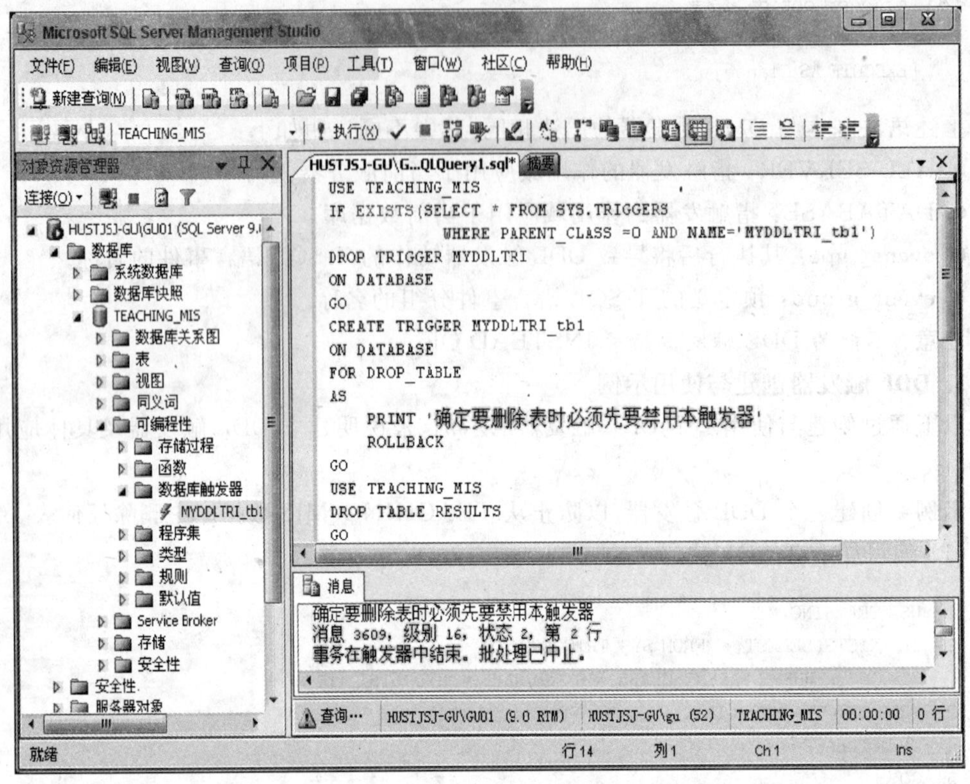

图 6-33　DDL 触发器的创建与使用

6.5　游标控制

SQL 语句提供了对记录集合的各种操作，但若需要进行一些针对记录集中的单个记录进行判断，然后再执行的操作，有时就不能实现，而使用游标可以解决这一问题。

6.5.1　游标的基本概念

1. 游标的定义

在数据库中，游标是一个十分重要的概念。游标提供了一种可以直接对记录集合中的单个记录进行访问的机制，以实现每次处理一行或多行数据，这是对结果集处理的一种扩展。

实际上游标是一种能从包括多条数据记录的结果集中每次提取一条记录的机制。游标总与一条 T-SQL 选择语句相关联，因为游标由结果集（可以是零条、一条或由相关的选择语句检索出的多条记录）和结果集中指向特定记录的游标位置组成。当决定对结果集进行处理时必须声明一个指向该结果集的游标。

关系数据库的实质是面向集合的，在 SQL Server 中并没有一种描述表中单一记录的表达形式，除非使用 where 子句来限制只有一条记录被选中。因此就必须借助于游标来进行面向单条记录的数据处理。

2. 游标的组成

游标可以看作是由数据记录集和指针两部分内容组成的：

(1) 记录集：游标内 SELECT 语句的执行结果。

(2) 游标位置：游标指针当前的位置。

游标指针的示意图如图 6-34 所示。

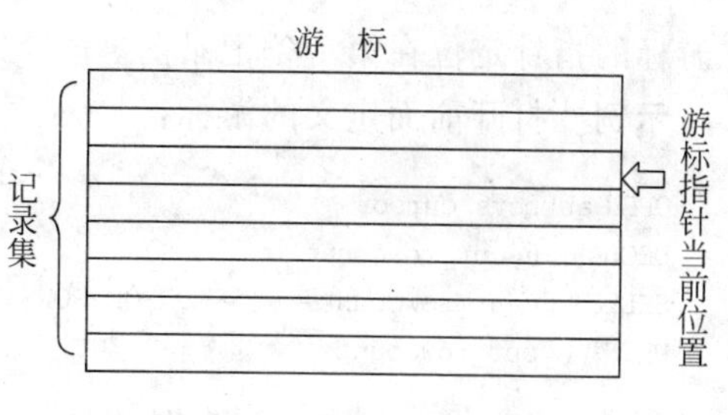

图 6-34 游标指针的示意图

6.5.2 游标的创建和使用

1. 游标的创建

游标的创建分 5 个步骤：

1) 定义游标(declare cursor)

使用游标时，如同使用变量，必须事先定义，定义游标的语法是：

```
DECLARE cursor_name[SCROLL]CURSOR
FOR select_statement
[FOR {READ ONLY|UPDATE[OF column_name[,...n]]}]
```

参数说明：

- cursor_name：为游标名称。
- SCROLL：指定游标可以自由滚动，若不指定，游标只能逐行向前滚动。
- select_statement：游标查询语句，用于产生游标记录集，该查询语句中不能包含有 COMPUTE [BY]和 INTO 语句。
- READ ONLY：定义游标为只读类型，不能修改记录集中的数据。
- UPDATE[OF column_names]：定义游标为修改类型，如果指定具体的列，只能对指出的列进行修改；否则可以修改所有的列。

示例 声明一个游标变量：

```
DECLARE authors_cursor CURSOR
  FOR
  SELECT au_id,au_fname,au_lname FROM authors
    WHERE state = 'UT'
    ORDER BY au_id
```

执行上面的语句，就定义了一个游标，并对游标处理结果集进行筛选和排序。

2) 打开游标(open cursor)

定义游标后，虽然在游标中指定了得到记录集的 SELECT 语句，但该语句并没有被执行。也就是说：定义游标并没有形成记录集合，这些工作要在打开游标的操作中实现。语法为：

```
OPEN{{[GLOBAL]cursor_name}
      |cursor_variable_name}
```

执行该语句，实际上是执行定义游标内的 SELECT 语句，形成游标记录集填充游标，并把游标的指针定位在第1条记录前。

示例 打开前面定义的游标：

```
OPEN authors_cursor
DECLARE @cur_rowcount int
SELECT @cur_rowcount = @@CURSOR_ROWS
PRINT @cur_rowcount
```

3）读取游标(fetch cursor)

打开游标后，因为游标的指针指向第一条记录前的位置，要对数据修改时，必须要移动游标使之指向相应的记录。这项工作是在推进游标。换言之，读取游标主要是改变指针在记录中的位置。其语法如下：

```
FETCH
[[NEXT|PRIOR|FIRST|LAST|ABSOLUTE
{n|@nvar}
|RELATIVE {n|@nvar}]FROM]
{{[GLOBAL]cursor_name}|@cursor_variable_name}
[INTO @variable_name[,...n]]
```

参数说明：

- NEXT|PRIOR|FIRST|LAST：将游标指针移动到下一条/上一条/第一条/最后一条记录上，并返回该记录。其中NEXT是默认值。
- ABSOLUTE n：将游标指针移动到第n条记录上，并返回该记录。如果n为正，则从前向后数，否则从后向前数。
- RELATIVE n：将游标从当前位置向后或向前移动n行，并返回该行的记录。如果n为正，则向后移动；否则向前移动。
- variable_name：局部变量，用于存储游标的返回值，该变量的个数必须与游标中记录的列数相同。

4）关闭游标(close cursor)

当游标暂时不用时，最好关闭游标，这样可释放游标记录集所占的空间。其语法是：

```
CLOSE cursor_name
```

5）释放游标(deallocate cursor)

当对游标的操作结束后，应删除掉该游标，以释放所占用资源。其语法为：

```
deallocate cursor_name
```

2. 游标的使用

通过游标与流程控制语句的结合，可以方便对结果集的单条记录进行处理。

示例 为教学管理数据库创建一个游标，并通过游标访问每条记录。

```
DECLARE crs_result SCROLL CURSOR
FOR SELECT RESULTS.sid,sname,GRADE FROM RESULTS,STUDENTS
   WHERE RESULTS.sid = STUDENTS.sid AND cid = '1001'
FOR READ ONLY                                  /*以上定义游标对象*/
OPEN crs_result                                /*打开游标*/
```

```
FETCH NEXT FROM crs_result                /* 推进游标到结果集第一条记录 */
WHILE @@FETCH_STATUS = 0
BEGIN
   FETCH NEXT FROM crs_result             /* 读取游标下一条记录 */
END
CLOSE crs_result                          /* 释放游标记录集空间 */
DEALLOCATE crs_result                     /* 释放游标资源 */
GO
```

上述代码执行后的结果如图 6-35 所示。从图中可看出,这个简单的示例,其输出不同于以往查询语句的输出情形,原因就在于查询语句的输出是面向集合的,一次以相同的方式批量处理多条记录,而游标是面向单条记录的,一次处理结果集中的一条记录,在本例中,其处理方式是相同的,但由于面向单条记录,在实际应用中,每次处理方式可以不同。这正是游标对象的作用所在。

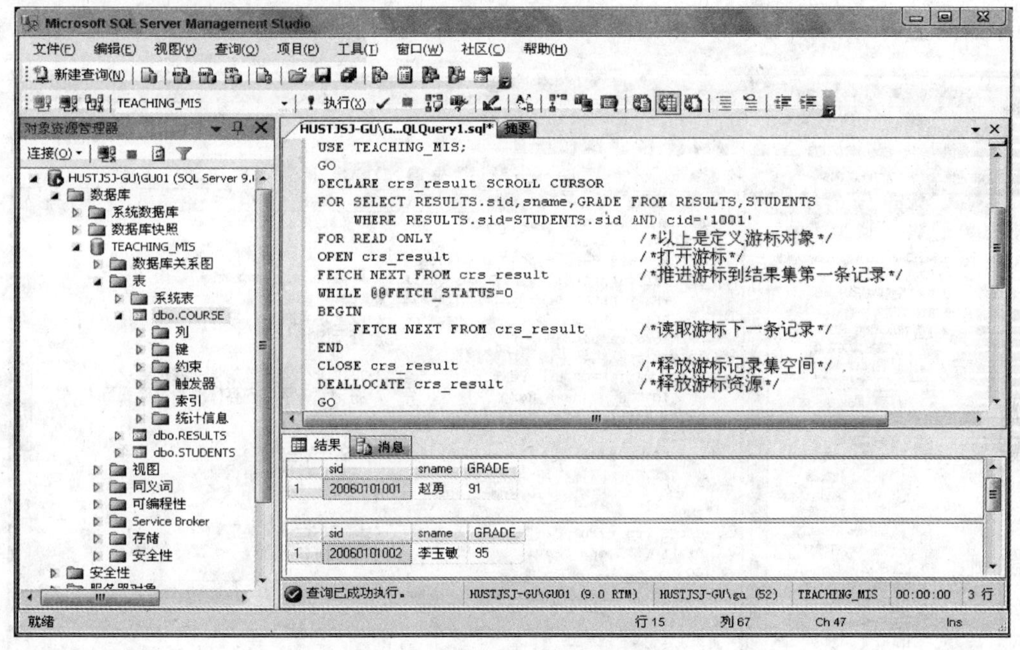

图 6-35 游标创建与使用示例

示例 对上述游标对象的改进,通过变量以存储和处理游标记录。其代码清单如下:

```
USE TEACHING_MIS;
GO
DECLARE @id char(16),@name char(16)
DECLARE @grd int
DECLARE crs_result SCROLL CURSOR
FOR SELECT RESULTS.sid,sname,GRADE FROM RESULTS,STUDENTS
   WHERE RESULTS.sid = STUDENTS.sid AND cid = '1001'
FOR READ ONLY                             /* 以上定义游标对象 */
OPEN crs_result                           /* 打开游标 */
PRINT('计算机导论课程成绩单')
FETCH NEXT FROM crs_result                /* 推进游标到结果集第一条记录 */
```

```
    INTO @id,@name,@grd                    /*将记录各字段内容保存到对应变量中*/
WHILE @@FETCH_STATUS = 0
BEGIN
    PRINT(@id + '' + @name + str(@grd))    /*输出变量内容*/
    FETCH NEXT FROM crs_result             /*读取游标下一条记录*/
          INTO @id,@name,@grd
END
CLOSE crs_result                           /*释放游标记录集空间*/
DEALLOCATE crs_result                      /*释放游标资源*/
GO
```

在本示例中,首先定义了3个局部变量@id、@name和@grd,其用于在读取游标时,将游标指针所指向的当前记录所对应的内容分别存入上述3个变量中,通过对此变量的操作,以方便对于记录集中某单条记录中数据的处理。在本例中,这个处理是较简单的,仅仅将变量中内容显示在标准输出上。实际应用中,用户可根据需要,以进行相应的数据处理。其他操作如同上例。本示例执行结果如图6-36所示。

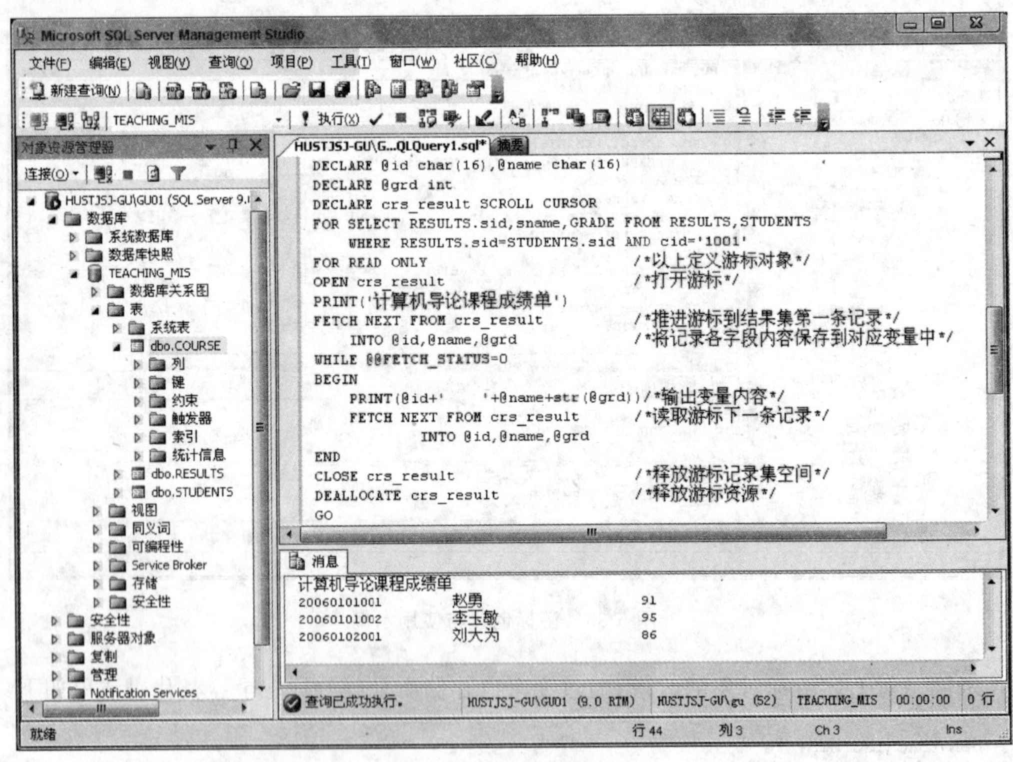

图6-36 改进的游标应用

3. 游标使用中应注意的问题

(1) 有关游标的信息可通过全局变量@@fetch_status和@@rowcount来查看:

其中:

- 全局变量@@fetch_status用来存储fetch语句执行状态的信息;可使用查询语句SELECT @@FETCH_STATUS来完成上述查看任务。

- 全局变量@@rowcount记载到最近一次fetch操作为止，游标从记录集中共返回的行数。同样，可使用查询语句SELECT @@rowcount来进行查看。

(2) 游标的使用会在几个方面影响系统的性能：

- 导致页锁和表锁的增加；
- 导致网络通信量的增加；
- 服务器处理相应指令的额外开销。

因此，尽管游标控制比较灵活，但会损失速度，这就存在着一个游标使用的优化。

本章小结

本章所涉及的数据库对象较多，内容也较为繁杂。首先，本章详细介绍了视图的基本概念、作用类型及其创建和使用方法，接着深入讨论了索引技术与数据查询的关系，详细讲解了索引结构、类型以及创建和使用索引的方法，随即介绍了存储过程的概念、类型及其创建，介绍了触发器的概念、作用与类型及其创建和使用。最后介绍了游标控制及其使用方法。视图是提供给用户观察数据库的一种简便而安全的方法，索引则是提高数据查询效率与速度的重要技术，存储过程是一段预先编译好的SQL语句，用以实现一定的功能，而触发器则是一种特殊的存储过程，传统的触发器与一个表相关联。而在SQL Server 2005中引入了新型的DDL触发器，可用于在数据库中执行管理任务。游标控制技术提供了在面向集合的记录集中处理单条记录的一种机制，其常用于编写存储过程等开发工作中。本章结合SQL Server 2005平台，对这些重要的数据库对象的创建、管理与使用的编程方法和使用工具人工操作两种方法都进行了详细介绍，并通过较多示例以进一步说明。

思考练习题

1. 试解释基表、视图的概念以及两者之间的联系。
2. 简述视图的优点。
3. 试述通过视图更新数据的限定条件。
4. 何为聚集索引？有什么特点？
5. 何为非聚集索引？有什么特点？
6. 试述存储过程的作用和特点。
7. 存储过程的输入、输出参数如何表示？如何使用？
8. 试述存储过程的执行及其特点。
9. 简述存储过程与触发器的异同。
10. 简述DML触发器和DDL触发器的异同。
11. 试述游标的作用及其创建步骤。
12. 使用T-SQL语句以第5章第8题公司管理数据库中的表为基表，创建一个能反映某员工所在某部门工作、其工资等信息的视图。
13. 试用T-SQL语句为第5章第8题的公司管理数据库中的员工表建立聚集索引。
14. 试为第5章第8题的公司管理数据库编写一个存储过程，其接收一个部门编号作为输入参数，统计所指定部门的员工人数，将其作为该存储过程的输出。

15. 试为第5章第8题的公司管理数据库中员工表编写一个DML触发器，当对该表中EID字段数据进行修改时，触发器动作，发出提示信息，并拒绝修改。

16. 试为第5章第8题的公司管理数据库编写一个DDL触发器，当在该数据库创建新表时，触发器动作，发出提示信息，并撤销创建新表的操作。

17. 试为第5章第8题的公司管理数据库编写一个游标对象，通过该对象对员工工资新增10%进行调整模拟，并将调整模拟结果显示出来以供参考。

第 7 章

SQL Server数据查询

数据库系统最基本的操作，除了取得符合特定条件的数据记录外，就是针对这些数据记录作进一步的汇总、统计与分析。这些操作称为“查询”(Query)。其实，数据库的发展和数据查询速度的提高紧密相连。鉴于查询的重要性，SQL Server 提供了 SELECT 表达式以帮助用户实现强大的数据查询功能。本章讨论 SELECT 查询的分类：简单查询、连接查询和子查询。并在此基础上深入剖析 SELECT 表达式来掌握数据查询语句的使用，以便于读者完成各种复杂的查询操作。

7.1 数据查询语法表达式

在 Transact-SQL 语言中，其核心依赖于数据查询与查询结果的快速报告。查询的定义是使用 SELECT 语句从数据库中请求数据并返回结果。换言之，在 SQL Server 中，所有的查询操作都是由 SELECT 表达式来完成，SELECT 是用于从一个或多个表获取数据的 SQL 命令。当使用 SELECT 表达式执行某个查询时，SQL Server 解译该查询并从表中获取指定的数据。

SELECT 语句是 SQL Server 中使用最多、应用最广泛的一条命令语句，其表达式的语法非常复杂，可繁可简，至于其表达式或繁或简，主要依据查询的复杂度而定。该语句表达式中能够包含字段、常量、变量、表达式或函数。

7.1.1 简化的查询表达式

数据查询的简化语法如下：

```
SELECT select_list
[INTO new_table_name]
FORM table_source
[WHERE serch_conditions]
[GROUP BY group_by_expression]
[HAVING serch_condition]
[ORDER BY order_expression[ASC|DESC]]
[COMPUTE [BY] expression]
```

上述查询语句由查询关键字、条件子句、分组子句、排序子句等子句组成，综合应用这些子句，可以实现一个复杂的数据查询工作。

在以上语法中，子句的顺序很重要，其中的可选项可以不选，若要选择的话，必须按照语法中的顺序给出。

上述语法中参数说明在5.4节作了较详细的叙述，这里就不再重复。

7.1.2 完整的SQL Server查询语法

以下列出SELECT表达式完整的语法：

```
SELECT statement::=
    [WITH<common_table_expression>[,...n]]
    <query_expression>
    [ORDER BY{order_by_expression|column_position[ASC|DESC]}[,...n]]
    [COMPUTE
        {{AVG|COUNT|MAX|MIN|SUM}(expression)}[,...n]
        [BY expression[,...n]]
    ]
    [FOR Clause]
    [OPTION(<query_hint>[,...n])]
    <query_expression>::=
        {<query_specification>|(<query_expression>)}
        [UNION[ALL]| EXCEPT|INTERSECT]
        [query specification|(<query_expression>)[,...n]]
    <query specification>::=
        SELECT[ALL|DISTINCT]
            [{TOP integer|TOP integer PERCNT}[WITH TIES]]
            <select_list>
        [INTO new_table]
        [FROM{<table_source>}[,...n]]
        [WHERE<search_condition>]
        [GROUP BY[ALL] group_by_expression[,...n]
            [WITH{CUBE|ROLLUP}]
        ]
        [HAVING<search_condition>]
```

针对上述查询语句的各个组成部分，下面结合具体实例进行讲解分析。

SELECT语句主要用于从数据库中检索数据，同时它也可以用于向局部变量赋值或者调用一个函数。SELECT语句既可以简单，也可以复杂，因此，在检索需要的数据时，应尽量简化SELECT语句，假如仅需要返回表中的两列数据，则在SELECT语句中只包含这两列将会大大减少返回的数据量。

7.2 简单数据查询

简单查询是数据查询的基本形式，其语法如下：

```
SELECT select_list
    FORM table_source
```

上述表达式说明,在进行简单查询时,仅需在 SQL 语句中指明表名及指定所选的列名即可。

如前所述,在 SELECT 语句中,参数 select_list 也被称为选择列表,用于指定要查询的列。在以上的 SELECT 语句中,仅返回所选择列表中列与行的信息。由于没有 WHERE 子句,所以 SELECT 查询所有的行。FROM 子句跟在 SELECT 语句后面,指定要从中查询数据的源表,它可以是一个表,也可以是视图、派生表或多个表的联合。当 FROM 子句中的两个表内有包含重复名的列时,要对列名加以限定。限定的方法是在列名前冠以表名或表的别名。

7.2.1　列的选择

选择列表可包含以下内容:

1. "*"或列名

SELECT *用于查询源表中所有的列,其中的*号是表示检索所有列的简化符号。

示例　检索 TEACHING_MIS 数据库中所有学生的相关信息。

本示例可使用如下查询语句进行操作:

```
USE TEACHING_MIS
GO
SELECT * FROM STUDENTS
```

此 SQL 代码是查询指定数据库中的 STUDENTS 表中所有学生的全部信息,其执行后结果如图 7-1 所示。

结果　消息

	SID	SNAME	SSEX	SAGE	SPHONE
1	2007010101	李楠	女	19	02787524600
2	2007010102	李文斌	男	19	02787524600
3	2007010103	吕薇	女	18	02787524600
4	2007010104	王宏伟	男	18	02762211564
5	2007010201	赵敏	女	18	02783522568
6	2007010202	刘南南	男	19	13807124652
7	2007010203	王人杰	男	18	02762158537
8	2007020101	伍志高	男	19	13306150480
9	2007020103	刘清波	男	18	135562751...

图 7-1　查询学生表中所有信息

示例　查询上述 STUDENTS 表中每位学生学号和学生姓名,其数据查询语句如下:

```
SELECT SID,SNAME FROM STUDENTS
```

执行以上代码,运行结果如图 7-2 所示。

2. 重新命名列

为便于理解,可在查询结果中对列的名称重新命名,其方法有以下几种方式:

```
SELECT   new_name = column1_name[,...]FROM ...
SELECT   column1 as new_name [,...] FROM...
```

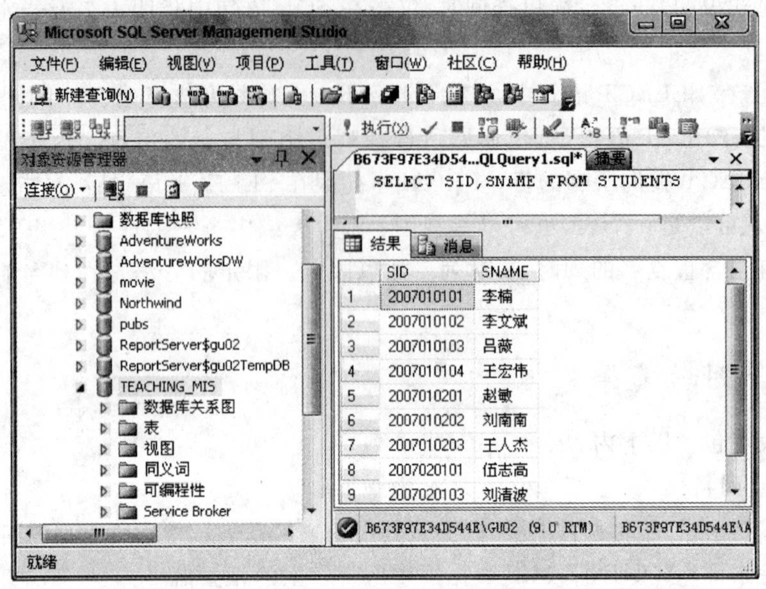

图 7-2　查询学生表中学生学号及姓名

示例　为前面示例中查询的列指定列标题，以增强可读性，SQL 代码如下：

```
SELECT '学号' = SID,'姓名' = SNAME,'联系电话' = SPHONE
    FROM STUDENTS
```

上述代码执行结果如图 7-3 所示。

图 7-3　增加列标题的查询操作

当然，上述 SQL 代码也可以按照如下格式编写，其查询结果与图 7-3 所示相同：

```
USE TEACHING_MIS
GO
SELECT SID AS '学号',SNAME AS '姓名',SPHONE AS '联系电话'
    FROM STUDENTS
```

3. 使用 DISTINCT 关键字去掉重复值

在 Transact-SQL 语句中，若希望消去查询结果中的重复行，可以在 SELECT 语句中使用关键字 DISTINCT。例如，在前面章节中创建的选课表中，存储了多名学生的选课信息，许多学生选修相同的课程，因此，该表中肯定会出现多条同一门课程编号的重复数据，为消除重复的课程编号记录，可在查询语句中使用关键字 DISTINCT，其操作的 SQL 代码如下：

```
USE TEACHING_MIS
GO
SELECT DISTINCT CID FROM RESULTS
```

代码执行结果如图 7-4 所示。

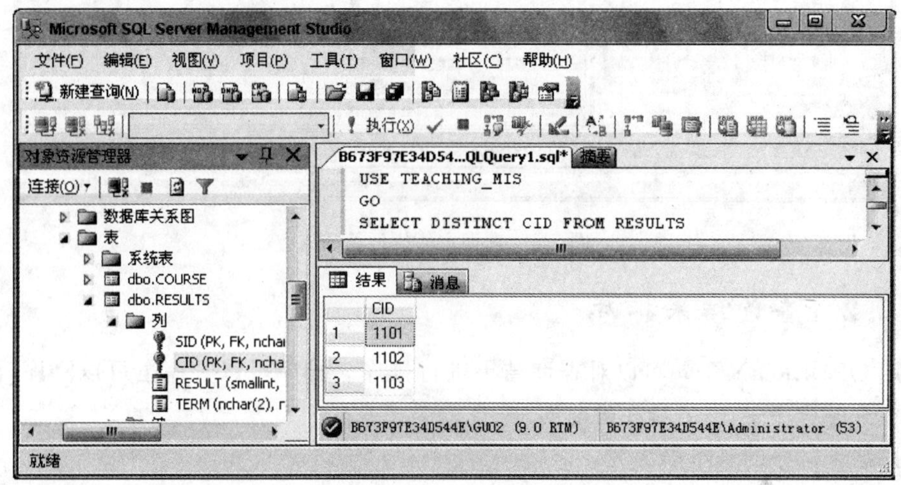

图 7-4 消除重复值的查询操作

该项查询结果表明，示例中学生们所选课程集中在结果所显示的几门课程编号上。

4. 使用运算符

有时，希望查询结果是表中数据的运算结果，这可以在选择列表中包含由运算符连接的表达式，用于执行带有数字列和数字常量的计算。可使用的运算符有：位运算符、字符串运算符、算术运算符。

注意：在查询语句中使用的字符串运算符“+”，用于将两个字符串或二进制数据连接起来。

示例 在教学管理 TEACHING_MIS 数据库的 COURSE 表中，查询可选课程信息，其包括课程编号、课程名称以及所修学分，注意原表中 CCREDIT 字段存储的内容是该门课程的学时数，可按 16 学时为 1 个学分进行折算，该项查询操作的 SQL 代码如下：

```
USE TEACHING_MIS
GO
SELECT CID AS '课程编号',
    CNAME + ': ' + CAST(CCREDIT/16 AS CHAR(3)) + '学分' AS '课程名称(所修学分)'
FROM COURSE
```

该语句执行后，查询结果如图 7-5 所示。

图 7-5 查询中使用运算符

7.2.2 查询结果排序

使用 ORDER BY 子句可以对查询结果进行排序。排序可以升序也可以降序，默认按升序。在升序排序中，空值排在最前面。

查询结果排序的基本语法为：

```
SELECT select_list FORM table_source
[WHERE serch_condition]
{ORDER BY order_expression[ASC|DESC]}
```

语法中参数意义与前述相同。

ORDER BY 子句可以对一列或多列的查询结果进行排序。

示例 在 Microsoft 公司 SQL Server 2005 的示例数据库 AdventureWorks 中，有一个属于 HumanResources 架构的名称为 Departments 表，其包含有关于部门标识、部门名称、部门所属组别名称等信息。在原表中存储的数据是按照部门标识号 DepartmentID 的顺序进行组织的，现在，使用 ORDER BY 子句按照部门所属组名的顺序升序排序。其 SQL 代码为：

```
USE ADVENTUREWORKS
GO
SELECT DEPARTMENTID,Name,GroupName
FROM HumanResources.Department
ORDER BY GroupName
```

上述语句执行结果如图 7-6 所示。

观察查询输出结果，DepartmentID 字段顺序已不是原先的顺序了。而是按照本例所规定的部门组别的顺序排列。

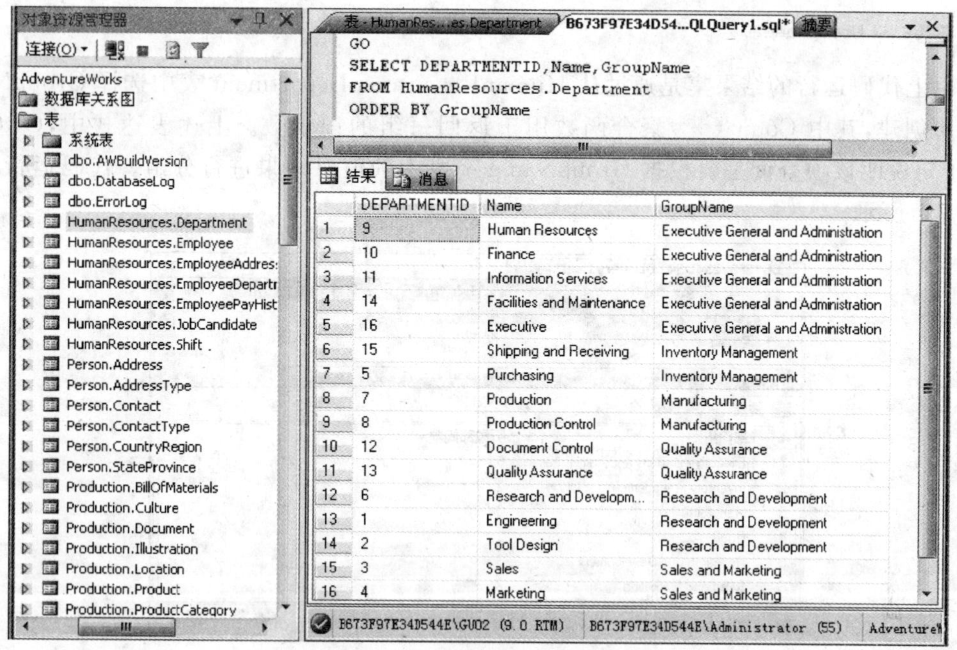

图 7-6 查询结果的排序操作

需要注意的是：order_expression 可以是源表中的一个字段、表达式或代表查询结果中某个字段或表达式的位置编号，但不能按照数据类型为 text、ntext、image 与 xml 的字段进行排序。

7.2.3 查询结果分组

在查询表达式中，使用 GROUP BY 子句以分组查询结果。可以按照列来分组，也可以按列的计算结果来分组，还可以使用统计函数对查询结果中的各个组分别进行统计。其基本语法为：

```
SELECT select_list FORM table_source
[WHERE serch_condition]
{GROUP BY group_by_expression}
[HAVING serch_condition]
```

1. 有分组的查询中对选择列表的限制

带有分组的查询语句中，其选择列表只能包含如下内容：

(1) 常量；

(2) 统计函数；

(3) GROUP BY 子句中的内容；

(4) 包含上面内容的表达式。

示例 对于上例 Department 表，根据 GroupName 字段内容对该表中数据的查询结果进行分组，所使用的 SQL 代码如下：

```
SELECT GroupName AS 部门组别,Count(*) AS 所属部门数
FROM HumanResources.Department
```

```
GROUP BY GroupName
```

以上代码运行的结果集是通过从 HumanResources. Department 表中选择 GroupName 字段所创建，其中 Count（＊）聚合函数用于返回每组的记录数。上述表达式中，GROUP BY 子句说明该项查询是要根据 GroupName 字段中的值对结果进行分组。代码运行结果如图 7-7 所示。

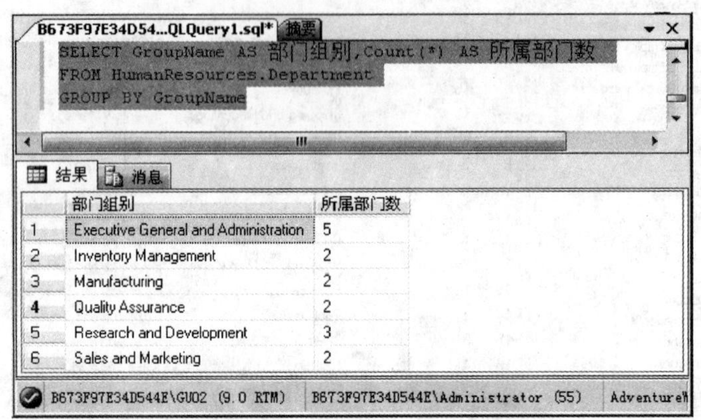

图 7-7　对查询结果分组的操作

利用 GROUP BY 子句，可以根据一列或多列的值将查询中的数据记录进行分组，group_by_expression 表达式可以是一个表的字段，或是一个由表中字段组成且不含聚合函数的表达式。同样，text、ntext、image 等数据类型的字段不能用于 group_by_expression 表达式中。

2. HAVING 子句的使用

HAVING 子句用来为 GROUP BY 子句设置条件。其限定条件与 WHERE 子句基本相同，但在以下两方面不同：

（1）WHERE 子句不能包含统计函数，HAVING 可以包含统计函数；

（2）WHERE 子句可以包含任意列，HAVING 只可包含 GROUP BY 子句中指定的列。

示例　对上例中查询分组结果进行限定，输出拥有两个以上部门的部门组别名称以及所属部门的数目。其 SQL 语句如下：

```
USE ADVENTUREWORKS
GO
SELECT GroupName AS 部门组别,Count( * ) AS 所属部门数
FROM HumanResources.Department
GROUP BY GroupName
HAVING COUNT( * )> 2
```

以上代码运行结果如图 7-8 所示。

以上运行结果表明，符合查询条件的记录有两个部门组，其所拥有的部门数目分别为 5 和 3。

据此可以看出，HAVING 子句与 GROUP BY 子句合用，用于设定代入查询结果“组”所需满足的条件。HAVING 子句可以包含多个所需要的搜索条件(serch_condition)表达式。这些搜索条件表达式之间利用 AND 或 OR 运算符相连接。当然也可利用 NOT 运算

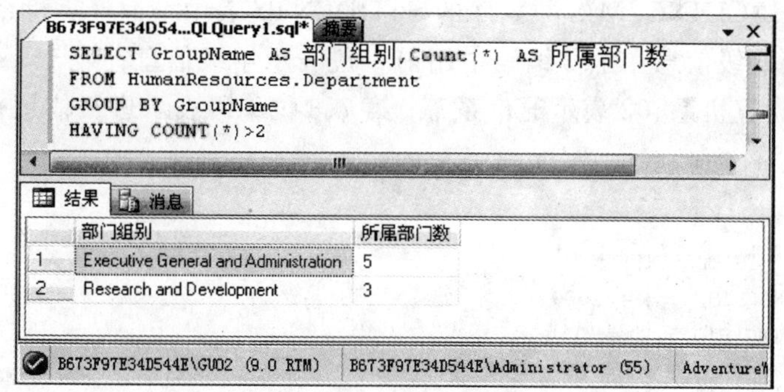

图 7-8 查询分组中使用 HAVING 子句

符把一个布尔表达式取反。实质上，HAVING serch_condition 子句能够告诉 SELECT 将符合搜索条件表达式 serch_condition 的组(groups)代入查询结果中。同样，text、ntext 与 image 数据类型的字段不能用于 HAVING 子句的 serch_condition 搜索条件表达式中。

还需要注意的是，当在查询语句中包含了 GROUP BY 子句、WHERE 子句、HAVING 子句时，最终的查询结果要受到这 3 个子句中表达式的影响，这 3 个子句间的关系是：

- WHERE 子句限定查询结果中的记录必须满足检索条件。
- GROUP BY 子句将查询结果按指定的内容进行分组。
- HAVING 子句从最终结果中将不满足该条件的分组去掉。

7.2.4 使用 WHERE 子句筛选结果

SELECT 语句中的 WHERE 子句用于指定查询(或称检索)条件，换言之，WHERE 子句的功能就是设定能够提取出的数据记录所需符合的条件。可见，当针对单一表进行查询处理时，如果需要过滤数据记录，则需使用 WHERE 子句。其语法格式如下：

```
SELECT select_list FORM table_source
WHERE serch_condition
```

在指定检索条件(serch_condition)时，可使用如表 7-1 所示的运算符进行比较处理。

表 7-1 WHERE 子句的检索条件中所使用的比较运算符

运 算 符	说 明
＝	等于
＜	小于
＞	大于
＜＞或!＝	不等于
＜＝	小于或等于
＞＝	大于或等于
!＞	不大于
!＜	不小于
IN 或 NOT IN	判定数据记录是否出现在所指定的各个数值中
BETWEEN	判定数据记录是否出现在所指定范围的数值中
LIKE 或 NOT LIKE	判定数据记录是否符合所指定的格式

示例 在TEACHING_MIS数据库的STUDENTS表中查询计算机系2007级1班的学生信息(设系及班级信息在学号编码中用前4位表示年级信息；第5、6位编码表示系别信息，如01表示计算机系、02表示通信系等；第7、8位编码表示班级信息)，所使用的SQL代码如下：

```
SELECT *
FROM TEACHING_MIS.DBO.STUDENTS
WHERE SUBSTRING(SID,1,4) = '2007'
   AND SUBSTRING(SID,5,2) = '01'
   AND SUBSTRING(SID,7,2) = '01'
GO
```

以上代码执行结果如图7-9所示。

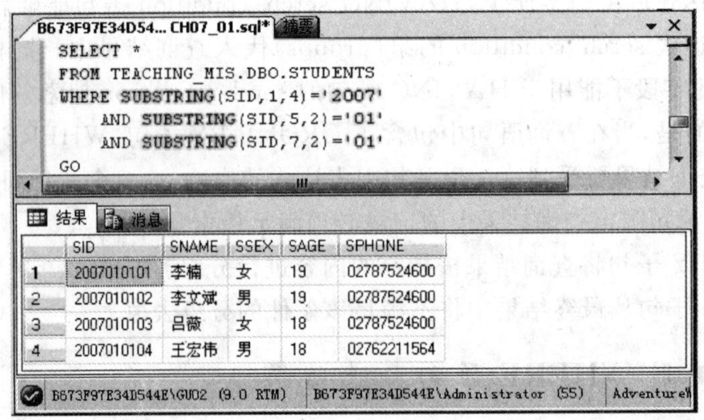

	SID	SNAME	SSEX	SAGE	SPHONE
1	2007010101	李楠	女	19	02787524600
2	2007010102	李文斌	男	19	02787524600
3	2007010103	吕薇	女	18	02787524600
4	2007010104	王宏伟	男	18	02762211564

图7-9 条件查询操作

示例 在TEACHING_MIS数据库的RESULTS表中检索选修课程编号为1101和1103的学生学号，所使用的SQL代码如下：

```
SELECT SID AS 学号,CID AS 课程编号
FROM TEACHING_MIS.DBO.RESULTS
WHERE CID IN ('1101','1103')
GO
```

在WHERE子句中，经常使用逻辑操作符以组合该子句中多个检索条件。如在前面示例中，使用AND运算符组合既满足年级条件，又符合指定系别和班级的数据记录以构成检索条件。同理，还可以使用OR运算符连接各个BETWEEN范围用以查询多个数据区间的数据记录。

还需要说明的是，FROM子句表示在SELECT表达式查询的过程中使用了哪些表。如果在FROM子句中所指定的表并非是当前活动数据库中的表，则需要以database_name.schema_name.table_name的格式来指定。

7.2.5 使用TOP子句

SQL Server查询有一项极为重要的功能，就是能够查询出名列前茅者或落后者。例如，下面的这些查询需求：

■ 查询销售业绩最佳的前 3 名业务员；
■ 查询采购总金额最高的前 10 位客户；
■ 查询目前工资最低的后 5 名员工。

以上所需的查询就要求检索出名列前茅者或落后者。这样的查询要求要利用 ORDER BY 子句根据一个或多个字段来排序查询结果，再使用 TOP(expression)[PERCENT][WITH TIES]子句设定要取出从头算起的前几名或从头算起的百分比。

TOP 子句中的 expression 式指定从开头算起的多少名。例如：查询出从头算起的前 3 名，则须加入 TOP(3)子句；又如，查询出从头算起的前 10 名，则须加入 TOP(10)子句。

如要查询出从头算起的百分比，只需再加入关键字 PERCENT 即可。当有关键字 PERCENT 时，expression 的可设定值为 0～100。例如要查询出从头算起的前 3%，则须加入 TOP(3)PERCENT 子句；又如，要查询出从头算起的前 15.5%，则必须加入 TOP(15.5)PERCENT 子句。

这里所谓的"名列前茅者或落后者"的定义可按用户或开发人员的需要而有所不同，这可通过升序排列与降序排列查询结果来解决。

示例 检索 HumanResources.Department 表中所属部门最多的前 3 个部门组。所使用的 SQL 代码如下：

```
SELECT TOP(3) DEPARTMENTID,Name,GroupName
FROM AdventureWorks.HumanResources.Department
ORDER BY GroupName DESC
GO
```

其查询结果如图 7-10 所示。

结果 | 消息

	DEPARTMENTID	Name	GroupName
1	4	Marketing	Sales and Marketing
2	3	Sales	Sales and Marketing
3	2	Tool Design	Research and Development

图 7-10 查询特定部分数据的操作

通过示例可看出，TOP 子句用于返回查询结果集的特定部分。注意在 SQL Server 2000 版本中，TOP 子句只使用常量值，而在 SQL Server 2005 中，TOP 子句的功能和灵活性大大增强，在 TOP 子句可以使用 Transact-SQL 表达式、变量和常量或子查询。甚至在数据更新操作的 INSERT、UPDATE 和 DELETE 子句中也可以使用 TOP 子句。

7.2.6 使用 INTO 关键字指定查询结果的输出目的地

默认状态下，SELECT 的查询结果将会返回客户端应用程序。但在更多情况下，用户或程序设计人员可能需要将查询结果输出到某个存储处进行进一步的处理。在查询语句中，利用 INTO 子句可以新建一个表并将查询结果存入其中，以满足上述进一步处理的要求。

示例 检索 HumanRescources.Department 表中研发部门组所属的各个部门数据记录存储在一个临时表中以便进一步处理。该处理操作所使用的 SQL 代码如下：

```
SELECT DEPARTMENTID,Name,GroupName
INTO #MYTEMPTABLE
FROM AdventureWorks.HumanResources.Department
WHERE GroupName LIKE 'Re%'
GO
SELECT * FROM #MYTEMPTABLE
```

以上的程序代码表示将查询结果存储到临时表#MYTEMPTABLE中,使用另一条SQL查询命令显示出#MYTEMPTABLE表中内容,如图7-11所示。

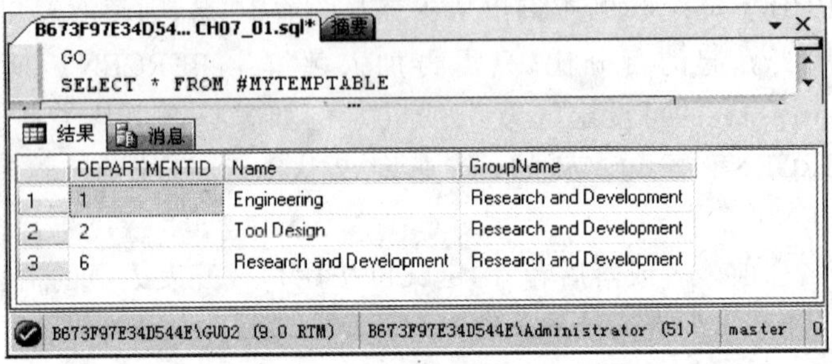

B673F97E34D54... CH07_01.sql* 摘要

```
GO
SELECT * FROM #MYTEMPTABLE
```

结果 消息

	DEPARTMENTID	Name	GroupName
1	1	Engineering	Research and Development
2	2	Tool Design	Research and Development
3	6	Research and Development	Research and Development

B673F97E34D544E\GU02 (9.0 RTM) | B673F97E34D544E\Administrator (51) | master | 0

图7-11 使用SELECT INTO创建新表

在SELECT表达式中加入INTO子句将查询结果存放到一个新表中,还必须注意:

- SELECT表达式中不能加入COMPUTE子句;
- 创建者必须在目的数据库有CREATE TABLE的权限。

7.3 复杂查询

7.2节所介绍的查询,都是针对单一的表进行的,若查询涉及两个以上的表,或查询是对同一表的多次操作,或查询涉及对多个SELECT语句操作结果的集合操作,则称之为复杂查询。

7.3.1 连接查询

当一项查询操作涉及多个表时,必须指定连接的类型与连接表达式。例如,查询两个表TableA和TableB的数据记录,设表TableA有20 000条数据记录,表TableB也有20 000条数据记录。假设查询操作并未指定两表数据之间的关联性,则SELECT语句认为表TableA中的每条数据记录与表TableB中的每条数据记录彼此都是相关联的。在这种情况下,当使用以下两种方法进行两表间数据查询时,查询的结果将会出现400 000 000(20 000×20 000)条数据记录:

```
SELECT * FROM TableA,TableB
```

或:`SELECT * FROM TableA CROSS JOIN TableB`

为避免这种情况的发生,需要使用INNER JOIN、LEFT OUTER JOIN、RIGHT OUTER JOIN或FULL OUTER JOIN关键字来指定连接类型,并使用ON JoinCondition连接条件子句来指定连接表达式。SQL Server 2005支持四种连接方式来查询连接表。

1. 内连接(INNER JOIN)

内连接是指查询结果仅包含两连接表中彼此相对应的数据记录。在SQL语言中,默认的连接方式就是 INNER JOIN。

在 SQL Server 中，若要采用 INNER JOIN，需要用关键字 INNER JOIN 连接源表，并使用 ON JoinCondition 子句设定连接表达式。例如，要查看每位学生选课成绩情况。可以编写如下所示的 SELECT 表达式。

```
SELECT STUDENTS.SID,SNAME,
RESULTS.CID,RESULTS.RESULT
FROM TEACHING_MIS.DBO.STUDENTS
    INNER JOIN TEACHING_MIS.DBO.RESULTS
ON STUDENTS.SID = RESULTS.SID
GO
```

该语句执行结果如图 7-12 所示。

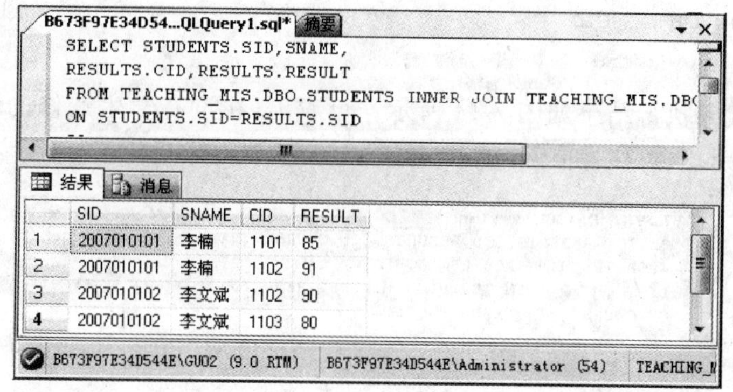

图 7-12 通过内连接查询学生选课成绩

在上述内连接查询方法中，那些存储在 STUDENTS 表中但尚未选课的学生数据将不会出现在查询结果中。

连接查询的源表不仅限于两个相连接的表。在以下程序中，以 INNER JOIN 方式连接 STUDENTS、RESULTS 与 COURSE 三个表，以便获取学生选课更为详细的信息：

```
SELECT STUDENTS.SID,SNAME,
COURSE.CNAME,RESULTS.RESULT
FROM TEACHING_MIS.DBO.STUDENTS
    INNER JOIN TEACHING_MIS.DBO.RESULTS
        ON STUDENTS.SID = RESULTS.SID
    INNER JOIN TEACHING_MIS.DBO.COURSE
        ON RESULTS.CID = COURSE.CID
GO
```

其执行结果如图 7-13 所示。

	SID	SNAME	CNAME	RESULT
1	2007010101	李楠	计算机概论	85
2	2007010101	李楠	计算机专业导论	91
3	2007010102	李文斌	计算机专业导论	90
4	2007010102	李文斌	计算机网络	80

图 7-13 三表连接查询结果

2. 左外连接(LEFT OUTER JOIN)

左外连接是指采用 LEFT OUTER JOIN 关键字连接源表,并使用 ON JoinCondition 子句设定连接表达式的查询操作。该查询结果集中将包含位于关键字 LEFT OUTER JOIN 左侧源表的全部数据记录,但是仅包含位于关键字 LEFT OUTER JOIN 右侧源表中与左表相对应的数据记录。这里,相对应是说数据记录符合连接表达式所指定的条件。

示例 要查看 TEACHING_MIS 数据库中课程设置状况,无论现在有无学生选修,都希望所开设的课程名称全部出现在查询结果中,则所需编写的 SELECT 表达式如下:

```
SELECT RESULTS.SID,RESULTS.CID,COURSE.CNAME
FROM TEACHING_MIS.DBO.COURSE
LEFT OUTER JOIN TEACHING_MIS.DBO.RESULTS
ON COURSE.CID = RESULTS.CID
GO
```

以上 SQL 代码执行结果如图 7-14 所示。可看出,在没有学生选修的课程名称所对应的学号字段中显示出 NULL 值。

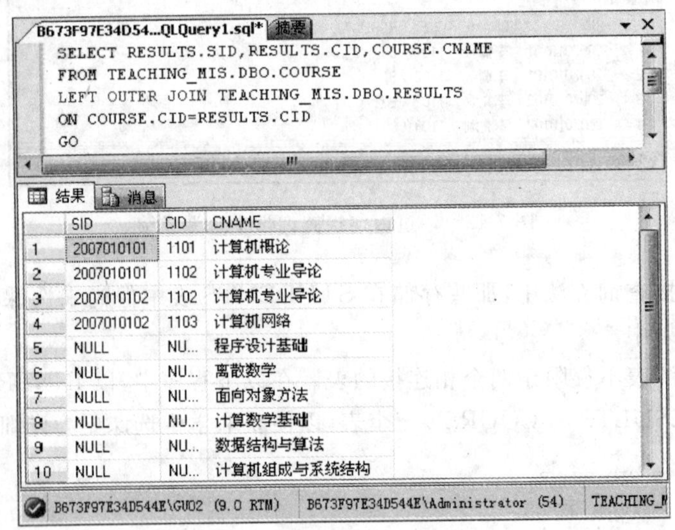

	SID	CID	CNAME
1	2007010101	1101	计算机概论
2	2007010101	1102	计算机专业导论
3	2007010102	1102	计算机专业导论
4	2007010102	1103	计算机网络
5	NULL	NU...	程序设计基础
6	NULL	NU...	离散数学
7	NULL	NU...	面向对象方法
8	NULL	NU...	计算数学基础
9	NULL	NU...	数据结构与算法
10	NULL	NU...	计算机组成与系统结构

图 7-14 左外连接查询结果

3. 右外连接(RIGHT OUTER JOIN)

右外连接是指采用 RIGHT OUTER JOIN 关键字连接源表,并使用 ON JoinCondition 子句设定连接条件的查询操作。其查询结果集将包含位于关键字 RIGHT OUTER JOIN 右侧源表的全部数据记录,但是仅包含位于关键字 RIGHT OUTER JOIN 左侧源表中相对应的数据记录。

示例 要查看学生选课的基本情况,即使没有选修课程,学生的基本数据也应出现在查询结果中,可以编写的 SELECT 表达式如下:

```
SELECT STUDENTS.SNAME,COURSE.CNAME,RESULTS.RESULT
FROM TEACHING_MIS.DBO.RESULTS
RIGHT OUTER JOIN TEACHING_MIS.DBO.STUDENTS
```

```
ON RESULTS.SID = STUDENTS.SID
LEFT OUTER JOIN TEACHING_MIS.DBO.COURSE
ON RESULTS.CID = COURSE.CID
GO
```

以上 SQL 代码执行结果如图 7-15 所示。

	SNAME	CNAME	RESULT
2	李楠	计算机专业导论	91
3	李文斌	计算机专业导论	90
4	李文斌	计算机网络	80
5	吕薇	NULL	NULL
6	王宏伟	NULL	NULL
7	赵敏	NULL	NULL
8	刘南南	NULL	NULL
9	王人杰	NULL	NULL
10	伍志高	NULL	NULL
11	刘清波	NULL	NULL

图 7-15　右外连接查询结果

从图 7-15 中输出窗口所显示的执行结果可看到，所要查询的全体学生姓名字段内容全部列出，在学生暂还未选修的课程名称字段、成绩字段中，显示出 NULL 值。

4. 完全外连接(FULL OUTER JOIN)

完全外连接是指采用 FULL OUTER JOIN 关键字连接源表，并使用 ON JoinCondition 子句设定连接条件的查询，其查询结果集将包含位于关键字 FULL OUTER JOIN 左右两侧源表中所有相对应以及不对应的数据记录。

示例　还是查询 TEACHING_MIS 数据库中学生选课信息，要求无论学生有无选修，将全体学生及全部课程内容显示出来。其所需要编写的 SQL 表达式如下：

```
SELECT STUDENTS.SNAME, COURSE.CNAME, RESULTS.RESULT
FROM TEACHING_MIS.DBO.RESULTS
RIGHT OUTER JOIN TEACHING_MIS.DBO.STUDENTS
ON RESULTS.SID = STUDENTS.SID
FULL OUTER JOIN TEACHING_MIS.DBO.COURSE
ON RESULTS.CID = COURSE.CID
GO
```

以上 SQL 代码执行结果如图 7-16 所示。

从执行结果上看，完全外连接将符合连接条件的数据记录进行连接并返回，同时将完全外连接的两个源表中不符合连接条件的数据记录，分别在对应字段中补以 NULL 值并返回，如图 7-16 所示，从第 5 行至第 13 行止，在 COURSE 表中相应的课程暂无学生选修，因此在学生姓名字段填以 NULL 值。同理，从第 13 行以后，在 STUDENTS 表中的相应学生并未选修任何课程，因此在完全外连接的另一源表 COURSE 中相应课程名称字段填入 NULL 值。

5. 自连接(SELF-JOINS)

自连接查询是一个表自己连接自己进行查询，返回满足条件的结果集。自连接其实是将一个表的几行与另几行相联系。

	SNAME	CNAME	RESULT
1	李楠	计算机概论	85
2	李楠	计算机专业导论	91
3	李文斌	计算机专业导论	90
4	李文斌	计算机网络	80
5	NULL	程序设计基础	NULL
6	NULL	离散数学	NULL
7	NULL	面向对象方法	NULL
8	NULL	计算数学基础	NULL
9	NULL	数据结构与算法	NULL
10	NULL	计算机组成与系统结构	NULL
11	NULL	编译原理	NULL
12	NULL	操作系统原理	NULL
13	NULL	数据库系统	NULL
14	吕薇	NULL	NULL
15	王宏伟	NULL	NULL
16	赵敏	NULL	NULL
17	刘南南	NULL	NULL
18	王人杰	NULL	NULL
19	伍志高	NULL	NULL
20	刘清波	NULL	NULL

图 7-16　完全外连接查询结果

示例　列出与李楠同学同班的学生班级及姓名等记录，所用的 SQL 语句如下：

```
SELECT DISTINCT SUBSTRING(S1.SID,7,2) AS 班级,
S1.SID AS 学号,S1.SNAME AS 姓名
FROM TEACHING_MIS.DBO.STUDENTS S1
INNER JOIN TEACHING_MIS.DBO.STUDENTS S2
ON SUBSTRING(S1.SID,5,4) = SUBSTRING(S2.SID,5,4)
WHERE SUBSTRING(S1.SID,5,4) = '0101'
   AND S1.SNAME <>'李楠'
GO
```

上述 SQL 代码执行结果如图 7-17 所示。

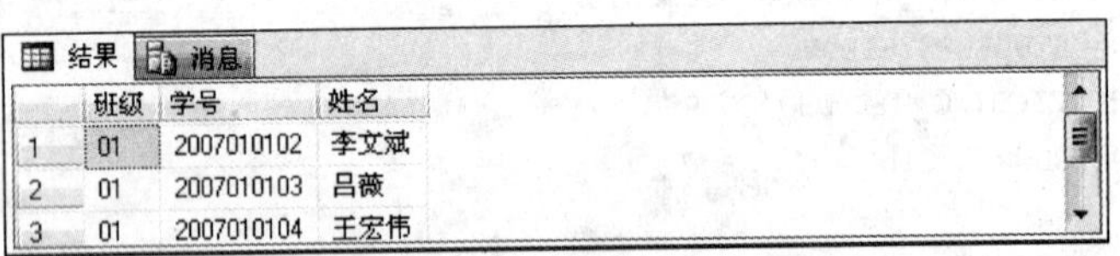

	班级	学号	姓名
1	01	2007010102	李文斌
2	01	2007010103	吕薇
3	01	2007010104	王宏伟

图 7-17　自连接查询结果

需要说明的是：根据连接的定义，在查询表达式中需将表的某行和其他行进行比较，自连接时，同一表内的某列将在 SELECT 语句及 FROM、ON 等子句中出现两遍，故应采用指定别名的办法来区别。在此例中，STUDENTS 表的别名分别为 S1 和 S2，在语句执行操作时，将 S1 和 S2 看做两个表的连接。

6. 交叉连接(CROSS JOIN)

交叉连接查询结果返回左表中的所有行，并返回左表中的每一行与右表中的所有行组合。换句话说，交叉连接返回两个表的笛卡儿积。或说交叉连接返回两个表所有可能的组合。这种连接通常用于测试一个数据库的执行效率。

示例 输出 TEACHING_MIS 数据库中所有学生和课程的全部组合，使用交叉连接的 SQL 语句如下：

```
SELECT STUDENTS.SID,STUDENTS.SNAME,COURSE.CNAME
FROM TEACHING_MIS.DBO.STUDENTS
CROSS JOIN TEACHING_MIS.DBO.COURSE
GO
```

执行上述代码，其结果如图 7-18 所示。

结果 消息

	SID	SNAME	CNAME
1	2007010101	李楠	计算机概论
2	2007010101	李楠	计算机专业导论
3	2007010101	李楠	计算机网络
4	2007010101	李楠	程序设计基础
5	2007010101	李楠	离散数学
6	2007010101	李楠	面向对象方法
7	2007010101	李楠	计算数学基础
8	2007010101	李楠	数据结构与算法
9	2007010101	李楠	计算机组成与...
10	2007010101	李楠	编译原理
11	2007010101	李楠	操作系统原理
12	2007010101	李楠	数据库系统

图 7-18 交叉连接查询结果

在以上这个示例中，该项交叉连接操作输出记录总数是 12×9＝108 条。

7.3.2 集合查询

SELECT 语句的查询结果是元组集合，因此，多个 SELECT 语句结果可以进行集合操作，此即所谓的集合查询。集合操作主要有：

- 并：UNION；
- 交：INTERSECT；
- 差：EXCEPT。

1. 合并查询

在一组查询语句中，使用 UNION 关键字可将这一组中多个查询结果合并成一个结果集。其语法如下：

```
Query 1
[UNION [ALL] Query 2]…
[ORDER BY clause]
[COMPUTE BY clause]
```

其中：Query 1、Query 2 表示第一个及第二个 SELECT 查询表达式。

在默认情况下，UNION 运算符自动删掉结果中的重复行。若使用 ALL 选项，可以将所有行都显示在结果集中。

关于本查询语句的一些限制说明：

(1) 各个查询语句选择列表中项的个数必须相同。

(2) 对应的选择项必须是相同的数据类型或两种数据类型间可进行隐式转换。

(3) 合并后结果集中的列名按第一个查询语句中的列名给出。因此如果要指定列标题,须在第一个查询中完成。

(4) ORDER BY 或 COMPUTE BY 子句只能用在最后一个查询语句中,可对最终结果排序或生成统计值。

(5) GROUP BY 子句和 HAVING 子句只能用在每个查询语句的内部,不能影响最终的结果集。

示例 对以下两表进行合并查询操作。

Table1	
COL_A	COL_B
Abc	1
Def	2
Ghi	3

Table2	
COL_C	COL_D
Ghi	3
Jkl	4
Mno	5

```
SELECT * FROM Table1
UNION
SELECT * FROM Table2
```

此合并查询执行结果如图 7-19 所示。

COL_A	COL_B
Abc	1
Def	2
Ghi	3
Jkl	4
Mno	5

图 7-19 合并查询结果

在本示例中,由于没有使用 ALL 关键字,按照默认,合并后的元组集合中去掉重复的行,因此,输出只有 5 行数据记录。

2. 交集查询

在 SQL Server 2005 中,提供了全新的 INTERSECT 运算符以完成两个或多个 SELECT 表达式交操作的查询结果,即该项查询用于比较两个(或多个)SELECT 语句的查询结果,并返回同时存在于该运算符左右两侧的查询结果中的值。

示例 查询既选修了编号为 1102 课程又选修了编号为 1103 课程的学生:

```
SELECT SID
FROM TEACHING_MIS.DBO.RESULTS
WHERE CID = '1102'
INTERSECT
SELECT SID
FROM TEACHING_MIS.DBO.RESULTS
WHERE CID = '1103'
GO
```

3. 差集查询

EXCEPT 同样也是 SQL Server 2005 所提供的一个全新的运算符，用以比较两个或多个 SELECT 语句的查询结果，并返回位于该运算符左侧却并不存在于该运算符右侧的查询结果中的值。

示例 查询不属于 0101 班或 0201 班的全体学生的基本信息，其 SQL 表达式如下：

```
SELECT *
FROM TEACHING_MIS.DBO.STUDENTS
EXCEPT
SELECT *
FROM TEACHING_MIS.DBO.STUDENTS
WHERE SUBSTRING(SID,5,4) = '0101' OR SUBSTRING(SID,5,4) = '0201'
GO
```

上述 SQL 代码执行结果如图 7-20 所示。

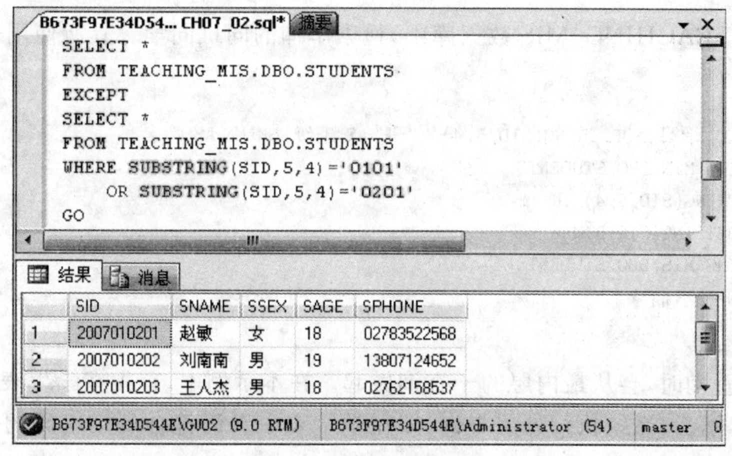

图 7-20 差集查询结果

7.4 子查询

在 SQL 语言中，一个 SELECT...FROM...WHERE 语句称为一个查询块，将一个查询块嵌套在另一个查询块的某个子句(例如 WHERE 子句)中的查询称为嵌套查询，嵌套查询又称子查询。其名称来自于将外层查询称为父查询，而嵌套在内层的查询也称为子查询。

SQL 语言允许多层嵌套查询，即一个子查询中还可嵌套其他子查询。使用子查询，可以让用户或应用程序设计人员用多个简单查询构造复杂的查询，从而增强了 SQL 的查询能力。

简而言之，子查询就是嵌套在其他(SELECT、INSERT、UPDATE 或 DELETE)语句中的另一个 SELECT 语句，因此，作为查询语句来讲，它可以包含以下部件：

- 选择列表；
- FROM 子句；
- WHERE、GROUP BY、HAVING 子句(不需要时可以省略)。

关于子查询，在使用中有需要注意的地方如下：

(1) 子查询 SELECT 语句常用括号括起来；

(2) 子查询中不能使用 COMPUTE 子句；

(3) 子查询中不能包含 ORDER BY 子句；

(4) 如果某数据表只出现在子查询中而没有出现在父查询中，则在数据列表中不能包含该数据表的字段。

从语法上讲，子查询就是一个用括号括起来的特殊的表达式，它对关系求值。一个子查询的返回值可以是一个简单数据、一个元组或一个包含多行的集合。如果子查询的返回值是一个简单数据，则该子查询就如同一个常量，或如同一个表示元组分量的属性，则在父查询中，即可以如同使用常量或属性一样使用子查询的结果。根据子查询的返回值及其在父查询中执行的次数和测试方法，子查询可以分为简单子查询和复杂子查询。

7.4.1 简单子查询

示例 在 TEACHING_MIS 数据库中，检索李楠的同班同学。其所使用子查询的 SQL 代码如下：

```
SELECT SID AS 学号,SUBSTRING(SID,5,4) + '班' AS 班级,SNAME AS 姓名
FROM TEACHING_MIS.DBO.STUDENTS
WHERE SUBSTRING(SID,5,4) IN
(SELECT SUBSTRING(SID,5,4)
FROM TEACHING_MIS.DBO.STUDENTS
WHERE SNAME = '李楠')
GO
```

系统执行查询时，会从最内层的子查询做起。在本示例中，首先在学生表中查询指定学生的班级编码，然后，系统执行外层查询，即在学生表中查询符合班级编码的学生记录。其执行结果如图 7-21 所示。

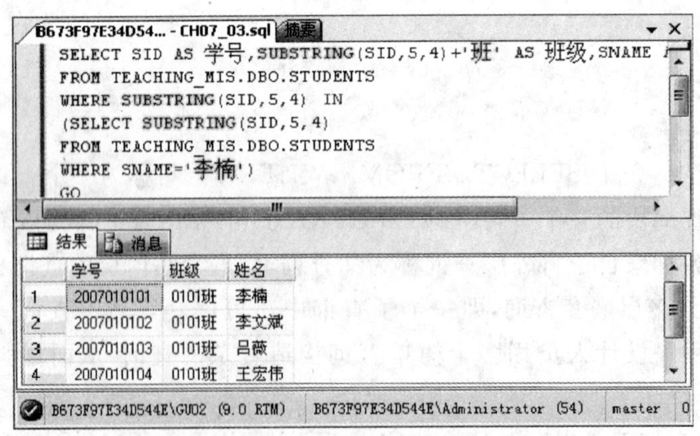

图 7-21 简单子查询执行结果

从此例中可看出，所谓简单子查询，实际上是指子查询只执行一次，并将执行结果提供给上一层查询使用。

7.4.2 复杂子查询

1. 相关子查询

有些复杂的子查询，其子查询需要执行若干次，并且在子查询中要使用父查询的当前记录值。这种嵌套的子查询也称为相关子查询。

示例 查询每名学生超过其自己平均成绩的课程名称及其成绩。

```
SELECT S.SID,S.SNAME,C.CNAME,R1.RESULT
FROM TEACHING_MIS.DBO.STUDENTS S,
     TEACHING_MIS.DBO.COURSE C,
     TEACHING_MIS.DBO.RESULTS R1
WHERE R1.SID = S.SID AND C.CID = R1.CID
AND RESULT >(SELECT AVG(RESULT)
FROM TEACHING_MIS.DBO.RESULTS R2
WHERE R1.SID = R2.SID)
GO
```

在本示例中，子查询将当前学生所选修课程的平均成绩返回给父查询，而父查询每查询一个成绩记录，就要调用一次子查询。注意到如果父查询当前检索的学生学号为2007010101，则子查询的条件语句就是 WHERE SID='2007010101'，但此处的学号并不确定，它随父查询对记录的扫描而变化，实际上，父查询每检索到一条学生记录，都有一个具体的学号值，以此决定子查询的返回结果。或者说，子查询的查询条件依赖于父查询。本示例执行结果如图 7-22 所示。

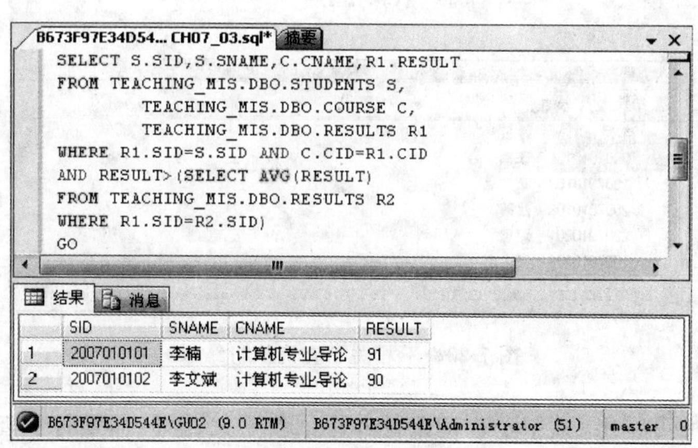

图 7-22 相关子查询执行结果

2. 不相关子查询

如果子查询的查询条件并不依赖于父查询，这类子查询则称为不相关子查询。

示例 查询选修了课程名称为“计算机网络”的学生学号与姓名。所用 SQL 代码如下：

```
SELECT SID AS 学号,SNAME AS 姓名
FROM TEACHING_MIS.DBO.STUDENTS
WHERE SID IN
    (SELECT SID
```

```
    FROM TEACHING_MIS.DBO.RESULTS
    WHERE CID IN
        (SELECT CID
         FROM TEACHING_MIS.DBO.COURSE
         WHERE CNAME = '计算机网络')
    );
GO
```

在本示例中,学号和姓名存放在 STUDENTS 表中,课程名称存放在 COURSE 表中,STUDENTS 表和 COURSE 表之间并无直接联系,必须通过 RESULTS 表来建立前两个表之间的联系。所以,该项查询实际上涉及 3 个关系,两层嵌套。同样道理,该查询由里至外进行,首先检索 COURSE 表,将课程名称为"计算机网络"的记录中所对应的课程编号值返回,例如编号为 1103,该结果作为其上一层嵌套查询的条件,在查询 RESULTS 表中检索到选修该课程编号的学生学号,并将其结果返回到最外层查询中,最后,以所返回的学生学号为查询条件,在 STUDENTS 表中检索对应的学生姓名,并将这些学生学号、姓名记录的查询结果显示于输出窗口。上述 SQL 代码执行结果如图 7-23 所示。

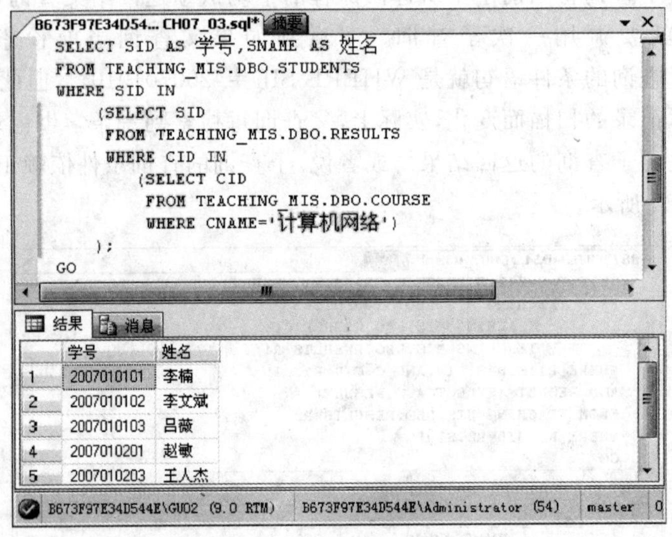

图 7-23 不相关子查询执行结果

从以上示例中可看出,其中子查询条件并不依赖于父查询,而是将子查询的结果用于建立其父查询的检索条件。这就是所谓不相关子查询。

7.4.3 子查询中的谓词

1. [NOT]IN 子查询

在嵌套查询中,子查询的结果经常会是一个集合,所以,谓词 IN 就是嵌套查询中最常使用的谓词。在使用带有 IN 谓词的子查询时,如果表达式的值与此列中的任何一个值相等,则集合测试便返回 TRUE,否则返回 FALSE。上一节中不相关子查询示例即是带有 IN 谓词的子查询示例。

2. [NOT]EXISTS 子查询

EXISTS 表示存在量词。假设符号 x 表示任意变量,则 EXISTS x(<含 x 的谓词>)的值为真,当且仅当<含 x 的谓词>对变量 x 的某个值为真。例如 x 代表 1～10 之间的任意整数,则谓词 EXISTS x(x<5)的值为 TRUE。

而相反谓词：EXISTS x(x<0)的值为 FALSE。

在 SQL 中,存在量词化谓词由

```
EXISTS(SELECT *
      FROM …
      WHERE … )
```

来表达。当且仅当该子查询的 FROM 表中存在一个记录满足该子查询的 WHERE 条件时,则存在量词化谓词的值为 TRUE。

示例 查询选修了课程编号为 1104 课程的学生学号和姓名。其所用 SQL 代码如下：

```
SELECT SID,SNAME
FROM TEACHING_MIS.DBO.STUDENTS
WHERE EXISTS
(SELECT *
FROM TEACHING_MIS.DBO.RESULTS
WHERE SID = STUDENTS.SID AND CID = '1104')
GO
```

以上代码设计的查询是,在 STUDENTS 表中依次取每个元组的 SID 值,用此值去检查 RESULTS 表,若 RESULTS 表中存在这样的元组,其 SID 值等于 STUDENTS.SID 值,并且其课程编号为 1104,则取 STUDENTS 表中对应的 SID 和 SNAME 送入结果集中。据此思路,在上述代码中,存在量词 EXISTS 的作用是,当检索的子层查询结果不为空时,父查询中 WHERE 子句返回 TRUE,否则返回 FALSE。

另外,因为带有 EXISTS 谓词的子查询只返回 TRUE 或 FALSE,所以目标列名并无实际意义,因此在子查询中的目标列表达式通常使用 *。本示例执行后在 SQL Server Management Studio 查询分析输出窗口的显示结果如下：

```
----------------------------------------
SID               SNAME
20070100201       赵敏
20070100203       王人杰
```

与 EXISTS 相对应的是 NOT EXISTS 谓词,带有 NOT EXISTS 谓词的子查询结果若为空,则其父查询的 WHERE 子句返回值为 TRUE,否则,返回值为 FALSE。

示例 查询没有选修课程编号为 1104 课程的学生学号与姓名。

该示例所使用的 SQL 代码如下：

```
SELECT SID,SNAME
FROM TEACHING_MIS.DBO.STUDENTS
WHERE NOT EXISTS
(SELECT *
```

```
FROM TEACHING_MIS.DBO.RESULTS
WHERE SID = STUDENTS.SID AND CID = '1104')
GO
```

该段代码执行结果如图 7-24 所示。

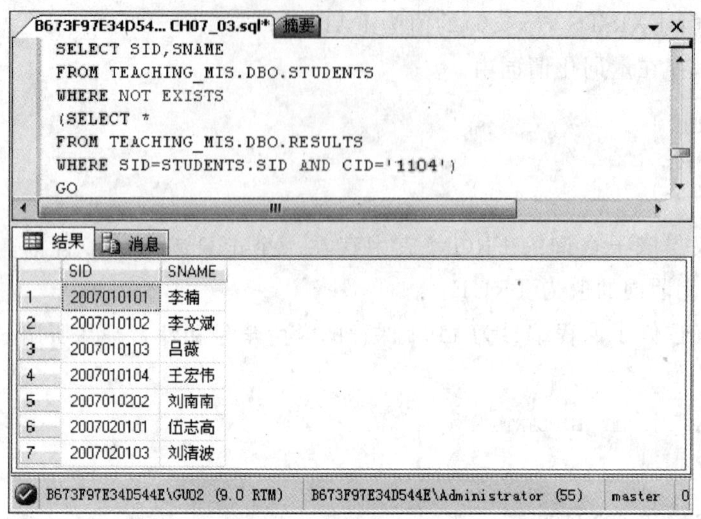

图 7-24 带有 NOT EXISTS 谓词的子查询执行结果

3. 带有比较运算符的子查询

带有比较运算符的子查询是指父查询与子查询之间使用比较运算符进行连接。比较运算符有=、!=、>、>=、!>、<、<=、!<等。使用比较符时，要求子查询只返回一个值，即当用户确定子查询返回的是单值时，才可使用，而若子查询返回多于一个值时，则须使用 IN。

示例 查询与赵敏同学在同一个系学习的学生学号和姓名。其 SQL 命令语句如下：

```
SELECT SID,SNAME,SUBSTRING(SID,5,2) AS '系'
FROM TEACHING_MIS.DBO.STUDENTS
WHERE SUBSTRING(SID,5,2) =
     (SELECT SUBSTRING(SID,5,2)
      FROM TEACHING_MIS.DBO.STUDENTS
      WHERE SNAME = '赵敏')
GO
```

在本例中，由于一个学生只可能在一个系中，因此，可以确定内查询的结果只有一个值。所以在 WHERE 子句中可以使用"="来进行比较，否则，此处要用 IN 谓词替代。

4. 带有 ANY 或 ALL 谓词的子查询

前已述及，子查询返回单值时可以使用比较运算符，但返回多值时可以使用 IN 等谓词，SQL Server 2005 中还有一种对子查询返回多值时使用的方法，即使用 ANY 或 ALL 谓词修饰符。也就是说，使用这两个谓词时必须同时使用比较运算符，其语义如表 7-2 所示。

表 7-2 ANY 和 ALL 谓词修饰符语义说明

谓词	语 义	谓词	语 义
＞ANY	大于查询结果中的某个值	＞ALL	大于查询结果中的所有值
＜ANY	小于查询结果中的某个值	＜ ALL	小于查询结果中的所有值
＞＝ANY	大于等于查询结果中的某个值	＞＝ALL	大于等于查询结果中的所有值
＜＝ANY	小于等于查询结果中的某个值	＜＝ALL	小于等于查询结果中的所有值
＝ANY	等于查询结果中的某个值	＝ ALL	等于查询结果中的所有值
!＝ANY	不等于查询结果中的某个值	!＝ ALL	不等于查询结果中的任何值

示例 查询其他班级中比 0101 班中某一学生年龄小的学生姓名与年龄。其 SQL 语句如下：

```
SELECT SUBSTRING(SID,5,4),SNAME,SAGE
FROM TEACHING_MIS.DBO.STUDENTS
WHERE SAGE < ANY
    (SELECT SAGE
     FROM TEACHING_MIS.DBO.STUDENTS
     WHERE SUBSTRING(SID,5,4) = '0101')
AND SUBSTRING(SID,5,4)<>'0101'
GO
```

本示例执行时，SQL Server 2005 首先执行子查询，检索出 SID 字段第 5 位至第 8 位编码为‘0101’的班级的某一学生年龄，比如 19，然后处理父查询，找出所有不是 0101 班级且年龄小于 19 的学生。其执行结果如图 7-25 所示。

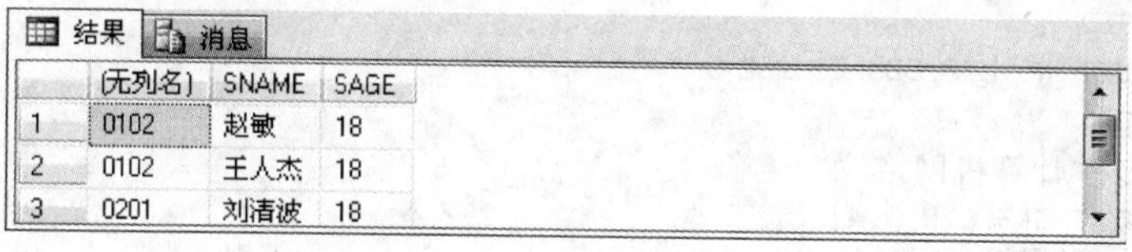

结果 | 消息

	(无列名)	SNAME	SAGE
1	0102	赵敏	18
2	0102	王人杰	18
3	0201	刘清波	18

图 7-25 带有 ANY 谓词的子查询执行结果

以上查询也可以使用聚合函数实现，其方法是先找出 0101 班中最大年龄(19)的学生，再执行父查询以找出所有不是 0101 班而且年龄小于 19 岁的学生。其 SQL 表达式如下：

```
SELECT SUBSTRING(SID,5,4),SNAME,SAGE
FROM TEACHING_MIS.DBO.STUDENTS
WHERE SAGE <
    (SELECT MAX(SAGE)
     FROM TEACHING_MIS.DBO.STUDENTS
     WHERE SUBSTRING(SID,5,4) = '0101')
AND SUBSTRING(SID,5,4)<>'0101'
GO
```

实际上，使用聚合函数实现子查询要比直接使用 ANY 或 ALL 谓词查询效率高。

7.5 数据透视表

1. 数据透视表的基本概念

在数据库系统的数据组织与应用上往往存在一些不一致的地方，例如，当使用数据库设计理论所创建的教学管理数据库 TEACHING_MIS 时，其关于学生成绩的数据是按照行的顺序进行组织的，其查询结果如图 7-26 所示。

	SID	SNAME	CNAME	RESULT
1	2007010101	李楠	计算机网络	95
2	2007010102	李文斌	计算机网络	80
3	2007010103	吕薇	计算机网络	82
4	2007010104	王宏伟	计算机网络	68
5	2007010201	赵敏	计算机网络	72
6	2007010202	刘南南	计算机网络	75
7	2007010203	王人杰	计算机网络	90

图 7-26 计算机网络课程选课成绩查询

根据这种数据组织方式，可以使用查询分组的方法对各班级该门课程成绩进行分班级统计，其统计方法如下：

```
SELECT SUBSTRING(S.SID,5,4) AS 班级,
COUNT(CASE WHEN R.RESULT>=90 then '优'
      WHEN R.RESULT<90 AND R.RESULT>=80 THEN '良'
      ELSE NULL END) AS 优良成绩
FROM TEACHING_MIS.DBO.STUDENTS S
INNER JOIN TEACHING_MIS.DBO.RESULTS R
ON S.SID=R.SID
INNER JOIN TEACHING_MIS.DBO.COURSE C
ON R.CID=C.CID
WHERE C.CNAME='计算机网络'
GROUP BY SUBSTRING(S.SID,5,4)
GO
```

其统计查询输出格式如图 7-27 所示。

	班级	优良成绩
1	0101	3
2	0102	1

图 7-27 分组统计输出格式

而在具体业务应用中，却往往需要更为方便与直接的报表，其格式如表 7-3 所示。

表 7-3 各班级计算机网络课程成绩评定汇总表

班级	优	良	中	及格	不及格
0101	3	2	5	1	2
0102	1	4	2	2	1
⋮	⋮	⋮	⋮	⋮	⋮

表 7-3 称为交叉表格报表(或数据透视表),与前面通过数据分组统计得到的查询表格相比,交叉表格报表对于应用更为理想,它能够让用户(管理人员)清楚地查看不同分类下的统计信息。因此在业务应用上,交叉表格报表的需求相当大。

比较在数据库中存储的表数据以及应用所需要的格式报表,可看出两者之间实际上有着将原来的行转换为列的关系。事实上,这种转换的需求是非常大的,在实际应用中经常用到。但在 SQL Server 早先的版本中,并没有实现交叉表格报表的运算,因此实现转换较为困难,一种可行的方法是采用 CASE 语句和聚合函数来实现,其 SQL 表达式如下:

```
SELECT SUBSTRING(S.SID,5,4) AS 班级,
COUNT(CASE WHEN R.RESULT >= 90 THEN '优' ELSE NULL END) AS [优秀],
COUNT(CASE WHEN R.RESULT < 90 AND R.RESULT >= 80 THEN '良' ELSE NULL END) AS[良好],
COUNT(CASE WHEN R.RESULT < 80 AND R.RESULT >= 70 THEN '中' ELSE NULL END) AS[中等],
COUNT(CASE WHEN R.RESULT < 70 AND R.RESULT >= 60 THEN '及' ELSE NULL END) AS[及格],
COUNT(CASE WHEN R.RESULT < 60 THEN '不及格' ELSE NULL END) AS[不及格]
FROM TEACHING_MIS.DBO.STUDENTS S
INNER JOIN TEACHING_MIS.DBO.RESULTS R
ON S.SID = R.SID
INNER JOIN TEACHING_MIS.DBO.COURSE C
ON R.CID = C.CID
WHERE C.CNAME = '计算机网络'
GROUP BY SUBSTRING(S.SID,5,4)
GO
```

上述语句执行结果如图 7-28 所示。

结果 | 消息

	班级	优...	良...	中...	及...	不及格
1	0101	2	4	3	1	0
2	0102	3	2	4	1	0
3	0201	1	3	3	2	1

图 7-28　由 CASE 语句和聚合函数实现的交叉表格

2. PIVOT 运算符

SQL Server 2005 提供了全新的 PIVOT 运算符以建立交叉表格报表。当用户希望使用 SELECT 表达式查询不同分类下的统计信息,只需在 FROM 子句中使用全新的 PIVOT 运算符,就可以完成上述 CASE 语句和聚合函数联合所实现的同样功能。

PIVOT 语法提供了较简单而且易于理解的建立交叉表格的方法,其语法格式如下:

```
SELECT select_list
FROM table_source
PIVOT(aggregate_function(value_column)
FOR pivot_column
IN(<column_list>))
AS table_alias
WHERE condition_expression
```

参数说明:

■ select_list:PIVOT 运算后形成的临时数据表的字段列表。

- table_source：是所要针对其进行数据透视的来源数据。它可以是一个表或表的表达式。
- aggregate_function：聚合函数。
- value_column：聚合函数所用的统计或汇总字段，注意它取自于 PIVOT 运算后形成的临时数据表的字段列表中的字段，或称为 PIVOT 运算符的数据透视字段。
- pivot_column：是 PIVOT 运算符的数据透视字段，其所指定的该字段中的各个唯一值将转变成输出结果中的多个字段。pivot_column 字段中将有哪些数据值要变成输出结果中的字段，这需要在 column_list 中指定。PIVOT 将 pivot_column 字段所指定的字段中的各个唯一值转变成输出结果中的多个字段，以便借此转换 table_source，然后使用一个系统或用户定义的聚合函数来针对 value_column 所指定的字段进行统计运算。

另外还要注意，pivot_column 的数据类型必须能够隐式或显式转换成 nvarchar 数据类型，并且，在 column_list 中所指定的字段名称不能存在于数据透视的 table_source 中。

使用全新的 PIVOT 运算符实现交叉表格报表的 SQL 语句如下：

```
SELECT *
FROM (
SELECT SUBSTRING(S.SID,5,4) AS [班级],
    (CASE WHEN R.RESULT >= 90 THEN '优'
        WHEN R.RESULT < 90 AND R.RESULT >= 80 THEN '良'
        WHEN R.RESULT < 80 AND R.RESULT >= 70 THEN '中'
        WHEN R.RESULT < 70 AND R.RESULT >= 60 THEN '及'
        ELSE '不及'
    END) AS [成绩]
FROM TEACHING_MIS.DBO.STUDENTS S JOIN TEACHING_MIS.DBO.RESULTS R
    ON S.SID = R.SID JOIN TEACHING_MIS.DBO.COURSE C
    ON R.CID = C.CID
    WHERE C.CNAME = '计算机网络') P
PIVOT(COUNT(成绩) FOR [成绩]
    IN([优],[良],[中],[及],[不及])) AS A;
GO
```

该语句执行结果如图 7-29 所示。

以上交叉表格报表是通过在 SELECT 表达式的 FROM 子句中使用 PIVOT 运算符，以数据透视的形式查询每个班级中获取计算机网络课程成绩的不同等级的学生人数汇总表。就本示例中查询而言，* 代表数据透视表中的全部字段，那么，这里的数据透视表如何构成呢？其实，它是 P(由 FROM 引出的别名)的子查询构成的。该子查询中字段列表是名称为班级和成绩的两个字段，因此 SELECT 命令所查询的数据透视表字段则应由班级和成绩构成。

在 PIVOT 运算符后使用聚合函数 COUNT 统计获得某一成绩的人数(学生数)，因此 COUNT 函数括号内填写成绩字段，注意这一统计是基于班级进行的。

FOR 关键字后的 pivot_column 也是成绩字段，从前面的语法说明中已知，pivot_column 字段中将有某些数据值要变成输出结果中的字段，事实上，成绩字段来源于源表中的 RESULT，其记录每位学生选修计算机网络课程所获取的成绩数值。它在源表中是按照

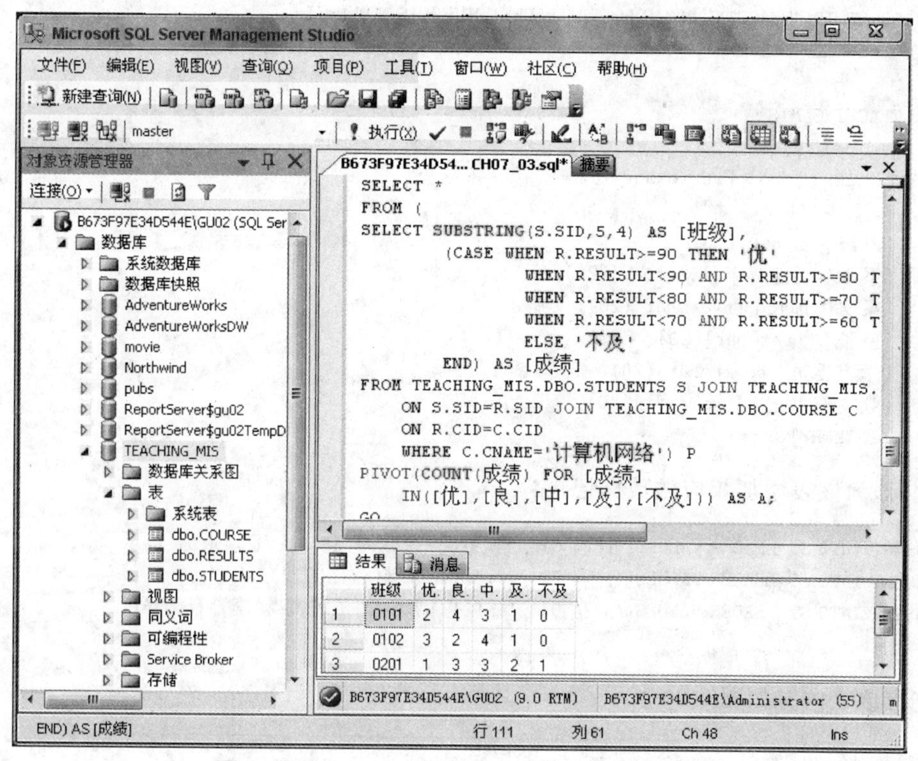

图 7-29 使用 PIVOT 运算符建立交叉表格报表

一行一行的记录进行存储的。但在汇总表中，业务应用需要将该成绩等级记录在对应的列和获取这个成绩所对应班级的行列交叉表格中，这实际上是要将原先在不同行的某一列中相同成绩值统计计数，然后将此值填写到一个临时表的某个指定列中，这就是 PIVOT 运算符的作用。至于要将哪些值输出到哪个对应列中，由 IN 关键字指定，在上述示例中，将成绩分为五个档次，分别填写到数据透视表对应的"优"、"良"、"中"、"及"和"不及"字段中，而将数据类型的成绩值转换为字符串类型的成绩等级则由表达式中的 CASE 语句来完成，这里的 CASE 语句作用与前面没有使用 PIVOT 运算符而建立交叉表格报表中的 CASE 语句作用有所不同。

3. UNPIVOT 运算符

UNPIVOT 运算符也是 SQL Server 2005 引入的全新的运算符，其执行与 PIVOT 运算符几乎相反的操作，能够将各个字段转换成行。下面是 UNPIVOT 运算符的语法：

```
SELECT select_list
FROM table_source
UNPIVOT
(value_column
FOR pivot_column(<column_list>)) table_alias
```

其中的参数含义与 PIVOT 运算符中相同。

下面，通过一个实例来深入了解 UNPIVOT 运算符的功能及使用方法。

为此，首先创建一个示例表，其名称为 ST_LEADER，建表 SQL 语句如下：

```
IF OBJECT_ID('TEACHING_MIS.DBO.ST_LEADER',N'U') IS NOT NULL
DROP TABLE ST_LEADER;
GO
USE TEACHING_MIS
GO
CREATE TABLE [dbo].[st_leader]
(
    [班级] [nchar](10),
    [系学生会主席] [nvarchar](20),
    [系文体部长] [nvarchar](20),
    [班长] [nvarchar](20),
    [学习委员] [nvarchar](20),
    [党支部书记] [nvarchar](20),
) ON [PRIMARY]
```

然后，为该表添加相应的数据记录：

```
INSERT INTO ST_LEADER VALUES('计科 01','李文斌','','周飞','吕薇','张璐');
INSERT INTO ST_LEADER VALUES('计科 02','','田妮','赵敏','王人杰','');
INSERT INTO ST_LEADER VALUES('通信 01','林风','高珊','伍志高','李莎莎','');
  ⋮
```

查看该表内容如图 7-30 所示。

	班级	系学生会主席	系文体部长	班长	学习委员	党支部书记
▶	计科0701	李文斌	NULL	周飞	吕薇	张璐
	计科0702	NULL	田妮	赵敏	王人杰	NULL
	通信0701	林风	高珊	伍志高	李莎莎	NULL
	自动化0701	NULL	NULL	王华	齐晓	安志国

图 7-30　用于执行 UNPIVOT 运算的源表（学生干部信息表）

最后，编写使用 UNPIVOT 运算符的 SQL 代码如下：

```
SELECT 班级,职务,姓名
FROM (
SELECT 班级,系学生会主席,系文体部长,班长,学习委员,党支部书记
    FROM TEACHING_MIS.DBO.ST_LEADER) P
UNPIVOT(姓名 FOR 职务
    IN(系学生会主席,系文体部长,班长,学习委员,党支部书记)) AS MYPIVOT;
GO
```

以上代码执行结果如图 7-31 所示。

对比图 7-30 和图 7-31 可以看出，按照前面创建 ST_LEADER 表语句所创建的表中数据内容由图 7-30 指明。而图 7-31 中数据内容则是 UNPIVOT 运算符转换后的结果。两张图对比可发现，表 ST_LEADER 的"系学生会主席"、"系文体部长"、"班长"、"学习委员"与"党支部书记"等字段被 UNPIVOT 运算符转换成对应于特定班级并且位于"职务"字段中，而原先存储于这些字段中的姓名数据也一并转换并且位于"姓名"字段中。显然"职务"与"姓名"是两个额外定义的字段，这二者分别扮演 pivot_column 与 value_column 的角色。

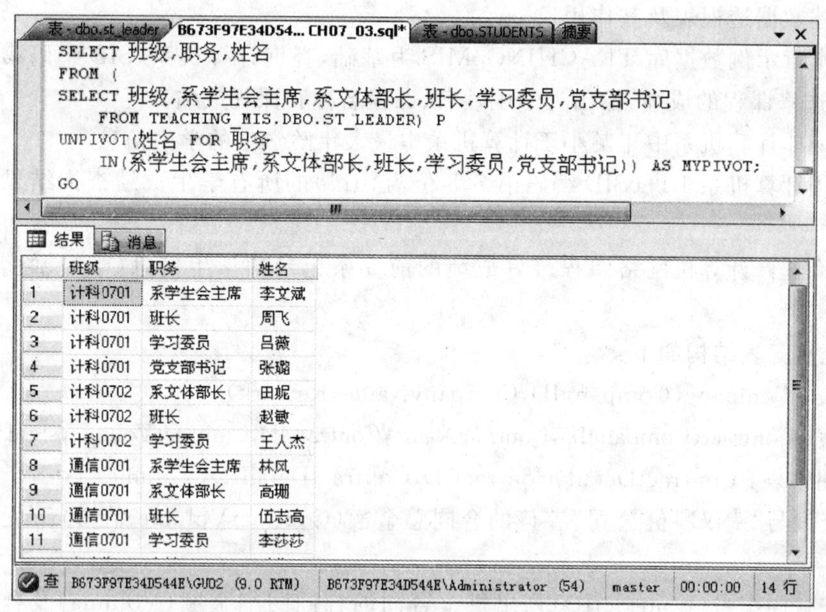

图 7-31 使用 UNPIVOT 运算符的操作

本章小结

本章对于数据查询给出了定义,并以 SQL Server 2005 为基础对于数据查询的语法及其使用做了较为详尽的介绍。数据查询是 DML 语句,其由 SELECT 表达式予以实现。最基本的数据查询由 SELECT…FROM…WHERE 形式的表达式完成,实际上,该表达式实现了关系运算中的投影与选择运算。例如,select_list 实现的是关系的投影运算,进行表的列的选择,而 WHERE 子句中的 serch_conditions 则实现的是关系的选择运算,它挑选出符合条件的元组,即从行的角度选出符合检索条件的记录。其他简单或复杂性查询都是在基本查询表达式的基础上扩展而来的。利用 SELECT 表达式可以快速获取查询结果,这也包括一对多,多对多的表间连接结果,在查询表达式中,还可以对这些查询结果进行分组、统计及排序,这些内容也在本章中作了相应的介绍。SELECT 表达式是一个功能非常强大,使用方法多样且复杂的语句,可以说,该语句是数据库系统中使用频率最高的一个命令语句,无论在创建查询、视图、存储过程中,还是在用户自定义函数或触发器中,都会使用到。另外,本章还介绍了 SQL Server 2005 的数据透视运算,其实际是通过全新的运算将源表中的行转换为透视表中的若干列,以便更好地满足业务应用的要求。

思考练习题

1. 简述 SELECT 语句的基本结构及各部分的作用。
2. 简述查询结果分组统计的实现以及进一步条件设置方法。
3. 简述用查询结果创建新表的方法。
4. 说明连接查询的种类,它们之间的区别以及各自的用途。

5. 简述数据透视表及其作用。

6. 以本章示例数据库 TEACHING_MIS 为基础，查询计算机系（SID 编码第 5，6 位为'01'）学生选修课程的成绩，输出为学生姓名、课程名称和课程成绩。

7. 查询非计算机系中年龄小于计算机系中最大年龄学生的学生信息。

8. 利用计算机系 1 班（SID 编码第 7，8 位为'01'）的所有学生成绩查询结果建立一个新表。

9. 查询选修计算机网络课程最好成绩的前 5 条记录的学生信息（学号、姓名、课程名称、成绩）。

10. 现有三表结构如下：

公司表：Company(CompanyID，CompanyName，Remark)

合同表：Contract(CompanyID，ContractName，ContractID，ContractVolume，signDate)

合同明细表：ContractDetail(ContractID，ContractDetailID，Volume)

(1) 查询与"武汉科健公司"签订的合同总金额（ContractVolume）在 30 万元及以上的所有合同。

(2) 按合同编号（ContractID）列出每个合同的合同明细金额（Volume）及合同总金额统计。

(3) 查询每个公司每个合同明细金额的平均值。

(4) 查询每个公司每笔合同总金额之和，要求该合同为 2008 年 1 月 1 日之后签订的合同，并且按公司名称升序排序。

(5) 查询所有 2008 年签订的、公司名称中含有"武汉"字样的合同，按照合同总金额从大到小的顺序，列出前 5 名公司名称、合同总金额。把前 5 名的公司设置为 VIP 用户（公司表中备注字段 Remark：Varchar(50)NULL）。

(6) 应用数据透视表技术，根据合同表内容，编写 SELECT 表达式，查询 2008 年度每月各公司签订合同总金额，并转换为以下格式的客户合同签订汇总报表：

客户名称	一月	二月	三月	…
北京华为公司	0	34 020.1	65 000.6	…
上海华通公司	74 020.2	304 020.5	87 020.4	…
武汉科健公司	100 000	120 000	86 000.6	…

第8章

数据库保护

数据库是一个由多用户共享的资源，为保证数据库中数据的安全可靠和正确有效，必须要提供数据保护，数据保护取决于数据库的安全管理、完整性约束、事务处理以及并发控制等多项技术，本章在简要介绍上述各项内容的概念、原理的基础上，以 SQL Server 2005 为平台，具体讨论这些技术的实现与应用。

8.1 数据库系统安全性

所谓数据库的安全性是指保护数据库以防止非法使用数据库所造成的数据泄密、更改或破坏。而数据库系统的安全性是评价数据库系统性能的主要指标之一。实际上，安全性问题并不是数据库系统所特有的，所有的计算机系统都存在安全性问题。因此，安全性包括了计算机硬件、软件、操作系统、计算机网络等的安全性。由此可见，数据库系统的安全性是以计算机系统安全性为基础的。

8.1.1 安全性基本概念

计算机系统的安全性定义为计算机系统建立和采取的各种安全保护措施，以保护计算机系统中的硬件、软件及数据，防止其因某些原因遭受破坏，数据遭到更改、泄露等。但计算机安全本身涉及技术、管理、法律等诸多领域和问题，本节仅从技术安全的角度来讨论计算机系统的安全性。

1. 安全标准

为了比较准确地测定产品的安全性能，规范和指导计算机系统部件的生产和使用，已逐步建立起一系列计算机及信息安全技术标准，其中最有影响的标准有：

(1) TCSEC(Trusted Computer System Evaluation Criteria，可信计算机系统评估准则)。TCSEC 于 1985 年由美国国防部正式颁布，在 1991 年由美国计算机安全中心(NCSC)颁布的可信计算机系统评估准则关于可信数据库系统的解释(Trusted Database Interpretation)将其扩展到数据库管理系统。

(2) CC V2.1 通用准则(Common Criteria)。它是欧美等国统一的且被广泛使用的安全准则。1999 年成为 ISO 国际标准，2001 年被我国采用为国家标准。

2. 安全级别

(1) 按照 TCSEC 准则，安全级别由低到高分为 4 组：

- D 级：最低级别，指不符合更高标准的一切系统。
- C 级(C1、C2)：符合安全标准产品的最低档次。
- B 级(B1、B2、B3)：安全产品。
- A 级(A1)：在 B3 基础上增加验证设计，以确保安全保护的实现。

(2) 按照 CC 评估保证级(EAL)划分为 7 个等级：

- EAL1：功能测试。
- EAL2：结构测试(相当于 C1)。
- EAL3：系统测试和检查(相当于 C2)。
- EAL4：系统地设计、测试和复查(相当于 B1)。
- EAL5：半形式化设计和测试(相当于 B2)。
- EAL6：半形式化验证的设计和测试(相当于 B3)。
- EAL7：形式化验证的设计和测试(相当于 A1)。

3. 数据库的安全性

前已述及，数据库系统的安全性建立在计算机系统安全性的基础上，换言之，数据库系统安全性可以由多种方式实现，比如，借助于计算机系统的安全性来保护数据库安全、通过用户程序来识别或验证进入数据库系统的用户的合法性、通过外部程序以控制对数据的合法操作等，但任何一个商用数据库管理系统，都有其独立的数据库安全管理，而这是更为直接的数据安全控制措施和方法。

数据库安全措施是通过一级一级层层设置来实现的，一种通用的 DBMS 安全模型如图 8-1 所示。

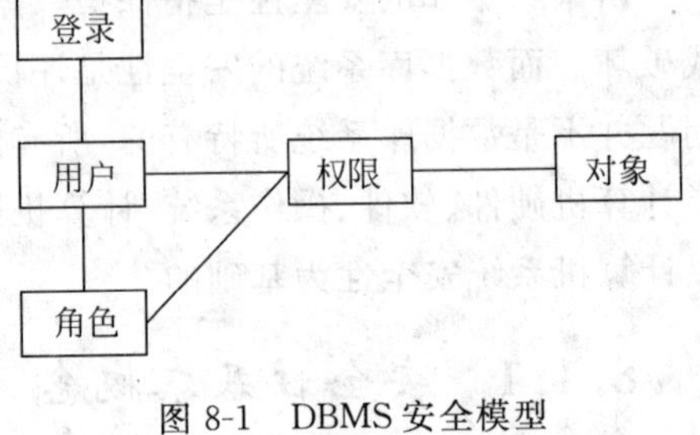

图 8-1　DBMS 安全模型

任何数据库管理系统，对于想要进入数据库系统的用户都会通过登录管理进行身份验证，只有合法用户才会被允许进入，对于已进入系统的用户，数据库管理系统还要通过用户管理、角色管理、权限管理进行存取控制，以允许合法用户只执行授权的操作。所以说，数据库安全管理涉及以下安全技术：用户标识和鉴定、存取控制、视图和密码存储。以下分别对这些技术进行介绍。

8.1.2　数据库安全管理机制

数据库安全最核心的管理就是确保只授权给合法用户以访问数据库的权限，使未经授权的用户无法访问数据。这通过数据库系统的存取控制机制来实现。

1. 用户标识

用户标识是数据库安全性管理中最外层的安全保护，它由系统提供一定的方式让用户标识自己的身份。常用方法有：

- 用户名：系统提供一定的方法让用户来标识自己的名字或身份。
- 口令：系统进行核实以鉴别用户身份，只有通过鉴别后的用户才允许进入数据库系统。

一般可将数据库的用户分为四类：系统用户(DBA)、数据对象的属主(Owner)、一般用户和公共用户(Public)。

2. 权限管理

用户使用数据库的方式称为权限。通过数据库系统验证的合法用户，再通过权限设置与管理，可以获得访问数据的特权，这些特权包括：读数据权限、插入数据权限、修改数据权限和删除数据权限等。

3. 数据库角色

在一些商用数据库管理系统中，将经过命名的一组与数据库操作相关的权限集合称为数据库角色，使用角色来管理数据库权限可以简化授权过程。在 SQL Server 2005 中，首先创建角色，然后再给角色授权。具体操作在下一节再做详细介绍。

4. 存取控制

当用户发出存取数据库的操作请求后，数据库管理系统会根据安全规则进行合法权限检查，若用户的请求超出了所定义的权限，系统将拒绝执行该项操作。因此，用户的权限定义和合法性检查机制构成了数据库管理系统的安全子系统。对于目前商用大型数据库管理系统而言，一般符合安全 C2 级标准，因此都支持自主存取控制(DAC)，而符合安全 B1 级标准的数据库管理系统，还支持强制存取控制(MAC)。

1) 自主存取控制(discretionary access control)方法

数据库标准语言 SQL 对于自主存取控制提供支持，这主要由通过授权语句以及授权的回收语句来实现，其 SQL 语法格式如下：

```
GRANT <权限列表>
ON <对象列表>
TO <用户列表>
[WITH GRANT OPTION]
```

以上语句的作用是将指定对象的操作权限授予指定用户。与之对应的收回授权的操作是指所授予的权限可通过以下 SQL 语句收回：

```
REVOKE <权限列表>
ON <对象列表>
FROM <用户列表>[CASCADE|RESTRICT]
```

DAC 方法所存在的问题：DAC 通过授权机制以控制对数据的存取。但数据本身并无安全性标记，因此在授权机制下，仍存在数据的泄露隐患。解决的方法是对所有的主客体采用强制存取控制策略(MAC 方法)。

2) 强制存取控制(mandatory access control)方法

强制存取控制方法将数据库管理系统中的实体分为两个部分：

(1) 主体：系统中活动的客体(用户、进程)。

(2) 客体：系统中受主体操纵的实体，如文件、基本表、视图、索引等。

数据库管理系统为实体(主体和客体)的每个实例指派一个敏感度标记(Label)，主体的敏感度标记称为许可证级别(Clearance Level)，而客体的称为密级(Classification Level)。

MAC 存取策略是指以某标记 Label 注册的用户要对任何客体进行存取需遵循以下规则：

■ 主体的许可证级别大于或等于客体的密级时，该主体可读取相应的客体；

■ 主体的许可证级别等于客体的密级时，该主体可写相应的客体。

规则意义在于禁止高许可证级别的主体更新低密级的数据对象，从而防止敏感数据的泄露。强制存取控制对数据本身进行密级标记，标记与数据构成一个不可分的整体，无论数据如何复制，只保证符合密级标记要求的用户才可以操纵数据，因此，MAC 提供了更高级别的安全性。

8.1.3 视图、审计与数据加密

1. 视图用于保障数据库安全性

在前面视图创建章节已介绍过，通过定义视图，可以将数据对象限制在一定范围以内，这样，把需要保密的数据对无权存取的用户实现隐藏，从而以一种非常简便的方式，起到对数据提供一定程度的自动保护的作用。

2. 审计

跟踪审计(audit trail)是一种监视措施。数据库在运行中，数据库管理系统可跟踪用户对一些敏感性数据的存取活动，并将跟踪的结果记录在跟踪审计记录文件中(有许多 DBMS 的跟踪审计记录文件与系统的运行日志合在一起)。

审计是 DBMS 达到 C2 级别必需的功能，其作用是把用户对数据库的所有操作自动记录下来放入审计日志中。审计分为用户级审计和系统级审计，用户级审计由用户设置，主要是针对用户创建的数据库表和视图进行审计，记录所有用户对这些数据库对象的一切成功或不成功的访问要求以及各种类型的 SQL 操作。而系统级审计由 DBA 设置，用以监测成功的或失败的登录、监视授权与授权收回的操作以及其他数据库级权限下的操作。

3. 数据加密

数据加密是防止数据库中数据在存储或传输中失密的有效手段。对于高度敏感性数据，除采用上述的数据访问控制外，还可采用数据加密技术，以保证数据安全性。简单地说，数据加密是将数据库中的数据以密码形式存放和传输，使用时用户用自己掌握的密钥通过解密程序把它解码为明文数据。对于军事、情报、银行等部门的重要敏感的数据库，可以采用数据密码方法存储和传输数据，以确保数据库的安全性。

关于数据加密的一般方法有两种：

(1) 替换方法：使用密钥将明文转换为密文。

(2) 置换方法：将明文中字符重新排列。

因为数据加密技术已超出本书范围，故在此不进行讨论。

8.1.4 SQL Server 2005 的安全概述

和 SQL Server 早先的版本相比，SQL Server 2005 在安全问题上作了较多的改进，让数据库管理与程序编写更为安全和富有弹性。其中主要的改变有：用户(User)和架构(Schema)定义的分离、SQL Server 定制账号的密码可以遵循 Windows 系统安全性原则、可创建或装载证书(Certificate)、对称与非对称式加/解密数据表内的数据、签名与验证等。下面详细介绍这些新的安全机制。

1. SQL Server 2005 主要安全层次

SQL Server 2005 的安全设置，可以根据设置安全的对象层次和主要可分配到这些对

象上的安全层次来考虑，其主要的安全层次如表 8-1 所示。

表 8-1 主要安全层次

安全层次	可分配的权限模型
操作系统	组(Group)
	域登录(Domain login)
	本地登录(Local login)
SQL Server 实例	固定服务器角色(Fixed server role)
	登录(Login)
数据库	固定数据库角色(Fixed database role)
	用户(User)
	应用程序角色(Application role)
	组(Group)

对表 8-1 中的操作系统层，在 SQL Server 环境中并没有安全对象可进行设置，而对于其他层次，均可进行安全特性的设置，这些安全对象的层次结构如表 8-2 所示。

表 8-2 可设置安全特性的对象层次

对象层次	可设置安全特性的对象
SQL Server 实例	登录(Login)
	端点(Endpoint)
	数据库
数据库	应用角色(Application role)
	集合(Assembly)
	非对称密钥(Asymmetric key)
	证书(Certificate)
	协议(Contract)
	全文目录(Full-Text Catalog)
	消息类型(Message Type)
	远程服务绑定(Remote service binding)
	角色(Role)
	路由(Route)
	架构(Schema)
	服务(Service)
	对称密钥(Symmetric key)
	用户(User)
架构(Schema)	函数
	表
	存储过程
	视图
	队列
	类型
	同义字
	XML 架构集

表8-2中的对象权限,可以通过Transact-SQL的GRANT、DENY或REVOKE语句来进行设置。

2. 新增安全机制

SQL Server 2005对安全提供了许多新机制,大体说来有如下几点:

1) 登录

登录是SQL Server实例层的安全模型。登录SQL Server的账号一直就有两种,Windows和SQL Server自己建立的账号,而Windows的登录账号的密码可以通过系统安全性原则来管理,SQL Server 2005可以要求SQL Server自身提供的登录账号也遵循Windows系统的密码安全性原则。

2) 用户

用户是数据库层的安全模型。

3) 用户和架构的分离

用户和架构定义相分离是指:数据库的对象,例如:数据表、视图表、存储过程等,属于某个架构,而用户、角色(Role)、Application Role等都可以赋予访问架构的权限。即每一个架构属于一个用户,用户是该架构对象的拥有者。SQL Server 2005引入架构层次,使得当需要改变对象的拥有者时,不需要去更改应用程序编码,只需要改变架构的拥有者就可以。

4) 目录安全性

不同权限查看不同的元数据(Metadata)。即元数据只对那些对表有权限的用户才可见,这有助于隐藏那些来自用户的未被审核的信息。因此,在SQL Server 2005中用户不可以直接访问系统数据表,而必须要通过系统视图(View)、系统存储过程或系统函数来查看Metadata,而不同权限的用户查看Metadata时,看到的结果不同。SQL Server 2005为此引入了专门针对目录安全性的新的权限View Definition。

5) 模块化执行上下文

模块化执行上下文(Module Execution Context)是对SQL Server中拥有权链的补充。在定义存储过程或用户自定义函数时,可使用新的WITH EXECUTE AS语法指定该存储过程,或函数执行时不以调用者的身份执行而是模拟成另外一个账号,以解决Broken Ownership Chains的问题,或是临时转换身份来提升权限,而不必真正且永久赋予某个账号某些权限。

6) 粒度化的权限控制

在SQL Server 2005中权限的赋予比其在先前的版本中更加细化。它支持下列粒度化权限控制级别:

- 服务器:在服务器级别,权限能够赋予登录;
- 数据库:在数据库级别,权限可以赋予用户、数据库角色或应用角色;
- 架构:在数据库中的每个架构都有它们自己的相关权限;
- 对象:在架构内的对象都有它们自己相关的权限。

7) 口令策略的增强

是指若SQL Server 2005安装在Windows 2003上,则可应用Windows 2003口令安全策略于其上。

8.1.5 SQL Server 2005 的登录和用户

前已指明，登录是 SQL Server 实例层对象，若要连接到某个数据库实例，必须要有能够连接到该数据库实例的登录账号。而用户则是数据库层的对象，当通过登录连接到某个数据库实例时，须为数据库指明合适的用户，用于操作数据库对象。所以，一个合法的登录账号仅能表明该账号通过了 Windows 或 SQL Server 的认证，并不表示该账号可以对数据库对象进行某种或某些操作。一个登录账号总是和一个或多个数据库用户相对应。

1. 创建登录

创建登录的 Transact-SQL 语法如下：

```
CREATE LOGIN login_name{WITH <option_list1>|FROM <sources>}
<sources>::=
    WINDOWS[WITH <windows_options>[,...]]
    |CERTIFICATE cert_name
    |ASYMMETRIC KEY asym_key_name
<option_list1>::=
    PASSWORD='password'[HASHED][MUST_CHANGE][,<option_list2>[,...]]
<option_list2>::=
    SID=sid
    |DEFAULT DATABASE=database
    |DEFAULT LANGUAGE=language
    |CHECK_EXPIRATION={ON|OFF}
    |CHECK_POLICY={ON|OFF}
    [CREDENTIAL=credential_name]
<windows_options>::=
    DEFAULT_DATABASE=database
    |DEFAULT_LANGUAGE=language
```

参数说明：

- login_name：指定创建的登录名称。可有四种类型的登录名称：SQL Server 登录名、Windows 登录名、证书映射登录名和非对称密钥映射登录名。
- WINDOWS：将指定登录名称映射到 Windows 登录名。
- CERTIFICATE cert_name：指定将与 cert_name 登录名称关联的证书名称。该证书必须已存在于 master 数据库中。
- ASYMMETRIC KEY asym_key_name：指定将与 asym_key_name 登录名称关联的非对称密钥名称。同样，该密钥必须已存在于 master 数据库中。
- PASSWORD='password'：只适用于 SQL Server 登录名称。其用于指明正在创建的登录名称的密码，此值提供时可能已经过 Hash 运算。
- HASHED：只适用于 SQL Server 登录名，指定在 PASSWORD 参数后输入的密码已经过 Hash 运算。
- MUST_CHANGE：只适用于 SQL Server 登录名。若有此项，其指定 SQL Server 在首次使用新登录名时会提示用户输入新密码。
- SID=sid：只适用于 SQL Server 登录名称，其指定新 SQL Server 登录名的 GUID。

■ DEFAULT DATABASE＝database：指派给新登录名的默认数据库，若未包含此项，则 SQL Server 将默认设置为 master 数据库。
■ CHECK_EXPIRATION＝{ON|OFF}：只适用于 SQL Server 登录名，指定是否对此登录名强制实施密码过期策略，默认值为 OFF。
■ CHECK_POLICY＝{ON|OFF}：只适用于 SQL Server 登录名，指定对此登录名强制实施 Windows 密码策略，默认值为 ON。
■ CREDENTIAL＝credential_name：指定映射到新 SQL Server 登录名的凭据名称。该凭据必须已存在于服务器中。

示例　创建登录 JOHN，其口令为 J12345。

创建登录所使用的 Transact-SQL 命令为：

```
CREATE LOGIN JOHN WITH PASSWORD = 'J12345'
```

该命令语句执行的结果是在当前 SQL Server 实例的 MASTER 数据中创建了登录名称为 SMITH 的账号，其登录密码是 J12345。

2. 创建用户

创建用户所使用的语法为：

```
CREATE User_name[{{FOR|FROM}
    {LOGIN login_name
    | CERTIFICATE cert_name
    |ASYMMETRIC KEY asym_key_name
    }
    |WITHOUT LOGIN
    }
    [WITH DEFAULT_SCHEMA = schema_name]
```

参数说明：
■ User_name：指定此数据库中所创建的该用户名称。
■ LOGIN login_name：指定所要创建数据库用户的 SQL Server 登录名，该登录名必是服务器中已存在的有效的登录名。通过该语句将数据库级的用户名与实例层的登录名建立关联。
■ CERTIFICATE cert_name：指定要创建数据库用户的证书。
■ ASYMMETRIC KEY asym_key_name：指定要创建的数据库用户的非对称密钥。
■ WITH DEFAULT_SCHEMA＝schema_name：指定服务器为该数据库用户解析对象名称时将搜索的第一个架构。
■ WITHOUT LOGIN：不将用户映射到现有的登录名。

示例　为数据库 TEACHING_MIS 创建用户 JOHN01，所使用的 SQL 语句为：

```
USE TEACHING_MIS
GO
CREATE USER JOHN01
```

3. 用户与架构的分离

在 ANSI SQL99 就已经制定了架构(Schema)的规范，用以区分各数据库内的对象，如数据表、视图表、存储过程、自定义函数等，所以这些数据对象的两节名称(two-part name)形式为 SchemaName. ObjectName。在以前的版本中，SQL Server 将对象的创建者自动变成该对象的拥有者，其两节名称是 OwnerName. ObjectName，这会在该对象拥有者离职或不再负责某项系统时引起一些麻烦。例如 User01 建立的数据表在 User02 接手管理后，为了避免转换拥有者名称造成前端应用程序访问有困难，或是减少转换的工作，可能 User02 在登录数据库时干脆都以 User01 的身份来访问，而不在数据库另外创建与使用 User02 账号。这样，造成在某数据库内有一大堆数据表，却分不清用途与用户。SQL Server 2005 中用户和架构已经分离，也就是说，可以创建新的架构以管理这些不同的程序以及专用的某些数据表。如此，使得在 SQL Server 2005 中维护用户更为方便，同时也可避免因为要改变账号的拥有者所引出的一些困难。

所谓 SQL Server 2005 中提供架构的定义与用户分开，是指当在数据库级别创建用户时，可以指定该账号默认的架构(Default Schema)，如果没有指定，则账号的默认架构为主 dbo，这样的设计是为了向前兼容。由于对象归属在架构之下，通过赋予账号是否有权限访问架构将可以避免上述的问题。也就是说用户账号和架构分离具有以下的作用：

(1) 通过设置架构的拥有者是角色(Role)或 Windows 的组(Group)，可以让多个账号同时有权访问该架构。让用户自建对象时，有较大的弹性。而赋予权限时可以在架构级别，也可以在对象自身。

(2) 当删除用户账号时，不必更改该账号所建对象的名称与拥有者。前端应用程序也不必改写与重新测试。

当数据库对象设置在某个架构之下以后，用户账号也会赋予默认架构，以让它在以单一对象名称访问时，仍能够找到该用户一般常访问的对象，这样做是为了与 SQL Server 2000 的使用习惯兼容。因此 SQL Server 2005 提供一个默认的架构 dbo。当对象和账号没有明确设置架构时，都属于 dbo 架构。

增加了架构后，数据库的管理与使用将会与以往的习惯不同，仅以 SQL Server 2005 所附的 AdventureWorks 示例数据库来看，它以部门或功能来分架构，因此整个数据表的结构在 SQL Server 2005 Management Studio 的“对象资源管理器”窗口看起来如图 8-2 所示。

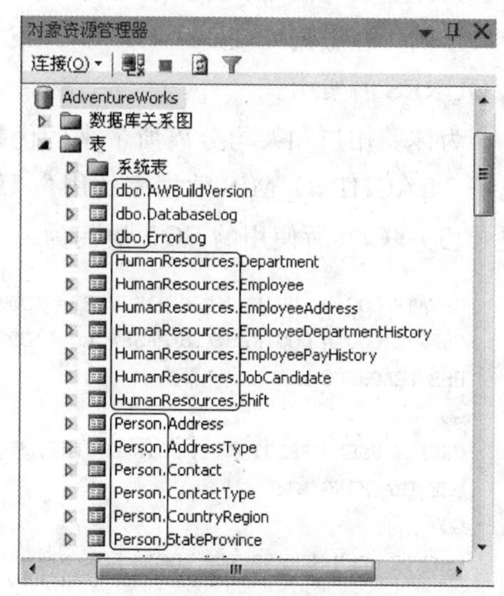

图 8-2 通过架构分别管理多个表

在 SQL Server 2005 中创建架构的语法如下：

```
CREATE SCHEMA schema_name_clause[<schema_element>[,...]]
schema_name_clause::=
{
schema_name
|AUTHORIZATION owner_name
|schema_name AUTHORIZATION owner_name
```

```
}
schema_element:: =
{
table_definition|view_definition|grant_statement
|revoke_statement|deny_statement
}
```

参数说明：

- schema_name：在数据库内标识架构的名称。
- AUTHORIZATION owner_name：指定将拥有该架构的数据库级主体(拥有者)名称。该主体还可以拥有其他架构，且可以不使用当前架构作为其默认架构。
- table_definition：在指定架构内创建表的语句，执行该语句的主体必对当前数据库具有 CREATE TABLE 的权限。
- view_definition：在指定架构内创建视图的语句，执行该语句的主体必对当前数据库具有 CREATE VIEW 的权限。
- grant_statement：指定可对除新架构外的任何安全对象授予权限的 GRANT 语句。
- revoke_statement：指定可对除新架构外的任何安全对象撤销权限的 REVOKE 语句。
- deny_statement：指定可对除新架构外的任何安全对象拒绝授予权限的 DENY 语句。

另外要说明的是：要创建架构，用户必须对数据库具有 CREATE SCHEMA 的权限。

示例 在数据库 TEACHING_MIS 中创建由 USER01 拥有的包含表 TEST01 的名为 SCOURES 的架构。

为体验用户和架构分离所带来的优越性，首先创建 2 个登录 LOGIN1、LOGIN2 和 2 个属于 TEACHING_MIS 数据库的用户 USER01 与 USER02，并让它们分别与上面所创建的登录相关联，其所使用的 SQL 语句为：

```
CREATE LOGIN LOGIN1 WITH PASSWORD = 'LOG123'
CREATE LOGIN LOGIN2 WITH PASSWORD = 'LOG456'
USE TEACHING_MIS
GO
CREATE USER USER01 FOR LOGIN LOGIN1;
USE TEACHING_MIS
GO
CREATE USER USER02 FOR LOGIN LOGIN2;
```

然后为用户 USER01 指定其架构，同时创建属于该架构的数据表 TEST01，所使用的 SQL 语句如下所示：

```
USE TEACHING_MIS
GO
CREATE SCHEMA SCOURSES AUTHORIZATION USER01
CREATE TABLE TEST01(SCID CHAR(8),SCNAME NVARCHAR(30),SP CHAR(4))
GO
```

注意此时是以 sa 登录创建的，因此该架构也属于 sa 登录用户，当使用以下 SQL 语句来改变登录用户为 USER01，再查询所创建的表 TEST01：

```
SETUSER 'USER01'
SELECT * FROM SCOURSES.TEST01
```

由于 USER01 是 SCOURSES 架构的拥有者，所以其具有操作该架构的权限，因此，可以通过 SELECT 语句正确查询到 TEST01 表中的数据。

最后，使用以下 SQL 语句将登录用户改变为 USER02，再来查询 TEST01 表：

```
SETUSER 'USER02'
SELECT * FROM SCOURSES.TEST01
```

执行上述代码，出现错误而不能完成指定查询，该输出窗口显示内容如下：

```
消息 15157,级别 16,状态 1,第 1 行
由于以下原因之一,setuser 失败：数据库主体'USER02'不存在,与数据库主体对应的服务器主体没有服务器访问权限,无法模拟此类型的数据库主体或您没有权限。
```

其原因是由于该用户并无对 SCOURSES 架构的拥有权限，当然不能访问该架构下的数据表。

本示例说明，在 SQL Server 2005 中，虽同为一个数据库的用户，但由于 USER02 没有 SCOURES 的所有权，所以不能操作该架构下的表 TEST01，只有当 USER02 赋予权限后，才可操作该表，在这里，权限不再和用户相关，用户和架构已经分离。

当用户访问对象并没有以两节名称明确指定架构时，SQL Server 2005 会先找与用户默认架构相同的架构下的对象，若找不到该对象，再去 dbo 架构下查找是否有相同的对象。

8.1.6 SQL Server 2005 中的权限设定

1. 在 SQL Server Management Studio 中进行用户授权

通过 SQL Server Management Studio 图形化界面可以方便地完成用户授权操作，其操作步骤如下：

① 在 SQL Server Management Studio 的对象浏览器窗口找到所要登录的数据库，依次展开该数据库下"安全性"→"用户结点"，可看到用户列表如图 8-3 所示。

② 右击指定的用户名称，在弹出的快捷菜单中选择属性子项，进入如图 8-4 所示的用户属性界面。

③ 在该界面中单击所要设置的权限，然后单击"确定"按钮即可完成相应的权限设定。

2. 使用 SQL 语句进行用户授权

在 SQL Server 2005 中，使用 GRANT 语句将安全对象的权限授予指定的安全主体。但 GRANT 语句的语法是比较复杂的，因为不同的安全对象有不同的权限。使用 GRANT 子句进行授权操作的语法形式如下：

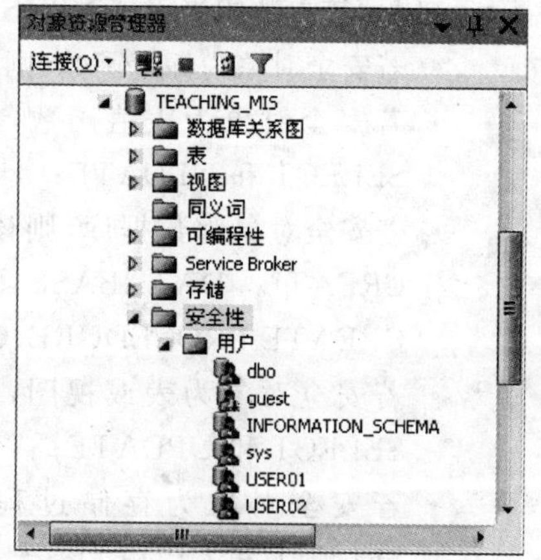

图 8-3　依次展开数据库用户结点

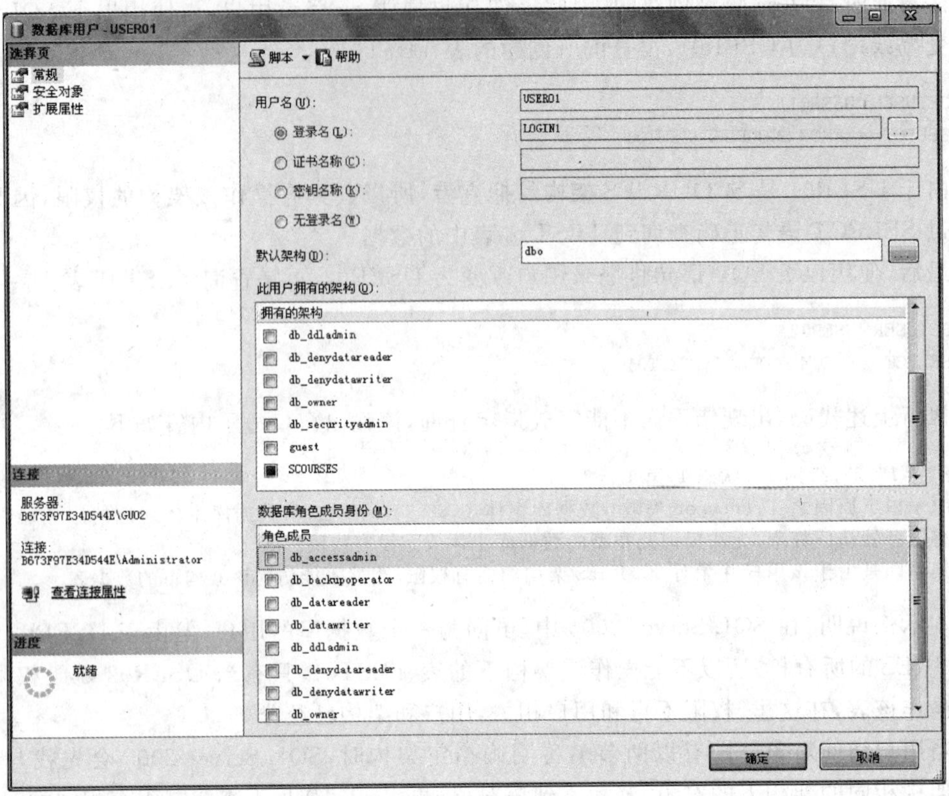

图 8-4 设定用户权限的属性界面

```
GRANT {ALL[PRIVILEGES]}
    |permission[(column[,...])][,...n]
    [ON [class::]securable] TO principal [,...n]
    [WITH GRANT OPTION][AS principal]
```

参数说明：

- ALL：该参数相当于授予以下权限：
  - 若安全对象为标量函数，则 ALL 表示 EXECUTE 和 REFERENCES；
  - 若安全对象为表值函数，则该参数表示 DELETE、INSERT、REFERENCES、SELECT 和 UPDATE；
  - 若安全对象为数据库，则该参数表示 BACKUP DATABASE、BACKUP LOG、CREATE DATABASE、CREATE DEFAULT、CREATE FUNCTION、CREATE PROCEDURE、CREATE TABLE、CREATE VIEW；
  - 若安全对象为表或视图，则该参数表示 DELETE、INSERT、REFERENCES、SELECT 和 UPDATE；
  - 若安全对象为存储过程，则该参数表示 DELETE、EXECUTE、INSERT、SELECT 和 UPDATE。
- permission：是权限的名称。不同权限与安全对象之间的有效映射如下：
  - column 指定表中将授予其权限的名称，需要使用括号“()”；

- class 指定将授予其权限的安全对象的类,需要范围限定符"::";
- securable 指定将授予其权限的安全对象。

■ TO principal: 主体名称,可授予安全对象权限的主体随安全对象的不同而不同。详细信息请查阅 SQL Server 联机帮助文档。

■ GRANT OPTION: 指示被授权者在获得指定权限的同时还可以将指定权限授予其他主体。

■ AS principal: 指定一个主体,执行该查询的主体从该主体获得授予权限的权利。

示例 给用户 USER02 赋予在数据库 TEACHING_MIS 上查询 SCOURSES. TEST01 表的权限,可使用下面的 SQL 语句:

```
USE TEACHING_MIS;
GRANT SELECT ON OBJECT::SCOURSES.TEST01 TO USER02
GO
```

上述语句是将一个表对象 SCOURSES. TEST01 上的查询操作权限授予了在 SCOURSES 架构上并无任何权限的用户 USER02,使用以下语句可以观察到经过授权后,用户 USER02 对于 SCOURSES 架构中的表 TEST01 可以进行查询操作了。

```
SETUSER
SETUSER 'USER02'
SELECT * FROM SCOURSES.TEST01
```

在以上语句中,SETUSER 语句用于重置系统管理员或数据库拥有者标识,第二行的 SETUSER 'USER02'语句则用于模拟用户 USER02 的标识,即系统管理员或数据库拥有者以用户 USER02 的身份来执行第三行语句。操作结果可指示出通过授权后,USER02 用户可以正常查询本不属于其所拥有的表 TEST01。

3. 收回权限

在 SQL Server 2005 中,使用 REVOKE 语句可以从某个安全主体处收回权限,注意该语句与 GRANT 语句对应,即执行 REVOKE 语句收回的必须是先前经过 GRANT 语句授予安全主体的权限。

在前面示例中,所授予用户 USER02 对于安全对象 TEST01 的查询权限可以使用以下的 REVOKE 语句予以收回:

```
USE TEACHING_MIS;
REVOKE SELECT ON SCOURSES.TEST01 FROM USER02
GO
```

其操作结果如图 8-5 所示。

4. 否认权限

用户可通过两种方式获取权限,一种方式是直接使用 GRANT 语句授予权限,另一种方式则是通过作为角色成员以继承角色的权限。前面所介绍的 REVOKE 语句可以删除用户通过第一种方式所获得的权限,而如果需要彻底删除安全主体的特定权限,必须使用 DENY 语句来实现。

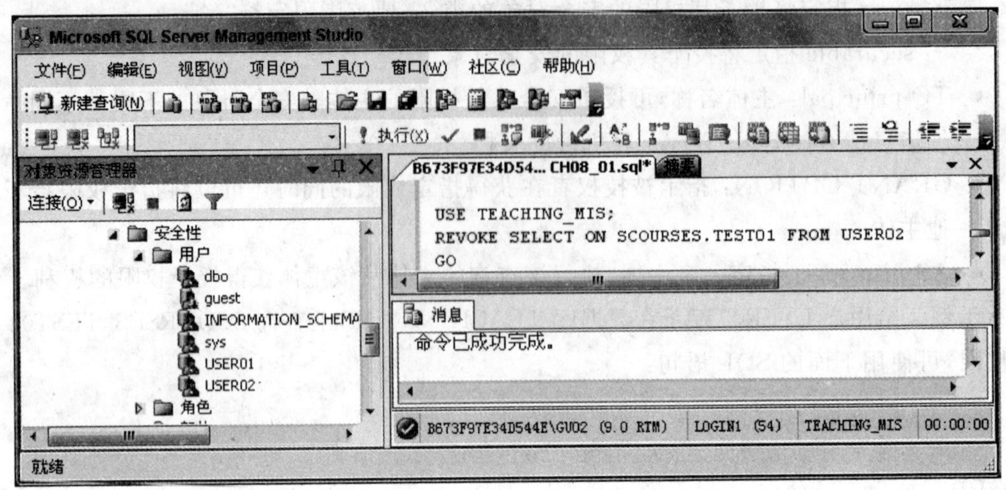

图 8-5　收回先前授予用户 USER02 在表 TEST01 的查询权限

示例　否认前面授予用户 USER02 在对象 TEST01 表中查询 SCNAME 字段的权限。该操作使用以下 DENY 语句来实现：

```
USE TEACHING_MIS;
DENY SELECT ON SCOURSES.TEST01(SCNAME) TO USER02
GO
```

以上语句的操作结果如图 8-6 所示。

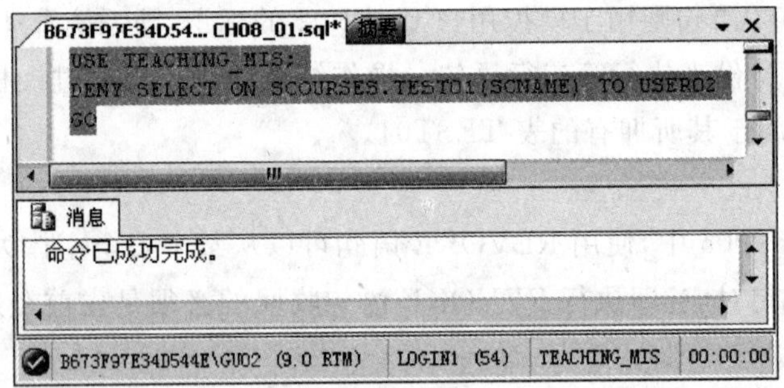

图 8-6　否认用户 USER02 查询 TEST01 对象中 SCNAME 字段的权限

8.1.7　SQL Server 2005 数据加密

SQL Server 2005 引入了成熟的数据安全技术，提供了对数据内容加/解密、签名/验证等功能。并实现了加密层次架构(encryption hierarchy)。所谓加密的层次结构，是指对于众多要记住的且设置密码强度的规则又不同的密码，将其都记录下来，但记录的时候用另一组密码加密，所以使用者只要记得加密其他密码的密码，要访问不同的密码时，先用终级密码解开后，再将解回的密码赋予到对应的系统上。这个密码管理所需要的层次架构，如图 8-7 所示。

具体到 SQL Server 2005，可利用 Windows 的 DPAPI 服务来加密主密钥，而后利用该主密钥加密各数据库的主密钥。各数据库的主密钥可以用来加密数据库内存放的多个凭据或是非对称密钥对。而通过凭据和非对称密钥对又可以继续加密对称密钥对，以此提供一个完整的密钥管理架构。

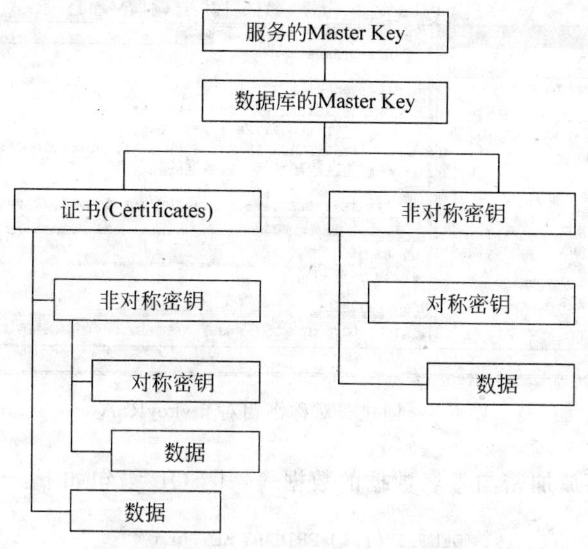

图 8-7 用来加密各级别密钥的层次架构示意图

加密是一种数据保护的机制，通过加密将原始数据的符号或顺序打乱，如此一来，只有经过授权的用户才能访问或读取数据，未经授权的人不能识别或读取数据，以此来防范敏感数据被泄露或篡改。将原始数据(也称明文)与密钥一起经过一个或多个数学公式运算之后，原始数据转换为不可读的形式，这个过程称为加密，而所获得的不可读的加密数据称为密文。在接收方，为使密文数据重新变为可读，需要使用相反的算法和正确的密钥将数据解密。

根据加密密钥与解密密钥是否相同，加密方式可分为对称加密或非对称加密机制，而证书则可看为非对称加密的一种方式。SQL Server 2005 支持证书、非对称密钥和对称密钥算法，其对称密钥支持 DES、AES、RC4 等加密算法，而非对称密钥使用 RSA 算法。有关加密技术以及各种加密算法的讨论，已超出本书的范围。

SQL Server 2005 对服务器、实例、数据库的每一层都可使用证书、非对称密钥和对称密钥的组合对其下面的层次进行加密，以提高密钥的安全性。

示例 示范 SQL Server 2005 所提供非对称式加/解密与签名/验证的使用简单例子。

```
USE TEMPDB
GO
CREATE ASYMMETRIC KEY mykeyRSA
    WITH ALGORITHM = RSA_2048
    ENCRYPTION BY PASSWORD = N'password2008';
```

以上代码在临时数据库 TEMPDB 中创建非对称密钥对，该对象名称为 mykeyRSA。运行上述代码，其执行结果如图 8-8 所示，在图中的对象资源管理器中可以看到所创建的非对称密钥。

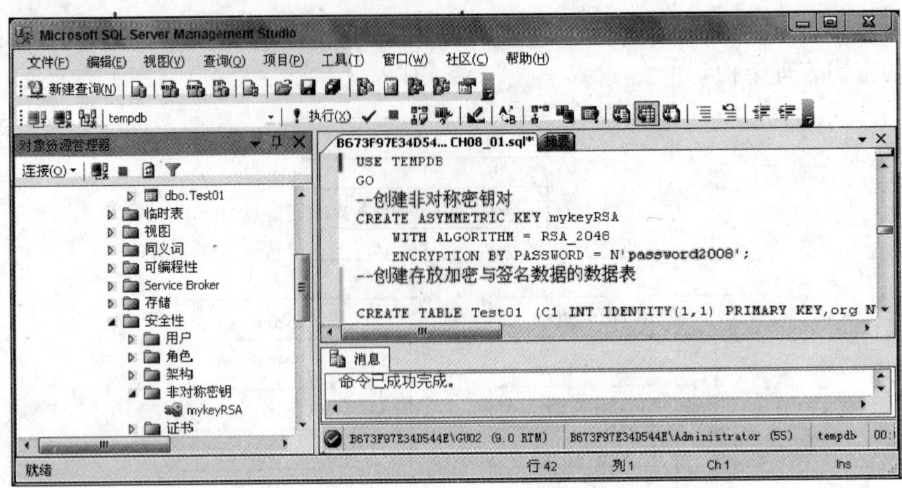

图 8-8 创建非对称密钥对 mykeyRSA

然后创建用于存放加密与签名数据的数据表,其 SQL 语句如下:

```
CREATE TABLE Test01 (C1 INT IDENTITY(1,1) PRIMARY KEY,org
NVARCHAR(100) ,Encrypt VARBINARY(MAX),Signature VARBINARY(MAX))
GO
```

将数据通过密钥加密与签名后放入数据表,这里,使用 SQL Server 2005 提供的 EncryptByAsymKey 函数加密数据:

```
DECLARE @str NVARCHAR(100)
SET @str = N'Hello RSA_2048'
INSERT INTO Test01 values (
  @str,
    EncryptByAsymKey(AsymKey_ID('keyRSA'),@str),
  SignByAsymKey(AsymKey_Id('keyRSA'),@str,N'password2008')
)
GO
SELECT * FROM Test01
```

该段代码运行后的结果如图 8-9 所示,其中输出窗口显示经过加密的数据表中的数据。

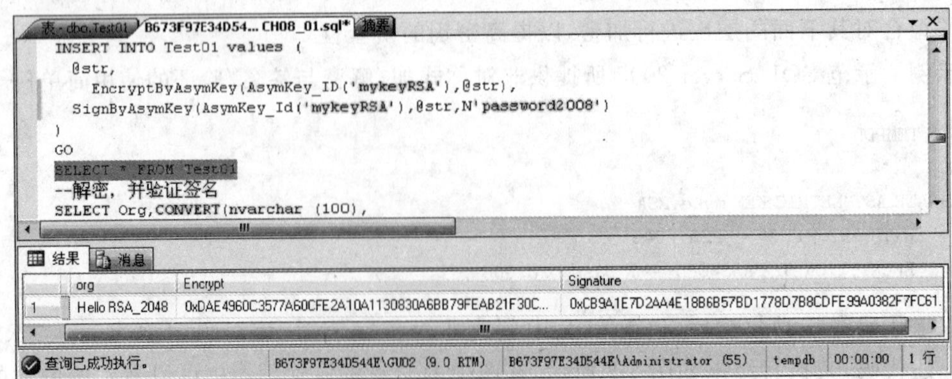

图 8-9 通过密钥对数据加密

对于已加密的数据，授权用户可使用密钥进行解密，在本示例中，使用 SQL Server 2005 提供的 DecryptByAaymKey 函数解密数据，并使用 VerifySignedByAsymKey 函数验证签名。所使用的 T-SQL 语句如下：

```
SELECT Org,CONVERT(nvarchar (100),
    DecryptByAsymKey(AsymKey_Id('mykeyRSA'),CAST(Encrypt AS NVARCHAR(MAX)), N'password2008')) AS
Decrypt,CASE WHEN VerifySignedByAsymKey(AsymKey_Id ('mykeyRSA'), Org,Signature) = 1
    THEN
        N'数据正确'
    ELSE
        N'数据被修改'
    END
        as IsSignatureValid
  FROM Test01
```

以上语句执行结果如图 8-10 所示。其中 Encrpt 字段内容为已解密数据，而 Signate 字段内容则反映签名的验证情况。

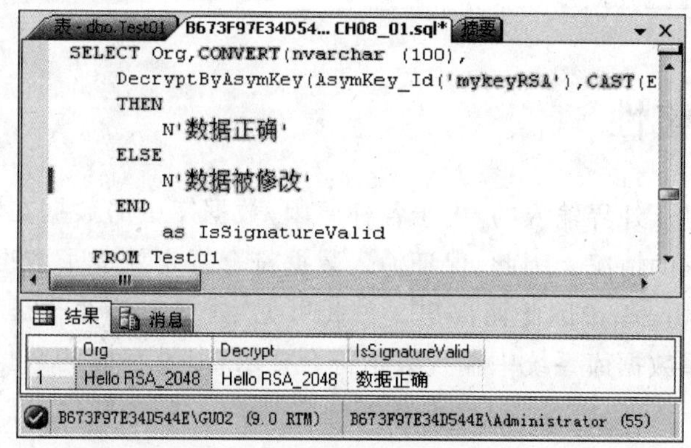

图 8-10　对加密数据的解密以及验证签名

当有意去修改原始数据后，再进行解密数据以及验证签名的操作代码如下所示：

```
UPDATE Test01 SET Org = Org + 'AB'
SELECT Org,CONVERT(NVARCHAR(100),
    DecryptByAsymKey(AsymKey_Id('mykeyRSA'),CAST(Encrypt AS NVARCHAR(MAX)),N'password2008'))
AS Decrypt,CASE WHEN VerifySignedByAsymKey(AsymKey_Id ('mykeyRSA'),Org,Signature) = 1
    THEN
        N'数据正确'
    ELSE
        N'数据被修改'
    END
        as IsSignatureValid
  FROM Test01
```

代码执行结果如图 8-11 所示。其中 IsSignatureValid 字段显示出原始数据被修改的情况。由此可监视在数据传送过程中数据被篡改的情形。

示例完成后，可使用以下语句清除数据表以及所创建的非对称密钥，其实就是 DDL 语句的应用。

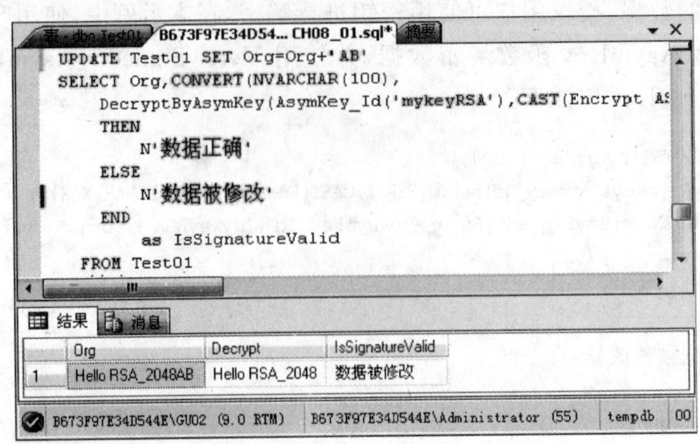

图 8-11 数据修改后的签名确认情形

```
DROP TABLE Test01
DROP ASYMMETRIC KEY mykeyRSA
```

8.2 数据完整性

数据库中数据是从外界输入的,由于各种原因,数据库中的数据在输入过程中,会发生输入无效或输入错误的情况。因此,保证输入数据符合规定就成了数据库系统首要关注的问题,数据完整性(integrity)因此而提出。由此可见,数据完整性就是为保证数据库系统,特别是多用户的关系数据库系统中输入数据符合要求,以及存储的数据的正确性而提出的一整套规定。

8.2.1 数据完整性类型

数据完整性包括数据的合法性、有效性和相容性三个方面。它是为了防止数据库中存在不符合语义规定的数据和防止因错误信息的输入输出造成无效操作或错误信息而提出的。例如:年龄数据需由数字组成,如果在年龄字段中出现有字符数据则是不合法的数据,其违反了数据完整性准则。同样道理,月份数据应限定在1～12范围内,如果不在此范围内,则为无效的数据;对于同一个事实的两个数据应该一致,如某人的性别。这些问题,即是数据的完整性问题。通常,数据库管理系统提供了数据完整性的检查机制,通过该机制以检查数据库中的数据是否符合完整性约束条件,以此确保数据库中数据的完整性。

数据完整性分为4类:实体完整性、域完整性、参照完整性和用户定义的完整性。

1. 实体完整性(entity integrity)

实体完整性规定表的每一行在表中是唯一的实体。实体完整性通过索引、UNIQUE约束、PRIMARY KEY约束和IDENTITY属性来强制表中的实体必须是唯一的。

2. 域完整性(domain integrity)

域完整性是指数据库表中的列必须满足某种特定的数据类型或约束。其中约束又包括取值范围、精度等规定。表中的CHECK、FOREIGN KEY约束和DEFAULT、NOT

NULL 定义以及数据类型的限定等都属于域完整性的范畴。

3. 参照完整性(referential integrity)

也称引用完整性，它是指保持表之间已定义的关系。这通过 Foreign KEY 约束、CHECK 约束，以主键与外键之间或外唯一键与外键之间的对应一致关系为基础。参照完整性确保了键值在所有表中一致，也即保证了表之间的数据的一致性，防止了数据丢失或不存在的数据在数据库中扩散。

4. 用户定义的完整性(user-defined integrity)

不同的关系数据库系统根据其应用环境的不同，往往还需要一些特殊的约束条件。因此提出用户定义的完整性的概念。它是针对某个特定关系数据库的约束条件，反映某一具体应用所涉及的数据必须满足的特定的业务规则。所有完整性类别都支持用户定义完整性，这包括 CREATE TABLE 中所有的列级约束和表级约束、存储过程及触发器。

用于维护完整性的方法也对应有 4 种：约束、规则、默认(缺省)值和触发器。在 SQL Server 2005 中，有两种方法实现数据完整性：声明数据完整性方法和过程数据完整性方法。所谓声明数据完整性即是通过在对象定义中定义的数据完整性标准来实现数据完整性，这是由系统强制实现的方法，该方法包括使用各种约束、默认和规则，例如，在某表中所定义的主键约束，这个定义由系统自动地强制实现。而过程数据完整性则是通过脚本语言中定义的数据完整性标准来实现。它是通过在执行脚本语言的过程中，由脚本中的定义来强制实现数据完整性。此方法包括使用触发器或存储过程等。以下以 SQL Server 2005 数据库管理系统平台为基础，依次对这些方法详细说明。

8.2.2　完整性约束

约束(constraint)是在 SQL Server 中实现数据完整性的一种方法，它通过定义可输入表或表的单个列中的数据的限制条件而自动保持数据库完整性。SQL Server 中有 5 种约束：主键约束、外键约束、唯一性约束、检查约束和默认约束。

每一种数据完整性类型，都由不同的约束类型来保障：域完整性是由默认值或检查约束予以保障；实体完整性则依靠主键或唯一约束来保障；而参照完整性就需要通过外键约束来保障了。比如说，在学生成绩表中定义了选修课程编号(外键)这一列，那么，该列的取值就需要与另一张课程表中的课程编号(主键)值相匹配。如此，通过外键约束，保障了数据的一致性，以避免成绩表中出现了学校并没有开设的课程成绩的错误数据。

1. 主键约束

主键约束(primary key constraint)是指定表的一列或几列的组合的值在表中具有唯一性，即主键能唯一地指定一行记录。每个表中最多只能有一个主键，且不允许主键列有 NULL 属性。

主键约束是最重要也是使用最广泛的约束类型。它在创建或修改表时，通过定义 Primary Key 约束来创建主键。

创建主键约束的基本语法如下：

```
CONSTRAINT constraint_name
PRIMARY KEY [CLUSTERED | NONCLUSTERED]
(column_name1[, column_name2,...,column_name16])
```

参数说明：

- constraint_name：指定约束的名称。在数据库中应是唯一的。如果不指定，则系统会自动生成一个约束名。
- CLUSTERED | NONCLUSTERED：指定索引类别，CLUSTERED 为默认值。
- column_name：指定组成主关键字的列名。主关键字最多由 16 个列组成。

示例 创建一个股票交易信息表，以股票账号为关键字：

```
create table TRADE_INFO (
stock_account char(10) not null,
stock_number char(10) not null ,
order_number char(10) not null,
order_price money default 1.00 ,
trade_time datetime not null ,
constraint pk_s_account primary key (stock_number)
) on [primary]
```

2. 外键约束

外键约束(foreign key constraint)定义了表之间的关系。当一个表中的一个列或多个列的组合和其他表中的主关键字定义相同时，就可以将这些列或列的组合定义为外关键字，并设定它与那个表中哪些列相关联。这样，当在定义主关键字约束的表中更新列值时，在其他表中，即在与之相关联的外关键字约束的表中的外关键字列也将被相应地做相同的更新。外关键字约束的作用还体现在，当向含有外关键字的表插入数据时，如果在与之相关联的含有主关键字的表的列中，没有与插入的外关键字列值相同的值时，系统会拒绝插入数据。

定义外关键字约束的基本语法如下：

```
CONSTRAINT constraint_name
FOREIGN KEY (column_name1[, column_name2,...,column_name16])
REFERENCES ref_table [ (ref_column1[,ref_column2,..., ref_column16] )]
[ ON DELETE { CASCADE | NO ACTION } ]
[ ON UPDATE { CASCADE | NO ACTION } ]
[ NOT FOR REPLICATION ]
```

参数说明：

- REFERENCES：指定要建立关联的表的信息。
- ref_table：指定要建立关联的表的名称。
- ref_column：指定要建立关联的表中的相关列的名称。
- ON DELETE {CASCADE | NO ACTION}：指定在删除表中数据时，对关联表所做的相关操作。在从表中有数据行与主表中的对应数据行相关联的情况下，如果指定了值 CASCADE，则在删除主表数据行时会将从表中对应的数据行删除；如果指定的是 NO ACTION，则 SQL Server 会产生一个错误，并将主表中的删除操作回退。NO ACTION 是默认值。
- ON UPDATE {CASCADE | NO ACTION}：指定在更新表中数据时，对关联表所做的相关操作。在从表中有数据行与主表中的对应数据行相关联的情况下，如果指定了值 CASCADE，则在更新主表数据行时会将从表中对应的数据行更新；如果指

定的是 NO ACTION，则 SQL Server 会产生一个错误，并将父表中的更新操作回退。NO ACTION 是默认值。

■ NOT FOR REPLICATION：指定列的外键约束在把从其他表中复制的数据插入到表中时不发生作用。

示例 创建一个股票信息表，将其与前面创建的股票交易表相关联：

```
create table stock_info(
stock_number char(10) not null,
stock_name char(10) not null,
client_name char(20) ,
constraint pk_s_number primary key (stock_number)
) on [primary]
```

修改上述交易信息表，增添外键约束，以建立与客户所委托交易的股票信息表之间的联系。

```
ALTER TABLE TRADE_INFO
ADD CONSTRAINT fk_s_number
foreign key(stock_number) references stock_info(stock_number);
```

3. 唯一性约束

唯一性约束(unique constraint)指定一个或多个列的组合的值具有唯一性，以防止在列中输入重复的值。唯一性约束指定的列可以有 NULL 属性。由于主键值是具有唯一性的，因此主键列上不能再设定唯一性约束。唯一性约束最多由 16 个列组成。

唯一性约束的语法如下：

```
CONSTRAINT constraint_name
UNIQUE [CLUSTERED | NONCLUSTERED]
(column_name1[, column_name2,...,column_name16])
```

示例 定义一个员工信息表，其中员工的身份证号具有唯一性。

```
create table employees (
emp_id char(8),
emp_name char(10) ,
emp_cardid char(18),
constraint pk_emp_id primary key (emp_id),
constraint uk_emp_cardid unique (emp_cardid)
) on [primary]
```

4. 检查约束

检查约束(check constraint)对输入列或整个表中的值设置检查条件，以限制输入值，保证数据库的数据完整性。可以对每个列设置检查约束。

定义检查约束的语法如下：

```
CONSTRAINT constraint_name
CHECK [NOT FOR REPLICATION]
(logical_expression)
```

参数说明：

■ NOT FOR REPLICATION：指定检查约束在把从其他表中复制的数据插入到表中时不发生作用。

■ logical_expression：指定逻辑条件表达式返回值为 TRUE 或 FALSE。

示例 创建一个订单表，其中股票订单量必须不小于 100。

```
CREATE TABLE orders(
order_id char(8),
s_id char(4),
s_name char(10) ,
quantity int,
CONSTRAINT pk_order_id primary key (order_id),
CONSTRAINT chk_quantity check (quantity> = 100) ,
) ON [primary]
```

注意：对计算列不能作除检查约束外的任何约束。

5. 默认约束

默认约束(default constraint)通过定义列的默认值或使用数据库的默认值对象绑定表的列，来指定列的默认值。SQL Server 推荐使用默认约束，而不使用定义默认值的方式来指定列的默认值。有关绑定默认约束的方法请参见后面章节介绍。

定义默认约束的语法如下：

```
CONSTRAINT constraint_name
DEFAULT constant_expression [FOR column_name]
```

示例 指定前面订单表中股票订单数量默认值为 100：

```
CONSTRAINT def_order_quantity default 100 for quantity
```

注意：不能在创建表时定义默认约束，只能向已经创建好的表中添加默认约束。

6. 列约束和表约束

对于数据库来说，约束又分为列级约束（column constraint）和表级约束（table constraint）。列级约束作为列定义的一部分只作用于此列本身。表级约束作为表定义的一部分，可以作用于多个列。

下面举例说明列约束与表约束的区别。

示例 为股票信息表创建列约束和表约束：

```
CREATE TABLE stocks (
s_id char(4) ,
s_name char(10) ,
price money default 1.00 ,
quantity int check (quantity> = 100) ,           /*列约束*/
CONSTRAINT pk_p_id primary key (s_id, s_name)    /*表约束*/
)
```

8.2.3 完整性控制

完整性控制是指完整性约束条件的定义机制、完整性检查机制以及违约处理三个部分。

完整性约束条件是数据模型的一个重要组成部分，它约束了数据库中数据的定义。任何一个商用数据库管理系统都应提供定义数据库约束条件的方法，通过这样的方法或工具让用户把完整性约束条件作为模式的一部分加入到数据库中。

完整性检查机制用于用户的操作请求，检查其是否违反了完整性约束条件。

违约处理则用于保证在发现用户的操作违反了完整性约束条件后，应采取一定的措施以保证数据的完整性不受破坏。

1. 约束的执行

在关系数据库中，最重要的完整性约束是实体完整性和参照完整性。商用数据库管理系统都提供了定义和检查实体完整性、参照完整性和用户定义完整性的功能。对于违反实体完整性和用户定义完整性的操作，一般都采用拒绝执行的方式进行处理。这类在一条语句执行后立即进行完整性检查的约束称为立即执行约束(immediate constraints)。

而对于参照完整性的问题，并不一定都是简单地拒绝执行，而是要根据应用语义执行一些附加的操作，以保证数据的完整性。这种情况下，完整性检查要延迟到整个事务执行结束后方可进行，检查正确方可提交。这种约束称为延迟执行约束(deferred constraints)。

2. 参照完整性的实现问题

参照完整性是建立在外关键字和主关键字之间或外关键字和唯一性关键字之间的关系上的。在 SQL Server 中，参照完整性作用的实现体现在如下几个方面：

(1) 禁止在从表中插入包含主表中不存在的关键字的数据行。

实际上，当向从表中插入元组时，当从表中的外码值与主表中的主码值相同时，系统才执行插入操作，否则拒绝执行。若确需要执行该项操作，则首先应向主表中插入相应的元组，其主码值等于要插入从表中的元组的外码值，然后再向从表中插入该元组。

(2) 禁止删除在从表中有对应记录的主表记录。

一般而言，当删除主表记录时，若从表中存在若干元组，其外码值与被删除的元组的主码值相同，有以下几种不同策略：

① 级联删除(CASCADE)：将从表中所有外码值与主表(被参照关系)中要删除的记录的主码值相同的元组一起删除。

② 受限删除(RESTRICTED)：当从表中的元组的外码都不与主表中所要删除的记录的主码相同时，系统才执行删除操作，否则拒绝执行该操作。

③ 置空值删除(SET NULL)：删除主表记录，并将从表中相应元组的外码值置为空值。

3. 完整性约束的实现

通过对数据完整性的语义约束和检查来保护数据库的完整性，其实现方式有：

- 通过定义和使用完整性约束规则；
- 通过触发器(trigger)和存储过程(stored procedure)等过程来实现。

8.3 事务处理与并发控制

8.3.1 事务处理的基本概念

事务(transaction)是数据库环境中的一个逻辑工作单元。从用户的观点来看：事务由一系列的操作组成，这些操作要么全部成功完成；要么全都不执行，即不对数据库留下任何影响。

1. 事务的性质

事务具有以下4种基本特性,这些性质又称为事务的ACID特性。

(1) 原子性(Atomicity):事务是不可再分的原子工作。

(2) 一致性(Consistency):指事务对数据库的每一个插入、删除、修改等更新操作,都必须遵守一定的完整性约束。

(3) 隔离性(Isolation):指两个或多个事务并发执行结果正确,与单用户环境一样。

(4) 持续性(Durability):指一个事务成功完成之后,其工作的结果就会永远保存在数据库中。

保证事务的ACID特性是事务处理的重要任务,为此,数据库在启动一个事务之后,需要控制多个资源直到事务结束后才释放。

2. 事务的状态

一个事务从开始到成功地完成或者因故中止,中间可能经历不同的状态,如图8-12所示。

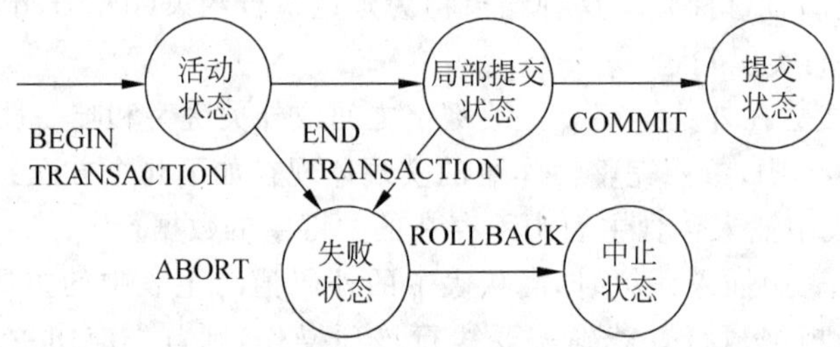

图8-12 事务的执行状态

(1) 活动状态:事务的初始状态,事务在执行时处于该状态。

(2) 局部提交状态:当操作序列中最后一条语句执行后,事务所处的状态。此时,事务虽已经完成执行,但实际输出可能还驻留在内存中,而在事务成功完成前仍有可能出现故障,事务仍可能会被中止。因此,该状态并不表示事务成功执行。

(3) 失败状态:由于硬件或逻辑错误,使得事务不能正常执行,则事务进入失败状态,处于失败状态的事务必须回退,于是事务就进入了中止状态。

(4) 中止状态:事务经过回退(rollback)后使数据库恢复到事务开始执行前(或用户指定的某一中间阶段)的状态。

(5) 提交状态:事务成功完成后,事务处于提交(commit)状态。

3. 事务的定义

在T-SQL中,定义事务的语句有BEGIN TRANSACTION、COMMIT、ROLLBACK等。事务以BEGIN TRANSACTION语句开始,以COMMIT或ROLLBACK语句结束。这里,所谓提交是指提交事务所有操作,将事务中所有对于数据的更新写回到物理数据库中,事务正常结束。而回退则表示在事务处理中发生了某种故障,事务不能继续执行,系统将事务中对数据库已进行的各类操作全部撤销,即中止了事务处理而回退到事务开始时的状态。

编制事务时,应注意遵循以下原则:

(1) 在事务处理期间不要求用户输入。

(2) 浏览数据时,尽量不打开事务。

(3) 在所有预备的数据分析之前，不启动事务。

(4) 必须进行修改时启动事务，执行完成修改操作语句后立即提交或回退。

按照上述原则编制的事务比较简短，可以有效减少在多用户环境下事务处理过程中对于资源的争夺。

8.3.2 并发控制

在多用户环境下，数据库是一个共享资源，允许多个用户程序并行地存取数据库。多个用户同时对同一数据对象进行读写操作，这种现象称为并发操作。显然，并发操作可以充分利用系统资源，提高效率，但若对这种并发操作不加以控制，它也可能会破坏数据的一致性，如表 8-3 所示。

表 8-3　并发操作引起的数据一致性问题

执行顺序	1	2	3	4	5	6
事务 T1	读 A	A：=A+100		写 A		
事务 T2			读 A		A：=A−300	写 A
T1 工作区中 A 的值	300	400	400	400	400	400
T2 工作区中 A 的值			300	300	0	0
数据库中 A 的值	300	300	300	400	400	0

如表 8-3 所示，事务 T1 在第 2 步读入数据库中的 A 数据并进行了修改，在第 4 步写入，因此该数据应为 400，然而由于事务 T2 的并发操作，其在第 3 步读 A，其数据为原来尚未提交的数据，其值为 300。由此，即可看出，由于并发操作，两个事务读(写)同一数据而出现了数据的不一致性错误。

1. 并发控制的概念

为防止数据库数据的不一致性，必须对并发操作进行控制，称为并发控制，其实际上是在网络环境下对数据库的并发操作进行规范的机制。该机制的作用是协调同一时间访问同一数据库文件的多个事务之间的关系，以防止发生冲突。

对并发操作，如果不加控制，就可能会存取到不正确的数据，从而破坏了数据库的一致性。如表 8-3 所示，若分别用 T1 表示存款事务，T2 表示取款事务，设原账户 A 上余额为 300 元，T1 在第 2 步操作中存入 100 元，在第 4 步对其确认后完成该事务。然而由于并发操作，在第 3 步时，T2 读取尚未到原账户余额 300 元(此时 T1 尚未提交，故余额数据并未修改)，并在第 6 步中执行取款操作，提取 300 元并予以确认，则账户 A 余额为零。在这个并发操作过程中，T2 将 T1 的修改结果覆盖了，这引起了数据丢失更新问题。

如表 8-4 所示，T2 读取了 T1 更新后的账户余额，但在第 5 步，T1 由于某种原因撤销了前面所作的更新，数据库中账户 A 的余额恢复为原值 300 元，这样导致 T2 所得到的数据(400 元)与数据库的内容不一致，这类由于一个事务读取另一个更新事务尚未提交的数据所引起的数据不一致问题，称为脏读。

同理，若 T1 读取数据库中 A 账户余额后，T2 事务更新了该账户数据，则当 T1 再次读取该账户余额时，两次读取得到的值会不同，此类问题称为不可重复读问题，如表 8-5 所示。

表 8-4 并发操作引起脏读的问题

执行顺序	1	2	3	4	5	6	7
事务 T1	读 A	A :=A+100	写 A		ROLLBACK		
事务 T2				读 A		A :=A−300	写 A
T1 工作区中 A 的值	300	400	400	400	300		
T2 工作区中 A 的值				400	400	100	100
数据库中 A 的值	300	300	400	400	300	0	100

表 8-5 并发操作引起不可重复读的问题

执行顺序	1	2	3	4	5
事务 T1	读 A				读 A
事务 T2		读 A	A :=A−200	写 A	
T1 工作区中 A 的值	300	300	300	300	100
T2 工作区中 A 的值			100	100	100
数据库中 A 的值	300	300	300	100	100

如上所述,并发操作会引发一系列的错误,破坏了数据库的一致性,这主要是由事务并发执行时的相互干扰造成的,因此,数据库管理系统应采取相应的事务与封锁机制进行并发控制。

并发控制需要采取封锁策略,即在事务要对数据库进行操作之前,首先对其操作的数据设置封锁,禁止其他事务再对该数据进行操作,当它对该数据操作完毕并解除对数据的封锁后,才允许其他事务对该数据进行操作。

2. 封锁技术

为了防止多个用户事务并发操作数据库对象,破坏了数据的一致性,从而破坏了数据完整性,数据库管理系统提供各种类型的封锁机制,可以为一个事务封锁资源,并在事务不需要时自动释放。

封锁是事务并发控制的主要手段,其作用是在事务 T 对某数据对象(例如:表)操作前,先向系统发出请求,对其加锁。加锁后事务 T 就对该数据对象有一定的控制,在事务 T 释放所加的锁之前,其他事务不能更新此数据对象。

1) 封锁类型

数据库管理系统提供多种类型的封锁,其基本类型有两种:

共享性封锁——S 锁:当一个事务 T 仅仅希望读取 A 时,可用共享性封锁(Share Locks)。事务 T 在加 S 锁后不允许其他事务写 A,但可以允许其他事务同时读 A。

排他性封锁——(Exclusive Locks)X 锁:当一个事务 T 要求修改 A 时,其他事务既不允许读 A,更不允许修改 A。

示例 以下在 SQL Server 2005 中为会话设置了 TRANSACTION ISOLATION LEVEL。对于事务开始后的每个 SQL 语句,系统将所有共享锁一直保持,直到事务结束。

```
USE TEACHING_MIS;
GO
SET TRANSACTION ISOLATION LEVEL REPEATABLE READ;
GO
BEGIN TRANSACTION;
GO
```

```
SELECT * FROM COURSE;
GO
SELECT * FROM STUDENTS;
GO
COMMIT TRANSACTION;
GO
```

2）封锁的相容性及其说明

封锁的相容性如图 8-13 所示。

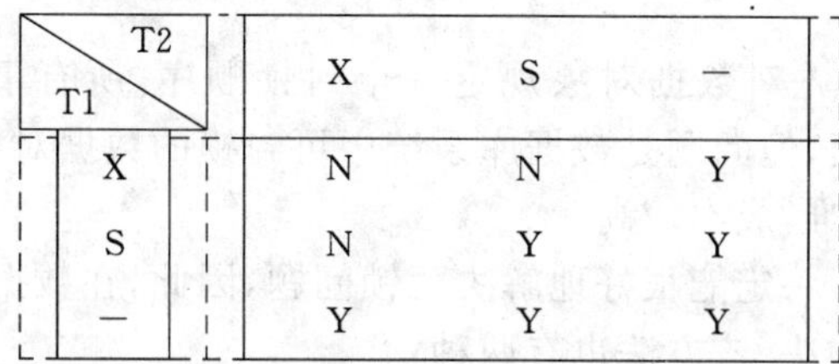

T1 \ T2	X	S	—
X	N	N	Y
S	N	Y	Y
—	Y	Y	Y

图 8-13 封锁的相容性

关于相容矩阵的说明：

■ X、S、—：分别表示 X 锁、S 锁、无锁；

■ N＝NO：不相容的请求；

■ Y＝YES：相容的请求。

如果两个封锁是不相容的，则后提出封锁的事务要等待。

3）封锁粒度

封锁对象的大小称为封锁的粒度(granularity)。对于 SQL Server 数据库管理系统，其封锁的对象对于逻辑单元而言包括属性值、属性值集合、元组、关系、索引项、整个索引、整个数据库；对物理单元而言，封锁对象包括页(数据页或索引页)、块。

关于封锁粒度的说明：封锁粒度与系统并发度和并发控制开销密切相关。粒度越大，系统中能被封锁的对象就越少，并发度就越小，但同时系统的开销也就越小；相反，粒度越小，并发度越高，系统开销越大。

4）封锁的问题

(1) 活锁：在多个事务请求对同一数据封锁时，系统可能使某个事务永远处于等待状态，而得不到封锁的机会。这种总是处于等待的状态称为活锁。

例如，事务 T1 封锁了数据 R，事务 T2 又请求封锁 R，于是 T2 处于等待状态。事务 T3 也请求封锁 R，当 T1 释放了 R 上的封锁之后，系统首先批准了 T3 的请求，T2 仍处于等待状态。然后又有事务 T4 请求封锁 R，当 T3 释放 R 时，T4 获得批准封锁了 R，事务 T2 还处于等待状态……

解决活锁问题的方法是采用事务排队的方法，先来先服务，以使前面的事务先获得对数据的封锁权。

(2) 死锁：指系统中有两个以上的事务都处于交错等待状态，每一个都等待另一个解除封锁的现象。

例如，事务 T1 和事务 T2 都需要数据 R1 和 R2，先前的操作中，T1 已封锁了数据 R1，T2 封锁了数据 R2，在其后的操作中，事务 T1 又请求封锁 R2，而事务 T2 又请求封锁 R1，由于事务 T1 和事务 T2 没有获得所需要的全部数据,因此,就出现了 T1 等待 T2 释放 R2 而 T2 等待 T1 释放 R1 的交错等待的死锁状态。

解决死锁问题有两类方法:一类方法是采用一定措施来预防死锁的发生;另一类方法是允许发生死锁,然后用一定手段来诊断并予以解除。

预防死锁的两种方法:

(1) 一次封锁法:要求每个事务一次将所有要使用的数据全部加锁,否则不能继续执行。该方法可有效预防死锁发生,但一次性将以后用到的所有数据加锁,扩大了封锁范围,降低了系统的并发度。

(2) 顺序封锁法:预先对数据对象规定一个封锁顺序,所有事务按此顺序实行封锁。该方法亦可有效防止死锁,但问题是数据库系统中可封锁的数据对象极多,且随操作而不断变化,因此其实际操作困难,成本较高。

由于预防性措施并不一定能很好地解决死锁问题,因此,在数据库管理系统中更常使用的是诊断并解除死锁的方法,该方法也有两种:

(1) 超时法:规定一个事务等待时间的时限,如超过则认为发生了死锁。则超时的事务回退并重启。该方法中,如确实存在死锁,则陷入死锁的事务将因超时而回退,从而使其他事务的处理得以继续。

(2) 等待图法:事务图是一个有向图 G=(T,U)。T 为正在运行的事务结点集合,而 U 为边的集合,若事务 T1 等待事务 T2,则 T1 至 T2 间存在一条指向 T2 的边,因此,U 中每条边表示事务的等待状况。若图中存在回路,则表示系统中出现了死锁。诊断出死锁,选择一个处理死锁代价为最小的事务,将其撤销,释放该事务所有的锁,以使其他事务的处理得以继续进行。

3. 事务的调度

事务的执行次序称为"调度"。

(1) 串行调度:如果多个事务依次执行,则称为事务的串行调度(Serial Schedule)。

(2) 并发调度:如果利用分时的方法同时处理多个事务,则称为事务的并发调度(Concurrent Schedule)。

(3) 可串行化:如果一个并发调度的执行结果与某一串行调度的执行结果等价,那么这个并发调度称为"可串行化的调度",否则是不可串行化的调度。

可串行性是并发事务正确性的准则。为保证并发操作的正确性,数据库管理系统的并发控制机制需要提供诸如封锁的方法以实现并发调度的可串行性。而两段式协议是保证并发调度可串行性的封锁协议。

(4) 两段锁(Two-Phase Locking)协议:把所有事务分成两个阶段对数据项加锁和解锁,遵守两段封锁协议的事务称为两段式事务。可证明,若并发执行的所有事务均遵守两段锁协议,则对这些事务的任何并发调度策略都可串行化。

8.4 数据库恢复

8.4.1 数据库恢复的基本概念

虽然在数据库管理系统中,已采取各种保护措施以防止数据库的安全性和完整性遭到破坏,但计算机系统中的硬件故障、软件错误、操作失误以及恶意的破坏仍在所难免,这些故障可能会引起运行事务非正常中断，影响到数据库中数据的正确性，严重的可能会破坏数据库，使数据库中部分数据或全部数据丢失，因此，数据库管理系统必须具有将系统从错误状态恢复到某一已知的正确状态的功能。

数据可恢复性(recovery)定义为：系统把数据库从被破坏、不正确的状态恢复到最近一个正确的状态的能力。

数据库管理系统中的恢复管理子系统是DBMS中的重要组成部分，其作用是采取一系列措施保证在任何情况下事务的原子性和持续性，以确保数据不丢失，不被破坏。

使数据库具有可恢复性的基本原则就是冗余，即数据库的重复存储。因此，数据恢复具体实现方法是，在平时做好转储和建立日志这两项工作：

- 周期地(例如，根据需要一天一次)对整个数据库进行复制，转储到另一个磁盘等另外的存储介质中。
- 建立日志数据库，记录事务开始、结束标志，记录事务对数据库的每一次插入、删除和修改前后的值，写到日志库中，以便有据可查。

一旦发生故障，对于具体的情况分开来处理：

- 若数据库已被破坏，例如磁盘损坏等，此时数据库已不能用了，就要装入数据库备份到新的磁盘，然后利用日志库执行"重做"(REDO)处理，将这两个数据库状态之间的所有更新重做一遍，这样既可恢复原有数据库，又没有丢失对数据库的更新操作。
- 若数据库未受破坏，但某些数据不可靠，例如在程序运行时数据库异常中断，这时，只需通过日志库执行"撤销"(UNDO)处理，撤销不可靠的修改，将数据库恢复到正确的状态。

8.4.2　故障类型及其恢复

在数据库系统中引入事务后，数据库故障可用事务故障来表示，即数据库故障具体表现为事务执行的成功与失败。因此，常见的故障可分为：

1. 事务故障

事务故障可以分为两种：

(1) 可预期的故障，是指在程序中可以预先估计到的错误。这种情况下，可在事务代码中加入判断和ROLLBACK语句，当事务执行到ROLLBACK语句时，由系统对事务进行回退操作，即执行UNDO处理。

(2) 非预期的故障，指诸如运算溢出、并发事务发生死锁而被选中撤销的事务等，它们不能由应用程序处理，而是由系统直接对该事务执行UNDO处理。

2. 系统故障

所谓系统故障是指引起系统停止运行并要求重启的事件。例如：硬件故障、软件故障等情况都称为系统故障。系统故障会影响正在运行的所有事务，并且导致主存内容丢失，但不破坏数据库。由于故障发生时正在运行的事务都非正常终止，从而会造成数据库中某些数据不正确。数据库管理系统的恢复子系统须在系统重新启动时，对这些非正常终止的事务进行处理，以把数据库恢复到正确状态。

3. 介质故障

介质故障也称为硬故障，例如磁盘损坏等。而计算机病毒等恶意的攻击程序是一种人为的故障或破坏,其会对计算机系统包括数据库造成严重危害。在介质故障或受到恶意攻击时,磁盘上的物理数据库会遭受到毁灭性的破坏,此时应做的恢复工作有:

(1) 重装转储的后备副本到新的磁盘,使数据库恢复到转储时的一致状态;

(2) 在日志中找出转储后所有已提交的事务;

(3) 对这些事务进行重做处理,使数据库恢复到故障前某一时刻的一致状态。

8.5 SQL Server 2005 数据库恢复的实现

在 SQL Server 2005 数据库管理系统中,其对数据库恢复的主要工作是执行备份和还原操作,以确保数据库中数据的安全和完整。

如前所述,对于系统中发生的各类故障,有不同的处理方式以实现数据库的恢复:对事务故障采用撤销事务的处理方法,对系统故障采用撤销或重做的处理方法,而对于介质故障则使用备份恢复并对已提交事务采用重做处理以恢复到故障前某一时刻的正确状态。由此可看出,对于数据库中数据的备份和还原是解决各类故障问题的有效机制。所谓备份就是制作数据库结构和数据的拷贝,以便在数据库遭到破坏时能够修复数据库。数据库备份是一项重要的日常性质的工作,但只有数据库备份还远远不够,还原则是与备份相对应的操作,是为了应对已经遇到的系统失败而采取的操作,其实质是指加载数据库备份到系统中的进程。

8.5.1 数据库恢复模式

数据库恢复模式是指数据库在遭到破坏时还原数据库中数据的数据存储方式,它与可用性、性能、磁盘空间等因素相关。每种恢复模式按不同方式维护数据库中的数据和日志。在 SQL Server 2005 中,系统提供 3 种数据库的恢复模式:

(1) 完整恢复模式是等级最高的数据库恢复模式:其对数据库的所有操作都记录在数据库的事务日志中,当数据库遭受破坏后,可以使用该数据库的事务日志迅速还原数据库。

(2) 大容量日志记录的恢复模式同样使用数据库备份和日志备份来还原数据库。但在其日志记录中,CREATE INDEX、BULK INSERT、BCP 和 SELECT INTO 等操作不记录在事务日志中,故其事务日志所占用的磁盘空间远小于完整恢复模式中事务日志所耗费的磁盘空间。

(3) 简单恢复模式:适用于规模较小的数据库或数据不经常改变的数据库。使用该恢复模式时,可通过执行完全数据库备份和增量数据库备份来还原数据库,数据库只能还原到执行备份操作的时刻点,而执行备份操作之后的所有数据修改都丢失并需重建。该模式的特点是数据库没有事务日志;其优点是:占用较少的磁盘空间,且恢复模式简单。

在 SQL Server Management Studio 中,用鼠标选中需要设置恢复模式的数据库,右击该数据库,并从弹出的快捷菜单中选中“属性”项,则弹出如图 8-14 所示的“数据库属性”对话框。单击该对话框左窗口内的“选项”栏,在右侧窗口的“恢复模式”下拉列表框中选择所需设置的恢复模式。

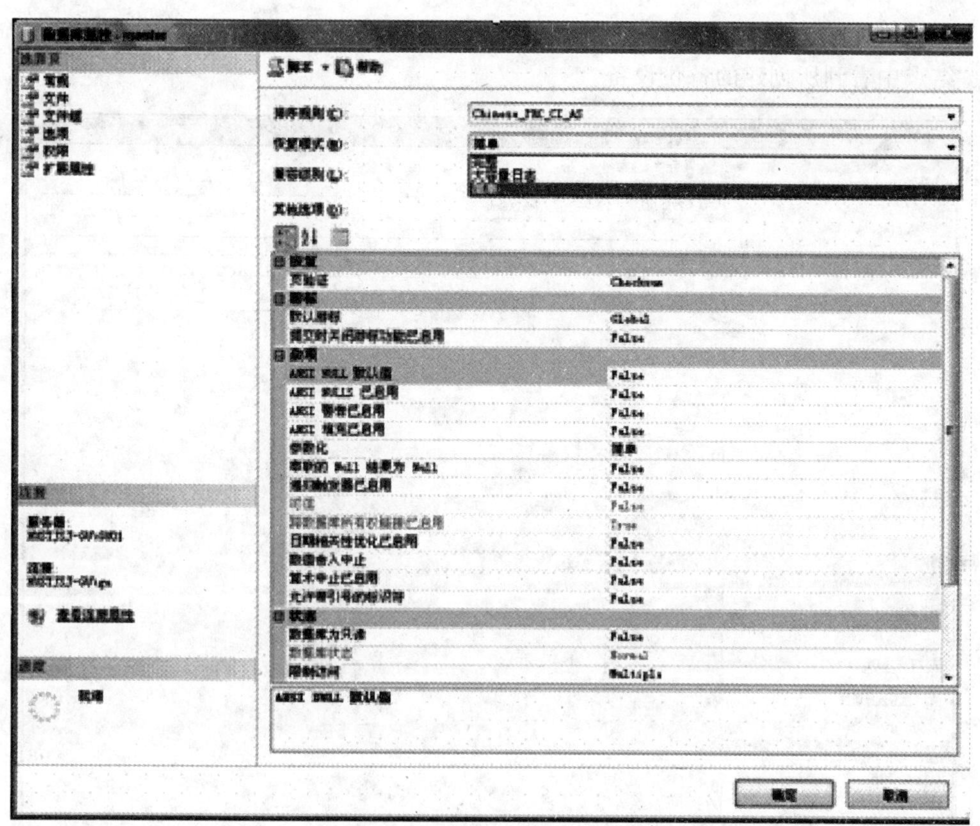

图 8-14　设置数据库恢复模式对话框

8.5.2　备份操作

在 SQL Server 2005 中进行备份操作，首先要创建数据库的备份文件，备份文件既可以是永久性的，也可以是临时性的。然后，把指定的数据库备份到备份文件上。在使用之前所创建的备份文件称为永久性的备份文件。这些永久性的备份文件也称为备份设备。若希望所创建的备份设备反复使用或执行系统的自动化操作例如备份数据库，则必须使用永久性的备份文件。若并不打算重新使用这些备份文件，可创建临时的备份文件。

1. 永久性备份文件的创建

永久性备份文件的创建方法有两种：

1）使用 SQL Server 2005 工具创建

使用 SQL Server Management Studio 环境创建备份设备。其操作步骤如下：

(1) 在 SQL Server Management Studio 窗口中，打开指定的"服务器实例"→"服务器对象"→"备份设备"结点。右击该结点，在弹出的快捷菜单中选取"新建备份设备"命令项，则出现如图 8-15 所示的"备份设备"对话框，该对话框用于指定备份设备的逻辑名称和物理位置。

(2) 在"备份设备"对话框的"设备名称"文本框中输入备份设备的逻辑名称。在"文件"单选按钮右侧文本框中指定备份设备的物理名称，亦可单击该文本框右端的按钮以指定物理位置。

(3) 单击“确定”按钮,完成备份设备的创建工作。当备份设备创建成功后,可从“备份对象”结点中看到所创建的备份设备。

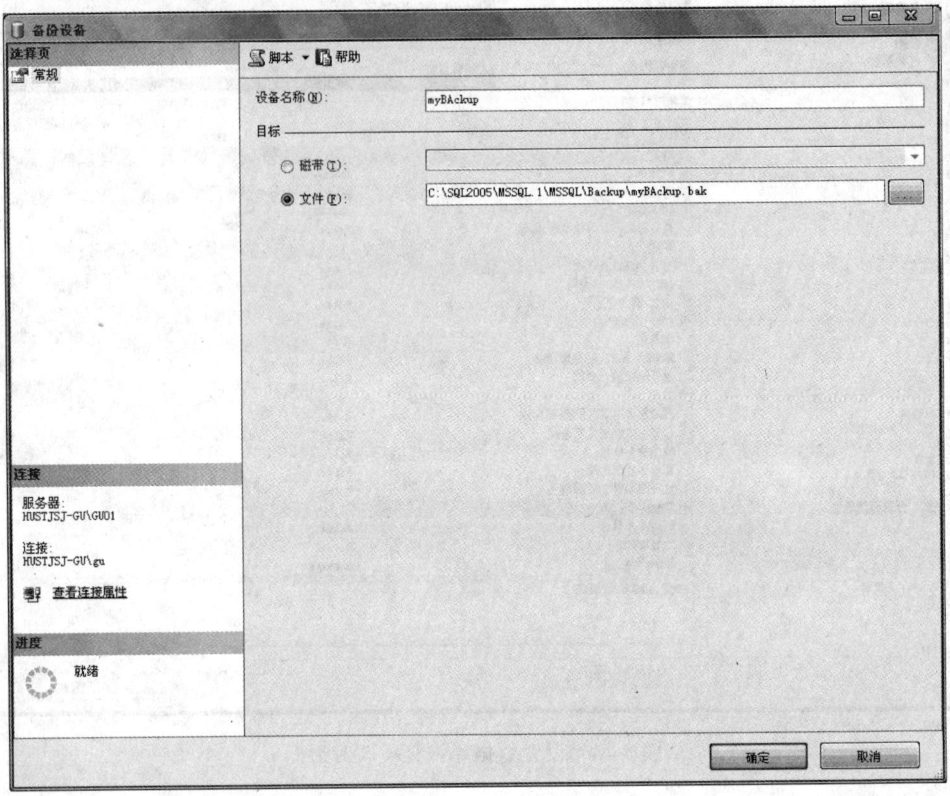

图 8-15 “备份设备”对话框

2) 使用 T-SQL 语句创建

使用 sp_addumpdevice 系统存储过程创建永久性备份文件,其语法格式为:

```
sp_addumpdevice 'device_type','logical_name','physical_name'
```

其中,device_type 参数用于指定备份设备的类型(DISK 和 TAPE),logical_name 参数指定备份设备的逻辑名称,physical_name 参数表示备份设备带有路径的物理名称。在如图 8-16 所示的示例中,创建了一个备份设备。该备份设备的类型是磁盘文件,备份设备的逻辑名称为 MYBACKUP01,物理名称是 D:\SQL2005\MYBACKUP. BAK。

HUSTJSJ-GU\G...QLQuery1.sql*
摘要
USE MASTER
EXEC sp_addumpdevice 'DISK','MYBACKUP01',
'D:\SQL2005\MYBACKUP.BAK'

图 8-16 创建备份设备的 T-SQL 语句

2. 临时性备份文件的创建

在执行数据库备份过程中产生的备份文件称为临时性的备份文件。若并不打算反复使

用该备份文件，或者只使用一次，或者作为测试，则可以创建临时性的备份文件。

临时性的备份文件的创建需要使用 BACKUP 语句。创建临时性的备份文件时，还须指定介质类型和完整的路径和文件名。

在如下 T-SQL 语句示例中，创建了一个磁盘类型的临时性的备份文件，且把 TECHING_MIS 系统数据库备份到所指定的临时性备份文件上。

```
USE MASTER
BACKUP DATABASE TECHING_MIS TO DISK = 'D:\SQL2005\TECHING.BAK'
GO
```

上述临时性备份文件的创建过程如图 8-17 所示。

HUSTJSJ-GU\G...QLQuery1.sql*
摘要
USE MASTER
BACKUP DATABASE TECHING_MIS TO DISK='D:\SQL2005\TECHING.BAK'
GO

图 8-17 创建临时性的备份文件示例

3. BACKUP 语句

如果希望灵活地执行备份操作，可以使用 Transact-SQL 中的 BACKUP 语句，其基本语法形式如下：

```
BACKUP DATABASE{database_name |@database_name_var}
TO<backup_device>[...n]
[WITH
[BLOCKSIZE={blocksize|@blocksize_variable}]
[{CHECKSUM |NO_CHECKSUM}]
[{STOP_ON_ERROR|CONTINUE_AFTER_ERROR}]
[DESCRIPTION={'text' |@text_variable}]
[DIFFERENTIAL]
[EXPIREDATE={date | @date_var}|RETAINDAYS={days|@days_var}]
[PASSWORD={password |@password_variable}]
[{FORMAT | NOFORMAT}]
[{INIT | NOINIT}]
[{NOSKIP| SKIP}]
[MEDIADESCRIPTION={'text' |@text_variable}]
[MEDIANAME={media_name |@media_name variable}]
[MEDIAPASSWORD={mediapassword | @mediapassword_variable}]
[NAME={backup_set_narne | @backup_set_name}]
[{NOREWIND | REWIND}]
[{NOUNLOAD | UNLOAD}]
[RESTART]
[STATS[ = percentage]]
[COPY_ONLY]
]
```

以下是对该语句中一些主要选项的说明：

- CHECKSUM |NO_CHECKSUM 选项：指定在将页写入介质之前是否执行校验和检查。默认情况下不检查。
- STOP_ON_ERROR|CONTINUE_AFTER_ERROR 选项：指定发现校验和错误之

后是停止备份还是继续备份。

- DESCRIPTION 选项：指定描述备份集的自由文本。该信息只用于备份集中。最多是 255 个字符。
- DIFFERENTIAL 选项：用于指定执行增量备份，即仅备份上一次数据库完全备份之后数据库中所改变了的数据。
- EXPIREDATE 选项：指定备份集失效和可以被覆盖的日期和时间。在使用备份集时，系统检查当前的日期和这里指定的日期，若当前日期超过了备份集上的指定日期，则可覆盖该备份集的内容。
- RETAINDAYS 选项：用以指定备份集可被覆盖的周期(天)。
- PASSWORD 选项：用于设置备份集的口令。若在某备份集上设置了口令，当使用该备份集执行数据库的还原操作时，必须提供正确的口令。注意口令并不能防止执行覆盖该备份集上内容的操作。
- FORMAT|NOFORMAT 选项：指定覆盖或不覆盖备份集的内容和备份介质的标题内容。
- INIT|NOINIT 选项：指定覆盖备份的内容或附加在备份内容之后。
- MEDIADESCRIPTION 选项：指定备份集的自由格式的描述信息。
- MEDIANAME 选项：指定用于整个备份集的备份介质名称，该名称最多 128 个字符。若指定了备份集名称，在使用该备份集时必须提供正确的备份集名称。
- MEDIAPASSWORD 选项：指定备份集的口令，该选项与 PASSWORD 选项不同。相同点是在执行还原操作时需要提供相应的口令，不同点是如果设置 PASSWORD 选项，可以通过覆盖文件的形式将该备份集覆盖；但是，如果设置 MEDIAPASSWORD 选项，那么只能通过格式化的形式覆盖该备份集。
- NAME 选项：用于指定备份集的名称。
- RESTART 选项：指明 SQL Server 从备份中断的位置开始继续执行备份操作。本选项只能用于磁带备份介质中。
- STATS 选项：指示系统显示备份过程中的统计消息。
- COPY_ONLY 选项：表示执行仅复制备份的操作。此备份不影响正常的备份序列。

以下示例中，先用 sp_addumpdevice 系统存储过程创建了一个名为 MYBACKUP01 的备份设备，这是个磁盘文件，其物理名称是 D:\SQL2005\MYBACKUP.BAK，然后，执行数据库完全备份，将 TEACING_MIS 数据库备份到该备份设备上。其所用 T-SQL 语句如下：

```
USE MASTER
EXEC sp_addumpdevice 'DISK','MYBACKUP01',
    'D:\SQL2005\MYBACKUP.BAK'
GO
BACKUP DATABASE TEACHING_MIS TO MYBACKUP01
```

SQL Server 2005 系统提供 4 种备份方法以满足企业和数据库活动的各类需要。4 种备份方法为：完全数据库备份、增量数据库备份、事务日志备份和数据库文件或文件组备份。

8.5.3 还原

还原与备份相对应，是为对付已经遇到的系统失败而采取的操作。它建立在备份操作的基础上。在进行数据库还原时，系统首先要进行安全性检查，然后，针对不同的数据库备份类型，可采取不同的数据库还原方法。

1. 验证备份内容

还原数据库之前，应该验证使用的备份文件是否有效，并查看备份文件中的内容是否是所需要的内容。以下 RESTORE 语句用于备份内容的验证：

- RESTORE HEADERONLY：获取某个备份文件的标题信息。
- RESTORE FILELISTONLY：返回原数据库或事务日志的文件信息。
- RESTORE LABELONLY：返回包含备份文件的备份介质的信息。
- RESTORE VERWYONLY：验证备份文件是否有效。

2. RESTORE 语句

执行数据库的还原操作的 Transact-SQL 语句是 RESTORE DATABASE 和 RESTORE LOG，其语法形式如下：

```
RESTORE DATABASE{database_name |@database_name_var}
[FROM < backup_device >[...n]]
[WITH
[{CHECKSUM |NO_CHECKSUM}]
[{CONTINUE_AFTER_ERROR|STOP_ ON_ ERROR}]
[FILE = {file_number |@file_number}]
[KEEP_REPLICATION]
 [MEDIANAME = {media_name |@media_name variable}]
[MEDIAPASSWORD = {mediapassword | @mediapassword_variable}]
[MOVE 'logical_file_name' TO 'operating_system_file_name'][...n]
[PASSWORD = {password |@password_variable}]
[{RECOVERY | NORECOVERY |STANDBY = {standby_file |@standby_file_var}}]
[REPLACE]
[RESTART]
[RESTRICTED_USER]
[{REWIND|NOREWIND}]
[STATS[ = percentage]]
[{STOPAT = {date_time |@date_time_var}
  | STOPATMARK = {'mark_name'|lsn: lsn_number'}[AFTER datatime]
  I STOPBEFOREMARK = ['mark_name'|'lsn:Isn_number'|[AFTER datetime]]}]
[{UNLOAD|NOUNLOAD}]]
```

以下是关于上述语法中一些主要选项的说明：

- FILE 选项：指定所要还原的备份集中备份文件的标识序号。
- KEEP REPLICATION 选项：指出当还原某个配置为出版的数据库时，指定保留数据复制的设置。
- MOVE TO 选项：指定数据库的物理文件应该放置的路径。该选项还可以改变原来数据库文件的存放位置。
- RECOVERY 选项：表示还原操作提交完成的事务，数据库可以正常使用。这时不能继续执行还原操作。NORECOVERY 选项用来表示还原操作不提交未完成的事务，这时数据库处于还原状态，用户不能使用该数据库，但可以继续执行还原操作。
- STANDBY 选项：指定一个允许恢复撤销效果的备用文件。

- RESTART 选项：指示系统从上一次中断点继续执行还原操作。
- REPLACE 选项：指定系统重新创建指定的数据库和相关文件，其目的是防止在还原过程中意外地覆盖了其他数据库。
- RESTRICTED_USER 选项：限制只有 db_owner、dbcreator 和 sysadmin 角色的成员才可以访问新近还原的数据库。

其他选项与 BACKUP 语句中参数的含义相同。

3. 还原数据库的操作

若数据库遭受破坏，则可从完全数据库备份中来还原。这种还原也是所有还原操作的基础。若只使用一个完全数据库的备份，可以在还原时使用 RECOVERY 选项。

如果有多个将要还原的内容，在执行完全数据库还原时使用 NORECOVERY 选项。

示例 使用 RESTORE 语句还原数据库。

```
USE MASTER
RESTORE DATABASE TEACHING_MIS FROM MYBACKUP01
   WITH NORECOVERY
GO
RESTORE LOG TEACHING_MIS FROM TEACHING_MISLOG WITH NORECOVERY
```

同样，也可以使用 SQL Server Management Studio 工具还原数据库。具体操作步骤是：

进入 SQL Server Management Studio 环境，在对象资源管理器窗口选中数据库对象，右击并在弹出菜单中选取还原数据库命令项，则会弹出“还原数据库”窗口，如图 8-18 所示。

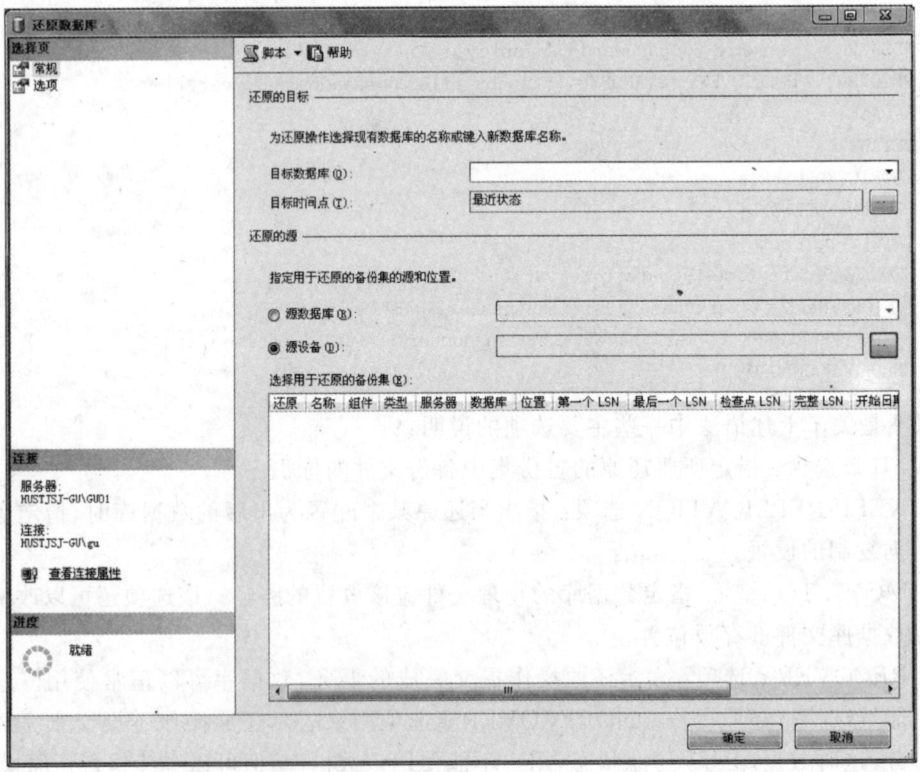

图 8-18 “还原数据库”窗口

在该窗口的“还原的源”栏中，在指定位置填写备份设备名称或单击其右侧按钮并选择所要还原的设备名称，在“还原的目标”栏中，在指定位置填入要还原的数据库名称。单击“确定”按钮完成还原指定数据库备份的操作。

无论是使用语句，还是使用 SQL Server 2005 工具，均可完成完全备份、增量备份、事务日志备份等数据备份和还原操作。具体的操作不再赘述，读者可参考 SQL Server 2005 联机丛书。

本章小结

数据库系统在运行时，需要管理与保护，而安全管理是数据库系统可靠运行的基础。本章详细介绍了数据库安全管理的基本概念、管理机制和标准，并以 SQL Server 2005 为平台，重点介绍了其权限管理、用户管理和数据加密的实现方法，而用户与架构相分离的思想，使该产品在安全管理上更为灵活与简便。完整性是保证数据库系统数据正确性的基础，本章重点介绍完整性概念及其完整性控制的实现方法。事务及并发控制是数据库操作正确性的保证。而数据的备份与恢复和前面技术一起，构成数据库系统正常运行的可靠保证。本章较为详细地介绍了 SQL Server 2005 在上述这几方面的应用示例。通过对本章内容的学习，读者可以快速地掌握数据库产品的管理方法和保护功能。

思考练习题

1. 什么是数据库的安全性？
2. 试述 CC 评估保证级划分的基本内容。
3. 简述数据库安全性控制的常用方法和技术。
4. 什么是数据库的审计功能？
5. 什么是数据库的完整性？
6. 简述数据库完整性概念与数据库安全性概念的区别与联系。
7. 试列举出事务状态变迁中所有可能的状态路径，并简述路径中状态变迁的原因。
8. 为什么要实现用户和架构相分离？
9. 运用 T-SQL 命令创建一个名称为 alter_salary，密码为 asdfA # ert，所有者架构为 Manager 的应用程序角色。
10. 运用 T-SQL 命令为学生表 STUDENTS 增加一个检查约束，用于保证输入性别时只能输入 F 或 M，而不能输入其他不相关的数据。
11. 在 SQL Server 2005 中对示例数据库 AdvenureWorks 进行完全备份。
12. 利用上题所做备份，还原示例数据库 AdvenureWorks。

第 9 章

数据库设计

在前面的章节已经介绍了数据库的概念、数据库技术的理论基础及数据库标准语言，应用这些知识，就可以为一个实际应用设计数据库及其应用系统。但这里还有一个问题没有解决，那就是如何评价一个关系模式的优与劣，或者说，如何才能设计出一个在某些方面表现更好一些，能适用于实际需要的数据库。这就涉及关系的规范化理论以及数据库设计方法。

本章先介绍与规范化密切相关的函数依赖，然后介绍关系模式的规范化，最后介绍基于范式的数据库设计方法。

9.1 数据依赖

在针对一个实际应用来进行数据库的设计时，首先遇到的一个问题就是：应该如何构造一个适合于它的数据模式，即如何构造它的逻辑结构。因为关系模型有严格的数据理论基础，人们就以关系模型为背景来讨论上述问题，这就形成了关系规范化理论，实际上，该理论对于一般的数据库设计理论均有指导意义。

9.1.1 问题的提出

关系模型可以形式化表示一个五元组：

$$R(U,D,\mathrm{DOM},F)$$

在这个定义中：R 是关系名称；U 是属性名集合；D 是 U 中属性所来自域的集合；DOM 是属性到域的映射；F 是属性 U 上的数据依赖集合。

在这个关系模型定义中，D 和 DOM 对数据库设计关系不大，因此可将上述关系模式简化为一个三元组：

$$R<U,F>$$

当且仅当 U 上的一个关系 r 满足 F 时，称为关系模式 R 的一个关系。

对于一个关系模式，如何来评价它的优劣呢？

先从描述学生选课的单个关系模式 SELECTS$<U,F>$分析来看，表 9-1 是其在某一时刻的实例。

表 9-1 学生选课与教学信息(SELECTS)表

SID	CID	GRAGE	TNAME	TADDR
06010101	CB01	90	王军	学府佳园 2 幢 2-302
06010102	CB01	92	王军	学府佳园 2 幢 2-302
06010103	CB01	85	王军	学府佳园 2 幢 2-302
06010104	CB01	72	王军	学府佳园 2 幢 2-302
⋮	⋮	⋮	⋮	⋮

对表 9-1 中的关系进行观察可以发现,这个关系模式存在如下问题:

1. 数据冗余大

例如,每一名教师的姓名和住址重复出现,重复次数与选修该课程的所有学生数目相同。这将浪费大量的存储空间。并且,由此引出一系列的操作异常。

2. 更新异常(update anomalies)

由于数据冗余,当更新数据库中的数据时,系统要付出很大的代价来维护数据库的完整性。否则会面临数据不一致的危险,例如,某课程因某种原因更换教师后,系统必须修改选修该课程学生的每一个元组。

3. 插入异常(insertion anomalies)

如果一名年轻教师刚分配来,还未承担课程教学任务,就无法把这名教师的信息存入该表中。

4. 删除异常(deletion anomalies)

上学期学生选修课程学习完成后,在删除这些学生信息的同时,会把相应教师的信息也一起丢失了。

鉴于以上种种问题,可以说,SELECTS 关系模式不是一个好的模式。一个"好"的模式应当不会发生插入异常、删除异常和更新异常,数据冗余应尽可能少。

为什么会发生这样的问题呢?这是因为在这个关系模式中的数据依赖存在某些不好的性质。

9.1.2 函数依赖

一个关系模式之所以会产生以上诸如数据冗余、操作异常等问题,是由存在于模式中的某些数据依赖引起的。规范化理论正是在对数据依赖进行分析研究的基础上,通过一定方法来消除其中不合适的数据依赖,以改造关系模式,进而解决在关系模式中的插入异常、删除异常、更新异常和数据冗余的问题。

1. 数据依赖(data dependency)

前述 SELECTS 关系模式之所以存在数据冗余大以及操作异常,其原因是在这个关系内部属性之间存在着约束关系。对现实世界属性之间这种相互关系的抽象,能表现其内在的性质,这就是数据依赖。

规范化理论要研究关系模式中的数据依赖。所谓数据依赖,即指实体属性值之间相互联系和相互制约的关系,是数据内在的性质,是语义的体现。数据依赖性也是关系数据库设计理论的中心问题,研究中发现数据依赖有多种类型,而函数依赖和多值依赖是其中最重要的两种。

2. 函数依赖(functional dependency)

函数依赖是关系属性之间联系中广泛存在的一种数据依赖，其定义如下：

设关系模式 $R(U)$，X 和 Y 是属性集 U 的子集，对于 $R(U)$ 中任意一个可能关系 r 中的两个元组 t、s，若有 $t[X]=s[X]$，则有 $t[Y]=s[Y]$，就称 X 函数决定 Y，或 Y 函数依赖于 X。记为：$X \rightarrow Y$。

在上述定义中：$t[X]$ 表示元组 t 在属性集 X 上的值，其余依此类推。

函数依赖示例：设有关系模式 $R(A,B,C,D)$ 的一个关系 r 如表 9-2 所示。

表 9-2　R 的一个实例

A	B	C	D
a1	b1	c1	d1
a1	b1	c2	d2
a2	b2	c3	d3
a3	b1	c4	d4

在该表属性 A、B 之间，当 $t[A]=s[A]$ 时，有：$t[B]=s[B]$。

例如，该表中第一个元组 t，当 A 属性取 a1 时，B 属性取 b1；则第二个元组 s 在 A，B 属性列上取值相对应，因此，可以说在此关系上存在 $A \rightarrow B$。

从函数依赖的定义和以上示例中可知，如果对于关系模式 R 任意一个可能的关系 r，其两个属性组 X、Y 之间的联系满足以下条件：即在 r 中不存在两个元组在 X 上的属性值相等，而在 Y 属性值不等的情况，则就说明 X 与 Y 属性组之间存在函数依赖。

函数依赖普遍地存在于现实生活中。例如，描述一个学生基本信息关系 STUDENTS，可以有学号(SID)、学生姓名(SNAME)等属性。由于一个学号只对应一个学生，因此当“学号”值确定之后，学生姓名值也就被唯一地确定了。属性之间的这种依赖关系类似于数学中的函数，$y=f(x)$：当自变量 x 确定之后，相应的函数值 y 有唯一的值与其对应，满足这种对应关系，人们称 y 是 x 的函数。同理，当在关系模式 STUDENTS 中，学号与学生姓名之间也存在着类似的对应关系，则可称之为学号与学生姓名这两个属性之间存在函数依赖：即学号(SID)→学生姓名(SNAME)。

需要说明的是，函数依赖是语义范畴的概念。即函数依赖只能根据语义来确定。例如：在学生基本信息关系 STUDENTS 中存在：学号→学生姓名，该函数依赖只有在该表中不能有同名的学生条件下才成立。否则就不存在上述函数依赖了。然而，数据库设计者可以对现实世界作强制的规定，比如在学生基本信息关系中规定不允许同名的情况出现，这样，学号→学生姓名的函数依赖成立。数据库系统根据数据设计者的意图来维护其完整性。

还需要说明的是，所谓关系模式 R 中存在某个函数依赖，是指 R 所有可能的关系 r 都必须满足这个函数依赖，若有一个关系 r 不能满足这个函数依赖，即认为 R 上不存在该函数依赖。

3. 几种特定的函数依赖

1) 非平凡函数依赖

非平凡函数依赖的定义：设关系模式 $R(U)$，X、Y 是 U 的子集，若 $X \rightarrow Y$，且 Y 不是 X

的子集，$X\rightarrow Y$ 称为非平凡函数依赖。

2）平凡函数依赖

平凡函数依赖的定义：设关系模式 $R(U)$，X、Y 是 U 的子集，若 $X\rightarrow Y$，且 Y 是 X 的子集，$X\rightarrow Y$ 称为非平凡函数依赖。

对于任意一个关系模式，平凡函数依赖总是存在的，因此，它不反映新的语义。所以，在以后的讨论中，如不特别指明，总是指非平凡函数依赖。

3）完全函数依赖

完全函数依赖的定义：设在关系模式 $R(U)$ 中，如果 $X\rightarrow Y$，并且对于 X 的任何一个真子集 Z，都不存在 $Z\rightarrow Y$ 成立，则称 Y 完全函数依赖于 X。记作 $X\xrightarrow{F}Y$。

4）部分函数依赖

部分函数依赖的定义：设在关系模式 $R(U)$ 中，如果 $X\rightarrow Y$，并且对于 X 的任何一个真子集 Z，都存在 $Z\rightarrow Y$ 成立，则称 Y 部分函数依赖于 X。记作 $X\xrightarrow{P}Y$。

5）传递函数依赖

传递函数依赖的定义：设在关系模式 $R(U)$ 中，X、Y、Z 是 U 的子集，如果 $X\rightarrow Y$，$Y\rightarrow Z$ 成立，并且 $Z-X$、$Z-Y$、$Y-X$ 不为空，则称 Z 传递函数依赖于 X。记作 $X\xrightarrow{T}Z$。

特定的函数依赖示例：

在表 9-1 所描述的学生选课及教学信息表中有：

```
SELECTS(SID,CID,GRADE,TNAME,TADDR)
```

其中：

- SID 属性为学生学号；
- CID 属性为选修课程编号；
- GRADE 属性为成绩；
- TNAME 属性是任课教师姓名；
- TADDR 属性为教师住址，(SID，CID)是 SELECTS 的码。

该关系存在以下函数依赖：(SID，CID)→GRADE、(SID，CID)→TNAME、CID→TNAME、CID→TADDR、TNAME→TADDR 等。

对于函数依赖(SID，CID)→GRADE，去掉属性组(SID，CID)中的任意一个属性值时，都不能使得 SID→GRADE 或 CID→GRADE 成立，因为学生学号不能唯一地确定某一门课程的成绩，同样道理，课程编号也不能唯一地决定其成绩，因为不知道该成绩究竟是哪位学生应得的成绩。因此，按照上述完全函数依赖的定义可知，属性组(SID，CID)完全函数决定属性 GRADE。记为(SID，CID)$\xrightarrow{F}$GRADE。

对于函数依赖(SID，CID)→TNAME 进行分析，可以发现，其实在属性组(SID，CID)中，课程编号与教师存在着对应联系，即某一门课程的教学任务由指定的教师承担，因此有 CID→TNAME，则按照上述部分函数依赖的定义可知，属性 TNAME 部分函数依赖于属性组(SID，CID)。记为(SID，CID)$\xrightarrow{P}$TNAME。

依据类似的方法，对函数依赖 CID→TNAME 和 TNAME→TADDR 进行分析，不难看出，其符合传递函数依赖的定义，即在属性 CID 和属性 TADDR 间存在着传递函数依赖的联系。记为 CID $\xrightarrow{T}$ TADDR。

4. 码

码也称为键，其在关系模式中是一个重要概念。在前面章节中已给出码的直观的定义，即码是能唯一地区分不同元组的标识符。现在，按照函数依赖的概念，给出码的形式化定义如下：

设 K 为 $R<U,F>$ 中的属性或属性组合，若 $K \xrightarrow{F} U$，则 K 为 R 的候选码(candidate key)。其中被选定的一个候选码称为主码。

包含在任何一个候选码中的属性称为主属性(prime attribute)，余者称为非主属性(nonprime attribute)。非主属性也称为非码属性(non-key attribute)。

同理，关于外码的形式化定义如下：

关系模式 R 中属性或属性组 X 并非 R 的码，但 X 是另一个关系模式的码，则称 X 是 R 的外部码(foreign key)。

码的示例：

在前述学生选课与教学关系模式 SELECTS(<u>SID,CID,</u>GRADE,TNAME,TADDR)中，(SID,CID)是码，用下划线将其标示出来。

最简单的码是由关系模式中的单个属性构成的，最复杂的情况是由模式中所有的属性集合而成，这称为全码(all-key)。

9.2 关系模式的规范形式

关系模式的优与劣，用什么标准评价？这个标准就是模式的范式(Normal Forms,NF)。

范式指的是符合某一种级别的关系模式的集合，满足最低要求的叫第 1 范式，简称为 1NF。在第 1 范式基础上，进一步满足一些要求的称为第 2 范式，简称为 2NF。其余以此类推。范式的种类与数据依赖(FD)有着直接的联系，基于 FD 的范式有 1NF、2NF、3NF、BCNF 等。通常把某关系模式 R 为第 n 范式简记为 $R \in n$NF。

9.2.1 第 1 范式

定义：如果关系模式 R 的每个关系 r 的属性值都是不可分的原子值，那么称 R 是第 1 范式(first normal form,1NF)。记为 $R \in$ 1NF。

满足 1NF 的关系称为规范化的关系。关系数据库研究的关系都是规范化的关系。1NF 是关系模式应具备的最起码的条件。不满足第 1 范式的数据库模式不能称为关系数据库。

规范化关系示例：

表 9-1 即是一个规范化的关系。因其每个属性值都为不可分的原子值，因此该关系为 1NF。但是满足第 1 范式的关系模式并不一定是一个好的关系模式。如前所述，在关系模式 SELECTS 中已存在有数据冗余大的问题，譬如某一门课程有 100 个学生选修，那么在该

关系中就会存在100个元组，因而教师的姓名和住址也就会重复100次，由此将引出一系列异常问题。这些问题的出现，正如上节分析，该关系模式中存在着部分函数依赖：

$$(SID, CID) \xrightarrow{P} TNAME$$

该函数依赖关系可以用图9-1直观地表示出来。

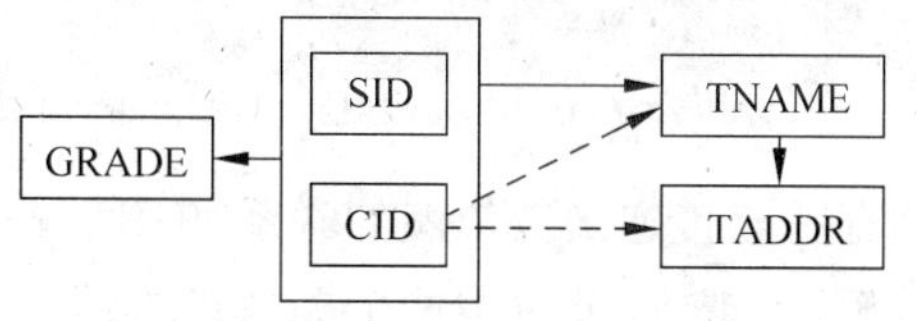

图9-1　部分函数依赖示意图

在上述函数依赖关系中，(SID，CID)是关系SELECTS的码，TNAME是非主属性。因此，图中非主属性TNAME部分函数依赖于码(SID，CID)。图中实线表示完全函数依赖，虚线表示部分函数依赖。这个并不好的关系模式是由非主属性对码的不完全函数依赖造成的。

9.2.2　第2范式

关系模式SELECTS出现上述问题的原因是TNAME对码的部分函数依赖。为了消除这些部分函数依赖，可以采用投影分解法，把SELECTS分解为两个关系模式 S_1 和 S_2：

S_1(SID，CID，GRADE)

S_2(CID，TNAME，TADDR)

此后局部依赖(SID，CID)→(TNAME，TADDR)消失，关系模式SELECTS中非主属性对码完全函数依赖。

在分解后的关系模式 S_1 和 S_2 中，由于学生选修课程的情况与教师教学的基本情况分别存储在两个关系中的，因此不论多少学生选修一门课程，其对应的CID和TNAME的值都只存储1次，大大降低了数据冗余。而如果一名学生所有的选课记录全部删除了，只是 S_1 关系中没有关于该学生的选课记录，不会把 S_2 关系中关于该课程教学的信息也一起删除掉。因此，可以说，分解后得到的关系模式 S_1 和 S_2，在某些方面要优于SELECTS。

定义：如果关系模式 $R \in 1NF$，并且每个非主属性完全函数依赖于码，那么称 R 是第2范式(2NF)。记为 $R \in 2NF$。

实际上，从上述关于2NF的定义可看到，对于一个满足1NF基础的规范化关系，去除部分函数依赖后，该关系模式即符合2NF。

如果数据库模式中每个关系模式都是2NF，则称数据库模式为2NF的数据库模式。

很显然，如果关系模式 $R \in 1NF$，并且 R 的码是单个属性，那么 $R \in 2NF$，因为它不可能存在非主属性对码的部分函数依赖。

前面示例中对SELECTS分解后得到的关系模式 S_1 和 S_2 都是2NF模式。可见，采用投影分解法可以将一个1NF的关系分解为多个2NF的关系。采用该方法，可在一定程度上减轻原1NF关系中存在的插入异常、删除异常、数据冗余度大和修改复杂等问题。但属于2NF的关系模式仍有可能存在插入异常、删除异常、数据冗余度大和修改复杂的问题：

例如一个教师开设五门课程，那么关系中就会出现五个元组，教师的住址也会重复五次。由此仍会出现插入异常：如一名年轻教师尚未承担教学任务，则不能将其记录加入 S_2 中。同样也会出现删除异常，若取消一门课程设置，则会在该关系中同时将承担该课程教学任务的教师信息也一起删除了。

所以 S_2 在某些方面仍不是一个好的关系模式。

9.2.3 第3范式

关系模式 S_2 出现以上问题的原因正如前面所述，是因为在属性 CID 和属性 TADDR 间存在着传递函数依赖的联系：$\text{CID} \xrightarrow{T} \text{TADDR}$。为消除该传递函数依赖，仍可采用投影分解法，把 S_2 分解为两个关系模式：

$$S_{21}(\text{TNAME},\text{TADDR})$$
$$S_{22}(\text{CID},\text{TNAME})$$

则传递函数依赖 $\text{CID} \xrightarrow{T} \text{TADDR}$ 就不会再出现在 S_{21} 和 S_{22} 中。

定义：如果关系模式 $R \in 1\text{NF}$，且每个非主属性都不传递依赖于 R 的码，则称 R 是第3范式。记为 $R \in 3\text{NF}$。

在前述示例中，把 S_2 分解为两个关系模式 S_{21} 和 S_{22} 后，在关系模式中既没有非主属性对码的部分函数依赖也没有非主属性对码的传递函数依赖，因此 S_{21} 和 S_{22} 关系都属于 3NF。可见，采用投影分解法可将一个 2NF 的关系分解为多个 3NF 的关系，以在一定程度上改进原 2NF 关系中存在的插入异常、删除异常、数据冗余度大和修改复杂等问题。

由 3NF 的定义可以证明，若 $R \in 3\text{NF}$，则在 R 中的每一个非主属性既不部分依赖于码，也不传递依赖于码。因此很显然，若 R 是 3NF 关系模式，那么 R 也是 2NF 的关系模式。

关于 3NF 还可证明：设关系模式 R，当 R 上每一个函数依赖 $X \to Y$ 满足下列三个条件之一时：

- $Y \in X$(即 $X \to Y$ 是一个平凡的 FD)；
- X 是 R 的超键；
- $Y\text{-}X$ 是主属性。

则关系模式 R 就是 3NF 模式。

对于 3NF 需要说明的是：如果数据库模式中每个关系模式都是 3NF，则称其为 3NF 的数据库模式。

对于符合 3NF 的关系模式而言，并不能完全消除关系模式中的各种异常情况和数据冗余，这也就是说，3NF 的关系模式仍不一定是好的关系模式。

例如，在关系模式 $\text{STC}(S,T,C)$ 中，S 表示学生，T 表示教师，C 表示课程。假设每一名教师只教一门课程；若干名教师可以教同一门课程；某一学生选定某门课程，就确定了一个固定的教师。

在这个关系模式中，存在有函数依赖集合：$(S,C) \to T$，$(S,T) \to C$，$T \to C$。

该关系模式的候选码有 (S,T)、(S,C)。

其主属性集合为 S、T、C。

因此，其非主属性为空。

因为 (S,C)，(S,T) 是候选码，S、C、T 都是主属性，虽然 C 对候选码 (S, T) 存在部分函数依赖，但这是主属性对候选码的部分函数依赖，所以 $\text{STC} \in 3\text{NF}$。

然而，这个符合 3NF 的 STC 关系模式也存在如下问题：

(1) 插入异常。如新生刚入校，尚未选修课程，因受到主属性不能为空的限制，有关信息无法存入至该表中。同样原因，若某位教师开设了一门新课，但尚未有学生选修，有关信息也会无法存入该表中。

(2) 删除异常。如果选修了某门课程的学生毕业了，在删除这些学生元组的同时，相应教师开设该课程的信息也同时删除掉了。

(3) 冗余度大。每位选修某教师讲授的一门课程的所有学生元组都要记录这一信息。

(4) 当由于某种原因，一位教师开设的一门课程改名，则所有选修该教师该门课程的学生元组都要进行相应修改。

由此可见，虽然 STC 符合 3NF，但它仍不是一个理想的关系模式。

9.2.4 Boyce-Codd 范式

BCNF(Boyce-Codd Normal Form，Boyce-Codd 范式)由 Boyce 和 Codd 提出，比 3NF 更进了一步。通常认为 BCNF 是修正的第 3 范式。也称为扩充的第 3 范式。其定义如下：

设关系模式 $R \in$ 1NF，如果对于 R 的每个函数依赖 $X \rightarrow Y$，X 必为候选码，则 $R \in$ BCNF。

换言之，在关系模式 $R<U,F>$ 中，如果每一个决定因素都包含候选码，则 $R \in$ BCNF。

在上述示例中，关系模式 STC 出现数据冗余及异常等诸问题的原因在于：其主属性 C 部分依赖于码(S,T)。即 STC 不是 BCNF，因为其中一个决定因素 T 不包含码。

解决该问题仍可采用投影分解法，将 STC 分解为两个关系模式：

- ST(S,T)，ST 的码为 S；
- TC(T,C)，TC 的码为 T。

分解后的关系模式 ST 和 TC 中再没有任何属性对码的部分函数依赖和传递函数依赖。显然关系模式 ST 和 TC 都属于 BCNF。采用投影分解法将一个 3NF 的关系可以分解为多个 BCNF 的关系，也就可以进一步改进原 3NF 关系中存在的诸多异常、数据冗余度大和修改复杂等问题。

满足 BCNF 的关系模式具有如下 3 个性质：

(1) 所有非主属性都完全函数依赖于每个候选码。

(2) 所有主属性都完全函数依赖于每个不包含它的候选码。

(3) 没有任何属性完全函数依赖于非码的任何一组属性。

如果关系模式 $R \in$ BCNF，由定义知，R 中不存在任何属性传递依赖或部分依赖于任何候选码，因此必有 $R \in$ 3NF。但如果 $R \in$ 3NF，R 未必属于 BCNF。如前例所示。

如果一个关系数据库中的所有关系模式都属于 BCNF。那么在函数依赖范畴内，就已实现了模式的彻底分解，达到了最高的规范化程度，消除了插入异常和删除的异常。

9.2.5 多值依赖与第 4 范式

前面完全是在函数依赖的范畴内讨论关系模式的范式问题。这种情形下，仅仅考虑了函数依赖这一种数据依赖。关系数据库中的关系模式在此范畴内能达到 BCNF 范式，可以认为是较为完美了。但如果考虑其他函数依赖，就会发现，属于 BCNF 的关系模式仍会存在一些问题。

1. 多值依赖

首先来了解多值依赖,关于多值依赖的定义:设关系模式 $R(U)$,X,Y,Z 是 U 的子集,且 $Z=U-X-Y$。当且仅当 R 的任一关系 r,r 在(X,Z)上的每一个值对应一组 Y 的值,这组值仅仅决定于 X 而与 Z 值无关,则称 Y 多值依赖于 X,记为 $X \to\to Y$。

若 $X \to\to Y$,而 $Z=\Phi$(为空),则 $X \to\to Y$ 称为平凡的多值依赖;否则称 $X \to\to Y$ 为非平凡的多值依赖。

多值依赖具有下列性质:

(1) 多值依赖具有对称性。即若 $X \to\to Y$,则 $X \to\to Z$,其中 $Z=U-X-Y$。

(2) 多值依赖具有传递性。即若 $X \to\to Y$,$Y \to\to Z$,则 $X \to\to Z-Y$。

(3) 函数依赖可以看作是多值依赖的特殊情况。即若 $X \to Y$,则 $X \to\to Y$。这是因为当 $X \to\to Y$ 时,对于 X 的每一个值 x,Y 有一个确定的值 y 与之对应,所以 $X \to\to Y$。

多值依赖与函数依赖相比,具有下面两个基本区别:

(1) 多值依赖的有效性与属性集的范围有关。

若 $X \to\to Y$ 在 U 上成立,则在 $W(X、Y \subseteq W \subseteq U)$ 上一定成立;反之则不然,即 $X \to\to Y$ 在 $W(W \subseteq U)$ 上成立,在 U 上并不一定成立。这是因为多值依赖的定义中不仅涉及属性组 X 和 Y,而且涉及 U 中其余属性 Z。

但关系模式 $R(U)$ 中函数依赖 $X \to Y$ 的有效性仅决定于 X、Y 这两个属性集的值。只要在 $R(U)$ 的任何一个关系 r 中,元组在 X 和 Y 上的值满足函数依赖的定义,则函数依赖 $X \to Y$ 在任何属性集 $W(X、Y \subseteq W \subseteq U)$ 上成立。

(2) 若函数依赖 $X \to Y$ 在 $R(U)$ 上成立,则对于任何 $Y' \subset Y$ 均有 $X \to Y'$ 成立。而多值依赖 $X \to\to Y$ 在 $R(u)$ 上成立,则不能断言对于任何 $Y' \subset Y$ 有 $X \to\to Y'$ 成立。

2. 第 4 范式(4NF)

定义:关系模式 $R \in$ 1NF,如果对于 R 的每个非平凡多值依赖 $X \to\to Y$ (Y 不是 X 的子集,X、Y 未包含 R 的全部属性),X 都含有候选码,则称 R 是第 4 范式,记为 $R \in$ 4NF。

根据定义,对于每一个非平凡的多值依赖 $X \to\to Y$,X 都含有候选码,于是就有 $X \to Y$,所以 4NF 所允许的非平凡的多值依赖实际上是函数依赖。4NF 所不允许的是非平凡且非函数依赖的多值依赖。

因此若一个关系模式是 4NF,则其必为 BCNF。

多值依赖示例:学校中某一门课程由多个教师讲授,他们使用相同的一套参考书。可以用一个关系模式 Teach(C,T,B)来表示。课程 C 和参考书 B 之间的关系可以用一个非规范化的关系来表示,如图 9-2 所示。

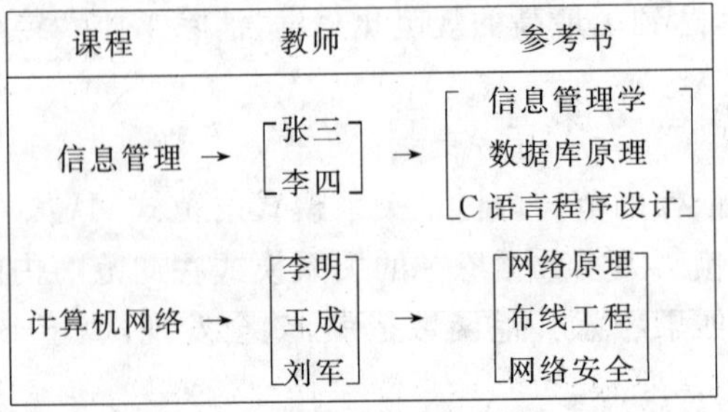

图 9-2 非规范化关系 Teach

将图 9-2 规范化后的关系表 Teach 如表 9-3 所示。

表 9-3　规范的关系 Teach

C	T	B
信息管理	张三	信息管理学
信息管理	张三	数据库原理
信息管理	张三	C 语言程序设计
信息管理	李四	信息管理学
信息管理	李四	数据库原理
信息管理	李四	C 语言程序设计
计算机网络	李明	网络原理
计算机网络	李明	布线工程
计算机网络	李明	网络安全
计算机网络	王成	网络原理
计算机网络	王成	布线工程
计算机网络	王成	网络安全
计算机网络	刘军	网络原理
计算机网络	刘军	布线工程
计算机网络	刘军	网络安全

Teach 具有唯一候选码(C,T,B),即全码,因而 Teach∈BCNF。

在 Teach 模式中仍存在一些问题:数据冗余度大,增加、删除、修改操作复杂。其原因是:在 Teach 中,对应于一个 C 值(信息管理,数据库原理),有一组 T 值{张三,李四},这组值仅由课程 C 的值(信息管理)决定,而与参考书 B 的取值无关。即 $C\rightarrow\rightarrow T$。

由于关系模式 Teach 中存在非平凡的多值依赖 $C\rightarrow\rightarrow T$,且 C 不是候选码,因此 Teach 不属于 4NF。这正是 Teach 存在数据冗余度大,插入和删除操作复杂等弊病的根源。仍可以运用投影分解法把 Teach 分解为如下两个 4NF 关系模式:

CB(C,B)

CT(C,T)

在 CT 中虽然仍有 $C\rightarrow\rightarrow T$,但这是平凡多值依赖,即 CT 中已不存在既非平凡也非函数依赖的多值依赖。所以 CT 属于 4NF。同理,CB 也属于 4NF。在新的关系中:

■ 参考书只需要在 CB 关系中存储一次。

■ 某一课程需要增添教师时,只需在 CT 关系中增加相应的元组。

■ 某门课程要删除一本参考书,只需要在 CB 关系中删除相应一个元组。

可见,4NF 的关系模式在数据冗余及操作复杂性方面有了大的改进。

9.3　关系模式的规范化

如前所述,一个关系只要其分量都是不可分的数据项,该关系就是规范化的关系,这是最基本的规范化。规范化程度级别不同,即有不同的范式。

对于规范化程度低的关系模式而言,可能会存在插入异常、删除异常、修改复杂和数据冗余等一系列问题,因此,需要将一个低一级范式的关系模式,通过模式分解转换为若干个高一级范式的关系模式，这种过程称为关系模式的规范化。

数据依赖对关系模式的规范形式影响很大，因此，规范化的基本思想是逐步消除数据依赖中不合适的部分，使模式中的各关系模式达到某种程度的“分离”，即让一个关系描述一个概念、一个实体或者实体间的一种联系。若有多余的就将其“分离”出去。可见，所谓规范化实质上是概念的单一化。

在数据依赖中两种最重要的数据依赖是函数依赖和多值依赖。其对关系模式的规范形式的影响在上一节已作了介绍。除此之外，还有其他数据依赖，如连接依赖。多值依赖就是连接依赖的一种特例。去除掉连接依赖的影响，关系模式就属于5NF。关于连接依赖和5NF，这里就不过多地讨论了，有兴趣的读者可以参阅有关书籍。

对前面规范化过程进行总结，可得到关系模式规范化的基本步骤为：

① 对1NF关系进行投影，消除原关系中非主属性对码的部分函数依赖，将1NF关系转换为若干个2NF关系。

② 对2NF关系进行投影，消除原关系中非主属性对码的传递函数依赖，从而产生一组3NF关系。

③ 对3NF关系进行投影，消除原关系中主属性对码的部分函数依赖和传递函数依赖(也就是说，使决定属性都成为投影的候选码)，得到一组BCNF关系。

④ 对BCNF关系进行投影，消除原关系中非平凡且非函数依赖的多值依赖，从而产生一组4NF关系。

⑤ 对4NF关系进行投影，消除原关系中不是由候选码所蕴含的连接依赖，即可得到一组5NF关系。

上述规范化步骤，会改进规范化程度低的关系可能存在的插入异常、删除异常、修改复杂和数据冗余等问题，并将其转换成高级范式。但并不意味着规范化程度越高的关系模式就越好。特别是在对实际应用进行设计时，必须对现实世界的实际情况和用户应用需求作进一步分析，以确定一个合适的、能够反映现实世界的模式。换句话说，以上的规范化步骤可以在其中任何一步终止。

9.3.1 函数依赖的公理系统

函数依赖的公理系统是模式分解算法的理论基础。在关系模式的规范化过程中，只知道一个给定的函数依赖集合是不够的，常常需要知道由给定的函数依赖集合所蕴含的所有函数依赖集合。如果能从一个函数依赖集合出发，用一个公理系统推出的每个依赖都被函数依赖集合所蕴含，则称这个公理系统是有效的；若该依赖集合所蕴含的全部依赖都可以从该集合出发用这个公理系统推出，则称这个系统是完备的。Armstrong公理系统就是这样的一个系统。

1. 逻辑蕴含

有时，需要从一些已知的函数依赖去判断另一些函数依赖是否成立，这被称为逻辑蕴含，其定义如下：

设关系模式$R<U,F>$，$X,Y\subseteq U$，F是关于R的函数依赖集合，$X\rightarrow Y$为R中的一个函数依赖，若对R的每一个关系r，满足F中的每一个依赖，则r也必须满足$X\rightarrow Y$，即说F逻辑蕴含$X\rightarrow Y$，或称$X\rightarrow Y$从F推导出来，也称$X\rightarrow Y$逻辑蕴含于F。

函数依赖的闭包的定义：

所有被 F 逻辑蕴含的那些函数依赖组成的集合称为 F 的闭包。记为 $F+$。

2. Armstrong 公理系统

为了求得给定关系模式的码，为了从一组函数依赖求得蕴含的函数依赖，如已知函数依赖集 F，要问 $X \to Y$ 是否为 F 所蕴含，就需要一套推理规则，这套推理规则于 1974 年首先由 Armstrong 提出。

Armstrong 公理系统设 U 为属性集总体，F 是 U 上的一组函数依赖，于是有关系模式 $R<U,F>$。对 $R<U,F>$ 来说有以下的推理规则：

(1) 自反律(reflexivity)：若 $Y \subseteq X \subseteq U$，则 F 蕴含 $X \to Y$。

(2) 增广律(augmentation)：若 F 蕴含 $X \to Y$，且 $Z \subseteq U$，则 F 蕴含 $XZ \to YZ$。

(3) 传递律(transitivity)：若 F 蕴含 $X \to Y$ 及 $Y \to Z$，则 F 蕴含 $X \to Z$。

根据上述 Armstrong 公理系统 3 条推理规则可以得到以下 3 条推论：

(1) 合并规则：由 $X \to Y$，$X \to Z$，则 $X \to YZ$。

(2) 分解规则：由 $X \to Y$，且 $Z \subseteq Y$，则 $X \to Z$。

(3) 伪传递规则：由 $X \to Y$，$YZ \to W$，有 $XW \to Z$。

把上述自反律、传递律和增广律称为 Armstrong 公理系统。Armstrong 公理系统是有效的和完备的。Armstrong 公理的有效性指的是：由 F 出发根据 Armstrong 公理推导出来的每一个函数依赖一定在 $F+$ 中；完备性指的是 $F+$ 中的每一个函数依赖，必定可以由 F 出发根据 Armstrong 公理推导出来。

Armstrong 公理系统的推理规则可以由定义出发予以证明。

示例 证明 Armstrong 公理系统自反律的正确性。

设关系模式 $R<U,F>$ 中有 $Y \subseteq X \subseteq U$。

对 R 中任一关系 r 中任意两个元组 t，s：如果 $t[X]=s[X]$，由于 $Y \subseteq X$，因此有

$$t[Y] = s[Y]$$

根据函数依赖定义，有 $X \to Y$ 成立。自反律得证。同理，可证 Armstrong 公理系统增广律的正确性。

设关系模式 $R<U,F>$ 中有 $X \to Y$ 为 F 所蕴含，且 $Z \subseteq U$。

对 R 中任一关系 r 中任意两个元组 t，s：

存在 $t[X]=s[X]$，如果 $t[XZ]=s[XZ]$，则必有 $t[Z]=s[Z]$；

且由 $X \to Y$，因此有 $t[Y]=s[Y]$，故有 $t[YZ]=s[YZ]$，即 $XZ \to YZ$ 为 F 所蕴含。增广律得证。

依此，读者可证明传递律的正确性。

由于 Armstrong 公理系统的完备性，它能从 F 推导出 $F+$ 所有函数依赖。

示例 给定一个关系模式 R(CITY,ST,ZIP)，函数依赖集合 F={(CITY,ST) →ZIP, ZIP→CITY }。其中 CITY 表示城市，ST 表示城市的街道，ZIP 表示街道的邮政编码。证明(ST,ZIP)和(CITY,ST)是候选码。

证明 由给定条件可知：ZIP→CITY。

则由增广律可得：(ST,ZIP)→(CITY,ST)。

同理，由给定条件可知：(CITY,ST)→ZIP，取 Z=(CITY,ST)，则由增广律可得：

(CITY,ST)→(CITY,ST,ZIP)。

比较两个由增广律推导的结果，应用传递律可得：(ST,ZIP)→(CITY,ST,ZIP)。

并且，ST→(CITY,ST,ZIP)、ZIP→(CITY,ST,ZIP)均不成立，因此，(ST,ZIP)是候选码。

同理，可证(CITY,ST)也是候选码。证毕。

3. 最小函数依赖集

在应用中，常常需要将一个已知的函数依赖集变换为其他的或更为简洁的表示形式。例如把一个关系模式分解为几个关系模式时，就需要将相应的函数依赖集投影到分解后的关系模式上，这就涉及函数依赖集的等价问题。

1）两个函数依赖集等价

两个函数依赖集等价的定义为：

如果 $G^+=F^+$，则称 G 与 F 等价，亦称 F 是 G 的覆盖，或称 G 是 F 的覆盖。

2）函数依赖集为 F 的最小函数依赖集 F'

下面是最小函数依赖集的定义。

若函数依赖集满足：

(1) F 中任一函数依赖的右部仅有一个属性；

(2) F 中不存在 $X\rightarrow A$，使得 $F-\{X\rightarrow A\}$ 与 F 等价；

(3) F 中不存在 $X\rightarrow A$，X 有真子集 Z，使得 $F-\{X\rightarrow A\}\cup\{Z\rightarrow A\}$ 与 F 等价。

则称函数依赖集 F 是最小函数依赖集，记为 F'。

在最小函数依赖集的定义中的 3 个条件其实是：

条件(1)指明 F 中每一个函数依赖的右部都不含多余的属性。

条件(2)则指明 F 中不存在多余的函数依赖。

条件(3)则保证 F 中每个函数依赖的左边都没有多余的属性。

9.3.2 模式分解的算法

当关系模式不能满足要求时，就要对其进行分解，这是关系模式规范化的主要方法。对于一个关系模式的分解是多种多样的，但最基本的要求就是分解后的模式应与原模式等价。所谓等价是指：分解后的多个模式与原来的模式是否完全一样？所表示的信息是否与原来的信息一致？所表达的函数依赖集是否与原来的函数依赖集等价？这些问题就涉及模式分解的概念和原则。

1. 关系模式的分解

1）关系模式分解的定义

设关系模式 $R<U,F>$，$\rho=\{R_1<U_1,F_1>,\cdots,R_k<U_k,F_k>\}$ 是 R 的一个分解，使得：$R=R_1\cup R_2\cup\cdots\cup R_n$、$U=U_1\cup U_2\cup\cdots\cup U_n$、$F_i=\{X\rightarrow Y\mid X\rightarrow Y\in F^+,X,Y\in U_i\}$，$F_i$ 是 F 在 R 的属性集合 U_i 上的投影。

关系模式分解的目的是为了解决关系模式中可能存在的插入、删除和修改时的异常。

2）关系模式分解的原则

模式分解的原则是要使分解后的模式与原模式等价，符合下列三种情况之一，才能保证模式分解后产生的模式与原模式等价：

- 分解具有无损连接性(lossless join)。
- 分解保持函数依赖性(preserve dependency)。
- 分解既要保持函数依赖性,又具有无损连接性。

2. 具有无损连接性的关系模式分解

如果分解后得到的关系 R_i 通过自然连接可以恢复原关系 R,即起到分解后的关系不丢失原关系信息的作用。这被称为具有无损连接性的分解。

分解 ρ 具有无损连接性的定义:设关系模式 $R<U,F>$,$\rho=\{R_1<U_1,F_1>,\cdots,R_k<U_k,F_k>\}$ 是 R 的一个分解,如果对 R 的任一满足 F 的关系 r,下式均成立:

$$r=\prod_{R_1}(r)\bowtie\prod_{R_2}(r)\cdots\bowtie\prod_{R_n}(r)$$

则称分解 ρ 具有无损连接性,或称分解 ρ 为无损连接分解。

一般把关系 r 在分解 ρ 上的投影连接记为 $m_\rho(r)$,即:

$$m_\rho(r)=\prod_{R_1}(r)\bowtie\prod_{R_2}(r)\cdots\bowtie\prod_{R_n}(r)$$

则满足无损连接的条件为:$r=m_\rho(r)$。

无损连接性表明,关系模式分解后所表示的信息应与原模式等价,即分解后的多个关系连接得到的新关系不能丢失信息。

3. 保持函数依赖性的关系模式分解

如果分解后得到的新关系 R_i 能够保持未分解前的关系 R 中存在的函数依赖,则称分解具有保持函数依赖性。

保持函数依赖性分解的定义如下:

设关系模式 $R<U,F>$,$\rho=\{R_1<U_1,F_1>,\cdots,R_k<U_k,F_k>\}$ 是 R 的一个分解,F_i 是 F 在 U_i 上的投影,如果 F 等价于 $F_1\cup F_2\cup\cdots\cup F_K$,则称分解 ρ 具有函数依赖保持性,或称 ρ 具有保持函数依赖的分解。

式中,$F_i=\prod_{R_i}(F)$,它是由这样性质的函数依赖集构成:$X\rightarrow Y\in F^+$,且 $X,Y\in U_i$。

4. 模式分解算法

关系模式分解的两个重要目标是:无损连接性和函数依赖保持性。任何一个不是 3NF 的关系模式通过分解总可以达到 3NF,如果要分解保持函数依赖,又具有无损连接性,就一定可以达到 3NF,但不一定能达到 BCNF。

若要分解具有无损连接性,则一定可达到 4NF。

1) 关系模式分解达到 2NF 的算法

设关系模式 $R(U)$,码是 K,R 上有函数依赖 $X\rightarrow Z$,并且 Z 是非主属性和 $X\subset K$,那么 $W\rightarrow Z$ 就是一个局部依赖。此时把 R 分解成两个关系模式:

$R_1(XZ)$,码是 X;

$R_2(Y)$,其中 $Y=U-Z$,码仍是 K,外码是 X(REFERENCES R_1)。

利用外码和码的连接可以从 R_1 和 R_2 重新得到 R。

如果 R_1 和 R_2 还不是 2NF,则重复上述过程,一直到数据库模式中每一个关系模式都是 2NF 为止。

2）关系模式分解达到 3NF 的算法

设关系模式 $R(U)$，码是 K，R 上有函数依赖 $X \to Z$，并且 Z 是非主属性，$Z \subseteq X$，X 不是候选码，这样 $W \to Z$ 就是一个传递依赖。此时应把 R 分解成两个模式：

$R_1(XZ)$，码是 X；

$R_2(Y)$，其中 $Y=U-Z$，码仍是 K，外码是 X(REFERENCES R_1)。

利用外键和主键相匹配机制，R_1 和 R_2 通过连接可以重新得到 R。

如果 R_1 和 R_2 还不是 3NF，则重复上述过程，一直到数据库模式中每一个关系模式都是 3NF 为止。

3）分解成 BCNF 模式集的算法

对于关系模式 R 的分解 ρ（初始时 $\rho=\{R\}$），如果 ρ 中有一个关系模式 R_i 相对于 $\prod_{R_i}(F)$ 不是 BCNF。据定义可知，R_i 中存在一个非平凡函数依赖 $X \to Y$，且 X 不包含超键。此时应把 R_i 分解成 XY 和 R_i-Y 两个模式。重复上述过程，一直到 ρ 中每一个模式都是 BCNF。关系模式分解，用于对关系数据库进行设计，此时数据库设计者应作权衡，尽可能使数据库模式保持最好的特性。一般尽可能设计成 BCNF 模式集。

如果设计成 BCNF 模式集时达不到保持函数依赖性的特点，那么只能降低要求，设计成 3NF 模式集，以求达到保持函数依赖性和无损连接分解的特点。

模式分解并不单指把泛关系模式分解成数据库模式，也可以把数据库模式转换成另一个数据库模式，分解和转换的关键是要“等价”地分解。一个好的模式设计方法应符合三条原则：表达性、分离性和最小冗余性。

9.4 数据库系统设计

数据库系统指使用数据库的各类系统，实际上是数据库的应用系统。数据库设计是建立数据库及其应用系统的技术。是信息系统开发和建设的核心。数据库设计有广义和狭义之分：

- 广义数据库设计是指数据库及其应用系统的设计。
- 狭义数据库设计是专指数据库的设计。

一般而言，数据库设计是对于给定的应用环境，设计并优化数据库逻辑模式和物理结构，并据此建立数据库及其应用系统，使其能有效地存储数据，满足用户的应用需求。

数据库设计的目标是为用户和应用系统提供一个信息基础设施和高效率的运行环境。以满足用户对信息管理的要求以及对数据操作的要求。

数据库设计有其自身的特点：

1. 重技术、注重管理、强调基础数据

数据库设计和一般软件系统设计相比，其固有的开发技术要重视，但更需要注重的是管理，这里所说的管理，不仅包括数据库设计与建设作为一个工程项目自身的项目管理，而且包括对应用所在的企事业单位与组织的业务管理。企业的业务管理复杂，然而对于数据库结构设计有着重要的和直接的影响。因为数据库模式其本质就是对企业、组织中业务数据及其联系的描述与抽象。另外，企事业单位或组织常常借助于数据库及其应用系统的建设，使其管理上一个新台阶，达到一个新的水平，这就必然涉及企业中业务流程的改革与创新，这些，对数据库的设计关系密切。

而设计和建设一个数据库及其应用系统，基础数据的收集、整理、组织与更新则是其中重要的环节。这项基础工作工作量大、内容烦琐而细致。如果不能做好此项工作，设计出来的数据库也就发挥不了应有的作用。

2. 结构设计和行为设计相结合

在数据库设计的整个设计过程中，要把数据库结构设计和对数据的处理设计结合起来，这也是数据库设计的重要特点。

数据库设计，特别是大型数据库设计与建设，涉及多学科综合性技术，是一项庞大的工程，因此，需要有科学理论支撑和工程方法的支持。在数据库技术的发展过程中，出现了许多数据库设计方法。

(1) 新奥尔良(New Orleans)方法：将数据库设计分为需求分析、概念分析、逻辑分析和物理分析 4 个阶段，其本质上是手工设计的方法。

(2) 基于 E-R 模型的数据库设计方法：用于设计数据库的概念模型，这也是数据库概念设计阶段广泛采用的方法。

(3) 基于 3NF 的设计方法：该方法直接应用关系数据理论指导数据库逻辑设计，是关系数据库设计中逻辑设计阶段广泛采用的方法。

(4) ODL 方法：即面向对象的数据设计方法，其采用面向对象的概念说明数据库结构，可用于描述面向对象数据库结构设计，也可直接转换为面向对象的数据库。

随着数据库设计技术的发展和完善，按照规范化设计的方法，逐步形成更贴近实际的 6 个阶段的数据库设计步骤，即数据库及其应用系统设计开发的全过程分为 6 个阶段：

(1) 需求分析阶段：这是整个数据库设计过程的基础，其作用是准确了解与分析用户需求，主要指其对信息管理中的数据需求及其对数据的处理需求。

(2) 概念模型设计阶段：这个阶段是整个数据库设计的关键，其作用是对用户需求进行综合、归纳与抽象，以形成独立于具体 DBMS 的概念模型。

(3) 逻辑设计阶段：本阶段的任务是将概念结构转换成某种 DBMS 所支持的数据模型，并进行优化。

(4) 物理设计阶段：数据库物理设计是为逻辑数据模型选取一个最适合应用环境的物理结构，即其存储结构和存取方法。

(5) 数据库实施阶段：运用 SQL 语言及其宿主语言，按照逻辑设计和物理设计的结果建立数据库，编制并调试应用程序，组织数据入库，并进行试运行。

(6) 数据库运行与维护：数据库系统经试运行的测试并验收通过后即可投入运行。在数据库的运行过程中还需要对其不断地进行评价、调整与修改。

设计一个完善的数据库应用系统并不能一蹴而就，一劳永逸，而是上述 6 个阶段工作的不断反复。数据库系统的设计过程如图 9-3 所示。

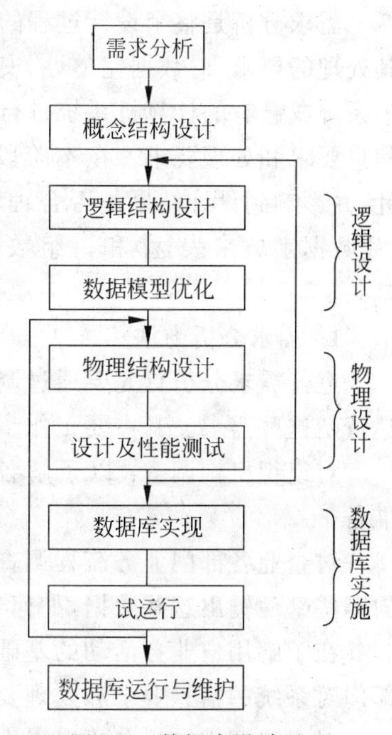

图 9-3 数据库设计过程

在数据库设计各阶段，其主要工作内容或工作成果如表 9-4 所示。

表 9-4　数据库设计各阶段特征

设计阶段	数据库设计	设计阶段	数据库设计
需求分析	数据字典、数据流图	物理设计	存储方法、数据库内模式
概念结构设计	数据字典、概念模型	实施阶段	导入数据、数据库运行
逻辑结构设计	数据模型、数据库模式	运行维护	数据转储、恢复

数据库设计各阶段可形成数据库的各级模式，如图 9-4 所示。

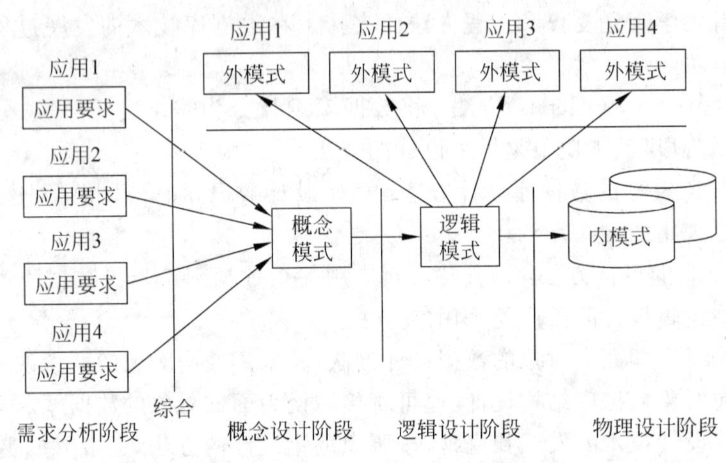

图 9-4　数据库设计各阶段形成的各级模式

9.4.1　需求分析

需求分析是整个设计过程的基础，需求分析就是要分析用户的要求。这包括对数据及其处理的要求，对数据完整性、安全性的要求。因此，这一阶段主要任务是通过对现行的手工系统或已有的计算机系统进行调查和分析，以确定企业对即将建立的数据库应用系统的信息要求和处理要求。在本阶段调查分析结果的准确与否将直接影响后面各个阶段的设计，并影响到设计结果是否合理和实用。在这一阶段的工作成果，即其所收集的基础数据（用数据字典来表达）和一组数据流图（data flow diagram）则是下一步进行概念设计的基础。

1. 需求分析方法

进行需求分析首先要通过调查了解清楚用户的实际需求，与用户达成共识，并分析与表达清楚这些需求。其主要工作步骤是：

对组织机构调查：以了解各部门组成、职责，企业的限制和目标，为分析信息流程做准备。

对企业各部门业务流程调查：以了解各部门使用和处理什么数据，从哪些部门输入并向哪些部门输出这些数据，如何处理数据，数据的格式等重点内容。

在了解用户业务活动的基础上，协助用户明确对准备建设的新系统的各种要求，包括各部门对系统的信息要求和处理要求、完整性要求和安全性要求等。这也是调查的重点内容。

对上述调查结果分析以确定哪些功能由计算机系统完成，哪些活动由人工完成。由计算机来完成的功能即是新系统应实现的功能。这也就是新系统的边界。

在整个调查过程中，根据不同的问题和条件，有不同的调查方法：

(1) 跟班作业。通过亲身参加业务工作以了解业务活动情况。

(2) 开座谈会。通过与用户座谈以了解业务活动情况及用户需求。

(3) 询问。通过询问业务相关负责人、操作人员、用户以了解所要调查的问题。

(4) 设计用户调查表或请用户填写。通过这种方法了解业务活动或用户需求。

(5) 查阅记录。通过对原系统中有关数据记录的查阅来了解业务活动及数据处理要求。

进行需求分析调查时，往往要同时采用上述多种方法。无论哪种方法，都必须要得到用户的积极参与和配合。通过调查了解了用户的需求后，还需要进一步分析与表达用户的需求。

2. 数据流图

在众多的分析方法中，结构化分析方法是一种简单而实用的方法。该方法从最上层的系统组织机构入手，采用自顶向下、逐层分解的方法分析系统，即由最高层次的抽象系统开始，将处理功能分解为若干子功能，每个子功能可以继续分解，直到把系统的工作过程表示清楚为止。在处理功能逐步分解时，所用的数据也逐级分解，形成若干层次的数据流图。

数据流图(Data Flow Diagram，DFD)是系统处理模型的主要组成部分，它摆脱了具体的物理细节，在逻辑上精确地描述了系统中数据和处理的关系，详尽表示了系统的功能、输入、输出和数据存储等。

通常，规定数据流图的符号如图 9-5 所示。

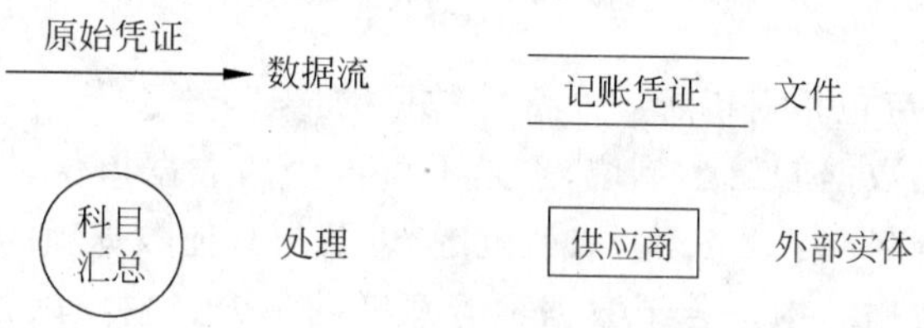

图 9-5　数据流图的符号

数据流图符号说明：

- 数据流。即流动中的数据，代表信息流过的通道。
- 处理。它是对进入的数据流进行特定加工的过程，数据流被处理后将产生新的数据流。
- 文件。它代表一种数据的暂存场所，可对其进行存取操作。
- 外部实体。它用以说明数据的来源和归宿，即表示数据的源点和终点。

图 9-6 是会计财务处理的数据流图示例。

数据流图可以是层次性的，如图 9-7 所示。

3. 数据字典

数据字典(Data Dictionary，DD)是对系统中各类数据的详细描述，是各类数据属性的清单，是进行详细的数据收集和数据分析所获得的主要成果。数据字典中的内容在数据库设计过程中还要不断修改、充实和完善。

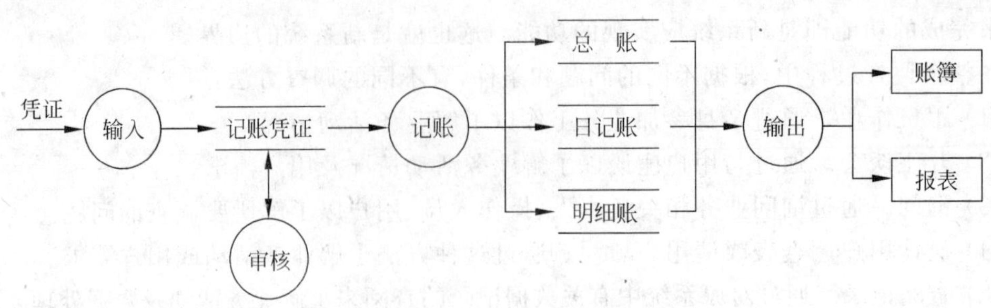

图 9-6　财务处理数据流图

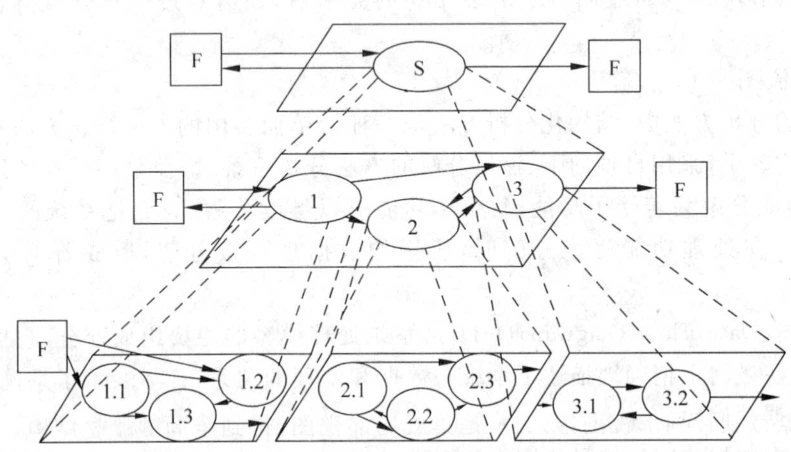

图 9-7　数据流图的分层次结构

通常，数据字典中应包括对以下 5 个部分数据的描述：

（1）数据项。这是数据的最小单位，也是不可再分的数据单位。对数据项的描述应包括：数据项名、含义、别名、类型、长度、取值范围，以及与其他数据项的逻辑关系。

（2）数据结构。数据结构是若干数据项有意义的集合。它反映数据之间的组合关系。对数据结构的描述包括：数据结构名、含义说明和组成该数据结构的数据项或数据结构名。

（3）数据流。它可以指数据项，但更一般的情况是指数据结构，表示某一处理过程的输入或输出数据。换句话说，是指数据结构在系统内传输路径。对数据流的描述应包括：数据流名、说明、从什么处理过程来、到什么处理过程去以及组成该数据流的数据结构或数据项等。具体描述如下：

数据流描述＝{数据结构名，说明，数据流来源，数据流去向，
组成：{数据结构}，平均流量，高峰期流量}

（4）数据存储。它是数据结构保存的地方，也是数据流的来源和去向之一。它可以是手工文档或手工凭单，也可以是计算机文档。数据存储的描述如下：

数据存储描述＝{数据存储名，说明，编号，输入数据流，输出数据流，
组成：{数据结构}，数据量，存取频度，存取方式}

（5）处理过程。处理过程的具体处理逻辑在结构化方法中一般要用判定树或判定表来描述，数据字典中只需描述处理过程的说明性信息，其描述如下：

处理过程描述＝{处理过程名，说明，输入：{数据流}，输出：{数据流}，处理：{简要说明}}

可见,数据字典是关于数据库中数据的描述,即元数据,而不是数据本身。

9.4.2　概念结构设计

根据需求分析阶段形成的所要建立的新系统需求分析说明书,把用户的信息需求抽象为信息结构即概念模型的过程就是概念结构设计。概念结构设计是整个数据库设计的关键。概念结构设计将现实世界中的客观对象首先抽象为独立于具体机器,独立于具体DBMS的信息结构。目前常用的E-R方法,即用E-R图来描述现实世界的概念模型。

如前所述,描述概念设计的有力工具是实体-联系(E-R)模型,因此,概念结构设计就归结为E-R模型、方法的分析和设计。

1. 概念结构设计方法

设计概念结构通常有自顶向下、自底向上、逐步扩张和混合策略4类方法。

(1) 自顶向下是先定义全局概念结构框架,然后逐步细化的方法。

(2) 自底向上是先定义各局部应用的概念结构,然后合并集成的方法。

(3) 逐步扩张是根据应用的业务逻辑,先定义核心概念结构,然后逐步向外扩充,形成完整的反映应用需求的概念结构的方法。

(4) 混合策略则是自顶向下与自底向上方法的结合。

在概念结构设计阶段,经常采用的策略是自底向上方法。即自顶向下地进行需求分析,然后再自底向上地设计概念结构。自底向上设计概念结构的方法通常又可分为两步:第一步是抽象数据并设计局部视图,第二步是集成局部视图,得到全局的概念结构。因此,使用E-R方法设计概念模型一般要经过3个步骤:

① 设计用户分E-R图。

② 合并用户分E-R图构成总体E-R图。

③ 对总体E-R图进行优化。

2. 局部视图设计

概念结构设计的第一步就是对需求分析阶段收集到的数据按照E-R模型的要求进行分类、组织,形成实体,实体的属性,标识实体的码,确定实体之间的联系类型(1∶1,1∶n,m∶n),设计分E-R图。具体做法是:

1) 选择局部应用

根据应用系统的具体情况,在多层的数据流图中选择一个适当层次的数据流图,作为设计分E-R图的出发点,让这组图中每一部分对应一个局部应用。

由于高层的数据流图只能反映系统的概貌,而中层的数据流图能较好地反映系统中各局部应用的子系统组成,因此,往往是以中层数据流图作为设计分E-R图的依据。

2) 设计分E-R图

选择好局部应用后,需要对每个局部应用逐一设计分E-R图。设计分E-R图,就是根据需求阶段数据进行分类(抽象),以确定实体及其属性,以及确定实体之间的联系及其属性。

在以上选好的某一层次的数据流图中,每个局部应用都对应了一组数据流图,局部应用涉及的数据都已经收集在数据字典中了。在设计分E-R图时,要将这些数据从数据字典中抽取出来,参照数据流图,标定局部应用中的实体、实体的属性和标识实体的码,确定实体之间的联系及其类型。

实际上,实体和属性之间并不存在一个形式上可以截然划分的界限。然而,现实世界中具体的应用环境常常对实体和属性已经作了大体的自然的划分。在系统分析阶段得到的“数据存储”、数据字典中的“数据结构”和“数据流”都是若干属性有意义的聚合,就体现了这种划分。可以先从这些内容出发定义 E-R 图。按照前面章节中所介绍的划分实体与属性的准则,先进行划分,然后再进行必要的调整。在调整中遵循的一条原则是:为了简化 E-R 图的处置,在给定的应用环境中,可遵循以下基本准则来划分实体和属性。

(1) 属性不需要进一步描述。

(2) 除与它所描述的实体之外,不再与其他实体具有联系。

符合以上准则的数据项,可作为属性。现实世界的事物能作为属性对待的,尽量作为属性对待。

分 E-R 图设计示例:学生是一个实体,学号、姓名、性别、年龄、宿舍可看作是其属性。该实体及其属性的 E-R 图如图 9-8 所示。

如果在学籍管理中还涉及学校对于学生宿舍的规划与管理,这时宿舍就可能具有多项组合的内容,或是与其他实体有联系,因此,不符合前述规则,这种情况下,可将其设计为实体,该实体具有宿舍编号、所属系部编号以及宿舍地址等属性,其如图 9-9 所示。

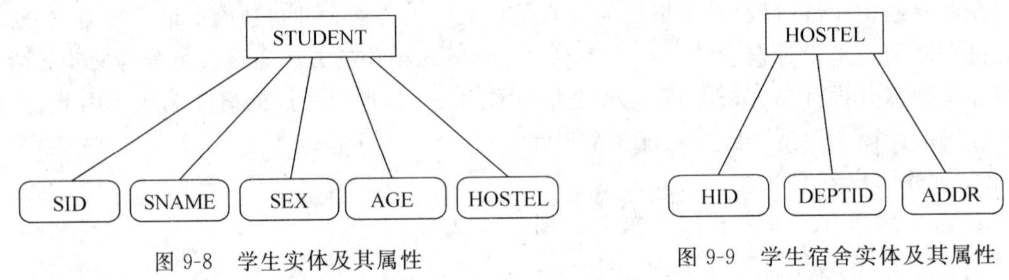

图 9-8 学生实体及其属性 图 9-9 学生宿舍实体及其属性

因此,关于学生及其住宿管理的分 E-R 图如图 9-10 所示。

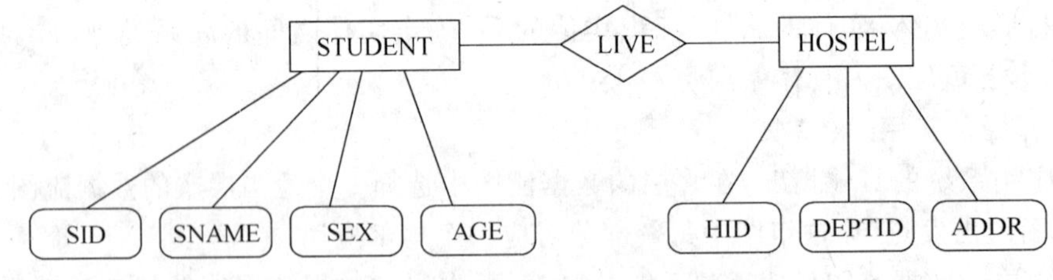

图 9-10 学生及住宿管理的分 E-R 图

3. 总体 E-R 图设计

总体 E-R 图即全局视图,其设计就是分 E-R 图的综合,即所谓视图的集成。

视图集成有两种方式,一是多个分 E-R 图一次集成,二是用累加方式一次集成两个分 E-R 图。前者操作起来比较复杂,而后者因为每次只集成两个分 E-R 图,复杂程度较低。通常,视图集成的具体做法是选出最大的一个分 E-R 图作为基础,将其他分 E-R 图逐一合并上去。无论哪种方式,集成局部的分 E-R 图时都需要两个步骤:

① 合并以消除各分 E-R 图之间的冲突,形成初步 E-R 图。

② 优化以消除冗余信息，使其保持最小冗余度。其中，冗余数据可用分析的方法加以消除。而冗余的联系还可用规范化方法来消除。这样，生成基本 E-R 图。

在集成过程中还须注意：

■ 总体 E-R 图必须能准确地反映每个用户的数据要求。

■ 总体 E-R 图必须满足需求分析提出的处理要求。即在分 E-R 图能处理的，合并后的总体 E-R 图也能处理。

示例　总体 E-R 图集成。

设已对某大学教务部门中关于教学管理，以及对在校学生群众性活动的组织管理进行了调研以及需求分析，在此基础上设计出教学管理分 E-R 图如图 9-11 所示。

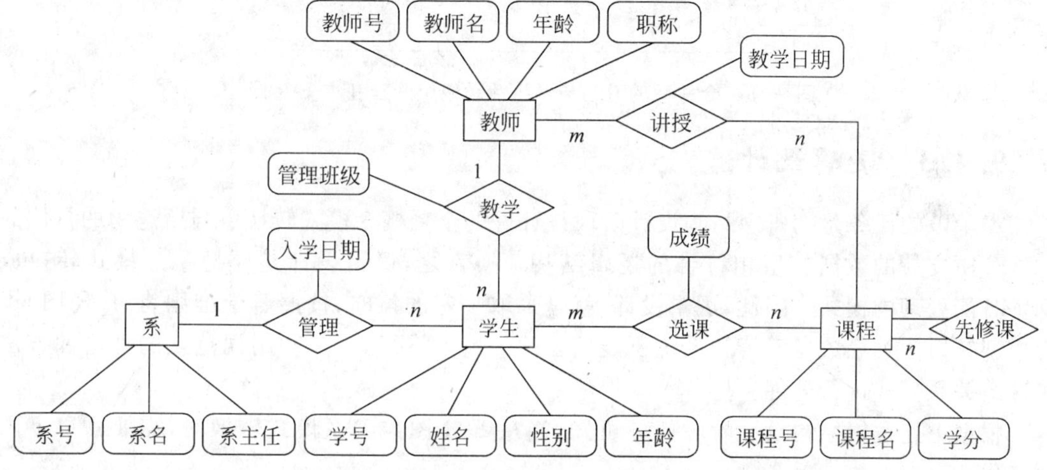

图 9-11　教学管理分 E-R 图

设计出学生活动组织管理分 E-R 图如图 9-12 所示。

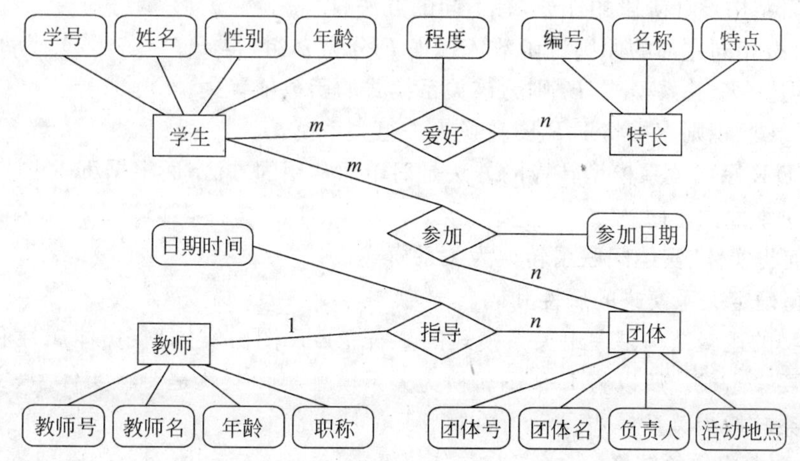

图 9-12　学生活动组织管理分 E-R 图

合并两个分 E-R 图，并进行优化，以解决各分 E-R 图之间在属性、命名以及结构上的冲突和消除不必要的冗余，形成的基本 E-R 图如图 9-13 所示。

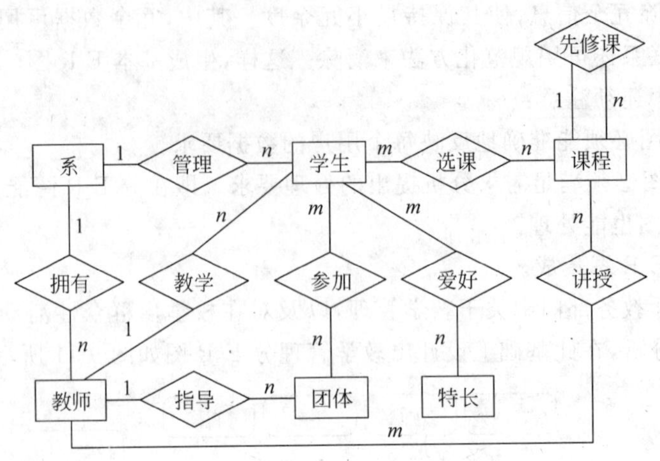

图 9-13 合并后的教学与学生活动组织管理基本 E-R 图

9.4.3 逻辑设计

本阶段的任务是把概念结构设计阶段设计好的全局概念模式转换成与所选用的具体的 DBMS 所支持的数据模型相符合的逻辑结构。换言之,逻辑设计是要把概念模式转换成 DBMS 能处理的模式。因此,逻辑设计,就是采取一定的策略,按照若干准则将(E-R 图)概念模型转换为关系数据库管理系统所能接受的一组关系模式,并利用规范化的理论和方法对这组关系模式进行处理。

根据上述逻辑结构设计阶段任务可知,当从 E-R 图向关系模式转换时,需要做以下两项工作:

(1) 确定数据依赖;

(2) 构造关系模式。

完成逻辑结构设计阶段的任务,有不同的方法。

方法 1:按相同左部的原则将函数依赖集 F 分为 n 组,得 $F_i(1\leqslant i\leqslant n)$,为每组所涉及的属性 U_i 构造一个关系模式,F_i 则为该关系模式的函数依赖集。

方法 2:按照规则直接将 E-R 图转换为一组关系模式。

直接将 E-R 图向关系模型转换的方法是简单而常用的方法,而根据 E-R 图向关系模型转换需要解决下面两个问题:

(1) 如何将实体、实体间联系转换为关系模式;

(2) 如何确定关系模式的属性和码。

关系模型的逻辑结构是一组关系模式的集合。E-R 图由实体型、实体属性和实体型之间的联系三要素组成。所以将 E-R 图转换为关系模型实际上就是要将实体型、实体属性和实体间的联系转换为关系模式。

1. E-R 图中实体的转换

E-R 图中一个实体类型可以转换为一个关系模式,该实体的属性就是该关系的属性,实体的码就是所转换成的关系的码。

2. E-R 图实体联系的转换

因为实体间联系有不同的联系方式,如 1∶1 联系、1∶n 联系和 m∶n 联系。因此实体间联系的转换也就有以下各种情况：

1) 1∶1 联系的转换

实体之间的 1∶1 联系可转换为一个独立的关系模式，该关系的属性由两端实体的码以及联系本身的属性组成，每个实体的码则是该关系的候选码。

实体之间的 1∶1 联系也可与某一端实体对应的关系模式合并，这时需要在该关系模式的属性中加入另一关系模式的码和联系本身的属性。

2) 1∶n 联系的转换

实体之间的 1∶n 联系可以转换为一个独立的关系模式，该关系的属性由两端实体的码以及联系本身的属性组成，n 端实体的码即是该关系的码。

实体之间 1∶n 联系也可以与 n 端实体对应的关系模式合并，即只要在该关系模式的属性中加入 1 端实体的码和联系本身的属性。

3) m∶n 联系的转换

实体之间的 m∶n 联系可以转换为一个关系模式，在该关系中，与之相连的实体的码和联系本身的属性构成该关系的属性。与之相联系的各实体的码组成本关系的码或关系码的一部分。

3. 多元联系的转换

除上述 E-R 图中基本内容的转换之外，在 E-R 图中还有多个(3 个及 3 个以上)实体之间多元联系存在。多元联系亦可转换为一个关系模式，该关系的属性由各端各实体的码以及联系本身的属性转换而成，而各实体码则组成多元联系关系模式的码或关系码的一部分。

在将 E-R 图转换为关系模型的过程中，具有相同码的关系模式可以合并。

示例 逻辑设计示例。

学生信息管理是一个比较古老的应用，但随着计算机技术水平的不断发展，学生信息管理也在不断扩充其功能，其应用已从过去单一的学生档案管理，到学生成绩管理以及现在的统一教学与学生资料的管理。本例就针对目前典型的应用，来介绍其数据库逻辑设计与实现。逻辑设计以概念结构设计的结果 E-R 图为基础，在本示例中，就以图 9-12 中教学与学生活动组织管理基本 E-R 图为基础，直接转换为关系模型。

设计步骤如下：

① 根据实体转换规则，对该 E-R 图中的每一个实体分别建立一个关系模式：

系(系号，系名，系主任)

教师(教师号，教师名，年龄，职称)

学生(学号，姓名，性别，年龄)

课程(课程号，课程名，学分)

团体(团体号，团体名，负责人，活动地点)

特长(编号，名称，特点)

② 根据 1∶n 联系的转换规则，将该种联系合并到 n 端实体的关系模式中。即对上述相关实体进行修改，将与其联系的 n 端实体的码以及联系本身的属性并入其中：

学生(学号，姓名，性别，年龄，系号，入学日期)

教师(教师号，姓名，年龄，职称，系号)

团体(团体号，名称，负责人，活动地点，教师号，日期时间)

课程(课程号,课程名,学分,先修课)

也可将 1∶n 联系转换为一个关系模式：

教学(教师号,学号,管理班级)

③ 根据 m∶n 联系转换规则,凡属于此种联系者为其构建一个关系模式：

选课(学号,课程号,成绩)

讲授(课程号,教师号,教学日期)

参加(学号,团体号,参加日期)

爱好(学号,编号,程度)

至此,教学与学生活动组织管理系统的逻辑结构为：

系(系号,系名,系主任)

学生(学号,姓名,性别,年龄,系号,入学日期)

教师(教师号,姓名,年龄,职称,系号)

团体(团体号,名称,负责人,活动地点,教师号, 日期时间)

课程(课程号,课程名,学分,先修课)

特长(编号,名称,特点)

选课(学号,课程号,成绩)

讲授(课程号,教师号,教学日期)

参加(学号,团体号,参加日期)

爱好(学号,编号,程度)

教学(教师号,学号,管理班级)

将 E-R 模型转换为数据模型后,还要进行数据模型的优化,这包括：

- 确定各属性之间的数据依赖；
- 对各个关系模式之间的数据依赖进行极小化处理,消除冗余的联系；
- 判断每个关系的范式,根据实际需要确定最合适的范式；
- 根据需求分析阶段得到的处理要求,分析这些模式是否适用于用户的应用环境,从而确定是否要对某些模式进行分解或合并；
- 对关系模式进行必要的分解,以提高数据的操作效率和存储空间的利用率。

基于上述数据库逻辑结构设计的结果,现在可以将其转化为给定数据库管理系统所支持的实际数据模型了。例如 SQL Server 2005 的数据表对象,并形成数据库中各个表之间的关系。以上教学及学生活动组织管理数据库中各表设计结果如表 9-5 至表 9-15 所示。

表 9-5 STUDENTS 学生信息表

列(属性)名	数据类型与长度	空否	说明
SID	CHAR(10)	NOT NULL	学号
SNAME	VARCHAR(10)	NOT NULL	学生姓名
SSEX	CHAR(2)	NOT NULL	性别
SAGE	SMALLINT	NOT NULL	年龄
DEPID	CHAR(4)	NOT NULL	系号
ENDATE	DATETIME(8)	NULL	入校时间

表 9-6 TEACHER 教师表

列(属性)名	数据类型与长度	空否	说明
TID	CHAR(6)	NOT NULL	教师号
TNAME	VARCHAR(10)	NOT NULL	教师名
TAGE	SMALLINT	NOT NULL	年龄
PROFT	VARCHAR(10)	NULL	职称
DEPID	CHAR(4)	NOT NULL	系号

表 9-7 TEAM 团体表

列(属性)名	数据类型与长度	空否	说明
TEID	CHAR(4)	NOT NULL	团体号
TENAME	VARCHAR(10)	NOT NULL	团体名称
LEAD	VARCHAR(10)	NULL	负责人
PLACE	VARCHAR(20	NULL	活动地点
TID	CHAR(6)	NULL	指导教师号
TDATE	DATATIME(8)	NULL	指导日期

表 9-8 COURSE 课程表

列(属性)名	数据类型与长度	空否	说明
CID	CHAR(4)	NOT NULL	课程号
CNAME	VARCHAR(20)	NOT NULL	课程名称
CREDIT	FLOAT(8)	NULL	学分
PCID	CHAR(4)	NULL	选修课号

表 9-9 SPEC 特长表

列(属性)名	数据类型与长度	空否	说明
SPID	CHAR(4)	NOT NULL	特长编号
SPNAME	VARCHAR(10)	NOT NULL	特长名称
SPECI	VARCHAR(20)	NULL	特点

表 9-10 DEPT 系部表

列(属性)名	数据类型与长度	空否	说明
DEPID	CHAR(4)	NOT NULL	系部编号
DNAME	VARCHAR(20)	NOT NULL	系名
DLEAD	VARCHAR(10)	NULL	系主任

表 9-11 SELECTS 选课表

列(属性)名	数据类型与长度	空否	说明
SID	CHAR(10)	NOT NULL	学号
CID	CHAR(4)	NOT NULL	课程号
GRADE	SMALLINT	NOT NULL	成绩

表 9-12 TEACHING 讲授表

列(属性)名	数据类型与长度	空否	说明
CID	CHAR(10)	NOT NULL	课程号
TID	CHAR(6)	NOT NULL	教师号
TDATE	DATETIME(8)	NULL	教学日期

表 9-13 JOINER 参加表

列(属性)名	数据类型与长度	空否	说明
SID	CHAR(10)	NOT NULL	学号
TEID	CHAR(4)	NOT NULL	团体号
JDATE	DATETIME(8)	NULL	参加日期

表 9-14 BE-FOND 爱好表

列(属性)名	数据类型与长度	空否	说明
SID	CHAR(10)	NOT NULL	学号
TEID	CHAR(4)	NOT NULL	团体号
RANK	CHAR(4)	NULL	程度与等级

表 9-15 MANAG 班级管理表

列(属性)名	数据类型与长度	空否	说明
SID	CHAR(10)	NOT NULL	学号
TEID	CHAR(4)	NOT NULL	团体号
CLASS	VARCHAR(20)	NULL	班级名称

9.4.4 物理结构设计

数据库的物理结构主要是指数据库在物理设备上的存储结构和存取方法,它依赖于选定的数据库管理系统。而数据库物理结构设计就是为一个给定的逻辑数据模型选取一个最适合应用要求的物理结构的过程。因此,数据库物理设计步骤包括:

① 确定数据库的物理结构;

② 对物理结构进行评价。

1. 数据库物理设计主要内容

不同的数据库产品所提供的物理环境、存取方法和存储结构均有不同,因此没有通用的物理设计方法,只有一般的设计内容与原则可以遵循。

数据库系统是一个多用户系统,对同一个关系要建立多条存取路径才能满足多用户的多种应用要求。所以,物理设计的任务之一是确定存取方法和建立存取路径。

存取方法是快速存取数据库中数据的技术。DBMS 通常都会提供多种存取方法,常用的存取方法有索引方法(B+树索引方法)、聚簇(cluster)方法和 Hash 方法。其中,索引方法是数据库中使用最普遍,也是最经典的存取方法。

1）索引方法

选择索引方法，就是根据应用要求确定对关系的哪些属性列建立索引。这是数据库物理设计的基本问题，也是较难解决的问题。一般采用启发式规则选择索引。

规则一 满足下列条件之一的属性或表，不宜建立索引：

（1）很少出现在查询条件中的属性；

（2）属性值很少的属性；

（3）值分布不均匀的属性；

（4）经常变更的属性；

（5）属性值过长的属性。

规则二 符合下列条件者，可考虑在相关属性上建立索引：

（1）主码和外码；

（2）以读为主的表；

（3）与范围查询相关的属性；

（4）经常出现在查询条件中的属性；

（5）经常出现在连接条件中的属性。

在关系上定义的索引数并不是越多越好，因为，系统要为维护索引付出代价，查找索引也要付出代价。

2）聚簇方法

聚簇指关系中某些属性上具有相同值的元组集中存放的连续物理块。这些属性则称为聚簇码。由于聚簇的上述特点，每一次读盘时就可得到满足查询条件的多个元组，这样，可以大大减少查找数据时的I/O操作，因此，按聚簇码进行查询可以大大提高查询效率。选择聚簇的原则是：

（1）经常进行连接操作的关系可以建立聚簇；

（2）相等比较条件中常出现的关系属性上可建立聚簇；

（3）一个关系的某组属性上取值重复率很高，则在此关系上可建立聚簇。

选取聚簇存取方法，要注意的是，一个数据库可以建立多个聚簇，但一个关系只能加入一个聚簇。还需要了解的是，聚簇只能提高某些应用的性能，但建立和维护聚簇的开销是比较大的。

3）Hash方法

Hash文件，也称散列文件，是一种支持快速存取的文件存储方法。该方法使用Hash函数计算值作为磁盘块地址，以对记录进行存储和访问。

若一个关系的属性主要用于等值连接，或主要出现在相等比较条件中，则该关系可以选择Hash存取方法。

2. 确定数据库存储结构

确定数据库存储结构的实质是指确定数据的存放位置和存储结构，这包括确定关系、索引、簇集、日志、备份等数据的存储安排和存储结构，以及确定系统的配置。

1）数据的存放

根据应用，可将数据易变部分和稳定部分、经常存取部分和不常存取部分分别存放。例如，可将表与索引存放在不同磁盘上，将大容量的表分放在两个磁盘上，将日志文件与数据库对象存放在不同磁盘上等，这些措施都可以提高系统的性能。

2）系统配置

DBMS通常提供一些系统配置方法，以便于设计人员和DBA对数据库进行优化。系统可配置的内容主要有：

(1) 同时使用数据库的用户数；

(2) 同时打开的数据库对象数；

(3) 内存分配参数、数据库大小、锁的数目等。

这些参数值会影响到系统的存取时间和存储空间的分配，因此，物理设计中通过对这些参数值的配置以使系统性能达到最佳。

3）评价物理结构

对数据库物理设计的评价主要是估算存储空间、估算存取时间、估计维护代价。实际上，评价主要是根据上述三个方面的估算结果进行权衡，以选择一个较优的方案。评价物理数据库的方法完全依赖于所选用的DBMS，评价可以产生多种方案，数据库设计人员则要对这些方案仔细权衡与折中，以选择出一个符合用户需求的较优方案作为数据库的物理结构。

9.4.5 数据库实施与运行维护

1. 数据库实施

数据库实施阶段的任务是：运用选定的关系数据库管理系统所提供的数据定义语言，或者其他实用程序，将物理设计阶段所设计的关系模式严格描述出来，以成为DBMS可以接受的源代码，经过调试产生目标模式。随后组织数据入库。

据此，数据库实施的步骤如下：

① 建立实际的数据库结构。即利用给定的DBMS所提供的命令，建立数据库的模式、外模式和内模式。对于关系数据库而言，就是创建数据库、建立数据库中所包含的各个基本表、视图和索引等。

② 将原始数据装入数据库。装入数据的过程是非常复杂的。这是因为原始数据一般分散在企业各个不同的部门，而且它们的组织方式、结构和格式都与新设计的数据库系统中的数据有不同程度的区别。特别是原系统是手工数据处理系统时，还需要处理大量的纸质文件，其工作量更大。为提高数据输入的效率和质量，一般可针对具体应用环境设计一个数据录入子系统，由计算机来完成数据入库的任务。另外，现有的DBMS一般提供不同DBMS之间的数据转换工具，若原系统也是数据库系统，则应用转换工具则是非常有效的保证输入数据正确的方法。

③ 应用程序调试。数据库应用程序的设计应与数据库设计同步进行，因而在组织数据入库的同时，即可调试应用程序。

④ 数据库试运行。当有部分数据入库后，就可开始对数据库系统进行联合调试，这被称为数据库的试运行。本阶段主要目的是检验、测试数据库系统的功能是否达到和满足设计要求。经过试运行的检验，如果没有达到要求，则需要对应用程序或设计进行修改与调整，直到达到设计要求。同时，在试运行阶段还要测试系统能否达到设计的性能指标。如果不能达到，则要返回到物理设计阶段，重新调整物理结构，修改系统参数，甚至会回退到逻辑

设计阶段，修改逻辑结构。

数据库试运行合格后，数据库开发工作基本完成，可以交付用户投入使用了。

2. 数据库运行与维护

数据库交付用户投入运行后，即进入数据库运行与维护阶段，对数据库经常性的维护工作是由 DBA 完成的，它包括以下工作：

(1) 数据库的转储和恢复。

(2) 数据库安全性、完整性控制 DBA 必须对数据库的安全性和完整性控制负起责任。

(3) 数据库性能的监督、分析和改进。

(4) 数据库的重组织和重构造。

另外，数据库系统的应用环境是不断变化的，常常会出现一些新的应用，也会消除一些旧的应用，这将导致新实体的出现和旧实体的淘汰，同时原先实体的属性和实体间的联系也会发生变化。因此需要对数据库重新组织与重构造。但数据库的重构是有限的，如果应用变化太大，则表示该数据库应用系统的生命周期已经结束，应进入新的数据库应用系统的开发与应用期了。

本章小结

本章重点讨论了如何设计好关系模式的问题，关系模式的设计，直接影响到数据库的冗余度、数据的一致性，要设计好的关系模式，就要以规范化理论为基础。而范式则是衡量模式优与劣的标准，它表达了模式中数据依赖之间应满足的联系。

关系模式的规范化过程实际上是一个分解过程，即将逻辑上独立的信息放在独立的关系模式中。分解也是解决数据冗余的主要方法。

本章还重点介绍了数据设计的全过程，其中数据库的概念设计和逻辑设计是主要内容。E-R 模型是人们认识客观世界的一种方法工具，概念设计的任务就是把现实世界中的数据及其联系抽象出来，用 E-R 模型来表示，而逻辑设计的主要任务则是将 E-R 模型转换成关系模型，其有着固定的转换规则。

思考练习题

1. 理解并给出下列术语定义：

函数依赖　部分函数依赖　完全函数依赖　传递函数依赖　候选码　主码

1NF　2NF　3NF　BCNF

2. 请用规范化理论对本章逻辑设计示例中各关系模式分析，说明其候选码以及它们都属于第几范式，会产生什么操作异常。

3. 设有关系模式 R(职工编号，日期，日营业额，部门名，部门经理)，该模式统计商店里每个职工的日营业额，以及职工所在部门和经理信息。若规定每个职工每天只有一个营业额；每个职工只在一个部门工作，每个部门只有一个部门经理，试回答：

(1) 根据上述规定，写出 R 的基本函数依赖和关键码；

(2) 证明 R 不是 2NF，把 R 分解为 2NF 模式集；

(3) 试将 R 分解为 3NF。

4. 简述数据库设计过程。

5. 数据库设计有何特点?

6. 需求分析阶段的设计任务是什么？数据字典的内容与作用是什么？

7. 数据库概念结构设计任务是什么？试述其设计步骤。

8. 数据库逻辑结构设计具体任务是什么？试述其设计步骤。

9. 某联锁超市数据库中有三个实体集，一为商品实体集，属性有商品编号、商品名称、规格、单价等；二为超市实体集，属性有超市编号、超市名称、地址等；三为供应商实体集，其属性有供应商编号、供应商名称、联系电话等。

供应商与商品存在供应关系，每个供应商可供应多种商品，每种商品可向多个供应商订货，供应商供应每种商品有月供应量；

超市与商品间存在销售关系，每个超市可销售多种商品，每种商品可在多家超市销售，超市销售商品有月计划数量。

试设计 E-R 模型，并将其转换为关系模式集，指出每个关系模式的主键与外键，并在 SQL Server 2005 系统上实现该数据库模型。

10. 一个网上学生管理信息系统数据库，主要处理管理员、教师、学生、班级、课程等相互之间的关系信息。其功能需求描述如下所示。

管理员：可对班级、学生、课程情况进行管理。即

- 可对学生基本信息进行增、删、改操作；
- 可对班级信息进行设置及增、删、改操作；
- 可对教师基本信息进行添加、教师权限的修改等操作；
- 可对课程基本信息进行设置、增、删、改操作；
- 可对学生成绩信息进行管理、添加、统计等操作；
- 可对学生选课信息进行管理与统计。

学生：可进行个人信息、课程成绩、选课情况等的查询浏览；

教师：经管理员授权后可对班级、学生、课程成绩等信息进行管理。

试进行概念设计与逻辑设计，并用 SQL Server 2005 实现该数据库模型。

第10章

数据库应用与开发技术

在前面的章节中，已较为完整地介绍了数据库技术及其管理与设计方法。学习数据库技术，其最终要落实到数据库应用系统的开发上来。如何描述并访问应用系统数据库中的业务数据，以及利用数据库技术解决实际应用问题是本章介绍的主要内容。本章首先介绍数据库访问的基本概念，然后介绍有关 SQL Server 数据库应用与开发技术。

10.1 数据库访问概述

作为信息系统开发而言，其主要任务是要确定如何表示并访问该系统中的业务数据和业务逻辑，此即数据库访问技术。这里首先对要涉及的一些基本概念进行一一说明。

10.1.1 数据库系统的体系结构

根据计算机的系统结构，DBS 可分为集中式、客户机/服务器式、并行式和分布式等结构形式。

1. 集中式数据库系统

集中式数据库系统(Centrallizaed DBS)是一种应用最早、较为简单的数据库系统，其应用遍及微型计算机上的单用户 DBS 直到大型机上高性能的 DBS。该系统是指 DBS 只运行在单个计算机系统中，而与其他的计算机系统没有联系。其结构如图 10-1 所示。

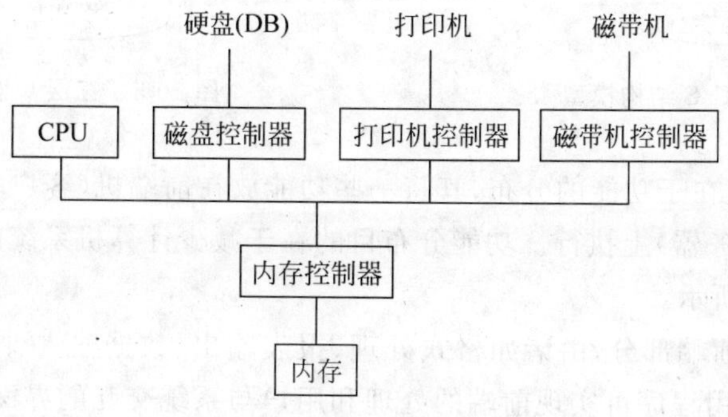

图 10-1 集中式数据库系统

集中式数据库系统又可分为两种:

(1) 单用户系统:指数据库管理系统 DBMS 和应用程序装在一台计算机上,微型计算机及工作站可归于此类系统,一般不支持并行控制。

(2) 多用户系统:指 DBMS 和应用程序装在主机上,多个终端用户使用主机上的程序和数据。因多用户系统有多个计算机,可为大量用户服务,因此也称为服务器系统。在该系统中,所有处理任务都由主机来完成,用户终端本身没有应用逻辑,当终端数量增加到一定程度时,由于主机任务过重,会形成瓶颈,而造成响应速度过慢。

2. 客户机/服务器系统

客户机/服务器结构的数据库系统(Client/Server DBS,C/S DBS)是随着计算机网络技术的发展和微型机的广泛应用而发展起来的软件系统体系结构。通过它可以充分利用两端硬件环境的优势,将任务合理分配到 Client 端和 Server 端来实现,降低了系统的通信开销。目前大多数应用软件系统都是 Client/Server 形式的两层结构,其结构如图 10-2 所示。

两层结构是由客户(应用)层和数据库服务层构成,客户层提供用户操作界面,接受数据输入,向数据库服务层发出数据请示并接受返回的数据结果,根据逻辑进行相关运算,向客户显示有关信息。而数据库服务层则接受客户端的数据请求,作相关的数据处理,并将数据集或数据处理返回客户端。

但两层结构存在一定的问题:如客户端直接访问数据库因而导致网络流量大,不利于安全控制等。为解决此问题,往往采用三层体系结构:将业务逻辑放到应用服务层,应用服务层接受客户端的业务请求,根据请求访问数据库,做出相关处理,将处理结果返回客户端。应用服务器从物理上和逻辑上都可以独立出来,客户端(层)不直接访问数据库服务器(层),而是访问应用服务器,客户机发出的不再是数据请求而是业务请求。其结构如图 10-3 所示。

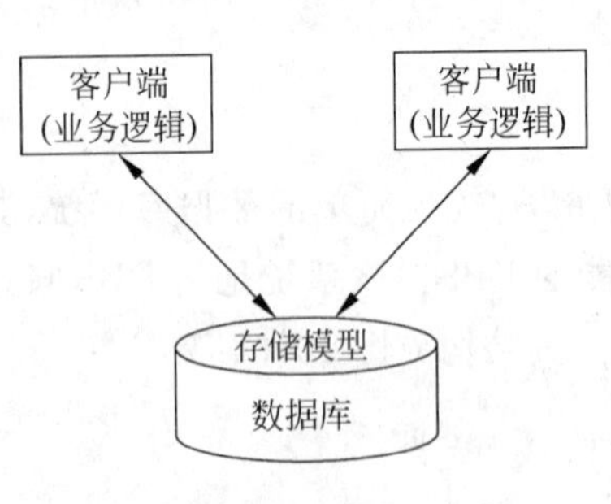

图 10-2 两层 C/S 结构模型

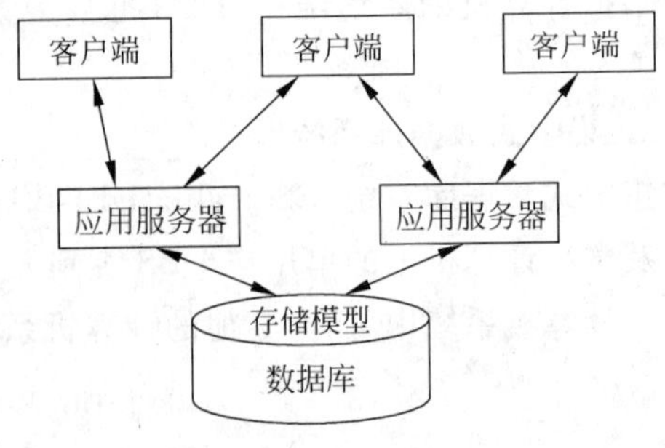

图 10-3 三层 C/S 结构模型

C/S 结构的关键在于功能的分布,其将一些功能放在前端机(客户端)上执行,另一些功能则放在后端机(服务器)上执行。功能分布目的在于减少计算机系统的各种瓶颈问题。其分布结构如图 10-4 所示。

在图 10-4 中的前端部分,由诸如格式处理、报表输出、数据输入、图形界面等应用程序所组成,使用这些应用程序可实现前端的处理和用户与系统交互的界面。

其后端部分包括存取控制、查询优化、并发控制、恢复等系统程序,用于完成事务处理和数据访问的控制。

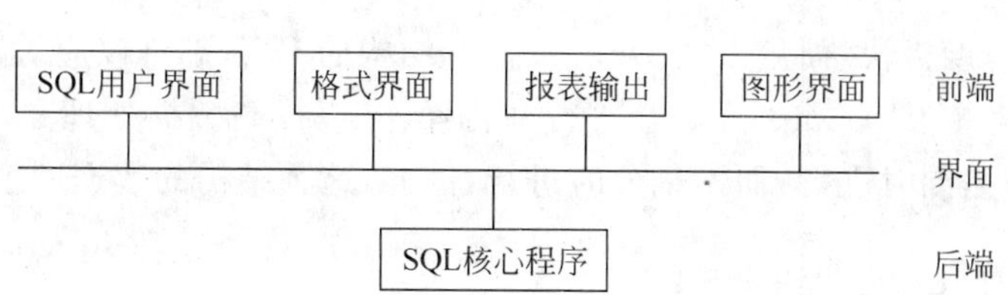

图 10-4　C/S 结构前、后端功能分布

C/S 结构中前后端之间的界面是 SQL 语句或应用程序。前端功能由客户机完成，而后端功能则由服务器完成。服务器的软件系统实际是一个数据库管理系统。

传统的 C/S 体系结构虽然采用的是开放模式，但这只是在系统开发一级的开放性，在特定的应用中无论是 Client 端还是 Server 端都需要特定的软件支持。由于没能提供用户真正期望的开放环境，C/S 结构的软件需要针对不同的操作系统开发不同版本的软件，加之产品的更新换代十分快，已经很难适应百台计算机以上局域网用户同时使用。而且代价高，效率低。

由于现在的软件应用系统正在向分布式的 Web 应用发展，Web 和 Client/Server 应用都可以进行同样的业务处理，应用不同的模块共享逻辑组件；因此，内部的和外部的用户都可以访问新的和现有的应用系统，通过现有应用系统中的逻辑可以扩展出新的应用系统。这也就是目前 B/S 结构的应用系统。

3. 浏览器/服务器系统

浏览器/服务器结构的数据库系统（Browser/Server DBS，B/S DBS）是随着 Internet 技术的兴起，对 C/S 结构的一种变化或改进的结构，如图 10-5 所示。在该结构下，用户工作界面通过 WWW 浏览器来实现，极少部分事务逻辑在前端（浏览器）实现，而主要事务逻辑在服务器端实现，同样，对于较为复杂的事务处理，采用如同 C/S 体系那样的三层结构。可以大大简化客户端载荷，减轻系统维护与升级的成本和工作量，降低用户的总体成本。

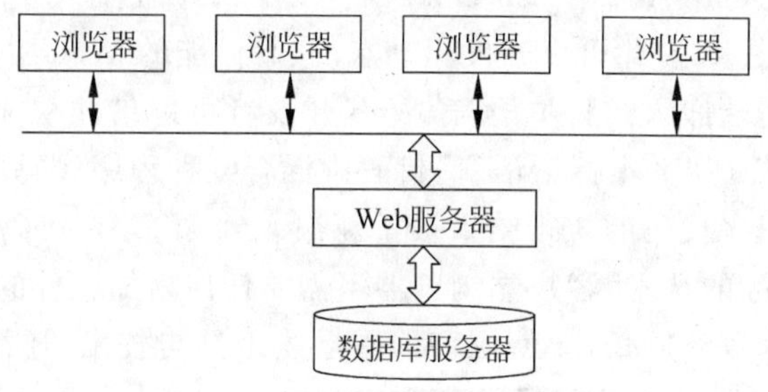

图 10-5　三层 B/S 结构模型

从目前来看，局域网建立 B/S 结构的网络应用，并通过 Internet/Intranet 模式开展数据库应用，相对易于把握、成本也较低。它是一次性到位的开发，能实现不同的人员，从不同的地点，以不同的接入方式（例如 LAN、WAN、Internet/Intranet 等）访问和操作共同的数据库；该结构能有效地保护数据平台和管理访问权限，服务器数据库也较安全。特别是在 Java 这样的跨平台语言出现之后，B/S 结构管理软件更为方便、快捷、高效。

4. 并行与分布式数据库系统

1）并行数据库系统（parallel DBS）

现今数据库中的数据量在大幅度增长，巨型数据库的容量已达 TB 级（$1TB=10^{12}B$），其要求事务处理的速度极快，而集中式 DBS 和 C/S 结构的 DBS 都难以应对这种环境，而并行计算机系统使用多个 CPU 和多个磁盘进行并行操作，以提高数据处理和 I/O 速度，在并行处理时，许多操作是同时进行，而不是分时进行，因此，这种结构的数据库系统可以适应和解决上述问题。

2) 分布式数据库系统

分布式 DBS(distributed DBS)是通过通信网络连接起来的结点集合，每个结点都可以拥有集中式的计算机系统。

该系统与集中式系统相比，其数据的存储具有分布性特点，而在逻辑上具有整体性的特点，即该系统中数据分别存储于不同的结点，但在逻辑上却是一个整体。

关于并行数据库与分布式数据库系统的内容已超出本书范围，在此就不再赘述。

10.1.2 常用数据库开发工具

随着计算机技术的不断发展和计算机应用的不断深入，各种数据库编程和开发工具也在不断发展，应用程序开发人员可以使用许多高效并具有良好可视化的编程工具以进行各种数据库应用系统的开发。

当前，各主要数据库系统厂商都提供各具特色的数据库编程工具与技术，其中常用的编程工具有：全球著名的数据库专业厂商 Oracle 公司的 Developer 2000、Sybase 公司的 Power++、Borland 公司的 Delphi、C++ Builder、JBuilder 2005 以及 Microsoft 公司的 Visual Studio 2005 开发平台等。

与这些知名的开发工具配套的数据库系统开发技术有：ASP 以及 ASP. NET 技术、JSP 技术以及 PHP 技术。JSP 技术是 Sun 公司 1999 年提出的一种动态网页技术标准，它是基于 Java Servlet 以及整个 Java 体系的 Web 应用开发技术。与此技术非常相似的是 Microsoft 公司推出的 ASP(Active Server Pages)以及其继任者 ASP. NET 技术，它们也是 Web 服务器端的开发技术，借此可以开发出动态的、高性能的 Web 服务应用程序。PHP 则是一种跨平台的服务器端嵌入式脚本语言，Web 开发者可以借此快速写出动态页面。这 3 种技术都提供在 HTML(超文本标记语言)代码中混合某种程序代码，并有语言引擎解释执行程序代码的能力。程序代码的执行结果被重新嵌入到 HTML 代码中，发送到浏览器端。它们都是面向 Web 服务的技术，客户端浏览器不需要任何附加软件的支持。

以上的工具与技术各有所长，要使用和掌握上述工具与技术，还需要熟悉其开发语言：面向对象的 Pascal 语言有极高的编译效率和直观易读的语法，是 Delphi 工具中的主要语言；而 Java 语言作为网络编程的首选语言，与 JSP 技术以及 JBuilder 工具的结合，可快速开发出跨平台 Web 应用程序。Microsoft 为作为 Visual Studio 2005 工具一部分的四种语言(Visual Basic、Visual C++、Visual C# 和 Visual J#)的每一种都构建了独特的特征，以便为一系列软件的开发提供丰富的语言服务。主要语言的特点及其使用在后续内容中再作详述。

10.1.3 数据访问接口

目前广泛使用的 RDBMS 有许多种，虽然它们属于关系数据库，并都遵循 SQL 标准，但不同的系统仍存在有许多差异。因此，在某个 RDBMS 下编写的应用程序不能在另一个

RDBMS下运行。而更为重要的是，许多应用程序需要共享多个部门的数据资源，访问不同的RDBMS。为此，研究和开发连接不同RDBMS的方法、技术和软件，使数据库系统"开放"，能够"数据库互连"则是非常重要的。

1. 开放互连数据库接口ODBC

ODBC就是为了解决上述问题而由Microsoft公司推出的产品。ODBC是Microsoft公司开放服务体系(Windows Open Services Architecture，WOSA)中有关数据库的一个组成部分，它建立了一组规范，并提供一组访问数据库的标准API。

1) ODBC工作原理

ODBC应用系统的体系结构如图10-6所示，它由4部分构成：用户应用程序、驱动程序管理器(ODBC Driver Manager)、数据库驱动程序(ODBC Driver)、数据源(如RDBMS和数据库)。

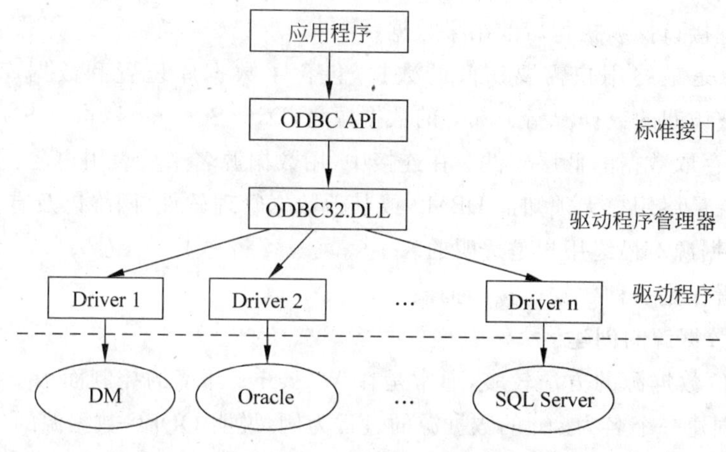

图10-6 ODBC应用系统结构

(1) 用户应用程序提供用户界面、应用逻辑和事务逻辑：使用ODBC开发数据库应用程序时，应用程序调用的是标准ODBC函数和SQL语句。应用层使用ODBC API调用接口与数据库进行交互。使用ODBC来开发应用系统的程序简称为ODBC应用程序，所包括的内容为：

- 请求连接数据库；
- 向数据源发送SQL语句；
- 为SQL语句执行结果分配存储空间，定义所读取的数据格式；
- 获取数据库操作结果，或处理错误；
- 进行数据处理并向用户提交处理结果；
- 请求事务的提交和回退操作；
- 断开与数据源的连接。

(2) 驱动程序管理器用来管理各种驱动程序，ODBC驱动程序管理器由Microsoft公司提供，包含在ODBC32.DLL中，对用户是透明的。其管理应用程序和驱动程序之间的通信。驱动程序管理器的主要功能包括装载ODBC驱动程序、选择和连接正确的驱动程序、管理数据源、检查ODBC调用参数的合法性及记录ODBC函数的调用等，当应用层需要时返回驱动程序的有关信息。

ODBC驱动程序管理器可以建立、配置或删除数据源,并查看系统当前所安装的数据库ODBC驱动程序。

(3) ODBC应用程序不能直接存取数据库,其各种操作请求由驱动程序管理器提交给某个RDBMS的ODBC驱动程序,通过调用驱动程序所支持的函数来访问数据库,数据库的操作结果也通过驱动程序返回给应用程序。如果应用程序要操纵不同的数据库,就要动态地链接到不同的驱动程序上。

目前的ODBC驱动程序主要有单束和多束两类。单束一般是数据源和应用程序在同一台机器上,驱动程序直接完成对数据文件的I/O操作,这时驱动程序相当于数据管理器;多束驱动程序支持客户机/服务器、客户机/应用服务器/数据库服务器等网络环境下的数据访问,这时由驱动程序完成数据库访问请求的提交和结果集接收,应用程序使用驱动程序提供的结果集管理接口操纵执行后的结果数据。

(4) 数据源是最终用户需要访问的数据,包含了数据库位置和数据库类型等信息。ODBC给每个被访问的数据源指定唯一的数据源名(Data Source Name,DSN),并映射到所有必要的、用来存取数据的低层软件。在连接中,用数据源名来代表用户名、服务器名、所连接的数据库名等最终用户无须知道DBMS或其他数据管理软件、网络以及有关ODBC驱动程序的细节,数据源对最终用户是透明的。

数据源可看作是一种数据连接的抽象。

2) ODBC数据源的创建

创建ODBC数据源的方法较多,通常是在Windows环境的控制面板下的管理工具中创建。以下以创建一个名为stu的数据源的过程为例,说明ODBC数据源的创建步骤。

进入ODBC数据源管理器。在Windows操作系统环境下,双击Windows管理工具中的"数据源(ODBC)",出现配置ODBC数据源管理器界面,选择系统DSN标签页,单击"添加"按钮,出现如图10-7所示的对话框。

图10-7 创建ODBC数据源对话框

在该对话框中，选择 SQL Server 2005 的 ODBC 驱动程序，即选择 SQL Native Client，单击"完成"按钮，进入 ODBC 数据源名称设置及服务器选择界面，如图 10-8 所示。

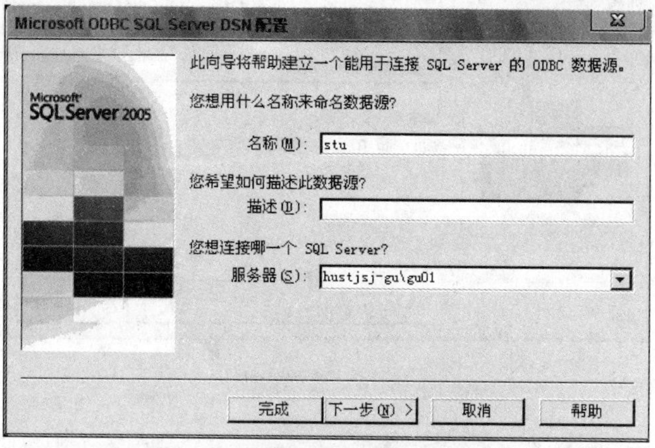

图 10-8　创建 DSN ODBC 数据源

在该界面中依次为数据源命名，填写描述信息并通过下拉列表选择数据源所在的服务器或直接填写 SQL Server 2005 实例名称。设置完成后单击"下一步"按钮，进入如图 10-9 所示的界面。

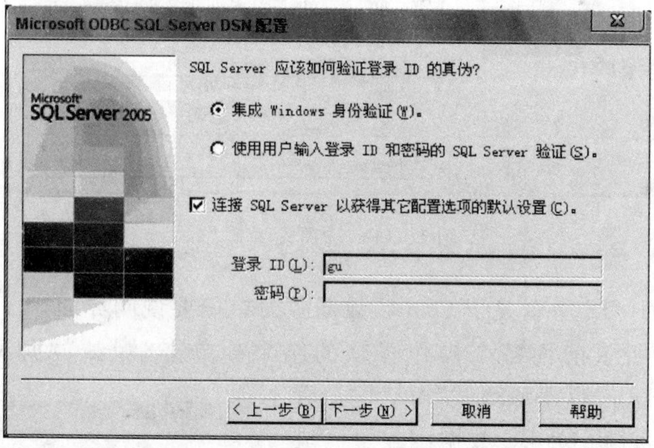

图 10-9　确定安全认证模式

在这个对话框中，主要是进行认证方式配置，可按自己使用的方式进行配置，在本例中使用集成安全认证的方式，选择"集成 Windows 身份验证"单选按钮完成配置后，单击"下一步"按钮，出现如图 10-10 所示的界面。

在本对话框中，通过选择复选框，从下拉列表中选取 SQL Server 2005 中的数据库，本例中选中 TEACHING_MIS 数据库（见图 10-10），继续单击"下一步"按钮，进入如图 10-11 所示的对话框。

此时进入系统语言等选项设置操作界面，这一步可按照系统默认方式，选择 SQL Server 系统信息语言以及是否选用加密传送数据、选择字符集等设置，操作完成后单击"完成"按钮。

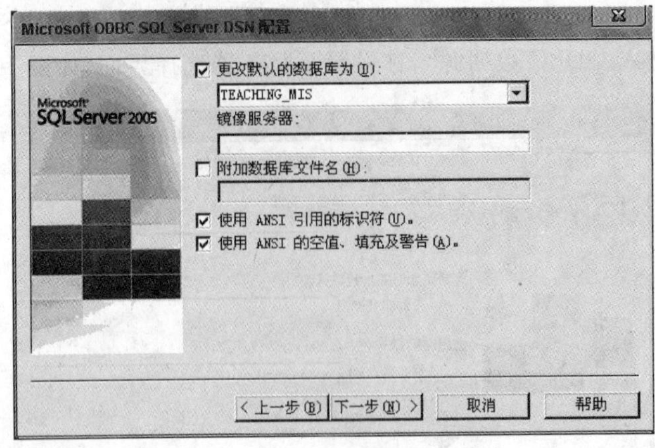

图 10-10　选择数据库

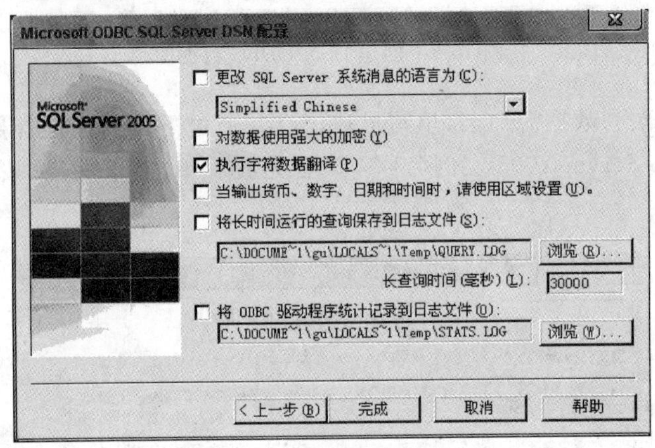

图 10-11　选项设置操作

此时进入如图 10-12 所示关于 ODBC 数据源简单摘要说明界面。

该摘要简要说明了前面各个操作步骤的结果。单击“测试数据源”按钮，则进入如图 10-13 所示的“ODBC 数据源测试”对话框。看到测试成功的消息，说明 ODBC 数据源配置已成功完成。单击“确定”按钮，回到配置数据源的最初界面，但此时对话框中已存有刚才配置的 ODBC 数据源名称如图 10-14 所示。

该界面说明，经过以上操作，已配置完成了名称为 stu 的系统 DSN ODBC 数据源的创建。

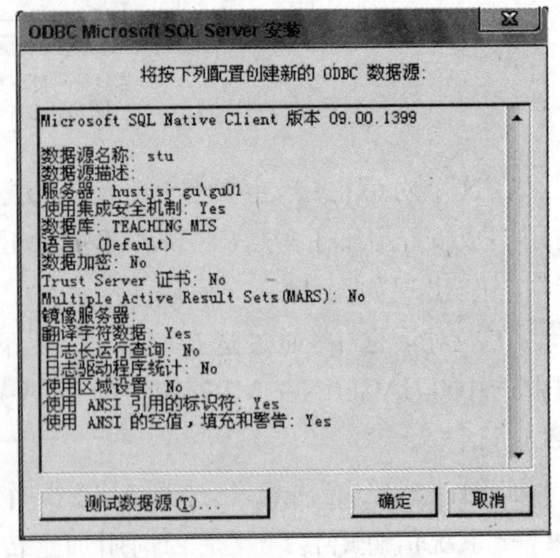

图 10-12　数据源配置摘要

2. ODBC 接口的应用

应用程序通过 ODBC 接口，可以建立起与 ODBC 数据源所指定的数据库的连接，通过这条通道，应用程序即可以进行数据访问和操作。以下通过一个 C++ 编写的 Win32 控制台应用程序数据访问的示例来说明 ODBC 接口的使用方法。

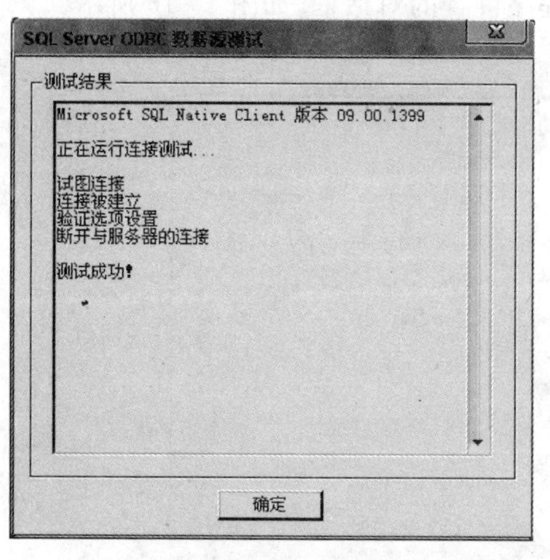

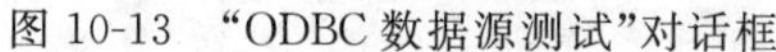

图 10-13　“ODBC 数据源测试”对话框

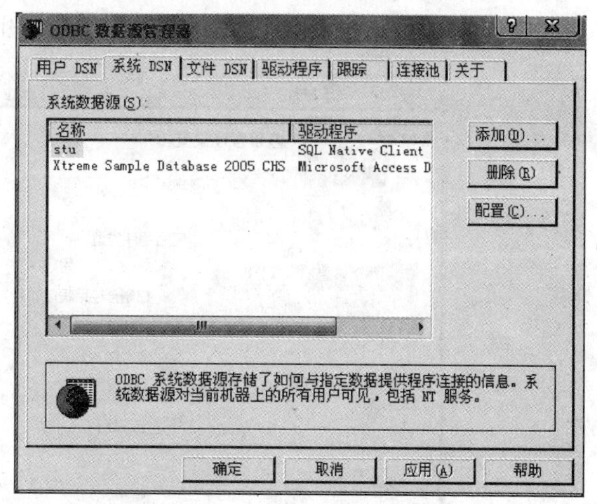

图 10-14　ODBC 数据源配置完成

进入 Visual Studio 2005 IDE。通过 ODBC 接口访问数据库的 C++应用程序实际上可在任何的 C++开发工具中编写并进行编译和运行，由于 SQL Server 2005 与 Windows 操作系统的紧密集成，如前多次所述，其众多管理控制工具均与. NET Framework 的开发环境 Visual Studio 2005 集成，因此，本示例就使用该开发环境，进入的方法可从 SQL Server 2005 商业智能平台进入，亦可直接由程序菜单进入 Visual Studio 2005。

从该开始界面的文件菜单中或单击工具栏的新建工具，可进入“添加新项目”对话框，如图 10-15 所示。在该对话框的项目类型窗口选择 Visual C++项目类型，则右侧模板窗口会显示相应的应用项目模板，在本示例中选择 Win32 项目模板，并在相应位置输入新建项目名称、存放位置等信息。

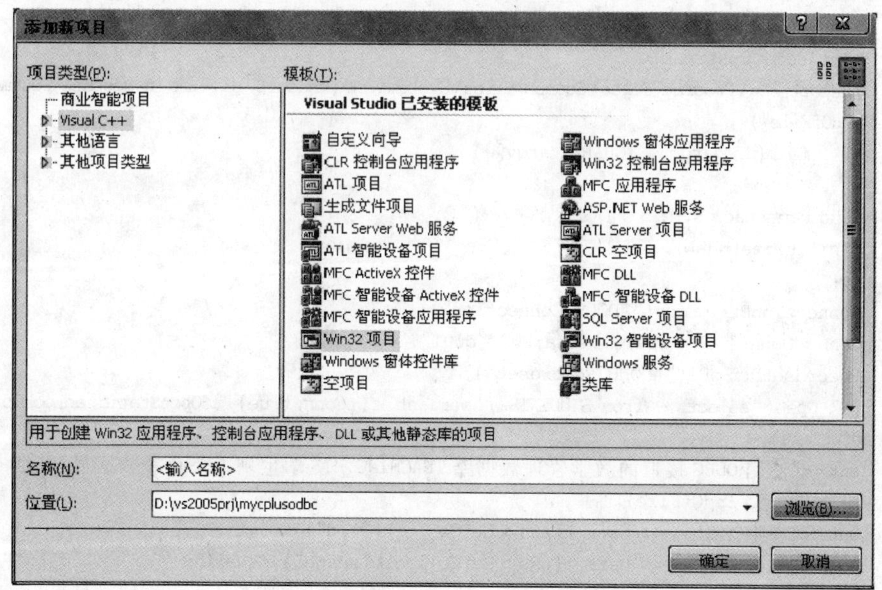

图 10-15　“添加新项目”对话框

单击对话框中的“确定”按钮,即进入所选应用程序设置的对话框,如图 10-16 所示。

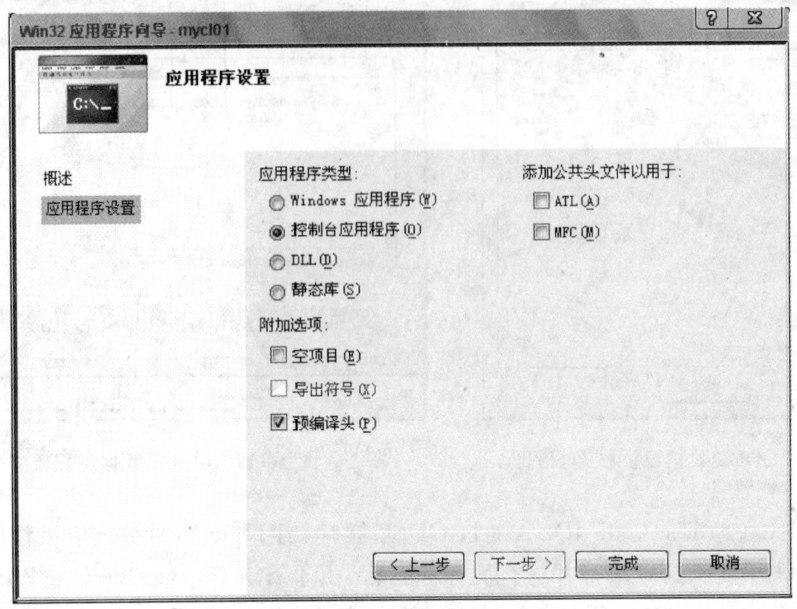

图 10-16　应用程序设置对话框

在此对话框中可以选择 Win32 的各种形式的应用程序,本示例主要为突出应用接口进行数据库连接,因此直接选择“控制台应用程序”,单击“完成”按钮,则 Visual Studio 2005 开发环境按照所选模板及相关配置,生成应用程序框架。在其生成的主程序框架下,填写本示例所用的通过 ODBC 接口连接 TEACHING_MIS 数据库,并访问其 STUDENTS 表中数据的 C++代码,完整的代码清单如下:

```
#include "stdafx.h"
#include <iostream>
#import "c:\Program Files\Common Files\System\ADO\msado15.dll" no_namespace rename("EOF",
"EndOfFile")
int _tmain(int argc, _TCHAR * argv[])
{
using namespace std;
CoInitialize(NULL);
try{
_ConnectionPtr pConn("ADODB.Connection");
pConn->Open("DSN = stu;UID = sa;PWD = gu01","","",-1);
_RecordsetPtr pRs("ADODB.Recordset");
pRs->Open("select * from STUDENTS",_variant_t(pConn,true),adOpenStatic,adLockOptimistic,
adCmdText);
cout<<"使用 ODBC 接口的教学管理数据库 TEACHING_MIS 学生基本信息表数据显示: "<<endl;
while(!pRs->EndOfFile){
cout<<"学生标识: "<<_bstr_t(pRs->GetCollect("sid"))<<"\t";
cout<<"学生姓名: "<<_bstr_t(pRs->GetCollect("sname"))<<endl;
pRs->MoveNext();
}
pRs->Close();
```

```
20  pConn->Close();
21  }
22  catch(_com_error &e){
23  cout << e.ErrorMessage()<< endl;}
24  return 0;
25  }
```

对上述代码的简要说明如下：

（1）第3行：要使用接口技术与数据库连接，必须要导入 msado15.dll 动态连接库。

（2）第7行：用于初始化的 COM 对象的函数。

（3）第9～10行：创建一个名为 pConn 的连接对象（指针），并按所输入的连接字符串通过 ODBC 数据源 stu 与指定的数据库建立连接。

（4）第11行：创建一个名为 pRs 的记录集对象（指针）。

（5）第12行：使用标准的 SQL 查询语句通过 pConn 连接对象从所连接的数据表中获取数据，并存放于 pRs 对象中。

（6）第15～16行：调用 pRs 对象访问表字段的函数，在标准输出设备上输出所需的学生学号标识及其姓名等信息。

（7）第19～20行：关闭 pRs 记录集对象和 pConn 连接对象，以在结束程序前释放所占用资源。

在程序编辑器中填写好以上代码，即可进行程序的编译链接工作，在此集成环境中使用生成菜单中的应用程序生成命令即可完成编译链接工作，如果语法中存在问题，就不能通过编译，并在输出窗口显示出错误所在行及错误相关信息，据此，可查找出错代码并进行相应的修改。该应用程序编辑界面如图 10-17 所示。

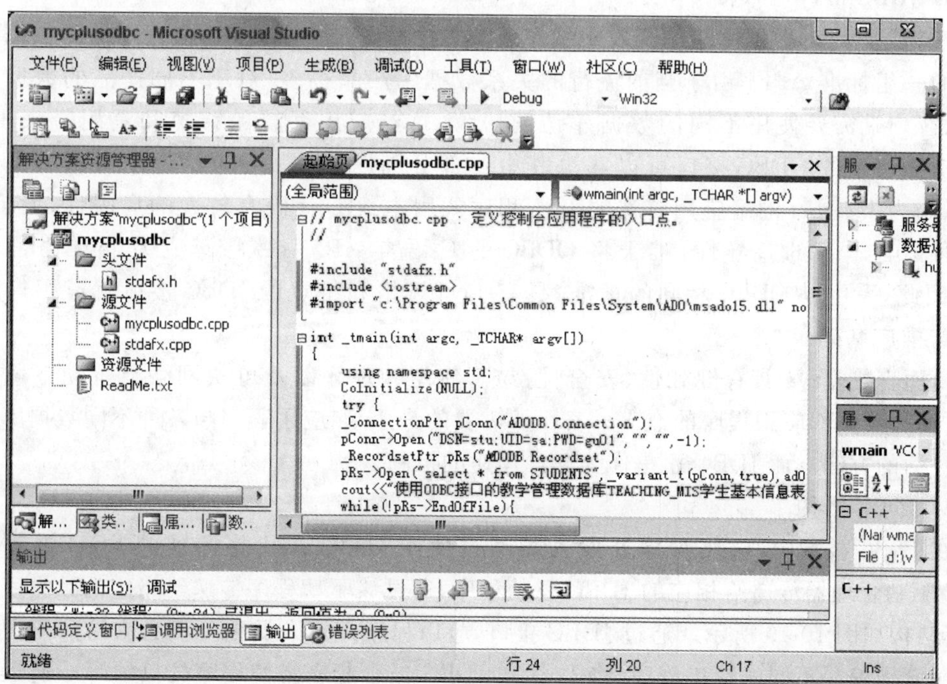

图 10-17　Win32 控制台项目 C++编辑窗口

通过编译链接后,即在项目创建所输入的存储目录中生成可执行程序。在该应用环境中可按 F5 键查看运行状态。亦可运行 CMD 程序进入命令提示符窗口,进入到该目录下输入该应用程序名称直接运行,其运行结果如图 10-18 所示。

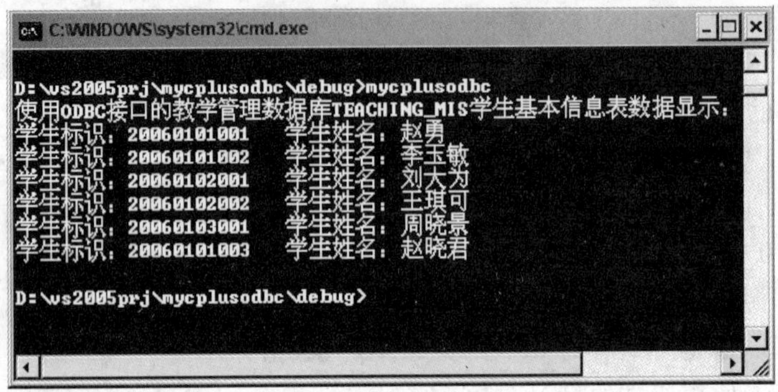

图 10-18 通过 ODBC 接口访问数据库的 C++程序运行效果

本示例向读者展现了一个 C++应用程序如何通过 ODBC 接口访问数据库中的数据。虽然示例本身代码及其实现的功能较为简单,但却说明了数据库应用最基本也是最核心的问题。实际上,无论是用 C++,还是用 C#、Java、VB,或是其他什么语言,也无论应用程序是客户端应用程序还是 Web 应用程序,无论使用窗口程序还是命令行程序,那只是形式有所变化,但通过 ODBC 接口与数据库连接,通过连接进行数据访问的方法却是固定的。

因为 ODBC 是关系数据库的标准接口,实际上只是那些没有 ADO、ADO. NET 接口的数据库系统,才使用 ODBC 接口进行连接,因为后者的效率较高。

3. JDBC 接口

JDBC 是 Java 数据库应用开发中的一项核心技术,它是为 Java 语言程序访问数据库而设计的一组标准 API。由于当前流行的关系数据库产品很多,对于不同产品的数据库服务器、客户端需要使用不同的数据库访问协议,这给应用系统的移植和重用带来困难。虽然上面所述的 ODBC 接口可以解决其中一部分问题,但是,ODBC 是用 C 编写的 API 函数,作为 Internet 网络应用首选的 Java 程序调用本地 C 代码有较大的局限性,而且,由于两种语言本身的差异性,难于将 ODBC 的 C 语言 API 一一翻译成为 Java 语言中的 API,因此,采用以 ODBC 相同的标准,具有 Java 风格和特点的 JDBC 接口就有了广泛的应用与推广基础。

简而言之,Java 具有健壮性、安全性、易于使用和理解以及可从网络上自动下载等特性,是编写数据库应用程序的杰出语言。所需要的是 Java 应用程序与各种不同数据库之间进行对话的方法。而 JDBC 正是作为此种用途的机制。

1) JDBC 结构

在 JDBC 技术中,应用程序开发人员通过使用 JDBC API 将标准的 SQL 语句通过 JDBC 驱动管理器传递给相应的 JDBC 驱动程序,通过该驱动程序传送给指定的数据库服务器,其结构如图 10-19 所示。通过 JDBC 接口,应用程序开发人员则可不必为访问不同的数据库而分别编写不同的接口程序,将 Java 和 JDBC 结合起来将使程序员只须写一遍程序就可以让其在任何平台上运行。

在图 10-19 中的 JDBC API 既支持数据库访问的两层结构模型，也支持三层结构模型。在两层结构中，Java 应用程序直接与数据库对话。这需要一个 JDBC 驱动程序来与所访问的特定数据库管理系统进行通信。用户的 SQL 语句被送往数据库中，而其结果将被送回给用户。数据库可以位于另一台计算机上，用户通过网络连接到上面。这其实就是客户机/服务器配置，网络可以是 Intranet 也可以是 Internet。

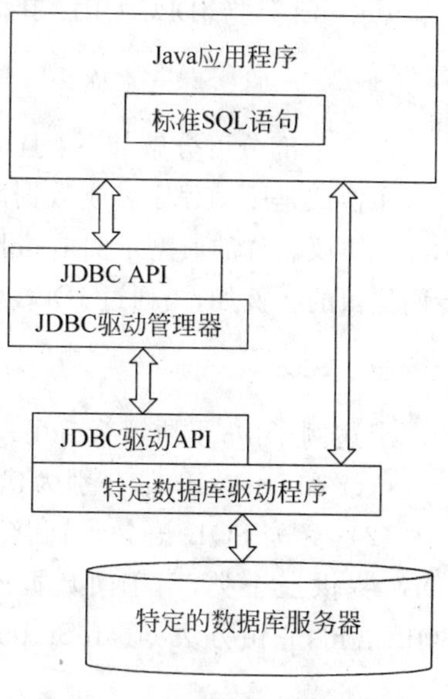

图 10-19 JDBC 结构示意图

而在三层结构中，命令先被传送到服务的“中间层”，然后由它将 SQL 语句发送给数据库。数据库对 SQL 语句进行处理并将结果送回到中间层，中间层再将结果送回给用户。三层结构模型的中间层可用来控制对公司数据的访问。中间层的另一个好处是，用户可以利用易于使用的高级 API，而中间层将把它转换为相应的低级调用。而 JDBC 接口符合这种应用需求。

2) JDBC 接口驱动类型

JDBC 接口驱动程序有 4 种类型：

(1) JDBC-OCBC 桥：其实是利用现有的 ODBC，其将 JDBC 调用翻译为 ODBC 调用。

(2) 基于本地的 API：它是将 JDBC 调用转换成对特定数据库管理系统客户端 API 的调用。

(3) 基于网络协议的 JDBC 驱动程序：其将 JDBC 调用转换为独立于任何数据库管理系统的网络协议命令，之后这种协议又被某个服务器转换为一种 DBMS 协议。这种网络服务器中间件能够将它的纯 Java 客户机连接到多种不同的数据库上。所用的具体协议取决于提供者。通常，这是最为灵活的 JDBC 驱动程序。

(4) 基于本地协议的完全 Java 驱动程序：其直接将 JDBC 调用转换为特定数据库管理系统所使用的网络协议命令，并完全由 Java 语言来实现。

上述后两种驱动类型因为不调用任何本地代码，完全由 Java 语言实现，因此是纯的 Java 程序，其所需的专用网络协议通常由数据库系统厂商来提供。

3) JDBC 接口应用开发基本方法

简单地讲，使用 JDBC 开发数据库应用主要需要完成 3 个步骤：

(1) 与数据库建立连接。JDBC 的驱动器管理器查找到相应的数据库驱动程序并加载，加载的方法有两种，从系统属性 java. sql 中读取驱动程序(driver)类名，并予以注册，或在程序中使用 Class. forName()方法动态装载并注册数据库驱动。后一种是常用的方法。例如，加载并注册 JDBC-ODBC 桥驱动程序的语句如下：

```
Class.forName("sun.jdbc.odbc.jdbcOdbcDriver");
```

当某种数据库的驱动程序加载后，就可以建立与该数据库管理系统的连接了，所使用的方法如下：

```
public static Connection getConnection(String url, String user, String password);
```

其中 url 是指 JDBC URL，其标准语法如下所示。它由三部分组成，各部分间用冒号分隔：

```
jdbc:<子协议>:<子名称>
```

这三个部分可分解如下：JDBC URL 中的协议总是 JDBC。

子协议是驱动程序名或数据库连接机制（这种机制可由一个或多个驱动程序支持）的名称。子协议名称的典型示例是 odbc，该名称是为用于指定 ODBC 风格的数据源名称而为 URL 专门保留的。例如，为通过 JDBC-ODBC 桥来访问某个数据库，可以用如下所示的 URL：

```
jdbc:odbc:mycourse
```

上述例子中，子协议为 odbc，子名称 mycourse 则是本地 ODBC 数据源的名称。

user 和 password：分别为建立数据库连接所使用的数据库用户名称和密码。

(2) 发送 SQL 语句。连接一旦建立，就可用来向所连接的数据库传送 SQL 语句。JDBC 提供三个类，用于向数据库发送 SQL 语句。其中，Statement 对象用于发送简单的 SQL 语句，它由方法 createStatement 所创建。该方法调用的语法格式为：

```
Statement stmt = con.createStatement();
```

上述语句创建了名称为 stmt 的对象，该对象可使用 Statement 的 ExecuteQuery()方法来发送 SQL 语句。其语法格式为：

```
public ResultSet executeQuery(String sql)
```

(3) 处理结果集。结果集是保存 SQL 的查询结果的表，是 ResultSet 类的对象。即该对象包含符合 SQL 语句中条件的所有行，并且它通过一套 get 方法（这些方法可以访问当前行中的不同列）提供了对这些行中数据的访问。ResultSet. next 方法用于移动到 ResultSet 中的下一行，使下一行成为当前行。

(4) 关闭数据库连接。因为一个数据库连接的资源耗费通常较大，所以，当所有对数据库的操作完成后，应该关闭连接。显示关闭连接 con 的方法是：

```
stmt.close();
con.close();
```

在上述关闭连接的语句中，前一个语句的作用是保证关闭连接前先释放 Statement 对象。

4) JDBC 应用示例

以下通过一个简单的 JDBC 访问 SQL Server 2005 数据库示例说明该接口的使用方法。此例所操作的是 SQL Server 2005 中 TEACHING_MIS 数据库中 STUDENTS 表，这个简单示例只完成 Java 应用程序从该表中读取学号和姓名字段的内容并在终端上显示出来。所使用的 JDBC 接口类型是 JDBC-ODBC 桥。

为完成上述工作，首先要创建 ODBC 数据源，然后使用 Java 语言及 JDBC-ODBC 接口编写应用程序，以进行指定数据库的连接和访问。

(1) 创建数据源：本示例就使用 ODBC 接口一节所创建的名为 stu 的 ODBC 数据源。

(2) 运用 Java 语言和 JDBC 接口编写应用程序，以访问该数据库中名称为 STUDENTS 的表中数据。该应用程序源代码如下：

```
import java.sql.*;
public class JdbcTest{
    public static void main(String args[]){
    String url = "jdbc:odbc:stu";
    Connection con;
    String sql;
    Statement stmt;
    String num,name;
    try{
        Class.forName("sun.jdbc.odbc.JdbcOdbcDriver");
    }catch(java.lang.ClassNotFoundException e){
        System.err.print("ClassNotFoundException:");
        System.err.println(e.getMessage());
    }
    try{
        con = DriverManager.getConnection(url,"java","java");
        stmt = con.createStatement();
        sql = "SELECT * FROM STUDENTS";
        ResultSet rs = stmt.executeQuery(sql);
        System.out.println("学号 姓名");
        System.out.println("----------------------");
        while(rs.next()){
            num = rs.getString(1);
            name = rs.getString(2);
            System.out.println(num + "\t" + name);
        }
        System.out.println("----------------------");
        stmt.close();
        con.close();
    }catch(SQLException ex){
        System.err.println("SQLExecption:" + ex.getMessage());
        }
    }
}
```

该程序在 Windows 环境的 CMD 命令行中编译执行，其输出结果如图 10-20 所示。

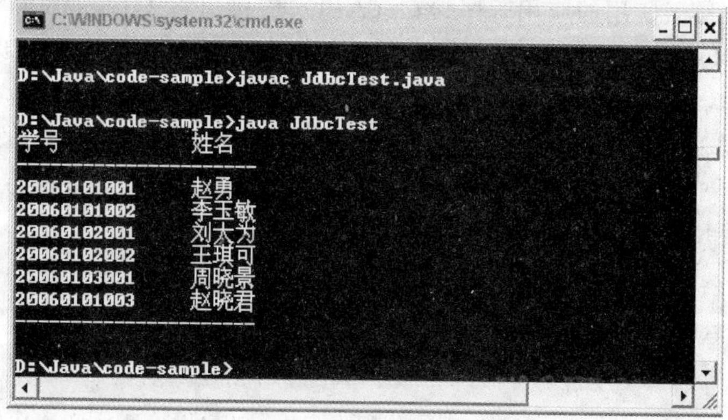

图 10-20 通过 JDBC 接口进行数据访问

4. ADO和ADO.NET接口

数据访问接口定义了客户端与服务端在沟通时所统一使用的方式,只要双方都遵守接口的定义,就能使用同样的方式访问不同的数据源。前述ODBC接口是访问关系型数据库的公开标准,通过这个接口,应用程序可以使用一致的方式访问不同的关系数据库(如SQL Server、Oracle等)。除此之外,Microsoft公司还推出了其他数据访问接口,如OLE DB、ADO、ADO.NET等。因为使用ODBC只能访问关系型数据库的数据源,但通过OLE DB接口,则可以访问多种不同格式的数据源,包括关系数据库,甚至是Exchange Server或Active Directory中的数据。OLE DB是一个底层接口,为便于使用,Microsoft公司已将其包装成OLE DB服务提供组件(SQLOLEDB),因而客户端程序也就能更方便地使用该接口。

ODBC与OLE DB接口之间关系及作用如图10-21所示。

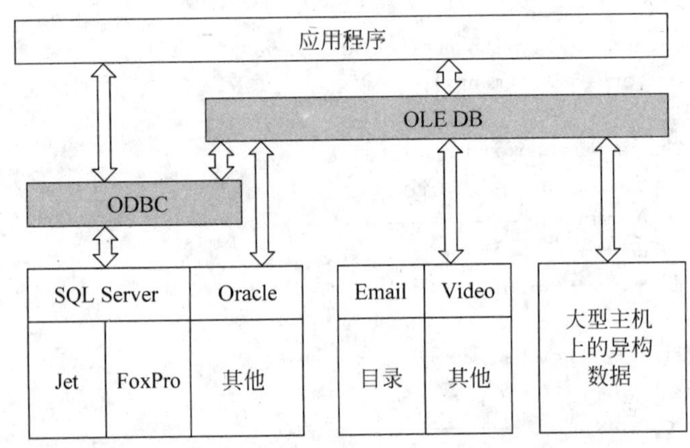

图10-21 ODBC与OLE DB接口的关系及其作用

ODBC与OLE DB定义的是数据访问接口,要开发能访问这种接口的应用程序必须用C或C++语言来写,在使用上并不方便,因此,Microsoft公司将其包装成ADO组件,以供各种不同的程序语言(如VB、Delphi、C++)使用。

1) ADO接口

ADO称为动态数据对象,是Microsoft公司推出用于与OLE DB数据源相适应的数据访问接口,是一种易于使用的应用程序接口(API),该接口将OLE DB封装以用于不同的应用环境中。ADO这组自动化对象,使用OLE DB API,以使应用程序得以使用来自OLE DB数据源的数据。这包括以不同的格式存储的数据,而不仅仅是SQL数据库中的数据。

使用ADO接口的应用程序通过OLE DB提供程序访问数据。SQL Server包含用于SQL Server的本机OLE DB提供程序(驱动程序)。ADO是Microsoft公司极力推荐使用的数据访问技术,其具有以下特点:

- 将原本繁杂的数据库应用程序开发变成轻松容易的工作,除了具有传统数据库开发环境的优点外,还增加了对数据库修改和维护的功能;
- 几乎兼容所有的数据库系统,ADO为它们都提供了相同的界面供程序设计人员使用;
- 能跨越多种不同的程序语言开发环境,如VB、C/C++、JScript等,虽然开发环境不

同,但 ADO 提供了类似的设计方式,方便了用户使用;

- 几乎可以在任何支持 COM 和 OLE 的服务器端操作系统上使用,包括 Windows 98/NT 等系统都可以开发出 Web 数据库系统。

通过 ADO 接口将数据源连接到 SQL Server 实例有两种办法:

- 使用 Microsoft 数据连接(SQLOLEDB);
- 使用 ODBC 数据源(MSDASQL)。

而应用程序使用 ADO 接口同 SQL Server 数据库进行通信,则需要做以下几方面的工作:

(1) 建立从 ADO 接口至数据源的连接;

(2) 将 SQL 语句通过 ADO 接口传递给数据源;

(3) 处理从数据库返回的语句结果;

(4) 处理错误和消息;

(5) 断开同数据源的连接。

2) ADO. NET 接口

ADO(ActiveX Data Objects)和它的新版本 ADO. NET,两者都是和数据操作有关的一组对象模型的集合,但是 ADO 使用 OLE DB 接口并基于 Microsoft 公司的 COM 技术,而 ADO. NET 拥有自己的 ADO. NET 接口并且是基于 Microsoft 公司的. NET 体系架构。因此,ADO. NET 接口完全不同于 ADO 的 OLE DB 接口,换言之,这是两种数据访问方式。

ADO. NET 是一组. NET 类,它使用通用语言运行时(Common Language Runtime, CLR),具有. NET 框架的所有特性。该接口采用全新的数据访问方法,把数据访问的任务与数据查看和数据操纵分离开来。它为使数据存取更为简单和高效做出两个重要的改进:

离线数据集(Disconnected Data Set):与 ADO 接口的在线方式的实时连接不同,该接口使用离线方式,在访问数据库时,ADO. NET 使用 XML 制作数据的一个副本(snapshot),仅在此时需要在线。

对 XML 的原生支持(XML Native Support):指 ADO. NET 接口基于 XML 格式(XML 是一种网络数据交换的技术,在此不作专门介绍)。

(1) ADO. NET 结构。ADO. NET 有两个核心组件:DataSet 和. NET 数据提供者(即. NET Data Povider),其结构如图 10-22 所示。. NET 数据提供者的主要功能是作为应用程序和数据源之间的接口,它封装了数据源的功能并以标准编程接口的形式提供给用户。

ADO. NET1. 1 以上版本有 4 种数据提供者,如表 10-1 所示。每种数据提供者都提供具体的数据访问结构,用户需要根据实际使用情况进行选择。例如:SQL Server 数据提供者专用于访问 SQL Server 2000 以上版本的 SQL Server 数据库,而 OLE DB 数据提供者可用于访问诸如 Access、任何版本的 SQL Server、Oracle、Excel、Dbase 等数据库(不一定是关系数据库)。虽然 SQL Server 数据提供者和 OLE DB 数据提供者都可以访问 SQL Server 数据库,但由于 Microsoft 公司进行了效率调整,因此,使用 SQL Server 数据提供者访问 SQL Server 2000 以上版本数据库的效率会更高。

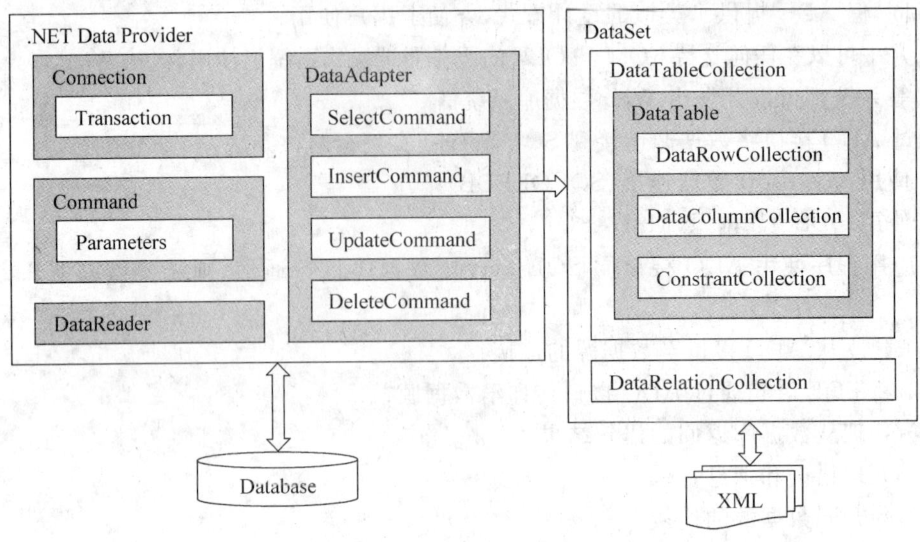

图 10-22　ADO. NET 结构示意图

表 10-1　.NET 平台的数据提供者

数据提供者	所属命名空间	用途说明
SQL Server . NET Data Povider	System. Data. SqlClient	专用于 SQL Server 数据库
OLE DB . NET Data Povider	System. Data. OleDb	通用数据库访问方法
ODBC . NET Framework 数据提供者	System. Data. Odbc	开放式数据库互连. NET 数据提供者
Oracle . NET Framework 数据提供者	System. Data. OracleClient	直接建立与 Oracle 数据库的连接

（2）ADO. NET 对象模型。ADO. NET 对象模型主要有 5 个对象，分别是 Connection 对象、Command 对象、DataAdapter 对象、DataReader 对象和 DataSet 对象。这 5 个对象间的关系如图 10-23 所示。

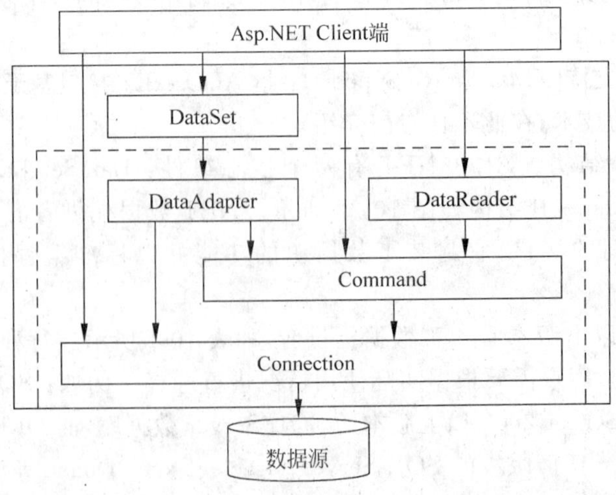

图 10-23　ADO. NET 对象模型

在 ADO.NET 对象模型中，Connection 对象用来连接数据库，Command 对象用来执行 SQL 语句，DataReader 对象用于读取数据库，DataAdapter 对象用来执行 SQL 语句并打开数据表格(DataTable)，而 DataSet 对象则用于存取数据库。DataSet 对象支持对数据库的无连接访问(即从数据源读取数据后，可将数据源断开)，该对象可以包含若干个 DataTable 对象，而实际的数据存储在 DataTable 对象中。而且，DataTable 中的数据是以 XML 格式为基础，因此，可访问多个不同种类数据源的数据。实际上，DataTable 可看作是内存中的数据库。

(3) ADO.NET 接口示例。以下是用 C# 语言编写的一个简单 ADO.NET 应用程序，它从数据源中返回结果并将输出写至控制台或命令提示符窗口。该示例连接到 Microsoft SQL Server 2005 上的 TEACHING_MIS 数据库，并使用 DataReader 返回该库中课程表(COURSE)的数据内容。该示例的 C# 语言代码如下：

```
1  using System;
2  using System.Data;
3  using System.Data.SqlClient;
4  class Sample
5  {
6  public static void Main()
7  {
8   SqlConnection Conn = new SqlConnection("Data Source = hustjsj-gu\\gu01; Integrated
    Security = SSPI;Initial Catalog = TEACHING_MIS");
9  SqlCommand catCMD = Conn.CreateCommand();
10 catCMD.CommandText = "SELECT CID, CNAME FROM COURSE";
11 Conn.Open();
12 SqlDataReader myReader = catCMD.ExecuteReader();
13 while (myReader.Read())
14 {
15 Console.WriteLine("\t{0}\t{1}", myReader.GetString(0), myReader.GetString(1));
16 }
17 myReader.Close();
18 Conn.Close();
19 }
20 }
```

以上示例中的 SqlConnection、SqlCommand 和 SqlDataReader 即是 ADO.NET 接口中的类，它们是命名空间 System.Data.SqlClient 中 SQL Server 数据提供者所定义的数据操作组件对象。代码第 8 行，名为 Conn 的 SqlConnection 类对象，使用连接字符串 Data Source＝hustjsj-gu\\gu01；Integrated Security＝SSPI；Initial Catalog＝TEACHING_MIS 创建了一个与 SQL Server 2005 中名称为 TEACHING_MIS 数据库的数据源进行连接的对象。而名称为 catCMD 的 SqlCommand 类对象是由连接对象 Conn 运用 CreateCommand() 方法创建的执行 SQL 命令对象，该对象中的 SQL 语句由 CommandText 成员指定。在本例中，该成员的值即是从课程表中查询所有课程编号与课程名称的 SQL 语句。该对象通过调用其 ExecuteReader()方法完成对数据源中数据的查询，并将查询结果保存至名为 myReader 的 SqlDataReader 类对象中。该对象是从数据源中向前只读的数据流。第 15 行语句通过调用 myReader 对象的 GetString()方法获取该对象中的数据并显示于命令行窗口。完成显示后，第 17、18 行用于关闭 SqlDataReader 类对象并断开 SqlConnection 对象与数据源的连接。上述代码可在命令行窗口中使用 CSC. EXE 进行编译后执行，其程序运行结果如图 10-24 所示。

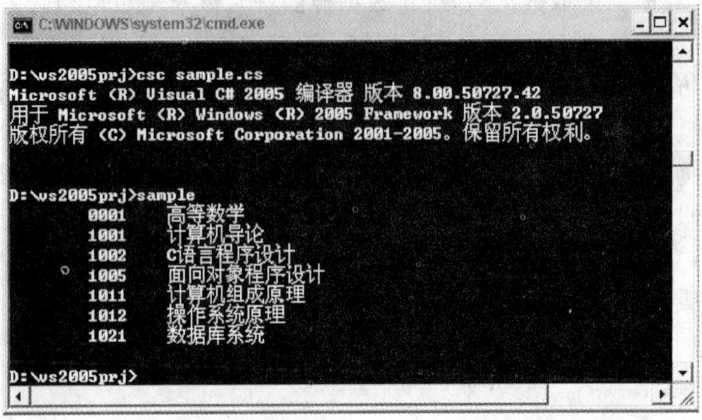

```
C:\WINDOWS\system32\cmd.exe

D:\vs2005prj>csc sample.cs
Microsoft (R) Visual C# 2005 编译器 版本 8.00.50727.42
用于 Microsoft (R) Windows (R) 2005 Framework 版本 2.0.50727
版权所有 (C) Microsoft Corporation 2001-2005。保留所有权利。

D:\vs2005prj>sample
        0001    高等数学
        1001    计算机导论
        1002    C语言程序设计
        1005    面向对象程序设计
        1011    计算机组成原理
        1012    操作系统原理
        1021    数据库系统

D:\vs2005prj>
```

图 10-24　ADO. NET 接口应用示例

10.2　CLR 数据库对象的创建与使用

SQL Server 2005 已集成了用于 Windows 的. NET Framework 的公共语言运行时（Common Language Runtime，CLR）组件。这就是说，在 SQL Server 2005 中可以使用任何. NET Framework 语言（包括 Visual Basic . NET 和 Microsoft Visual C＃）来编写存储过程、触发器、用户定义类型、用户定义函数、用户定义聚合和流式表值函数。此前，这些数据库对象通常使用 T-SQL 编写，而今数据库应用开发人员可使用 Visual Basic、Visual C++ 和 Visual C＃ 等多种语言创建、编写并生成这些 SQL Server 过程化对象。可以说，在数据库中包含 CLR 是 SQL Server 2005 的一大进步。

Transact-SQL 是 SQL Server 数据库的传统编程语言，其专为数据访问和操作而设计，但它的计算复杂度有限制，例如，Transact-SQL 不支持数组、集合、for-each 循环、位转移或类。对于那些在数据库中的复杂操作，在此前，应用程序开发人员只能借助于 C++ 编写复杂的扩展过程。

CLR 提供面向对象的功能，例如封装、继承和多态性。它使得相关代码承载于数据库的安全环境，代理内存管理、垃圾收集和强大的数据库引擎的线程支持，并且使应用开发人员可以使用. NET 强大的计算能力、高级数据类型支持以及丰富的内建类库。

因此，对于那些计算复杂的执行逻辑，基于 CLR 的托管代码比 Transact-SQL 更适合，托管代码的一个优点是类型安全性，它全面支持许多复杂的任务。通过 . NET Framework 库中提供的功能，可以访问数千个预生成的类和例程。可以很容易从任何存储过程、触发器或用户定义函数进行访问。基类库包括的类提供用于字符串操作、高级数学运算、文件访问、加密等的功能。

当然，对于那些几乎或根本不需要过程逻辑的数据访问，还是使用 Transact-SQL 更为简单。

10.2.1 CLR 基本概念

本节是在进一步讨论 CLR 集成之前,为刚接触.NET 框架(.NET Framework)的读者介绍一些基础知识。

1. .NET 框架

.NET Framework 是用于构建 Windows 程序和服务的可编程平台。使用该框架,可以创建 Windows 表单、Web 服务以及 ASP、ASP.NET 应用程序。框架的主要部分包括 CLR、框架类和库以及 ASP.NET。

.NET 编程需要.NET Framework,这也就是安装 SQL Server 2005 的前提条件是需要安装 Windows.NET Framework 2.0 的原因。

2. 公共语言运行时

公共语言运行时(CLR)是.NET 程序实际运行和管理的环境,CLR 用于执行.NET 程序,管理内存以及管理程序元数据。

3. 托管代码

托管代码是指用支持.NET 的语言,如 Visual C++、C#、VB.net、J#等语言编译器生成的程序代码,它们并不是 CPU 能直接执行的代码,而是一种中间代码(Intermediate Language,IL),称其为托管代码,是因为它们的运行还需要 CLR 中的 JIT 编译器将其再次编译为本地代码(Native Code)以后才能运行,并且运行始终都要受到 CLR 的支持和控制。

4. SQL Server 程序集

SQL Server 2005 中引入了程序集概念。简单地说,程序集就是.NET 编译和托管的.dll 文件。SQL Server 使用程序集部署对象,例如存储过程、用户定义类型、触发器和用户定义函数。SQL Server 2005 这种新功能还提供了在数据库对象(例如存储过程、函数和类型)中,访问经过改进的.NET Framework 编程模型的能力。

其实,在 SQL Server 2005 之前,程序集也称为托管代码,它是一组编译为.dll 或者.exe 的文件。在.NET Framework 中仍然存在这个术语和特性。

在 SQL Server 内,程序集是一个引用物理程序集.dll 文件的对象。托管代码是.dll 文件,该文件使用.NET Framework CLR 和其他托管代码来创建。SQL Server 内部的每段托管代码都包括两个重要的片段信息:一个是描述程序集的元数据,例如程序集方法和属性,程序集版本号。第二个片段信息是实际的托管代码,组成程序集的方法和属性。通常,使用一些高级编程语言(例如 C#或者 Visual Basic.NET)编写托管代码,这些代码共享类库,同时被编译为中间语言。

程序集中的托管代码实现 SQL Server 对象的功能,例如存储过程、UDT、CLR 函数和 CLR 触发器。更为重要的是,程序集自身控制托管代码访问内部和外部资源的权限级别。当在 SQL Server 中利用 CREATE ASSEMBLY 语句创建程序集时,.dll 文件会物理地加载到 SQL Server 中,这样 SQL Server 引擎就能够引用和使用程序集。SQL Server 2005 中有两个说明所创建程序集的表,它们是 sys.assemblies 和 sys.assembly_files。

使用托管代码编写的数据库对象将提供增强的安全性。因为这些数据库对象将在数据库引擎中承载的 CLR 环境中运行,所以它们将在细粒度的 CLR 安全模型的上下文中进行操作。使用托管语言生成 SQL Server 2005 数据库对象通常会在性能和可伸缩性方面产生可观的收益。由于 Visual Studio 2005 语言编译器和执行模型中内置的优化,用托管代码编写的数据库对象(例如,存储过程、函数和触发器)在很多情况下能提供比 T-SQL 更好的性能。

10.2.2 CLR 对象

如上所述,要使用 CLR 对象,必须先创建.NET 程序并将其编译成 DLL 文件,然后再把程序集导入到 SQL Server 数据库中。当把 CLR 对象集成到数据库中,用户就可以将其关联到其他的数据库对象(用户自定义的函数、用户定义的数据类型、存储过程、触发器和聚合函数),并可像其他数据库对象一样来使用。下面介绍创建 CLR 数据库对象的步骤。

1. 编写 CLR 代码

首先,选用自己所喜欢或熟悉的.NET 语言和工具来编写 CLR 代码。例如,用户可以使用 Microsoft Visual C++、C#或 VB.NET 来创建程序集,用户可将托管程序编写为一组类定义。将 SQL Server 中旨在用作存储过程、函数或触发器等的代码编写为类的 static(或 Microsoft Visual Basic .NET 中的 shared)方法。将旨在用作用户定义的类型和聚合的代码编写为一个整类。创建过程中,使用与 SQL Server 2005 紧密集成的 Visual Studio 2005 开发环境会使程序集的创建更为简单。当然,也可使用简单的记事本工具来完成代码编写工作。

2. 将代码编译成 DLL 文件

然后,用户可以编译该程序并创建一个程序集。如前所述,该程序集是一个后缀名称为.dll 的文件。编译可在 Visual Studio 2005 开发环境中运用相应的工具或菜单来完成,亦可在命令行窗口执行 csc.exe、vbc.exe 或 vjc.exe 命令来进行编译。这些可执行程序分别是 C#、VB.NET 和 Microsoft Visual J#语言的命令行编译器。可在 C:\windows\Microsoft.net\framework\的最新版本目录中找到。

3. 启用 SQL Server 2005 的 CLR 支持

在 SQL Server Management Studio 中,执行系统存储过程 sp_configure 来为 SQL Server 实例开启 CLR 功能。SQL Server 2005 在安装完成后,默认情况下,CLR 功能是禁止的,要允许使用 CLR 数据库对象,就必须使用上述系统存储过程来配置相关选项,其配置的 T-SQL 代码如下:

```
EXEC SP_CONFIGURE 'CLR_ENABLED',1
RECONFIGURE WITH OVERRIDE
GO
```

该执行结果会在输入窗口显示如下信息:

```
配置选项'clr enabled'已从 0 更改为 1.请运行 RECONFIGURE 语句进行安装。
```

该项配置启用后的默认安全权限是 SAFE,如果 CLR 对象需要使用 EXTERNAL_ACCESS 或 UNSAFE 安全权限,则需要把指定数据库的 TRUSTWORTHY 选项设置为

ON,其 T-SQL 语句如下：

```
ALTER DATABASE TEACHING_MIS
SET TRUSTWORTHY ON
GO
```

4. 将程序集加载到 SQL Server 数据库

在 SQL Server Management Studio 中,使用 CREATE ASSEMBLY 命令,可以把用托管代码创建的 CLR 对象程序集载入到 SQL Server 2005 数据库。其 T-SQL 语句的基本语法格式如下：

```
CREATE ASSEMBLY assembly_name
[AUTHORIZATION owner_name]
FROM{'[\\computer_name\]share_name\[path\]manifest_file_name'
|'[local_path\]manifest_file_name'|
{varbinary_literal|varbinary_expression}}
[WITH PERMISSON_SET = {SAFE|EXTERNAL_ACCESS|UNSAFE}]
```

参数说明：

- assembly_name：新的数据库程序集名称。
- owner_name：程序集所属用户或角色名称。
- [\\computer_name\]share_name\[path\]manifest_file_name'|'[local_path\]manifest_file_name：要加载的程序集路径和 DLL 文件名。
- varbinary_literal|varbinary_expression：组成程序集的二进制数据可以代替实际文件来传入命令。
- SAFE|EXTERNAL_ACCESS|UNSAFE：程序集安全权限级别的设定,其中 SAFE 权限只能允许运行访问本地 SQL Server 实例的代码,这是个默认模式。而 EXTERNAL_ACCESS 级别则允许访问网络、外部文件、注册表、环境变量和 Web 服务。UNSAFE 的权限与扩展存储过程相似,它不会对程序集如何访问资源作任何限制,因此允许内存空间的破坏或执行会影响 SQL Server 实例的稳定性的行为。因此,应该尽量去避免使用这个权限。

一旦创建并加载了 CLR 程序集,在 SQL Server 2005 中就可以像使用普通的 T-SQL 语句定义的数据库对象一样去执行 CLR 对象。

10.2.3 CLR 对象创建与使用示例

1. 创建一个 CLR 触发器

该触发器与 SQL Server 2005 中的 TEACHING_MIS 数据库中的 STUDENTS 表相关联,当对该表插入一条记录后,触发该 CLR 对象,显示所插入的数据。

(1) 在 Visual Studio 2005IDE 环境中使用 VB.NET 语言编写如下程序代码：

```
Imports System
Imports System.Data
Imports System.Data.SqlClient
Imports System.Data.SqlTypes
```

```
Imports Microsoft.SqlServer.Server
Partial Public Class Triggers
    '<Microsoft.SqlServer.Server.SqlTrigger(Name:="myvb01", Target:="Table1", Event:=
"FOR INSERT")> _
    Public Shared Sub myvb01()
        Dim oTriggerContext As SqlTriggerContext = SqlContext.TriggerContext
        Dim sPipe As SqlPipe = SqlContext.Pipe
        If oTriggerContext.TriggerAction = TriggerAction.Insert Then
            Dim oConn As New SqlConnection("context connection=true")
            oConn.Open()
            Dim oCmd As New SqlCommand("SELECT * FROM INSERTED", oConn)
            sPipe.ExecuteAndSend(oCmd)
        End If
    End Sub
End Class
```

(2) 创建 SQL Server 2005 程序集。

在 SQL Server 2005 Management Studio 中，使用 T-SQL 语句创建一个名为 myvb01 的程序集对象，所用语句如下所示：

```
CREATE ASSEMBLY myvb01 FROM 'D:\vs2005prj\myvb01\myvb01\bin\myvb01.dll'
GO
```

(3) 注册到 TEACHING_MIS 数据库 STUDENTS 表上。

同样，在上述 T-SQL 查询语言编辑窗口中，使用如下语句进行注册：

```
USE TEACHING_MIS
GO
CREATE TRIGGER myvb01
ON STUDENTS
FOR INSERT
AS EXTERNAL NAME myvb01.[myvb01.Triggers].myvb01
GO
```

(4) 使用 CLR 触发器。

如前所述，当创建了名称为 myvb01 的 CLR 触发器对象后，就可以像 T-SQL 编写的数据库对象一样来使用，因此，当使用如下的插入语句向 STUDENTS 表中插入一行记录时，就会触发与该表关联的 CLR 触发器 myvb01 的动作，这个动作即是托管代码中指定的将所插入的数据在输出窗口显示出来。

所用的 DML 命令如下：

```
USE TEACHING_MIS
INSERT INTO STUDENTS VALUES('20060101003','赵晓君','1','02788425143',18)
GO
```

该语句执行后，触发器动作所输出数据如图 10-25 所示。

2. 创建一个 CLR 存储过程

该存储过程使用 C# 语言来编写。其接收 T-SQL 语句一个课程代码参数，当该存储过

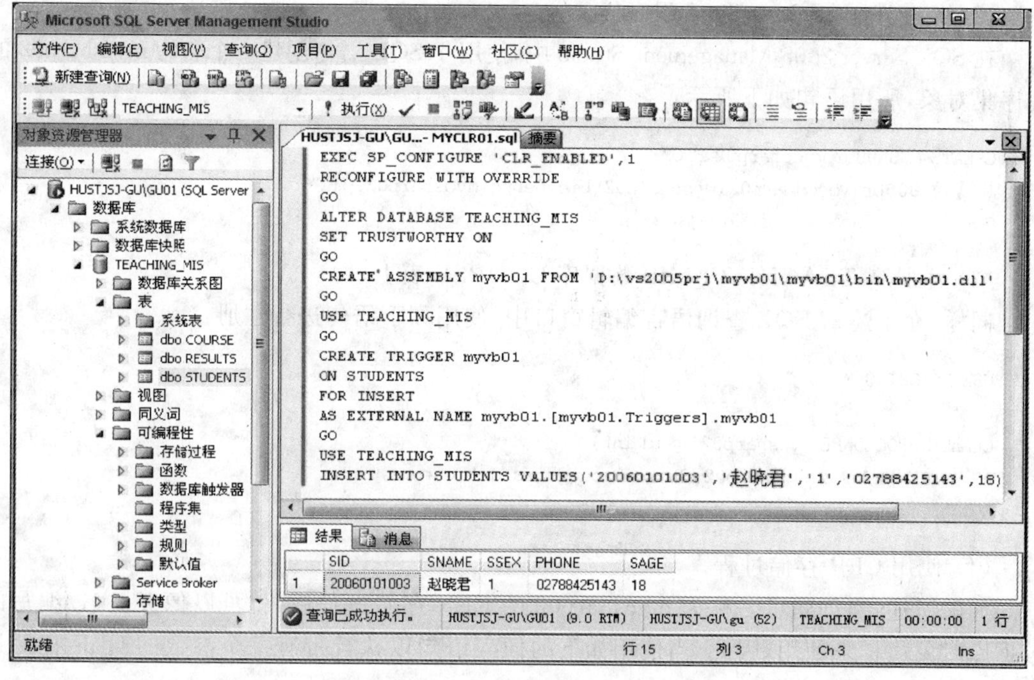

图 10-25　CLR 触发器创建与使用

程接收这一参数后，从建立在 SQL Server 2005 中的 TEACHING_MIS 数据库的 COURSE 表检索出符合该课程代码的课程名称，并将其在输出窗口显示出来。

(1) 在 Visual Studio 2005 IDE 环境中使用 C＃语言编写名称为 getCourse.cs 的如下程序代码：

```
using System;
using System.Data;
using System.Data.SqlClient;
using System.Data.SqlTypes;
using Microsoft.SqlServer.Server;
public partial class StoredProcedures
{
    [Microsoft.SqlServer.Server.SqlProcedure]
    public static void getCourse(int categoryID)
    {
        // 在此处放置代码
        SqlConnection connection = new SqlConnection("context connection = True");
        connection.Open();
        SqlCommand command = new SqlCommand("SELECT CID, CNAME FROM " +
        "COURSE WHERE CID = " +
        categoryID.ToString(), connection);
        SqlDataReader reader = command.ExecuteReader();
        SqlContext.Pipe.Send(reader);
    }
};
```

（2）创建 SQL Server 2005 程序集。

在 SQL Server 2005 Management Studio 中，使用 T-SQL 语句创建一个名为 mycsharp02 的程序集对象，所用语句如下所示：

```
CREATE ASSEMBLY mycsharp02 FROM
'D:\vs2005prj\mycsharp02\mycsharp02\bin\Debug\mycsharp02.dll'
GO
```

（3）注册到 TEACHING_MIS 数据库 COURSE 表上。

同样，在上述 T-SQL 查询语言编辑窗口中，使用如下语句进行注册：

```
USE TEACHING_MIS
GO
CREATE PROCEDURE mycsharp02(@id int)
AS EXTERNAL NAME mycsharp02.StoredProcedures.getCourse
GO
```

（4）使用 CLR 存储过程。

如前所述，当创建了名称为 mycsharp02 的 CLR 存储过程后，就可以像 T-SQL 编写的数据库对象一样来使用，因此，当使用如下的插入语句以执行带有一个参数的 CLR 存储过程时，与该参数匹配的记录内容将会被显示到输出窗口中。

所用的控制命令如下：

```
EXEC dbo.mycsharp02 '1021'
GO
```

该语句执行结果如图 10-26 所示。

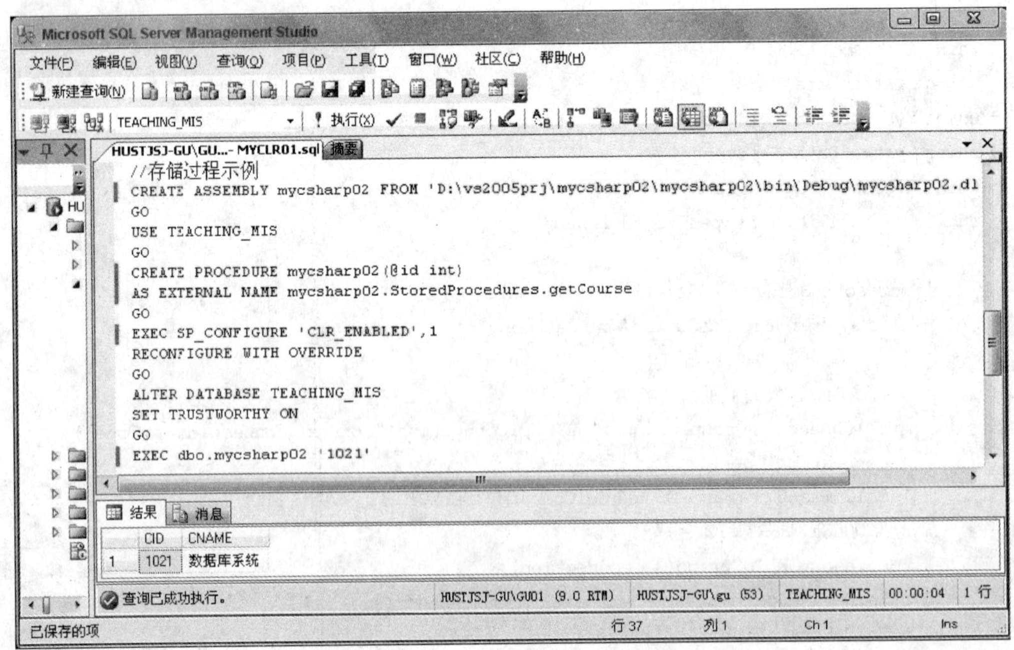

图 10-26 CLR 存储过程创建与使用

10.3 网络数据库及其访问技术

20 世纪 90 年代以来，随着 Internet 技术的发展和应用的迅速普及，各类基于 Internet 网络技术的电子商务、电子政务等计算机应用不断深入地发展起来。在这个过程中，Web 网由于其操作简单、信息获取容易而成为人们接近网络、了解网络信息、发布消息、共享信息和资源的一个主渠道。SQL Server 作为支持 Internet 以及 Web 技术、与全世界装机量最大的 Windows NT 网络操作系统紧密集成、有着较高性能价格比而适用于网络数据存储与管理的数据处理平台，在上述各种网络应用中起着重要作用。

10.3.1 网络数据库概述

1. 网络互联

计算机网络是指将地理位置不同、具有独立功能的多个计算机系统用通信设备和线路连接起来，并以网络软件(网络协议、网络操作系统等)实现网络资源共享的系统。

计算机网络互联是指利用网络互联设备及相应的技术和协议，把多个计算机网络连接起来，实现计算机网络之间的互通。其目的就是使一个网络上的计算机用户能够访问其他计算机网络上的资源，在不同网络上的用户可以相互通信和交流信息，以实现更大范围内的资源共享和信息交流。

2. 网站访问

要使计算机网络上的用户利用 Internet 技术在最大范围实现网络信息交流与共享，方便地获取所需信息，进而实现网络资源共享，就需要使用游览器软件，通过网址来访问相关的网站。网站访问的过程，就是客户机向服务器提出请求，然后由服务器的应用程序根据客户机的请求，运行相应的程序的过程。在这一过程中，网络应用程序全部放在服务器上，客户端只需要一个标准的 Web 浏览器软件，即可完成访问互联网的全部工作。这也就是当前流行的浏览器/服务器(B/S)模式。

3. 网络数据库的基本概念

随着计算机网络的飞速发展，人们需要面对大量非结构化的数据类型，如图形、图像、声音、大文本、时间序列和地理信息等复杂数据类型。在网络应用的推动下，关系数据库进一步发生着变革，面向对象的数据库、Internet 数据库和多媒体数据库相继出现，此称为“后关系数据库时代”。

网络数据库，顾名思义，是在传统关系数据库技术之上，融合了最先进的网络技术、存储技术和检索技术。它结合了传统数据库技术的一些特点，并在数据库模型、存储机制和检索技术等方面做出了革新，面向网络的功能结构更适应以网络为基础的应用。

前已述及，建立在 B/S 结构上的网站访问，可以通过 ODBC、ADO 以及 ADO. NET 接口访问关系的或非关系的数据源。换言之，通过网站访问，可以操作数据库，创建网络应用程序。况且，一个真正的、完整的站点是离不开数据库的，因为实际应用中，需要保存的数据很多，而且这些数据之间往往还有关联，利用数据库来管理这些数据，可以很方便地查询和更新。所以，通过网站访问 SQL Server 数据库就成为一种重要的数据库访问技术。

所谓的网络数据库访问，其实质就是通过网络平台和数据库连接，对数据库的数据集合进行添加、修改、查询、删除等操作，以满足某一领域需求。简而言之，网络数据库访问就是帮助用户建立各种能够满足实际需求的网络数据库应用程序。

进行网络数据库应用程序设计，有两个方面的任务：一是使用相关语言和技术进行用户界面设计，二是通过适当的接口模型所提供的方法连接数据库，获取数据来源，对数据源进行适当的处理。后者是本节所要介绍的主要内容。

10.3.2 网站访问技术简介

1. 静态网页设计技术

在以上所述网络互联的过程中，作为客户端的 Web 浏览器，其主要用途是显示用来阅读的文件，以及根据需要从网络中其他计算机上传或下载文件。而作为服务器端的 Web 服务器其主要用途就是监听并完成来自客户端 Web 浏览器的请求。在三层结构中，对于客户端的数据请求，则是由 Web 服务器向其后台数据库服务器发出数据请求，由数据库服务器执行相应的 SQL 语句，以完成数据请求，并将数据结果集传送给 Web 服务器，再由 Web 服务器将客户所请求的数据发送给客户端游览器。在 Web 服务器与客户端游览器间通过互联网传输的(数据)文件格式是 HTML，称为超文本标记语言。

在 WWW 技术发展的早期，Web 结构较为简单，当网上用户在 Web 浏览器中输入一个网址时，Web 服务器接收这一简单的 URL，用它来确定一个网页文件(Web 页)，再传送给浏览器。此时 Web 页面上主要是静态的内容，用户只能从页面上获取信息，而不能与之交互。随着 Web 技术的发展，各种动态和交互的 Web 应用技术相继出现，其中，脚本语言(Script Language)的出现，较好地解决了 Web 页的动态交互问题。所谓脚本语言是一个简单的描述性语言，其语法结构与其他的高级语言相似，通过一个<script></script>标记块将其嵌入到 HTML 文本中，通过编程对 Web 页元素进行控制，从而实现了 Web 页的动态化和交互性。与其他 Web 技术相比较，脚本语言简单易用。

现今在流行的脚本语言有 VBScript、JavaScript 等，它们的语言形式及语法有所不同，但功能上没有本质差别。VBScript 仅适用于 Windows 环境的网络上运行，JavaScript 可以跨平台运行。

2. 网络程序设计技术

1) ASP 技术

Microsoft Active Server Pages 即 ASP，是一套 Microsoft 开发的服务器端脚本环境，ASP 包含在 Microsoft 公司 Windows 系统组件 IIS 之中，通过 ASP 可以结合 HTML 网页、VBScript 主力驱动脚本语言、交互且高效地创建 Web 服务器应用程序。ASP 代码都将在服务器端执行，包括所有嵌在普通 HTML 中的脚本程序。当程序执行完毕后，服务器仅将执行的结果以 HTML 的形式返回给客户浏览器，这样，既减轻了客户端浏览器的负担，也大大提高了交互的速度。

ASP 技术使得在 Web 页面上创建动态内容更加容易，Microsoft 通过为它们的服务器提供“插件”和 API 来简化 Web 应用程序的开发。这些解决方案是与特定的 Web 服务器相关的，不能解决跨多个供应商的解决方案的问题。因此，ASP 只能工作在 Microsoft 的 IIS 和 Personal Web Server 上，即其适用环境是 Windows 系统平台。

2）JSP 技术

还存在其他的解决方案，例如，像 Java Servlet 这样的技术，它可以使得用 Java 语言编写交互的应用程序的服务器端的代码变得容易。开发人员能够编写出这样的 Servlet，用以接收来自 Web 浏览器的 HTTP 请求，动态地生成响应（可能要查询数据库来完成这项请求），然后发送包含 HTML 或 XML 文档的响应到浏览器。这里所说的 Java Servlet 是指基于 Java 技术的运行在服务器端的程序（与 Applet 不同，后者运行在浏览器端）。

采用这种方法，整个网页必须都在 Java Servlet 中制作。如果开发人员或者 Web 管理人员想要调整页面显示，就需要编辑并重新编译该 Java Servlet，因此用这种方法，生成带有动态内容的页面需要应用程序的开发技巧。

很显然，目前所需要的是一个业界范围内的创建动态内容页面的解决方案。这个方案将解决当前方案所受到的限制。

- 能够在任何 Web 或应用程序服务器上运行。
- 将应用程序逻辑和页面显示分离。
- 能够快速地开发和测试。
- 简化开发基于 Web 的交互式应用程序的过程。

JSP 技术就是被设计用来满足这样的要求的。JSP 规范是 Web 服务器、应用服务器、业务系统以及开发工具供应商间广泛合作的结果。

JSP 与 Microsoft 的 ASP 技术很相似。两者都提供在 HTML 代码中混合某种程序代码、由语言引擎解释执行程序代码的能力。在 ASP 或 JSP 环境下，HTML 代码主要负责描述信息的显示样式，而程序代码则用来描述处理逻辑。普通的 HTML 页面只依赖于 Web 服务器，而 ASP 和 JSP 页面需要附加的语言引擎分析和执行程序代码。程序代码的执行结果被重新嵌入到 HTML 代码中，然后一起发送给浏览器。ASP 和 JSP 都是面向 Web 服务器的技术，客户端浏览器不需要任何附加的软件支持。

ASP 的编程语言是 VBScript 等的脚本语言，而 JSP 使用的是 Java，这是两者最明显的区别。此外，ASP 与 JSP 还有一个更为本质的区别：两种语言引擎用完全不同的方式处理页面中嵌入的程序代码。在 ASP 下，VBScript 代码被 ASP 引擎解释执行；在 JSP 下，代码被编译成 Servlet 并由 Java 虚拟机执行，这种编译操作仅在对 JSP 页面的第一次请求时发生。

3）ASP. NET 技术

ASP. NET 是一种建立在通用语言上的程序构架，是 Web 应用程序的基础结构。其能被用于在 Web 服务器上建立强大的 Web 应用程序。它并不是 ASP 的简单升级版本，而是在吸收 ASP 技术优点的基础上，改正了 ASP 中的某些问题，并借鉴 Java、Visual Basic 语言的开发优势，于 2002 年由 Microsoft 公司推出的新一代 Active Server Pages。2005 年，Microsoft 公司推出 ASP. NET 2.0 版，其对应的. NET 框架即是. NET Framework 2.0。其实，ASP. NET 就是 NET 体系结构的一部分。它提供许多比现有的 Web 开发模式强大的优势。ASP. NET 技术具有如下特点：

（1）执行效率高。ASP. NET 是把基于通用语言的程序在服务器上运行。它不像以前的 ASP 即时解释程序，而是将程序在服务器端首次运行时进行编译，这样的执行效果，当然比一条一条的解释执行效率要高很多。

（2）强大的工具支持。ASP. NET 构架是可以用 Microsoft 公司的 Visual Studio. NET 等

功能强大、高效的集成开发环境进行开发，该环境支持所见即所得、控件拖放和自动部署等。

(3) 适应性强。因为 ASP. NET 是基于通用语言的编译运行的程序，所以它有着较强的适应性，理论上，可以运行在 Web 应用软件开发者的几乎全部的平台上（目前仍只用在 Windows 系统平台上）。通用语言的基本库，消息机制，数据接口的处理都能无缝地整合到 ASP. NET 的 Web 应用中。

(4) 多种语言支持。ASP. NET 支持完全面向对象的 C＃、Visual Basic. NET、Visual JScript. NET 语言，且是语言独立化的（language-independent），即无论使用何种语言编写程序，都将被编译为中间语言。所以，开发者可选择一种最适合的语言来编写应用程序，或者用很多种语言来编写程序。

(5) 更易于配置与管理。ASP. NET 使用一种字符基础的、分级的配置系统，使服务器环境和应用程序的设置更加简单。所有的配置信息都存储于基于 XML 的文件中，因为 XML 文件是简单文本文件，所以，新的设置不需要启动服务器端的程序即可生效。

(6) 易于开发。ASP. NET 提供很多基于常用功能的控件，使一些常用操作如表单提交、表单验证和数据交互等变得非常简单。同时，配置程序也由于 ASP. NET 新的处理模式而更加方便。而其业务逻辑与代码分离使程序更易于维护。

(7) 自定义性和可扩展性。ASP. NET 设计考虑到让网站开发人员可在自己的代码中自己定义 plug-in 的模块，即 ASP. NET 可以加入用户定义的任何组件。

(8) 程序结构清晰。ASP. NET 使用事件驱动和数据绑定的开发方式，将程序代码和用户界面分离，具有清晰的结构，而且，程序可读性更强。

10.3.3 ASP. NET 应用程序开发

ASP. NET 是目前最流行的 Web 开发工具之一，它为用户提供了完整的可视化开发环境和功能丰富的公共组件以方便用户快速开发 Web 应用程序。而 ASP. NET 访问 SQL Server 数据库的软件结构也已成为较成熟的信息系统结构而被使用。运行 ASP. NET 应用程序，需要建立和配置服务器端的运行环境，ASP. NET 运行环境包括操作系统、浏览器、Web 服务器和. NET 框架等。

1. ASP. NET 2.0 开发的软硬件需求

ASP. NET 是一种服务器端动态网页开发技术，其运行在 IIS（Internet 信息服务器，即 Windows 类操作系统的 Web 服务器）上。

1) 操作系统

虽然. NET 应用程序希望是跨平台的，但目前仍只运行在 Windows 类操作系统平台上。因此，支持 ASP. NET 程序的操作系统为 Windows 2000 Professional 以上的各 Windows 类操作系统。

2) Web 浏览器

Web 浏览器需要 IE 5.5 及以上版本。

3) Web 服务器

ASP. NET 是基于 Web 的应用，需要 Web 服务器环境的支持。如果服务器端使用的操作系统为 Windows 服务器版，则已自动安装了 IIS，否则，需要另外安装。安装方法是进入 Windows 的控制面板，单击“添加/删除程序”图标，在出现的对话框中选择“添加/删除 Windows 组件”→“Internet 信息服务(IIS)”选项，并将相应的安装光盘放入光驱，根据提示进行安装。安装完成后，可在“控制面板”→“管理工具”界面中看到名为“Internet 信息服务”的图标。

4）.NET 框架

在服务器端，须安装.NET Framework 2.0 才能让 Web 服务器执行 ASP.NET 程序。.NET Framework 2.0 程序安装包可在 Microsoft 公司的网站上下载，其文件名为 dotnetfx.exe。

5）硬件最低需求

(1) CPU：最低为 600MHz PⅢ CPU，建议采用 1GHz 以上的 CPU。

(2) 内存：最低要求 192MB，建议 256MB 以上，实际上.NET Framework 2.0 安装要求 1GB 以上内存。

(3) 硬盘：Windows 系统至少需要 1GB 可用空间，安装 Visual Studio 2005 需要 2GB 以上可用空间，而完整的 MSDN 文档则需要 3.8GB 可用空间。

(4) 光驱：需要 CD-ROM 或 DVD-ROM。

(5) 显示器：分辨率建议采用 1024×768，16 位色以上。

2. ASP.NET 开发环境

开发运行 ASP.NET 2.0 程序可使用 Visual Studio 2005 集成开发工具。当该工具安装完成后，在 Windows 的“开始”菜单中就建立了相应的菜单项。启动该工具的方法是：选择“开始”→“程序”→Microsoft Visual Studio 2005 选项，单击其下的 Microsoft Visual Studio 2005 即可启动，启动后的操作界面如图 10-27 所示。

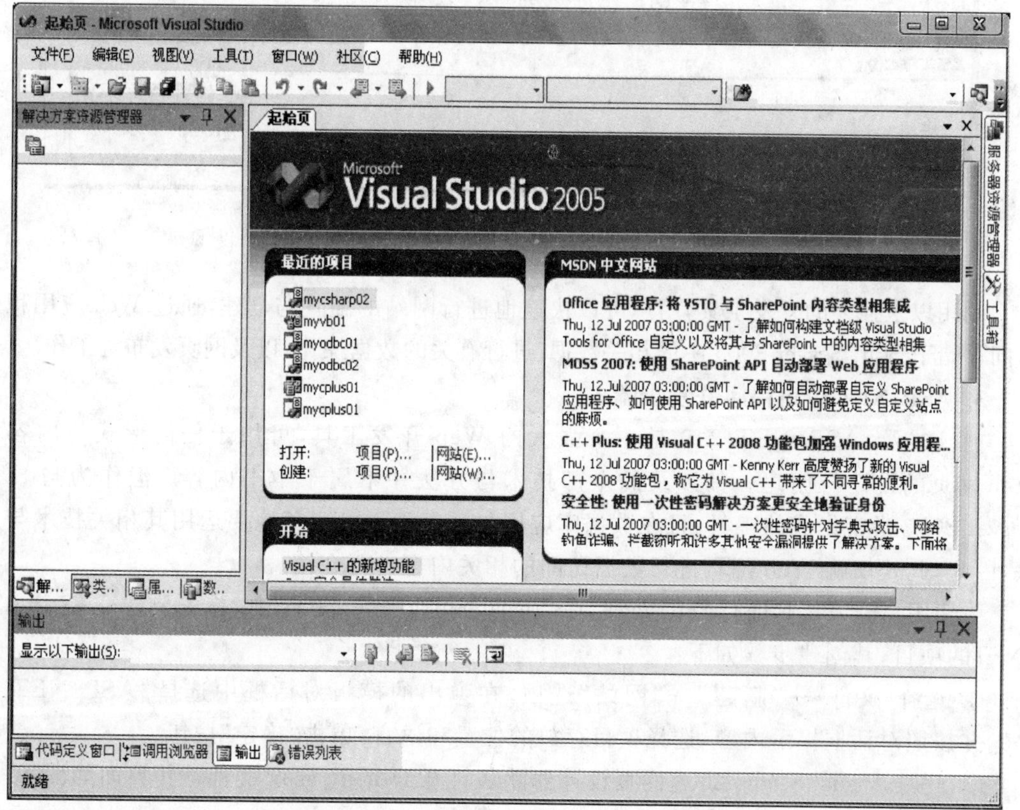

图 10-27 Visual Studio 2005 开发环境

Visual Studio 2005 是一套完整的开发工具集,用于生成 ASP.NET Web 应用程序、XML Web 服务、客户端应用程序和移动应用程序。而且,用 Visual Basic、Visual C++、Visual C#以及 Visual J#等语言编写程序全都使用相同的集成开发环境(IDE)。因此,利用此 IDE 可以共享工具且有助于创建混合语言解决方案。而且,这些语言可利用.NET Framework 的功能,通过此框架可以简化 ASP.NET Web 应用程序和 XML Web 服务的开发技术。

Visual Studio 2005 提供一个全新的网页设计器(VWD),其中包含了许多用于创建和编辑 ASP.NET 网页和 HTML 页的增强功能。使用该设计器,可以更简单、便捷地进行 Web 窗体页的创建。一个 VWD 界面如图 10-28 所示。

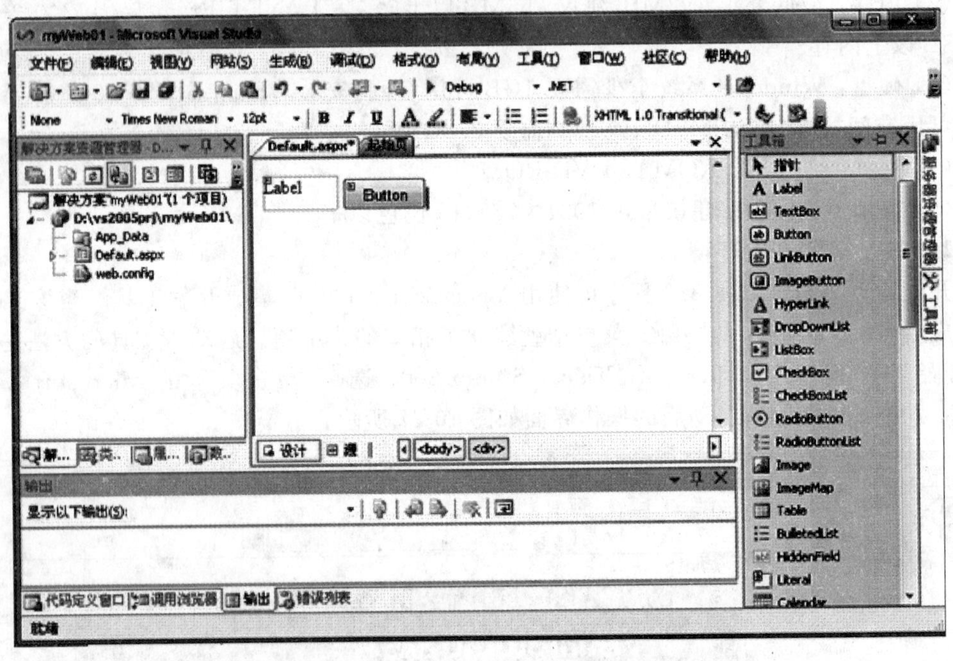

图 10-28 Visual Studio 2005 中的网页设计器界面

利用以上强大的开发工具,用户可以快速地进行网站的配置与创建,通过 Web 应用程序访问存储于 SQL Server 2005 中的相关数据、进行有关的数据操作,以及网页发布等工作。

3. ASP.NET 应用程序开发步骤

前已述及,ASP.NET 2.0 是一个强大的 Web 开发工具,可用于任何形式与内容的 Web 网页的设计与创建。其涉及的全部技术与方法并不属于本书内容。但作为与 SQL Server 2005 紧密集成的工具,且在数据库应用与开发中不可避免地要运用其相关技术与方法,因此,此处仅就 Web 网页进行数据访问的相关内容进行介绍。

为使用 ASP.NET 进行数据处理,在 Visual Studio 2005 IDE 中,首先要建立一个 ASP.NET的项目,其创建步骤如下:

① 选择"文件"→"新建"→"网站"选项,在弹出的模板对话框中选择"ASP.NET 网站",并按照对话框提示内容,选择项目存放的位置和语言,单击"确定"按钮。

② 此时,Visual Studio 2005 网页设计器默认打开 Default.aspx 文件。其界面如图 10-28 所示。

③ 右击该默认页面，选择"查看代码"标签页，则打开代码编辑器。涉及 Defaul 页面有两个文件，Default. aspx 为动态网页文件(与 HTML 混合编码的 ASP. NET 文件)以及 Default. cs 文件。前者由可视化元素、标记、服务器控件和静态文本组成，后者是 C# 语言的程序代码，用于实现页面的编程逻辑，包括事件处理程序和其他代码。

④ 创建与配置 Web. config 文件。由于 ASP. NET 使用 Web. config 文件以存储控制网站工作方式的设置，通过它可以配置整个服务器、ASP. NET 应用程序或单独的网页。因此可以在解决方案资源管理器中，单击"刷新"图标以确认应用程序没有 Web. config 文件。然后在资源管理器中右击网站名称，从弹出菜单中选择"添加新项"命令，即会弹出一个模板窗口，在其中选择"Web 配置文件"，然后单击"添加"按钮完成该配置文件的创建。创建后根据用户具体的应用，例如通过 ADO. NET 接口连接数据库、为 SQL Server 配置连接字符串等需求，还要对该文件进行修改，修改之后需要保存该文件。

⑤ 在 VWD 中可以方便地运用可视化控件快速进行网页的设计，其操作是从工具箱中将相关控件拖放到网页设计窗口中，对控件的属性值进行相应的修改即可完成主要功能的设计。当然，对于熟悉 HTML、. NET 语言的用户来说，可在编辑器窗口使用语言进行开发。

⑥ 对于一些复杂的操作涉及事件处理等代码的编写，可在创建网站时选择的编程语言的编辑器中完成。它们都集成在 Visual Studio 2005 IDE 中。

10.3.4 ASP. NET 的 Web 应用程序开发示例

本节，通过创建一个简单的网站的示例，来说明 ASP. NET Web 开发技术与工具的使用，所创建的网站首页与 SQL Server 2005 中 TEACHING_MIS 连接，用以显示选课学生以及课程基本信息。

(1) 进入 Visual Studio 2005 集成开发环境，创建名称为 myweb01 的 ASP. NET 网站。其操作是在 Visual Studio 2005 IDE 中，从文件菜单中进入或是单击新建项目图标工具即可进入新建网站对话框，如图 10-29 所示。

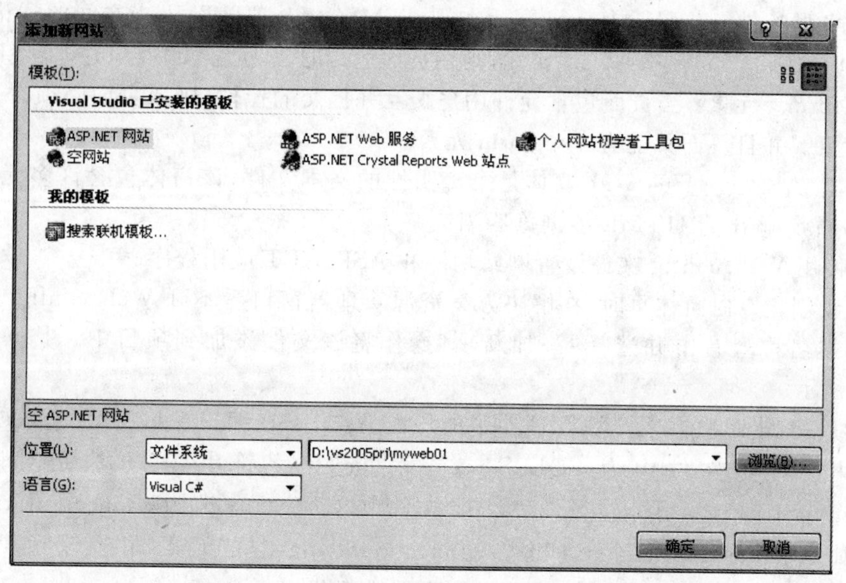

图 10-29 创建 ASP. NET 网站对话框

在如图 10-29 中相应位置填写网站文件存储路径以及网站设计所用编程语言(本例中选用 C#语言)。单击“确定”按钮,返回到 Visual Studio 2005 IDE 中,在解决方案资源管理器中可看到自动创建的默认 Web 窗体页框架文件 Default. aspx 及与其对应的 C#程序框架文件 Default. cs。这里所谓 Web 窗体页框架是指由系统自动创建的空白网页,可在该开发环境中间的编辑窗口看到如下所示的空白 Web 窗体页代码或是在其对应的设计器窗口(由选择下方“设计”标签进入)看到一幅空白 Web 页面。

```
<%@ Page Language = "C#" AutoEventWireup = "true" CodeFile = "Default.aspx.cs" Inherits =
"_Default" %>
<!DOCTYPE html PUBLIC "-//W3C//DTD XHTML 1.0 Transitional//EN" "http://www.w3.org/TR/xhtml1/
DTD/xhtml1-transitional.dtd">
<html xmlns = "http://www.w3.org/1999/xhtml" >
<head runat = "server">
    <title>无标题页</title>
</head>
<body>
    <form id = "form1" runat = "server">
    <div>

    </div>
    </form>
</body>
</html>
```

上述代码段中,可以看到 ASP. NET 窗体页一般包含以下元素:

- @指令:ASP. NET 中用作处理页面的指令。最常用的为<%@ Page Language=C#%>。Page Language="C#":该指令指明 Web 窗体页设计所用的.NET 语言为 C#。而 CodeFile="Default. aspx. cs"则说明 C#语言程序所在的文件名称。
- 静态文本:指页面中可以包含任何可以输出到浏览器的文本内容,该内容包含在一对标记<HTML>和</HTML>之间。
- 服务器控件:当 HTML 元素(括在<HTML>和</HTML>之间的标记)设定了 ID 属性和 runat="server"属性,则在页面运行时,该元素可用于服务器代码。
- <form>元素:当页面包含允许用户交互并提交的控件,则该页面必须有一个 form 元素。并且页面只能有一个 form 元素。

实际上,ASP. NET 的 Web 窗体是个声明性的文本文件,该窗体包含许多元素以执行各种操作,最终输出为 HTML 供浏览器浏览。

(2) 使用 Web. config 文件设置网站功能和 ASP. NET 应用程序。

当自动创建空白窗体页时,在解决方案资源管理器窗口看不到 Web. config 文件,需要通过在网站名称上右击并选择“添加新项”操作将该文件添加到项目中。其操作界面如图 10-30 所示。

创建后,双击解决方案资源管理器中的该配置文件,在编辑窗口打开。该文件结构为 XML 文档。在该文件中为 SQL Server 配置连接字符串,其方法是对该文件的<connectionStrings/>元素进行修改,将原文件中这个空元素改为 connectionStrings 标记对,即形如<connectionStrings>和</connectionStrings>的元素,并在该元素之间添加<add/>子元素,所添加内容为下面代码中下划线部分。

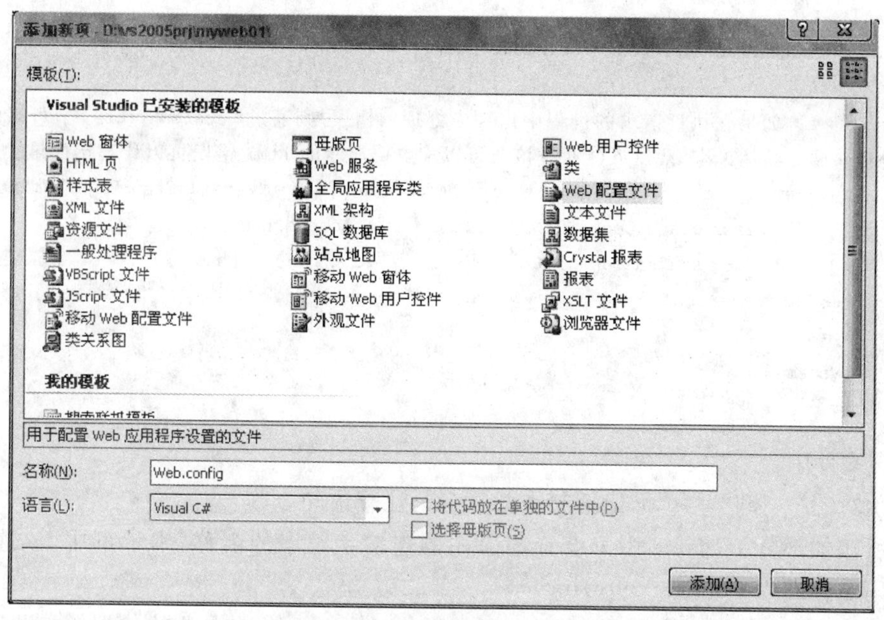

图 10-30 添加 Web 配置文件对话框

Web 配置文件代码(为 SQL Server 配置连接字符串进行了修改):

```
<?xml version = "1.0" encoding = "utf-8"?>
<!--
```

注意:除了手动编辑此文件以外,还可以使用 Web 管理工具来配置应用程序的设置。可以使用 Visual Studio 中的"网站"→"Asp. Net 配置"选项。设置和注释的完整列表在 machine. config. comments 中,该文件通常位于\Windows\Microsoft. Net\Framework\v2. x\Config 中:

```
-->
<configuration>
    <appSettings/>
    <connectionStrings>
      < add name = "ConnectionString" connectionString = "Data Source = hustjsj-gu\GU01;
Initial Catalog = TEACHING_MIS;
        Integrated Security = SSPI"
     providerName = "System.Data.SqlClient"/>
    </connectionStrings>
    <system.web>
       <!--
          设置 compilation debug = "true" 将调试符号插入已编译的页面中。但由于这会影响
性能,因此只在开发过程中将此值设置为 TRUE。
       -->
       <compilation debug = "false" />
       <!--
          通过<authentication>节可以配置 ASP.NET 使用的安全身份验证模式,以标识传入的用户。
```

```
        -->
        <authentication mode = "Windows" />
        <!--
            如果在执行请求的过程中出现未处理的错误，则通过<customErrors>节可以配置相应
的处理步骤。具体说来，开发人员通过该节可以配置要显示的 html 错误页以代替错误堆栈跟踪。
        <customErrors mode = "RemoteOnly" defaultRedirect = "GenericErrorPage.htm">
            <error statusCode = "403" redirect = "NoAccess.htm" />
            <error statusCode = "404" redirect = "FileNotFound.htm" />
        </customErrors>
        -->
    </system.web>
</configuration>
```

在该文件中：

- 由“<! --”和“-->”标记括起来的部分是注释语句。
- 所添加部分中，name 用于设置要引用的连接字符串的名称，本示例中，该连接字符串名称即为 ConnectionString。
- connectionString 属性用于指定一个包含 SQL Server 数据源的位置、身份验证信息等的连接字符串。
- providerName 属性则指明用于连接字符串（即建立与指定数据源的连接）所用的提供程序，本示例中的数据提供者是 System. Data. SqlClient，这是 ADO. NET 接口中专用于 SQL Server 数据库连接的提供程序。

（3）在网页中引用 SQL Server 连接字符串。

在 Visual Studio 2005 IDE 中，将鼠标移到右边的隐藏的工具箱图标上，在拉出的工具箱中选择 sqlDataSource 控件，将其拖放到 Default. aspx 网页设计器窗口，并在此窗口该控件中通过设计属性进行数据库连接。其操作界面如图 10-31 所示。

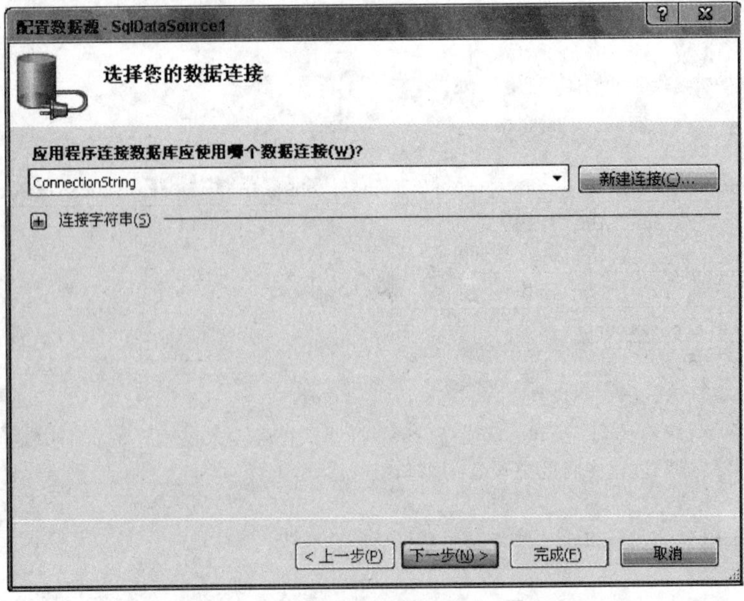

图 10-31　在网页中进行数据库连接的设置

单击下拉列表框，选中在Web配置文件中设定的连接字符串名称，单击"下一步"按钮。进入所连接的表项选择，根据应用要求选取，本示例中，选择COURSE表的全部数据。操作过程如图10-32所示。

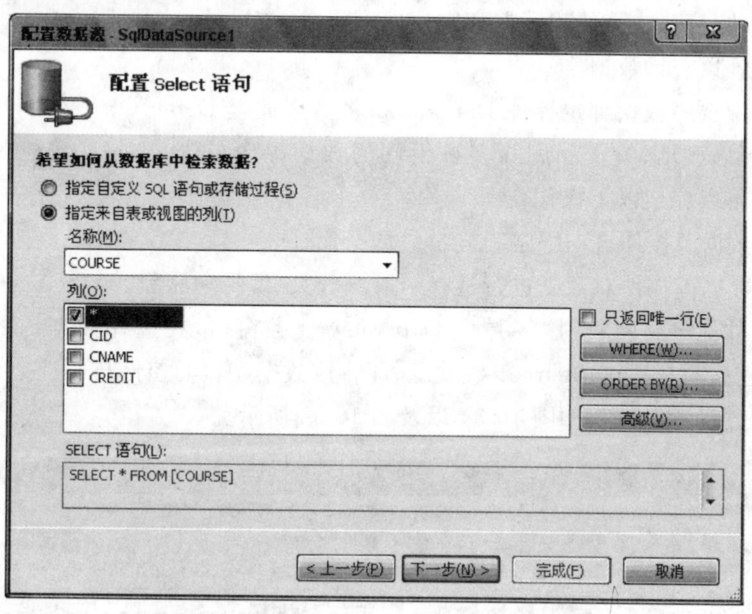

图10-32　网页中数据库连接的具体操作

单击"下一步"按钮，进入如图10-33所示的数据查询测试界面，进行测试并能正确显示所需数据，表明数据库连接正确。单击"完成"按钮，结束sqlDataSource数据源控件的属性设置。

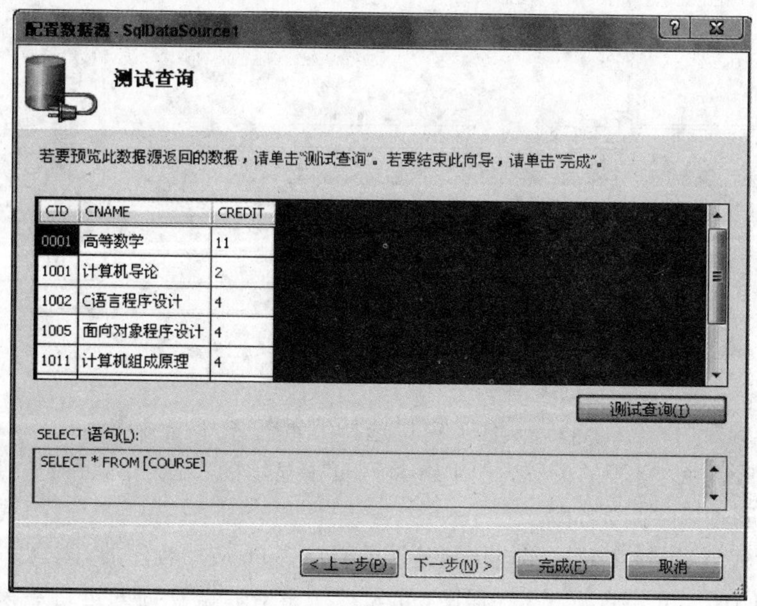

图10-33　数据源的查询测试

(4) 在 ASP. NET 窗体页中查询数据。

上一步只是设置了应用所需的数据源，虽然在测试界面中能够正确地显示所需的数据，但只是说明连接字符串及其配置是正确的，而如果要在网页中显示对数据库的查询内容，则需要编写相应的代码，或是使用数据绑定控件以完成所需工作。本示例中，采用可视化的数据绑定控件设计以查询数据。

在工具箱中选择数据绑定控件 DataView，将其拖放至 Default. aspx 设计器窗口，通过该控件，用户可以显示、编辑和删除多种不同的数据源（数据库、XML 文档等）中的数据。即使用该控件可以完成以下操作：

(1) 通过数据源控件自动绑定和显示数据。

(2) 通过数据源控件对数据进行选择、排序、分页、编辑和删除。

当将该控件拖放到网页时，将弹出 DataView 任务窗口，在选择数据源的下拉列表框中，选择刚才建立的 sqlDataSource1 数据源，即将该数据显示的控件与所选数据源进行了数据绑定。该控件设置的过程如图 10-34 以及图 10-35 所示。

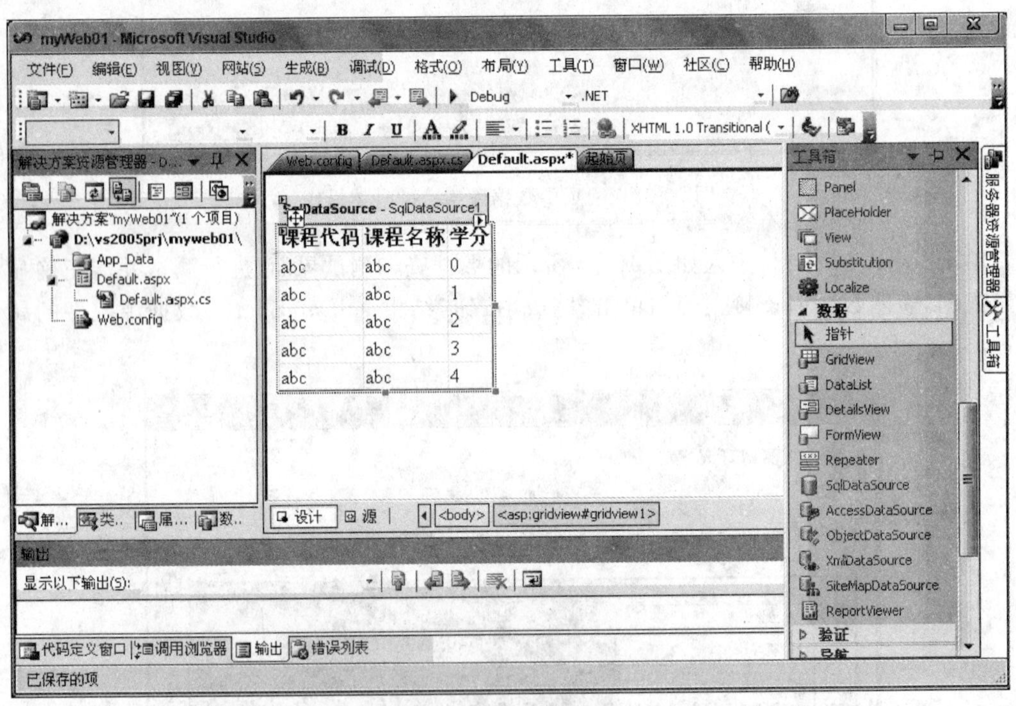

图 10-34　添加 DataView 控件

进行数据绑定后，在 DataView 任务窗口选择编辑任务，则会弹出如图 10-32 所示的对话框，在此中进行相关字段的设置，此例中，将网页中显示的字段名称更改为便于理解的字符，而不是数据库中的字段名称。

此项设置完成后，这个数据库连接与显示的简单 Web 应用程序的开发也将完成。在开发环境中，按 Ctrl＋F5 组合键，运行程序，可观察到整个数据查询的运行结果，如图 10-36 所示。

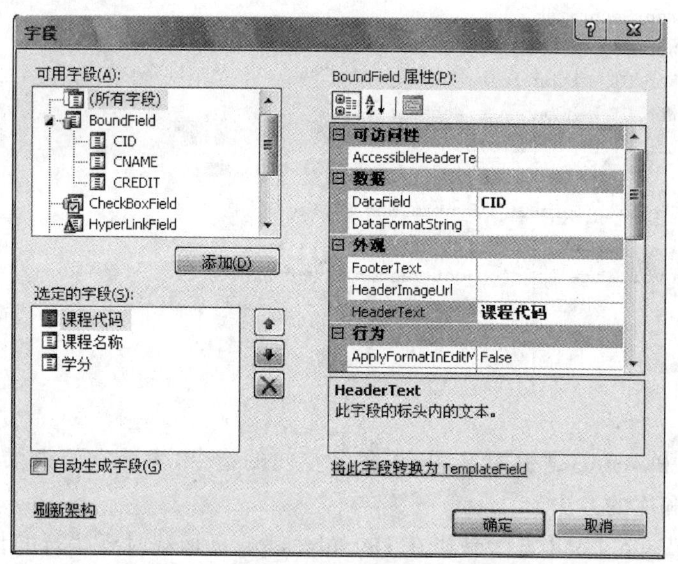

图 10-35　数据绑定及相关设置

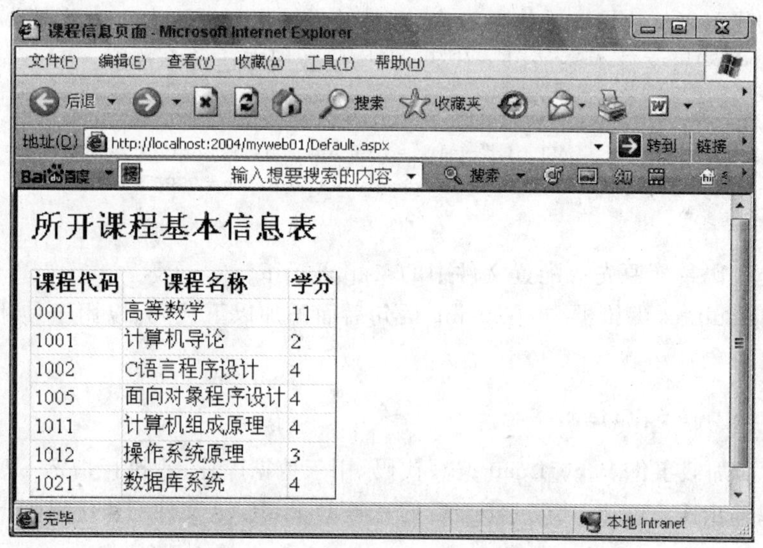

课程代码	课程名称	学分
0001	高等数学	11
1001	计算机导论	2
1002	C语言程序设计	4
1005	面向对象程序设计	4
1011	计算机组成原理	4
1012	操作系统原理	3
1021	数据库系统	4

图 10-36　数据源的查询测试结果

在以上简单示例的开发过程中，并没有实际编写代码，但从图 10-36 的输出来看，主要功能的设计已完成。实际上，如果开发人员熟悉. NET 语言，亦可直接通过代码的编写来对数据进行操作以完成应用程序的开发。例如，回到 Visual Studio 2005 IDE，在解决方案资源管理器中，单击 Default. cs 代码文件，在 VWD 中打开代码编辑器，其自动创建初始的 C ＃代码段如下：

```
using System;
using System.Data;
using System.Configuration;
using System.Web;
```

```
using System.Web.Security;
using System.Web.UI;
using System.Web.UI.WebControls;
using System.Web.UI.WebControls.WebParts;
using System.Web.UI.HtmlControls;

public partial class _Default : System.Web.UI.Page
{
    protected void Page_Load(object sender, EventArgs e)
    {

    }
}
```

在此段代码中,using 是引用 System 命名空间的指令,命名空间提供一种以分层的方式组织 C#程序和库的方法。

而代码中的 Page_Load 方法是指在 Default.aspx 页加载时要执行的代码,在此段代码中,方法为空。

要访问数据库,对于编程人员来讲,需要做两项工作:一是取得数据库的连接字符串;二是编写查询代码以从数据库中执行查询,并将结果输出到页面上。为此需要:

(1) 在 Web 配置文件中添加以下代码,以构成数据库连接字符串。

```
<appSettings>
    <add key = "DBConnectionString" value = "server = hustjsj-gu\GU01;
                database = TEACHING_MIS; Integrated Security = SSPI"/>
</appSettings>
```

即用以上代码替换原先该配置文件中的<appSettings/>元素。

(2) 在 Default.cs 编辑器中,在 using 语句后面添加以下代码,以用于使用该命名空间的数据提供者对象:

```
using System.Data.SqlClient;
```

(3) 为页面加载事件 Page_Load 编写代码,用于数据库连接,执行指定 SQL 语句查询,并将查询结果输出至页面上。经过修改后的完整 Default.cs 文件 C#代码如下:

```
using System;
using System.Data;
using System.Configuration;
using System.Web;
using System.Web.Security;
using System.Web.UI;
using System.Web.UI.WebControls;
using System.Web.UI.WebControls.WebParts;
using System.Web.UI.HtmlControls;
using System.Data.SqlClient;
public partial class _Default : System.Web.UI.Page
{
    protected void Page_Load(object sender, EventArgs e)
```

```
{
    SqlConnection conn = new
        SqlConnection(ConfigurationManager.AppSettings["DBConnectionString"]);
    SqlCommand cmd = new SqlCommand("SELECT SID,SNAME
                    FROM dbo.STUDENTS", conn);
    try
    {
        conn.Open();
        SqlDataReader sdr = cmd.ExecuteReader();
        Response.Write("<H3>选课学生名单</H3>");
        while (sdr.Read())
        {
            Response.Write(sdr["SID"].ToString() + " " +
                        sdr["SNAME"].ToString() + "<br/>");
        }
        sdr.Close();
    }
    catch (System.Exception e1)
    {
        Response.Write("" + e1.ToString());
        Response.Redirect("Error.aspx");
    }
    finally
    {
        conn.Close();
    }
  }
}
```

以上程序中，使用 ADO.NET 的连接对象 SqlConnection 创建一个名为 conn 的连接对象实例，该对象通过调用 ConfigurationManager.AppSettings["DBConnectionString"]方法从 Web.config 配置文件中传递 SQL Server 2005 数据库连接字符串，并建立起与其的连接。

使用 ADO.NET 的命令对象 SqlCommand 创建一个 SQL 命令对象实例 cmd，该对象在所连接的数据库上执行标准 T-SQL 语句的查询操作，以查询选课学生的学号与姓名。

而 Response.Write(sdr["SID"].ToString()" " + sdr["SNAME"].ToString()+"<br/>");语句用于将查询结果转换为 HTML 静态文本格式以输出到页面上。

保存该程序文件，并按 Ctrl+F5 组合键，运行程序，其运行结果如图 10-37 所示。

这就是说，使用可视化控件拖放并修改其属性的方法或编写程序代码的方法均可完成数据连接及数据操作。但对于那些非程式化的或复杂的操作，编写代码以实现仍是最基本的方法。仔细观察图 10-34，其中窗口标题以及页面中所显示的标题，需要在相关代码中编写，如：在 Default.aspx 窗体页文件中，在其<head>元素间加入以下语句（<title>子元素）：

```
<title>课程信息页面</title>
```

该语句的作用是在输出页面的窗口标题栏显示语句中所指定的窗口标题。

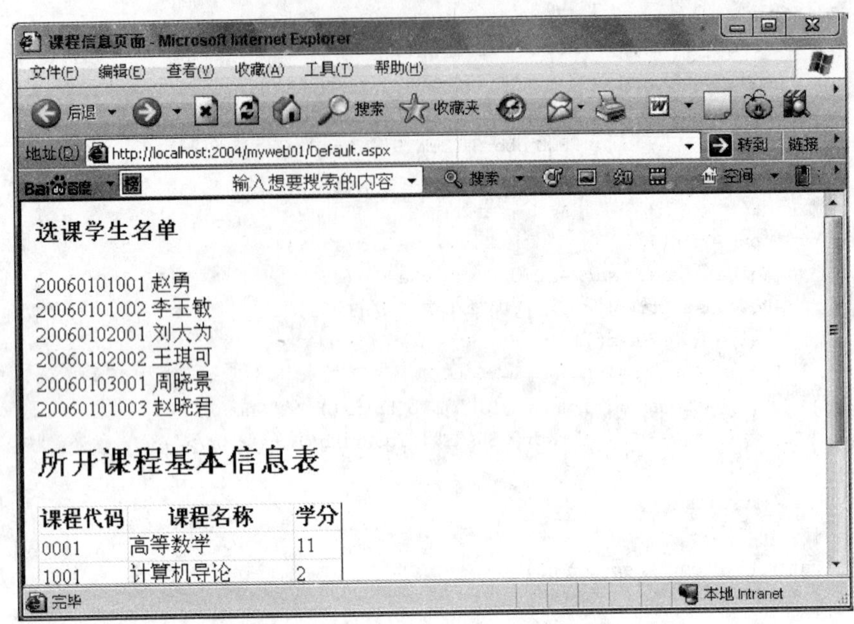

图 10-37　通过编写代码实现的数据查询

同理，在该文件的<body>元素之间，加入以下语句(子元素)：

```
<H2>所开课程基本信息表</H2>
```

其作用是在输出页面中以二号标题字体显示语句中指定的标题内容。

类似作用的语句还可以在 Default.cs 文件中使用 C#代码来实现，如在前面该文件清单中的如下语句：

```
Response.Write("<H3>选课学生名单</H3>");
```

其作用是将字符串"选课学生名单"以三号标题字的格式输出到页面中。其输出效果如图 10-34 所示。

实际上，即使通过拖放可视化控件方法以实现网页功能，其最终会自动修改原先对应的窗体页文件内容。例如，经过以上步骤后，最终的 Default.aspx 文件内容如下：

添加数据源、数据绑定控件、窗口标题和页面显示标题后的 Default.aspx 文件代码：

```
<%@ Page Language = "C#" AutoEventWireup = "true" CodeFile = "Default.aspx.cs" Inherits =
"_Default" %>

<!DOCTYPE html PUBLIC "-//W3C//DTD XHTML 1.0 Transitional//EN" "http://www.w3.org/TR/xhtml1/
DTD/xhtml1-transitional.dtd">

<html xmlns = "http://www.w3.org/1999/xhtml" >
<head runat = "server">
    <title>课程信息页面</title>
</head>
<body>
    <form id = "form1" runat = "server">
```

```
    <H2>所开课程基本信息表</H2>
    <div>
        <asp:SqlDataSource ID = "SqlDataSource1" runat = "server" ConnectionString = "<% $
ConnectionStrings:ConnectionString %>"
            SelectCommand = "SELECT * FROM [COURSE]"></asp:SqlDataSource>

    </div>
        <asp: GridView ID = "GridView1" runat = "server" AutoGenerateColumns = "False"
DataSourceID = "SqlDataSource1">
            <Columns>
                <asp:BoundField DataField = "CID" HeaderText = "课程代码" SortExpression = "CID"/>
                <asp:BoundField DataField = "CNAME" HeaderText = "课程名称" SortExpression = "
CNAME"/>
                <asp: BoundField DataField = "CREDIT" HeaderText = "学分" SortExpression = "
CREDIT"/>
            </Columns>
        </asp:GridView>
    </form>
</body>
    </html>
```

本节通过一个简单的网页和数据库连接与访问的示例，揭示了网络数据库应用的一角，也展现了关于SQL Server 2005与.NET框架集成的强大开发能力。学习数据库知识与技术，最重要的是它如何应用于现实中以解决实际问题。而Web开发技术与数据库技术的结合应当是最具活力和最为广泛深入的应用。这些应用本身还涉及各种Web技术开发工具、开发环境以及编程语言的技术掌握，这些内容已超出本书的范围。

本章小结

数据库的应用技术是本书的一个重要内容，也是学习数据技术的目的。数据库技术应用涉及概念、内容、技术较多，本章首先介绍了数据库应用系统体系结构，接着，较详细地介绍了数据访问的主要接口技术，并通过示例讲解其运用方法。然后，以SQL Server 2005 CLR数据库对象为主要内容，详细介绍了各种CLR对象的创建步骤及使用方法。本章最后介绍了数据库技术最具活力的技术——Web数据库应用开发，通过一个简单示例，以SQL Server 2005平台的集成开发环境为基础，较全面系统地介绍了Web数据库应用开发过程。读者通过学习并举一反三，可以快速地掌握Web数据库应用开发技术，当然，想要开发出具有实用性的应用系统，还需要系统掌握.NET编程语言等相关技术。

思考练习题

1. 数据库系统的体系结构有哪些？各有一些什么开发工具？
2. 简述B/S三层结构及其特点。
3. 简述ODBC接口结构及其工作原理。
4. JDBC接口的类型有哪些？

5. 简述 ADO.NET 接口结构及其特点。

6. 何谓 CLR? 创建一个 CLR 对象有哪些主要步骤?

7. 什么是网络数据库?

8. 简述 ASP.NET 技术。

9. 使用所熟悉的编程语言以及 ODBC、JDBC、ADO.NET 数据访问接口之一,编程实现与 TEACHING_MIS 数据库的连接,并查询选修某门课程的学生及其成绩,将查询结果输出。

10. 使用适当的托管代码,创建一个 CLR 触发器,当对 TEACHING_MIS 数据库中课程表中课程名称进行修改时,将触发该触发器动作,并显示所修改的记录。

11. 使用适当的托管代码,创建一个 CLR 用户自定义函数,并使用该函数的参数对某数据库中数据进行检索,并将检索的记录返回。

12. 使用 ASP.NET 开发一个简单选课信息管理系统,系统功能概述如下:

选课管理系统主要分为教务、系部、学生三方服务,教务方面提供课程及学生基本信息资料,系统对于本系部各专业的课程及安排进行管理,学生方面的服务包括查询课程选修情况以及选课申请等功能。

参考文献

[1] Joseph Sack 著. SQL Server 2005 范例代码查询辞典. 朱晔，金迎春译. 北京：人民邮电出版社，2008.

[2] 刘志成. SQL Server 2005 实例教程. 北京：电子工业出版社，2008.

[3] 王珊，萨师煊. 数据库系统概论（第四版）. 北京：高等教育出版社，2007.

[4] 袁蒲佳，顾兵，马娟. 数据库及其应用. 北京：高等教育出版社，2007.

[5] 闪四清. SQL Server 2005 基础教程. 北京：清华大学出版社，2007.

[6] Eric L. Brown 著. SQL Server 2005 中文版精粹. 吴戈，王德民译. 北京：机械工业出版社，2007.

[7] 顾兵. SQL Server 2000 网络数据库技术与应用. 武汉：华中科技大学出版社，2006.

[8] Abraham Silberschatz，Korth H F，Sudarshan S 著. 数据库系统概念（第五版）. 杨冬青，马秀莉，唐世渭等译. 北京：机械工业出版社，2006.

[9] 施伯乐，丁宝康，汪卫. 数据库系统教程（第 2 版）. 北京：高等教育出版社，2005.

[10] 周立柱. SQL Server 2000 数据库原理——设计与实现. 北京：清华大学出版社，2004.

[11] Rankins R. SQL Server 2000 实用全书. 北京：电子工业出版社，2002.

相关课程教材推荐

ISBN	书名	作者
9787302184287	Java 课程设计(第二版)	耿祥义
9787302131755	Java 2 实用教程(第三版)	耿祥义
9787302135517	Java 2 实用教程(第三版)实验指导与习题解答	耿祥义
9787302184232	信息技术基础(IT Fundamentals)双语教程	江 红
9787302177852	计算机操作系统	郁红英
9787302178934	计算机操作系统实验指导	郁红英
9787302179498	计算机英语实用教程(第二版)	张强华
9787302180128	多媒体技术与应用教程	杨 青
9787302177081	计算机硬件技术基础(第二版)	曹岳辉
9787302176398	计算机硬件技术基础(第二版)实验与实践指导	曹岳辉
9787302143673	数据库技术与应用——SQL Server	刘卫国
9787302164654	图形图像处理应用教程(第二版)	张思民
9787302174622	嵌入式系统设计与应用	张思民
9787302148371	ASP.NET Web 程序设计	蒋 培
9787302180784	C++程序设计实用教程	李 青
9787302172574	计算机网络管理技术	王 群
9787302177784	计算机网络安全技术	王 群
9787302176404	单片机实践应用与技术	马长林

以上教材样书可以免费赠送给授课教师，如果需要，请发电子邮件与我们联系。

教学资源支持

敬爱的教师：

感谢您一直以来对清华版计算机教材的支持和爱护。为了配合本课程的教学需要，本教材配有配套的电子教案(素材)，有需求的教师可以与我们联系，我们将向使用本教材进行教学的教师免费赠送电子教案(素材)，希望有助于教学活动的开展。

相关信息请拨打电话 010-62776969 或发送电子邮件至 weijj@tup.tsinghua.edu.cn 咨询，也可以到清华大学出版社主页(http://www.tup.com.cn 或 http://www.tup.tsinghua.edu.cn)上查询和下载。

如果您在使用本教材的过程中遇到了什么问题，或者有相关教材出版计划，也请您发邮件或来信告诉我们，以便我们更好地为您服务。

地址：北京市海淀区双清路学研大厦 A 座 708　　计算机与信息分社魏江江　收

邮编：100084　　电子邮件：weijj@tup.tsinghua.edu.cn

电话：010-62770175-4604　　邮购电话：010-62786544